BRIAN'S BRAIN

DER THRILLER

HV

Printed in Germany 2010
Autoren: Angela Hildebrand, Stephan Richard Meier
Lektorat: Dr. Joachim Hildebrand
Gestaltung: BRAUNHOLZ ADCONSULT, Kronberg im Taunus
Druck: PRISMA, Saarbrücken

www.hildebrand-verlag.de
ISBN 978-3-00-032975-3

Wir danken dem Neurochirurgen Prof. Dr. Kurt Holl, Linz,
für seine fachliche Begleitung, Dr. Joachim Hildebrand
für das Lektorat, Birgit Krüll für ihre engagierte Durchsicht und
Peter Braunholz für Beratung und Gestaltung.

Geschrieben in Kitzbühel und Ellmau.

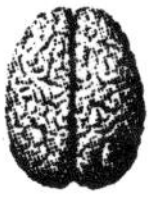

PROLOG

Wie eine Marionette, deren Fäden durchtrennt wurden, klappte er zusammen. Die Knie waren einfach weggesackt, versagten ihren Dienst. Sein Körper schlug hart auf dem steinernen Boden auf. Sein Gehirn rang darum, die Kontrolle zu behalten. Nahezu mit Lichtgeschwindigkeit trafen dort die Schadensmeldungen ein, zertrümmerter linker Ellenbogen, geplatzte Adern an der linken Schädelseite, Bänderriss am Knie. Jetzt drängte sich mit einem ungestümen Crescendo ein völlig neues Gefühl in den Vordergrund des Chaos der mechanischen Schäden. Von dem Einstich an seinem Oberschenkel breitete sich plötzlich eine bedrohliche Hitze aus. Es war ihm, als würden Flammen aus der klaffenden Beinwunde lodern.

Eine nie gekannte Panik packte ihn. Was war passiert? Warum war er zusammengebrochen? Blitzschnell analysierte der Wissenschaftler die Situation. Sein Herz konnte es nicht sein, das war kerngesund. Niemand hatte ihn gestoßen, geschlagen, verletzt, mit Flammen versengt. Plötzlich schlug die glühende Hitze in eine eisige Kälte um, die seinen Kreislauf zu lähmen begann. Auf seltsame Weise fühlte er sich mehr und mehr von der Welt entrückt. Sein Nervensystem hatte kapituliert. Es war eine nie gekannte Erfahrung, als ob sein Gehirn sich kampflos ergeben hätte, er bereits in eine andere Sphäre abgeglitten wäre, als ob sich sein Geist schon vom Körper gelöst hätte. Alles, was er noch empfinden konnte, war Leere, Hoffnungslosigkeit, Einsamkeit.

In diesem Moment spürte er die Wärme einer Hand, die sich behutsam unter seinen Nacken schob.

»Dr. Nicholelis, hören Sie mich?«

Er sah Julia direkt in die warmen, besorgt blickenden Augen.

»Ein schrecklicher Anschlag, Dr. Nicholelis. Wir werden Ihnen helfen.«

Er versuchte zu sprechen, Julia klar zu machen, ihre Bemühungen seien zwecklos, sie könne nichts mehr für ihn tun. Konnte er ihr das zumindest zuflüstern? Nein, kein einziges Wort brachte er heraus. Er versuchte, sich zu bewegen, aber auch das war unmöglich, er war gelähmt. Das Gift wirkte schnell. Julia griff nach seiner Hand. Wenige Pulsschläge später spürte er die Wucht, mit der das Gift sein Herz erreichte und sich rasch in jede Faser seiner Muskeln fraß. Jetzt schaltete sein Nervensystem alle Empfindungen für seinen Körper endgültig ab. Nicholelis spürte auch seinen Puls nicht mehr, er wusste, dass er auf das Ende zutrieb, ohne jeden Zeitbezug, aber unausweichlich. Das Gefühl der Panik wich aus ihm wie aus einer Luftmatratze, deren Ventil man geöffnet hatte. Zurück blieb nur das kristallklare Erkennen des herannahenden Todes.

Von Julias Augen glitt sein Blick zur hohen Decke des Doms von Parma, auf dessen eiskaltem Boden er lag. Grell leuchtete das Deckenfresko von Correggio von dem düsteren Gewölbe auf ihn herab. Er bewunderte die Schönheit der Malerei. Noch nie hatte er so klar, so scharf gesehen. Alles wirkte tausendfach intensiver. Die Kuppel war ausgemalt mit lieblichen Gestalten, die durch Wogen von Licht und Glanz schwebten, so dass er in den offenen Himmel zu schauen glaubte. Mehr und mehr umfing ihn ein Gefühl des Friedens und der Leichtigkeit, es war ihm, als sei sein Geist im Begriff, in diesen Himmel aufzusteigen. In diesem Glücksmoment verharrte er, den Eintritt seines Todes erwartend. Er konnte nichts anderes mehr tun.

Welchen Sinn hatte die Hetzjagd auf Julia gehabt, welchen Sinn hatte sein Leben überhaupt gehabt?, schoss es ihm durch den Kopf.

Seine letzten Fragen blieben ohne Antwort. Jetzt zerriss eine Art Blitz sein Blickfeld. Er wusste, gleich war es vorbei. Dann noch ein Blitz, zwei, drei.

Sein Kopf fiel zur Seite. Mit seinen Augen konnte er jetzt nichts mehr erkennen. Seine visuelle Wahrnehmung verselbständigte sich innerhalb seiner neuronalen Netze. Er sah nur noch, was sein Gehirn vor sein geistiges Auge projizierte. Plötzlich geschah etwas Seltsames. Direkt unter der Kuppel schien er jetzt über seinem Körper zu schweben, immer höher und höher zog es ihn hinauf. Dabei betrachtete er seinen leblosen Körper wie den eines Fremden. Wie war das möglich? Von dort oben aus konnte er beobachten, was um ihn herum am Boden geschah. Das Bild, das sich ihm bot, war zunächst verschwommen. Aber langsam konnte er wieder scharfe Konturen erkennen. Sein Körper lag auf dem kalten Stein. Daneben spielte sich die letzte Szene ab, die er von seinem erhöhten Beobachtungspunkt wahrnehmen konnte: Gianluca hatte sich wie ein Ringer auf eine alte, schwarz verschleierte Frau geworfen und sie mit seinem Gewicht am Boden festgenagelt. Dabei war er darauf bedacht, genügend Abstand zu der Spritze zu halten, die sie mit ihren weißen, ausgemergelten Knöcheln noch immer umklammert hielt. Gianluca konnte die alte Frau jetzt anblicken. Im Kampf war ihr der Schleier verrutscht, so dass ihr Gesicht nun entblößt war. Die Frau blickte hasserfüllt zu Gianluca auf, um ihn dann in maßloser Wut anzuspucken.

Sein Gehirn bäumte sich noch einmal auf. »Rattlesnake«, durchfuhr es ihn. Das letzte, was er über der Szene schwebend sah und merkwürdigerweise gleichzeitig spüren konnte, war Julias fester, beruhigender Händedruck, der ihm das Gefühl gab, nicht alleine sterben zu müssen. Er wollte nur festgehalten werden. Julia tat es – wortlos und aufrichtig. Ausgerechnet die von ihm seit Tagen

Gejagte schenkte ihm den letzten Trost. Ein letztes Zucken ging durch seinen Körper, dann brachen seine Augen. Alles um ihn herum und auch er selbst versank im schwarzen Wasser der Ewigkeit. Er war tot.

RÜCKBLICK

Der hohe, schmale Campanile des Doms von Parma streckte sich an diesem Februarabend bis zum unteren Rand der tief hängenden Wolkendecke, die von Norden kommend die Po-Ebene durchquert hatte und an den Ausläufern des Apennin weiter im Süden zum Stillstand gekommen war. Die Menschen flohen vor dem kalten Nieselregen, der von starken Böen durch die engen Gassen der Altstadt getrieben wurde. Von der Heiterkeit der Stadt war an diesem Abend nichts zu spüren.

Das riesige Bett knarrte ein wenig, als Julia versuchte, sich aus dem verschlungenen Knäuel zweier erhitzter Körper zu befreien.

»Bist du wach?«, flüsterte sie Gianluca zu. Statt einer Antwort vernahm sie nur ein schläfriges Brummen. Seine Hand tastete nach ihrer linken Brust.

Julia lächelte, es war ein entspanntes, zufriedenes Lächeln.

»Es regnet immer noch«, flüsterte sie weiter. Die fast heruntergebrannten Kerzen warfen ihr flackerndes Licht auf die alten Mansardenfenster, durch die das Grollen eines fernen Donners ins Zimmer drang.

Julia spürte unter sich die Krümel des reifen, bröckeligen Parmesankäses pieksen, den Gianluca Stunden zuvor in kleinen Häppchen auf ihrem nackten Körper verteilt und dann mit den Zähnen wieder abgepflückt hatte. Sie hatte die ganze Zeit still liegen müssen, obwohl sie vor Erregung zitterte, genau so, wie er es sich erhofft hatte.

»Ich hasse Krümel im Bett«, sagte sie und unternahm noch einmal den Versuch, sich frei zu strampeln. Jetzt lag sie auf dem

Rücken und atmete tief ein und aus. Dabei strich ihr Blick durch das Mansardenzimmer Gianlucas, das sie so liebte. Mit seinem alten, quietschenden Holzboden, den kleinen, schiefen Mansardenfenstern, dem riesigen, toskanischen, bunt gemusterten Sofa und den wuchtigen alten Holzschränken strahlte das Zimmer Gemütlichkeit aus. Weniger gemütlich war allerdings, dass die Heizung nicht richtig funktionierte.

Julia schüttelte sich und sprang aus dem Bett. Erhitzt und mit geröteten Wangen blickte sie auf Gianluca herab, der vorgab, noch zu schlafen, und sich nicht rührte. »Ich heize ein, sonst ist auch noch das Wasser kalt.« Julia drehte den Hahn der alten Badewanne auf, die auf massiven Löwenfüßen in einer Ecke des Zimmers stand. Das Wasser schoss eiskalt aus dem Hahn. Sie griff unter den Strahl, füllte eine Hand mit Wasser und bespritzte Gianluca. Der richtete sich auf und wehrte sich, indem er ein Kopfkissen nach Julia warf, das sie voll am Kopf erwischte. Dann sprang auch er aus dem Bett und erreichte mit drei Riesenschritten die Badewanne, schöpfte mit beiden Händen ebenfalls Wasser und verfolgte die geduckt fliehende Julia durchs Zimmer rund um die toskanischen Landmöbel herum. Nach mehreren Runden endete die Hetzjagd auf dem Sofa. Beide atmeten schwer. Gianluca strich Julia zärtlich die Haare aus dem Gesicht. Schließlich wurden beide wieder ernst und standen auf. Als das Wasser in dem ächzenden Boiler endlich warm war, stiegen sie gemeinsam in die Wanne und zogen sich nach ihrem Bad an.

Dick vermummt verließen Gianluca und Julia die kleine Studentenwohnung unter dem Dach des Renaissance-Palazzos, der hinter der Universität lag. Es war bereits dunkel. Sie stiegen die steile Marmortreppe mit dem wackeligen Eisengeländer hinab, entriegelten die riesige Holztüre, die den kleinen Innenhof von der Straße trennte, und traten auf die schmale Altstadtgasse hinaus. Die kleine Laterne über der Tür mit ihrer nackten Glühbirne schaukelte quietschend im Wind. Ihr schwacher Schein beleuchtete Julias kastanienbraunes Haar, während sie wartete, bis Gianluca die komplizierten Messingschlösser der Türe wieder verriegelt hatte. Sie schlang sich den hellbeigen Wollschal mehrmals um ihren Hals und zog ihn bis über die Nasenspitze. Julia blickte Gianluca an und lächelte. Sie hakte sich bei ihm unter und das Paar schlenderte eng aneinander geschmiegt zur Piazza Garibaldi. Gianluca war nicht sehr groß. Sie überragte ihn um einige Zentimeter, aber das störte sie nicht. Bei ihm war es, so glaubte sie, nicht immer so gewesen.

Vor drei Monaten hatten sie sich getroffen. Julia, die amerikanische Austauschstudentin, hatte Gianluca zum ersten Mal gesehen, als er am Stehpult in der Mitte des überfüllten, kreisrunden Auditoriums der Universität von Parma stand und eine Vorlesung über die Spiegelzellen im menschlichen Gehirn hielt. Gianluca hatte eine schmale, doch sportliche Figur, wache, hellblaue Augen in einem jungenhaften Gesicht. Wenn er ins Auditorium lächelte, blitzten seine strahlend weißen Zähne, die für eine Zahncremewerbung getaugt hätten, wären die Zähne des Unterkiefers nicht so unregelmäßig gewesen.

Trotz dieses kleinen Makels war Julia von Gianlucas Erscheinung wie vom Blitz getroffen. Sie konnte gar nicht hinschauen, ohne alles andere um sie herum zu vergessen. Also schaute sie weg und sah sich im Hörsaal um, betrachtete die anderen Studentinnen, beobachtete, wie diese sich ins Zeug legten, die Lippen schürzten, ein entblößtes Knie blitzen ließen, wie hier und da sich Brüste unter engen Pullovern wölbten, weil Schultern nach hinten gezwungen wurden, um die Wölbungen noch eindruckvoller und unübersehbarer zu positionieren. Zungenspitzen wurden sichtbar, Hände fuhren durch blonde – oder waren es blondierte? – Mähnen und Pumps balancierten auf Zehenspitzen.

Gegen die habe ich sowieso keine Chance. Die würden sich ja alle am liebsten sofort an seinen Hals schmeißen. Wie könnte ich da seine Aufmerksamkeit auf mich lenken, dachte Julia bei sich. Verstohlen riskierte sie dennoch wieder einen Blick zu Gianluca. Trotz der jungenhaften Anmutung hatte sein ebenmäßiges Gesicht, eingerahmt von dunkelblonden, welligen, dichten Haaren, ernste Züge. Es war diese Ernsthaftigkeit und Konzentration, die Julia so an dem Mann faszinierte, der maßgeblich daran beteiligt war, den Ursprung menschlicher Gefühle mit den Mitteln der Hirnforschung zu erklären, eine sensationelle Entdeckung, die unter den maßgeblichen Experten der Hirnforschung eine lebhafte Diskussion ausgelöst hatte. Gianluca war Julia ebenfalls sofort beim Betreten des Saales aufgefallen. Nicht nur durch ihre natürliche Schönheit hob sie sich von den anderen Studentinnen im Auditorium ab. Julia wirkte auch reifer als sie. Auf der anderen Seite hatte ihr Blick etwas Vorsichtiges, Unschlüssiges. Er musste zu ihr aufblicken, um sie sehen zu können. Sie versuchte, auf jede erdenkliche Weise zu verbergen, dass sie ihn betrachtete. Das gelang ihr zunächst, so dass er seinen Blick wiederholt in ihre Richtung lenken musste. Julia beobachte, wie er reflexartig immer wieder den Ärmel seines Hemdes hochschob, dieser aber sofort wieder herabrutschte. Gianluca schien dies nicht zu merken. Als er wieder zu ihr aufblickte, lächelte sie ihn verschmitzt an. Dies genügte, um Gianluca aus dem Konzept zu bringen. Fast hätte er den Faden verloren.

Später, auf dem Flur mit den Rundbögen im ersten Stock der Universität, entfloh Gianluca den schmachtenden Blicken der weiblichen Studentinnen. Er suchte Julia, fand sie auf der Treppe und sprach sie an. Auf den Espresso folgte ein Abendessen. Es folgten weitere und schließlich eine erste gemeinsame Nacht und Julias Einzug in Gianlucas Wohnung, die sie soeben verlassen hatten.

Am Ende der Via Cavour bogen sie in den Borgo del Correggio ein und überquerten die Piazza del Duomo. Sie gingen schweigend, wollten den Zauber des nebligen Abends nicht durch ein Gespräch stören. Was hätten sie sich auch sagen sollen? Es war ihr letztes gemeinsames Wochenende. Julia musste wieder nach Hause, in die Vereinigten Staaten, nach New York, der Stadt der Städte, deren Lärm und Hektik in diesen Augenblicken so weit weg zu sein schien. In einem Jahr würde sie dort ihr Medizinstudium beenden.

Hinter dem Dom nahmen sie die kleine Gasse Stretto Santa Anna. Am Ende der Gasse blieben sie vor einer Tür stehen, hinter der sich Julias Lieblingsgeschäft in Parma befand: die älteste Apotheke Europas, die Farmacia Antica San Giovanni Evangelista. In den drei Monaten ihres Studienaufenthaltes war sie an vielen Nachmittagen hier hergekommen. In den Regalen der reich verzierten Apothekerschränke der Benediktinermönche standen unzählige Mörser aus Messing und Keramik, mittelalterliche Destilliergeräte sowie viele geheimnisvoll aussehende Schachteln und Dosen mit lateinischen Aufschriften. In der Wand gab es eine Luke, durch die gerührte Salben, gestoßene Pulver und destillierte Pflanzenextrakte zu den Mönchen ins Kloster nebenan durchgereicht worden waren.

Die Eingangstür zur Straße befand sich seit dem sechzehnten Jahrhundert genau an derselben Stelle. Durch diese Tür fand zum ersten Mal die Heilkunst der Benediktiner den Weg zum Volk. Gianluca kaufte in dem kleinen Kiosk der Apotheke einen Flakon Violetta di Parma, jener Essenz, die Marie-Louise, Napoleons zweite Frau, so geliebt hatte und die in Parma seit jenen Tagen unverändert hergestellt wird. Julia träufelte einige Tropfen davon auf ihren Schal. In eine Wolke von reinem Veilchenduft gehüllt verließen sie die Apotheke und gingen hinüber zum Dom.

Sie nahmen weit hinten in der vorletzten Reihe Platz. Die riesige romanische Kirche mit ihren dunklen Holzbänken und mächtigen Rundbögen war fast nur von Kerzen erleuchtet. Dreißig Meter hoch über ihnen – und unerreichbar – glühte das gewaltige Kuppelfresko von Correggio. Es schien in eine bessere Welt zu weisen.

Vorne am Altar standen zwei Priester mit ihren Ministranten. Sie hatten die Hände gefaltet und lauschten den Worten des Bischofs, der, auf einem prächtigen Thron sitzend, in das Mikrofon vor seinem Mund sprach:

»Wie der Evangelist Markus berichtet, bringt man in Betsaida einen Blinden zu Jesus, der ihn bittet, er möge ihn berühren. Jesus nimmt den Blinden bei der Hand, führt ihn vor das Dorf hinaus, bestreicht seine Augen mit Speichel, legt ihm die Hände auf und fragt ihn: ›Siehst du etwas?‹ Der Mann blickt auf und sagt: ›Ich sehe Menschen; denn ich sehe etwas, was wie Bäume aussieht und umhergeht.‹ Jesus legt ihm nochmals die Hände auf die Augen, und nun sieht der Mann deutlich. Er war geheilt und konnte alles genau sehen.« Gianluca übersetzte die vom Bischof zitierten Bibeltexte nahe an Julias Ohr in flüsterndem Ton.

»Da sagte er: ›Geh und sag diesem Volk: Hören sollt ihr, hören, aber nicht verstehen. Sehen sollt ihr, sehen, aber nicht erkennen.‹«

»Der Bischof will anhand dieser Bibelstelle verdeutlichen, dass der Mensch nicht begreifen will«, erläuterte Gianluca.

Julia nickte und folgte weiter der Übersetzung:

»Er hat ihre Augen blind gemacht und ihr Herz hart, damit sie mit ihren Augen nicht sehen und mit ihrem Herzen nicht zur Einsicht kommen, damit sie sich nicht bekehren und ich sie nicht heile.«

Julia sah fragend zu Gianluca hinüber.

»Das ist ein Schlüsseltext der Bibel. Die Stelle stammt von Johannes. Er versucht zu erklären, dass es verschiedene Weisen des Sehens gibt. Ein bloß oberflächliches Sehen erkennt die eigentliche Tiefe und Bedeutung der Dinge nicht. Für die Bibel ist das richtige Sehen nur mit dem Herzen möglich.«

Julia wandte sich wieder nach vorne. Dann beugte sie sich fragend wieder zu Gianluca.

»Ich dachte, die Schlüsselszene der Bibel sei die Stelle mit dem Samariter. Dort geht es doch um die Nächstenliebe.«

»Ja, das ist in der Tat auch ein sehr wichtiger Text«, flüsterte Gianluca. »Aber der eine Gedanke setzt den anderen voraus. Man muss mit dem Herzen sehen können. Sonst gibt es keine Nächstenliebe.« Dabei nahm er ihre Hand unter der Bank.

Nach dem Gottesdienst standen sie auf, schauten sich noch ein wenig im Dom um und verließen dann die Kirche. Draußen war der Nebel noch dichter geworden. Man konnte den dritten Loggiabogen der Fassade kaum noch erkennen. Die Marmorreliefs der zwölf Tierkreiszeichen wirkten aber dennoch so plastisch, dass es aussah, als blickten sie wie aus hohlen Augen auf die leere Piazza del Duomo. Julia und Gianluca zogen die Gürtel ihrer Mäntel stramm und steuerten auf die kleine Trattoria in der Via Rondani unten am Fluss zu. In dem Lokal mit den von der Decke hängenden, mächtigen Parmaschinken und herrlich duftenden Salamis würden sie an einem kleinen, mit rotweiß karierten Servietten gedeckten Holztisch sitzen und eine endlose Reihe von kleinen Vorspeisen zu sich nehmen, gefolgt von ihrer Lieblingspasta Quattro Formaggi. Dazu würden sie wie immer den kräftigen Roten, einen Bolgheri, trinken und das einfache, aber leckere Menü mit einem starken Espresso krönen.

Während sie durch die engen Gassen der Altstadt zur Trattoria gingen, beschlossen sie jeder für sich, kein Wort darüber zu verlieren, dass Julia in wenigen Tagen nach New York zurückkehren und ihre kaum begonnene Romanze damit zu Ende sein würde. Beide hatten sie keine Hoffnung auf eine Fortsetzung ihrer Beziehung. Sie war eine Studentin aus den USA, die dort ihren Abschluss machen würde. Er hatte sein Studium schon vor Jahren beendet und war jetzt Assistent von Professor Agostino am Institut für Humanphysiologie in Parma. Dort arbeitete er an einer der bislang größten Entdeckungen der Hirnforschung, den Spiegelneuronen im menschlichen Gehirn, Zellen, die es den Menschen ermöglichen, Mitgefühl zu entwickeln und sich in andere Menschen hinein zu versetzen.

In Zukunft würden sie Kontinente und die Unsicherheit darüber trennen, welchen Weg jeder von ihnen in ihrem Leben einschlagen würde. Würden sie sich jemals wiedersehen?

1

Vier Jahre später

Die Gärten standen bereits in voller Blüte und die ersten Strahlen der Morgensonne beleuchteten die Spitzen der Hügelkette, die das Tal mitten im ländlichen New Jersey umschloss. Noch in den Morgennebel gehüllt, lag die Landschaft vor ihr. Das Tal – ihr Tal – strahlte eine wunderbare Ruhe aus.

Julia kauerte im Schneidersitz auf einer Bank vor dem kleinen, gemütlichen Holzhaus ihres Vaters und sah zu, wie der Tau auf den Blumen im Garten langsam verdunstete. Sie roch die nasse Erde unter den wild wachsenden Obstbäumen. Als sie die Augen schloss, spürte sie, wie die Sonnenstrahlen an diesem Maimorgen, gefiltert durch ihren dünnen, weißen Pullover, ihre Haut erwärmten. Es wird ein schöner Tag werden, dachte sie.

Julia stand auf, streckte sich kurz, schlüpfte in ihre Mokassins und ging in die Küche. Sie stellte die Kaffeetasse in die Spüle, ließ Wasser hineinlaufen und hielt dabei ihre Handgelenke kurz unter das erfrischende, kalte Wasser.

Im engen Flur des Hauses mit seinen Holzdielen und der gemusterten Tapete betrachtete sie ihr Antlitz im Spiegel. Sie war 28 Jahre alt, fast 1,80 m groß, schlank, mit einem feinen Gesicht. Von ihrer Mutter hatte sie die italienisch anmutende Augenpartie mit den dunklen Brauen und den großen, braunen Augen sowie das dichte, kastanienfarbene Haar geerbt. Dagegen wirkten die schmale Nase und der schön geschwungene, aber eher schmale Mund wie ein Fremdkörper. Aber gerade dieser Gegensatz ließ ihr Gesicht besonders apart aussehen. Julia kontrollierte mit einer Körperdrehung den Sitz ihrer Jeans im Spiegel. Ihre etwas zu breiten Hüften passten nicht ganz zu ihrer sonst so schlanken Figur. In Verbindung mit der schmalen Taille wirkte das aber auf Männer anziehend, das wusste sie. Dann wandte sie sich wieder ihrem Gesicht zu und prüfte mit einer übertriebenen Grimasse die Sauberkeit ihrer Zähne. Ihr Spiegelbild vor sich, probierte sie einen entschlossenen, freundlichen, aber distanzierten Gesichtsausdruck, in der Hoffnung, auf diese Weise ihren Kollegen in der Neurobiologie Professionalität und Selbstsicherheit zu vermitteln. Der angestrebte Gesichtsausdruck wollte ihr aber nicht so recht gelingen. So streckte sie dem Spiegel und sich die Zunge heraus und wandte sich zum Gehen.

»Daddy, ich bin dann weg. Heute habe ich Doppelschicht in der Klinik. Bin erst morgen früh wieder da. Vergiss´ nicht, deine Tabletten zu nehmen«, rief sie die Treppe hinauf, während sie hörte, wie dort unaufhörlich die Tasten des Computers klapperten.

Immerhin verstummte das Klappern kurz.

»OK, Liebes, pass auf dich auf. Trink noch deinen Tee mit Honig. Ich habe ihn gerade frisch für dich gemacht. Er steht in der Küche.«

Ohne eine Erwiderung abzuwarten, flogen seine Hände erneut über die Tasten.

«Danke, Dad. Übrigens, die Tabletten liegen auf deinem Nachttisch.«

Julia ging in die Küche, schüttete die Tasse mit dem heißen Tee, die sie zuvor gar nicht beachtet hatte, in den Ausguss. Seit dem frühen Tod ihrer Mutter hatte Julias Vater ihr jeden Tag einen Tee mit Honig gemacht. Er hielt Honig für gesund und hatte in den ganzen Jahren nicht bemerkt, dass Julia ihren Tee am liebsten schwarz trank, ohne Zucker, Milch, Zitrone und eben auch Honig. Sie hatte mehrfach versucht, ihm das zu vermitteln, aber er bestand darauf, dass Honig für ihre Gesundheit förderlich sei. Sie hatte es aufgegeben, ihm ihre Teevorliebe zu erklären, wollte ihn auch nicht mit solchen Kleinigkeiten verletzen. Und so schüttete sie jeden Tag lächelnd die von ihrem Vater aufgebrühte Tasse Tee mit Honig in den Ausguss. Jetzt nahm sie ihre Tasche, kontrollierte, ob ein sauberer Laborkittel und ihr Necessaire darin waren und verließ das Haus durch die Vordertür.

2

Zur gleichen Zeit saß Brian Belucci, Inhaber eines kleinen Klempnerbetriebes, mit seiner Frau Ellie beim Frühstück in ihrem Reihenhaus in Queens. Unauffällig betrachtete er von der Seite seine Frau, die über die Jahre immer rundlicher geworden war. Das hatte seiner Liebe zu ihr aber keinen Abbruch getan. Für ihn war sie mit ihren runden Hüften und dem trotz ihres Alters faltenlosen Gesicht immer noch die schönste Frau der Welt.

»Es gibt weniger Aufträge, die Krise ist deutlich zu spüren«, sagte er sorgenvoll. »Für heute sind mir schon wieder zwei Termine abgesagt worden. Es wird an allen Ecken und Enden geknapst. Und für Leute ohne Geld ist es heute leichter, an ein neues Auto zu kommen, als ihre Häuser in Schuss zu halten.«

»Mach dir keine Sorgen, Brian«, antwortete seine Frau. »Wir schaffen das schon, wir haben ja noch das Haus.«

»Ja, aber als Vater muss ich auch unsere drei Kinder durchbringen.«

»Nur noch zwei«, flüsterte Ellie und strich dem Mann, mit dem sie seit zwanzig Jahren glücklich verheiratet war, liebevoll durchs Haar. Brian Belucci blickte irritiert, fing sich aber sofort wieder.

»Frank soll studieren, Doreen möchte eine Ausbildung als Kosmetikerin absolvieren, das kostet.«

Brian nahm im Aufstehen noch einen Schluck Kaffee.

»Ich muss los, Spencer & Son wollen sich neue Armaturen in ihr Bürogebäude einbauen lassen. Der Auftrag ist groß, aber sie haben den Preis ganz schön gedrückt. Früher lief das glatter, die Leute haben einen fairen Preis bezahlt und nicht dauernd geschachert und nachgekartet. Heute ist alles härter. Ich musste heute Morgen schon wieder einen Mann entlassen, und das auch noch per E-Mail, weil er krank ist, der arme Kerl. Stell dir das mal vor. Ich hätte das früher nicht fertiggebracht. Vielleicht hat mich der finanzielle Druck so verändert.«

Einen Moment lang träumte er davon, alles hinzuschmeißen, aufzugeben. Er sehnte sich nach Freiheit und Unabhängigkeit. Dann kehrte er wieder in die Realität zurück. Er sah Ellie in die Augen und zwang sich zu einem schiefen Lächeln.

»Ciao, Ellie, ich freue mich schon auf heut' Abend.«

Belucci trank im Gehen noch schnell sein Glas Milch aus, das Ellie bereitgestellt hatte, wie jeden Morgen.

»Ich auch, Brian, es gibt Saltimbocca, das magst du doch so sehr.«

»Du bist ein Schatz, Ellie, ich liebe Dich.«

Ellie wischte ihm liebevoll den dünnen Milchbart von der Oberlippe. Danach verließ Brian Belucci zum letzten Mal sein Zuhause und kletterte in seinen Lieferwagen.

3

Vor dem Holzhaus stand ein alter Buick Skylark auf dem Wendeplatz, in dessen Mitte ein liebevoll gepflegter Rosenstock stand. Julia benutzte den Wagen seit dem Tod ihrer Mutter. Gebaut für Familien der aufstrebenden Mittelschicht war das Auto ein Schulbeispiel für misslungenes amerikanisches Design. Der Kontrast von inzwischen stumpf gewordenem rotem Lack zu der in speckigem dunkelbraun glänzenden Ausstattung des Innenraums aus billigstem Plastik hatte allerdings einen gewissen Reiz. Außerdem funktionierte der Wagen tadellos. Ihr Vater hatte stets darauf geachtet, dass er in einer ordentlichen Werkstatt gewartet wurde. Seit seiner Pensionierung als Philosophieprofessor fuhr er nur noch sehr selten. Ein zweites Auto war ihm zu teuer, und so hatte er sich in seinem kleinen Haus auf dem Land, knapp 45 Minuten von Manhattan entfernt, mit seinen Büchern eingeigelt.

Julia hatte ihm vor einigen Jahren zu Weihnachten einen Computer mit Internetanschluss geschenkt. In seiner kleinen Bibliothek in der Mansarde des Hauses saß er seitdem täglich viele Stunden über die Tastatur des Computers gebeugt und nahm inzwischen routiniert an Chats der philosophischen Fakultäten verschiedener Universitäten teil.

Trotzdem hatte er sein Misstrauen gegenüber dem für ihn neuen Medium nie vollständig überwinden können. Julia schüttelte immer wieder nachsichtig den Kopf, wenn sie sein Zimmer betrat und auf dem Computergehäuse, den Regalbrettern, den Bilderrahmen, den Buchrücken und sogar auf den Armlehnen des Schreibtischstuhls die vielen hundert kleinen, gelben, voll gekritzelten Post-it Zettel sah.

Beinahe jeder freie Quadratzentimeter des Zimmers war damit zugepflastert. Die Texte der Post-it Zettel hatte sie jedoch nie gelesen. Sie verstand wenig von dem, was ihr Vater den ganzen Tag tat, und wenn sie ehrlich war, interessierte es sie auch nicht besonders. Es war einfach nicht ihre Welt.

Über die letzten Jahre hinweg war Julia in immer stärkerem Maße sein einziger persönlicher Kontakt zur Außenwelt geworden. Sie hatte versucht, ihrem Vater die verstorbene Frau zu ersetzen, indem sie sich um alles kümmerte, was ihr Vater brauchte, damit er sich ganz seiner Leidenschaft für die Philosophie widmen konnte. Sie sorgte für Einkäufe, für die Zubereitung des Essens, die Reinigung des Hauses und seiner Kleidung. Das erledigte sie nicht alles selbst, dafür ließ ihr der Beruf als Assistenzärztin im Bethesda Krankenhaus in New York zu wenig Zeit, aber sie schaffte es, alles Notwendige für ihn zu organisieren.

Für sie war das Zusammenleben mit dem Vater Ausdruck ihrer Dankbarkeit dafür, dass er wiederum über Jahre versucht hatte, ihr die verlorene Mutter zu ersetzen. Dies war ihm natürlich letztlich nicht möglich gewesen, sie hatte als junges Mädchen die Mutter sehr vermisst. Doch sie erkannte an, dass er alles getan hatte, was er vermochte. Natürlich hätte sie längst eine kleine Wohnung in Manhattan haben können, in der sie sich frei bewegen könnte, aber die Lebensgemeinschaft mit ihrem Vater war für sie auch ein Ruhepol, der ihr Halt gab.

Julias Vater hörte auf zu tippen und stand auf, als er hörte, wie seine Tochter den Motor anließ. Er trat ans Fenster und blickte Julia nach. Seit dem Tod seiner Frau war sie sein Ein und Alles. Trotzdem spürte er, dass er ihr die Mutter nicht ersetzen konnte. Es gab einfach Gespräche, die Vater und Tochter nicht führen konnten. Er war sehr stolz auf seine Tochter. Immerhin war sie

Ärztin geworden, jemand, der – wie er dachte – Menschen von ihren Krankheiten heilte. Julia hatte ihm ein paar Mal zu erklären versucht, dass sie nicht dafür zuständig war, Husten, Schnupfen und Bauchweh zu kurieren, sondern in der Hirnforschung tätig war. Sie hatte ihm ihre Tätigkeit beschrieben, aber er hatte ihre Schilderungen nie ganz verstanden. Zu sehr lebte er in seiner eigenen Gedankenwelt, um ihren heimischen Vorträgen über die Funktionen des Gehirns und die neusten Forschungsergebnisse folgen zu können. Aber auch er fühlte sich von Julia nicht immer verstanden. Wusste sie überhaupt, womit sich die Computerchats beschäftigten, an denen er teilnahm? Hatte sie jemals gefragt, was er auf seine vielen kleinen Post-it Zettel schrieb? Er spürte, dass zwischen ihren beiden Welten eine große Distanz lag, die zu überwinden er sich mit seinen 71 Jahren nicht in der Lage fühlte. Er bedauerte die Distanz und spürte, dass es ihr genauso ging. Aber wie konnten sie den Zugang zur Welt des anderen finden?

Seine Gedanken über sein Verhältnis zu Julia schob er beiseite und kehrte wieder zu seinem Schreibtisch zurück. Für heute hatte er sich vorgenommen, die kleinen gelben Notizzettel in seiner Bibliothek zu ordnen. Es waren einfach zu viele geworden. Er hatte keinen Überblick mehr über das, was er sich notiert hatte, und wusste in den meisten Fällen auch nicht mehr, warum. Was er auf den Zetteln las, erschien ihm wie Details eines Bildes, dessen Motiv er nicht mehr klar erkennen konnte, weil er zu nahe davor stand. Kopfschüttelnd las er die Gedanken, die ihm als notierenswert erschienen waren:

»Viele große Forscher haben angenommen, der Beginn des Lebens sei eigentlich nur ein Unfall, ein Zufall gewesen.« Dann war kein Platz mehr auf dem Zettel. Ach ja, erinnerte sich Julias Vater, die alte Frage, warum wir hier sind.

»Hat der Zufall einen Platz in unserem Weltbild?«, stand auf einem anderen Zettel. Nein, dachte er, während er resigniert lächelte, mit Zufall hat das wohl alles nichts zu tun, denn das würde doch bedeuten, dass wir es hier gar nicht mehr mit einer wissenschaftlich zu klärenden Frage zu tun haben. Auf der anderen Seite gab es Wissenschaftler, die ihr Leben lang nicht anderes taten, als den Zufall zu erforschen.

»Wie hat das Leben begonnen, und warum?«, stand auf dem dritten Papier, das er zur Hand nahm. Julias Vater pflückte einen weiteren Zettel, diesmal vom Bücherregal.

»Entzauberung der Welt durch die Wissenschaft. Max Weber.«

Neben dem Zettel mit dem Max Weber-Zitat klebte ein weiteres Papier. »Was passiert mit uns, wenn wir sterben? Gibt es ein Leben nach dem Tod?«

»Und«, fragte er den ausgeschalteten Computer vor sich, »haben wir Menschen wenigstens bei der Beantwortung dieser Frage irgendwelche Fortschritte gemacht?«

Nein, antwortete er sich im Geiste. Wir wissen nicht, warum wir leben, und haben nach wie vor Angst vor dem Tod. Wir sind mit unserem Wissen in dieser Frage immer noch am Punkt Null.

Die Zettel müssen ziemlich alt sein, dachte Julias Vater, denn sie waren schon so verblasst, dass er seine eigene Schrift kaum lesen konnte. Er musste in sich hinein grinsen. Keine neuen Fragen, keine neuen Erkenntnisse, die er da aufgeschrieben hatte, eher Banalitäten. Aber es war immer eine Eigenheit von ihm gewesen, alles aufzuschreiben, worüber er nachdachte. Nur wenn er schrieb, konnte er denken. Schon immer hatte er in der Furcht gelebt, seine Gedanken zu vergessen. Mit zunehmendem Alter war die Furcht zur Gewissheit geworden. Immer öfter konnte er mit den Zetteln gar nichts mehr anfangen. Er verlor die Lust am Sortieren und zerknüllte die Post-its, die er bis dahin eingesammelt hatte. Es war ihm einfach nicht mehr nachvollziehbar, was wohin gehörte. Dennoch ließ ihn, wie immer, wenn er sich damit beschäftigte, der Gedanke an ein mögliches Leben nach dem Tod nicht gleich wieder los.

»Spiritualität«, dachte Julias Vater, gab's schon in der Steinzeit. Als die damaligen Menschen anfingen, ihre gestorbenen Gefährten nicht mehr einfach wie Tiere an Ort und Stelle verrotten zu lassen, sondern sich fragten, wo die Toten hin gingen, ob sie eine Reise machten. Und sie sich vorstellten, dass sie für diese Reise Kleidung, Essen und Waffen brauchten. Schon damals erkannten die Menschen, dass es eine Grenze zwischen Leben und Tod gibt. Es entstand Spiritualität. Und die Angst vor dem Jenseits – dem großen Unbekannten. Aus Angst und Ungewissheit entstand erst der Aberglaube, dann der Glaube. Mit dem Glauben entstanden Götter, und mit ihnen die Macht, die Menschen für Glauben und Götter in Anspruch zu nehmen und Menschen dadurch zu unterwerfen. Aber der Antwort auf die Frage «Was passiert mit uns nach dem Tod?«– der naheliegendsten und doch schwersten Frage aller Fragen – sind wir keinen Schritt näher gekommen. Je ratloser wir sind, umso stärker wird die Sehnsucht nach Flucht in die starken Arme eines reinen Glaubens, eines Glaubens, der Gefahr läuft, in seiner strengsten und engstirnigsten Form in den Fundamentalismus umzuschlagen, der wiederum Menschen zu Raubtieren machen kann. Das Resultat: tausende Jahre Krieg.

»Raubtiere, tausend Jahre Krieg. Oh Gott, mir gehen die Gedanken durch«, murmelte er. Er drehte sich um und ließ den Blick durch sein kleines Zimmer schweifen. Er sah die überquellenden, viel zu kleinen Bücherregale, die Hochschulzertifikate und Diplome, die an den wenigen freien Stellen an der Wand hingen, die billig gerahmten Semesterfotos mit zahlreichen Widmungen darauf. Schließlich betrachtete er den zerschlissenen, gemusterten Teppich und die dazu passenden, altmodischen Vorhänge vor dem kleinen Fenster. Was früher einmal gemütlich gewirkt hatte, war jetzt einfach nur alt und abgenutzt. So wie er selbst. Hier stand er inmitten der Ruinen seiner verflossenen Laufbahn als Philosophieprofessor an einer Provinzuniversität. Resigniert warf er die zerknüllten Zettel in den Papierkorb. Seine Notizen waren unsystematisch und so wild verstreut, dass sie einfach nicht mehr in eine sinnvolle Reihenfolge zu bringen waren, weder für ihn, noch für irgendjemand anderen. Das wurde ihm unbarmherzig klar. Also beschloss er, die nicht einmal richtig begonnene Sisiphos-Arbeit wieder einzustellen. Am nächsten Tag würde er einen Internet Chat verschiedener Fakultäten mehrerer amerikanischer Universitäten leiten.

Dieses Chat Forum gab es schon seit einigen Jahren. Am Anfang war es nur ein loser Gesprächskreis, der von den Vertretern der Universitäten reihum in unregelmäßigen Abständen geleitet wurde. Dann aber waren immer mehr Teilnehmer hinzugekommen. In den letzten Monaten hatten sich sogar ein paar Vertreter des Committee of Political Science of the US angeschlossen. Diese hatten ihm vorgeschlagen, den Chat Room gegen eine finanzielle Anerkennung als Moderator zu leiten. Zunächst hatte er abgelehnt. Er hasste das Rampenlicht, schon immer, und die zugesagte Vergütung war ihm nicht wichtig. Er hatte sich aber schließlich davon überzeugen lassen, dass die Größe der Gruppe einen Diskussionsleiter erforderte. Auf den Vorschlag der Vertreter des Committee of Political Science hatten sich alle Teilnehmer einstimmig mit seiner Leitung einverstanden erklärt. Die Aufgabe war anspruchsvoll und machte ihm Spaß. Er musste die Diskussionen in Gang bringen, in die richtige Bahn lenken, Schwafler bremsen, Wortkarge zum Sprechen beziehungsweise Schreiben bringen. Morgen war es wieder so weit, da durfte er sich nicht durch seine inzwischen zusammenhangslos erscheinenden Post-its durcheinander bringen lassen.

4

Der alte Skylark bockte ein wenig, da der Motor noch kalt war. Julia fuhr den Hügel hinab, vorbei an blühenden Obstbäumen, Milchlieferwagen und bellenden Hunden, an Müttern, die ihre Kinder zum Schulbus brachten, an Bäckereien, die ihre Brotregale in den Schaufenstern mit duftendem Brot und dampfenden Blaubeer-Muffins füllten, hinaus aus dem Dorf. Dann ging es wieder ein Stück über Land, wo sich noch die letzten Reste des Morgennebels an den Weidezäunen in den Senken festzukrallen schienen. Wenige Minuten nach dem Start lief der Motor jetzt rund. Sie genoss die Fahrt durch die Landschaft.

Julias Handy klingelte. Sie schaltete die Freisprechanlage an. »Julia Cameron«.

»Hallo Kleine, mein Dienst ist vorbei, wollen wir uns treffen? Lust auf Frühstück?« Es war Bert.

»Morgen Bert, das geht leider nicht. Ich habe heute Doppelschicht. Das hatte ich dir doch gestern erzählt.«

»Ach ja stimmt, das habe ich schon wieder vergessen. Es ging drunter und drüber heute Nacht im Krankenhaus, ein Wahnsinn. Gut, dann melde dich doch, wenn deine zweite Schicht beendet ist. Ich möchte etwas mit dir besprechen.«

»OK, bis dann, Bert«, beendete Julia das kurze Gespräch.

Was will er denn mit mir besprechen?, überlegte sie. Sie sah Bert vor sich, mittelgroß, ein wenig zu breit und kräftig, semmelblond, grüne Augen in einem Gesicht, das Entschlossenheit ausstrahlte. Und entschlossen, das war er auch. Er war auf dem besten Wege, eine Bilderbuchkarriere als Hirnchirurg am Bethesda Krankenhaus zu machen, einer namhaften Klinik in New York. Er und Julia waren seit drei Jahren zusammen, sie hatten sich über ihre gemeinsame Arbeit kennengelernt. Als Assistenzärzte an dieser Klinik hatten beide nicht viel Zeit und Gelegenheit, einen geeigneten Partner zu finden, und so waren sie kurz nach ihrer ersten Begegnung zusammengekommen. Für Bert war Julia ein außerordentlich attraktives Aushängeschild an seiner Seite. Julia war hübsch und kam bei allen seinen Kollegen gut an. In gewisser Weise wertete ihn diese »Trophäe« auf. Julia konnte seiner Karriere nur nützlich sein. Er stellte sich vor, dass sie später einmal seine Kinder gebären würde, dann aufhören würde zu arbeiten, um sich ganz ihm und der Kinderschar als Hausfrau und Mutter widmen zu können.

Julia dagegen hatte noch nie so weit gedacht. Das Zusammenkommen mit Bert war so schnell gegangen. Sie war sich bis heute im Unklaren, warum sie sich schon am zweiten gemeinsamen Abend hatte überrumpeln lassen. Das war sonst überhaupt nicht ihre Art. Sie hatte aber neben der Arbeit kaum Zeit gefunden, darüber nachzudenken, ob Bert eigentlich der Richtige für sie war. Vielleicht wollte sie sich mit diesem Thema auch gar nicht ernsthaft beschäftigen, denn das hätte bedeutet, sich auch mit sich selbst, ihrer Vergangenheit und ihrer Zukunft auseinandersetzen zu müssen. Bert gehörte bereits als Selbstverständlichkeit zu ihrem Leben. Leidenschaft empfand sie für ihn nicht. Natürlich schliefen sie miteinander, aber das lief beständig nach dem gleichen Ritual ab. Er packte sie, kam schnell, gab ihr nicht die Gelegenheit, seine Erregung zu teilen, und nach zehn Minuten war es vorbei. Danach lag er auf dem Rücken und schlief sofort ein. Warum war sie also mit ihm zusammen? Vielleicht, weil sie wusste, dass er seinen Weg machen würde, weil er ihr die Sicherheit gab, die sie ihr ganzes Leben lang vermisst hatte?

Bert dagegen liebte Julia, zumindest auf seine Weise, das spürte sie. Trotzdem fühlte sie sich von ihm manchmal wie ein kleines Kind behandelt. Sie argwöhnte auch, dass er ihre Arbeit und ihr Engagement nicht ganz ernst nahm. Gestern Abend hatte sie ihm doch schon erzählt, dass sie heute Doppelschicht haben werde. Wie konnte er das bis zum nächsten Morgen vergessen? Und wieder stellte sie sich die Frage, was er bloß mit ihr zu besprechen hatte? Wollte er ihr jetzt einen Heiratsantrag machen? Er hatte sie in der letzten Zeit manchmal so bedeutungsvoll angesehen. Was sollte sie sagen? Liebte sie ihn? Eine Frage, die sie sich nicht erlaubte, zu beantworten. Sie verstand ihn häufig nicht, konnte sich nicht in ihn hineinversetzen, insbesondere weil er sein ganzes Denken, sein ganzes Leben der Karriere widmete, von dem Streben nach Erfolg völlig besetzt zu sein schien. Aber musste sie alles verstehen? Was war Liebe überhaupt? Julia kam kurz von der Fahrbahn ab und zuckte vor Schreck zusammen. Du kannst jetzt nicht darüber nachdenken, das ist der falsche Zeitpunkt, schalt sie sich und konzentrierte sich wieder auf die Straße.

Nach und nach verloren sich die Windungen der Straße. Sie wurde breiter. Nach einigen Auffahrten und Überführungen löste sich das ländliche Idyll im Ruß und Staub der achtspurigen Interstate 95 Richtung Manhattan endgültig auf.

Über diese Hauptschlagader versorgte sich New York täglich hunderttausendfach mit dem nötigen Pulsschlag aus erholtem, gereinigtem Blut pendelnder »Provinzler«, die dort wohnten, wo die Mieten niedrig und die Abendbrisen sauber sind. New York erinnerte die Pendler aber bei jeder Gelegenheit daran, dass sie keine richtigen New Yorker waren. Das Kennzeichen aus New Jersey bedeutete für diejenigen, die es nach Manhattan geschafft hatten, einen Makel.

Die riesigen, spiralförmigen, auf Stelzen ruhenden Auffahrten zu den Batterien von Mautstationen vor der Tunneleinfahrt ließen den anbrandenden Verkehr nur stockend in die Betonröhre unter dem Hudson River gelangen. Wie eine Verheißung ragten auf der anderen Flussseite die Türme von Down Town empor.

Es dauerte gut 15 Minuten bis Julias Skylark sich an das Maut-Häuschen herangeschoben hatte. Ein freundlicher Schwarzer nahm ihr mit einem monotonen »Have a nice day, Mam« das Eintrittsgeld für Manhattan, die sechs Dollar Tunnelgebühr, ab. Es war jeden Tag derselbe Mann. Wie ein Mantra sagte er seinen immer gleichen Vers auf, in jener freundlichen, aber unpersönlichen und letztlich gleichgültigen Weise, die Julia so hasste. Sie trat aufs Gaspedal, hielt auf den Tunneleingang zu und tauchte dann in die neonerhellte Röhre hinab.

Julia nahm die Rücklichter ihres Vordermannes ins Visier und konzentrierte sich darauf, den Sicherheitsabstand genau einzuhalten. Doch das half ihr nur für kurze Zeit, sich dem beklemmenden Gefühl zu entziehen, das sie jedes Mal bei der täglichen Tunneldurchfahrt befiel, wenn ihr bewusst wurde, 30 Meter unter der Wasseroberfläche des Flusses durch eine Betonröhre zu fahren. Ganz schlimm war es, wenn der Verkehr stockte.

Jetzt schaute sie zur Tunneldecke hinauf, musterte die schmutzig gelblichen Kacheln an den Wänden und Decken und ihr ganzer Körper verkrampfte sich immer stärker hinter dem Steuer des alten Buick, je weiter sie in den Tunnel hineingefahren war. Sie versuchte, sich von ihrer Lage abzulenken, rutschte auf dem dunkelbraunen Kunstleder der billigen Sitze des Buick hin und her und spielte an den Knöpfen des Radios, das hier unten sowieso keinen Empfang gestattete. Dann starrte sie auf die Tunneldecke, erfüllt von der Angst, einen Riss in der endlosen Kachelreihe zu entdecken, der eine Katastrophe ankündigte.

Julia war keine ängstliche Natur, aber im Tunnel konnte sie sich klaustrophobischen Vorstellungen nie entziehen. Nachdem sie den tiefsten Punkt des Tunnels hinter sich gelassen hatte und die Fahrbahnen langsam wieder anstiegen, wurde alles noch schlimmer. Wie fast immer kam der Verkehr durch den Rückstau der ersten Ampeln Manhattans zum Stillstand. Julia fühlte sich hilflos der Situation ausgesetzt, konnte nicht handeln, um das erlösende Ende ihrer täglichen Prüfung herbeizuführen, sondern war dazu verurteilt, einfach nur zu warten.

Ihre Hände wurden feucht, ihr Nacken verspannte sich. Sie konnte die Panikattacke spüren, noch bevor sie da war. Ihr Gehirn spulte zwanghaft immer wieder die gleichen Szenen ab: Die Tunneldecke birst. Erst ist es ein Haarriss, dann platzen die ersten Kacheln ab, fallen mit lautem Krachen auf die Dächer und Hauben der Autos. Scharf riechender Staub rieselt hinterher, ballt sich zu weißen Wolken zusammen. Dann fängt die Fahrbahn an zu vibrieren, weil weiter hinten, genau am tiefsten Punkt des Tunnels, die Decke gebrochen ist und die Katastrophe unweigerlich ihren Lauf nimmt.

Kein menschlicher Laut ist zu hören, nur das Kreischen von zerreißendem Metall der sich ineinander schiebenden tonnenschweren Fahrzeuge. Dann wird schnell ein Hintergrundgeräusch immer deutlicher. Es wird zu einem Rauschen, das tausendmal lauter wirkt als das des größten Wasserfalls. Dieses Rauschen kommt immer näher. Schlammige Wassermassen schießen durch die immer größer werdenden Risse in den Tunnel. Sie donnern mit apokalyptischer Gewalt gegen die Ausgänge, alles vor sich herschiebend, zerquetschend, zertrümmernd, bis Julia in ihrem Buick die unterirdische Lawine aus Wasser, Schlamm, Autos fast schon im Rückspiegel sehen kann. Sie stellt sich bildlich vor, wie sie nur Sekunden später eingeklemmt in einem der unzähligen bunten Eisenklumpen von den Wassermassen des Hudson River aus der Ausfahrt des Tunnels wie aus einem Kanonenrohr auf die Straßen Manhattans gespuckt wird.

Endlich ging das Radio wieder, ein Zeichen dafür, dass sie bald wieder aus dem Tunnel auftauchen würde. Als sie das Tageslicht sah, beruhigte sich das Gewitter in ihrem Kopf. Ihre Hände wurden wieder trocken und ihre Verspannungen lösten sich. Julia fädelte sich in den fließenden Verkehr ein und steuerte auf ein für Manhattan ungewöhnlich niedriges Backsteingebäude zu, in dem sie arbeitete. Ein großes, frisch beschriftetes Schild spannte sich oben über das Dach: Bethesda Krankenhaus.

5

Julia parkte ihren Wagen auf dem Angestelltenparkplatz, ein Privileg, das ihr eingeräumt wurde, nachdem sie als Mitglied in die Forschungsabteilung von Professor Brown aufgenommen worden war. Mit dem Aufzug fuhr sie in die fünfte Etage, überquerte einen gläsernen Übergang zwischen den beiden Hauptgebäuden und öffnete mit ihrer Chipkarte die doppelflügelige Tür zum Forschungszentrum für Neurobiologie.

Gleich rechts gab es einen kleinen Raum, in dem zwei Sofas, ein Tisch und mehrere Stühle standen. Eine kleine Teeküche befand sich neben dem Fenster. Von diesem Raum führte eine Tür in eine kleine Garderobe, in der sich die Angestellten umziehen und ihre privaten Dinge in Spinde schließen konnten.

Julia zog sich einen sauberen, gebügelten Kittel über ihre Jeans und den weißen Pullover, steckte sich die langen, dunklen Haare mit einer Klammer hoch und war bereit, vor ihren Chef zu treten, Professor Hieronymus Brown. Sie probte noch einmal den distanzierten, professionellen Blick, der ihr zu Hause noch misslungen war. Diesmal gelang er.

Hieronymus Brown – Julia hegte den Verdacht, dass seine Eltern ihrem Sohn diesen extravaganten Vornamen gegeben hatten, um den banalen Nachnamen Brown aufzuwerten. Dabei hatte er das gar nicht nötig. Professor Brown war als Hirnchirurg schon lange eine anerkannte Kapazität, fast schon ein Star. In der Hirnforschung war er auf dem besten Wege dorthin. Sie hatte alle Anstrengungen unternommen, bis es ihr geglückt war, in seine Abteilung aufgenommen zu werden. Professor Brown nahm als Assistenzärzte nur

Bewerber mit exzellenten Abschlüssen und erheblicher praktischer Erfahrung. Andere Kandidaten schaute er sich gar nicht erst an. Julia empfand es als Auszeichnung, für ihn zu arbeiten.

Auf der anderen Seite war Brown in der Zusammenarbeit nicht immer angenehm. Meistens schwebte er in seinem Olymp der Hirnforschung, ständig von neuen Projekten, Buchveröffentlichungen und Vorträgen absorbiert. Dabei bediente er sich auf sehr effiziente Weise der Hilfe seiner Mitarbeiter, ohne sie aber wirklich an den Projekten teilhaben zu lassen. Eigentlich kenne ich ihn gar nicht, dachte Julia bei sich. Was war er nur für ein Mensch, was trieb ihn? Der Wille, der Menschheit mit seinen Forschungsergebnissen zu helfen, Krankheiten zu besiegen, wissenschaftlicher Ehrgeiz oder schlicht Eitelkeit, das Streben nach Ruhm? Julia wusste es nicht, vielleicht war es von allem etwas. In jedem Fall faszinierte Brown Julia. Sie konnte nicht sagen, ob sie ihren Chef mochte, ob sie sogar etwas in ihn verliebt war oder ob sie nur seine Kompetenz bewunderte. Ihre kleine Verliebtheit, wenn es sie denn gab, wollte sie sich lieber nicht eingestehen.

Julia verließ die Garderobe und betrat wieder den Aufenthaltsraum. Die Nachtwache klinkte sich mit einem letzten Schwätzchen aus, während die neue Schicht sich dort, wie in einer Dekompressionskammer, mit der Krankenhausatmosphäre vertraut zu machen versuchte. Sie trat einen Tagdienst mit einer sich unmittelbar anschließenden Nachtschicht an, eine Zeit, angefüllt mit trockener Büroarbeit, Auswertungen, Datenabgleichen, Forschungsanordnungen, Statistiken und Berichten. In der Nacht hatte sie zudem Notfallbereitschaft. Dies bedeutete, dass sie die Nacht durcharbeitete, unterbrochen von nur wenigen Ruhepausen, den Mahlzeiten und – wenn nichts Dringendes anlag – einigen Stunden Schlaf auf einer unbequemen Pritsche unter gleißendem Neonlicht.

6

Das Bürogebäude, in das Brian Belucci hoffte, neue Armaturen einzubauen, lag in Lower Manhattan. Belucci fuhr aus Queens heraus zunächst durch die Jamaica Avenue, anschließend über den Queens Boulevard, um dann die Brücke an der 59. Straße zu überqueren. Dabei nahm er den Lower Level, die tiefer gelegene Rampe, die auf den Roosevelt Express Way führt. Der Verkehr hielt sich an diesem frühen Vormittag noch in erträglichen Grenzen.

Dampf stieg aus der Kanalisation auf. Die Hot Dog Stände öffneten gerade. Schon versammelten sich die ersten Touristen um die kleinen, silbern glänzenden Wagen, um sich für den langen Weg entlang des Broadway zu stärken. Belucci achtete nicht auf das erwachende New York. Er bereitete sich innerlich auf seinen Termin vor. Wie weit würden sie ihn noch im Preis drücken? Wie weit er gehen konnte, hatte er gestern nochmals kalkuliert.

Belucci bog an der 40. Straße rechts ab und folgte der Straße bis zum Broadway. Dann bog er links ab. Auf dem Broadway fuhr er in der zweiten Spur von rechts nach Süden Richtung Downtown. Kaum auf den Verkehr achtend überlegte Belucci weiter. Vielleicht könnte er mit dem Lieferanten doch noch einmal über den Preis reden, dann hätte er noch etwas mehr Spielraum.

Die Ampel am Broadway wechselte auf Gelb. Brian Belucci wusste, dass er spät dran war, und gab Gas. Er überfuhr die Ampel, als sie gerade auf Rot geschaltet hatte. Irgendwie war ihm schwummrig zumute.

Plötzlich sah er aus der rechten Seitenstraße einen riesigen Truck samt Anhänger direkt auf ihn zurasen. »Um Gottes willen, hat der

Kerl denn keine Augen im Kopf?« Adrenalin schoss in seine Adern. Zum Bremsen war es zu spät. Er konnte jetzt nur noch versuchen, über die rechte Spur auszuweichen, so dass er möglicherweise noch hinter dem Truck vorbeischrammte. Zum Nachdenken blieb ihm keine Zeit mehr. Er musste sofort handeln.

So achtete er nicht auf das auf der rechten Spur von hinten herannahende Auto, das offensichtlich noch hinter Belucci bei dunkelrot die Ampel passiert hatte. Belucci spürte kurz hintereinander die Erschütterung und das ohrenbetäubende Geräusch von kollidierenden Fahrzeugen. Innerhalb eines Bruchteils einer Sekunde hatte er die Situation erfasst. Das auf der rechten Spur fahrende Fahrzeug war ihm mit Vollgas schräg in die Seite gefahren und drückte ihn nun mit voller Wucht gegen den Anhänger des Trucks. Er realisierte noch, wie sein Wagen mit dem lauten Krachen von zerberstendem Blech zusammengedrückt wurde. Jetzt spürte er einen stechenden Schmerz, der ihn zu zerreißen drohte. Bilder jagten durch seinen Kopf, das rundliche, warmherzige Gesicht seiner Frau Ellie, sein Haus in Queens, ein Junge und zwei Mädchen im Garten Fangen spielend. Dann wurde es dunkel um ihn. Als nächstes nahm er verschwommen wahr, wie sich Menschen über ihn beugten. Dann folgte erneut eine heftige Schmerzattacke. Schließlich spürte er nichts mehr.

7

Julia nahm sich aus dem Automaten einen Becher mit dünnem, fast durchsichtigem Kaffee, gab etwas Kaffeeweißer hinein und rührte das fragwürdige Gebräu um. Dann setzte sie sich auf eines der Sofas im Aufenthaltsraum und ließ den Blick in der Runde schweifen. Es war leicht, diejenigen auszumachen, die eine lange Schicht hinter sich hatten. Ihre blassen Gesichter und die dunklen Ringe unter den Augen verrieten, wie erschöpft sie waren.

»War was Besonderes?«, fragte Julia die neben ihr sitzende pummelige Pflegerin puertoricanischer Abstammung, nachdem diese sich auf das Sofa direkt neben sie hatte fallen lassen.

»Es gibt viel zu tun. Gerade ist eine Leiche eingeliefert worden. Brown muss nachher weg. Hab' gehört, dass er rüber zu einem Kongress in einem Hotel in Midtown muss.«

Professor Brown wurde häufig zu Kongressen und Tagungen eingeladen. Er hatte einen gut eingespielten Stab von Mitarbeitern, so dass seine Anwesenheit, außer bei wirklich schwierigen Operationen, nicht notwendig war, aber das betraf nur einen Teil seiner Tätigkeit hier am Bethesda Krankenhaus. Der andere für ihn inzwischen weitaus spannendere Teil war die neurobiologische Forschung. Brown hatte am Bethesda Krankenhaus ein Zentrum aufgebaut, wie es kaum ein zweites auf der Welt gab. Er beschäftigte sich mit der Frage, was beim Denken und Sprechen in unserem Gehirn abläuft, und versuchte, eine Theorie zu entwickeln, welche die neuronalen Strukturen des Gehirns mit Denken, Sprache und Bewusstsein in Verbindung brachte. Dabei stellte er sich das menschliche Gehirn als eine gigantische Fotokopiermaschine vor, die Sinneseindrücke, Erfahrungen, Bilder, Sprache und alle anderen Reize in elektrische Impulse übersetzte, die eigentliche Sprache des Gehirns. Nach seiner Theorie warf das Gehirn diese Impulse unablässig in verschiedenen Bereichen hin und her. Es »fotokopierte« sie, bis sie entweder als nicht relevant eingestuft wurden und im Unbewussten verschwanden, also »abgelegt« und »vergessen« wurden oder im Verlauf des vielfachen »Klonens« eine zunächst winzige Richtungsänderung oder Nuancierung erfuhren, die etwas Neues entstehen ließ: eine neue Idee, einen neuen Gedanken, eine neue Form, einen neuen Sinn. Die verschiedenen Bereiche des Gehirns mit ihren klar unterteilten Fähigkeiten und biochemischen Zusammensetzungen seien – so Professor Browns Theorie – alle miteinander verbunden. Einige Zellen könnten bestimmte, zum Beispiel motorische Befehle auslösen, die den Körper bewegen. Andere wiederum seien rein sensorische Zellen, mit denen das Gehirn hört oder sieht. Browns Ziel war es, eine »Landkarte« des Gehirns zu erstellen, genau zu bestimmen, welche Aktionen und Reaktionen an welcher Stelle im Gehirn ablaufen. Er wollte der erste sein, der einen vollständigen, präzisen Atlas der Hirnstrukturen einem staunenden Publikum präsentieren konnte.

Julia arbeitete direkt unter seiner Aufsicht. Sie war eine der zentralen Stützen seines Forschungsbereiches. Ihr unterstand der beeindruckende Gerätepark, mit dem Professor Brown in endlosen Versuchsreihen dem Gehirn ein Geheimnis nach dem anderen abzuringen versuchte. Sie war auch zuständig für die Archivkammer, in der in hohen Regalen konservierte Gehirne in ihren Glaszylindern standen. Darunter waren ganz kleine, zum Beispiel von Nacktschnecken, im Umfang zwar winzig, dafür aber mit Nervenzellen versehen, die mit dem bloßen Auge erkennbar sind, bis hin zu dem kompliziertesten Organ des bekannten Universums, dem menschlichen Gehirn.

Julia liebte die Archivkammer. Sie empfand nicht die geringste Spur von Ekel, wenn sie die konservierten Organe betrachtete. Es faszinierte sie, wenn sie sich vorstellte, was ein Gehirn leisten kann, dass es fühlen, denken und handeln kann, dass es womöglich die Seele beherbergt oder zumindest etwas in diesem Sinne in unsere Wahrnehmung projizieren kann, dass es aus dem Nichts kommt und wieder im Nichts verschwindet.

Manchmal klopfte Julia mit ihrem Kugelschreiber an einen der Glaszylinder wie an die Scheibe eines Aquariums in einem Zoogeschäft. Dabei hatte sie stets ein schlechtes Gewissen. Ihr war, als könnte das Klopfgeräusch die konservierten Gehirne stören. Auf der anderen Seite hatte sie das Bedürfnis, mit den Gehirnen Kontakt aufzunehmen. Sie ertappte sich sogar dabei, dass sie mit den toten Gehirnen sprach, so als seien es noch lebende Personen. Sie hatte im Archiv zwar nur anonyme Angaben zu den Spendern, wusste aber, welches Gehirn zu welcher Lebensgeschichte gehörte. Alter, Todesursache, Krankheiten, Familienstand und Beruf waren einige der Informationen, die sie zu jedem Gehirn vermerken musste. Sie sprach anders mit dem Gehirn eines kleinen Jungen als mit dem einer alten Frau, und das doppelte Gehirn der bei der Geburt gestorbenen siamesischen Zwillingsmädchen, das wie ein Schmetterling aussah, rührte und faszinierte sie gleichzeitig.

8

Das Flugzeug aus Los Angeles landete in La Guardia. Professor Brown stieg, wie fast immer, zuerst aus dem Flugzeug. Eine Limousine wartete bereits auf ihn, um ihn ins Krankenhaus zu fahren. Brown war auffallend groß und sehr schlank. Stets erster Klasse fliegend hatte er sich bereits im Flugzeug umgezogen. Dunkler Straßenanzug, schwarze, blitzblank gewienerte Schuhe, tadellos gebügeltes, weißes Hemd mit einer dezenten, rot gemusterten Krawatte, dazu ein passendes Einstecktuch. Mit seinem braungebrannten Gesicht, seinen dunklen, mittlerweile grau melierten Haaren und dem ebenso grau melierten, gepflegten Drei-Tage-Bart wirkte er nicht wie ein Hirnforscher, sondern eher wie ein amerikanisierter Investmentbanker eines englischen Bankhauses.

Brown wies den Taxifahrer an, nicht direkt zum Krankenhaus zu fahren, sondern noch einen Zwischenstopp beim Redeye Grill einzulegen. Das berühmte Restaurant, dessen Name an die berüchtigten Nachtflüge zwischen Los Angeles und New York erinnern soll, lag nur ein paar Schritte von der Carnegie Hall entfernt. Brown liebte es, nach Langstreckenflügen in diesem Restaurant einzukehren, das von außen wie ein Diner aussah und innen mit New Yorker Stadtszenen bemalt war. Nichts entspannte ihn nach einem Nachtflug mehr als der frühmorgendliche Genuss einer Portion »Dancing Shrimp«.

Im Krankenhaus angekommen wollte Professor Brown nur schnell in seinem Büro verschwinden, um noch einen letzten Blick auf das Skript für seinen heutigen Vortrag zu werfen. Schon im Eingang zur neurochirurgischen Abteilung wurde er jedoch von seinem Assistententeam aufgehalten. Sein erster Assistenzarzt berichtete ihm in wenigen Worten von einem soeben eingelieferten Unfalltoten und übergab ihm die Akte.

»Wann genau ist der Exitus eingetreten?«, fragte Brown im Gehen, ohne von den Unterlagen in seiner Hand aufzublicken.

»Im Krankenwagen, auf dem Weg hierher, war er noch bewusstlos. Er wurde in der Ambulanz intubiert, beatmet und das Herz wurde massiert. Der Rumpf vom Brustbein abwärts ist übel gequetscht. Sein vegetatives Nervensystem brach zusammen. Nichts zu machen. Ich habe gerade seinen Hirntod festgestellt.«

Professor Brown blieb abrupt vor der Pendeltür stehen, nickte seinem Assistenzarzt kurz zu, und sah auf seine Uhr, 9.13 Uhr. »Machen wir eine Inaugenscheinnahme.«

Brown setzte sich mit schnellen Schritten wieder in Bewegung. Sein Team folgte ihm mit wehenden weißen Kitteln. Hinter dem letzten Teammitglied schlug die Pendeltür zu. Sie standen in einem auf Null Grad Celsius gekühlten Obduktionsraum. Die weiß gestrichenen Wände, der Fliesenboden und das grelle Weißlicht verstärkten das Gefühl der Kälte. In der Mitte befand sich eine Bahre auf einem hüfthohen Eisengestell. Unter dem lindgrünen Laken konnte man die Konturen eines menschlichen Körpers erkennen. Die Leiche lag auf dem Rücken. Nachdem sich alle die Schutzhandschuhe übergezogen hatten, nickte Professor Brown seinem ersten Assistenzarzt kurz zu und näherte sich der Bahre.

Mit einer routinierten Bewegung entfernte er das Laken von der Kopfseite her. Ein Kopf mit dichten, schwarzen Haaren wurde sichtbar, dann der kurze, breite Hals, massive, gerundete Schultern, ein gewölbter Brustkorb und darunter ein geblähter Bauch, der grotesk zu beiden Seiten heruntergerutscht war, da er von keinem Muskelgewebe mehr gehalten wurde. Vom Brustbein abwärts konnte man zahlreiche Quetschungen erkennen. Der Rumpf sah aus, als sei er in eine große Metallpresse geraten. Der Rest des Körpers schien unversehrt.

Die Ärzte, die um den Toten herumstanden, wussten nichts vom Leben des Menschen, der ihnen auf einer Metallbahre in dem kleinen, gekühlten Raum in einem hässlichen Gebäude irgendwo in Manhattan auf eine Mitleid erregende Weise ausgeliefert war. Aber sie interessierten sich ohnehin nur für seine Organe. Ab jetzt war der Tote, Brian Belucci aus Queens, New York, Inhaber eines kleinen Klempnerbetriebes, 1,83m groß, 92 kg schwer, Ehemann und Vater von zwei Kindern, nur noch ein Körper, eine Sache und ein Studienobjekt der Medizin.

Professor Brown trat näher heran. Er nahm den Kopf der Leiche in beide Hände und drehte ihn vorsichtig von einer auf die andere Seite. Mit seinen Fingern, die von Gummihandschuhen geschützt waren, fuhr er – wie mit einem groben Kamm – durch die Haare der Leiche, um nach äußeren Verletzungen am Kopf zu suchen. Er war zufrieden, keine zu finden. Dann hob der Assistenzarzt Brian Beluccis Kopf an und Brown bückte sich, um den Nacken und die Rückseite des Schädels zu untersuchen. Er verschob die Binde, die das Kinn bis zum Eintritt der Leichenstarre hochhielt. Auch hier waren keinerlei Verletzungen sichtbar. Brown richtete sich wieder auf und der Assistenzarzt bettete Beluccis Kopf vorsichtig wieder zurück auf die Unterlage.

»Haben wir Dokumente?«, wollte Brown wissen.

»Seine Frau ist schon hier«, antwortete der Assistenzarzt. »Die Polizei hat die Telefonnummer auf seinem Lieferwagen angewählt. Sie traf fast zeitgleich mit der Leiche hier ein. Am Anfang schien sie ziemlich gefasst, aber jetzt steht sie unter Schock. Aber sie hat unterschrieben. Sie willigt ein, dass seine Organe für medizinische Forschungszwecke zur Verfügung stehen sollen.«

»Gut.« Professor Brown sah den Assistenzarzt eindringlich an. »Vermerken Sie den Nachweis des Hirntods und die von Ihnen dazu durchgeführten Untersuchungen in den Dokumenten. Gehen Sie damit runter in die Rechtsabteilung. Die sollen auch eine Kopie ihres Ausweises machen. Hier darf nichts schief gehen.«

Dann wandte Brown sich an seine leitende Operationsschwester, eine stämmige Endfünfzigerin.

»Rasieren Sie den Schädel komplett. Es darf kein Haarstoppel mehr sichtbar sein. Waschen Sie den Körper und desinfizieren Sie den Kopf. Wir entnehmen das Gehirn. Bereiten sie OP 3 vor. Wir müssen uns beeilen. In zwanzig Minuten bin ich dort.«

9

»Morgen, Julia!« Professor Brown hatte hinter ihr den Raum betreten. Wieder einmal bemerkte sie, wie gut er mit seinen 60 Jahren aussah. Als sie genauer hinsah, konnte sie allerdings dunkle Schatten um seine Augen bemerken. Offensichtlich hatte er mal wieder die Nacht durchgearbeitet. Dennoch oder vielleicht gerade deswegen war sie fasziniert von ihm.

»Wir haben etwas Neues bekommen, männlich, 54 Jahre, Unfall auf dem Broadway. Hirntod ist bereits festgestellt. Der Kopf war zum Glück unverletzt, aber der Rest sah übel aus. Unten wird das Gehirn gerade grob gereinigt. Heute bitte ausnahmsweise nicht konservieren, nur wegschließen, ich möchte mir das später noch einmal ansehen. Wir kommen in circa 45 Minuten. OK?«

Mit Professor Brown zu kommunizieren, war selten mehr als einem Monolog zu lauschen. Bevor Julia etwas antworten konnte, war er mit federnden Schritten durch die Tür verschwunden. Nur noch der schwache Duft seines After Shaves hing in der Luft. Julia starrte verdutzt auf die noch pendelnde Schwingtür.

»Komisch«, dachte Julia, warum sollte sie das Gehirn nicht, wie üblich, konservieren?« 40 Minuten später lag das Gehirn Brian Beluccis in einer 35 cm langen, 20 cm breiten und 30 cm hohen Metallbox, die mit einer speziellen Legierung beschichtet war. Diese bewirkte, dass keine Korrosion oder Reaktion mit organischen Stoffen entstehen konnte. Das Material hatte zudem den Vorteil, dass es keinen Strom leitete. Das Gehirn schwebte in einer zähflüssigen, autosterilen Flüssigkeit, die sich nur sehr schwer erwärmen konnte. Deshalb war künstliche Kühlung nicht erforderlich. Die

Flüssigkeit reagierte nicht mit Sauerstoff, eine Zersetzung des Gewebes war somit ausgeschlossen.

Das Gehirn war von Blut gesäubert, die schützende Hirnhaut entfernt worden. Die bloß liegenden Hirnlappen waren gut sichtbar. Die sämige Flüssigkeit verstärkte den Lupeneffekt. Julia konnte alle Einzelheiten überdeutlich erkennen. Sie streifte sich hauchdünne Gummihandschuhe über und griff vorsichtig in die Flüssigkeit der Box. Sie berührte den vorderen Hirnlappen behutsam und zog die kompakte, hellgraue, weiche Masse langsam auseinander. Die beiden Gehirnhälften waren dem Aufbau einer Walnuss nicht unähnlich. Julia konnte die Verbindungsstelle der beiden Hirnhälften und bis in den Hirnstamm sehen. Dort unten, im Zentrum des Gehirns, befanden sich die Opsine. Das sind Proteine, welche die eingehenden Lichtwellen der Netzhaut in elektrischen Strom umwandeln und die zerlegten Informationen an den visuellen Kortex, einem Teil der im hinteren Bereich des Kopfes liegenden Großhirnrinde weitergeben. Das Sehen beansprucht den größten Teil des Gehirns. Julia unterschied deutlich zu beiden Seiten der hinteren Gehirnhälfte die so genannten V4, V5 und die benachbarten Areale. In der Mitte konnte sie die so genannte Sehbahn erkennen, auf der die Lichtwellen als Stromimpulse reisen.

Langsam und vorsichtig verringerte Julia den Druck ihrer Hände und beobachtete, wie das Gehirn wieder seine ursprüngliche Form annahm. Nun schob sie ihre Handflächen von außen um das Gehirn herum und hob es leicht an. Indem sie ihren Kopf ganz nah an den Rand der Metallbox brachte, konnte sie das Gehirn von unten sehen. Sie erkannte die sauberen, mikrochirurgischen Schnitte an den Stellen, wo die Verbindungen ins Rückenmark verlaufen waren. Ein wenig weiter innen lag die Region, wo das erste cochleare Hörzentrum sitzt. Im lebendigen Zustand sind an dieser Stelle die

Schallwellen vom Ohr bereits in elektrische Impulse umgewandelt worden und wandern über solide wirkende, gut sichtbare Stränge in den auditiven Kortex, ungefähr im Zentrum des Gehirns.

Julia bewunderte Professor Browns präzise Arbeit. Das Gehirn lag vor ihr wie ein künstlicher Abguss seiner selbst. Nichts schien es mehr mit dem Leben zu verbinden.

Ihre übliche Aufgabe wäre es nun gewesen, das Gehirn für die endgültige Konservierung in einem Acrylglaszylinder vorzubereiten. Dazu musste sie mit einer mikroskopisch dünnen Nadel eine Flüssigkeit injizieren, die alle noch so kleinen Hohlräume füllte und dabei die noch enthaltenen körpereigenen Flüssigkeiten und Blutreste aus der Hirnmasse herausdrückte. Für eilige Konservierungen stand ein frisch gereinigter, sterilisierter Plexiglaszylinder auf dem hochglanzpolierten Metalltisch. Daneben lagen in einer Schale Spritzen, Pinzetten mit verschieden geformten Enden und ein Skalpell, um Gewebereste entfernen zu können. Tupfer, Fläschchen und Gläschen mit verschiedenen Flüssigkeiten zur Reinigung waren ebenfalls bereitgestellt. Nachdenklich betrachtete sie die Geräte. Was war mit Professor Brown los?

10

Professor Brown bahnte sich durch den Festsaal des Mercer Grand Hotels den Weg in Richtung Podium. Der Saal war hell erleuchtet. Das Licht ließ die mit Marmorimitationen aufwendig bemalten Wände und Decken besonders zur Geltung kommen. Der Saal bildete einen würdigen Rahmen für den Hirnforschungskongress der Brain Research and Aid Foundation, der mit einem leichten Mittagessen sein Ende finden sollte. Professor Brown würde das Highlight des Kongresses sein und diesem kurz vor seinem Abschluss durch seine neusten wissenschaftlichen Erkenntnisse ein Glanzlicht aufsetzen. Er stieg auf das Podium und durchstreifte den voll besetzten Saal mit einem Blick. Jetzt sah er, dass hinter den Tischen noch Sitzreihen hinzugefügt worden waren, damit alle Teilnehmer ihn hören konnten. Brown erkannte zahlreiche hochrangige Kollegen und renommierte, im Bereich der Neurologie tätige Journalisten. Sein Vortrag würde also von einer großen Anzahl von Experten gehört werden. Er war zufrieden.

Die Kongressteilnehmer, die sich bisher noch laut unterhalten hatten, um sich trotz der schlechten Akustik des Saales verständlich zu machen, verstummten schlagartig und blickten gespannt in Browns Richtung. Das Licht im Saal wurde abgedunkelt. Nur einige Scheinwerfer erleuchteten das Podium. Die Gesichtszüge von Professor Brown wirkten von den Scheinwerfern angestrahlt noch konzentrierter und durch die Schatten unter den Augen fast diabolisch. Man konnte gerade noch das Atmen der Zuhörer hören, vermischt mit dem sanften Säuseln der Klimaanlage. Die Zuhörer schienen zu ahnen, dass Browns heutiger Vortrag eine Sensation enthüllen werde. Er räusperte sich.

»Meine Damen und Herren, liebe Kollegen, zunächst möchte ich mich beim Vorstand der Brain Research and Aid Foundation ganz herzlich für die Einladung, hier und heute als Gastredner zu Ihnen sprechen zu dürfen, bedanken. Es ist mir eine Ehre, in diesem Kreis von ausgewiesenen Experten über die neusten Erkenntnisse der Hirnforschung in meinem Institut am Bethesda Krankenhaus zu berichten. Wie viele von Ihnen wissen, beschäftigen wir uns schon seit vielen Jahren mit der Frage, welche Vorgänge beim Denken in unserem Gehirn ablaufen, wie Gedanken überhaupt entstehen. Wir versuchen, eine Theorie zu entwickeln, die die neuronalen Strukturen des Gehirns mit Denken und Bewusstsein in Verbindung bringt. Auf diesem Wege sind wir nun einen entscheidenden Schritt weitergekommen.«

Brown legte eine Pause ein. Als geübter Redner wusste er, dies würde die Spannung erhöhen. »Mein Team und ich haben neue Parameter für die letzte Generation von Chipimplantaten des bekannten Halbleiterherstellers Hypotronic entwickelt. Hierbei geht es um die Messung von Gehirnaktivitäten, die die schon lange geführte Diskussion um die Existenz des freien Willens bestimmen. Den bisherigen Wissensstand dazu möchte ich Ihnen jetzt zeigen. Sehen Sie sich hierzu bitte einmal die Grafik auf der Leinwand an. Sie zeigt ein etwa zwanzig Jahre altes Experiment des Neuropsychologen Benjamin Libet von der Universität Kalifornien in San Diego.

Sie sehen ein verkabeltes Gehirn. Dort – Professor Brown deutete mit dem Zeigegerät auf eine bestimmte Stelle im Gehirn – sieht man Gehirnaktivität, die ein so genanntes Bereitschaftspotential andeutet, und dort – Brown zeigte auf eine weiter oben liegende Stelle im Gehirn – wird der bewusste Wille gebildet. Und hier – Brown deutete auf einen über die Grafik fahrenden Zeigefinger – findet die Handlung, das Bewegen des Fingers, statt.

Der Zeitabstand zwischen der Gehirnaktivität, also dem Feuern der Neuronen, und der Bewegung des Fingers betrug nach den damaligen Messungen 550 Millisekunden, also eine halbe Sekunde. Der Zeitabstand zwischen der Fassung des bewussten Willens und der tatsächlichen Handlung betrug 200 Millisekunden. Die Forscher schlossen daraus, dass das Gehirn bereits 350 Millisekunden bevor der bewusste Wille, eine bestimmte Handlung vorzunehmen, gefasst wird, entscheidet, welche Handlung vorgenommen werden soll.

So weit so gut. Das Experiment ist alt. Es krankte daran, dass die Versuchspersonen den Zeitpunkt ihrer Entscheidung anhand eines schnell laufenden Uhrzeigers bestimmen mussten, wodurch natürlich zwangsläufig Ungenauigkeiten der Messung auftraten. Außerdem hatten die Probanden nur die Aufgabe, den Finger zu heben. Es gab keine Handlungsalternativen, was möglicherweise auch das Versuchsergebnis verfälscht. Trotzdem trat das Experiment die Diskussion um den freien Willen los.

Neuere Versuche unter Anwendung der Kernspintomografie haben die Schwächen des Libet`schen Experiments zu beseitigen versucht. Das lief wie folgt ab: Während die Probanden in einem Kernspintomografen lagen, sollten sie sich entscheiden, entweder mit der linken oder mit der rechten Hand einen Knopf zu drücken. Damit wurde ihnen eine Handlungsalternative eröffnet. Damit sie sich den Zeitpunkt ihrer Entscheidung merken können, wurde ihnen in diesem Versuch nicht eine laufende Uhr gezeigt, sondern eine schnell wechselnde Buchstabenfolge. Die Versuchspersonen mussten sich denjenigen Buchstaben merken, der ihnen im Moment ihrer Entscheidungsfindung gezeigt wurde. Mit Hilfe einer Software, die auf die individuellen neuronalen Aktivitätsmuster der Versuchsperson geeicht war, konnte man antizipieren, welchen Knopf die Versuchsperson drücken werde. Diese Voraussage konnte schon sieben Sekunden vor dem Knopfdruck getroffen werden. Allerdings gab es hier eine Trefferquote von nur 60%. Außerdem zeigte der Kernspintomograf die Hirnaktivitäten mit einer Verzögerung von drei bis vier Sekunden.«

Professor Brown blickte in den Saal. Die Leute waren still. Sie warteten gespannt auf das, was nun kommen würde.

»Dank unserer Zusammenarbeit mit Hypotronic ist jetzt endlich eine viel genauere Messung möglich. Wir haben neue Parameter für einen Chip entwickelt, der in das Gehirn an den relevanten Stellen implantiert werden kann. Mit der neuen Chiparchitektur können bioelektrische Landkarten ganzer Nervennetze in zusammenhängenden Filmsequenzen aufgenommen werden.«

Professor Brown holte tief Luft. Das Publikum war andächtig stumm.

»Meine Damen und Herren, wir befinden uns in der Aufbruchsphase zu der großen Expedition, eine Landkarte des Geistes zu schaffen. Schiffe und Ausrüstung stehen bereit. Mit dieser Ausrüstung können nun endlich die Abstände zwischen Bereitschaftspotential, Fassung des bewussten Willens und Handlungsausführung durch die Testperson ohne Fehlerquoten millisekundengenau gemessen werden. Und was glauben Sie, wie lang dieser Zeitabstand ist? Sie werden es nicht für möglich halten. Der Abstand beträgt nach den Messungen mit unserer verbesserten Computer-Gehirn-Schnittstelle ganz genau zehn Sekunden. Damit wird der Befund von Libet nicht nur bestätigt, sondern in unglaublicher Weise verschärft. Das Gehirn wird nicht erst 0,3 Sekunden, sondern volle zehn Sekunden vor einer bewusst erlebten Entscheidung aktiv. Das ist eine halbe Ewigkeit. Was bedeutet das?«

Auf der Stirn des Professors bildeten sich kleine Schweißperlen. Das Wichtigste an diesem Vortrag war die Dramaturgie, das hatte er über die Jahre gelernt. Diese hatte er im Flugzeug noch einmal eingeübt. An dieser Stelle musste er eine Pause machen, um die Spannung des Publikums auf den Höhepunkt zu bringen. Sichtlich genoss er die fragenden Blicke der Zuhörer.

»Nun, meine Damen und Herren, dies ist der Beweis dafür, dass wir nicht das tun, was wir wollen, sondern dass wir eigentlich nur wollen, was durch unser Gehirn ohnehin schon vorbestimmt ist. In Realität gibt es also keinen freien Willen.«

Einen Raunen ging durch den Saal, den Zuhörern war klar, dass Brown mit seinen Forschungsergebnissen der seit langem sehr kontrovers diskutierten Frage nach der Existenz des freien Willens ein Ende setzen wollte.

»Was kann aus dieser Messung geschlossen werden? Nun, das bedeutet, dass das, was wir als Gegenwart ansehen, nämlich unsere bewusste Handlung, in dem Moment, in dem die Handlung erfolgt, in Wirklichkeit für unser Gehirn schon ein Vorgang ist, der als vergangene Handlung abgespeichert ist. Unser Wille, unsere bewusste aktuelle Handlung, das, was unsere Persönlichkeit ausmacht, ist in Wirklichkeit nur ein Echo unserer eigenen Vergangenheit. Die Gegenwart ist nur eine dünne Linie, die vernachlässigt werden kann. Es gibt nur Vergangenheit und Zukunft. Was unsere zukünftigen Aktionen betrifft, sind diese schon aufgrund vergangener Handlungen als Erfahrungen im Gehirn abgelegt. Diese vergangenen Erfahrungen determinieren unser zukünftiges Handeln. Unser Gehirn ist ein unendliches Reservoir solcher Erfahrungen. Diese vergangenen Erfahrungen werden durch neue Handlungen und daraus resultierende Erfahrungen, die ebenfalls in unserem Gehirn gespeichert werden, ständig aktualisiert. Das Gehirn wird durch den ständigen Zusatz von Erfahrungen ununterbrochen verändert, ist also flexibel, lernfähig und individuell. Auf diese Weise ändern sich die Parameter, die unser Handeln bestimmen, ständig.«

Einige der Zuschauer begannen, den Inhalt der Schilderungen von Professor Brown zu erfassen, und tuschelten miteinander. Andere blickten verständnislos auf die vor ihnen stehenden Teller.

»Liebe Zuhörer, ist Ihnen klar, was hieraus in letzter Konsequenz resultieren kann?« Brown macht wiederum eine Pause, sich der Spannung im Saale durchaus bewusst. «Meine Forschungsergebnisse deuten darauf hin, dass es nicht mehr möglich ist, einen Mörder für seine Tat verantwortlich zu machen. Denn wenn Verantwortung an persönliche, moralische Schuld gebunden ist, wie es im Strafrecht der Fall ist, dann können wir nicht subjektiv verantwortlich sein. Niemand kann schuld an etwas sein, dass er gar nicht willentlich begangen hat. Wir müssen also unsere herkömmlichen Vorstellungen von Schuld und Sühne über Bord werfen.«

Wieder Stille im Saal, dann ein immer lauter werdendes Tuscheln und Raunen, gefolgt von aufkommendem tosendem Beifall, unter den sich aber auch laute Buh Rufe mischten. Professor Brown war mit der Reaktion der Zuhörer zufrieden. Er hatte sie erreicht. Seine Theorie würde diskutiert werden, sicherlich auch kontrovers. Aber nur eine kontroverse Diskussion schaffte Publicity. Seine Prominenz, die ihm so wichtig war, würde von dem heutigen Vortrag profitieren.

»Können Sie das empirisch nachweisen? Haben Sie schon Erfahrungen, ob der Chip auch funktioniert?«, rief ein Gast laut in den Saal hinein.

»Natürlich kann ich das«, erwiderte Brown, »aber ich will ja nicht, dass sie unnötig lange auf ihr Mittagessen warten. Die Brain Research and Aid Foundation hat mir heute nur eine viertel Stunde Redezeit eingeräumt. Die muss ich einhalten. Sonst ziehe ich mir den Unwillen des Veranstalters unseres Kongresses, und schlimmer noch, den der Küche zu. Das möchte ich selbstverständlich vermeiden. So bleibt mir nur, mit Ihnen das Glas zu heben und gemeinsam mit Ihnen der Firma Hypotronic unseren Dank für ihren unermesslich wertvollen Beitrag zu unseren Forschungsaktivitäten auszusprechen. Hypotronic war uns in der Vergangenheit, und jetzt wieder durch die Entwicklung einer neuen Chiptechnologiegeneration, eine große Hilfe und hat sich bereit erklärt, uns weiterhin bei unseren Forschungen zu begleiten. Aber nicht nur das, Hypotronic hat uns heute auch zu diesem wunderbaren Lunch eingeladen. Sie haben nun Gelegenheit, sich in geselliger Runde über meine Theorie auszutauschen.«

Erneut erfüllte begeistertes Klatschen den Saal. Als es verstummte, gingen die Lichter wieder an und schwarz befrackte Kellner betraten mit der Vorspeise den Saal. Noch während die Kellner servierten bahnte sich Brown wieder den Weg durch den Saal zum Ausgang. Er beabsichtigte nicht, an dem Lunch teilzunehmen. Die Kongressteilnehmer sollten keine Gelegenheit haben, ihn mit Fragen zu bestürmen. Er hatte seine Botschaft überbracht und wollte sie wirken lassen.

Auf dem Weg zum Ausgang hörte er einzelne Wortfetzen. »Unglaublich, der stellt ja unser gesamtes Menschenbild in Frage«, fauchte ein aufgeregter Mann. »Aber sind wir nicht in der Tat ein Haufen Staub?«, entgegnete ein anderer. »Na, eher eine Horde von Marionetten unseres Gehirns«, griff sein Nachbar korrigierend ein. »Ja, und jetzt ist es wissenschaftlich bewiesen«, ergänzte ein Vierter. »Eine bahnbrechende Theorie, ein toller Mann!«, seufzte eine junge Frau. »Das ist doch ein alter Hut«, konterte ihr Gegenüber. »Ein Blender«, entgegnete ihr Platznachbar. »Er hat nicht mal erwähnt, dass das Gehirn die Möglichkeit hat, sich vor der Fassung des bewussten Willens noch anders zu entscheiden. Damit hat er das so genannte Vetorecht unterschlagen. Auch die Frage nach der Schuldfähigkeit muss man viel differenzierter betrachten. Man ist doch für sein Hirn verantwortlich, auch wenn es nicht richtig funktioniert. Darüber könnte man eine Doktorarbeit schreiben.«

Es dauert eine Weile bis Professor Brown den Ausgang erreicht hatte. Immer wieder wurde er durch Händeschütteln und Schulterklopfen aufgehalten. Aber auch viele neidische und hasserfüllte Blicke bohrten sich in seinen Rücken, während er den Saal verließ. Den unscheinbaren Mann, der sich in der letzten Stuhlreihe unablässig und eifrig Notizen gemacht hatte, bemerkte er nicht.

11

Julia war gerade im Begriff, das Gehirn, wie angeordnet, unkonserviert wegzuschließen, doch plötzlich zögerte sie. Ihr Blick wanderte über die Reihe von Glaszylindern in den Regalen, jedes Gehirn darin war unendlich komplex und unergründlich, ein Universum für sich, jetzt leblos, konserviert in steriler Flüssigkeit. Wirklich leblos?

Während sie die Gehirne betrachtete, erinnerte sie sich, dass sie schon als Studentin Bücher über das Phänomen der »Nahtoderfahrungen« verschlungen hatte, Berichte von Menschen, die für kurze Zeit klinisch tot waren und dann wieder ins Leben zurückkehrten. Diese Menschen erzählten, wie sie meinten, unter der Decke des Operationssaales zu schweben und vollkommen unbeteiligt ihrer eigenen Operation zu folgen. Sie konnten beobachteten, wie die Ärzte fieberhaft um ihr Leben kämpften. Sie hörten, wie Schwestern, Ärzte und Angehörige aufgeregt miteinander redeten. Es gab auch Berichte, in denen von der Erscheinung eines Tunnels gesprochen wurde, an dessen Ende gleißendes Licht strahlte. Diejenigen, die dies erlebt hatten, beschrieben, wie sie dem Tunnel in Richtung des Lichts folgten, wo sie eine leuchtende Gestalt erwartete, die einige als Gott oder Jesus, andere als Engel oder verstorbene Angehörige identifizierten. Manche berichteten von Glücksgefühlen wie Ruhe, Frieden, Freude. Wieder andere hatten erlebt, wie im Augenblick des Todes das ganze Leben im Tempo eines Hochgeschwindigkeitszuges vor ihren Augen ablief. Schließlich wurden auch Sinneswahrnehmungen wiederholt geschildert. Klinisch Tote konnten Bilder sehen, aber auch Geräusche wahrnehmen wie Brausen, Rauschen, Glockengeläut und Musik.

Die vielfach übereinstimmenden Erlebnisse der für kurze Zeit Hirntoten waren Julias Meinung nach ein Hinweis darauf, dass es ein Leben nach dem Tod gibt. Julia hatte sich auch nach ihrer Studentenzeit immer wieder aus privatem Interesse mit diesem Phänomen beschäftigt. Sie wusste, dass Neurologen sich bis zum heutigen Tage nicht ganz sicher waren, ob es sich bei Nahtoderlebnissen um Sterbeerfahrungen handelt oder um chemisch-physikalische Vorgänge. Viele Ärzte behaupteten, dass eine Erforschung der Near Death Experience mit neurowissenschaftlichen Methoden nicht möglich sei. Aber war das wirklich richtig?

In Gedanken ging sie noch einmal die verschiedenen Arten von Nahtoderfahrungen durch und versuchte, diese zu systematisieren. Das brachte sie unvermittelt auf eine Idee, von der sie in diesem Moment selbst überrascht war.

Könnte man eigentlich noch nachweisbare Spuren von Leben in diesem Gehirn finden, das gerade vor ihr in der Metallbox schwamm? Nein, rief sie sich zur Ordnung, sie musste jetzt aufhören, sich weiter mit solchen Gedanken zu beschäftigen. Ihre Aufgabe war es ausschließlich, das Gehirn in seiner Metallbox wegzuschließen und sonst nichts. Doch die eben noch überraschende Idee ließ sie einfach nicht mehr los. Schon einmal hatte sie im Stillen über etwas Ähnliches nachgedacht, daran konnte sie sich jetzt wieder erinnern. Ihr schwebte damals ein Experiment vor, mit dessen Hilfe man vielleicht herausfinden konnte, ob das Gehirn eines Verstorbenen noch hören kann. Dies war natürlich einerseits eine völlig absurde Vorstellung, andererseits aber auch eine zumindest vorstellbare Konsequenz der bekannt gewordenen Nahtoderfahrungen.

Das Experiment bestand darin, dem Gehirn eines gerade Verstorbenen ein künstliches Ohr zu implantieren. An der Implantation einer Mensch-Maschinen-Schnittstelle, genau genommen eines so genannten Brain Computer Interface, wurde in der Wissenschaft schon lange geforscht. Bereits seit vielen Jahren gab es die Möglichkeit, dem Menschen künstliche Ohren, so genannte Cochlea Implantate anzulegen. Damit wurden gehörlose Menschen in die Lage versetzt, wieder hören zu können.

Julia versuchte, sich dies wieder ins Gedächtnis zu rufen. Die künstlichen Ohren setzten ihrer Erinnerung nach außerhalb des Gehirnes an. Das Implantat bestand aus einem Mikrofon, das Geräusche der Außenwelt wahrnimmt und am Außenohr der Person befestigt werden kann. Das Mikrofon leitet die Geräusche an einen Sprachprozessor weiter, der ebenfalls am Außenohr sitzt. Dort werden die Schallwellen in digitale codierte Signale umgewandelt. Die Signale werden dann auf eine Senderspule außen am Kopf übertragen. Diese wiederum schickt die Signale über Radiowellen an eine Empfängerspule, die direkt im Schädelknochen unter der Haut sitzt. Die Empfängerspule wandelt die digitalen Signale in Nervenimpulse um. Von dort wandern die Impulse zu Elektroden, die im Innenohr angebracht werden und in der Hörschnecke, der Cochlea, enden. Die Elektroden reizen die so genannten Haarzellen im Innenohr, das sind Leitungen des Hörnervs, die die Signale dann an die Hörzentren im Gehirn transportieren.

Das Problem, das sich Julia stellte, war offensichtlich. Das Gehirn von Brian Belucci verfügte über kein Außenohr, kein Innenohr und keine Hörschnecke mehr. Außerdem war der Hörnerv sehr wahrscheinlich nicht mehr funktionsfähig und damit auch nicht mehr stimulierbar. Aber sollte man es nicht trotzdem mit einem Implantat versuchen? Könnten nicht Mikrofon und Sprachprozessor mit integrierter Sender- und Empfängerspule auch extern ihre Funktion erfüllen? Die Elektroden müssten natürlich direkt im Hirnstamm verortet werden. Damit konnte es doch gelingen, die

Hörbahn direkt beim Eintritt in das Gehirn elektronisch zu stimulieren. Wenn das alles funktionieren würde, müsste das Gehirn hören können.

Julia war eine verantwortungsbewusste Ärztin. Sie bewunderte ihren Chef. Es schien ihr unmöglich, ohne Zustimmung von Professor Brown einen solchen Versuch zu wagen. Auf der anderen Seite fand sie, dass er bei seinen Forschungen die Möglichkeit einer Sinneswahrnehmung nach dem Tod völlig außer Acht ließ. Sie musste diesen Versuch einfach durchführen, um auf diese Weise das Thema Nahtoderfahrung weiter zu erforschen. Das war sie sich und ihrem wissenschaftlichen Ehrgeiz einfach schuldig. Schließlich war sie von ihrem Forscherdrang und dem gerade entwickelten Gedanken völlig besetzt. Das gab ihr Mut.

Am Computer loggte sie sich in eine wissenschaftliche Datenbank ein und suchte nach dem Begriff »Hirnstamm-Implantat«. Aha, das war also ein modifiziertes Cochleaimplantat. Sie fand gleich die richtige Textstelle:

»Man versucht, den Gehirnstamm selbst zu stimulieren – und zwar mittels eines Auditorischen Hirnstamm-Implantates (ABI). Neben der Stimulationselektrode mit insgesamt zwanzig einzelnen Platindrähten, den so genannten Knopfelektroden, die auf einem 3x8 mm großen Silikonträger verteilt sind, besteht das Implantat aus einem Elektronikbauteil mit Mikrofon, dem Batteriefach und einem Sprachprozessor. Dieses Elektronikbauteil wird wie beim Cochleaimplantat unter die Haut in den Schädelknochen hinter dem Ohrbereich eingelassen.«

Julia erinnerte sich. Ja natürlich, das gab es schon. Ein entsprechendes Gehäuse mit der Elektronik wurde mittlerweile vorproduziert. War der Hersteller nicht Hypotronic? Sie erinnerte sich nicht genau. Julia überlegte weiter. In dem Gehäuse wurde die vom Mikrofon weitergeleiteten Schallwellen in zwanzig Signale zerhackt, die dann durch die zwanzig Platindrähte weitergeleitet werden. Ja, so war das. Sie ärgerte sich über ihr schlechtes Gedächtnis.

Julia war allein im Labor. Sie hatte noch fast 24 Stunden Dienst. Für die Routinearbeiten blieb immer noch Zeit genug. Die Apparaturen eines der bestausgestatteten Hirnlabors der Welt standen ihr zur Verfügung. War auch hier ein solches Gehäuse vorhanden? Und wenn ja, würde das auch bei einem »nackten« Gehirn funktionieren? Julia durchsuchte das ganze Labor. Zwar waren alle Schränke verschlossen, aber Julia hatte Zugang zu den Schlüsseln. Professor Brown war, obwohl dies eigentlich nahe gelegen hätte, kein Sicherheitsfanatiker.

Sie fand kein vorgefertigtes Hirnstamm-Implantat. Was mache ich jetzt?, dachte Julia. Basteln? Könnte nicht eine winzig kleine, künstliche Membran, die Schallwellen empfängt und in Schwingungen umsetzt, als Mikrofon dienen? Wäre es denkbar, dass dieses Mikrofon die empfangenen Schallwellen an einen dahinter geschalteten Sprachprozessor leitet? Man musste den Prozessor so codieren, dass er die Schallwellen in Nervenimpulse umwandelt, die über die Platinelektroden an den Hirnstamm transportiert werden. Dafür müsste man die Elektroden direkt im Hirnstamm implantieren. Wenn das alles funktionieren würde, müsste das Gehirn hören können.

Sie suchte sich die notwendigen Materialien zusammen. Aus einer Membran erstellte sie ein Mikrofon. Dann bastelte sie den Sprachprozessor. Sie entnahm einen Satz neuer Mikrobatterien, den sie ins Mikrofon und in den Sprachprozessor einsetzte. Sie schloss das Mikrofon mit einem hauchdünnen Draht an den Sprachprozessor an. Diese Konstruktion brachte sie in einem winzig kleinen Kästchen unter, das sie an der Innenseite der Metallbox befestigte.

Jetzt kam der knifflige Teil. Vom Prozessor mussten die Platinelektroden ausgehen. Diese wollte sie an den Hirnstamm anschließen. Um das zu erreichen, musste sie dort den winzig kleinen, mit Silikon ummantelten Träger anbringen. So konnte sie die Elektroden auf der Hirnstammoberfläche befestigen. Sie hoffte, auf diese Weise eine funktionierende Verbindung zum primären Hörzentrum herstellen zu können. Julia schob ein Vergrößerungsglas an einem schwenkbaren Arm über die Metallbox. In der einen Hand hielt sie mit einer filigranen Titanpinzette den Silikonträger, der wie eine Klemme funktionierte. Mit der anderen Hand griff sie in die Flüssigkeit und hob das Gehirn vorsichtig an. Sie musste es auf die Seite drehen. Unter dem Vergrößerungsglas sah sie die Unterseite des Gehirns. Es glich einem nackten Gebirge mit Höckern und Schluchten. Sie musste sich konzentrieren, damit sie den Träger in die richtige Lage am Hirnstamm exakt platzieren konnte. Sie ging in ihrer Erinnerung die anatomische Anordnung in diesem Bereich des Gehirns noch einmal durch.

Julia betrachtete jetzt unter der starken Vergrößerung des Glases die toten Nervenstränge, heraushängende Zipfel aus grauem Gewebe. Sie entdeckte einen Nervenstrang, der genau an der Stelle im Kortex verschwand, wo sich das Hörzentrum befand. Aber es half nichts. Sie musste vielmehr direkt am ersten Hörnervenkern im Gehirn ansetzen. Langsam brachte sie die Goldklemme näher heran und wählte eine Stelle auf der Hirnstammoberfläche am Ende des Hörnervs. Sie verringerte ganz langsam den Druck auf die Pinzette und sah in vielfacher Vergrößerung, wie der Träger auf dem Gewebe aufsetzte und es, als sie die Pinzette zurückzog, leicht eindrückte. Durch einen vorsichtigen Zug an einem der Drähte prüfte sie, ob die Klemme hielt. Dann richtete sie sich auf und streckte sich. Die Arbeit war anstrengend, da sie enorme Präzision erforderte. Ihr

Mund war völlig ausgetrocknet. Sie ging in den sterilen Schleusenraum, trank ein Glas Wasser und füllte das Glas wieder. Im Spiegel sah sie, dass ihre Wangen sich vor Aufregung gerötet hatten. Sie nahm das Glas mit in den Laborraum und stellte es auf den Tisch, gleich neben die Metallbox.

Julia betrachtete ihr Werk. Sie überprüfte die Apparatur und war zufrieden. Dann schaltete sie Mikrofon und Sprachprozessor ein. Eine winzige aufleuchtende Diode zeigte an, dass Strom floss und die Apparaturen funktionierten. Julia positionierte das Gehirn wieder in seine Ruhelage, vorsichtig darauf bedacht, die Konstruktion nicht zu beschädigen.

Wenn das Gehirn nicht völlig tot wäre, müsste es über dieses Kästchen Schallwellen, die im Laborraum erzeugt wurden, empfangen können, dachte Julia. Natürlich hoffte sie, dass es so war. Das Gehirn würde das Rauschen der Luftfilteranlage hören und könnte vielleicht wahrnehmen, wie ihre Schuhe auf dem Gummiboden quietschten. Es würde hören, wenn sie die Tür öffnete oder schloss oder wenn sie den Wasserhahn aufdrehte. Es müsste sie sogar sprechen hören. Beim letzten Gedanken stutzte sie. Mein Gott, was wäre, wenn tatsächlich ...

Plötzlich übermannte sie ein Reflex, wie immer, wenn etwas Wichtiges passiert war. Sie wollte Bert anrufen und ihm erzählen, was sie getan hatte. Aber er würde ihren Bericht nur als Hirngespinst abtun und ihr Vorhaltungen machen, dass sie ihre Befugnisse überschritten und ohne Zustimmung von Professor Brown gehandelt habe. Bert war eben letztlich doch ein Karrierist, der nie den Vorgaben seiner Vorgesetzten zuwider handeln und ihr daher davon dringend abraten würde. Nein, sie würde ihn nicht anrufen. Sie würde ihm allenfalls davon erzählen, wenn es vorbei war.

12

Victor »Wulpy« Frings hatte auf seinen Visitenkarten und dem Namensschild an seiner Tür das ursprüngliche »k« in Viktor durch ein »c« eingetauscht. Es sah amerikanischer aus. Und das wollte er sein, ein Amerikaner. In Meetings wirkte er häufig amerikanischer als die echten Amerikaner am Tisch. Nur manchmal, wenn er sehr müde oder erregt war, konnte man einen leichten deutschen Akzent durchhören.

Mit nur 34 Jahren war er der Star in der Automobilbranche. Seine eigenwilligen Entwürfe hatten längst das Straßenbild geprägt. Wo andere glatte, stromlinienförmige Oberflächen anbrachten, verpasste er den Autos Sicken und Falze, spielte mit Kurven und trapezförmigen Flächen. Sein Stil war kantig, massiv, ohne jeden Retro Touch, in den sich die meisten Autobauer flüchten, um das Design ihrer eigentlich schlichten Karossen optisch aufzupeppen.

Victor Frings Formensprache provozierte, aber er hatte Recht behalten. Die ursprüngliche, harsche Kritik von Kunden und Presse verwandelte sich schnell in Akzeptanz, und er prägte einen neuen Stil, der für seinen Auftraggeber, das größte noch unabhängige Automobilunternehmen im fernen Europa, den unschätzbaren Wert hatte, dass dessen Autos unverwechselbar wurden.

»Wulpy«, wie Frings in der Branche genannt wurde, lebte in einem Vorstadthaus in Ann Arbor, Michigan, das eine bekannte Londoner Innenarchitektin in einen großräumigen Loft verwandelt hatte, in dem er wohnen, arbeiten und Parties geben konnte. Die riesige Garage war zu einem Swimmingpool mit Fitness- und Wellnessbereich umgebaut worden. Im Sommer konnte man durch einen schmalen Kanal direkt in den Außenpool schwimmen. Mitten im riesigen Hauptraum des Hauses war eine Landschaft aus Schreibtischen aufgebaut, die nicht zum Arbeiten dienten, sondern lediglich Träger für ein halbes Dutzend riesiger Bildschirme waren. Mehrere Computer sorgten dafür, dass alle Bildschirme miteinander verknüpft werden konnten und gleichzeitig auf dieselbe Datenbank Zugriff hatten. Wenn am Modell auf dem Monitor oben links eine Veränderung vorgenommen wurde – etwa die Korrektur der Wölbung eines Rücklichtes – wurde diese Veränderung aus allen anderen Winkeln des Fahrzeugs gleichzeitig dreidimensional sichtbar. Frings konnte den Effekt von kleinen Veränderungen seiner Entwürfe in Echtzeit aus allen Perspektiven überprüfen. So verlor er nie den Gesamteindruck des Wagens aus dem Auge. Genau darin lag das Geheimnis seines Erfolges. Von jeder Seite musste der Appeal stimmen, es musste irgendwie sexy aussehen. Seine Autos mussten aus jedem Blickwinkel instinktiv mit der Marke in Verbindung gebracht werden, aus jeder Perspektive den gleichen Mix zwischen Solidität, Wert, Prestige und Hochtechnologie ausstrahlen.

Viele Autos, sagte Wulpy oft in seiner unnachahmlichen Arroganz, sähen nur aus bestimmten Blickwinkeln gut aus. Zum Beispiel, wenn man sie von schräg links auf dem Boden liegend ansieht und dabei genau den Winkel erwischt, von dem aus die Linien das Auge nicht wegtragen, sondern die Konturen und Fluchten des Blechkleides zurückzuspringen schienen. Bei anderen Autos müsse der Betrachter von einem Kran in drei Meter Höhe von rechts vorne herabschauen, um in dem Auto nicht ein Auto, sondern eine Skulptur sehen zu können. Exzentrisch fanden diese Äußerungen seine Bewunderer, unerträglich seine Neider.

Autos, die er zeichnete, so sagte man ja immer noch, obwohl heutzutage kein Designer mehr einen Stift anrührt, unterschieden sich von allen anderen dadurch, dass die Linien ihrer Karosserien vor allem aus denjenigen Blickwinkeln interessant aussahen, aus denen Passanten oder andere Autofahrer den Wagen im Alltag üblicherweise betrachteten, ganz gleich, in welcher Farbe er lackiert war. Käufern der von Wulpy Frings entworfenen Autos blieb die Enttäuschung erspart, die Kunden häufig erleben, wenn sie das neue Modell zum ersten Mal vor sich sahen und feststellen mussten, dass es völlig anders wirkte als im Prospekt oder im Werbespot. Das Verkaufsversprechen, das Frings Kunden aus der Automobilindustrie den Verbrauchern gaben, wurde gehalten.

Frings war selbstständig. Er hatte ein Team von jungen Leuten aus der ganzen Welt um sich geschart, die von zu Hause aus seinen Projekten zuarbeiteten, an Details tüftelten, Verbesserungen umsetzten.

Seit Viertel vor vier morgens hatte er nur mit einem Bademantel bekleidet auf dem »Pilotensessel« vor seinem Schreibtisch gesessen, in dessen Armlehnen er mehrere Computermäuse hatte einbauen lassen. Stundenlang hatte er auf den Bildschirm gestarrt. Jetzt um 12.00 Uhr mittags war er gerade mit einem Mitarbeiter in Osaka verbunden, mit dem er versuchte, die zu plump geratenen Heckleuchten am neuen SUV seines Kunden zu retouchieren. Wulpy war immer online, außer wenn er schlief. Neben den Fenstern, die den jeweils aktuellen Stand des Design einzelner Bauteile oder ganzer Fahrzeugen zeigten, hatte Wulpy ständig ein Chat Fenster auf dem Hauptbildschirm geöffnet, über das er mit allen Mitarbeitern irgendwo auf der Welt kommunizieren konnte. Er bevorzugte es, wenn sie ihm schrieben, da das Englisch der meisten Teammitglieder seinem Standard nicht genügte. Beim Schreiben musste er ihren Akzent nicht ertragen, was ihn sonst abgelenkt und ungeduldig gemacht hätte. Ein weicher Gongschlag meldete ihm, dass jemand an der Tür war. Wulpy zog die Füße vom Tisch, tippte »mom pls« in das Chat Fenster und ging zur Tür.

»Guten Morgen, Sir«, schallte es ihm fröhlich entgegen. »Entschuldigen Sie bitte die Verspätung.«

Der junge Farbige in der Milchmannuniform der »Lakeside Dairy« hielt ihm zwei halbe Gallonen frischer Milch und die Morgenzeitung entgegen. Der bunt bemalte Lieferwagen stand in der Einfahrt.

»Danke, Tyron«, antwortete Wulpy, klemmte sich die Zeitung unter den Arm und nahm die Milchflaschen entgegen.

»Einen schönen Tag noch, Sir«, blitzte es ihm aus zwei Reihen perlweißer Zähne entgegen. Tyron legte die Hand fast etwas zu militärisch an seine Mütze, drehte um und schwang sich in seinen Lieferwagen.

Wulpy stellte die schweren Flaschen auf den Tisch, überflog die Schlagzeilen und drehte währenddessen den Verschluss einer Milchflasche auf. Er setzte die Flasche an den Mund und hörte erst auf zu trinken, nachdem er etwa ein Drittel der Flasche geleert hatte. Frings trank Milch wie Wasser. Dann wischte er sich den Milchbart mit dem Ärmel seines Bademantels ab und ging wieder zu seinem Arbeitsplatz. Noch im Stehen tippte er in das Chat Fenster:

»Wieder da« und drückte die Enter-Taste.

»Fein«, erschien fast augenblicklich die Antwort aus Osaka.

»Und? Was hältst du davon?«, folgte es ungeduldig darunter.

Wulpy besah minutenlang den neuen Entwurf aus allen Blickrichtungen. Der Japaner hatte seine Anregungen befolgt. Statt die Rücklichter, wie bei anderen Autos, einfach von innen nach außen spiegelverkehrt zu zeichnen, hatte er die Spiegelungsrichtung umgekehrt und das ganze noch mit einer kleinen Ausbuchtung unterstrichen, die einen kleinen Wulst bildete. Auf den ersten Blick schien das Auto zu »schielen«. Wenn das Gehirn die Assoziation mit schielenden Augen nach einigen Sekunden überwunden hatte, blieb nur noch der Eindruck von bulliger Kraft übrig, der auf das gesamte Fahrzeugheck abstrahlte.

Wulpy versank bei der Betrachtung förmlich in den mathematisch anmutenden Grafiken, führte im Geiste Linien weiter, berechnete ihren angenommenen Kreuzungspunkt wie ein Künstler vor einem Gemälde. Seine Wahrnehmung war weit offen, konnte alle Dimensionen erfassen, suchte nach Disharmonien, fand aber keine. Ein stilles Glücksgefühl stellte sich ein. Eine Befriedigung, ein Einklang, nach dem sein überreiztes Gehirn seit einigen Monaten fast süchtig geworden war.

»Wusstest du, dass Gott nicht im Himmel wohnt und die Liebe nicht im Herzen sitzt?«

Der Japaner tausende von Kilometern entfernt runzelte die Stirn. Was war denn das für ein unzusammenhängendes Gestammel?

»Wulpy, alles in Ordnung bei dir?«

Wulpy zuckte zusammen. Er wusste nicht, warum er das geschrieben hatte, obwohl er mit dem Inhalt kein Problem hatte. Er war vor zwei Monaten aus der Baptist Church ausgetreten. Ihm sagten die Predigten nichts mehr. Reine Zeitverschwendung, fand er. Obwohl er für seinen rasend schnellen Erfolg früher regelmäßig Gott gedankt hatte. Früher. Jetzt glaubte er nicht mehr daran, dass es einen Gott gab. Er glaubte nur noch an sich selbst. Und an seine ständig wachsende Kreativität, die ihn von einem genialen Einfall zum nächsten trieb. Es wurde Zeit, dass dieses Land, das dynamischste und mächtigste Land der Welt, endlich aufhörte, sich dauernd mit Gott zu beschäftigen.

Währenddessen war Tyron mit seinem Milchlieferwagen bereits auf dem Weg zum nächsten Kunden. Über eine geschützte Funkfrequenz meldete er seinem Arbeitgeber wie jeden Tag Vollzug der Lieferung an die Nummer 52.

13

Julia überlegte, wie sie nun weiter vorgehen sollte. Sollte sie zum ersten Mal im Alleingang und auch noch heimlich versuchen, den Hörvorgang eines Gehirns auf einem Bildschirm sichtbar zu machen? Seit sie am Bethesda Krankenhaus tätig war, hatte sie fast ihre gesamte Freizeit mit der Arbeit in einem Team verbracht, das sich mit dem ehrgeizigen Projekt befasste, eine eigens zur Sichtbarmachung des Hörvorgangs im Gehirn bestimmte Folie zu entwickeln. Die Mitarbeit in diesem Team war ihr ganzes Glück. Sie arbeiteten gemeinsam am Puls der Zeit. Sollte sie das Ergebnis ihrer nächtelangen Versuche an diesem Gehirn ausprobieren? Ihr Blick blieb an der Stirnseite des Labors hängen, wo ein übergroßer Bildschirm an der Wand befestigt war. Dieser war an einen Rechner angeschlossen, der Impulse von Nervenzellen eines Gehirns empfangen konnte und diese, je nach dem, aus welchem Hirnareal sie stammen, nach einer programmierten Farblogik geordnet, an den Bildschirm schickte. Am Hirn eines lebenden Affen, dessen Schädeldecke entfernt worden war und in dessen visuellen Kortex Dioden angebracht waren, konnte man auf einem solchen Bildschirm verfolgen, wenn er die Farbe Rot oder Blau oder Grün sah. Man hielt ihm einfach einen roten, blauen oder grünen Gegenstand vor die Augen und die entsprechenden Areale »feuerten«. Ähnliche Darstellungen konnten mit bildgebenden Verfahren auch vom menschlichen Gehirn gezeigt werden. Das hatte dann tatsächlich etwas von »Frankenstein und seinem Monster«, und wenn Julia ihren Freunden von diesem Experiment berichtete, dachten diese sofort an die riesigen Apparaturen in den alten Filmen. Es war aber viel unspektakulärer. Man benötigte lediglich eine mit Mikroprozessoren beschichtete Folie, die das Negativ der Hirnoberfläche darstellte. Es war auch nicht mehr erforderlich, die einzelnen Zellen mit Klemmen zu isolieren, wie das früher der Fall war. Die von dem Forscherteam entwickelte Folie mit den darin enthaltenen Prozessoren sollte – jedenfalls nach ihren Vorstellungen - auf extrem geringe Schwankungen der Magnetfelder, ausgelöst durch das »Feuern« einzelner Zellen, reagieren. Sie hoffte, dass man mit der Folie die Ströme im Gehirn genau lokalisieren, zuordnen und auf dem Bildschirm sichtbar machen konnte. Die an die Mikroprozessoren angeschlossene Software war so programmiert, dass sie quasi von selbst lernte, die Areale zu unterscheiden und zu interpretieren. Diese Technologie sollte es möglich machen, ungesunde, anormal funktionierende Hirnteile wesentlich schneller identifizieren zu können, da der visuelle Kortex, der größte Kortex im Gehirn, mit allen anderen Arealen des Gehirns verknüpft ist. So ließen sich zum Beispiel »Löcher« im Gehirn eines an Alzheimer erkrankten Patienten durch das Auflegen der Folie ungleich schneller lokalisieren als dies zuvor möglich gewesen war. Auch bei Epilepsiekranken war der unkontrollierbare Neuronensturm im Gehirn leichter zu orten. Mit Hilfe dieser Erkenntnisse konnten die von selbst »feuernden« Areale chirurgisch still gelegt werden.

Früher musste man für das Auflegen der Vorläuferexemplare dieser gerade erst entwickelten Folie die Hirnlappen freilegen, also den Schädel öffnen. Mittlerweile waren die Prozessoren in der Folie so sensibel, dass es genügte, die Folie lediglich von außen auf die Kopfhaut zu legen, um lesbare Resultate zu erzielen. Julia fasste einen Entschluss. Sie würde versuchen, den visuellen Kortex des Gehirns mit der Folie in Verbindung zu bringen, so als wollte sie zuschauen, was das Gehirn sah. Jetzt war sie schon so weit gegangen, dass es darauf auch nicht mehr ankam. Theoretisch konnte Julia sich vorstellen, wie man das machen musste. Ermutigt durch ihren ersten Versuch machte sie sich ans Werk.

Julia überlegte, welche Gerätschaften sie zusätzlich benötigte. Das Versuchsexemplar der Folie, das wichtigste Instrument, lag zwar streng gesichert in einem Panzerschrank des Labors. Doch den Schlüssel für den Schrank fand sie in einem nicht gesicherten Schlüsselkasten neben der Eingangstür des Labors. Sie öffnete den Panzerschrank, dem sie eine von drei identischen Folien entnahm. Sie prüfte, ob die Verbindungsstecker vorhanden waren, und ging zurück zum Labortisch. Der Rechner, ein herkömmlicher PC, befand sich unter dem Metalltisch in einer Aufhängung. Er war mit dem Bildschirm verbunden. Es war alles vorhanden, was sie brauchte.

Julia entnahm ein Skalpell, mit dem sie die Plastikhülle, in der die Folie eingeschweißt war, durchtrennte. Dann faltete sie die Folie vorsichtig auseinander, bis sie ausgebreitet auf dem Tisch lag. Deutlich konnte sie auf der einen Seite die aufgedampften Mikroprozessoren sehen. Die Folie hatte ungefähr die Konsistenz eines dickeren Tiefkühlbeutels, wie er in jedem Haushalt anzutreffen ist, fest, aber flexibel. Beim Kontakt mit einer Oberfläche reagierte sie wie eine Haftfolie. Die Mikroprozessoren aus Silizium waren so hauchdünn, dass sie die Eigenschaften der Folie fast nicht beeinträchtigten. Julia musste äußerst sorgfältig vorgehen. Die kleinste Verunreinigung konnte jedes verwertbare Resultat zerstören. Julia schloss die Folie an den Rechner unter dem Tisch an und schaltete den Bildschirm ein.

Nachdem sie einen Schluck Wasser getrunken hatte, zog sie sich ein neues Paar Handschuhe über. Sie stützte die Ellenbogen auf den Tisch und fasste wieder ganz vorsichtig in die Flüssigkeit hinein, um das Gehirn in die Hand zu nehmen. Nun musste sie den visuellen Kortex finden. Julia drehte das Gehirn in ihren Händen herum, sorgfältig darauf bedacht, den Draht der bisher implantierten Hörkonstruktion nicht zu berühren. Dann betrachtet sie es von der Rückseite, während die nach sterilem Gummi riechende Flüssigkeit in dicken, langen Tropfen herabfiel. Sie wusste nicht, wie lange sie das Gehirn außerhalb der Flüssigkeit halten konnte, ohne es zu beschädigen. Auf jeden Fall musste sie schnell handeln. Sie nahm die Folie in die Hand und näherte sie behutsam der Rückseite des Gehirns. Julia beobachtete, wie sich die Folie wie in Zeitlupe an die Oberfläche anzuschmiegen begann. Sie musste nur mit sachten Bewegungen die Richtung vorgeben, den Rest machte die Folie von allein, bis das gesamte hintere Areal des Gehirnes fest umschlossen war. Vorsichtig ließ Julia die Folie los, stellte erleichtert fest, dass sie haften blieb. Nun schob sie ihre frei gewordene Hand unter das Gehirn, balanciert es vorsichtig aus und ließ es zurück in die Metallbox gleiten, wo es wieder in die schützende Flüssigkeit hinab sank.

Julia war zufrieden und zugleich unendlich aufgeregt. Sie hatte soeben an ein und demselben Gehirn zwei unterschiedliche Hirn-Maschinen-Schnittstellen angebracht. Soweit sie wusste, war das noch nie gemacht worden. Sie blickte auf die Uhr. Es war 16.26 Uhr. Seit mehr als sechs Stunden war sie allein im Labor. Das schlechte Gewissen und die Nervosität wurden immer stärker. Sie hatte Professor Brown hintergangen, sein Vertrauen missbraucht. Anstatt das Gehirn, wie von Professor Brown angeordnet, wegzuschließen, hatte sie damit experimentiert. Dabei hatte sie auch noch unbefugt wertvolle Geräte der Forschungsabteilung verwendet. Was war in sie gefahren? Julia überschlug, wie viel Zeit sie brauchen würde, um alles wieder rückgängig zu machen und ihre Spuren zu verwischen. Nicht auszudenken, wenn sie entdeckt würde. Professor

Brown würde ihr das eigenmächtige Handeln nicht durchgehen lassen. Man würde sie feuern. An Bert durfte sie gar nicht denken. Allein die Tatsache, dass er mit ihr als Übeltäterin liiert war, würde ihn um seine eigene Karriere zittern lassen.

Julia begann mit den Aufräumarbeiten. Plötzlich hielt sie inne. Vor lauter Aufregung hatte sie vergessen zu prüfen, ob der Bildschirm etwas zeigte. Sie blickte auf den Bildschirm. Er blieb dunkel. Bei einem lebenden Gehirn würde er jetzt dessen Aktivitäten abbilden. Dieses Gehirn war einem Unfalltoten entnommen worden, lag nun provisorisch konserviert in seiner Metallbox. Der Hirntod war eingetreten, hatte Professor Brown gesagt. Also konnte der Bildschirm auch nichts zeigen, dachte sie.

Als sie sich unter den Tisch beugte, um das Kabel der Folie herauszuziehen, stellte sie fest, dass der Rechner gar nicht eingeschaltet war. Vermutlich hatte sie vorhin den Einschaltknopf nicht lange genug gedrückt gehalten. Es floss kein Strom, der Rechner empfing keine Signale. Kein Wunder, dass der Bildschirm nichts zeigte. Trotz ihrer Furcht vor Entdeckung musste Julia über ihren Anfängerfehler grinsen.

14

Das solide, aber verwahrlost wirkende Maschendrahttor verbarg geschickt eine ganze Batterie von Sicherheitseinrichtungen. Kontaktmelder überwachten diskret und unsichtbar jeden Zentimeter der Anlage. Versteckte Kameras schickten rund um die Uhr Bilder vom Tor und vom ganzen Gelände auf die Monitore in die Sicherheitszentrale. Es wäre selbst der sprichwörtlichen Maus nur schwer gelungen, unbemerkt auf das Gelände zu schlüpfen.

Etwa hundert Meter hinter dem Tor waren die Hallen der ehemaligen Landmaschinenfabrik zu sehen. In den Rissen des Betons wuchsen wilde Pflanzen. Die Rolltore waren verrostet und vom ehemaligen Firmenschild hatte eine starke Windböe schon vor vielen Jahren die Hälfte abgerissen. Von außen deutete alles auf eine abbruchreife Industrieimmobilie hin.

Agent Andrée Casalle, seit 28 Jahren im Dienst der CIA, räkelte sich auf einem bequemen Konferenzstuhl, die Füße auf die Tischplatte gelegt. Die fliederfarben gefütterte Jacke seines dunkelgrauen Anzugs hing über der Lehne auf dem Stuhl neben ihm. Casalle trug ein weißes Hemd mit einer blauen Krawatte und wiederum fliederfarbenen Hosenträgern statt einem Gürtel. Marc, sein Assistent, trat mit zwei Bechern Kaffee in der Hand durch die Tür in Casalles Büro. Er stellte die Becher auf den Tisch, zog ebenfalls seine Jacke aus und ließ sich auf einem Stuhl nieder. Aber er legte seine Füße nicht auf den Tisch. Marc hätte sich das in Anwesenheit eines Vorgesetzten niemals herausgenommen.

Casalle übergab Marc eine Liste der letzten Kontakte mit den 60 überwachten Internetanschlüssen. Jede Verbindung wurde im zentralen System mit einem Hash Code archiviert, einer Art kurzer Signatur, ein »Fingerabdruck« von komplexen Daten. Jeder dieser Codes endete mit der Stunden-, Minuten- und Sekundenangabe des letzten Kontaktes mit einer der Testpersonen. Anhand dieser Endungen der Hash Codes konnte Marc auch Häufigkeit und Dauer der Verbindungen zwischen den Großrechnern hier unten und den 60 ahnungslosen Menschen vor ihren Heimcomputern draußen errechnen.

»Und?«, fragt Casalle in Richtung Marc, der die ihm von Casalle übergebene Liste studierte.

»Sieht gut aus«, antwortete Marc. »Die letzten 24 Stunden waren einer der besseren Tage. Bei dem Sauwetter gestern im Nordosten auch kein Wunder. Was sollen die Leute auch anderes tun, als am Computer zu sitzen, wenn es draußen wie aus Kübeln gießt.«

»Wie liegen wir in der Zeit, insgesamt meine ich?«, wollte Casalle wissen.

»Wenn alles reibungslos weitergeht, können wir die erste Stufe bald abhaken.«

Casalle stand auf und blickte durch eine riesige Scheibe. Hinter der Scheibe befand sich ein mit der neuesten Technik ausgestattetes Versuchslabor der CIA, in dem 60 Agenten konzentriert auf die Bildschirme ihrer Computerstationen blickten. Es gab keine Fenster, kein Tageslicht, nur die spärliche Beleuchtung einzelner Neonröhren. Hier, in Marion Springs, Maryland, befanden sich die Räume des Think Tanks, die Casalle von der CIA zur Entwicklung einer neuen Droge zur Verfügung gestellt worden waren.

»Schauen Sie sich das an«, sagte Casalle zu Marc, »lauter kleine Arbeitsbienchen, die nicht wissen, was sie tun.« Casalle blickte von dem Stück Papier auf, das er gerade von seinem Schreibtisch gefischt hatte.

»Korn, Tomaten, sogar ein einfacher Salat kann die Droge beinhalten. Am besten funktioniert`s noch mit Milch.«

Marc lachte heiser auf. »Und da haben die Leute schon vor gentechnisch veränderten Lebensmitteln Angst, die völlig harmlos sind. Was ist denn gegen Milchsäurebakterien zu sagen, die nichts weiter bewirken, als die Herstellung von Käse zu beschleunigen?«

»Ja klar, und gerade aufgrund der genetischen Veränderungen wird kein Mensch die Drogen bemerken. Man kann sie nicht sehen, nicht schmecken, kaum nachweisen. »Ich habe sie gestern unter dem Elektronenraster-Mikroskop angeschaut«, fügte Marc hinzu. »Selbst wenn man weiß, in welcher Zelle man suchen muss, braucht es Tage, um die veränderten Gene zu finden.«

»Kommen Sie mal mit rüber.«

Marc folgte Casalle in den Versuchsraum. Beide blickten einem jungen Agenten über die Schulter auf den Bildschirm der Station von Nummer 52.

Auf dem Monitor erschien das Rücklicht eines Autos. Die Aufmerksamkeit der drei Agenten driftete kurz von ihrer eigentlichen Aufgabe weg zu der auf dem Bildschirm flimmernden Designstudie des Rücklichts.

»Das sieht ja elend aus, das macht den Wagen doch total hässlich«, sagte Casalle zu Marc, während sie einen Bildschirm betrachteten, der genau das gleiche zeigte wie der von Wulpy. Jedoch war auf ihrem Bildschirm zusätzlich ein Fenster sichtbar, in dem ein Zähler mit rasender Geschwindigkeit die übertragenen Bits zählte. Der Analyst im Nebenraum hatte genau in dem Moment, als Wulpy »Wieder da« eingetippt hatte, einen verschlüsselten Datensatz abgeschickt. Dieser sorgte dafür, dass die Anzeige von Wulpys Bildschirm mit hochfrequenten Farbsignalen überlagert wurde. Diese wiederum bewirkte ein leichtes, fast unmerkliches Flackern in den dreidimensionalen Grafiken des Autos. Wulpy nahm das Flackern längst nicht mehr wahr. Sein Gehirn hatte sich daran adaptiert, als ob es einen Filter entwickelt hatte, der das störende Flackern ausblendete. Wulpy hatte ursprünglich einfach angenommen, die Leitungen seien zu schwach, um die riesigen Datenmengen, die er empfing und abschickte, ohne »Frequenzrauschen« zu transportieren. Der Zähler blieb stehen. Gespannt starrten die drei jungen Agenten auf den Bildschirm und beobachteten das Chat Fenster.

Wulpy ließ seinen Blick einige Sekunden auf den Grafiken ruhen, leckte sich die Lippen, zoomte das Bild näher heran und wieder weiter weg. Geradezu ungeduldig schien der Cursor in seinem Chat Fenster zu blinken. Dann beugte Wulpy sich über die Tastatur.

»Sieht gut aus. Gefällt mir. Mach die Wulste nur noch ein wenig elipsenförmiger.« Wulpy drückte die Enter-Taste.

Die beiden Agenten lasen mit. Dann kam es.

»Wusstest du, dass Gott nicht im Himmel wohnt und die Liebe nicht im Herzen sitzt?«, hatte Wulpy eingetippt.

»Bingo«, fuhr es aus dem jungen Agenten heraus. Er strahlte Casalle und Marc an, über deren Gesicht sich ein breites Grinsen ausbreitete. Beide gingen zurück in den benachbarten Konferenzraum und sanken sichtlich zufrieden wieder in ihre Sessel. Casalle machte es sich bequem und legte die Füße wieder auf den Tisch.

»Unglaublich, was?«

»Bei dem ging`s schneller als bei den meisten«, staunte Marc.

»Ja, sein Hirn ist unser Spielplatz geworden. Wir wandern darin herum, wie es uns gefällt. Und er bleibt voll alltagstauglich. Ein paar neue Proteinstränge zwischen den Synapsen und die Daten rauschen an der hirneigenen Zensur vorbei.«

Es klopfte an der Tür.

»Ist offen«, rief Casalle.

Ein weiterer Agent vom großen Computerraum nebenan steckte seinen Kopf durch die Tür.

»Sorry. Wir haben einen Code Theta.«

Casalles Füße flogen vom Tisch. Marc war aufgesprungen. Code Theta stand für das altgriechische Wort θάνατος (thanatos) und bedeutete nichts anderes, als dass eine der unfreiwilligen Testpersonen gestorben war.

»Wir haben eine E-Mail auf dem Computer von Nummer 27 gefunden. Eine Frau teilt allen Freunden und Verwandten mit, dass ihr Mann heute früh bei einem Autounfall ums Leben gekommen ist«, berichtete der junge Agent.

»OK, bring es hier auf den Schirm«, wies Casalle ihn an.

An der Stirnseite des Konferenzraumes hing ein Glasbildschirm, eine Art Teleprompter, der mit jeder der 60 Stationen verbunden werden konnte.

Casalle nahm die Fernbedienung vom Tisch und schaltete den Glasbildschirm ein. Marc telefonierte mit der Zentrale, dem Haupteinsatzzentrum der Wissenschaftler, Techniker, Neurologen und politischen Analysten. Sie mussten laut Anweisung von einem solchen Ereignis unmittelbar in Kenntnis gesetzt werden. In ihren Händen lag die Steuerung des Experiments, was den inhaltlichen Teil betraf. Casalle und sein Team waren nur für die Organisation und Durchführung zuständig.

Sobald der Schirm betriebsbereit war, loggte sich der Agent in den Computer von Nummer 27 ein.

Er codierte die Eingabe. Nach kurzer Zeit erschien die Chronologie der letzten Kontakte dieses Anschlusses in Queens, New York.

»Bis hierher lief alles OK. Heute am frühen Morgen war er noch online, hat die Datei mit den Abrechnungen von gestern durchgegeben. Dann hat er einen Angestellten per E-Mail gefeuert. Anschließend hat er seinen Anwalt angeschrieben und ihn um Rat gefragt. Irgendeine Garantiesache, die ihm am Herzen lag.«

»Und dann?«, drängte Casalle, den die Lebensumstände seiner Zielpersonen wenig interessierten.

»Dann fuhr er wie jeden Morgen zu seinen Baustellen. Er hatte eine ziemlich Große in Manhattan, ein Bürogebäude.«

Marc staunte, welche intimen Kenntnisse der junge Agent von jedem Schritt der überwachten Person hatte.

»Und dann das hier.«

Auf dem Bildschirm erschien der Text einer Todesanzeige.

»Wir bedauern zutiefst, dass unser geliebter Ehemann, Vater, Bruder und Onkel heute Morgen an den Folgen eines schweren Verkehrsunfalls gestorben ist. In tiefer Trauer: Ellie Belucci mit Frank und Doreen, Queens, New York.«

«Das war's dann wohl. Armer Kerl.«

Casalle stemmte sich aus seinem Stuhl hoch und ging zum Telefon. Während er wählte, gab er dem jungen Mitarbeiter der Station von Nummer 27 Anweisungen.

»Zieh mir eine Kopie seines Files mit Adresse, Telefonnummern usw. Gib sie Marc. Marc, du setzt dich mit unseren Leuten in New York in Verbindung. Ich brauche eine schriftliche Bestätigung über den Vorfall. Ich brauche den Totenschein. Ich will Fotos von der Beerdigung. Verstanden? Außerdem will ich wissen, wann genau und wo er unter die Erde kommt. Wir müssen sofort unseren Wunderknaben von der NSA-Technik hier haben, er muss Beluccis oder, wie immer der hieß, Festplatten säubern.«

»Brian Belucci, Jamaica Avenue, Queens, New York. Ein Klempner, selbstständig, 54 Jahre.»

»Na, dürfte ja nicht allzu schwer sein, den auszuradieren. Geistig, meine ich. Für den Rest hat der Morgenverkehr gesorgt.«

Casalles Haltung hatte sich mittlerweile verändert. Er saß jetzt aufrecht, mit gestrafftem Rückgrat, alarmiert, wie unter Strom. Sein Gesichtsausdruck, eben noch selbstzufrieden und entspannt, hatte etwas Lauerndes angenommen. In seinen Händen lag eine große Verantwortung, das wusste er. Er würde sie wahrnehmen, mit allen Konsequenzen.

Casalle drehte den Anwesenden den Rücken zu. Er hatte immer noch den Telefonhörer am Ohr. »Ja, Agent Casalle hier, Mr. Wetherspoon bitte.« Nach einer Pause: »Nein, sofort. Hier spricht Special Agent Casalle.« Casalles Stimme ließ keinen Widerspruch zu.

»Mr. Wetherspoon, guten Tag. Wir haben einen Code Theta bei Nummer 27. Ich habe schon alles veranlasst.«

»Ja, ich halte Sie auf dem Laufenden.« Casalle legte auf.

15

Julia näherte ihren Zeigefinger langsam der Einschalttaste des Computers. Ihre Fingerkuppen hatten jetzt Kontakt mit dem blauen Plastikknopf. Sie zögerte. Sollte sie? Durfte sie? Konnte sie? Wohin würde das führen?

Schließlich warf sie sämtliche Bedenken über Bord und schaltete das Gerät ein. Die Leuchtdiode unter dem Knopf bestätigte, dass der Stromkreis geschlossen war. Die Festplatte machte ein kratzendes Geräusch, wie eine weiche Nadel auf einer alten Schallplatte. Das System fuhr hoch. Julia kroch unter dem Tisch hervor und richtete sich auf. Der Bildschirm zeigte eine Übersicht der geladenen Programme an. Julia gab einen Befehl ein, um auf das Programm, das die Signale der Folie einlas, zuzugreifen. Wieder hörte sie ein kratzendes Geräusch, während der Rechner das Programm hochlud.

Dann war das System soweit. Gebannt schaute Julia auf den Schirm und beobachtete ungläubig, wie sich langsam Farbwellen ungefähr in der Mitte des Schirmes von links nach rechts bewegten. Es war ein ruhiges, gleichmäßig fließendes Bild in dunkelroten bis violetten Schattierungen, wie eine lang gestreckte Sinuskurve. Julia traute ihren Augen nicht. Obwohl sie es sich, wenn sie ehrlich war, gewünscht hatte, konnte das nicht wahr sein. Es war einfach unmöglich, dass das Gehirn noch Impulse sandte. Vor Stunden war es dem Körper entnommen worden, musste also mausetot sein. Die einzige Erklärung war, dass sie unter Halluzinationen litt. Ansonsten konnte es nur ein Computerfehler sein oder irgendetwas stimmte mit der Folie nicht. Oder empfing das sensible System irgendein Störsignal im Raum, das der Computer als Farbwellen auf dem Schirm darstellte? Und wenn das alles nicht zutraf?

Sie beugte sich über das Gehirn in seinem Metallkasten und betrachtete die Folie, die fest an der Rückseite des Gehirns klebte und sich an alle Oberflächenwindungen anschmiegte. Dann wandte sie ihren Blick zurück auf den Schirm. Komisch, da schien ein Muster erkennbar zu sein. Julia fühlte sich erinnert an die Darstellung des kosmischen Rauschens, dem Hintergrundgeräusch aus den Tiefen des Weltalls, die sie einmal im Fernsehen gesehen hatte.

Sie umrundete den Tisch und beugte sich herunter, um die Anschlüsse zu kontrollieren. Es schien alles in Ordnung zu sein. Sie betrachtete wieder die Wellen. Sie hatte dem toten Hirn ein künstliches Ohr verpasst und eine Rezeptorenfolie an den visuellen Kortex gelegt. Der Bildschirm zeigte Bilder, die aus dem Gehirn kommen mussten. Es schien, als ob der auditive Kortex noch arbeitete, noch irgendwelche Impulse empfing.

Das geht aber nur dann, dachte Julia, wenn es eine Verbindung zwischen den Schallwellen, die auf das Mikrofon am künstlichen Ohr treffen, und dem auditiven Kortex gibt. Funktionieren würde das wiederum nur, wenn das entscheidende Bindeglied zwischen Mikrofon und Bildschirm, das Gehirn, noch am Leben wäre. Aber das war unmöglich. Das Brian Belucci, dem 54 Jahre alten Klempner aus Queens, entnommene Gehirn lag fein säuberlich konserviert in der Metallbox auf dem Labortisch. Sie stand vor einem Rätsel. Julia nahm einen Schluck Wasser und stellte das Glas zurück auf den Tisch. Versehentlich erwischte sie dabei eine der filigranen Pinzetten. Als sie diese zurechtsetzen wollte, stieß sie das Glas um. Es fiel zu Boden. Mit einem lauten Klirren zerschellte es auf dem gefliesten Boden des Labors.

Was Julia – ihr Blick folgte dem Fall des Glases – aus den Augenwinkeln sah, ließ beinahe ihr Herz stillstehen: Auf dem Bildschirm explodierten geradezu wilde Blitze in grellem Gelb und giftigem

Grün. Die Farbexplosion dauerte nur den Bruchteil einer Sekunde, aber sie war da gewesen. Julia hielt den Atem an. Dann sah sie wieder das ruhige, gleichmäßige Fließen der dunkelroten und violetten Sinuskurve. Nur einmal noch blitzte für die Dauer eines Wimpernschlages der obere Teil des Schirmes in sattem Gelb auf, wie der Nachhall des Geräusches von zerspringendem Glas.

Julia stand da wie gelähmt. Sie wagte nicht, sich zu bewegen. Der Bildschirm hatte auf das Geräusch reagiert. Wie war das möglich? Der Rechner konnte nicht hören. Nur das Mikrofon, das an das Gehirn angeschlossen war, konnte akustische Signale erfassen. Es gab aber keine Verbindung zwischen dem Mikrofon und dem Rechner, an den der Schirm angeschlossen war. Eine Verbindung gab es nur über das Gehirn. Der Vorgang, den sie gerade erlebt hatte, konnte nur ablaufen, wenn das Gehirn noch aktiv war, wenn der Hirntod nicht eingetreten war, wenn das Gehirn noch lebte …, oder wie sollte man das nennen?

Julia war sich der Absurdität dieser Annahme bewusst. So aufgeregt war sie, dass sie zu zittern begann, unfähig, den Versuch weiter fortzusetzen. Julia wartete bis sie sich wieder so weit beruhigt hatte, dass sie weiter arbeiten konnte. Sie nahm die Pinzette in die Hand, hob sie hoch und ließ sie auf den Metalltisch fallen. Der Schirm explodierte wieder in grellen Farbtönen, jedoch in ganz anderen Formationen als zuvor. Dann beruhigte er sich wieder, und erneut waren nur die ruhigen Wellen zu sehen.

Julia lauschte. Was für Geräusche gab es noch in dem Raum? Es herrschte Stille, bis auf das leise Flüstern der Luftfilteranlage unter dem Fenster. Julia nahm die Fernbedienung in die Hand und stellte sie ab. Das Flüstern verstummte. Der Bildschirm wurde schwarz. Sie schaltete die Luftfilteranlage erneut ein. Wieder rollten die ruhigen Wellen in tiefrot und violett über den Bildschirm.

Julia war jetzt klar, dass die Geräusche durch das Hirn als akustische Signale an den Rechner und von diesem auf den Bildschirm gelangten. Aber noch mal, wie war das möglich? Sie drehte ihren Fuß auf dem Boden. Die Gummisohlen erzeugten ein quietschendes Geräusch. Der Schirm reagierte mit einem Schlierenmuster. Dann folgten wieder die ruhigen Wellen.

Julia wagte kaum zu atmen. Plötzlich erfasste sie eine panische Angst. Würde das Gehirn auch auf ihre eigenen Geräusche reagieren, zum Beispiel auf ihre Stimme? Sie kannte den Menschen schließlich nicht, zu dem das Gehirn gehörte. Sollte sie einen Versuch unternehmen, sich bemerkbar zu machen? Was würde passieren? Sie zögerte. Doch nach einigen beklemmenden Minuten räusperte sie sich – schüchtern, verlegen.

Der Schirm reagierte mit einem Flackern, undefiniert. Sie versuchte es mit einem weiteren Räuspern, diesmal stärker, mit mehr Selbstvertrauen. Der Schirm reagierte wieder. Das Flackern wurde stärker, war aber immer noch undefiniert, wie ratlos. Julia hüstelte. Der Schirm quittierte das Geräusch mit stärkeren Ausschlägen. Ihr schien es, als reagiere der Schirm mit wechselnder Intensität, entsprechend der Lautstärke der Geräusche, die sie in das Mikrofon schickte.

Julia wurde immer unruhiger. Sie begann, auf und ab zu gehen, immer am Mikrofon vorbei. Das Auftreten ihrer Schuhe, das Rascheln ihres Kittels, jedes kleine Geräusch ergab andere Farben und Muster, Wellen, Blitze, Höcker oder einfache Farbflecken auf dem Monitor. Das Klacken von Metall auf Metall war ein tiefes Rot, ihr Räuspern ein Flackern in Orangeviolett, ihr Husten ein Zackenmuster in Grün- und Blautönen. Die Muster wiederholten sich. Sie sah, dass jedes Mal, wenn sie ein Geräusch wiederholte, der Schirm das gleiche Farbmuster zeigte.

Was würde passieren, wenn sie ins Mikrofon spräche? Ihre Neugierde siegte über ihre Angst vor weiteren Entdeckungen.

»Hi«, sagte sie leise und zitternd ins Mikrofon. Der Schirm zeigte ein klareres Muster: Die Wellen des Luftfilterrauschens wurden durch eine kurze Reihe von Farbbalken abgelöst. Julia glaubte, zwischen fünf und sieben gezählt zu haben »Hi, there«, wiederholte sie, und hängte damit noch eine Silbe an. Der Schirm schrieb die Farbbalken fort, mehrere diesmal, vielleicht doppelt so viele.

»Hi, there, brain«, wagte sie zu sagen, immer noch mit leicht zitternder Stimme. Der Schirm reagierte mit einem neuen Muster, nur waren es diesmal noch mehr Balken. Julia glaubte, in dem neuen Muster die vorigen Muster für »Hi« und »Hi, there« wiederzuerkennen.

Mein Gott, das Hirn kann mich hören, schoss es ihr durch den Kopf. Aber das ist unmöglich, antwortete ihr Verstand. Aber ihr nach den Gesetzen der Logik und der Erfahrung arbeitende Verstand irrte.

16

Marc war in Casalles Auftrag noch am Nachmittag des Todestages von Brian Belucci vom Washington National Airport zum La Guardia Airport in New York geflogen. In der Tasche seines dunklen Trenchcoats steckte eine Liste mit allen Aufgaben, die er zu erledigen hatte, zusammen mit Telefonnummern von den Leuten, die er treffen würde. Er hatte ein Taxi genommen und fuhr gerade durch den Mid Town Tunnel nach Lower Manhattan. Als er dort den Tunnel wieder verließ, stellte er fest, dass es bereits dunkel wurde. Das Taxi steuerte durch den Feierabendverkehr. Es hielt in der 33. Straße zwischen 3. und Lexington Avenue. Marc zahlte und stieg aus. Eigentlich lagen ihm Einsätze »auf der Straße« überhaupt nicht. Er war ein technischer Tüftler, ein Abhörspezialist. Die Straße war nicht sein Revier, sie machte ihm Angst. Aber Befehl ist Befehl, dachte er. Schwierig war das, was er erledigen sollte, jedenfalls nicht. Und wenn Casalle bloß ihm vertraute, konnte das seiner Karriere nur nützlich sein.

Minuten später hatte er sich in einer stockfinsteren Einfahrt gegenüber dem hell erleuchteten Portal des Bethesda Krankenhauses postiert und beobachtete das ständige Kommen und Gehen. Er zündete sich eine Zigarette an. Die Flamme des Feuerzeuges erleuchtete sein mit Sommersprossen übersätes Gesicht. Er nahm einen tiefen Zug und spähte die Straße hinab, um sich zu vergewissern, dass er unbeobachtet war. Sein Instinkt meldete ihm keine Gefahr. Beruhigt konzentrierte er sich wieder auf den Eingang des großen Krankenhauses. Er wartete auf den jungen Staatsanwalt des Bezirks, der ihm eine Kopie des Totenscheins von Brian Belucci aushändigen sollte.

Bald darauf verließ ein großer, schlanker Mann das Krankenhaus. Marc identifizierte ihn anhand des Fotos, das Casalle ihm gegeben hatte. Bis der Mann auf dem gegenüberliegenden Gehsteig seine Höhe erreicht hatte, wartete er und setzte sich dann in Bewegung. Er überquerte die Straße, wandte sich nach links und verfolgte dann den Mann, seine Schritte dessen Tempo anpassend. Bis zur nächsten Straßenecke blieb er zehn Meter hinter ihm. Dann wandte sich der Mann nach rechts und ging an der Schmalseite des Krankenhauses weiter. Marc schloss zu ihm auf.

»Gehen Sie unauffällig weiter«, zischte er ihm zu, jetzt lässig neben ihm gehend, die Hände in den Taschen seines dunklen Trenchcoats vergraben. Der junge Staatsanwalt gehorchte und versuchte, einen verstohlenen Blick auf Marcs Gesicht zu erhaschen. Marc registrierte es unwillig, fasste den jungen Mann, der ihn um fast einen Kopf überragte, am Ellbogen und zerrte ihn auf dem Gehsteig zwischen Müllsäcken und schlafenden Pennern hindurch. Casalle hatte ihm eingeschärft, sein Gesicht nicht zu erkennen zu geben. Also trug Marc einen Schlapphut wie ein Gangster, oder so, wie er sich vorstellte, dass der Schlapphut eines Gangsters aussehen könnte. Der junge Staatsanwalt konnte darunter in der Tat nichts erkennen. Die Lichter der Wolkenkratzer und die Straßenlichter verfremdeten Marcs Gesichtszüge. Der Schatten des Hutes tat ein Übriges.

Sieben Stockwerke über den beiden Männern blickte Julia aus dem Fenster des Labors und betrachtete in Gedanken versunken die hell erleuchteten Bürotürme des Financial Districts südlich des Krankenhauses. Während sie hinausschaute, konnte sie in der Fensterscheibe das spiegelverkehrte Bild der ruhigen violetten Wellenbewegungen auf dem Bildschirm sehen. Ihre Augen tasteten die erleuchteten Fensterfronten der Wolkenkratzer ab. Sie folgten abwechselnd den roten und weißen Bahnen der Autolichter auf den Straßen und den Reflexen der blasslila Wellen auf dem Monitor direkt hinter ihr.

Die beiden Männer unten auf dem Gehsteig sah sie nicht. Sie sah auch nicht den Umschlag, der eine Kopie von Brian Beluccis Totenschein enthielt, das amtliche Dokument, das bestätigte, dass das Gehirn in der Metallbox tot war. Mit einem hastigen Griff von Marc wechselte der Umschlag den Besitzer.

17

Julia wandte sich vom Fenster und dem Ausblick auf das abendliche Manhattan ab. Es erschreckte sie, dass es ihr gelungen war, nicht nur eine, sondern gleich zwei funktionierende Mensch-Maschinen-Schnittstellen an dem Gehirn anzubringen. Sie hatte dem Gehirn die Fähigkeit zu hören zurückgegeben. Und sie wusste jetzt, dass das Gehirn auch tatsächlich hören konnte, denn sie sah auf dem Schirm die Reaktionen auf die Reizungen des auditiven Kortex. Aber letztendlich, versuchte sie sich zu beruhigen, war das ja nur gut ausgetüftelte und geschickt operierende Mechanik und Elektronik, nichts weiter.

Es blieb aber das Rätsel, warum das Gehirn noch Aktivität zeigte, und das ohne Blutzufuhr, d.h. ohne den notwendigen Sauerstoff und die erforderliche Glukose und auch ohne Zuführung von Elektrolyten einer bestimmten Konzentration. War das Gehirn eines toten Körpers doch nicht tot, oder jedenfalls nicht sofort? Nein, das konnte nicht sein, das widersprach dem biologischen »Grundgesetz«. Sie rief sich erneut in Erinnerung, was sie über die Funktionsweise eines Gehirns wusste, damit sie keine falsche Schlussfolgerung zog. Das Gehirn brauchte Sauerstoff, der von der Lunge produziert wurde. Es brauchte Zucker, das die Leber beisteuerte. Beides wurde mit dem Blut über die Arterien an das Gehirn transportiert. Hieraus wurde Energie gewonnen und wieder verbraucht. Im Verbrauchsprozess zerfiel die Energie in Wasser und Kohlendioxyd, das wiederum über die Venen wieder abtransportiert wurde. Für die Gehirnzellen waren aber auch biologische Elektrolyte unentbehrlich. Für die Regulierung des Gehalts an Elektrolyten war die Niere verantwortlich. Aber so kam sie nicht weiter.

Julia starrte das Gehirn in seiner Metallbox an, und dann wieder den Bildschirm. Die Grafiken am Bildschirm zeigten, dass das Gehirn wahrnahm, was um es herum vorging. Es musste also über irgendeine Art von Bewusstsein verfügen, auch wenn sie sich nicht vorstellen konnte, wie das funktionieren sollte. Auch Komapatienten reagierten auf Geräusche und Lichtreflexe wie Automaten, aber die waren ja auch nicht klinisch tot. Das, was sie bis jetzt bei dem Hirn Brian Beluccis festgestellt hatte, entsprach in etwa diesem Zustand.

Sie beschloss schließlich, ihr ganzes Wissen um den Energiebedarf des Gehirns zu ignorieren und sich den vor ihr liegenden Tatsachen zu stellen. »Wenn du wirklich noch lebst«, der Bildschirm brach wieder in sprunghafte farbige Zuckungen aus, während Julia sprach, »dann hast du nicht nur ein neues Ohr und die Fähigkeit, deine Reaktion auf wahrgenommene Geräusche mit meiner Hilfe bildlich darzustellen, sondern du hast vielleicht alles andere auch. Dann hast du noch deine Persönlichkeit, bist auf eine gewisse Weise ein Mensch! Du lebst noch!«

Fasziniert studierte Julia wieder den Bildschirm. Als ihre Stimme einsetzte, war zunächst ein willkürlich erscheinendes Chaos auf dem Monitor entstanden. Sie musste dieses Chaos in Ordnung bringen. Aber wie sollte sie anfangen? Sie nahm ein Stück Papier zur Hand.

»Bewusstsein«, schrieb sie auf das Papier.

»Wie funktioniert das noch?«, fragte sie sich selber laut. Das Gehirn zeichnete zuverlässig das Gehörte in Farbmustern auf den Schirm. Mechanisch.

»Emotionen«, schrieb sie darunter.

»Bewusstsein hat etwas mit Emotionen zu tun«, murmelte sie vor sich hin.

Sie blickte wieder auf ihr Papier. Das war es. Emotionen. Natürlich, sie musste versuchen, eine emotionale Ebene zu reizen, eine Information in das Gehirn Brian Beluccis zu schicken, die ihm von großer emotionaler Wichtigkeit ist. Oder sollte sie »war« sagen? Julia war sich nicht ganz sicher.

»Was ist dir wichtig gewesen?«, fragte sie das Gehirn und beobachtete auf dem Schirm die Reproduktion ihrer Worte in Farben. »Welches Reizwort könnte dich aus deinem Dämmerzustand erwecken?«

Sie schaltete den Computer hinter sich ein, der mit dem System des Krankenhauses verbunden war, um zu prüfen, ob sie aus der Krankenakte oder dem Obduktionsbericht etwas über Brian Belucci erfahren konnte, das ihr weiter half. Es faszinierte sie, wie schnell der Computer unter den Tausenden von Daten den richtigen Namen gefunden hatte. »Brian Belucci«, las sie, »als Jugendlicher erfolgreicher Schachspieler, Beruf: Klempner.« Sie überflog die Angaben und stellte fest, dass es wohl noch zu früh war, dem System intimere Details aus dem Leben Beluccis zu entlocken. Dann ging sie auf eine andere Ebene des Systems. Als in der Hirnforschung tätige Laborärztin hatte sie anhand der Social Security Nummer über das Computersystem des Krankenhauses Computer Zugriff auf persönliche Daten, etwa die Krankengeschichte der Toten, deren Gehirne in ihrer Obhut standen. Schnell fand sie die richtige Ebene und loggte sich in die Akte der Familie Belucci ein. Gespannt starrte sie auf den Bildschirm und wartete, dass die Daten hochgeladen wurden. Sogar Bilder wurden sichtbar. Die ganze Familie war mit Fotos im Anhang gespeichert. Jetzt konnte sie sehen, wie Brian Belucci ausgesehen hatte. Sie konnte sich dem unbehaglichen Gefühl nicht entziehen, in die Privatsphäre der Familie eingedrungen zu sein, deren Oberhaupt in Form seines Gehirns vor ihr lag. Es gelang ihr jedoch, dieses Gefühl gleich wieder zu verdrängen. Sie musste weiterkommen. Julia suchte nach einem Anhaltspunkt, mit dessen Hilfe sie das Gehirn emotional reizen konnte.

Sie blieb an dem Foto seiner Frau hängen. Sympathisch sah sie aus, dachte Julia.

Laut und deutlich sprach sie in das Mikrofon: »Ellie.«

Der Schirm an der Stirnseite des Labors reagierte mit Farbblitzen. Julia konnte drei Farben erkennen. Sie wartete, bis der Schirm sich beruhigt hatte. Ermutigt versuchte sie es wieder.

»Ellie.«

Das Gehirn ließ weit intensivere Bilder auf dem Monitor explodieren, die aber den zuvor gesehenen Farbmustern entsprachen. Es schien ein Universum von Emotionen zu verarbeiten, Liebe, Sorge, Glück, Schmerz?

Sie scrollte den Bildschirm weiter nach unten und fand den Namen eines der Kinder Beluccis.

»Frank«, sagte sie deutlich in das Mikrofon. Sie konnte den neuerlichen Sturm, den der Name des Erstgeborenen im Gehirn seines Vaters hervorrief, deutlich verfolgen. Das Gehirn feuerte fünf Farben auf den Monitor. Die Muster veränderten sich allmählich. Es sah so aus, als würde die Reizung durch den Hörnerv in vielen Teilen des Gehirns hin- und hergeworfen. Es entstanden plötzlich winzige Zeitabstände zwischen dem Erscheinen der Farbmuster, die hinsichtlich ihrer Intensität an den vorherigen anknüpften. Langsam verebbte der Farbsturm auf dem Schirm. Julia war völlig gebannt.

Sie scrollte den Bildschirm weiter herunter bis das Foto eines bildhübschen, kleinen Mädchens sichtbar wurde, etwa vier Jahre alt, schätzte Julia, eine süße Stupsnase unter mandelförmigen Augen, den Mund zu einem leichten Schmollen verzogen, das ganze eingerahmt von einer dicken Pracht hellblonder Locken. Anmutig und zugleich trotzig blickte es den Betrachter an.

»Mia«, las Julia den Namen des kleinen Mädchens, offensichtlich die jüngste Tochter Beluccis, ab.

Das, was jetzt auf dem Schirm geschah, ließ Julia erschrocken und zutiefst bestürzt von ihrem Stuhl aufspringen.

»Das Gehirn reagierte zwar nur mit drei Farben, allerdings in viel spektakulärerer Weise als zuvor. Der Bildschirm zeigte einen Sturm dieser drei Farben in Wellen, Blitzen, Kreisen, in immer neu auftretenden Formen.

Nochmals: »Mia«. Der Bildschirm bildete die gleichen Muster der drei Farben ab, wieder in den ausgeprägten heftigen Formen. Es schien ihr, als ob das Gehirn leide. Woran konnte das liegen? Sie suchte in der Akte: »Mia, geb. 1990, gestorben 2004, Autounfall.«

Ah, Mia war vor sechs Jahren gestorben. Das erklärte den Sturm der Emotionen auf dem Bildschirm. Brian Belucci litt immer noch unter dem Tod seiner Tochter. Er hatte ihren Tod nicht verarbeitet, er haderte sicher immer noch damit. War er daran in irgendeiner Form beteiligt gewesen? Julia suchte weitere Informationen, fand aber keine. Sie konnte seine Trauer verstehen und sogar mitfühlen.

Julia setzte sich wieder und versuchte, die aus ihren Augen tretenden Tränen zu unterdrücken. Sie musste weitermachen, sie musste das Schicksal von Brian Belucci verdrängen, sonst kam sie dem Rätsel nicht auf die Spur. Sie rekapitulierte noch einmal die Bilder, die sie auf dem Bildschirm gesehen hatte. Bei Ellie hatte es drei Farben gegeben, genau wie bei Mia, obwohl Mia der kürzere Name war. Dagegen waren bei »Frank« fünf Farben aufgetreten, obwohl der Name aus genauso vielen Buchstaben bestand wie das Wort »Ellie«. Wie war das möglich? Sie erinnerte sich, dass sie bei den verschiedenen Worten teilweise gleiche Farben erkannt hatte. So hatte sie bei Mia sowie bei Frank ein tiefes Blau erkannt, bei Mia und Ellie ein tiefes Gelb.

Julia erinnerte sich plötzlich daran, dass es Menschen gibt, die Namen schmecken und Töne als Farben sehen können. Auf irgendeine Weise wurden Sinnesebenen vermischt. Das trat gar nicht so selten auf. Wie nannte sich dieses Phänomen noch? Synästhesie?

Sie loggte sich in eine wissenschaftliche Datenbank ein und suchte nach dem Begriff »Synästhesie«.

Als sie die Stelle gefunden hatte, las sie sich laut vor: »Mitempfindung, die Miterregung eines Sinnesorgans durch einen nicht spezifischen Reiz, zum Beispiel subjektive Wahrnehmung optischer Erscheinungen (Farben) bei akustischen und mechanischen oder abstrakten Reizeinwirkungen.«

Oh Gott, die Definition war so kompliziert, dass man sich kaum etwas darunter vorstellen konnte. Ihr Finger fuhr im Text weiter nach unten und suchte nach Beispielen. Sie fand das Gesuchte schnell.

»Bei der kognitiven Synästhesie erhalten Gruppen von Dingen (zum Beispiel Zahlen oder Buchstaben) eine sensorische Zuordnung wie Geruch, Geschmack oder Farberlebnisse.« Das war es. Brian Beluccis Gehirn reagierte mit Farben. Bei akustischen Reizen feuerten die für das Sehen von Farben zuständigen Neuronen im Gehirn. Das hieß, es bestanden Verbindungen zwischen den Neuronen, die Spezialisten für das Hören waren, und anderen Spezialisten, in diesem Fall den Farbspezialisten. Wenn sie aber Worte bestehend aus Buchstaben ins Hörzentrum schickte und das Gehirn mit Farben reagierte, dann musste auch herauszufinden sein, welcher Buchstabe mit welcher Farbe verknüpft war, und zwar durch eine Art Farbenalphabet. Konnte man Buchstaben erkennen, müsste man daraus auch Silben und letztlich Worte formen können. Mit den Worten konnte man Sätze bilden. Daraus ergab sich Sprache, die sich in Farben ausdrücken ließ. Wenn das möglich war, dann konnte man auch Farben in Sprache umwandeln. War das Gehirn von Brian Belucci dazu in der Lage? Sie wollte es herausfinden.

Julia pochte das Herz vor Aufregung. Sie holte sich einen Notizblock und machte sich sofort ans Werk. Ihr Plan war es, zunächst Buchstaben Farben zuzuordnen. Sie erstellte eine Tabelle. Der linken Spalte ordnete sie Buchstaben, der rechten Farben zu. Sie rückte wieder ans Mikrofon. »A« sprach sie deutlich ins Mikrofon. Auf dem Bildschirm erschien die Farbe Blau, allerdings in weniger intensiver Ausprägung als zuvor. »Klar«, sagte sich Julia. »Es war ja auch nur ein Buchstabe, und kein Reizwort.«

»B«, sprach sie wiederum vernehmlich ins Mikrofon. Es erschien auf dem Bildschirm die Farbe Rot.

»C«, ganz blass flackerte ein helles Grün über den Bildschirm.

Bei I angekommen zeigte sich ein Gelb. Sie erinnerte sich an das Auftauchen von Gelb beim Aussprechen der Namen Mia und Ellie. So arbeite sie sich weiter durch das Alphabet. Plötzlich hatte sie eine Idee. »AB« sprach sie ins Mikrofon und die Farben Blau und Rot traten auf. Je öfter sie AB sagte, desto schneller kam eine Reaktion. Die Farben Blau und Rot vermischten sich. Julia sprach laut vor sich hin, um ihre Müdigkeit zu verdrängen.

»Das ist ja Wahnsinn, das geht ja über das, was du bisher über Synästhesie wusstest, weit hinaus. Trotzdem, eines nach dem anderen. Du musst erst mal die Buchstaben zuordnen.«

Nach einer Stunde fieberhafter Arbeit war sie fertig. Sie hatte jedem der 26 Buchstaben eine Farbe zugeordnet. In ihrem weißen Pullover war ihr ganz heiß geworden. Ihre Hochsteckfrisur begann sich aufzulösen. Sie blies sich eine Haarsträne aus dem Gesicht.

»Mach nicht schlapp. Du stehst erst am Anfang«, murmelte sie vor sich hin.

Dann versuchte sie es wieder mit Silben. Das war natürlich viel komplizierter, denn es gab ja unzählige verschiedener Buchstabenkombinationen, die sich zu Silben formen ließen. Sie konzentrierte sich zunächst auf häufig vorkommende Silben. Sie sprach diese langsam, buchstabenweise, ins Mikrofon. Dann erschien die den Buchstaben entsprechende Anzahl von Farben auf dem Bildschirm. Je öfter sie eine Silbe sprach, desto mehr vermischten sich die Farben und eine neue Farbe entstand. Stundenlang arbeitete sie konzentriert an den Buchstabenkombinationen, ohne auch nur einmal den Kopf zu heben. Am Morgen des nächsten Tages hatte sie ein Silbenalphabet erstellt, das zumindest für eine rudimentäre Kommunikation ausreichend war. Julia war müde, fühlte sich gerädert. Aber ihr wissenschaftlicher Ehrgeiz beherrschte sie jetzt ganz und gar. Sie wusste, dass sie erst am Anfang stand. Sie hatte immer noch keine Erklärung dafür, warum das Gehirn noch aktiv sein konnte, aber sie hatte mit eigenen Augen gesehen, dass das der Fall war. Die Zeit wurde knapp. Ihre Schicht ging zu Ende und erst jetzt fiel ihr auf, dass sie die ganze Nacht nicht zum Notdienst gerufen wurde, was an ein Wunder grenzte. Oder hatte sie die entsprechenden Anrufe schlicht überhört? Wie auch immer, ihr Instinkt sagte ihr, dass sie weitermachen musste, und das nicht nur, um das Silbenalphabet weiterzuentwickeln. Sie hatte das Gefühl, dass das Gehirn möglicherweise auch eigene Gedanken formulieren und in Farben ausdrücken konnte. An dieser Stelle durfte sie nicht aufhören. Außerdem konnte sie das Gehirn in diesem Zustand nicht Professor Brown überlassen. Wie sollte sie den Kollegen erklären, was sie getan hatte? Julia überlegte fieberhaft. Schließlich entschloss sie sich, das Gehirn mitzunehmen, um außerhalb des Krankenhauses zu testen, ob sie die Gedanken des Gehirns entschlüsseln konnte.

Sie würde das Gehirn von Brian Belucci durch ein erst vor kurzer Zeit konserviertes Gehirn aus dem Archiv des Labors ersetzen. Es würde nicht so schnell auffallen, zumindest nicht sofort.

Julia verstaute den Laptop und ihre persönlichen Sachen in ihrer Tasche, die sie am Vortag mit ins Krankenhaus gebracht hatte. Dann blickte sie auf die Metallbox. Wie sollte sie den Behälter transportieren ohne aufzufallen? Mit zitternden Händen versuchte sie, die Box in der Tasche zu verstauen und den Reißverschluss zuzuziehen. Er klemmte. Sie packte die Tasche komplett aus und versuchte noch einmal, die Box und ihre Sachen in der Tasche unterzubringen. Jetzt ließ sich der Reißverschluss zuziehen. Julia atmete heftig aus, um ihre Anspannung zu lösen. Dann zog sie sich um, verabschiedete sich eilig von den Kollegen, stieg in den Aufzug und ging zum Parkplatz.

Gleichzeitig betrat ein Mann mit dunklem Trenchcoat einen anderen Gebäudeteil des Bethesda Komplexes. Mit einem staatsanwaltlichen Ermittlungsauftrag ausgestattet, erkundigte er sich danach, was geschehe, wenn ein Unfallopfer mit einem Organspendepass eingeliefert werde und ganz konkret, was mit Brian Beluccis Gehirn geschehen war. Nachdem er sich von Pontius bis Pilatus durchgefragt hatte, erfuhr er schließlich von einer jungen Krankenschwester, dass Brian Beluccis Gehirn für Professor Browns »Gruselkammer«, also das anatomische Archiv bestimmt war. Während Marc versuchte, weitere Erkundigungen einzuholen, hatte Julia schon den Eingang des Hollandtunnels erreicht.

18

Wenige Stunden zuvor, während Julia noch über ihrem Alphabet brütete, hatte sich Marc zunächst auf den Weg nach Queens auf der anderen Seite des East Rivers gemacht. Er nahm die U-Bahn bis Queens Boulevard und stieg dann in den Bus 56 um, der ihn bis an den Rand von Jamaica, Queens, brachte. Casalle hatte ihn beauftragt, die Wohngegend von Brian Belucci im Auge zu behalten und die Vorbereitungen des Begräbnisses zu beobachten. An der Ecke Collins/Jamaica Avenue sprang er aus dem Bus und machte sich auf den Weg entlang der Mietshäuser aus Backstein mit schmuddeligen Vorgärten und Graffiti beschmierten Müllcontainern, bis er den Block im Herzen von Greektown erreichte, in dem die Familie Belucci wohnte. Er passierte eine belebte Geschäftsstraße, an deren Gehsteig sich ein kleines Geschäft an das andere reihte. Vor einem Café saßen ein paar alte Männer auf Klappstühlen, die sie im Kreis aufgestellt hatten, und spielten Karten. Neugierig musterten sie jeden, der vorüberging. Aus einer chinesischen Reinigung trat eine alte Frau mit lila gefärbten Haaren und einem kleinen Hund, auf den Armen ein riesiges Paket gereinigter Wäsche balancierend. Marc wich mit einem Satz aus. Fast hätte er sich in der Leine zwischen Frau und Hund verheddert. Aus den Augenwinkeln sah er, dass die Runde vor dem Café ihn aufmerksam beobachtete.

Marc verfügte nicht über die professionelle Tarnung eines im Außendienst trainierten Under Cover Agenten, der Körperhaltung, Auftreten, Blick und Sprache beliebig wechseln konnte. Die alten Männer vor dem Café konnte er schon gar nicht täuschen. Er sah sich mitten in Queens mit dem jahrhundertealten Instinkt zypriotischer Schäfer konfrontiert. Die Männer wussten, dass er nicht hierher gehörte, und ließen ihn nicht aus den Augen.

Einer plötzlichen Eingebung folgend ging er auf sie zu, baute sich vor ihnen auf und zog umständlich einen Zettel aus der Tasche seines Trenchcoats.

»Weiß jemand von Ihnen, wo das Funeral Home von Josh Zecki ist?« Die Erwähnung des Beerdigungsinstituts erklärte zumindest meine Anwesenheit, dachte er.

»Einen Block hoch, dann rechts. Auf der linken Seite.«

Marc ließ seinen Blick nach links schweifen, von wo die tiefe, raue Stimme kam, und blickte in die wässrigen Augen eines alten Mannes mit zerfurchtem Gesicht. Er saß in gekrümmter Haltung auf einem Klappstuhl und ließ unablässig eine Perlenkette durch seine Finger gleiten.

»Danke für Ihre Hilfe«, erwiderte Marc und machte sich auf den Weg. Er konzentrierte sich darauf, wenigstens von hinten möglichst unauffällig zu wirken, spürte aber, wie sich die Blicke der alten Männer in seinen Rücken bohrten. Nach seiner Rückkehr nach Washington würde er Casalle bitten, künftig einen Kollegen an seiner Stelle einzusetzen, wenn es um solche Einsätze ging. Es war eine Sache, beim Außeneinsatz mit Leuten zu tun zu haben, die wussten, woher er kam, so wie der junge Staatsanwalt, eine andere aber, wenn er wildfremden Menschen etwas vorspielen musste.

Die Scheiben von Josh Zeckis Funeral Home waren dunkel getönt. Ansonsten war es ein normales Ladenlokal mit zwei großen Schaufenstern links und rechts und in der Mitte einer extra breiten, ebenso wie die Scheiben dunkel getönten Tür. Um die Chance zu haben, unbemerkt einen zweiten Blick auf Josh Zeckis Funeral Home zu werfen, ging Marc zunächst daran vorbei, verschwand an der nächsten Ecke in einem Kiosk und kam kurz darauf mit einer Rolle Pfefferminzbonbons wieder heraus. Langsam näherte er sich jetzt von der anderen Seite dem Bestattungsinstitut.

»Full Service, All Insurances« stand in goldenen Lettern auf einer der Glasscheiben. Darunter waren im Halbdunkel verschiedene Modelle von Urnen zu erkennen. Auf der Tür prangte ein großes Kreuz inmitten eines Kranzes. »Worryfree Funerals« warben Großbuchstaben auf dem anderen Schaufenster. Marc entdeckte neben der Tür eine Liste mit den aktuellen Sterbefällen, die Josh Zecki »worryfree« zu bestatten beabsichtigte. Die Liste war auf Endlospapier gedruckt. Klebefilm hielt sie von innen an der Scheibe. An dritter Position las Marc den Namen Brian Belucci, daneben das Datum: 21. Mai. Casalles Leute in ihrem Bunker hatten ohne Mühe herausgefunden, wo und von wem Beluccis Witwe ihren Mann beerdigen lassen wollte. Marc war sich sicher, dass bereits ein mehrköpfiges Team von Einbruchsexperten, Computerhackern und als Klempner verkleideten Agenten das Haus sowie das Büro von Brian Belucci belagerten, um ihre Spuren auf dessen Computern zu beseitigen. Es war Marcs Aufgabe, sich zu vergewissern, dass Belucci von Josh Zecki am vorgesehenen Tag ordnungsgemäß unter die Erde gebracht, oder besser noch, in einer Feuerbestattung verbrannt wurde. Wenn einmal die Maden oder die Flammen ihre Arbeit getan hätten, gäbe es keine Möglichkeit mehr, eine Verbindung zwischen Belucci und der CIA herzustellen.

Marc betrat den Laden. Der Bestattungsunternehmer trug einen zu oft gereinigten farbigen Smoking in dunkellila mit schwarzen Streifen, darunter ein weißes Hemd mit Rüschen, die von schwarzem Trauerrand gesäumt waren, und unter dem Kinn eine abgewetzte schwarze Fliege. Er lächelte Marc mit geneigtem Kopf entgegen, wobei sein Blick vor gespieltem Mitgefühl triefte.

»Guten Tag. Ich bin wegen Brian Belucci hier. Ich habe von seinem Tod gehört. Ich möchte wissen, wann Bekannte und Freunde Abschied nehmen können«, sagte Marc zu dem Mann in Lila.

»Gehören Sie zur Familie?«

»Nein, es war eher ein kollegiales Verhältnis«, erwiderte Marc.

»Ach, so. Ich kann es Ihnen noch nicht sagen. Es war ja ein Unfall. Man sagte mir, dass die Staatsanwaltschaft die Leiche noch nicht freigegeben hat, weil nach dem Unfall noch eine Autopsie erfolgen muss. Es sollen auch Organe gespendet worden sein. Eine gute Tat. Ich bewundere die Witwe dafür. Das Bethesda Krankenhaus ruft mich an, wenn wir ihn abholen können. Erst dann können wir ihn für das endgültige Abschiednehmen vorbereiten.«

Marc quittierte das schleimige Gehabe mit einem Ort und Anlass angemessenen kummervollen Ausdruck, schnappte sich vom Tresen eine Visitenkarte und murmelte: »Ich rufe Sie an und frage, wann es soweit ist.« Er wandte sich zur Tür und verließ das Geschäft.

»Jeden Tag, von 7.30 bis 20 Uhr, wann immer Sie uns brauchen«, rief der Mann ihm noch hinterher. Ein Ambulanzwagen drängelte mit an- und abschwellender Sirene über die Kreuzung. Marc trat auf den Gehsteig und wählte eine Nummer auf seinem Handy. Casalle war beim zweiten Klingeln dran.

»Ja«, knurrte er in die Leitung.

»Ich bin's, Marc. Beerdigungstermin steht noch nicht fest wegen der Autopsie. Aber da ist noch etwas: Sie haben ihm Organe entnommen, im Bethesda Krankenhaus. Die Frau hat anscheinend ihr Einverständnis dazu gegeben.«

Die Leitung war still. Marc lauschte.

»Marc«, sagte Casalle endlich. Marc meinte durchzuhören, dass Casalles Stimme zitterte. »Wir müssen absolut sicher sein, dass alles von dem Typ unter die Erde kommt. Geh sofort ins Krankenhaus und finde raus, welche Organe ihm entnommen wurden und was damit passiert. Ruf an, wenn du mehr weißt. Ich muss Wetherspoon informieren.« Ohne eine Antwort abzuwarten, hatte Casalle aufgelegt.

19

Dan C.J. Wetherspoon, ehemaliger für seine Radikalität berüchtigter US Senator, zweimal für das Vizepräsidentenamt der Vereinigten Staaten nominiert, vom jetzigen Präsidenten zum Direktor der CIA berufen, räkelte sich in einem Ledersessel seines Dienstjets. Ihm gegenüber saßen Dr. Nicholelis, früher ein bedeutender Professor für Hirnforschung, sowie der Forschungsleiter von Hypotronic. Die Gruppe kam aus Mexiko, wo Hypotronic ein Labor unterhielt, und befand sich auf dem Weg nach Washington.

Wetherspoons Privatsekretärin trat ein. »Möchten die Herren noch etwas trinken?« Nicholelis blickte zu der Dame im grauen, gut geschnittenen Kostüm auf. Ihr distinguiertes Aussehen und die Umgebung waren ungewohnt für ihn. Er fühlte sich etwas deplatziert, genoss aber den Anblick der attraktiven Sekretärin.

Große, weiße Schwingledersessel füllten den Raum. Die Männer saßen an einem eckigen Mahagonitisch. Jeder Arbeitsplatz war durch eine kleine, grüne, typisch englische Schreibtischlampe erleuchtet. An den holzgetäfelten Wänden im Flugzeug hing die Flagge der Vereinigten Staaten und das Logo der CIA.

»Einen Cappuccino bitte, wenn das geht.«

»Selbstverständlich.« Die Dame im grauen Kostüm blickte ihn freundlich lächelnd an. Sie bemerkte, dass Nicholelis schwitzte und sein Sakko dadurch immer feuchter und knittriger wurde.

»Darf ich Ihre Jacke aufhängen?«

Nicholelis befreite sich aus seiner Anzugjacke und übergab sie dankbar der immer noch lächelnden Dame. »Aaach«, er ließ sich wieder in den Sessel fallen und wirkte sichtlich erleichtert.

»Mr. Wetherspoon, Mr. Jones, darf ich Ihnen auch etwas bringen?«, wandte sie sich an die beiden anderen Herren.

»Einen Whiskey ohne Eis«, brummte Wetherspoon. Der kleine, drahtige Mann mit dem ergrauten Bürstenhaarschnitt war sichtlich schlecht gelaunt. Es war unklar, ob dies an Casalles gestriger Nachricht über den Code Theta lag oder an dem zuvorkommenden Benehmen seiner Privatsekretärin gegenüber Dr. Nicholelis.

Das Telefon klingelte. Die Sekretärin nahm ab und reichte den Hörer an Wetherspoon weiter.

Es war Casalle. »Mr. Wetherspoon, wir haben ein Problem.« Casalle zögerte, wie sollte er es Wetherspoon beibringen?

»Wir haben ein Problem«, äffte Wetherspoon Casalle nach. »Raus mit der Sprache!«

Casalle berichtete Wetherspoon von der Organspende.

»Welches Krankenhaus?«, fragte Wehterspoon. Er lauschte der Antwort. »Ausgerechnet!«, zischte er in den Hörer.

Wetherspoons Gesicht verzog sich zu einer hässlichen Grimasse. Auf seiner Stirn bildeten sich Schweißperlen. Er schrie ins Telefon. »Bringen Sie das in Ordnung, in Ihrem eigenen Interesse. Sie wissen, was auf dem Spiel steht.« Mit vor Nervosität zitternder Stimme instruierte er seine Privatsekretärin, sofort zu veranlassen, dass der Pilot den Kurs wechselte und sie statt nach Washingtons zivilem Airport zur Militärbasis von Marion Springs flog.

Wetherspoon zückte ein weißes Taschentuch und trocknete sich die Stirn. Dann wandte er sich, scheinbar völlig unter Kontrolle, wieder seinen Begleitern zu.

»Ein paar Probleme mit dem Code Theta. Ich möchte verdammt noch mal wissen, warum wir eigentlich die letzten sind, die erfahren, dass Brian Belucci ein Organspender war.« Mit einer abrupten Bewegung wandte sich Wetherspoon von den gespannt und besorgt dreinblickenden Herren wieder ab. »Ich bin dieses Team einfach leid.«

Wetherspoon wandte seinen Blick zum Fenster und starrte hinaus. Dann nahm er einen Stapel Akten in die Hand und begann zu lesen. Während des gesamten Fluges sagte er kein Wort mehr.

Als das Flugzeug landete, wartete schon eine schwarze Limousine sowie als Begleitung mehrere schwarze Geländewagen besetzt mit bewaffneten Männern auf die Gruppe. Bodyguards bewachten die Ankunft der Maschine. Nicholelis wurde mit einem Learjet nach New York geflogen. Er sollte dort sofort das Bethesda Krankenhaus aufsuchen. Während Wetherspoon in die Limousine stieg, sah er aus den Augenwinkeln eine der beiden Airforce One Maschinen landen, nicht nur für ihn das Symbol absoluter Macht. Wetherspoon beobachtete, wie aus einem bereits gelandeten weiteren Flugzeug eine gepanzerte Limousine ausgeladen wurde, der Wagen des Präsidenten.

»Aha, das ist also der Grund, warum wir in die Warteschleife geschickt wurden«, murmelte er in sich hinein. »Der Präsident befindet sich auf dem Weg nach Washington.«

Wetherspoon wurde in der Limousine, begleitet von den Geländewagen, über Land gefahren. Er hatte keine Augen für die an den Wagenfenstern vorbeiziehende von Hügeln, Farmland und Wäldern geprägte reizvolle Landschaft. Schließlich erreichten die Fahrzeuge ein verlassenes Industriegelände. Wie von Geisterhand bewegt, öffnete sich das Tor, als die Kolonne nur noch fünfzig Meter entfernt war. Die Wagen mit den dunkel abgetönten Scheiben verringerten ihre Geschwindigkeit kaum, als sie den Eingang passierten. Hinter dem letzten der schweren, gepanzerten Geländewagen schloss das Tor sich wieder. Die Fahrzeuge hielten zunächst auf eine verlassene Produktionshalle zu, bogen dann rechts ab und verschwanden hinter den Ausläufern des nahe gelegenen Waldes, der den Rest der stillgelegten Industrieanlage verbarg.

Vor dem Seiteneingang einer der Hallen, der von der Straße nicht einsehbar war, hielt die Wagenkolonne. Sicherheitsbeamte sprangen aus den Geländewagen. Mit wenigen Sekunden Verzögerung öffnete sich die hintere Tür der Limousine. Zwei Männer hievten sich mit einiger Mühe aus den tiefen Polstern des Wagens. Rasch steuerten sie auf den Eingang zu und einen Augenblick später waren Wetherspoon und sein Begleiter in der Halle verschwunden.

Als Julia zu Hause ankam, lief sie nur schnell in ihr Zimmer, duschte sich, zog sich frische Sachen an und verließ das Haus wieder, nachdem sie ihrem Vater kurz erklärt hatte, dass sie noch Dringliches zu erledigen habe. Die Aktion hatte keine zehn Minuten gedauert. Ihre Müdigkeit war verflogen. Es war nicht Sensationslust, die sie trieb. Es war das Gefühl, einer neuen, wissenschaftlichen Entdeckung auf der Spur zu sein, vermischt mit einer angstgetriebenen Nervosität, die ihre Sinne schärfte.

Sie fuhr ins Dorf hinunter, hielt vor einem Bankautomaten, hob 1.500 Dollar ab, setzte sich wieder in ihren Wagen und machte sich dann auf den Weg in Richtung Interstate 95. An der Auffahrt angekommen, bog sie nicht, wie sonst immer, in Richtung Manhattan ab, sondern nahm die andere Rampe Richtung Norden, von wo die I 95 sich durch die Hügel New Jerseys bis hoch zur kanadischen Grenze schlängelte.

Nach 120 Meilen verließ sie die I 95, fuhr eine halbe Stunde über Land und bog mehrmals in immer kleinere Straßen ab, bis sie einen befestigten Feldweg unterhalb eines Hügels erreicht hatte. Sie parkte ihren Skylark so, dass er von der Straße aus nicht zu sehen war, und verschloss den Wagen. Dann nahm sie den kleinen

Waldweg, der steil den Hügel hinaufführte. Oben angekommen, bog sie nach links ab, ging noch ein kleines Stück durch den Wald und näherte sich einer kleinen Holzhütte, die auf einer Lichtung stand. In ihrer Jugend war sie oft hier oben gewesen. Die Hütte gehörte dem Vater ihrer besten Freundin. Sie betrat die hintere Veranda. Dort war früher immer der Schlüssel zur hinteren Tür unter der zweiten Holzbohle versteckt. Gott sei Dank lag er immer noch dort.

20

Dan C.J. Wetherspoon schritt energisch den Flur der Halle entlang. Casalle erwartete ihn und seine beiden Begleitpersonen an der ersten Sicherheitsschleuse. Die beiden Männer tauschten nur einen kurzen Blick aus. Casalle trat zur Seite und ließ Wetherspoon passieren. Sie schritten durch die zweite Sicherheitsschleuse, dann durch die dritte, schließlich über Treppen und Aufzüge hinab tief ins Innere der Anlage, fünfzehn Meter unter der Erdoberfläche. Erst hier unten war deren ganzes Ausmaß ersichtlich. Es handelte sich um ein riesiges Gebäude, das seit den sechziger Jahren ohne jede Rücksicht auf Kosten ständig modernisiert und mit der neusten Technologie ausgestattet worden war. Von einer Anlage wie dieser hatte das amerikanische Verteidigungsministerium seine Truppen in aller Welt gesteuert. Hier war schon vor vielen Jahren ein hocheffizientes Kommunikationssystem installiert worden: der Vorläufer des Internets. Als Jahre später das Internet seinen Siegeszug antrat und sich von Amerika aus rasch über die ganze Welt verbreitete, setzten sich der US-amerikanische Geheimdienst, die Bundespolizei FBI, die militärischen Abschirmdienste sowie weitere Regierungsorganisationen auf die »Kundenliste« dieser Anlage. Sie schufen somit einen regierungseigenen Abhörkonzern, der bald sein Eigenleben in Form der National Security Agency, abgekürzt NSA, zu führen begann. Wer Zugang zu den Daten der NSA hatte, konnte auf jede Telefonnummer in der ganzen Welt Zugriff nehmen, egal ob diese an festen Systemen, Mobilfunk oder Satelliten aufgeschaltet waren. Die NSA konnte auch auf Kreditkarten Zugriff nehmen, die durch das Lesegerät in einem Geschäft gezogen wurden. In

Computern gespeicherte Texte konnten kopiert oder sogar manipuliert werden. Wenn Wissen Macht ist, dann war hier die größte Machtfülle der Neuzeit konzentriert.

Im Konferenzsaal warteten bereits drei Männer auf Wetherspoon und seinen Begleiter. Der eine war Dr. Jack Michaels, Biochemiker von North West Pharmaceuticals, ein hagerer Endvierziger und der »Vater« von PB 12, eines Psychopharmakums, das Wahrnehmungen des Unterbewusstseins verstärkt. Der andere hieß Portman Wallace und war ein politischer Analyst des International Institute for Political Research, eine von der CIA finanzierte Forschungsgruppe aus Washington. Schließlich saß dort noch Asher Benjamin, der operative Leiter des NSA-Versuchsgeländes, auf dem sie sich befanden, und technisch gesehen der Hausherr.

Casalle schloss die Tür des Konferenzraumes. Wetherspoon nahm an der Stirnseite des Tisches Platz. Casalle setzte sich neben ihn. Auf ein Zeichen seines Vorgesetzten hin, begann er mit seinem Bericht: »Meine Herren, wir haben den ersten Code Theta unseres Versuches, die Nummer 27, Brian Belucci. Nichts Beunruhigendes im Moment, aber doch ein Anlass, sich in dieser Runde zu treffen.«

Casalle blickte Zustimmung heischend zu Wetherspoon, der diesen Blick jedoch ignorierte. Dann fuhr er fort: »Alle notwendigen Sicherheitsmaßnahmen sind ergriffen worden. Derzeit wird Nummer 27 datentechnisch neutralisiert. Es wird keine Spuren geben. Wir wissen mittlerweile, wo und wann Belucci beerdigt wird. Wir erwarten somit keine Schwierigkeiten.«

Casalle sagte nicht die ganze Wahrheit. Wetherspoon hatte ihn am Telefon entsprechend instruiert.

»Eine kleine Besonderheit im Fall 27 gibt es allerdings: Die Leiche ist zur Organspende freigegeben. Deshalb wollen wir von Ihnen wissen,« und dabei schaute Casalle Jack Michaels, dem Cheftester von North West Pharmaceuticals, direkt in die Augen, »welche Spuren PB 12 im Körper hinterlässt. Wonach müsste zum Beispiel ein Amtsarzt suchen, um Spuren des Medikamentes in einer Leiche zu finden?«

»In der Leber, den Nieren und im Magen werden sie nichts finden können«, antwortete Dr. Michaels. »Das ist sicher. Es baut sich sehr schnell ab. Wenn allerdings eine Sektion der Hirnlappen untersucht wird, so werden sie möglicherweise erkennen, dass neurologische Veränderungen stattgefunden haben. Stoffwechselphysiologisch gesehen ist die Hirnregion, wo das Bewusstsein angesiedelt ist, sehr aufwendig. Sie verbraucht sehr viel Energie. PB 12 macht also das Gegenteil von Drogen: es schaltet das Bewusstsein nicht aus, sondern es verstärkt es. Der Körper reagiert darauf, indem er die Hirnteile des limbischen Systems vergrößert. Zumindest bei den Affen im Labor ist das Phänomen aufgetreten. Wir vermuten, dass das beim Menschen genauso ist. Aber die Prüfung dieser Sektion des Gehirns ist bei einer normalen Autopsie nicht vorgesehen, das sollte sie beruhigen. Um das festzustellen, was ich Ihnen soeben beschrieben habe, bräuchte es schon jemanden, der Neurologe ist und sich mit den Themen der neueren Hirnforschung befasst hat.«

Dr. Michaels wusste nicht, was Casalle und Wetherspoon durch eine SMS von Nicholelis gerade bekannt geworden war: Brian Beluccis Schädel war bereits leer geräumt und sein Gehirn zusammen mit einer Laborärztin auf mysteriöse Weise verschwunden. Warum und wohin wussten allerdings auch sie nicht.

21

In einem trostlosen Apartment, das in einem grauen, ärmlich wirkenden Außenbezirk von Washington gelegen war, saß eine weißhaarige Frau um die siebzig auf einem abgewetzten Sessel und las Zeitung. Ihr kaum jünger aussehender Sohn lag ausgestreckt auf dem Sofa. Seit Tagen sah er dieselbe uralte Bonanza-Folge im Fernsehen. Der Fernseher war auf ohrenbetäubende Lautstärke gestellt, so dass außer dem Knallen der Pistolen und Trappeln der Pferde nichts anderes zu hören war. Die alte Frau störte das nicht, solange ihr Sohn zufrieden war.

Das kleine Smartphone vibrierte in ihrer Tasche. Auf diesem Telefon gingen nur selten Anrufe ein, und wenn, dann immer von der gleichen Person. Der Körper der alten Frau straffte sich. Sie bedeutete ihrem Sohn, den Ton des Fernsehers leiser zu stellen. Er schaute aus seinem runden Gesicht unwillig zu ihr auf, gehorchte aber.

»Ja, Sir?«, meldete sich die Frau. Ihre Stimme klang fest, fast freudig.

»Rattlesnake, packen Sie Ihre Koffer. Sie müssen für ein paar Tage verreisen. Am Bahnhof ist ein Ticket für Sie und Ihren Sohn hinterlegt. Ich rufe Sie wieder an.« Das Gespräch war beendet.

Die Frau sprang sofort aus ihrem Sessel auf. Ihre Gestalt war hager und drahtig. Den trotz ihres Alters geschmeidigen Bewegungen konnte man ansehen, dass sie ihren Körper trainierte. Sie hatte ein zerfurchtes Gesicht, fast gezeichnet, vielleicht von Entbehrungen, vielleicht von Enttäuschungen. Ein entschlossenes Lächeln, fast ein teuflisches Grinsen zeichnete ihren Blick aus.

Der Sohn wandte den Kopf zu seiner Mutter. Seine Gesichtszüge waren blass und für sein Alter weich. Man konnte sehen, dass er retardiert war. »Gehen wir aus, Mum? Ich will doch noch Bonanza zu Ende gucken.«

Die Frau legte ihrem Sohn die Handfläche auf die rechte Wange und streichelte sie gedankenverloren. »Ja, mein Liebling, wir müssen sofort verreisen. Unser Gönner braucht uns.«

»Ich brauche dich auch, Mum.«

»Ja, ich bin natürlich auch für dich da.« Die Hand der Frau fuhr die Brust des Mannes hinab, bis sie ein »Medical Alert« Amulett unter seinem Hemd fand, das die Aufschrift »Insulin Patient« trug. Sie öffnete es und befestigte darin ein kleines Fläschchen.

»Warum muss ich das eigentlich tragen, Mum?«

»Damit wir sicher sind«, antwortete die alte Frau zärtlich. Sie lief in ihr Schlafzimmer und packte einen kleinen Koffer für sich und ihren Sohn. Sie war wieder im Dienst und beinahe freute sie sich darüber.

Was für ein Mann, sinnierte die Frau, er hatte die richtige Gesinnung, er hatte die richtigen Ziele. Seine Stimme war das Einzige, was in ihrer Seele, deren Feuer erloschen waren, einen Funken Leidenschaft entfachen konnte. Jetzt wandte sie sich eilig zum Gehen. Sie war es gewohnt, seinen Instruktionen ohne zu zögern, blind und bedingungslos zu gehorchen.

22

Professor Brown hatte gerade seine allmorgendliche Visite beendet. Auf dem Weg zurück in sein Büro stand er wartend vor dem Aufzug, die Hände hinter seinem Rücken verschränkt. Vor seinen Augen tauchte das Grundstück in Long Island auf, das er letzte Woche besichtigt hatte. Direkt am Stand gelegen, hatte das große Holzhaus ihn in der Sonne einladend angeblinzelt. Der einzige Haken war der Preis. Vielleicht konnte er den Makler überreden, noch einmal mit dem Verkäufer über die aufgerufene Summe nachzudenken.

Seine Überlegungen wurden vom »ping«, das die Ankunft des vom Erdgeschoss kommenden Aufzugs ankündigte, unterbrochen. Die Schiebetüren öffneten sich und Brown sah sich zwei Herren im grauen Straßenanzug gegenüber, die im Krankenhaus zwischen all den weiß gekleideten Menschen gänzlich deplatziert wirkten. Brown betrat den Aufzug. Der eine Mann lächelte ihn servil an, sein Begleiter blickte todernst.

»Guten Tag, Professor Brown, nehme ich an«, sagte der Mann immer noch lächelnd. Brown sah ihn perplex an.

Natürlich war er es gewöhnt, dass die Leute ihn kannten, dass er in den Fluren von Angehörigen der Patienten angesprochen wurde, die wissen wollten, wie es ihren Lieben ging. Aber diese zwei Männer sahen eher aus, als wollten sie mit jemanden aus der Verwaltung sprechen, nicht mit ihm.

Unwirsch erwiderte er den Gruß. Mit einem leisen Summen schlossen sich die Türen und er war mit den beiden Männern allein.

»Professor Brown, es geht um das Unfallopfer, das gestern Morgen hier eingeliefert wurde, der Mann aus Queens. Wir müssen Sie deswegen unbedingt sprechen.«

Brown war überrascht. Was hatten die zwei Männer mit dem Unfallopfer zu tun? Er hatte überhaupt keine Lust, mit ihnen zu reden.

»Und warum?« Brown verschränkte die Arme vor seiner Brust.

»Darüber sollten wir nicht im Aufzug reden.« Der eine Mann hatte trotz seines Lächelns einen unterschwellig drohenden Ton angeschlagen. Brown blickte ihn forschend an.

»Wie hieß der noch mal?«, fragte Brown, um Zeit zu gewinnen, um überlegen zu können. Irgendetwas musste passiert sein.

»Brian Belucci, erinnern Sie sich?«

Natürlich erinnerte sich Brown an den Toten, dessen Gehirn er hatte entnehmen lassen. »Lassen Sie sich einen Termin geben.«

»Wir müssen Sie sofort sprechen, Professor Brown.«

»Ich habe zu tun. Warum muss das jetzt sein?«, fragte Brown widerwillig.

»Es liegt in Ihrem Interesse«, antwortete sein Gegenüber scharf.

Der Mann sah aus wie ein Staatsanwalt, hatte sich aber bisher nicht als solcher ausgewiesen. Es bestand also keine Veranlassung, überhaupt mit ihm zu reden. Trotzdem hatte Brown ein ungutes Gefühl. Also entschied er sich, mit den Männern zu sprechen. Aber erst musste er herausfinden, was passiert war. Er bedeutete ihnen, ihm aus dem Aufzug heraus zu folgen und in seinem Vorzimmer auf ihn zu warten. Dort hockten sie nebeneinander auf einer niedrigen Ledercouch, aufmerksam beäugt von Browns ebenso treuen wie unterwürfigen Sekretärin Betsy.

Wetherspoon hatte die Agenten ins Krankenhaus beordert. Marc war der einzige Wissensträger des Versuches, der »draußen« war.

Der andere Mann, auffällig durch sein Narbengesicht, hatte den Auftrag, Marc zu sichern. Er hatte, anders als Marc, keine Ahnung von dem Versuch selbst. Wetherspoon hatte ihm jedoch unmissverständlich erklärt, dass sie zu allen notwendigen Mitteln greifen sollten, um in den Besitz des Gehirnes zu kommen. Marc schlug vor, die Wartezeit zu überbrücken und einen Kaffee trinken zu gehen. Betsy erklärte ihm den Weg in ein nahe gelegenes Café. Die beiden nickten zustimmend und verließen das Vorzimmer.

Mittlerweile hatte sich Professor Brown durch eine direkt zum Flur führende Tür in sein Büro begeben. So konnte er die beiden im Vorzimmer noch etwas schmoren lassen und gleichzeitig recherchieren, um was es ihnen eigentlich ging. Nun saß er in seinem bequemen Ledersessel hinter dem riesigen, dunklen Holzschreibtisch. Der Schreibtisch war wie immer völlig leer geräumt, bis auf einen Block mit unbeschriebenem Papier, einen Füller mit goldener Feder und einem Foto seiner Familie, dem einzigen persönlichen Gegenstand im ganzen Raum.

Brown ließ sich von Betsy mit dem Archiv verbinden. Er musste zunächst mit Julia sprechen. Von einer Kollegin erfuhr Brown, dass Julia das Haus bereits verlassen hatte. »OK«, sagte er mit gereizter Stimme und legte auf. Er bat Betsy, bei Julia zu Hause anzurufen. Dort ging niemand ans Telefon. Dann rief er noch einmal im Archiv an und bat die Kollegin zu prüfen, ob das Gehirn von Brian Belucci an dem dafür vorgesehenen Ort stand. Er wartete bis die Ärztin wieder am Telefon war. Die junge Frau konnte kaum sprechen. Ihre Stimme klang stockend und gänzlich außer Atem.

»Professor Brown, ich kann es mir nicht erklären. An der von ihnen bezeichneten Stelle steht ein Gehirn, es ist aber nicht das von Brian Belucci. Auf dem Glaszylinder steht ein anderer Name.« Schweigen am anderen Ende der Leitung. Plötzlich ein heiserer

Schrei. »Und warum weiß ich davon nichts? Finden Sie das Gehirn, verdammt noch mal. Es muss da sein.«

Brown knallte den Hörer auf die Kabel. Das konnte gar nicht wahr sein. Was auch immer geschehen war, ob Schlamperei der Grund für das Verschwinden war oder ob Julia das Gehirn aus irgendeinem Grunde mitgenommen hatte, das war ein Skandal. So etwas war ihm noch nie vorgekommen. Brown musste sich setzen. Er zitterte vor Wut. Nur langsam beruhigte er sich wieder. Schlampereien waren Julia nicht ähnlich, sie musste das Gehirn mitgenommen, sie musste etwas entdeckt haben. Aber was?

Als er intensiv nachdenkend seinen Blick durch das Büro schweifen ließ, fiel ihm auf dem untersten Brett seines Regals eine Akte auf, die normalerweise nicht an diesen Platz gehörte. Julia hatte sie bei ihrer letzten gemeinsamen Besprechung in seinem Büro liegen lassen und er hatte bisher vergessen, Betsy zu beauftragen, die Akte Julia zurückzubringen. Er erinnerte sich, dass Julia begeistert von ihren Forschungen berichtet hatte, mit denen sie sich beschäftigte. Sie hatte dabei auch Aspekte der Freud'schen Psychoanalyse erwähnt. An diesem Punkt hatte er abgeschaltet und nicht mehr weiter zugehört. Als moderner Neurobiologe lehnte er die Vorgehensweise von Freud strikt ab. In seinem Kollegenkreis beziehungsweise unter den wenigen, die er als seine »Kollegen« akzeptierte, war Freud geradezu verpönt, nicht zuletzt deshalb, weil dieser sich seinerzeit demonstrativ von der Neurologie verabschiedet hatte. Jetzt kam ihm die Unterhaltung wieder in den Sinn. Womit hatte sich Julia beschäftigt? Vielleicht konnte diese Akte ihm einen Hinweis geben. Er öffnete sie und begann zu lesen.

In der Akte fanden sich mehrere Beschreibungen von Versuchen, die alle mit dem Thema des Unbewussten zu tun hatten. Er überflog rasch die technische Beschreibung eines der von Julia aufgelisteten

Versuche. Es handelte sich um einen Versuch aus dem Jahre 2001, bei dem Probanden hintereinander tausend verschiedene Fotos mit Gesichtern im Sekundentakt gezeigt worden waren. Dann wurde in einem erneuten Durchlauf getestet, wie viele Gesichter wieder erkannt wurden. Das überraschende Ergebnis: 90 Prozent, und das, obwohl die Fotos am Bewusstsein vorbeigerauscht waren. Trotzdem waren sie gespeichert worden, und zwar in einem tief sitzenden Teil des Gedächtnisses, auf das es keinen willentlichen Zugriff gibt.

Es folgte die Beschreibung des zweiten Teils des Versuches. Jetzt wurden denselben Probanden die gleichen Fotos der Gesichter noch einmal gezeigt. Wieder sehr schnell, wieder jedes nur eine Sekunde lang. Nur wurden diesmal neue Gesichter »dazugemogelt«. Prompt erkannten die Versuchspersonen, welche Fotos neu und welche ihnen schon bekannt waren. Dann wurden die Probanden in einen Kernspintomografen geschoben. Dort wurde festgestellt, dass beim Wiedererkennen der Gesichter auf den Fotos andere Hirnareale aktiv waren als beim Erfassen der neu hinzugefügten Gesichter. Hieraus wurde geschlossen, dass es unbewusste Wahrnehmungen gibt.

Natürlich kannte Professor Brown den Versuch, aber er bezweifelte die Richtigkeit der Schlussfolgerung. Er gehörte einer Kategorie von Wissenschaftlern an, die der Existenz von unbewusster Wahrnehmung kritisch gegenüber stand. Seine Zweifel lagen darin begründet, dass das Unbewusste sich nicht so einfach beschreiben und erfassen ließ, weil unbewusste Vorgänge sich sehr schnell ereignen und sprachlich nicht mitteilbar sind. Jetzt musste er lesen, dass eine seiner Assistenzärztinnen sich in seinem eigenen Hirnlabor intensiv mit dem Unbewussten befasste.

Auf den nächsten Seiten der Akte folgte eine Aufzählung der verschiedenen Hirnareale, in denen das Freudsche »Es« und das

»Über-Ich« repräsentiert sein sollten. Als er diese Begriffe las, klappte Brown mit einer abrupten Bewegung den Aktendeckel zu. Er verschränkte die Hände hinter seinem Kopf. Innerlich kochte er. Ziel seines Lebenswerkes war, neurobiologische und chemo-elektrische Vorgänge im Gehirn exakt nachvollziehen zu können. Seine bisherigen Erfolge waren der Grundstein für seinen wachsenden weltweiten Ruhm. Er war zur Speerspitze auf diesem Gebiet geworden. Dadurch war es ihm gelungen, viele Millionen Dollar Forschungsmittel in sein Institut zu leiten. Und nun verirrte sich Julia, eine ihm untergeordnete Laborärztin, in den Labyrinthen von Sigmund Freuds fragwürdigen Theorien über die Struktur der Psyche.

Professor Brown sprang auf und wanderte aufgeregt in seinem Zimmer auf und ab. Als er sich wieder beruhigt hatte, öffnete er die Akte wieder und wollte weiterlesen. Beim Durchblättern fand er ein weißes Blatt, auf dem nur ein einziger gedruckter Satz zu lesen war: »Wir können uns wünschen, was wir wollen. Aber nicht jeder Wunsch führt zur Tat. Das Unbewusste hat das letzte Wort.«

Brown kannte dieses Zitat eines Hirnforschers, der ein Buch über das Denken, Fühlen und Handeln verfasst hatte. Dieses Zitat unterstrich das berühmte Diktum Freuds, dass das Ich nicht Herr im eigenen Haus ist.

Jetzt reichte es Brown. Sämtliche Dokumente in der Akte deuteten auf eine eingehende Auseinandersetzung mit Sigmund Freud hin. Letztlich folgte er zwar der Theorie Freuds, wonach das Unbewusste das Bewusstsein beeinflusst. Doch hatte Freud diese Theorie ohne jegliche wissenschaftliche Versuche aufgestellt. Dagegen hielt Brown, wie seine Kollegen auch, eisern an der These fest, dass alles Denken und Tun ein bloßes Resultat von Vorgängen in den neuronalen Netzen sei, deren Aktivität messbar ist. Dass Julia sich nun mit einem aus seiner Sicht pseudoreligiösen Kult beschäftigte, ärgerte ihn. Sie schien ganz andere Überlegungen anzustellen und Methoden anzuwenden als er. Ja, natürlich, auch er dachte schon an die Möglichkeit einer neurowissenschaftlich fundierten Psychoanalyse, an eine Fusion der beiden Disziplinen Neurobiologie und Psychoanalyse. Aber wenn Julia schon in diese Richtung forschen wollte, dann musste das erst einmal über seinen Tisch laufen. Julia konnte, durfte ihn nicht so einfach rechts überholen. Oder arbeitete sie sogar heimlich gegen ihn? Und was hatte das mit dem entwendeten Gehirn zu tun?

Brown griff wieder zum Telefonhörer. Seine Bewegung war so heftig, dass die Akte herunterfiel. Dabei rutschten ein paar lose Blätter heraus, die er bisher übersehen hatte. Er blätterte durch die Texte. »Near Death Experience«, stand auf einem der Blätter. Unter dieser Überschrift waren zahlreiche Berichte von Personen aufgelistet, die bewusstlos waren beziehungsweise deren Körper in einem lebensbedrohenden Zustand gewesen war. Auch Erfahrungen von klinisch Toten wurden dargestellt. »Near Death Experience«, Nahtoderfahrungen, das war ein Untersuchungsgegenstand der Parapsychologie, der Lehre von den anormalen Erscheinungen. Neben den Nahtoderfahrungen beschäftigten sich die Untersuchungen der Parapsychologie auch mit solchen Themen wie Spuk und Geisteserscheinungen, Hellsehen und Reinkarnation. Brown lehnte diese Scheinwissenschaft rundweg ab und stellte ohnehin ihre Legitimation in Frage. Die Forschungsarbeiten dieser Disziplin zeichneten sich aus seiner Sicht allein durch fehlerhafte experimentelle Ergebnisse, einseitige Sichtweisen und sogar Betrug aus.

Freud und die Parapsychologie, Julia hatte sich neben der Forschungsarbeit im Krankenhaus offensichtlich mit vielen pseudowissenschaftlichen Themen beschäftigt, die ihn nicht interessierten, die er sogar ablehnte. Konnte dies der Hintergrund für ihren Alleingang sein? Vielleicht hatte sie das Gehirn entwendet, um daran zu forschen. Er hatte sie gründlich unterschätzt.

»Betsy, finden Sie Dr. Bertram und lassen Sie ihn sofort zu mir hochkommen. Er soll die Liste der autorisierten Versuche der letzten Monate mitbringen.«

Brown trommelte ungeduldig mit den Fingern auf der Tischplatte. An sich war er bekannt für seine Ruhe und Selbstbeherrschung in jeder Situation. Jetzt kostete es ihn äußerste Anstrengungen, nicht einfach loszubrüllen.

Er versuchte, sich zu konzentrieren. Was war eigentlich wirklich los? Warum interessierten sich diese Männer dafür, dass eine Laborärztin ein Gehirn entwendet hatte. Er hatte sie nicht gerufen. Was machte Julia mit dem Hirn dieses Klempners? Und warum reagierte sie nicht auf seine Telefonanrufe?

Und wie konnte es dann dazu kommen, dass sie, offenbar in selbstherrlicher Eigenmächtigkeit, Neurobiologie mit der Hokuspokus-Psychologie von Freud durcheinander gemischt hatte, von Near Death Experiences träumte und dass sich nun ominöse Herren bei ihm im Büro einnisteten? Was zum Teufel wollte Julia herausfinden oder hatte sie sogar schon etwas entdeckt?

23

Julia nahm den Schlüssel und kehrte noch einmal zum Wagen zurück, um ihre Tasche zu holen. Gegenüber Bert hatte sie ein schlechtes Gewissen. Bis jetzt hatte sie es immer wieder erfolgreich verdrängt. Jetzt war es nicht mehr länger zu unterdrücken und sie rief Bert an. Seine Stimme klang gereizt.

»Gut, dass du endlich anrufst. Aus dem Archiv von Browns Institut ist ein Gehirn entwendet worden. Es ist die Hölle los. Die ganze Abteilung sucht dich. Bei dir zu Hause geht niemand ans Telefon. Professor Brown ist außer sich. Was zum Teufel hast du getan?«, rief Bert aufgeregt in den Hörer.

Julia schwieg.

»Julia, so geht das nicht. Ich will wissen, ob du darin verwickelt bist. Wo bist du jetzt?«

»Bert, ich erklär' dir das später, vertrau' mir.« Sie legte auf. Sie wussten also schon Bescheid.

Julia kehrte zur Hütte zurück. Sie ließ das Vorhängeschloss aufschnappen, zog den Riegel zurück und öffnete die mit einem kleinen Hirschgeweih verzierte Holztüre. Drinnen war es dunkel. Sie roch das alte Kiefernholz, aus dem die Hütte gebaut war. Julia betrat die kleine Küche, die gleichzeitig als Esszimmer und Aufenthaltsraum diente. Sie war oft mit ihrer Freundin Bertha hier oben gewesen, erst in Begleitung von deren Eltern, dann, als sie beide schon Teenager waren, auch allein. Es war herrlich gewesen, mit ihrer besten Freundin stundenlang auf dem bunten, weichen Fleckenteppich zu hocken. Nur mit Pyjamas bekleidet hatten sie alle Erlebnisse besprochen, mit denen beide auf ihrem Weg zum Erwachsenwerden konfrontiert wurden. Oft waren sie den ganzen Tag nicht ein einziges Mal vor die Türe getreten. Erst weit nach Mitternacht gingen sie in einer der beiden kleinen Kammern mit den Etagenbetten schlafen, voll gestopft mit Pfannkuchen, die vor Ahornsirup trieften. Sie erinnerte sich, dass sie den Besuchen hier oben entgegengefiebert hatte, bis zu dem Zeitpunkt, als Jungs ernsthaft ins Spiel kamen. Sie erinnerte sich an einen heftigen Streit mit Bertha, in dem es um einen Verehrer von Julia ging, in den auch Bertha verliebt war. Danach, als wieder Frieden eingekehrt war, hatten sie sich zwar ewige Freundschaft geschworen, die sie aber nie wieder in gleicher Weise auslebten wie zuvor. Das Misstrauen, das sich damals eingeschlichen hatte, war nicht mehr zu vertreiben. Bertha hatte später das College in Boston besucht, hatte ihr Studium abgebrochen und geheiratet. Julia war nach New York auf die Universität gegangen und hatte ihr Studium dort erfolgreich beendet. Seitdem hatte sie nie wieder eine beste Freundin gehabt.

Julia stieß die Tür zu einer der beiden Schlafkammern auf, betrat den niedrigen, schmalen Raum. Sie ging an das kleine Fenster, streifte einige Spinnweben ab. Nachdem sie das Fenster geöffnet hatte, entriegelte sie den Fensterladen und stieß ihn auf. Die hereinströmende Waldluft wirbelte den Staub auf dem Fensterbrett auf. Julia fröstelte. Sie trat einen Schritt zurück, lehnte sich mit den Schultern gegen das obere Etagenbett, schloss die Augen. Sie erinnerte sich an das herrliche Gefühl, wenn sie spät am Morgen erwacht war und noch halb schlafend mit ihren nackten Zehen vom Bett aus den Laden aufstieß, so dass die Geräusche des Waldes in die kleine Kammer drangen. So wie damals konnte sie jetzt das Rauschen der hohen, rötlichen Bäume, das Klopfen der Spechte, das Rascheln der Tiere auf dem laubbedeckten Boden und das Zwitschern vieler hundert Vögel in den Wipfeln hören. Manchmal erreichte die Hütte aus weiter Ferne das dumpfe Rattern eines Traktors auf einem Feld unten im Tal. Im Frühling, wenn die Vogelkirschen auf der Lichtung vor der Hütte in voller, weißer Blüte standen, lag über allen Geräuschen das Summen und Brummen der Insekten, die auf der Suche nach Honig um die Büsche surrten.

So beglückend die Geräusche des Waldes am Morgen waren, so bedrohlich waren sie bei Dunkelheit. Julia sah sich zusammen mit Bertha, wie sie mit einer Taschenlampe in der Hand vor dem Schlafengehen in der kleinen Kammer Jagd auf Spinnen gemacht hatten. Mit den großen Pantoffeln von Berthas Vater zerquetschten sie die Spinnen an der Holzwand, öffneten dann das Fenster und streiften angewidert die toten Tiere auf dem Fensterbrett ab. Dabei erschien ihnen der Wald, der die Hütte umgab, schwarz und undurchdringlich. Jedes Geräusch wurde von der Dunkelheit drohend verstärkt, vor allem in den windstillen Nächten. So schnell es ging, hatten sie das Fenster wieder verriegelt. Waren alle Fenster geschlossen, fühlten sie sich wieder sicher.

Julia öffnete die Augen und sog die Luft ein. Der Geruch des Waldes hatte sich mit dem feuchten, harzigen Duft des Holzes vermischt. Von dem Gefühl absoluter Geborgenheit in ihrer Kindheit war nur noch ein schwaches Echo geblieben, Fragmente eines Mosaiks aus gestochen scharfen Details ihrer Erinnerung zwar, aber eben nur ein Puzzle mit vielen fehlenden Teilen.

Julia öffnete die Augen, stieß sich vom Bett ab und fuhr mit den Fingern durch die Waschschüssel, die in das altmodische Holzmöbel an der Wand gegenüber den Betten eingelassen war. Die Schüssel war staubig, sie konnte die hellen Spuren sehen, die ihre Finger auf dem Porzellan hinterlassen hatten. Anscheinend war längere Zeit niemand mehr hier gewesen. Wenn sie sich hätte waschen wollen, hätte sie mit dem großen Zinnkrug Wasser von der Handpumpe auf der vorderen Veranda holen, es auf dem kleinen Gaskocher erwärmen und wieder mit kaltem Wasser vermischen müssen. Aber es gab im Moment Dringenderes zu tun. Sie musste sich um das Gehirn kümmern.

Julia ging zurück in den vorderen Raum der Hütte, öffnete auch dort die Fensterläden vor den beiden Fenstern, um frische Luft hereinzulassen. Dann trat sie hinaus auf die hintere Veranda, wo ihre Tasche stand. Sie stellte die Tasche vorsichtig auf den schweren Holztisch in der Mitte des Raumes, ging wieder zurück zur Tür, blieb im Türrahmen stehen und lauschte. Alles lag still. Sie spähte den Hügel hinab, dorthin, wo ihr Auto stand. Sie hatte es gut zwischen den dichten Büschen versteckt. Selbst Julia konnte es nicht erkennen. Sie richtete sich auf, stellte sich wieder in den Türrahmen und streckte sich mit hoch erhobenen Armen, wobei sie tief einatmete, um die Müdigkeit zu vertreiben. Das Licht, das durch die beiden Fenster den Raum durchflutete, zeichnete den Scherenschnitt einer schlanken, jungen Frau mit langen, dunkelbraunen Haaren, gekleidet in eng anliegende Hosen und einen flauschigen Pullover.

Eine halbe Meile entfernt schnalzte bei diesem Anblick Floyd Parker, der stellvertretende Forstaufseher von Rattle County, New Jersey, mit der Zunge. Erst nach einer geraumen Weile ließ er sein starkes Fernglas wieder sinken.

Zur gleichen Zeit hielt ein Zug in Grand Central Station in Manhattan. Ein endloser Strom von Passagieren entlud sich auf den Bahnsteig. Unter den Menschenmassen befand sich auch eine alte Frau, die einen Mann mittleren Alters an der Hand hielt. Sie trug einen Hut, der ihr Gesicht verbarg.

24

Wetherspoon hatte bisher geschwiegen. Jetzt räusperte er sich, um die Aufmerksamkeit der um den Konferenztisch sitzenden Männer auf sich zu lenken. Alle Augen waren auf ihn gerichtet.

»Welcher Teufel spielt uns da einen Streich?« Zwar flüsterte er leise, aber seine Präsenz, der fast quadratische Kopf mit den kurz geschnittenen, grauen Borsten, die eng stehenden Augen unter schnurgeraden schwarzen Brauen, die imposante Hakennase über dem schmalen Mund, die dekadent hängende Unterlippe, das alles ergab das Bild eines Mannes, der vor Energie schier zu platzen schien.

Sein Flüstern wirkte auf die Anwesenden, als spräche der Allmächtige höchstpersönlich. Ein Journalist hatte über Wetherspoon einmal geschrieben, dass die eigene Körpertemperatur um ein paar Grade sinke, wenn man sich mit ihm in einem Raum aufhalte.

»Sagen Sie mir, wie es jetzt noch möglich ist, unser Experiment geheim zu halten!«

Es war totenstill. Niemand antwortete. Wetherspoon ließ sich Zeit. Dann fuhr er fort, mit deutlich drohendem Unterton:

»Wenn Sie mir sagen, das sei nicht möglich, dann sage ich Ihnen, was passieren wird: Wenn herauskommt, dass wir als staatliche Organisation 60 Probanden unbemerkt Drogen in ihre Lebensmittel mischen und planen, dies mit weiten Teilen der Bevölkerung zu tun, um damit ihr Denken, Fühlen und Handeln beeinflussbar zu machen, wenn offenbar wird, dass wir für diese Beeinflussung Computer und Telefonleitungen benutzen, die es heute in jedem Haushalt, in jedem Büro gibt, dann ...«, Wetherspoon machte wieder eine Pause, »dann werden die Menschen das nicht so einfach hinnehmen. Sie werden demonstrieren, sich wehren. Ihre Aggression wird sich gegen den Staat, gegen die Regierung, gegen uns richten. Das könnte einen richtigen Aufruhr zur Folge haben, denken Sie an die Unruhen damals in Los Angeles, und wenn es schlecht läuft, mündet dass in anarchische Zustände, die nicht mehr zur kontrollieren wären, katastrophal.« Er fixierte Dr. Michaels mit einem eiskalten Blick.

»Ihr PB 12 ermöglicht es der Regierung, ins Unterbewusstsein der Menschen einzudringen und damit alle bisherigen sozialen Festlegungen zu sprengen. Wir können religiöse Gefühle, spirituelle Verhaltensweisen, romantische und schmerzliche Empfindungen bei Menschen erzeugen oder manipulieren. Wir können nicht nur beeinflussen, welcher Schokoladenriegel ihnen gut schmeckt und welcher nicht, wir können Ihnen sogar im Scheitellappen ihres Gehirns einen Gott unterjubeln, der unsere Ziele unterstützt. Mohrrüben können wir als ungesund darstellen, Ölbohrungen in Alaska als zwingend notwendig, Krieg als sinnvoll, ganz nach Belieben.

»Hätten die Priester«, Wetherspoon wandte sich dem NSA-Experten zu, »vor über dreitausend Jahren einen biochemischen Schlüssel zum Empfinden der Menschen in der Hand gehalten, hätten sie Gott damals am Berg Sinai nicht das Bilderverbot in den Mund legen müssen, um die Anbetung von Götzenbildern zu verhindern und ihre Macht damit theologisch abzusichern.«

Die Männer blickten etwas ratlos. Wetherspoon nahm verärgert zur Kenntnis, dass sie nicht bibelfest waren. Musste man diesen Menschen denn alles erklären?

Er hob seine Stimme und zitierte aus dem Buch Exodus, Kapitel 20, zu irgendetwas musste die Sonntagsschule ja gut gewesen sein:

«Ich bin Jahwe, dein Gott, der dich aus Ägypten geführt hat, aus dem Sklavenhaus. Du sollst neben mir keine anderen Götter haben. Du sollst dir kein Gottesbild machen und keine Darstellung von irgendetwas am Himmel droben, auf der Erde unten oder im Wasser unter der Erde. Du sollst dich nicht vor anderen Göttern niederwerfen und dich nicht verpflichten, ihnen zu dienen.»

«Das ist das Bilderverbot aus dem alten Testament.» Wetherspoon blickte in die Runde und fuhr fort: «Ich wollte Ihnen nur klarmachen, dass die Priester bei ihrem Volk damals den Monotheismus viel einfacher hätten durchsetzen können. Mit den Mitteln, über die wir verfügen, hätten sie ihren Schäfchen die Götzenanbetung auch ohne Bilderverbot austreiben können. Sie hätten Bilder sogar als Instrument nutzen können, ihren einzigen Gott zu etablieren.

Und genau das können wir jetzt. Aufgrund von PB 12 treten bei den Probanden Assoziationen beim Betrachten von Symbolen auf, wenn wir es wollen. Wenn blau rot wird, und rot blau, weil wir es so wollen, dann ist das eine Revolution im Kopf. Mit der Vorstellung, dass Gott im Himmel und die Liebe im Herzen sitzt, ist jetzt Schluss. Gott residiert im Kopf und die Liebe ebenfalls. Zugegebenermaßen klingt es etwas profan, wenn, was die die Liebe angeht, einem nicht das Herz, sondern das Gehirn gebrochen wird, aber das ist ein Problem der Schlagersänger.«

Wetherspoon wandte sich wieder an Dr. Michaels. »Ihr Hirnforscher tragt nicht dazu bei, bei der Klärung philosophischer oder politischer Fragen zu helfen. Ihr schafft sie gleich ganz ab. Darwin und Freud, zwei alte Hüte der Wissenschaft, beide umstritten und angeblich widerlegt, lagen richtig. Der Mensch ist eine Marionette. Er entwickelt sich biologisch gesehen nach zwanghaft verlaufenden Entwicklungsmustern, der Selektion dessen, was nützlich und was unnütz ist, was ihm den Tod bringt und was die Arterhaltung sichert. Der Mensch wird immer genau das tun, was seinen Tod hinauszögert und was zum nächsten Geschlechtsakt führt. Dazu hat er Instrumente wie zum Beispiel Nervenzellen, die schon in den Urbausteinen des Kosmos angelegt waren. Das sind nichts weiter als chemische Mutationen von Proteinen und Kohlenwasserstoffen. Dabei sind Gehirne zugegebenermaßen hoch komplizierte biochemische und bioelektrische Maschinen, vergleichbar einer Festplatte mit einem Arbeitsspeicher.

Aber dennoch, diese Maschine weiß nichts, sie führt Kriege, tötet und lernt nichts daraus. Weltreiche sind entstanden und wieder verschwunden. Unsere Maschine weiß nicht, wo wir herkommen, warum wir leben, was nach dem Tod passiert. Sie ist nichts wert, ein Haufen Proteine. Deshalb müssen wir diesen Haufen Proteine beeinflussen, damit die Menschen das Richtige tun.«

Nun wandte sich Wetherspoon wieder direkt an die Herren in der Runde. »Vielleicht waren einigen von Ihnen die letzten Konsequenzen dessen, was wir hier tun, nicht in jeder Hinsicht klar, weil jeder von Ihnen immer nur sein schmales Segment gesehen hat, keiner aber das ganze Bild. Sie haben uns geholfen, die Menschen da draußen zu entzaubern und sie nach unserem Willen zu formen. Was fangen wir jetzt damit an?«

Die anderen Teilnehmer des Krisengesprächs saßen jetzt kerzengerade auf ihren Stühlen. Sie spürten, dass jetzt noch etwas Unerhörtes folgen würde. Wetherspoon schob seinen Stuhl zurück und stand auf.

»Wir führen das stärkste Land der Welt, mit der mächtigsten Armee, der reichsten Wirtschaft. Es gibt nur einen kleinen, allerdings sehr störenden Bremsklotz in unserem System: das ist die Demokratie. Die Demokratie suggeriert dem Menschen Selbständigkeit, die er

– so haben Sie es uns gelehrt – nicht hat. Demokratie kostet Geld, sie kostet Zeit, Zeit, die wir brauchen, um sinnvollere Dinge zu tun, um unser Land, unseren American Dream, noch weiter voranzubringen, zum Leitbild der ganzen Welt zu machen.«

Dr. Michaels blickte etwas zweifelnd. Ihn interessierten letztlich nur die Forschungen. Die Ansprache war für seinen Geschmack viel zu pathetisch.

Wetherspoon ließ sich nicht beirren »Leider ist das demokratische System bei der Gründung unserer Nation so fest verankert worden, dass wir sie nicht einfach abschaffen können. Wir haben aber einen Weg gefunden, wie man endlich den Ausgang von Wahlen beeinflussen kann. Durch die Manipulation der Gehirne des Menschen. So können wir, quasi durch die Hintertür, das demokratische System für unsere höherrangigen Ziele nutzen.«

Wetherspoon machte eine Pause, dann wurde sein Ton wieder geschäftsmäßig. »Da draußen ist ein Proband unseres Versuches verloren gegangen. Experten könnten Spuren davon finden, wie sie eben von Dr. Michaels gehört haben. Das müssen wir verhindern. Wir müssen dieses verfluchte Gehirn finden und verschwinden lassen. Und mit ihm alle, die mit diesem Vorfall in Verbindung stehen und darüber etwas wissen können. Casalle, Sie werden mit sofortiger Wirkung von allen Aufgaben außerhalb der Anlage entbunden. Ein spezielles Team, das hier nicht involviert ist, wird sich um die Feldarbeit draußen kümmern.«

Wetherspoon straffte die Schultern, schob sein Kinn vor, drehte sich um und ging Richtung Tür. Eine kleine, blonde Frau hielt ihm ein Wahlplakat unter die Nase. Wetherspoon warf einen kurzen Blick darauf, ohne seinen Schritt zu verlangsamen.

»Das ist Bullshit, machen Sie das neu.«

Casalle sprang auf und folgte ihm. Die Tür zum Konferenzraum ging auf und ein Mann mit der Statur eines Schrankes stand in der Tür. Wetherspoon ließ er passieren. Sein Gesichtsausdruck ließ auf eine kühle Intelligenz schließen. Er sah Casalle fest in die Augen und versperrte ihm den Weg. Casalle verstand und ging mit gesenktem Blick zurück zum Tisch.

Zwei Stunden zuvor war Marc in einem Coffeeshop gegenüber dem Bethesda Krankenhaus von New York einer tödlichen Herzattacke erlegen, ausgelöst durch die unbemerkte Verabreichung einer exakt bemessenen Dosis eines chinesischen Giftes. Sein narbengesichtiger Begleiter hatte sich unauffällig davongemacht und ein Taxi bestiegen.

25

Betsy hatte Dr. Bertram in Professor Browns Zimmer geführt. Unter dem Arm hielt er einen dicken Ordner, in dem die Chronologie der Versuchsreihen im Hirnforschungszentrum des Bethesda Krankenhauses minutiös festgehalten war, jeder einzelne Eintrag mit Stempeln und Unterschriften versehen. Die Verwendung von Forschungsgeldern musste penibel nachgewiesen werden und jederzeit einer Prüfung durch die Kontrollkommission standhalten. Professor Brown war das Aushängeschild der Forschungseinrichtung. Im Zuge seiner wachsenden Popularität, die ihn das ganze Jahr von Kongress zu Kongress und von Interview zu Interview hetzen ließ, war er gezwungen, die Routinearbeit immer mehr zu delegieren. Dr. Bertram, sein administrativer Assistent, führte die Bücher und hatte das Management des Tagesgeschäfts weitgehend übernommen. Beide stimmten in ihrem Ziel und Ideal überein, im Dienst der Menschheit die Funktionsweise des menschlichen Gehirns zu erforschen. Es galt, Krankheiten zu heilen und Störungen zu lindern. Auch andere Gründe spielten für Bertrams Motivation eine Rolle, aber damit setzte sich Brown nicht auseinander.

Er folgte den Erläuterungen von Dr. Bertram zu den Zahlen und Tabellen in der Hoffnung, Licht in Julias Beweggründe zu bringen, als abrupt die Tür geöffnet wurde. Der narbengesichtige Begleiter von Marc stand in der Tür. Nach dem Abtransport von Marcs Leiche war er wieder ins Krankenhaus zurückgekehrt. Betsys Proteste ignorierend, betrat er Browns Büro. Er war über 1,90 m groß, vielleicht fünfzig Jahre alt und schien unter seinem dunklen Maßanzug einen voll durchtrainierten Körper zu haben. Seine Bewegungen wirkten dynamisch und kraftvoll. Wieder kam er nicht alleine. Diesmal war sein männlicher Begleiter schlampig gekleidet und wirkte mit schmalen Schultern und breiten Hüften vollkommen unsportlich. In der Körperhaltung eines Fragezeichens, bot er einen fast lächerlich wirkenden Kontrast zu seinem Kollegen.

Brown war die bevorstehende Unterhaltung zutiefst zuwider, aber er erkannte auch, dass er mehr Informationen brauchte, um der Lage wieder Herr zu werden. Der administrative Part musste warten. Brown gab Dr. Bertram durch ein Handzeichen zu verstehen, dass er das Gespräch mit ihm später fortsetzen werde. Die beiden Männer näherten sich dem Schreibtisch des Professors und nahmen auf den Besucherstühlen Platz. Brown musterte sie mit einer Mischung aus Neugierde und Abneigung. Er fragte sich, wo der Mann, der wie ein Staatsanwalt aussah, abgeblieben war.

»Können Sie mir vielleicht verraten, was hier eigentlich los ist?«, fragte er schließlich ungeduldig.

»Verehrter Herr Professor«, begann das Narbengesicht in äußerst liebenswürdigem Tonfall. »Zunächst möchten wir uns in aller Form für unser Eindringen entschuldigen. Wir wissen, dass Sie ein äußerst beschäftigter Mann sind. Wir werden versuchen, Ihre Zeit so wenig wie möglich in Anspruch zu nehmen.« Er machte eine kleine Pause, um Professor Brown Gelegenheit zu geben, etwas zu sagen, ihm das Gefühl zu vermitteln, Herr des Verfahrens zu sein.

Brown schwieg.

»Wir interessieren uns lediglich für das Gehirn von Brian Belucci. Es muss untersucht werden.« Also doch die Staatsanwaltschaft, schoss es Brown durch den Kopf. Aber er gab sich unbeeindruckt. »Eine Mitarbeiterin von mir, Julia Cameron, hat es zwecks Konservierung in ein anderes Institut mitgenommen«, log er. Browns Instinkt als Vorgesetzter befahl ihm zunächst, seine Mitarbeiterin zu schützen.

»Wissen Sie, wo sie jetzt ist?«

»Darf ich erfahren, warum Sie das so interessiert?«, wollte Brown wissen.

»Nun, sehen Sie, wir sind besorgt darüber, dass Forschungsgegenstände in unbefugte Hände geraten – wie dieses Gehirn, mit dem Ihre Mitarbeiterin in ein anderes Institut verschwunden ist.«

»Was soll das heißen? Woher wollen Sie wissen, dass meine Mitarbeiterin ein Gehirn entwendet hat?«

»Das wussten wir bisher nicht, aber jetzt wissen wir es. Professor Brown, Sie können sich darauf verlassen, dass wir alles früher oder später herausfinden. Ihre Mitarbeiterin mag zwar eine erfahrene Kraft sein, aber unser Auftraggeber hat uns instruiert, dafür Sorge zu tragen, dass die Forschungsergebnisse dort bleiben, wo sie hingehören.«

»Und wer, bitte schön, ist Ihr Auftraggeber?«, erkundigte sich Brown.

»Die Defense Advanced Research Projects Agency, die Forschungsabteilung des Pentagon, direkt und indirekt ihr größter Geldgeber. Genauer gesagt, der Forschungsetat Ihres Institutes besteht zu 85% aus unseren Zuwendungen. Mein Kollege hier, Dr. Nils Nicholelis, ist wissenschaftlicher Koordinator der Agency für den Bereich der neurobiologischen Forschung.«

Professor Brown schwieg und versuchte, sich zu konzentrieren. Es dauerte ein paar Sekunden bis er begriff, dass hinter den zahlreichen Geldgebern, den Vereinigungen, Stiftungen, den Abteilungen des Gesundheitsministeriums, der Stadt und des Staates New York, von denen Gelder auf die Konten des Bethesda Krankenhauses flossen, ein und dieselbe Quelle steckte, das Pentagon. Möglicherweise waren auch einige der Pharmafirmen, die Geld gespendet hatten, vom Pentagon gesteuert.

»Wir wollen lediglich die Resultate der Forschungen, die Sie betreiben und die wir finanzieren, vor unbefugtem Zugriff schützen«, fuhr der Mann im dunklen Anzug fort. »Unser Auftraggeber ist zudem etwas besorgt, ob die Sicherheitseinrichtungen in Ihrem Forschungszentrum dem neusten Stand der Technik entsprechen, zumal hier Erkenntnisse dokumentiert werden, die vom Pentagon als äußerst sicherheitsrelevant eingestuft werden.«

Damit hatte der Mann mit dem Narbengesicht die Partie eröffnet. Er hatte Brown rhetorisch in Watte gepackt und ließ ihn gleichzeitig ahnen, dass er an dieser Watte auch ersticken könnte.

Professor Brown schwieg, erhob sich aus seinem Sessel, umrundete den massiven Schreibtisch und trat ans Fenster. Während er auf den lebhaften Verkehr hinabblickte, rang er um Fassung. Schon in der ersten Minute des Gesprächs hatte er einen dummen Fehler gemacht. Er musste die Situation wieder in den Griff bekommen. Deshalb entschied er sich für einen kooperativen Ton.

»Ich bin selbst besorgt um Julia, natürlich auch um das Verbleiben des Gehirns. Ich kann Ihnen aber beim besten Willen nicht sagen, warum sie verschwunden ist und auch nicht, wohin. Sie ist eine erfahrene, zuverlässige Mitarbeiterin. Es kann aber durchaus vorkommen, dass jemand von den Dingen, die wir hier über das Universum in unserem Kopf erfahren, überwältigt wird und dann emotional überreagiert. Ich bin sicher, dass Julia spätestens morgen wieder an Bord ist. Dann wird sich unsere gemeinsame momentane Sorge in Luft auflösen«, schloss er in einem beruhigenden Tonfall, während er insgeheim überlegte, wer hier eigentlich beruhigt werden musste. Ihm war noch längst nicht klar, welche Rolle er selbst in diesem Spiel einnahm.

Er drehte sich vom Fenster weg und setzte sich auf den dritten Stuhl neben seine zwei Besucher, eine typische Vorgehensweise, um Barrieren zu brechen. Er sah Dr. Nicholelis direkt in sein unrasiertes Gesicht.

»Welchen Bereich der Forschung beaufsichtigen Sie für das Pentagon?«, wollte er wissen.

Dr. Nicholelis blickte zu seinem narbengesichtigen Kollegen, erhielt von diesem durch ein kurzes Kopfnicken die Erlaubnis zu sprechen und erläuterte seinen Aufgabenbereich:

»Professor Brown, meine Forschungsgruppe arbeitet an einem Projekt, das für den Verteidigungsapparat dieses Landes von hoher Wichtigkeit ist. Wir haben erfolgreich getestet, dass es Menschen möglich ist, eine Maschine nur durch Gedanken zu steuern. Sie kennen sicher die Versuche der Duke Universität, in denen ein Affe, dessen Hirn mit Hunderten von Elektroden verkabelt wurde, einen Joystick bewegen konnte, nachdem sein Gehirn gelernt hatte, welche Armbewegungen er ausführen musste, um den Stick zu bewegen. Sie kennen die Bilder des auf dem Schirm herum wandernden Cursors, der dadurch gesteuert wird, dass die für die Motorik zuständigen Hirnzellen des Affen Hirnströme aussenden, also feuern, wie wir das in der Fachsprache nennen. Diese Befehle werden aber nicht vom Arm des Affen selbst, sondern von einem dazwischen geschalteten Computer, der die Feuerungen registriert und die notwendige Mechanik in Bewegung setzt, ausgeführt. Übrigens könnte das für querschnittgelähmte Patienten eine enorme Hilfe darstellen. Die Duke University wird dazu ihre Forschungstätigkeit fortsetzen. Aber Sie werden verstehen, dass wir im Pentagon andere Interessen verfolgen.«

Er blickte zu seinem Kollegen und holte sich durch ein nochmaliges Kopfnicken die Erlaubnis zum Weitersprechen. Brown hörte gespannt zu.

»Das Pentagon hat im Rahmen seiner Forschungstätigkeit viele Techniken entwickelt, die auch das Leben der Zivilbevölkerung leichter machen. Denken Sie an die Ultraschalltechnik, mit der ein Kampfhubschrauber nachts sicher im Tiefflug gesteuert werden kann, mit der es aber auch möglich ist, Föten im Bauch der Mutter sichtbar zu machen. Oder denken Sie ans Internet, auf dessen Basis das Pentagon seit den 60er Jahren seine Truppen in aller Welt koordiniert, und das 30 Jahre später der Allgemeinheit zugänglich gemacht wurde. Seitdem hat es das Leben von uns allen revolutioniert. Mit bahnbrechenden Forschungsergebnissen kann sowohl ein Waffensystem verfeinert werden, aber eben auch ein Fötus pränatal untersucht werden. Dank der Erkenntnisse der Hirnforschung können sehr bald gelähmte Menschen Teile ihres nutzlos gewordenen Muskelapparates durch Maschinen ersetzen, die sie allein durch die Kraft ihrer Gedanken steuern können, ohne auf die Unterstützung von Anderen angewiesen zu sein. Damit wird ihnen ein großes Stück ihrer Würde wiedergegeben. Aber dieselbe Technik könnte auch zur Steuerung von anderen Maschinen genutzt werden, intelligenter Roboter zum Beispiel, die Waffen, nur durch die Gedanken ihres Kommandanten gesteuert, ins Ziel bringen, und das über große Distanz. Die Forschungen Ihres Instituts, Professor Brown, ergänzen die unsrigen. Deshalb sind wir daran so interessiert.«

Dr. Nicholelis hatte beim Sprechen bis jetzt einen Punkt an der Wand hinter Browns Schreibtisch fixiert. Jetzt sah er Brown direkt in die Augen.

»Ihre Forschungsergebnisse, Professor Brown, auf dem Gebiet des Brain Mapping, diese Landkarte der Gehirnareale, an der sie arbeiten, ist für uns bei der Herstellung neuer Technologie, die das menschliche Gehirn mit Maschinen, mit Waffen unmittelbar verknüpfen kann, von enormer Wichtigkeit. Das Pentagon hat diesen

Entwicklungen höchste Priorität eingeräumt. Sie werden sicher verstehen, dass wir Ihre Mitarbeiterin daran hindern müssen, ihre eventuellen Erkenntnisse mit weiß Gott wem zu teilen, selbst wenn ihr der gerade geschilderte Zusammenhang gar nicht klar sein kann.«

Das Narbengesicht gab Dr. Nicholelis zu verstehen, dass es nun genug sei.

»Professor Brown, wir müssen Julia finden. Verstehen Sie?«

Brown wusste, dass er keine Wahl hatte. Er versuchte, sich von dem Schock zu erholen, dass seine hervorragende Forschungsarbeit von Anfang an auch militärischen Zwecken gedient hatte, ein Umstand, den die meisten erfolgreichen Wissenschaftler Zeit ihres Lebens zu verdrängen versuchten. Selten jedoch wurde einer von ihnen so brüsk mit dieser Tatsache konfrontiert.

»Ich werde meine Sekretärin bitten, Ihnen alle Unterlagen über Julia zugänglich zu machen. Ihre Personalakte mit allen persönlichen Angaben habe ich hier in meinem Büro. Ich lasse alles für Sie fotokopieren.«

Er erhob sich. Die beiden Männer folgten ihm und sie begaben sich zu dritt in das Vorzimmer.

Betsy kannte ihren Chef seit langer Zeit. Als sie ihn jetzt sah, wusste sie sofort, dass etwas nicht stimmte. Professor Brown gab ihr vor den beiden Männern seine knappen Anweisungen und zog sich wieder in sein Büro zurück. Er trat erneut ans Fenster, blickte auf die Straße hinab. Seine Sorge galt nicht Julia. Seine Sorge galt auch nicht den Forschungsmitteln für sein Institut und deren Erhalt für die Zukunft. Seine Sorge galt etwas anderem: Wenn das Pentagon menschliche Gehirne mit Computern verknüpfen konnte und diese Computer in der Lage waren, die bloßen Gedanken des Gehirns auszuführen, was passierte, wenn jemand es andersherum versuchte?

Wer würde entscheiden, wie der Computer programmiert wird? Welchen Einfluss konnte dies auf den freien Willen des Menschen haben. Gab es da überhaupt noch eine Barriere?

26

Julia entnahm ihrer Tasche den Laptop, stellte ihn auf dem Tisch auf, öffnete die Abdeckung für die externen Geräteanschlüsse und schloss die Kabel der Folie an. Dann schaltete sie den Laptop ein. Während dieser hochfuhr, stellte sie vorsichtig die Metallbox mit dem Gehirn auf den Tisch neben den Laptop. Sie zog ein Paar frische, sterile Gummihandschuhe an und senkte ihre Hände in die zähe Flüssigkeit. Vorsichtig hob sie das Gehirn an. Sie vergewisserte sich, dass alle Anschlüsse noch fest saßen. Dann ließ sie es wieder in die Box hineingleiten und wartete, bis es seine fast schwebende Position wieder eingenommen hatte.

Julia blickte auf den Bildschirm des Laptops. Der blinkende Cursor forderte sie zur Auswahl eines Programms auf. Sie klickte auf das kleine Icon, das ein stilisiertes Gehirn darstellte. Sofort surrte die Festplatte los. Innerhalb weniger Sekunden war das Programm der Folie in den Arbeitsspeicher geladen. Ein kleines Fenster erschien auf dem Bildschirm und öffnete sich mit der Frage: »Folie aktivieren?«

Julia drückte die Enter-Taste. Der Bildschirm füllte sich mit gleichmäßigen, farbigen Wellenbewegungen, genau wie zuvor im Krankenhaus. Julia starrte gebannt auf den Schirm. Zu dem ruhigen Grundmuster hatten sich gelbe Zacken gesellt, die wie kleine, unregelmäßige Blitze am oberen Bildschirmrand auftauchten. Julia war so versunken in dem Bemühen nachzuvollziehen, was sich vor ihren Augen tat, dass sie ganz vergaß, wo sie sich befand: in einer kleinen Holzhütte mit offenen Fenstern mitten in einem Wald.

Als sie erkannte, dass die kleinen gelben Blitze die Reaktion des Gehirns auf das Vogelzwitschern draußen auf der Lichtung waren, lächelte sie und zog dabei die Brauen hoch, so als wäre sie ertappt worden. Zugleich erschrak sie über den merkwürdigen Sachverhalt, dass sie selbst das Zwitschern hörte und gleichzeitig auf dem Bildschirm sehen konnte, während das Gehirn das Gleiche vernahm. Es erschien ihr wie ein Rückkopplungseffekt. Sie empfand eine merkwürdige Intimität mit dem Gehirn. Schließlich versuchte sie zu schätzen, wie groß der Abstand zwischen ihrem eigenen Hören und der Reaktion auf dem Bildschirm war. Es passierte fast simultan.

»Wow«, flüsterte Julia erstaunt, »da bist du wieder!«

Ihr Flüstern hatte vielfarbige Höcker auf den Schirm gezaubert. Und danach, als die Höcker erloschen waren, wiederholte sich das gleiche Bild, ohne dass Julia nochmals gesprochen hatte. Wie ein Echo, schwächer als die erste Reaktion, so wie ein Hall.

»Du wiederholst, was ich sage?« Julia sprach in ihrer sanften, warmen Stimme, versuchte jede Aufgeregtheit aus dem Ton zu nehmen, als spräche sie zu einem kleinen Kind.

Wieder eine Reaktion auf dem Bildschirm. Stärker, so als würde ein Patient langsam aus dem Koma erwachen.

Julia brachte ihren Mund nahe an das Mikrofon, das mit dem künstlichen Ohr des Gehirns verbunden war, und sagte:

»So, jetzt müssen du und ich lernen, uns miteinander zu verständigen. Zusammen werden wir das schon irgendwie schaffen.«

Deutlich konnte Julia sehen, dass die Farbschattierungen nicht mehr nur ein bloßes Echo auf die von ihr gesprochenen Silben waren, sondern dass neue Muster auf dem Schirm erschienen. So, als ob das Gehirn noch auf etwas anderes reagieren würde als auf die bloßen Geräusche. Das Gehirn fing an zu arbeiten. Julia nahm wieder das im Krankenhaus erstellte Farb-/Buchstabenalphabet zur

Hand und testete es durch. Die Reaktionen des Gehirns auf die von ihr gesprochenen Buchstaben waren die gleichen wie noch im Krankenhaus. Allerdings hatten sich da, wo das Gehirn zuvor noch zuverlässig jedem Buchstaben und jeder Silbe folgend das entsprechende Farbmuster auf den Schirm geschickt hatte, jetzt Störmuster dazugesellt. Das Gehirn bildete zu den gehörten Geräuschen, die es als Farbmuster darstellte, eigene, neue Formationen ab. Mal stellte es sie voran, mal hängte es sie hinten an das Grundmuster an. Bisweilen kam es zu Überlagerungen. Diese neuen Muster wurden immer deutlicher. Zum Schluss hatte Julia Mühe, die von ihr gesprochenen Buchstaben als Farben klar auf dem Bildschirm wiederzuerkennen. Das Gehirn hat noch eine andere Sprache, dachte Julia. »Aber wie kann ich dir folgen?«, sagte sie laut. »Wie kann ich verstehen, was du mir sagen willst?«

Eine Unterhaltung würde nur gelingen, resümierte Julia, wenn sie es schaffte, eine andere, eine abstrakte Ebene zu berühren, welche die Bedeutung der Farben lieferte, die offensichtlich die Gedanken des Gehirns ausdrückten. Bis jetzt hatte sie die Farben für eine Einbahnstraße gehalten, hatte gedacht, das Gehirn empfinge Sprache in Form der Buchstaben, die sie ins Mikrofon sprach, und assoziierte diese mit Farben. Julia überlegte weiter. Wenn das Gehirn ihre Sprache mit Farben assoziierte, es also Sprache hören, verstehen und in Farben umsetzen konnte, müsste das Gehirn dann nicht auch verstehen, wenn sie ihm, statt Buchstaben zu sprechen, eine Farbe zeigte? Wenn sie dann einen ganzen Satz in Farben umsetzte und diese dem Gehirn »zeigte«, müsste es diesen Satz nicht erkennen, ihn verstehen können? Aber Julia konnte dem Gehirn keine Farben zeigen, es hatte keine Augen. Sie konnte auch nicht Farbsignale über die Folie in das Gehirn zurückschicken.

Konnte das Gehirn denken? Und, wenn ja, wie konnte sie verstehen, was das Gehirn dachte? Wie konnte sie das Gehirn zu einer Reaktion bringen, die über das Feuern von Signalen, die Farben bedeuteten, die wiederum Geräusche und Buchstaben, Silben bzw. Sprache widerspiegelten, hinausging?

»Wie machen wir das nur?«, murmelte Julia laut vor sich hin und beobachtete die Farbwelten auf dem Bildschirm, die ihre gesprochenen Worte ausgelöst hatte. Ich muss einen anderen Weg finden, dachte sie. Sie suchte nach einer Logik, die ihr den Schlüssel zu dem Gehirn lieferte. Bis jetzt, überlegte sie, hatte sie mit dem Gehirn eigentlich nur auf dem Niveau einer Babysprache »geredet«. Buchstaben, Silben, kurze Namen hatte sie dem Gehirn zugeflüstert. Aber machten die für das Gehirn überhaupt einen Sinn? Vielleicht kam sie dem Gehirn wie eine Tante vor, die dem kleinen Baby »Du Du, Da Da« vorsagte, worauf das Baby mit fröhlichem Glucksen antwortete, ohne zu verstehen, was die Tante will. Aber das hier war kein Babyhirn, es war das Gehirn eines erwachsenen Menschen. Es hatte gelebt oder lebte es? Julia erinnerte sich an ihren Versuch im Krankenhaus. Dort hatte das Gehirn, als sie den Namen seiner Frau und Kinder nannte, insbesondere des toten Kindes, sehr heftig reagiert. Das deutete daraufhin, dass das Gehirn die Worte auch in ihrer Bedeutung erfasste und eine wie auch immer geartete Gefühlswelt hatte. Und diese musste sie stimulieren, genau wie sie es zuvor mit den Namen der Angehörigen von Brian Belucci in der Klinik gemacht hatte. So wollte sie erreichen, dass das Gehirn die Hörreize nicht nur in hübsche Farben umsetzte, sondern das, was sie sagte, auch irgendwie erlebte oder verstand.

Floyd Parker, der stellvertretende Forstaufseher, hatte seinem treuen Hund unter einer hohen Kiefer in der Nähe der Lichtung

»Platz« befohlen und beobachtete mit seinem starkem Feldstecher, jetzt keine hundert Meter mehr von der Hütte entfernt, durch das geöffnete Fenster die seltsamen farbigen Explosionen auf dem Bildschirm des Laptops. Dann wandte er sich ab und verschwand, gefolgt von seinem Hund, wieder im Wald. Hätte er wenige Sekunden länger durch sein Fernglas gesehen, hätte er auf dem Bildschirm mühelos das Fenster erkennen können, das Julia signalisierte, dass die Kapazität der Batterie des Laptops nur noch 25% betrug. Floyd Parker hätte indes gewusst, dass der Strom zu der Hütte schon lange abgeschaltet war.

27

Während Julia fassungslos vor dem Bildschirm mit den bunten Farbexplosionen saß, schaltete Elias Cameron, Julias Vater, seinen Computer ein, loggte sich in das Chat Forum ein und öffnete den für diesen Tag terminierten Chat.

»Guten Tag und guten Morgen an die Westküste, meine Damen und Herren, mein Name ist Elias Cameron, ich bin der Moderator dieses Chat Rooms. Ich begrüße Sie zu unserer heutigen Chat-Runde unter der Headline: ›Grundbedürfnisse des Menschen‹.« Zu unserem heutigen Chat haben in den letzten Stunden Mitglieder verschiedenster Disziplinen aus unserer Runde ihre Teilnahme angekündigt. Ich stelle sie kurz vor:

Chuck, University of Pennsylvania, Rechtswissenschaft
Doug, Princeton, Psychologie
Don, NYU, Medizin
Nancy, Boston University, Psychologie
Ted, UCLA, Psychologie
Tom, University of Michigan, Betriebswirtschaft

Dann haben wir noch Dick, John und Amanda vom Committee of Political Science of the US, abgekürzt CPS. Das CPS unterstützt die von diesem Chat Room initiierten Forschungsprojekte mit großzügigen Beträgen. Wie immer, vielen Dank an Dick, John und Amanda.

Können Sie noch mal bestätigen, dass Sie alle online sind?«

»Ja«, schrieben alle Genannten fast gleichzeitig.

»OK, dann fangen wir an. Für diejenigen, die nicht bei allen Sitzungen dabei waren, möchte ich noch mal die bisherigen Aspekte zusammenfassen, unter denen wir die Grundbedürfnisse des Menschen in den letzten Wochen beleuchtet haben. In der ersten Sitzung haben wir die Frage aus medizinischer Sicht beantwortet, das liegt ja auch am nächsten. Dann haben wir in den folgenden Wochen die juristische Perspektive besprochen, die theologische Ansicht und schließlich die Perspektive der Betriebswirtschaft und Soziologie. Heute haben wir die psychologische Betrachtung auf der Agenda. Ich könnte mir vorstellen, dass das heutige Thema die Teilnehmer des CPS besonders interessiert, denn die psychologische Sicht der Grundbedürfnisse des Menschen hat ja sicher auch Einfluss auf die Politik.

Als Moderator dieser Runde habe ich das Privileg, unsere Diskussion mit einer von mir ausgewählten wissenschaftlichen Theorie oder eines Denkmodelles anzuschieben. Heute möchte ich zu Beginn der Diskussion die Maslow'sche Bedürfnispyramide vorstellen. Ich denke, dies ist ein guter Start für die anschließende Diskussion.

Die Maslow'sche Bedürfnispyramide, die eigentlich besser Bedürfnishierarchie heißen sollte, ist ein Ihnen sicher allen bekanntes hierarchisches Modell der menschlichen Bedürfnisse. Es ist ein Modell, das die Motivationen von Menschen zu beschreiben versucht.

Ich kopiere Ihnen eine Grafik ein, damit alle das Modell vor sich haben.

Selbstverwirklichung
Individualbedürfnisse
Soziale Bedürfnisse
Sicherheit
Physiologische Bedürfnisse

Die menschlichen Bedürfnisse bilden die Stufen dieser Pyramide und bauen aufeinander auf. Der Mensch versucht, zuerst die Bedürfnisse der niedrigsten Stufe zu befriedigen, bevor er ein Bedürfnis auf der nächst höheren Stufe in Angriff nimmt.«

Elias Cameron machte eine kurze Pause, um der Chat Runde die Gelegenheit zu geben, die Stufenpyramide am Bildschirm auf sich wirken zu lassen. Dann fuhr er fort.

»Eines will ich vorab klarstellen. Die Maslow'sche Bedürfnispyramide stellt nicht das reale Verhalten von bedürftigen Menschen dar, sondern ist eine Empfehlung für diejenigen, die sich darum kümmern. Dies ist auch der Grund, warum ich die Bedürfnispyramide als Grundlage für die heutige Diskussion ausgesucht habe. Die CPS hat mir mitgeteilt, dass sie an diesem Aspekt besonders interessiert ist. Ich finde, dass das sehr lobenswert ist, und komme dem Wunsch der CPS daher gerne nach. Es liegt ja in unser aller Interesse, dass der Staat bzw. dessen Politik sich den Bedürfnissen des Menschen widmet.«

Die Finger des Professors flogen routiniert über die Tasten. Er konnte mittlerweile genauso schnell schreiben wie sprechen.

»Der ist ja so naiv«, raunte Dick John und Amanda zu. Wenn der wüsste, was hinter unserem Team steht, ein Werbefachmann, ein Spezialist für Marketingstrategie, eine Professorin für Politikwissenschaften.«

»Er arbeitet voll in unsere Richtung, ohne jeglichen Schimmer davon, was wir hier vorhaben. Er denkt, er tut der Menschheit etwas Gutes«, antwortete John.

»Tun wir ja auch, wir helfen dem richtigen Mann an die Spitze der Vereinigten Staaten«, lachte Dick dröhnend.

Amanda warf einen strengen Blick zu Dick und John. »Schscht, ich möchte mich konzentrieren, die heutigen Diskussionsbeiträge sind wichtig für uns.«

»Ich möchte alle Teilnehmer nun bitten, ihre Gedanken und Ideen zu den Maslow'schen Kategorien der Bedürfnisse zu äußern. Dabei sollten Sie sich nicht zu streng an Maslow halten. Mich interessiert Ihre eigene Meinung zu den Bedürfnissen. Was spricht den Menschen an? Was berührt ihn? Was schafft Vertrauen?«

Don: »Das unterste Grundbedürfnis ist klar, das sind die körperlichen Grundbedürfnisse: Atmung, Wärme, Nahrung, Sexualität, Schlaf, Gesundheit, usw. Ich finde, wir können das außer Acht lassen. Kam ja in der Medizinerrunde schon zur Sprache. Auch die Damen und Herren von der CPS wissen, dass sie sich um das Gesundheitssystem kümmern müssen. Die Themen sind so langweilig, da schalte ich immer ab.«

Doug: »Völlig richtig, lassen wir das jetzt mal weg. Das zweite Bedürfnis ist Sicherheit. Dahinter verbirgt sich Recht und Ordnung, Schutz vor Gefahren, Absicherung ganz allgemein.«

Chuck: »Ja, Sicherheit, ein spannender Begriff. Den muss man erst mal definieren. Jeder versteht darunter etwas anderes, und die Bereiche, die von ihm betroffen sind, sind völlig verschieden. Ich denke da an Umweltsicherheit, Ernährungssicherheit. Diese Begriffe stehen in einem Zusammenhang. Dann gibt es aber auch die sozio-ökonomische Sicherheit, also zum Beispiel der Schutz vor Arbeitslosigkeit.«

Ted: »Also Umwelt hin oder her, für mich steht die politische Sicherheit an oberster Stelle. Schutz vor Terrorismus und Krieg.«

Nancy: »Ja, das sehe ich auch so, darauf muss der Staat eine Antwort haben.«

Ted: »Genau, vor Terrorismus und Krieg sehen sich die Menschen unmittelbar bedroht. Umwelt und Ernährung sind natürlich wichtige

Themen, die Bedrohung liegt hier aber erst in der Zukunft. Aktuell bedroht fühlen sich die Menschen von terroristischen Anschlägen, das sehen sie doch jeden Tag im Fernsehen.«

Doug: »Ich mache jetzt mal weiter mit den sozialen Bedürfnissen, zum Beispiel Familie, Freundeskreis, Partnerschaft, Kommunikation. Der Mensch ist ein soziales, als Einzelner relativ schwaches Wesen, das nur in der Gruppe überleben kann.«

Amanda: »Familie, Freunde, Partnerschaft kann der Staat ihm nicht geben.«

Doug: »Ja, aber das Gefühl, einer Gruppe anzugehören, für die gesorgt wird. Einer Gruppe mit starker Führung, die ein Bollwerk nach außen ist, die Angriffe von außen abwehrt und eine Schwächung des Individuums verhindert.«

Ted: »Ich mache mal weiter mit den Individualbedürfnissen. Ich verstehe darunter Wertschätzung aufgrund von Status, Respekt seitens der Mitmenschen, soziale Anerkennung.«

Tom: »Und nicht zu vergessen: Geld und Macht.«

Amanda: »Ja, Macht, das ist manchem noch wichtiger als Geld.«

Elias Cameron: »Maslow hat sein Modell 1970, also kurz vor seinem Tod, erweitert. Die oberste Stufe der neuen Pyramide ist nun Transzendenz, also die Suche nach Gott, nach einer das individuelle Selbst überschreitenden Dimension. Heute wird die Pyramide meist mit dem Begriff der Selbstverwirklichung an der Spitze dargestellt.«

Amanda: »Selbstverwirklichung, das klingt ja sehr nach individueller Freiheit. Zwischen dem Wunsch nach größtmöglicher Sicherheit einerseits und möglichst weitgehender individueller Freiheit andererseits besteht ein Spannungsfeld. Dazu würde ich gerne die Meinung der Kollegen hören.«

Elias Cameron: »Ja, finde ich auch interessant. Der Einzelne muss sich im Alltagsleben einer großen Zahl von Vorschriften und

Einschränkungen unterordnen, die vom Staat oder von Institutionen ›aus Sicherheitsgründen‹ erlassen werden. Das ist nur schwer mit dem von uns allen angestrebten Werten ›Individualismus‹ und ›Selbstbestimmung‹ in Einklang zu bringen. Ich kopiere Ihnen mal ein Bild ein, das ich zufällig gerade auf dem Schreibtisch liegen habe. Es zeigt ein von Zäunen und Überwachungskameras umgebenes verödetes Feld, das typische Bild eines Gefängnishofes. Es trägt die Aufschrift ›Freiheit stirbt durch Sicherheit‹.

Amanda: »Na ja, genauso könnte man das Gegenteil sagen: ›Ohne Sicherheit keine Freiheit‹.«

Doug: »Das sehe ich auch so. Deswegen steht die Sicherheit ja auch an unterster Stelle der Pyramide, wenn man die körperlichen Bedürfnisse mal vernachlässigt. Und ich finde, sie ist dort aus Sicht der Mehrzahl der Bevölkerung auch richtig platziert. Der Mensch braucht einen sicheren Platz in der Welt. Deshalb bedarf es Strukturen und einer Hierarchie, in der er seine fest zugewiesene Stellung hat. Er braucht unmissverständliche Führung, damit er weiß, was er tun muss und was für ihn getan wird. Er sehnt sich nach einem Staat, der Stärke verkörpert. Dieses Gefasel von der Individualität, das ist doch eher neumodisch. Die Diskussion können wir uns nur leisten, weil es uns gut geht.«

Der Meinungsaustausch wurde lebendig fortgeführt. Die Professoren nahmen gar nicht wahr, wie die Zeit verging. Nach zweieinhalb Stunden unterbrach Elias Cameron das Wortgefecht:

»Liebe Teilnehmer, wir sind mit unserer Zeit schon wieder am Ende. Wie man heute gesehen hat, gibt es allein aus psychologischer Sicht unglaubliche viele Aspekte des Themas. Wir haben das heute nur anreißen können. Ich schlage vor, in der nächsten Woche noch mal eine Sitzung zu diesem Thema zu machen. Erst in der darauf folgenden Woche werden wir uns dann mit den philosophischen

Aspekten beschäftigen. Ist jemand damit nicht einverstanden? Bitte melden.«

Niemand rührte sich. »Also dann bis nächste Woche, gleiche Zeit, ich informiere die anderen Gruppenmitglieder.«

Die Teilnehmer verließen grußlos den Chat Room. Das war nicht unfreundlich gemeint, sondern ganz normal in der Community.

Julias Vater, der während des Chats seinen Platz nicht verlassen konnte, stand auf und ging ein paar Schritte im Zimmer auf und ab, um seinen Kreislauf wieder auf Trab zu bringen. Er war müde. Wem nützte das, sich monatelang über akademische Fragen mit wildfremden Menschen zu unterhalten, die man noch nicht mal sehen konnte. Eine anonyme Expertendiskussion. Sicher, das war nicht zu leugnen, sie war aufregend, diese neue Welt des Internets, auch effizient. Wie sonst könnte man Zugriff auf so viele Kapazitäten verschiedener Universitäten haben, mit Wissenschaftlern diskutieren, erfahren, woran sie arbeiten, und sogar an Workshops teilnehmen. Dabei saß man bequem zu Hause im Hausmantel an seinem Schreibtisch. Schon ein Teufelszeug, dieses Internet, dachte er.

Aber letztlich hatte dieser Chat, wie alle anderen auch, überhaupt kein moralisch erhebendes oder wertvolles Ergebnis gebracht.

Keiner hatte von Nächstenliebe oder Mitgefühl gesprochen, keiner von Gerechtigkeit und Menschlichkeit. Aber das sollten doch auch menschliche Bedürfnisse sein. Alle hatten nur darüber nachgedacht, wie der Mensch ist, und darüber vergessen, wie der Mensch sein soll. Aber genau das war das Thema, das ihn, jetzt wo er älter war, Tag und Nacht beschäftigte.

Es klingelte. Julias Vater stieg in Gedanken versunken die Treppe hinab. Er lugte durch den Türspion. Draußen standen zwei Männer.

Der eine war über 1,90 m groß, durchtrainiert, mit kurzen dunklen Haaren und einem narbenübersäten Gesicht, der andere hätte von seinem Erscheinungsbild her ein Kollege von ihm sein können. Neugierig öffnete er die Tür.

»Entschuldigen Sie die Störung«, sagte der erste Mann. »Wir haben Ihre Adresse von Professor Brown erhalten, dem Vorgesetzten Ihrer Tochter in New York. Ist sie zu Hause? Wir möchten ihr eine Nachricht von Professor Brown überbringen.«

Julias Vater stutzte. War Julia nicht zurück nach New York ins Krankenhaus gefahren? Er verstand nicht.

«Meine Tochter ist nicht zu Hause, aber kommen Sie doch rein und dann erzählen Sie mir, was los ist.«

Die beiden Männer blickten sich kurz an und betraten das kleine Haus. Während Julias Vater damit beschäftigt war, die beiden Besucher in dem engen Flur so hin und her zu manövrieren, dass er die Tür wieder verschließen konnte, musterte einer der beiden Männer aufmerksam die Familienfotos, mit denen der Gang dekoriert war.

»Sehr schöne Fotos. Das sieht wirklich nett aus. Ist das Ihr Ferienhaus?«, fragte er, scheinbar freundlich interessiert, und deutete auf ein Foto, das ein altes, gemütlich aussehendes Holzhaus zeigte.

»Oh nein«, erwiderte Julias Vater, »das ist eine Hütte von Freunden irgendwo in den Bergen, oben im Norden von hier.« Er nahm seine Brille ab, um das Foto aus der Nähe zu betrachten.

»Das kleine Mädchen links auf dem Bild ist übrigens Julia.«

»Und die Kleine daneben?«

»Neben ihr, das ist Bertha, ihre Jugendfreundin.«

»Hübsch dort, wie man sieht, wo genau ist das?«

Ihn interessierte weniger das Aussehen der beiden ungefähr zwölfjährigen Mädchen, als vielmehr die kleine Hütte hinter ihnen, ganz aus Holz gebaut und mitten auf einer hübschen Lichtung stehend, eingerahmt von weiß blühenden Büschen.

Julias Vater bat die Herren ins Wohnzimmer.

28

Im Anschluss an den Chat saßen Dick, John und Amanda noch eine Weile zusammen.

»Und aus diesem intellektuellen Gefasel sollen wir jetzt einen Spruch kreieren, der die Bevölkerung davon überzeugt, dass nur Wetherspoon der richtige Mann für Amerika und für die Welt ist?«, fragte Dick zweifelnd.

»Ja, der bisherige Slogan zieht bei den Versuchspersonen nicht. Das Team, das daran gearbeitet hat, ist draußen. Wir müssen was Neues finden, etwas, das die Menschen packt und begeistert. Wir brauchen eine Aussage, die mit Wetherspoon automatisch in Verbindung gebracht wird. Wir brauchen einen Slogan, der selbst zu einer Brand wird«, antwortete Amanda.

Dick blieb pessimistisch. »Wir können ›Yes, we can‹ nicht noch einmal erfinden.« Amanda runzelte die Stirn. »Nein, wir müssen besser sein. Außerdem ist ›Yes we can‹ schon lange out. Der neue Mann muss nicht immer können.«

John und Dick quittierten diesen Einwurf mit einem gequälten Lächeln. »Was ziehen wir denn nun aus der Diskussion dieser Runde seniler Professoren? Sind die überhaupt noch am Ball?« Dick`s Stimme war immer noch zweifelnd.

»Unterschätz´ die Chat Runde nicht, das sind echte Experten. Die diskutieren jetzt schon seit Monaten über das Thema.« Amanda war genervt von Dicks offensichtlich mangelnder Motivation.

Jetzt schaltete sich John ein. »Ganz deutlich wurde aus der Diskussion, dass Sicherheit für die Menschen ganz wichtig ist. Sicherheit findet man privat bei Familie und Freunden, politisch in der großen

Gemeinschaft unter starker Führung. Dahinter tritt der Individualismus klar zurück. Der Mensch braucht Strukturen und Hierarchien, um zu wissen, wem er folgen darf. Er will, dass Befehle durchgesetzt werden, mit aller Härte, er will weder Singsang noch Engelschöre, die geben keine Sicherheit.«

»Beansprucht der Mensch Sicherheit für seine Gruppe oder für sich? Andersherum gesprochen, denkt er mehr an die Gemeinschaft oder an sich?« Dick kam endlich in Schwung.

»Gute Frage, und welche Folgen hat das für seine Ansprache? Müssen wir ihn als Gemeinschaftswesen ansprechen oder als Individualisten, am Ende als Egoisten?», fragte Amanda.

»Ich finde die Egoismusidee gut. Die wäre mal was Neues in der Werbung. Es gibt ja Leute, die vertreten die Auffassung, dass Egoismus die zentrale Motivation ist, die uns am Leben hält. Jede Handlung eines Menschen entspringt im Kern reinstem Egoismus. So gesehen, sind wir alle biologische Egomaschinen«, erwiderte Dick.

John schüttelte den Kopf. »So klar ist das aber nicht. Es gibt ja auch Menschen, die sich für andere aufopfern oder sogar für sie sterben. Denk an Mutter Theresa.«

»Aber die ist doch gerade ein gutes Beispiel für Egoismus. Natürlich hat sie viele Entbehrungen auf sich genommen, aber letztlich hat sie aus dem Gedanken heraus gehandelt, etwas Gutes zu tun. Mutter Theresa fühlte sich selbst gut, indem sie Gutes tat.«

»Ich finde Dicks Gedanken gut«, sagte Amanda. »In der Verhaltensforschung hat sich in der Tat in den vergangenen Jahrzehnten ein Menschenbild durchgesetzt, das uns alle als zutiefst eigennütziges Wesen beschreibt. Biologen sehen uns auf Überleben und maximalen Fortpflanzungserfolg programmiert, Evolutionspsychologen auf das Erringen von Status. Ökonomen verstehen menschliches Handeln als Streben nach persönlichem Wohlstand. Alle Theorien gehen davon aus, dass jeder sich selbst der Nächste und Altruismus eine Illusion ist. Selbst Charles Darwin gab zu, dass Altruismus in der Evolution einen schweren Stand hat.«

John war von dem Gedanken, den inneren Antrieb des Menschen auf den Egoismus zu reduzieren, nicht überzeugt. »Das siehst du aber etwas einseitig. Darwin selbst zweifelte an der Richtigkeit seiner Gedanken. Ich meine, der Gedanke des reinen Egoismus ist nicht mehr zeitgemäß. Mehr und mehr Verhaltensforscher haben sich längst vom Dogma des stets egoistischen Menschen verabschiedet. Neue Möglichkeiten der Hirnforschung, der Evolutionsbiologie und der experimentellen Ökonomie brachten die Wissenschaftler zum Umdenken. Die Zusammenarbeit der verschiedenen Disziplinen hat ein positiveres Menschenbild hervorgebracht. Es hat sich herausgestellt, dass Altruismus und Egoismus einander bedingen und brauchen. Wenn Altruisten die eigenen Interessen vergessen, gehen sie unter. Reine Egoisten sind in der Regel aber auch nicht lange erfolgreich. Eine Kombination beider Eigenschaften ist die beste Voraussetzung für ein gutes Leben.«

»Amanda, John, Ihr habt beide recht. Fazit eurer Diskussion ist, dass wir in unserem Slogan beide Eigenschaften des Menschen ansprechen müssen. Wir müssen den Gedanken ›Etwas Gutes für die Menschheit, für die Gemeinschaft, ist auch gut für den Einzelnen‹ einbringen.«

Dick grinste. »OK, das sollten wir aufgreifen, aber bitte nicht so bieder. Da muss was Knackiges her. Außerdem müssen wir das Individuum direkt ansprechen. Wie wäre es mit ›Was gut für die Gemeinschaft ist, ist auch gut für mich‹?«

»Zu lang, zu präzise, zu langweilig. Das muss eindringlicher klingen. Vielleicht ›Right for us, is right for you‹«, John strahlte.

»Das Problem ist, dass ›Right for us‹ so aufgefasst werden könnte, als würden die Politiker mit ›us‹ sich selbst meinen«, antwortete Amanda. »Das Wohl der Politiker, das ist nun das letzte, was die Menschen wollen. Aber ich glaube, jetzt habe ich es:

›Right for you‹

Mit dieser Aussage heben wir den Gegensatz von Individualinteresse, also Egoismus, und Gemeinschaftssinn, also Altruismus, auf. Wir sprechen den Menschen damit gleichzeitig individuell und als Teil der Gemeinschaft an, denn mit ›you‹ kann zum einen man selbst als Individuum, zum andern aber auch die ganze Gemeinschaft gemeint sein.«

John klatschte. »Genial! Das ist es. Diesen Claim müssen wir ab jetzt ganz konsequent penetrieren», jubelte er im typischen Slang der Werbebranche.

John begann sofort mit den Skizzen für das Layout, in das «Right for you» eingebettet würde.

Dick hatte die Botschaft noch nicht ganz verstanden. «Ja, und wer oder was ist nun das Richtige für uns?»

»Wetherspoon natürlich. Du stehst echt auf dem Schlauch. Das haben unsere akademischen Freunde doch herausgefunden: Sicherheit, klare Strukturen und Hierarchien, dafür muss Wetherspoon stehen, diese Themen müssen wir rüberbringen.«

29

Julia versuchte, das Gehirn nicht nur mit einem oder mehreren Namen, sondern mit einem ganzen Satz anzusprechen. »Ellie liebt dich«, sprach Julia in das Mikrofon und beobachtete auf dem Schirm, wie das Gehirn ganze Farbexplosionen produzierte, diesmal aber um so viel stärker, dass Julia vor Schreck fast die Luft weggeblieben wäre. Blasen, Kreise, Blitze, wilde Zackenmuster, gewaltige, lange Wellen, unterbrochen von Ornamenten, dazwischen wieder Spritzer anderer Farben. »Ganz ruhig, langsam, bitte, beruhige dich.« Julia legte viel Ruhe in ihre Stimme. Der Bildschirm wurde plötzlich schwarz.

Oh Gott, was ist denn jetzt?, fragte sich Julia. »Du schweigst?«, sagte sie laut.

Das Gehirn reagierte nicht. Der Bildschirm blieb schwarz.

»Hab' ich ...«, Julia traute sich kaum weiter zu sprechen, »dich verletzt?«

Jetzt regte sich der Bildschirm. Sie sah die Farben wieder. Klar, deutlich voneinander getrennte Felder in geordneten Mustern. Feste und solide Säulen in verschiedenen Farben. Sie kontrollierte das Alphabet auf ihrem Notizblock. Da war es wieder, das Echo auf die von ihr gesprochenen Buchstaben.

Julia stand auf und ging ans offene Fenster. Sie blickte kurz hinaus, drehte sich dann herum und betrachtete wieder die Farbformationen auf dem Bildschirm, der zuverlässig die Reaktionen des Gehirns auf die Geräusche der Umgebung wiedergab, ebenfalls mit Farben, die allerdings nicht Teil ihres Alphabets waren. Leises Rauschen des Windes in den Bäumen, Vogelstimmen, das Knacken des Holzes, sogar ihr Atem erzeugte farbige Muster auf dem Display.

Sie versuchte sich zu erinnern, wie das Gehirn auf die Worte »Ellie liebt dich« reagiert hatte. Es war alles zu schnell gegangen. Sie konnte unmöglich die Farben in Buchstaben zurückübersetzen. Höchstens zwei, vielleicht drei hatte sie identifizieren können. Aber was hatten die Muster zu bedeuten? Kreise, dann schillernde, größer und kleiner werdende Ballons. Es erinnerte Julia an eine abstrakte Videoinstallation von einem japanischen Videokünstler, die sie im Schaufenster einer Galerie in New York gesehen hatte, als sie mit Bert an einem Samstagnachmittag, nach einem langen Brunch im Water Club unten am East River, leicht beschwipst und ziellos durch das East Village gestreift war. Aber das hier war viel gewaltiger. Es schien direkt aus einer Quelle zu sprudeln, die vorher noch kein Mensch gesehen hatte, die man allenfalls erahnen konnte.

Und warum hatte sie gefragt, ob sie es …, ob sie ihn verletzt habe? Gestand sie dem Gehirn zu, dass es fühlen konnte? »Ellie liebt dich« sind aber doch keine verletzenden Worte. Und doch hatte sie die Farbexplosionen als etwas Verzweifeltes empfunden. So als bäumte sich das Gehirn auf. Als stemme es sich mit Gewalt gegen eiserne Fesseln. Als durchliefe ein Schaudern das Gehirn.

Julia beobachtete den Bildschirm. So kam sie nicht weiter. Dann hob sie den Kopf und erfasste mit einem Blick die ganze Szene, die vor ihr lag: Der kleine Raum der Berghütte, der massive Tisch in der Mitte, darauf ihr silberner Laptop, das künstliche Mikrofon, die Metallbox mit Deckel drauf. Darin schwebte das Gehirn in seiner zähen Flüssigkeit, an der Unterseite mit dem kleinen Platindraht verbunden, über den es hören konnte, und auf der Oberseite fast ganz von der Folie bedeckt, die die akustischen Reize in visuelle Signale übersetzte.

Was hatte sie getan? Wie konnte sie diesem Gehirn zumuten, nicht ebenso zu sterben wie der Rest des Körpers, zu dem es einmal gehört hatte? Sie hatte es in eine Metallbox eingesperrt, Drähte und Folien angeschlossen, es auf diese Weise gezwungen zu hören und das Gehörte visuell wiederzugeben, ohne Ohren, ohne Augen. Wie grausam war das? Es hörte, und vielleicht dachte es auch. Was sollte sie jetzt tun? Es umbringen? Es zurückbringen, damit andere es umbrachten? Damit Professor Brown mit seinen präzisen Chirurgenhänden daran herumschnipselte, auf der Suche nach noch tiefer gehenden wissenschaftlichen Erkenntnissen, nach noch mehr Ruhm?

Julia setzte sich wieder an den Schreibtisch, zwang sich, jetzt ganz pragmatisch zu denken. Sie war Ärztin. Forscherin. Hirnforscherin. Und – dachte sie – letztlich nur ein Mensch. Doch sie konnte nicht mehr. Jetzt brach sie am Tisch sitzend in Tränen aus, hemmungslos schluchzend. Sie fühlte sich in ihrer Lage völlig überfordert.

Der Bildschirm zeigte ein tiefes Blau, in auf- und abschwellenden Bewegungen, das langsam in ein Blaugrün überging, heller wurde, dann leicht rhythmisch hüpfte, fast so, als wolle es sie am Ärmel zupfen und trösten.

Julia wischte sich mit dem Ärmel ihres Pullovers die Tränen vom Gesicht. Allmählich beruhigte sie sich wieder. Aus ihren Jeans zog sie ein Taschentuch hervor und schnäuzte sich. Ihr Kopf wurde klarer. Sie sah auf den Bildschirm. In der Mitte hatte sich ein Fenster geöffnet

»Nur noch 20% Batteriekapazität! Bitte laden.«

Auch das noch, dachte Julia. Sie stand auf und ging zum Sicherungskasten. Die Leitung war tot. Und jetzt?

Dann hatte sie eine Idee. »Hör mal, ich muss dich jetzt eine Weile ausschalten, wir haben keinen Strom mehr. Ich melde mich bald zurück.« Sie hatte keine Ahnung, ob das Hirn irgendetwas verstand, aber sie hatte das Gefühl, es wäre irgendwie unhöflich, einfach so, ohne etwas zu sagen, abzuschalten.

Ohne eine Reaktion des Gehirns abzuwarten, schloss Julia das laufende Programm. Der Bildschirm zeigte augenblicklich das Startfenster des Computers. Jetzt nahm sie sich ihr Notizbuch vor und begann, die Farben und Buchstaben ihres Alphabets in ein einfaches Tabellenkalkulationsprogramm einzugeben. Dann verknüpfte sie dort die Farb- und die Buchstabenspalten, so dass jeweils eine Farbe einem Buchstaben zugeordnet war. Danach öffnete Julia wieder das Programm, das die Signale der Folie auslas. Dieses Programm hatte eine Schnittstelle für das Tabellenkalkulationsprogramm. Jetzt musste sie nur noch beide Programme über diese Schnittstelle so verknüpfen, dass die Farbsignale als Buchstaben übersetzt in einem eigenen Fenster zu sehen waren.

Der Bildschirm wurde wieder bunt. Das Gehirn hörte mit. Es registrierte das leise »Tack« der Tastatur des Laptops.

Jetzt kam die Feuerprobe. Gleich würde sie wissen, ob sie alles richtig gemacht hatte. Tatsächlich, der Computer übersetzte die Farben in Buchstaben und zeigte sie auf dem Bildschirm an. Die Programmverknüpfungen schienen also zu funktionieren. Doch bevor sie sich richtig darüber freuen konnte, erschien erneut eine Warnmeldung auf dem Bildschirm:

»Nur noch 5% Batteriekapazität! Der Computer schaltet sich in 60 Sekunden ab.«

Nervös durchsuchte sie ihre Tasche nach der kleinen Plastikbox mit den Speicherkarten. Anders als sonst, wurde sie gleich fündig. Sofort schob sie eine der Karten in den Slot des Laptops und überspielte darauf die verknüpften Programme. Ob der Strom noch dafür reichte? Nachdem der Computer ihr wenige Sekunden später bestätigt hatte, dass der Übertragungsvorgang erfolgreich abgeschlossen war, begann das Batteriesymbol des Laptops in kurzer Frequenz zu blinken. Ein Fenster auf dem Bildschirm meldete, dass die Batteriekapazität nun erschöpft war und der Computer sich jetzt abschalten werde. Gerade noch konnte sie die Memory Card aus dem Slot ziehen, da wurde der Bildschirm auch schon schwarz.

Julia stand auf. Sie nahm die Karte und wog sie in ihrer offenen Handfläche. Sie enthielt ein wertvolles Werkzeug, war aber federleicht. Dann legte sie sie vorsichtig zurück in die kleine Plastikbox. Dieses winzige «Plättchen« war ihr Zugang zum Gehirn. Jetzt musste sie einen Weg finden, das System mobiler zu machen. Sie brauchte einen kleineren Computer, der sich überall schnell aufladen ließ, auch im Auto. Nicht größer als ... als was? Als ein gerade erst auf den Markt gebrachter Minicomputer, wie hieß der noch? Nein, der ist zu groß. Ein Mobiltelefon, auf das sie die Inhalte der externen Memory Card laden konnte. Ein Mobiltelefon mit farbigem Bildschirm, eins von denen, die eine eingebaute Kamera haben, eine Tastatur und eine kleine Schnittstelle, mit der man einen größeren Speicher anschließen konnte. Vielleicht ging es auch mit einem ganz normalen Handy. Sie musste sich eingestehen, dass sie keine Ahnung hatte. Diese Dinge hatten sie nie interessiert.

Julia blickte auf die Uhr. Enttäuscht stellte sie fest, dass es schon sieben Uhr abends war. Um sieben hatte kein Geschäft mehr geöffnet, jedenfalls nicht hier auf dem Land. Heute konnte sie nichts mehr ausrichten. Resigniert trennte sie das Kabel der Folie vom Laptop und rollte es sorgfältig auf. Sie brachte ihren Mund nahe an das Mikrofon.

»Wir haben keinen Strom mehr«, sagte sie behutsam zu dem Gehirn. Heute Abend kann ich nichts mehr tun. Ich melde mich morgen wieder. Ich schalte jetzt das Mikrofon ab.«

Julia wusste nicht, ob das Gehirn sie verstand. Sie wusste auch nicht, ob sie diese Worte zu Brian Belucci gesprochen hatte, dem das Gehirn gehört hatte, oder ob das Gehirn ein neues Wesen geworden war. Etwas Abstraktes zunächst, das eine neue Persönlichkeit bereits entwickelt hatte oder noch entwickeln konnte, vielleicht in Zusammenarbeit mit ihr. War Brian Beluccis Identität erloschen? Oder lebte er in seinem Gehirn weiter? Julia wusste die Antwort nicht. Noch nicht. Sie legte den Finger auf den Schalter des Sprachprozessors.

»Gute Nacht«, flüsterte sie in das Mikrofon und schaltete ab. Das Gehirn versank wieder in einem schwarzen, leeren, lautlosen Nichts.

Julia bereitete sich auf eine lange Nacht in der Hütte vor. In der Küche fand sie noch ein paar Kerzen, etwas Knäckebrot und eine Flasche Rotwein, einen Merlot. Nachdem sie zwei Kerzen angezündet und etwas Knäckebrot verzehrt hatte, ließ sie den schweren Wein seine Wirkung entfalten. Langsam wurde sie ruhiger. Ohnehin konnte sie jetzt nirgendwo anders hingehen, also musste sie die Nacht in der Hütte verbringen. Sie spürte, wie ihr Kopf schwer wurde und das Denken langsam. Sie erinnerte sich an das erste Wochenende mit Bert in dessen Wohnung. Nachdem sie ungewöhnlich schnellen, fast brutalen Sex miteinander gehabt hatten und er nach einem kurzen Schlaf wieder erwacht war, hockten sie sich auf dem Fensterbrett seines großen Panoramafensters einander gegenüber, tranken einen starken Espresso und wussten sich zunächst nichts zu sagen. Schließlich begann Bert über die Vorzüge von Hunden und Katzen zu referieren und dabei Parallelen zum Menschen zu ziehen. Sie fand dieses Thema ziemlich merkwürdig, zumal sie realisierte, wie Bert Menschen in Schubladen steckte, wichtige Nuancen gänzlich ignorierend. So etwas war ihr gänzlich fremd, dennoch war sie dankbar, ein neutrales Thema gefunden zu haben, das ihnen über die ungewohnte Situation hinweghalf. Die Diskussion wurde immer interessanter. Jeder gab seine Erfahrungen zum Besten, beide etwas in Sorge, ihr Gegenüber als reinen »Katzenmenschen« oder einen reinen »Hundemenschen« zu identifizieren. Sie war gespannt darauf, ob sie es je schaffen würde, mit dem Gehirn eine solche Art von Unterhaltung führen zu können.

Die Flasche war fast leer und Julia fühlte sich angenehm schwer. Sie ging ins Nebenzimmer, legte sich in ihr altes Bett und innerhalb von einer Minute war sie eingeschlafen.

30

Am nächsten Morgen erwachte Julia früh. Immer noch müde sprang sie dennoch mit einem Satz aus dem Bett. Julia war wieder voller Tatendrang, auch wenn sie die Erschöpfung in jedem Muskel ihres Körpers spürte. Sie erinnerte sich an einen Traum über Hunde- und Katzenmenschen. Oder war das kein Traum gewesen? In jedem Fall war schon der Gedanke daran schierer Unsinn. Julia streckte sich. Ein technisches Problem war heute zu lösen.

Nachdem Julia sich mit eiskaltem Wasser gewaschen und den Rest des Knäckebrots gefrühstückt hatte, schloss sie die Fensterläden der Hütte und verriegelte die Tür. Dann stieg sie den Hügel hinab. Sie nahm den Weg durch den Wald. Dabei hatte sie alle Mühe, in dem steilen Gelände die Balance zu halten. In der rechten Hand trug sie die Metallbox mit dem Gehirn, in der anderen ihre Tasche. Den Laptop hatte sie, um nicht zu schwer bepackt zu sein, in der Hütte zurückgelassen.

Unten angekommen sperrte sie den Skylark auf, hievte ihre Tasche auf den Beifahrersitz und setzte die Metallbox vorsichtig davor im Fußraum ab. Dann ging sie um den Wagen, ließ sich auf den Fahrersitz fallen und drehte den Zündschlüssel um. Rückwärts fuhr sie aus dem Versteck heraus und wendete. Nach drei Kilometern erreichte sie die Landstraße. Von dort bog sie links ab in Richtung Roscoe, ein verschlafenes Provinznest und Verwaltungssitz von Rattle County. Julia fuhr bis zur Ortsmitte und bugsierte den Skylark in eine Parklücke. Es war Markttag. Vor dem Rathaus boten die Bauern aus der Umgebung ihre Erzeugnisse an. Ihr Magen rumorte beim Anblick der überquellenden Stände, die Obst und Gemüse, Fisch und Fleisch feilboten. Ein verführerischer Duft von Pancakes, Würsten und Steaks auf Schwenkgrills hing in der Luft. Cider aus Holzfässern wurde ausgeschenkt. Überall sah sie kräftige, zufriedene, rotbackige Menschen, die geschäftig, aber nicht hektisch ihrem eigenen Rhythmus zu folgen schienen. Das hier war das intakte Amerika, dachte Julia. Dabei hatte sie das unangenehme Gefühl, kein Teil mehr davon zu sein.

Sie erstand einen geflochtenen kleinen Korb, den sie, hastig zwischen den aufgespannten Schirmen umhereilend, mit Lebensmitteln füllte. Über die Stände mit ihren Bergen von Kirschen und Tomaten hinweg und durch die sich ständig bewegende Menschenmenge hielt sie immer wieder nach ihrem roten Skylark Ausschau.

Dann eilte sie zurück zum Parkplatz und verstaute – ein Stück warmen Apple Pie zwischen den Zähnen – den Korb auf dem Rücksitz. Sie schielte nach rechts vorne in den Fußraum, um sich zu vergewissern, dass die Metallbox noch an ihrem Platz war.

Dann hielt sie Ausschau nach einem Café. Am Rande des Marktes an der Längsseite des Rathausplatzes entdeckte sie einen Tea Room. Julia betrat den kleinen Raum, der über und über mit bunten Teedosen, Trockenblumen sowie Kekstüten dekoriert war. Eine kleine, dicke Frau mit etwas treuherzigem Blick, grauen, kurz geschnittenen Haaren und einer Schürze, die zur Blumentapete an den Wänden passte, trat auf sie zu.

»Kann ich Ihnen helfen?«, fragte sie freundlich, Julia durch ihre runden Brillengläser musternd.

»Ja, hi«, antwortete Julia. Dabei registrierte sie, wie ein junger Mann an einem der Tische in dem kleinen Raum ihr bewundernde Blicke zuwarf.

»Ich möchte nur einen Tee. Haben Sie einen Tisch frei?«

»Sicher, meine Liebe, folgen Sie mir«, sagte die Frau und lächelte sie verschmitzt an, da sie die interessierten Blicke des jungen Mannes bemerkt hatte.

»Hören Sie, ich brauche ein spezielles Handy. Können Sie mir sagen, wo es in der Nähe einen Laden gibt, wo es Handys gibt?« Julia hatte Platz genommen. Die Frau beugte sich zu ihr herunter. Ihre Stimme nahm einen verschwörerischen Ton an.

»Der junge Mann dort drüben, den Sie sicher bemerkt haben«, flüsterte sie mit einem Zwinkern in ihren Augen, «das ist Jack. Er kommt häufig hierher. Er arbeitet bei Mobile Electronics. Der wird Ihnen sicher sehr gerne helfen.« Mit einem aufmunternden Kopfnicken drehte sie um und eilte hinter den kleinen Tresen, um Julias Tee zuzubereiten.

Julia sah verlegen lächelnd zu dem Mann hinüber. Er lächelte zurück und forderte sie mit einer einladenden Geste auf, an seinem Tisch Platz zu nehmen. Julia nickte, erhob sich und ging zu ihm hinüber.

»Guten Tag, ich heiße Julia.« Sie streckte ihm ihre Hand hin. Mit seinen semmelblonden Haaren sah er sympathisch aus. »Ich suche ein Handy, aber mit bestimmten Funktionen. Können Sie mir vielleicht helfen? Die Kellnerin war so freundlich mir zu sagen, dass Sie bei Mobile Electronics arbeiten.«

Eine drei viertel Stunde später stieg Julia in ihren Skylark. In der Tasche trug sie ein nagelneues Smartphone. Der junge Mann hatte ihr erklärt, dass ein normales Handy keine Anschlussmöglichkeit für eine Speicherkarte hatte und die von ihr entwickelten Programme darauf nicht laufen würden. Freundlicherweise hatte Jack den Mikrofonanschluss des Smartphones so modifiziert, dass sie den Sprachprozessor direkt an das Gerät anschließen konnte.

Sie entfernte den Zigarrenanzünder im Armaturenbrett und steckte das Ladegerät ein, um die Batterien des Smartphones aufzuladen.

Julia startete den Motor und setzte rückwärts aus der Parklücke heraus. Sie fuhr ein Stück an den Marktständen entlang, bog dann links ab, um die Stadt in nördlicher Richtung zu verlassen.

Am anderen Ende von Roscoe, von Süden kommend, blickte der narbengesichtige Mann, nachdem er die Stadtgrenze passiert hatte, auf das Display des Navigationsgerätes in seinem Auto. Sein Fahrtziel, das Forstamt des Districts Rattle County, Main Street, Roscoe, würde er gleich erreicht haben.

31

Der Skylark surrte niedertourig die Landstraße entlang. Julia wollte ihr Versteck zwar so schnell wie möglich wieder erreichen, aber nicht durch zu schnelles Fahren die Aufmerksamkeit der Highway Patrol erregen. Aus dem Korb auf dem Rücksitz stiegen verlockende Düfte auf. Es vermischten sich der Geruch von frisch gebackenem Baguette, das Aroma warmen Apfelkuchens, dessen Teig mit verschwenderisch viel Butter gemacht worden war – darüber eine feine Note von Zimt und gebackenen Rosinen – mit dem aus der Tüte strömenden Duft reifer Herzkirschen. Dazwischen drängten sich immer wieder die scharfen Ausdünstungen des frischen Ziegenkäses. Julia war versucht, die Augen zu schließen, um die unwiderstehlichen Duftmoleküle, die ein Feuerwerk in ihrer Nase auslösten, noch intensiver zu genießen.

Sie warf einen Blick auf die Metallbox vor dem Beifahrersitz. Sie musste ausprobieren, dachte sie, später, wenn sie sich mit dem Gehirn einmal »angefreundet« hatte, ob es ihr gelänge, die richtigen Worte zu finden, um das Gehirn die gleichen Sinneseindrücke spüren zu lassen.

Nachdem Julia den Wagen wieder im Schatten der Büsche am Fuß des Hügels versteckt hatte, schaltete sie die Zündung aus und öffnete die Fenster einen Spalt breit, um die frische Mailuft hereinzulassen. Sie musste noch etwas warten, bis das Mobiltelefon aufgeladen war. Nach etwa einer viertel Stunde schaltete sie es ungeduldig ein. Die Batterieanzeige stand auf drei Viertel. Sie nahm die Memory Card aus der Tasche und probierte aus, ob sie in den dafür vorgesehenen Slot des Smartphones passte. Sie lud den Inhalt der Karte in den Speicher des Handys. Es funktionierte beim ersten Versuch. Jetzt musste sie nur noch warten, bis die Batterie voll war. Sie sah auf die Uhr. Es war 11.10 Uhr.

Der narbengesichtige Mann und sein Begleiter parkten ihren abgedunkelten Mercury auf dem für Behinderte reservierten Parkplatz vor dem Rathaus von Roscoe. Das Narbengesicht stieg aus. Er trug eine schwarze Sonnenbrille, einen dunkelgrauen, perfekt sitzenden Anzug, darunter ein weißes Hemd mit einer schmalen, dunkelblauen Krawatte. Seine Erscheinung, seine schlanke Silhouette und seine federnden Bewegungen wirkten wie ein Fremdkörper auf dem idyllischen Rathausplatz von Roscoe. Die Sonnenbrille verdeckte sein zu einer Maske gefrorenes Gesicht nur teilweise. Sein Begleiter zwängte sich auf der anderen Seite des Autos ungeschickt aus dem Beifahrersitz und dann in seine fleckige Jacke, dehnte und streckte sich, um seine Verspannungen vom langen Sitzen abzuschütteln. Er zog seine herabgerutschte Hose wieder auf die Hüften, deren Fettpolster sie partout nicht halten wollten, und stopfte sein herausgerutschtes kariertes Hemd wieder in die Hose. Interessiert musterte er das Angebot auf den Marktständen.

Aber das Narbengesicht hatte es eilig. Er studierte die Anzeigentafel des Rathauses, fand rasch, wonach er suchte: Forstbehörde, Rattle County District, 2. Stock. Er nickte seinem Begleiter zu und setzte sich in Bewegung. Unwillig stapfte sein Kollege hinter ihm her.

Im zweiten Stock betraten sie die Amtsräume der Forstaufsichtsbehörde. Hinter dem hohen Empfangstresen saß freundlich lächelnd eine kleine, junge Frau in geblümter Bluse mit kunstvoll hoch getürmten Haaren.

»Willkommen in Rattle County. Kann ich Ihnen helfen?«, fragte sie mit piepsender Stimme.

Der narbengesichtige Mann nahm seine Sonnenbrille ab und fixierte ihre Augen.

»Guten Tag. Wir kommen von der John Morris Agentur aus New York. Wir sind Location Scouts. Unser Job ist es, für große Filmproduktionen Drehorte vorzuschlagen. Für den aktuellen Film der Produzenten von ›The Bridges of Madison County‹ suchen wir eine romantisch gelegene Berghütte. In unserem Archiv haben wir dieses Bild einer Hütte gefunden und dann den Eigentümer in Boston kontaktiert. Wir wollen uns die Gegend mal ansehen. Leider haben wir keine genaue Wegbeschreibung vom Eigentümer bekommen, wissen aber, dass die Hütte hier ganz in der Nähe sein muss. Gibt es jemanden, der vielleicht weiß, wo das genau ist?«

Der narbengesichtige Mann hielt der jungen Frau das Foto der Berghütte von Berthas Vater unter die Nase. Er beobachtete, wie es in ihrem Kopf förmlich ratterte: Location Scout – Madison County – Clint Eastwood – Hollywood!

»Am besten kennt sich Floyd Parker aus, unser Deputy Forest Commissioner. Der ist aber unterwegs. So um zwölf ist er normalerweise immer wieder hier.« Das Piepsen ihrer Stimme war deutlich höher geworden.

Aber sie wollte trotzdem eine Legitimation von den beiden Männern sehen.

»Wie, sagten Sie, heißt der Eigentümer noch mal?«, und machte dabei den Versuch, wie eine gewiefte Detektivin auszusehen.

»Als Kontakt haben wir die Tochter des Eigentümers in unserer Kartei notiert. Bertha Demoine aus Boston. Das da auf dem Foto, rechts, das ist sie, als sie noch klein war.«

Der narbengesichtige Mann beobachtete, wie sich das Misstrauen aus dem Gesicht der jungen Frau wie der Morgennebel nach Sonnenaufgang verzog, während sie das Foto aufmerksam studierte. Er hatte keine Ahnung, ob die Hütte wirklich noch im Besitz von Bertha oder ihrer Familie war, aber der Trick mit dem Foto in Verbindung mit der Hollywoodlegende funktionierte. Er konnte sehen, dass sie sich konzentrierte. Sie versuchte sich offenbar zu erinnern, wie der Film mit Clint Eastwood in der Hauptrolle ausgegangen war.

Jetzt entspannten sich ihre Gesichtszüge wieder. Der narbengesichtige Mann brachte ein halbwegs harmloses Lächeln zustande, während sein Begleiter über den Tresen griff, um das Foto wieder an sich zu nehmen.

»Und?«, fragte er sie, »können Sie uns sagen, wie wir diesen Parker erreichen können?«

Die junge Frau zwinkerte komplizenhaft zurück auf das altmodisch wirkende Funkgerät hinter sich deutend. Sie nahm das schwere Mikrofon und versuchte, eine Verbindung mit Floyd Parker herzustellen. Nach drei Versuchen meldete er sich und versprach, pünktlich um zwölf im Büro zu sein. Der narbengesichtige Mann bedankte sich mit einem Kopfnicken. Sein Begleiter strahlte sie an, zufrieden darüber, dass er doch noch den Markt besuchen konnte. Er war hungrig wie ein Wolf.

Auf der Treppe vor dem Rathaus blieben sie kurz stehen, um sich in dem Gewirr der Stände zu orientieren. Das helle Gebäude hinter ihnen bildete eine kontrastreiche Kulisse. Ein Mann, der eine Kamera vor der Brust trug und dabei wie ein Pensionär auf Urlaub aussah, blickte zu ihnen herüber. Die ältere, hagere Frau, ganz unauffällig gekleidet, die sich bei ihm untergehakt hatte, schaute in die entgegengesetzte Richtung. Mit der rechten Hand in ihrer Manteltasche prüfte sie tastend, ob die Spritze und das kleine Plastikfläschchen, in dem sich eine Dosis starken Gifts befand, sicher verstaut waren. Bei dem Gift handelte es sich um einen hochkonzentrierten Wirkstoff: Der Inhalt einer einzigen Spritze führte zu einem sehr schnellen Tod des Opfers. An ein solches Gift war kaum heranzukommen. Die Frau hatte es sich über verschlungene Wege aus China besorgt.

32

Julia blickte auf den Ladestand des Handys und zog den Stecker aus der Buchse des Zigarettenanzünders. Dann beugte sie sich vor, um mit dem Handrücken die Temperatur der Metallbox zu prüfen. Sie war kühl, fast kalt. Viel kälter als es die Temperatur in dem Wagen vermuten ließ. Julia stieg aus, schwang ihre Tasche über die Schulter, nahm den Korb mit der einen Hand, die Metallbox mit der anderen. Dann begann sie, den steilen Hang zu ihrem Versteck hinaufzuklettern. Keuchend blieb sie vor der Hütte stehen, stellte Korb und Metallbox vor der Türe ab und entriegelte sie. Wieder mit Korb und Box beladen, trat sie ein. Drinnen war alles so, wie sie es heute Morgen verlassen hatte. Deshalb konnte sie sich hier sicher fühlen.

Professor Brown wird vor Wut sicher schon kochen, dachte Julia. Aber das, was sie hier entdeckt hatte, war es wert, ihre Karriere aufs Spiel zu setzen, oder eine Karriere überhaupt erst zu ermöglichen. Sie spürte, dass sie erst ganz am Anfang der Lösung des Rätsels stand. Sogar die Polizei war gerufen worden. Aber wahrscheinlich war diese Information eine von Berts typischen Übertreibungen gewesen. Sicher konnte sie am Ende alles erklären und die Wogen wieder glätten. Julias Blick fiel auf das neue Smartphone. Der junge Mann hatte gesagt, dass es mit voll geladener Batterie eine Akkulaufzeit im Standby-Modus von 250 Stunden haben werde. Das war unendlich lang, verglichen mit den zwei bis drei Stunden, die der alte Laptop hergab. Julia entrollte das Kabel der Rezeptorenfolie und steckte dessen Stecker in das Mobiltelefon. Er passte. Dann steckte sie das Kabel des Mikrofons in den zweiten Anschluss und stöpselte die Freisprecheinrichtung in die dafür vorgesehene kleine

Buchse. Das Mikrofon ließ sie vor ihrer Brust baumeln, gehalten durch eine Klemme, die sie sich oben an den Ausschnitt ihres Pullovers steckte. Mit dem Fingernagel drückte sie die Einschalttaste des Telefons. Kurz darauf erschien das Menü. Julia tippte mit dem Finger auf das Icon des Programms, das die Signale der Folie auslas. Gebannt starrte sie auf den kleinen Bildschirm, der sich wieder mit den vertrauten Bewegungen der Farbenmuster füllte. Julia jubelte innerlich. Es funktionierte. »Hi«, sagte sie vergnügt, während sie die Reaktion des Gehirns auf dem Schirm beobachtete.

Dann öffnete sie wieder das Menü und lud das Programm mit dem Farbalphabet. Wenn alles klappte, musste der Bildschirm neben den Farben die den jeweiligen Farben entsprechenden Buchstaben in einem kleinen Kästchen anzeigen. Aufgeregt startete Julia den Versuch. »Ich«, sprach sie ins Mikrofon. »Ich«, antwortete der Bildschirm in Buchstaben.

»Du«, sagte sie. »Du« erschien auf dem Schirm, mit einer winzig kleinen Verzögerung.

»Sonne«, sagte sie. »Sonne« erschien, schneller diesmal.

»Regen« sagte sie. »Wegen« erschien auf dem Schirm.

»Regen«, wiederholte sie, bemüht das R deutlicher zu sprechen.

»Regen«, schrieb der Schirm.

Noch nie hatte ein Mensch in geschriebener Sprache sehen können, woran ein anderer Mensch dachte. Auch wenn es nur zusammengesetzte Buchstaben waren. Auch wenn sie nur das Echo auf das waren, was sie ihm vorsagte.

Wie konnte sie das Gehirn dazu bringen, nicht nur ein Echo zu produzieren, sondern auch selbständig zu denken und das Gedachte zu äußern: Mit Sprache! Julia überlegte einen Moment. Sprache ist nicht einfach so da. Die Bildung und das Verstehen von Sprache müssen erst erlernt werden. Das Sprachzentrum besteht aus verschiedenen Gehirnarealen. Für das Verstehen von Sprache ist das Wernicke Areal zuständig, erinnerte sie sich. Dort ist wahrscheinlich auch der Wortschatz gespeichert. Dies schien hier vollständig zu funktionieren.

Die Erzeugung von Sprache erfolgt im Broca Areal, vorne links hinter der Schläfe. Dort wird die richtige Reihenfolge der Worte erlernt, mit anderen Worten, die Sprachlogik. Diese funktioniert ähnlich wie die Bewegungslogik. Auch Bewegungen müssen in die richtige Reihenfolge gebracht werden. Sonst schütten wir die Tasse erst aus und versuchen dann, daraus zu trinken. Wie ein kleines Kind es tut, bis es den richtigen Ablauf durch Erfahrung lernt. Aber das Gehirn von Brian Belucci hatte alle diese Erfahrungen ja schon einmal gemacht. Es war kein kleines Kind mehr, überlegte Julia weiter. Sie musste nur darauf warten, dass es die Verknüpfung von Farben und Sprache von allein herstellt, dann würde es auch ihr etwas sagen können.

Lernen geschieht durch Verknüpfung. Vokabeln pauken gelingt dadurch, dass man die zusammengehörenden Begriffe immer wieder vor sich her sagt. Auto – macchina. Auto – macchina. Auto – macchina. So lange, bis eine Verknüpfung stattgefunden hat und man für den Rest seines Lebens weiß, dass Auto auf Italienisch macchina heißt. Wie kam sie gerade jetzt auf Italienisch? Das lag wohl daran, dass sie immer wieder an die Zeit denken musste, als sie für ein Semester in Italien studiert hatte. Diese Erinnerung konnte sie jetzt gar nicht gebrauchen. Zur Ablenkung verlegte sie sich auf ein anders Thema, Geschichte, mit dem sie sich das Lernen durch Verknüpfung noch mal vergegenwärtigen wollte. 1789 - Französische Revolution. 1789 … oder war es 1798? Julia lächelte in sich hinein. Da waren ihr wohl ein paar Neuronen verrutscht, dachte sie.

»Ellie liebt dich«, sagte sie in das Mikrofon.

Mit unglaublicher Geschwindigkeit ratterte der Bildschirm los, schrieb einen Buchstaben nach dem anderen. Es wollte gar nicht mehr aufhören. Sie hatte wieder eine andere Ebene des Gehirns provoziert, die emotionale Ebene. Das Gehirn klonte, aufs äußerste erregt, die Buchstaben in seinen unergründlichen Speichern hin und her, bis der Bildschirm plötzlich schwarz wurde. Konnte das daran liegen, dass das Hirn damit keine weiteren, zu den Worten passenden Reize mehr zur Deckung bringen konnte, weil es kein Feedback gab, weil das Gehirn seine Frau nicht sehen konnte, weil es nicht den Atem eines anderen Menschen auf der Haut spürte, weil es kein vertrautes Parfum riechen konnte, und es nichts zu verknüpfen gab? Julia war ratlos. Sie wartete. Dann kam es:

»WER SIND SIE?«, stand auf dem Schirm.

Julia zuckte zusammen, als hätte ihr jemand einen Schlag in den Magen versetzt. Um ein Haar wäre sie mitsamt ihrem Stuhl nach hinten gekippt. Ihr Atem stockte. Sie spürte, wie sie die Kontrolle verlor. In ihrem Kopf purzelte alles durcheinander, wie ein Haufen Mikadostäbe in der Schwerelosigkeit, jeder in eine andere Richtung zeigend. Ihre Hände wurden feucht und ihre Nägel bohrten sich in das Holz der Tischplatte. Sie fühlte sich wie während einer Panikattacke im Tunnel auf dem Weg zur Arbeit. Sie musste dagegen ankämpfen, den Sturm, den ihre Angst ausgelöst hatte, zurückdrängen. Sie musste ihr Bewusstsein zwingen, den Sinnen zu trauen. Der Tunnel konnte nicht bersten und würde nie bersten. Das Gehirn konnte nicht reden. Und würde nie reden können. Es war doch tot.

»WER SIND SIE?«, las sie wieder auf dem Schirm. Sie fühlte sich wie ein Ägyptologe, über eine Mumie gebeugt, die plötzlich zu sprechen anfängt. Da lag dieses Ding, ein dem Schädel entnommenes Gehirn, jetzt seit über 24 Stunden in seiner Konservierungsflüssigkeit. Mit Hilfe von ein paar elektronischen Kniffen und über die Kodierung eines simplen Farbalphabets konnte sie sich mit ihm unterhalten, konnte über ihr Handy erfassen, was in ihm vorging. Das Gehirn war nicht tot, es lebte noch, sonst könnte es nicht kommunizieren. Sie dachte wieder an die »Near Death Experiences«, mit denen sie sich als Studentin beschäftigt hatte. War das hier so etwas wie ein Nachhall davon? Das verlängerte Echo eines Lebens? Aber verlängert durch was?

»WER SIND SIE?«, erschien jetzt erneut auf dem Display.

Bilder von Kafkas »Verwandlung« schossen durch Julias Kopf, das Erwachen als menschengroßes Insekt unter der Bettdecke in einem kahlen Raum, Fetzen der »Matrix«-Filme mit Embryos, deren Lebensenergie von menschengleichen Robotern angezapft wurde.

»WER SIND SIE?«, las sie wieder. Sie bekam es mit der Angst zu tun, wusste überhaupt nicht mehr, was sie jetzt tun sollte. Völlig kopflos schaltete sie das Handy ab.

Der narbengesichtige Mann sah seinem Begleiter auf dem Marktplatz von Roscoe angewidert zu, wie er mit dicken Backen an seinem zweiten Blaubeerpfannkuchen kaute, zufrieden schmatzte und den Hausfrauen begehrliche Blicke hinterher warf. Er wandte sich ab, sah auf die Uhr. In zwanzig Minuten müsste dieser Floyd Parker endlich kommen. Dann spürte er einen dumpfen Schmerz, der sich vom Ellbogen aus schnell nach oben und unten ausbreitete, seinen Arm lähmte. Er fühlte, wie sein Herz aus dem Takt kam, verzweifelt ins Leere schlug, stolperte, dann zu rasen anfing, bis er keine Luft mehr bekam. Er fasste sich ungläubig an den Hals. Dreimal schlug sein Herz noch, dann brach er tot vor einem der Marktstände zusammen.

Sofort scharte sich eine Ansammlung Neugieriger um den Toten, dessen Begleiter noch gar nicht realisiert hatte, was eigentlich geschehen war. Allerdings fiel ihm ein Mann auf, der von einer alten Frau rasch durch die Menge geschoben wurde und an der nahe gelegenen Kreuzung aus seinem Blickfeld verschwand.

33

Dan C.J. Wetherspoon stand in Gedanken versunken vor dem Rasierspiegel. Vor seinem geistigen Auge spielte sich eine Bärenjagd in den endlosen, schwarzen Wäldern hoch oben im Norden von British Columbia ab, Die Jagd verlief immer nach dem gleichen Muster. Wenn der Grizzly umzingelt war, stürzten sich nur die unerschrockensten und aggressivsten Hunde auf die aufrecht stehende Bestie, wobei sie Augenblicke später Opfer seiner rasiermesserscharfen Klauen wurden. Die feigeren, aber intelligenteren Hunde blieben auf sicherer Distanz. Sie schlugen erst zu, als der Grizzly erschöpft und nicht mehr widerstandsfähig war. Dann waren sie es, die von ihren Herrchen gelobt wurden, während ihre zerfetzten Artgenossen auf die Ladefläche eines Pickups geworfen wurden, um in der Nähe des Camps verscharrt zu werden, nicht aus Pietät, sondern weil man die anderen Bären in der Gegend hungrig halten wollte.

Wetherspoon ging jedes Jahr zur Bärenjagd. Einmal hatte er mit angesehen, wie ein hinreißend schöner Canadian Setter selbstmörderisch die Kehle eines monströsen Bären anvisierte. Der Grizzly erwischte ihn im Sprung und zerteilte ihn mit einem einzigen Schlag in zwei Hälften. Es war ein mutiger Hund gewesen, aber auch ein dummer, dachte Wetherspoon.

Er betrachtete sein frisch rasiertes Gesicht im Spiegel des weitläufigen Büros. Er mochte beide Arten von Hunden. Die aggressiven und gleichzeitig dummen, aber auch die vorsichtigen und intelligenten. Gleiches galt für die Agenten. Er arbeitete mit beiden gleich gerne. Man brauchte beide Charaktere, nur musste man wissen, wann man welchen von der Leine lassen musste.

Und er, Wetherspoon, hielt sich für einen Meister darin. In be sonders heiklen Situationen setzte er beide Typen von Agenten gleichzeitig ein. Die schneidigen, forschen, unerschrockenen, um die Blutspur schnell zu finden und ihr zu folgen. Wenn das Opfer dann gestellt war, schlugen die Killer zu. Unsichtbar, emotionslos, perfekt getarnt brachten sie den Bären ohne Aufsehen zur Strecke.

Killer halten sich immer im Hintergrund, im Dunkeln, im Schatten, nie im Rampenlicht. Denn im Schatten wirft man keine Schatten, man wird nicht gesehen, dachte er, seine Haifischvisage musternd. Nur aus dem Dunkeln heraus kann man wirklich mächtig werden. Das war sein Lieblingsspruch, sein Credo. Deshalb liebte er die CIA. Weil er im Dunkel dieser Organisation selbst genügend Macht erobern konnte, um den ganz großen Sprung zu wagen: An die Spitze. Ins Weiße Haus.

Wetherspoon war süchtig nach der berauschendsten aller Drogen, der Macht. Er war ihr verfallen, hatte sie bereits errungen, aber es war immer noch nicht genug. Wetherspoon wollte sie, ohne jede Einschränkung. Und das versprach nur ein einziger Stuhl auf der Welt: der Stuhl, der im Oval Office stand.

Als die Typen von North West Pharmaceuticals sich an die CIA gewandt und um Hilfe gebeten hatten, hatte er sofort seine Chance gewittert.

»Klar helfen wir euch«, hatte er gesagt. »Ihr wollt sehen, wie PB 12 beim Menschen funktioniert? Weil ihr solche Psychopharmaka nicht an Menschen testen dürft? Weil die internationale Konkurrenz mit ähnlichem Zeug illegal in Kriegsgebieten experimentiert? Unter, sagen wir mal, weniger komfortablen Voraussetzungen? Und die euch dann das Geschäft verderben? OK, kein Problem, das können wir arrangieren. Es ist sogar unsere patriotische Pflicht, euch zu helfen. North West Pharmaceuticals ist ein amerikanisches Unternehmen. Wir sind eine amerikanische Behörde. Wir müssen zusammenarbeiten!«

Wetherspoon gluckste vor dem Spiegel in sich hinein. Seine Taktik war aufgegangen. Kurz darauf waren die Chemiker und Pharmazeuten mit PB 12 gekommen. Er brauchte noch nicht einmal zu fragen. Sie lieferten das Zeug in jeder gewünschten Menge. Wetherspoon steuerte die Technologie und Logistik bei. Er wusste sofort, dass dieses Experiment sein Schlüssel zur Macht war.

Hsi-nao, Mentizid, Gehirnwäsche, eine chinesische Erfindung, inzwischen eine Spezialität der CIA. Die gewaltsame, geistige Desorganisation und Umstrukturierung einer Person zur Erzwingung von Geständnissen, Geheimnisverrat, Selbstbezichtigung. Nur waren bis dato endlose Verhöre, Folterungen, suggestive Einwirkungen und eine fortgesetzte Überreizung des Nervensystems erforderlich. Tagelang Wassertropfen auf den festgeschnallten Kopf, Schlafentzug, ständiges Anbrüllen, Psychoterror, bis die körperliche und geistige Belastung so groß wurde, dass das Opfer zusammenbrach, wobei sich die politische oder moralische Einstellung in die gewünschte Richtung veränderte, Geständnisse oder Verpflichtungen unterschrieben wurden. Aber diese Methode hatte zwei entscheidende Nachteile: Man konnte das nur mit Leuten tun, die man in der Gewalt hatte, am besten in einem Versteck. Hinzu kam, dass Gehirnwäsche meistens zum völligen Persönlichkeitszusammenbruch führte. Hinterher taugten die so Verhörten zu absolut nichts mehr. Man musste sie eliminieren.

Er, Wetherspoon, hatte einen sicheren Instinkt für die Tatsache, dass die nächste Revolution nicht mit Waffen ausgetragen, auch keine religiöse oder spirituelle sein würde, obwohl Religion und Gewalt die Welt noch ganz gut im Griff zu haben schienen. Nein, die nächste Revolution würde eine Revolution im Kopf sein, dessen war er sich ganz sicher.

Was die Hirnforschung bisher schon hervorgebracht hatte, veränderte das Selbstbild der Menschen tiefgreifend, vielleicht mehr als Kopernikus, mehr als Darwin, mehr als Freud das getan hatten.

Das Pentagon mit seinen Milliarden hatte diese Forschung beeinflusst und unterstützt, eine Forschung, bei der es um den Kosmos in unserem Kopf geht, nicht um Planeten oder die Natur um uns herum. Sie zeitigte Ergebnisse, die unser Bild vom Menschen verändern würde. Radikal.

Aber die Hardliner vom Pentagon mit ihren Befehlsempfängern wie Professor Brown hatten das nicht begriffen. Sie versuchten, zu verstehen, wie das Gehirn arbeitete, um Maschinen und Computer bauen zu können, die Teile, Funktionen des Menschen ersetzten. Der Mensch würde aber nie durch einem Computer ersetzt werden können. Warum? Weil der Mensch, sein Nervenzentrum, sein Gehirn, sich ständig weiter entwickelte. Und weil der Mensch es ist, der den Computer baut und programmiert. Doch der Computer hat einen entscheidenden Nachteil: er wird niemals das haben, was auch die kleinste Bakterie seit Anbeginn der Zeit in sich trägt: das Geheimnis des Lebens, welches sie und alle anderen Lebewesen an die Evolution kettet. Mit den neusten Forschungsergebnissen würde es möglich sein, elektronische Schaltkreise in das Gehirn von Menschen einzubauen, die punktuell ihre Fähigkeiten enorm steigern würden. Aber auch auf diese Weise konnte man keine Perfektion des Menschen erreichen. Das spiegelte nur die Sucht nach einem immer perfekteren Videospiel wieder. Wenn man es einmal gelernt hat, ist das Vergnügen schon vorbei, denn dann hat das Gehirn schon wieder einen Vorsprung herausgearbeitet. Vielleicht wird dieser Vorsprung ja immer kleiner, vielleicht sogar nur noch marginal.

Aber dann geht am nächsten Morgen wie immer die Sonne auf, nachdem das Gehirn sich über Nacht wieder weiterentwickelt hat. Eine neue Generation ist geboren, mit noch leistungsfähigeren Gehirnen, während der Computer noch immer derselbe wie am Vorabend ist.

Wetherspoon war zufrieden mit sich. Revolution im Kopf. Das war sein Ziel. Er, als Führer der mächtigsten Nation der Welt, wollte auch der kleine Mann im Kopf eines jeden Menschen sein, der ihm zuflüsterte, was er zu tun hatte. Um diese Ziele zu erreichen, benutzte er die Erkenntnisse der Hirnforschung. Man musste wissen, wie ein Kopf funktionierte, um ihn dann zu manipulieren, ihn in Schach zu halten, um sein Potential zu begrenzen oder zu erweitern. Vor allem aber, um ihn das tun zu lassen, was er, Wetherspoon, wollte. Das, was die Kirche seit dem Mittelalter über alle Grenzen hinweg geschafft hatte, ein kollektives Gefühlsgedächtnis mit einer gehörigen Portion Angst vor Strafe und Vergeltung zu koppeln, das war wirkliche Macht. Er, Wetherspoon, hatte eine ganz andere Waffe in der Hand, die zuverlässiger und wirkungsvoller, aber vor allem schneller war: Chemie, PB 12. Er musste weder Kathedralen bauen, um seine Schafe zu versammeln, noch als Prophet durch die Wüste ziehen, um mit Entbehrungen oder dem Schwert in der Hand eine Legende aufzubauen. Nein, er konnte im Prinzip jeden erreichen, der einen Computer und ein Telefon benutzte. Dann noch eine Prise Chemie in die Milchlieferung gemischt, schon lag das Unterbewusstsein der Menschen offen vor ihm, bereit dazu, gefüttert zu werden, über das Internet, Gehirnwäsche, ohne dass die Leute es merkten. Perfekt. Er musste nur an die Wechselwähler in den entscheidenden Bundesstaaten herankommen. Wenige Tausend in einer Handvoll Staaten, jene Spezies, die jedes Mal anders wählen, der Prozentsatz, der die Wahlen entscheidet. Und schon wäre er drin, im Zentrum der Macht, lautlos, ohne Folter, ohne Psychoterror ohne riesiges Werbebudget für den Wahlkampf. Es funktionierte einfach so, mit etwas Chemie, mit etwas Technik, mit ein paar Komplizen, ja, und auch mit einer kleinen Dosis eines besonderen Gifts.

34

Julia saß zitternd an dem schweren Holztisch in der Hütte. Nur langsam fand ihr Herz wieder einen normalen Rhythmus. Fassungslos starrte sie auf die Metallbox mit dem kleinen Platindraht. Was aus Wissbegierde und Forscherdrang begonnen hatte, nahm zunehmend bedrohliche Dimensionen an. Bereits im Krankenhaus hatte sie festgestellt, dass in dem Gehirn noch Energie steckte. Sie wusste nicht warum, aber es war so. Die Messgeräte hatten es ihr angezeigt. Aber das, was eben passiert war, sprengte jeden Rahmen.

Ohne Strom und fließendes Wasser saß Julia in ihrem kleinen Versteck in Berthas Hütte, zusammen mit einer Blechkiste, in der sie ein menschliches Gehirn aufbewahrte, das sie gestohlen hatte, zusammen mit sündhaft teuren Messgeräten. Das Krankenhaus hatte ihren Vater angerufen, Bert hatte ihr gesagt, dass die Polizei nach ihr fahnde. Und sie war geflohen! Wovor eigentlich? Wusste sonst noch jemand, was mit dem Gehirn los war? Konnte irgendjemand ihr erklären, was hier eigentlich gespielt wurde? Vor ihr lag ein menschliches Gehirn, das nicht nur irgendwelche kuriosen Restströme oder Restenergien in sich hatte, sondern ihr eine klare Frage gestellt hatte. Entgegen allen physiologischen Gesetzen war es am Leben. Aber wie lange noch?

War das vielleicht bei allen Menschen so, wenn sie sterben? Eine grauenvolle Vorstellung. War sie nur durch ihren Forscherdrang und ihre Neugier, mehr über Near Death Experiences herauszufinden, auf dieses Geheimnis gestoßen? Ohne Zugang zu Professor Browns Forschungslabor und die neuesten technischen Geräte, mit denen diese feine Restenergie erstmals messbar war, wäre das jedenfalls gar nicht erst passiert. Wie auch immer, sie musste das Geheimnis des Gehirns lüften, es verstehen, einordnen. Und sie musste unbedingt ihren Vater anrufen, fiel ihr siedend heiß ein. Der Arme, er macht sich sicherlich Sorgen. Es war nicht fair ihm gegenüber, Hals über Kopf einfach zu verschwinden, ohne ihn zu benachrichtigen.

Julia griff in ihre Tasche und kramte ihr altes Mobiltelefon hervor. Ein einfaches Handy, das Bert ihr geschenkt hatte, damit er sie stets erreichen konnte. Es hatte nur wenige Funktionen, die Julia noch nicht einmal alle kannte, und sie benutzte es fast nie. Nun schaltete sie es ein. Die Anzeige blinkte kurz auf, aber das Display zeigte an, dass sie keinen Empfang hatte. Sie schaltete das Handy noch mal aus und wieder ein, manchmal funktionierte das. Wieder das Gleiche, kein Empfang.

Dann fiel Julias Blick auf das neue Smartphone auf dem Tisch. Es war noch mit dem Laptop und den Messgeräten verbunden. Sie schaltete es ein und gab ihren neuen PIN-Code ein. Aber auch das Smartphone konnte keine Verbindung zum Funknetz herstellen. Sie saß wohl in einem Funkloch. Dann sah sie auf die Uhr, 13.05 Uhr. Vielleicht würde eine Verbindung zustandekommen, wenn sie den Hügel hinabstieg, dorthin, wo ihr Auto stand. Sie würde nur wenige Minuten brauchen, bis sie unten wäre. Versuchen musste sie es. Ihr Vater war bestimmt schon ganz krank vor Sorge.

Mit dem Handrücken kontrollierte Julia die Temperatur der Metallbox, die sich unverändert kalt anfühlte. Sie würde nur so weit hinunterlaufen, bis der Empfang hergestellt war. Entschlossen sprang sie auf, nahm ihr altes Handy vom Tisch und verließ die Hütte. Während des Abstiegs kontrolliert sie immer wieder das Symbol auf dem Display, das ihr anzeigte, wie stark der nächste Funkmast sendete. Als Julia fast unten bei ihrem Wagen war, zeigte das Symbol auf dem Display zumindest eine niedrige Signalstärke an, endlich. Sie wählte. Es klingelte, endlos lange. Schließlich meldete sich ihr Vater.

»Hallo«, hörte sie seine Stimme.

»Dad, ich bin's, Julia.«

Schweigen.

»Dad?«

»Liebes, ist alles in Ordnung? Wo bist du?«

»Alles OK. Mir geht's gut. Ich wollte dich nur anrufen, damit du dir keine Sorgen machst.«

»Du bist gut. Keine Sorgen. Zwei Männer waren gestern hier. Sie sagten, Professor Brown habe sie geschickt. Das Krankenhaus hat auch schon mehrfach angerufen. Was ist los? Wo steckst du?«

»Was für zwei Männer?«

»Weiß ich nicht. Sie hatten unsere Adresse von Professor Brown. Sie wollten dich sprechen. Ich hab gesagt, du seiest nicht da, vermutlich im Krankenhaus. «

»Was haben sie gesagt? Ich meine, was haben sie gesagt, warum sie mich sprechen wollten?«

Schweigen.

»Dad?«

»Liebes, ich habe nichts verstanden.«

»Dad, halte bitte den Hörer richtig!«

»Jetzt geht's besser. Sie hatten ein Foto von dir, aus dem Krankenhaus. Und sie haben das Foto im Flur mitgenommen.«

»Welches Foto?«

»Was?«

»Welches Foto?«

»Na, das von dir und Bertha. Als ihr noch klein wart.«

»Was wollten sie mit dem Foto?«

»Weiß ich nicht, ich habe ja erst nach ihrer Verabschiedung bemerkt, dass es weg war. Das können nur die beiden mitgenommen haben.«

Julia schüttelte den Kopf. »Was haben sie sonst noch gesagt?«

»Oh, sie waren sehr nett. Ich habe gerade mein Zimmer aufgeräumt, als sie kamen …«

Julia hörte nicht mehr zu. Sie sah die Staubwolke, bevor sie den Motor hören konnte.

»Dad, ich melde mich wieder. Mach dir keine Sorgen.«

Julia legte auf. Es war viel zu gefährlich, das alte Handy zum telefonieren zu benutzen. Wer weiß, wer alles ihre Nummer hatte. Sie rannte zu den Büschen, hinter denen ihr Auto versteckt war, kauerte sich unter einen dichten Strauch und wartete. Jetzt konnte sie auch den Motor hören. Es war ein Jeep, weiß mit grüner Aufschrift: »Forest Department, Rattle County«. Er fuhr direkt an ihr vorbei und sie konnte die Insassen sehen. Der Fahrer trug Uniform. Auf dem Beifahrersitz saß ein dicklicher Mann. Und auf den Rücksitzen meinte Julia, ein älteres Paar zu erkennen. Der Uniformierte machte beim Fahren ausladende Armbewegungen, so als führe er die Passagiere spazieren und erzählte ihnen etwas über die Gegend.

Kaum war der Jeep vorbeigefahren, rannte Julia den Hügel bergauf durch den Wald. Da der Jeep nicht angehalten hatte, nahmen die vier Insassen vermutlich den bequemeren Weg von der anderen Seite des Hügels, überlegte sie. Somit hatte sie vielleicht fünf Minuten Vorsprung, wenn sie zügig die Hütte erreichte. Sie lief so schnell sie konnte.

In Marion Springs riss ein junger Agent, der mit der Überwachung von Julias Handy beauftragt war, ein Datenblatt aus dem Drucker.

»Sie hat sich gemeldet. Beim Vater. Das Gespräch war zu kurz, um sie genau zu lokalisieren, aber sie muss irgendwo im Norden von New Jersey sein. Mit der Peilung haben wir sie bald, wenn sie ihr Handy eingeschaltet lässt.« Er gab das Datenblatt Casalle, der den Telefonhörer in der Hand hielt, um Wetherspoon zu informieren.

Julia erreichte die Hütte drei Minuten später mit zitternden Knien. Sie spürte, wie sich ihre Wadenmuskeln zu verkrampfen drohten. Hastig riss sie ihre Tasche vom Boden und warf sie auf den Tisch. Sie schob alles, was auf dem Tisch lag, hinein, Laptop, Kabel, Smartphone und Mikrofon, nahm die Tasche mit einer Hand bei den Henkeln, mit der anderen Hand die Metallbox. So beladen verließ sie die Hütte. Die Fensterläden ließ sie offen, den Korb mit den Lebensmitteln musste sie auf dem Fußboden zurücklassen.

Julia rutschte und stolperte das steile Waldstück hinab wieder zurück zu ihrem Wagen. Sie versuchte, einen klaren Gedanken zu fassen. Zwei Männer waren bei ihrem Vater gewesen. Sie hatten sich nach ihr erkundigt, hatten das alte Foto von ihr und Bertha im Flur mitgehen lassen. Und ein paar Stunden später fuhr ein Jeep des Forest Department in der Nähe der Hütte herum. Sie wurde gesucht!

Sie musste alles aufklären, musste verhindern, dass ihr Vater belästigt wurde. Wenn sie sich selbst stellte, dann erwartete sie vielleicht nur eine kräftige Rüge. Nein, das wäre wohl nicht alles. Vielleicht würde sie in eine andere Abteilung versetzt oder sogar entlassen. Aber sie könnte immer noch als Ärztin arbeiten, wenn auch möglicherweise weit weg von New York. Als sie unten beim Wagen angelangt war, stand ihr Entschluss fest. So schnell wie möglich würde sie nach New York zurückfahren, mit ihrer Tasche samt der Metallbox direkt in Professor Browns Büro gehen, um ihm alles zu erklären. Als die Türen des Skylarks entriegelt und ihre Sachen verstaut waren, war ihre Zuversicht wieder zurückgekehrt. Entschlossen setzte sie sich hinter das Steuer und drehte den Zündschlüssel um. Nachdem sie den Skylark rückwärts aus den Büschen herausgesetzt hatte, wendete sie, gab Gas. Die Hinterräder des Buick drehten durch, so dass eine Staubfahne auf dem sandigen Weg aufgewirbelt wurde. Der Wagen wedelte kurz mit dem Heck, aber Julia fing ihn wieder ein, indem sie etwas Gas wegnahm. Dann beschleunigte sie gerade so viel, dass die Hinterräder nicht mehr durchdrehten. So schnell, wie es der Zustand des Feldwegs zuließ, fuhr sie in die Richtung, aus der der Jeep gekommen war. Ihr Ziel war die Landstraße nach Roescoe, dann die I 95 nach Manhattan.

Auf der vorderen Veranda der Hütte blickte der Begleiter des narbengesichtigen Mannes, der inzwischen in einen Leichensack verpackt worden war, den Hügel hinab. Er sah die Staubwolke, die sich schnell ausbreitend von ihnen weg bewegte, und verfolgte sie mit ungerührter Miene. Dann zog er seine Mundwinkel leicht nach oben und drehte sich lächelnd um. Hinter ihm stand Floyd Parker in der Tür, ihm einen Korb mit Lebensmitteln entgegenstreckend.

»Diese Hütte ist genau das, was wir suchen. Ideal für das, was die Produzenten und der Regisseur sich vorstellen«, sagte er zu Parker, mit gespielter Überraschung auf den Korb mit frischem Obst und Brot blickend.

»Was ist denn das? Es muss wohl kürzlich jemand hier gewesen sein.«

Über Parkers sonnenbeschienene Schulter hinweg sah der Begleiter des Narbengesichts die alte Frau als schwarzen Schatten im Inneren der Hütte. Er beobachtete, wie der Schatten hinter Parker sehr schnell größer und größer wurde. Er griff nach dem Henkel des Korbes, den Parker ihm noch immer entgegenhielt. Als ein starker Ruck durch Parkers ganzen Körper ging, dessen Rückschlag sogar das Nest aus grauen Haaren auf dem Kopf der alten Frau dahinter erschütterte, griff er fester zu. Es gab einen zweiten Ruck, als sie die Nadel aus Parkers Oberschenkel wieder herauszog. Er wartete drei Pulsschläge ab, die Zeit, bis das Gift in Parkers Venen bis in den Brustkorb gepumpt worden war und anfing, seinen Herzmuskel zu strangulieren. Der Jagdhund, der Parker während der ganzen Zeit nicht von der Seite gewichen war, winselte.

Julia hatte das Ende des Feldweges erreicht und bog nach Süden in die Landstraße ein. Nur noch zwei Meilen bis zum Ortsrand von Roscoe. Sie kontrollierte die Tankuhr, stellte fest, dass der Tank noch drei Viertel voll war. Das würde reichen bis New York. Sie spürte, wie sie langsam ruhiger wurde. Julia konzentrierte sich auf das, was sie Professor Brown erklären würde. Als erstes musste sie sich reumütig dafür entschuldigen, dass sie seine Anweisung nicht befolgt hatte. Sie würde ihm sagen, dass sie natürlich nicht gewusst, aber geahnt hätte, dass sie noch Leben in diesem Gehirn finden würde, auch wenn sie diese Ahnung nicht hätte erklären können. Dass sie dieser Vermutung nachgehen wollte, natürlich ohne einen einzigen Menschen zu gefährden. Mein Gott, sie war schließlich Ärztin, Forscherin. Würde er ihr Handeln verstehen oder zumindest nachvollziehen können? Schwieriger war es schon, zu erklären, warum sie das Gehirn mit sich genommen hatte. Weil sie ihren Versuch unbeobachtet fortsetzen wollte? Das war die Wahrheit, bewies aber auch ihr überlegtes, vorsätzliches Handeln. Davon musste sie ablenken. Sie würde direkt vor ihm, auf dem Schreibtisch seines Büros, das neue Smartphone einschalten und ihm zeigen, dass das Gehirn noch so aktiv war, dass es ein Farbenalphabet beherrschte. Er brauchte es nur mit eigenen Augen zu sehen, der Rest würde sich dann von alleine ergeben. Professor Brown würde ihr Vorgehen natürlich auch dann nicht gut heißen, aber als ehrgeiziger Wissenschaftler vielleicht zumindest nachvollziehen können. Schließlich legte sie eine unglaubliche Entdeckung in seine Hände, woraus er sicher Vorteile ziehen würde. Es gab eine, wenn auch geringe Chance, dass er sie schützen würde. Ja, so würde es sein, jedenfalls wollte sie das glauben. Jetzt musste sie nur noch bis zur Klinik durchkommen, dann war der Alptraum vorbei.

Julia hatte Roscoe durchquert und folgte der gewundenen Landstraße Richtung Süden. Sie fühlte sich inzwischen wesentlich ruhiger. Es waren nur wenige Autos unterwegs, das Wetter war schön. In zweieinhalb Stunden könnte sie in New York sein. Sie würde die mächtige George Washington Bridge nach Manhattan nehmen, dann den Hudson Express Way an Harlem, der Upper West Side, Mid Town und Chelsea vorbei bis zur 33. Straße fahren, danach nach Osten abbiegen, um Manhattan bis zur Lexington Avenue zu durchqueren. So konnte sie den Holland Tunnel vermeiden; ihm fühlte sie sich an diesem Tag nicht gewachsen.

Ihr Blick schweifte immer wieder von der Windschutzscheibe auf die Metallbox, die vor dem Beifahrersitz auf dem Boden stand. Hoffentlich hält das Gehirn durch, dachte sie. Und das Handy mit den Programmen. Sie wollte Professor Brown alles genauso zeigen, wie sie es selbst entdeckt hatte.

Julia griff während des Fahrens nach dem Smartphone tastend in ihre Tasche, die auf dem Beifahrersitz lag. Sie zog es heraus, klappte es auf und kontrollierte die Batterieanzeige. Der junge Mann in dem Geschäft in Roscoe hatte ihr geraten, den Akku des Geräts am Anfang dreimal hintereinander vollständig zu entladen, bevor sie ihn jeweils wieder auflud. Damit erreiche sie die maximale Batterieleistung. Zur Sicherheit sollte sie es noch ein viertes Mal vollständig entladen und wieder aufladen. Sie griff in ihre Tasche und suchte das Ladekabel für den Zigarettenanzünder. Sie tastete nach dem Stecker, der in die Buchse des Anzünders passte. Sie zog und zerrte. Das Kabel hatte sich verheddert. Sie bekam es nicht frei. Mit der einen Hand steuerte sie den Wagen, während ihre andere Hand samt Arm bis zum Ellenbogen in der Tasche steckte. Endlich konnte sie das Kabel entwirren und es herausziehen. Es war das Falsche. Das war das Kabel der Rezeptorenfolie. Sie griff wieder in die Tasche und ertastete ein weiteres Kabel. Wieder zog und zerrte sie. Es hatte sich ebenfalls in der Tasche verhakt. Sie hob das linke Knie und klemmte es von unten gegen das Lenkrad, um den Wagen in der Spur zu halten. Jetzt nahm sie auch die linke Hand vom Lenkrad und beugte sich, weiterhin geradeaus schauend, über ihre Tasche auf dem Beifahrersitz. Dann warf sie einen kurzen Blick in das Innere der Tasche. Das Kabel hatte sich mit einem Reißverschluss verhakt. Sie versuchte es zu lösen. Sofort blickte sie wieder auf die Straße und sah den entgegenkommenden Traktor gerade noch rechtzeitig. Beide Hände schnellten zurück ans Lenkrad, ihr rechter Fuß zuckte vom Gaspedal zur Bremse. Das Smartphone flog in den Fußraum unter ihr und kam unter dem Bremspedal zu liegen, so, dass Julia die Bremse nicht mehr voll durchtreten konnte. Der Traktor vor ihr wurde immer größer, rasend schnell. Panik überkam sie, so dass sie davon fast gelähmt nicht mehr richtig reagieren konnte. Der Wagen kam ins Schleudern. Einen Sekundenbruchteil vor dem Aufprall riss Julia das Lenkrad nach rechts und steuerte den Skylark in einen Feldweg am Rand eines kleinen Waldes. Nach 30 Metern kam der Buick mit seinen wippenden Blattfedern endlich zum Stehen.

Julia löste die Finger vom Lenkrad und atmete tief durch. Sie brauchte ein paar Minuten, um sich von dem Schrecken zu erholen. Dann dröselte sie den Knäuel von Kabeln auf, steckte das Ladekabel in den Zigarettenanzünder. Sie fischte das Smartphone aus dem Fußraum heraus, stellte erleichtert fest, dass es keinen Schaden genommen hatte und schloss es an das Ladekabel an. Dann schnappte sie sich ihr altes Handy und schaltete es sicherheitshalber aus. Sie musste vorsichtig sein.

Vom Bildschirm des jungen Agenten in Marion Springs verschwand das blinkende Symbol, das dort Julias Position auf einer Kartengrafik anzeigte. Der Agent stand sofort auf, um Casalle darüber zu informieren.

Hastig kontrollierte Julia, ob das Gehirn bei dem Manöver zu Schaden gekommen war. Sie riss den Deckel der Metallbox hoch. Das Gehirn schwebte ruhig in seiner Flüssigkeit. Es schien unversehrt. Sie verschloss die Metallbox wieder und öffnete die Wagentür. Die Staubwolke, die ihr Bremsmanöver verursacht hatte, hing noch in der Luft. Sie ging um den Wagen herum, um sich zu vergewissern, dass mit dem Skylark alles in Ordnung war. Als sie wieder einsteigen wollte, sah sie einen Polizeiwagen mit eingeschaltetem Blaulicht 30 Meter von ihr entfernt die Landstraße entlangrasen. Instinktiv duckte sie sich und sah ihm nach. Ein zweiter Polizeiwagen folgte ihm. Julia sprang in den Buick, startete eilig den Motor, setzte den Wagen in Bewegung. Nach fünfhundert Metern mit etlichen Biegungen wand sich der Feldweg durch einen Wald den Hügel hinauf. Im Schritttempo begann sie, den Hügel zu erklimmen. Jetzt konnte sie sicher sein, dass ihr Wagen von der Straße nicht sichtbar war. Auf halber Höhe blieb sie stehen, stieg aus und verschloss den Skylark. Dann stieg sie durch den Wald aufwärts, bis sie an der

Flanke des Hügels den Waldrand erreicht hatte. Von hier hatte sie einen guten Ausblick auf das nächste Tal. Vor ihr schlängelte sich die gewundene Landstraße an Gehöften vorbei durch die Landschaft. Nur wenige hundert Meter entfernt – so schätzte sie – stand eine Straßensperre bestehend aus Polizeiwagen, die so aufgestellt waren, dass nur noch eine schmale Gasse blieb. Im Schritttempo ließen die Polizisten die ankommenden Autos einzeln passieren, nachdem sie die Insassen kontrolliert hatten. Am Straßenrand meinte Julia, den geparkten Jeep der Forstbehörde erkennen zu können, um den mehrere Menschen herum standen. Julia zog sich in den Wald zurück. Sie hatte keinen Zweifel daran, dass die Straßensperre ihr galt. Sie suchten sie, wollten sie verhaften. Sie wussten, wo sie war. Ein Gefühl der Angst bemächtigte sich ihrer.

Was hatte es mit dem Gehirn auf sich? Warum wurde so ein Aufwand betrieben, um sie zu finden? Auf einem Baumstamm neben ihrem Auto sitzend, dachte sie über ihre Situation nach. Sie hatte zwei Möglichkeiten: den Wagen zu wenden, den Feldweg hinunter, dann auf der Landstraße direkt in die Polizeisperre hinein zu fahren und sich verhaften zu lassen. Sie konnte sich aber auch verstecken, abwarten, bis es dunkel wurde und dann einen anderen Weg nach New York nehmen, um Professor Brown zu erreichen, bevor sie der Polizei in die Hände fiel. Bei der ersten Variante wäre sie die Verantwortung schnell los, aber die Konsequenzen wären vermutlich weit unangenehmer. Sie würde zunächst in Gewahrsam genommen werden. Für den Rest ihres Lebens würde bei jeder strengeren Polizeikontrolle das Datum ihrer Verhaftung auf den Polizeicomputern erscheinen. Sie würde verhört werden. Sicher, alles war erklärbar, aber die Aussicht, es mit der Polizei zu tun zu bekommen, war wenig verlockend. Bei der zweiten war sie gezwungen, sich versteckt zu halten. Sie musste in der Dunkelheit einen Weg nach New York finden, zurück zum Krankenhaus. Von dort aus könnte sie leichter mit den Konsequenzen fertig werden, im Schutz ihres professionellen Umfeldes, im Schutz des mächtigen Professor Brown. Und die Wahrscheinlichkeit, dass sie noch mehr über das Gehirn erfahren würde, war größer. Die Polizei wusste zwar, wo sie sich ungefähr befand, aber eben nicht ganz genau. Zwar waren sie ihr auf den Fersen, hatten sie aber noch nicht erwischt. Es dürfte nicht allzu schwer sein, die Landpolizei ein bisschen hinters Licht zu führen. Auch die Forstaufsichtsbehörde. Wen noch?

Ab jetzt war Julia auf der Flucht, eine Situation, die sie sich nie hätte träumen lassen. Merkwürdigerweise fühlte sie sich nicht allein bei diesem Abenteuer. In ihrem Wagen, auf dem Boden vor dem Beifahrersitz, lag der Grund für ihre Situation: ein »amputiertes« Gehirn, das noch aktiv war. Nicht etwa ein Geldkoffer oder ein wichtiges Dokument, das sie gestohlen hatte. Nein ein menschliches Gehirn, ein Objekt, das irgendwie noch lebte, das ihren Schutz brauchte, für das sie Auge, Nase und Körper sein musste, so lange, bis es wieder in Sicherheit war, bis sie wusste, was in ihm vorging, was mit ihm geschehen war, bis sie ihm Ruhe verschaffen und es sterben konnte. Wer anderes als gerade sie, die es aus seinem, ja was, Koma, Schlaf, Tod, gerissen hatte, war für es verantwortlich?

»Mr. Wetherspoon, wir wissen, wo sie ist. Wir haben bis vor kurzem eine Peilung zu ihrem Handy gehabt. Sie befindet sich in einem Radius von nicht mehr als drei, höchsten fünf Meilen um eine Straßensperre, die wir haben aufstellen lassen.« Casalle sprach schnell, sachlich.

»Was heißt gehabt?«, schnarrte Wetherspoons ungeduldige Stimme aus dem Hörer.

»Sie hat es abgeschaltet. Wir versuchen, das Handy von hier aus wieder einzuschalten, damit wir die Peilung wieder herstellen können.«

»Wenn Sie die Peilung haben, rufen Sie hier an. Unternehmen Sie nichts. Ich kümmere mich persönlich darum. Haben Sie verstanden?«, sagte Wetherspoon barsch.

»Aber wir haben ...«

»Schluss jetzt. Wir haben die Polizei, die Forstbehörde, die Marshalls und wen sonst noch am Hals. Wir können nicht den halben Staat verrückt machen. Ich muss jetzt schon eine Menge Erklärungen finden. Stellen Sie die Peilung her. Sonst nichts. Wenn Sie die Position haben, schalten Sie durch. Ab jetzt gibt es nur noch eine Maxime: Lautlosigkeit.«

»Wie Sie wollen. Wir bleiben dran«, antwortete Casalle, hörbar missgelaunt.

»Und noch was: Der Bunker bleibt vorläufig unter Quarantäne. Sagen Sie, es sei eine Übung. Kein Kontakt zu irgendwem. Klar?«

»Ja, Sir. Geht in Ordnung. Die Überwachungscomputer sind abgeschaltet.«

»Lassen Sie die Beimischung von PB 12 aber weiter laufen. Unnötig, auch diese zu stoppen. In spätestens acht Stunden wissen wir mehr.«

»Gut, Sir. Sobald sich etwas tut, rufe ich Sie an.«

Wetherspoon hatte bereits aufgelegt. Er musste nur eines herausfinden: Hatte diese junge Ärztin an dem Gehirn feststellen können, welche Wirkung PB 12 hatte? Wenn ja, dann musste er es als erster erfahren. Mein Gott, nur 60 von fast 300 Millionen möglichen Testpersonen. Dass einer starb, das war denkbar. Aber dass einer starb, sein Gehirn entnommen wird und dann auch noch mit einer Ärztin aus dem Labor verschwindet, wer konnte damit rechnen?

Sie hatte fünfzehnhundert Dollar abgehoben. Sie musste etwas entdeckt haben. Und von ihrem Vater wusste sie, dass sie gesucht wird. Vielleicht hatte sie auch schon die Straßensperren erkannt. Er nahm den Ordner auf seinem Tisch und schlug ihn auf. Auf der ersten Seite prangte Julias Foto.

»Du warst zur falschen Zeit am falschen Ort«, sagte er zu dem Foto der jungen Frau. »Du wirst mich nicht stoppen«. Dann klappte er den Ordner zu, ruhig, besonnen, ohne jede Spur von Aufregung.

Der Motor des Skylark sprang sofort an. Sie legte den ersten Gang ein und ließ das Auto in Schrittgeschwindigkeit weiterrollen, tiefer in den Wald hinein, dorthin, wo mannshohe Büsche ihr genügend Deckung boten, um das Auto verstecken zu können. Als sie eine geeignete Stelle gefunden hatte, stieg sie aus und ging wieder hinaus an den Waldrand, von wo aus sie den Hügel hinab und in die Ebene sehen konnte. Die Polizeisperre war immer noch da. Auch der Jeep. Aber außer der Sperre konnte sie keine weiteren Aktivitäten beobachten.

Sie mussten ihren Korb in der Hütte gefunden haben. Also wussten sie, dass sie dort gewesen war. Mit vier Straßensperren würde es ihnen gelingen, Roscoe hermetisch abzuriegeln und jedes Auto, das Roscoe verlassen wollte, zu kontrollieren. Aber hier, außerhalb von Roscoe, hatte sie eine gute Chance, sich bis zum Abend versteckt zu halten. Solange sie nicht mit Hubschraubern und Hundestaffeln nach ihr suchten, würden sie sich schwer tun, sie hier im Unterholz zu finden.

Julia ging zurück zu ihrem Wagen und stieg ein. Sie kontrollierte die Ladeanzeige ihres neuen Smartphones. Es war fast ganz voll, nur der letzte Strich fehlte noch. Sie nahm das Kabel der Folie, um es einzustöpseln. Dann ergriff sie den Stecker des Prozessors des künstlichen Ohres und steckte ihn in die kleine Buchse. Sie hievte ihre Tasche auf den Rücksitz, nahm die Metallbox vom Boden und stellte sie auf den Beifahrersitz neben sich. Nun griff sie wieder nach ihrem Smartphone. Sie schaltete es ein, während ein NSA-Satellit 63 Meilen über ihr den Bezirk Rattle County nach dem Signal ihres alten Handys absuchte. Ohne Erfolg.

Julia öffnete das selbst erstellte Programm, gespannt den kleinen Bildschirm des Smartphones beobachtend. Das Mikrofon baumelte vor ihrer Brust, das Smartphone lag auf der Lenksäule vor ihr. Durch die Speichen des Lenkrades hindurch konnte sie dessen Display bequem sehen.

35

»... RAT ... TOOO ... TER ... WOOO ... HIII ... DOO ... AAAT ...«, las sie auf dem Schirm. Das Gehirn schien ihr etwas sagen zu wollen.

»Da bin ich wieder«, sprach sie in das Mikrofon vor ihrer Brust.

»... WER ...«

Sie konnte die Anstrengung, die das Gehirn unternahm, um Worte zu formulieren, fast spüren.

»... WER SIND SIE ...?«

Julia spürte einen Stich. Diese Frage hatte das Gehirn bereits mehrfach gestellt, sie hatte sie nie beantwortet. Das Gehirn hatte ein Recht darauf zu wissen, wer sie war, was sie mit ihm gemacht hatte und warum sie es in einer Metallbox durch die Gegend trug. Sie hatte dagegen kein Recht, mit dem Gehirn so umzugehen wie bisher. Wie ein Kind hatte sie es behandelt, vielleicht weil es so klein, so verwundbar war, sich ganz in ihrer Gewalt befand. Das Gehirn war aber kein kleines Kind. Brian Belucci war ein gestandener Mann Mitte Fünfzig gewesen. Sie musste ihn mit allem Respekt behandeln. Sie durfte ihn nicht duzen wie bisher.

»Ich heiße Julia, Julia Cameron. Ich bin Ärztin.«

»... WAS ... IST ... PASSIERT ...?«

»Sie hatten einen Unfall.«

»... WANN ...?«

»Gestern Morgen. Erinnern Sie sich an irgendetwas?«

»... NEIN ...«

»Sie kamen ins Krankenhaus. Sie sind ...« Julia stockte.

»... TOT ...«, erschien auf dem Bildschirm.

»Woher wissen Sie das?«, fragte Julia.

»... ICH SPÜRE NICHTS ...«

»Haben Sie Schmerzen?«, fragte Julia.

»... BAUCH ...«

»Haben Sie Schmerzen im Bauch?«

«... JA ...«

Julia wusste, wie Phantomschmerzen entstehen. Das Gehirn hatte einfach noch nicht realisiert, dass die entsprechenden Körperteile fehlen.

»Sie hatten schlimme Bauchverletzungen.« Julia spürte, dass jetzt der Punkt gekommen war, an dem sie dem Gehirn erklären musste, in welcher Lage es war.

»Ich kann Ihnen nicht sagen, wie das passiert ist, aber Sie sind bei dem Unfall gestorben und trotzdem können wir miteinander sprechen. Das, was Sie hören, kommt von einem künstlichen Ohr, das ich an Ihr Gehirn angeschlossen habe. Aber Sie können nicht nur hören, sondern auch denken und sich verständlich machen. Über eine Rezeptorenfolie kann ein Computerprogramm scannen, an welche Farben Sie denken. Anscheinend verknüpfen Sie Farben mit Buchstaben bzw. Silben. Sie haben gelernt, an welche Farben Sie denken müssen, um Buchstaben und Silben zu produzieren und damit Worte zu bilden. Und Sie können sie in die richtige Reihenfolge bringen, so dass ich Sie verstehen kann.«

»... OHREN ...«

»Ja, Sie haben ein künstliches Ohr.«

»... WO ... SIND ... MEINE ... OHREN ...?«

Julias Stimme wurde zittrig. »Ihre Ohren sind nicht mehr da.«

»... WARUM ...?«

Julia kämpfte mit den Tränen. »Es ist so: Sie hatten einen Unfall, einen schweren Unfall. Sie sind ins Krankenhaus eingeliefert worden.

Es hat eine Autopsie gegeben. Und … man hat … Ihre Frau war einverstanden, dass man, also …«, Julia rang um Fassung, «Ihre Organe für die Forschung nutzt.«

»… OHREN ABGENOMMEN …?«

»Nein, das Gehirn.«

»… DAS GEHIRN …?«

»Ja, man hat Ihr Gehirn dem Schädel entnommen, für Forschungszwecke. Es tut mir ja so leid.«

»… WO IST DAS GEHIRN …?«

»Es ist hier. Bei mir. Ihr Gehirn ist hier. Sie sind das Gehirn. Sie sind hier.«

Oh Gott, was rede ich für einen Schwachsinn, fuhr es Julia durch den Kopf.

»… UND JETZT …?«

»Jetzt müssen wir erst einmal herausfinden, warum Ihr Gehirn noch lebt. Wenn wir das wissen, dann können wir zusammen entscheiden, was wir tun sollen. OK?«

»… ABER ICH BIN DOCH TOT …«

»Nein, Sie sind noch nicht tot. Ihr Körper ist nicht mehr da, aber Sie leben noch. Sie können mich hören und ich kann sehen, was Sie denken.

»… ANGST …«

»Sie brauchen keine Angst zu haben. Solange wir reden können, kann nichts passieren.

»… WIE LANGE …?«

»Ich kenne die Antwort nicht. Ich weiß nicht, wie lange wir reden können, wie viel Zeit wir haben.«

»… ZEIT …«

»Was ist mit der Zeit?«

»… KEINE ZEIT … ICH SPÜRE … KEINE ZEIT …«

»Ich verstehe. Sie wissen nicht mehr, was Zeit ist. Sie haben kein Zeitgefühl mehr. Ist es das?«

»... JA ...«

»... WO ... SIND ... SIE ...?«

»Ich sitze hier neben Ihnen. Wir beide sind in meinem Auto, ich auf dem Fahrersitz und Sie auf dem Beifahrersitz. Vor mir habe ich einen kleinen Bildschirm, auf dem ich lesen kann, was Sie denken, was Sie mir sagen.«

»... WOHIN ...?«

»Im Moment fahren wir nirgends wohin. Wir warten hier. Wir sind in einem Wald. Nicht weit von New York.«

»... WARUM ...?«

»Weil, weil wir uns im Moment nicht bewegen dürfen. Wir müssen uns, na ja ..., verstecken. Nachdem die Autopsie durchgeführt wurde, habe ich durch Zufall entdeckt, dass Sie noch, wie soll ich sagen, dass Ihr Gehirn irgendwie noch lebt. Und dann habe ich Sie mitgenommen. Ich konnte es niemanden erklären. Ich dachte, so schnell merkt das keiner. Aber anscheinend ist die Hölle los. Die Polizei sucht mich, sucht uns. Ich wollte mit Ihnen wieder zurück nach New York, ins Krankenhaus, alles erklären. Aber die Polizei hat Straßensperren errichtet. Deshalb warten wir hier bis es dunkel wird, und dann fahren wir zurück. Oder mir fällt noch etwas anderes ein, ich muss darüber nachdenken. Verstehen Sie mich?«

»... UND ... DANN ...?«

»Und dann wird man untersuchen, wieso Sie ..., Ihr Gehirn noch aktiv ist, wieso noch Energie fließt, woran das liegt.«

»... NEIN ...«

»Nein, Sie wollen das nicht?«

»... NEIN ...«

»Was soll ich sonst tun? Ich kann doch nicht ewig mit Ihnen durch die Welt fliehen. Aber zunächst müssen wir sehen, dass wir von hier weg kommen.«

»... MEDIZIN ...«

»Brauchen Sie Medizin? Sind Sie krank und nehmen regelmäßig Medizin ein?«

»... NICHT ... KRANK ...«

»Hmmm, ... auch nicht psychisch krank?«

»... NEIN ...«

»Sie sind nicht krank. Haben Sie trotzdem irgendwelche Medikamente bekommen?«

»... JA ...«

»Wissen Sie, welche?«

»... NEIN ...«

»Sie wissen nicht, was Sie eingenommen haben? Hat ein Arzt Ihnen die Medikamente verschrieben?«

»... NEIN ...?«

»Spüren Sie eine körperliche Wirkung der Medikamente?« Julia zuckte. Was für eine blöde Frage. Das Gehirn konnte doch nichts mehr spüren.

»SCHWEISS, ... ÜBEL, ... HERZ ... RASEN.

Julia überlegte. Das klang nicht nach Phantomschmerzen. Schweißausbrüche, Übelkeit, Herzrasen, das waren typische Entzugserscheinungen. Vielleicht litt das Gehirn unter der fehlenden Weiterversorgung mit einem bestimmten Medikament. »Wissen Sie, was man Ihnen gegeben hat?«

»... NEIN, KOPF ...?«

»Man hat Ihnen Medikamente für den Kopf gegeben? Für die Nerven?«

»... KOPF, ... GEDANKEN ...«

Julia bemerkte, wie sich das Gehirn abmühte, die richtigen Worte zu finden, wie es um jedes Wort ringen musste. Aber sie konnte es jetzt nicht in Ruhe lassen. »Was meinen Sie? Ich verstehe Sie nicht.«

«MEINE GEDANKEN … IRGENDWIE … ANDERS …, ENTSCHIEDENER, ENTSCHLOSSENER ALS FRÜHER.«

Julia konnte damit nichts anfangen und fragte weiter. »Wie oft haben Sie die Medizin genommen?«

»… WEISS … NICHT …«

»… GEDANKEN … ANDAUERND … ANDERS …«

»Vielleicht haben Sie die Medikamente jeden Tag eingenommen. In welcher Form hat man Ihnen das Zeug verabreicht? Und wie oft?«

»WEISS NICHT, … KEINE TABLETTEN, KEINE SPRITZEN.«

»Vielleicht über die Nahrung. Gibt es irgendetwas, was Sie täglich zu sich nehmen, ein bestimmtes Fleisch, Gemüse, ein Getränk, vielleicht Kaffee?«

»… MILCH …«

»Wo haben Sie die Milch gekauft?«

»… MILCH … JUNGE …«

»Ein Milchjunge hat sie gebracht. Sie haben die Milch geliefert bekommen? Jeden Tag?«

»… JA …«

»Also noch mal: Sie sind nicht krank, aber man hat Ihnen wahrscheinlich ein Medikament gegeben. Sie spüren, dass Sie das Medikament jetzt nicht mehr bekommen, Sie haben so etwas wie Entzugserscheinungen. Das Medikament hatte eine bestimmte Auswirkung auf Ihre Gedanken, hat sie verändert. Vielleicht werden Ihre Gedanken sogar manipuliert. Sie haben das Medikament möglicherweise jeden Tag eingenommen, vielleicht mit der Milch oder mit einem anderen Nahrungsmittel. Wissen Sie, wer das veranlasst hat? Und wenn ja, warum?«

36

Der Mann lehnte in lässiger Haltung an der Seitentür des Jeeps der Forstaufsichtsbehörde und beobachtete die Straßensperre. Seit einer Stunde stand er hier, und es tat sich absolut nichts. Von Julia weit und breit keine Spur. Seine Mitfahrer, das ältere Paar, hatte er in Roscoe abgesetzt, damit sie die Straßen der kleinen Stadt nach Julia absuchten. Vor allem die Frau hatte ihn tief beeindruckt. Er hatte schon viel von ihr gehört, sie war berüchtigt. Noch nie hatte er einen so gefühlskalten Menschen kennengelernt. Unter der Tarnung des alten Großmütterchens steckte eine skrupellose Tötungsmaschine. Sie war wie er selbst damals, im kalten Krieg, weit hinter dem eisernen Vorhang, in der Sowjetunion im Auftrag der CIA tief in die Hierarchie der kommunistischen Partei vorgedrungen. Wie auch andere Kollegen lebten sie als Wissenschaftler jahrelang in Russland. Als Agenten gingen sie vollständig in der fremden Kultur auf, fühlten als Russen, dachten als Russen, heirateten Russen und bekamen russische Kinder, perfekt assimiliert. Von den Vereinigten Staaten waren sie isoliert, bis auf die wenigen sorgsam getarnten Kontakte zur ihren amerikanischen Führungsoffizieren. Oft hatten sie jahrelang keinen Auftrag, sie waren so genannte »Sleeper«, bis sie scheinbar aus heiterem Himmel wieder aktiviert wurden.

Sie blieben lange unbehelligt, bis im Rahmen der Abrüstungsverhandlungen und der damit verbundenen diplomatischen Annäherung unter der Reagan Regierung ein schmutziger Deal geschlossen wurde, der zur Enttarnung der eigenen Agenten im jeweils gegnerischen Block führte. Dutzende Agenten wie sie wurden denunziert, ausgeliefert, geopfert. Doch dann tauchte Wetherspoon auf. Er war der Meinung, dass man die Leute nicht der gegnerischen Seite ausliefern dürfe. Schließlich handelte es sich um hoch qualifiziertes Personal, das den Vereinigten Staaten und auch ihm weiterhin nützlich sein konnte. Es gelang ihm, einige von ihnen zu retten. Mit halsbrecherischen Manövern hatte er diese Leute nach Hause gebracht und sich anschließend um sie gekümmert, ihnen eine neue Identität verschafft, eine neue Aufgabe gegeben. Wetherspoon hatte ihn, Nicholelis, einen alkoholabhängigen ehemaligen Hirnchirurgen sogar zum Koordinator der neurologischen Forschungsaufträge des Pentagon ernannt, allein ihm verantwortlich.

Die alte Frau gehörte zu Wetherspoons Truppe für besondere Einsätze. Sie war eigentlich Chemikerin. Desillusioniert glaubte sie nicht mehr an das Leitbild der Vereinigten Staaten, an den American Dream. sondern nur noch an ihren Retter Wetherspoon. Nur noch ein einziges Motiv trieb sie an: Hass, geprägt durch die Enttäuschung, ihr Lebenswerk zerstört zu sehen. Das Leben »Undercover« in Russland, der Tod der Zwillinge, die sie bei der Geburt verlor, und die anschließende Geburt eines behinderten Sohnes hatten aus ihr eine Bestie gemacht. Wetherspoon nannte sie seine »Klapperschlange«. Er konnte sich ihren neuen Namen einfach nicht merken.

Nicholelis spuckte aus, zog seine Hose über die Hüften und rieb nachdenklich den Fleck auf seinem karierten Hemd. Die Zielperson konnte unmöglich durchgefahren sein, bevor die Sperre errichtet wurde. Zudem wusste er, dass weiter weg an allen auch nur in Frage kommenden Auffahrten zur I 95 zivile Polizeiwagen standen, die nach einem roten Buick Skylark Ausschau hielten. Die Order kam direkt aus Washington. Die Beamten glaubten, sie suchten einen weiblichen Kurier eines Agentennetzwerks mit terroristischem

Hintergrund. Höchste Sicherheitsstufe und absolute Verschwiegenheit waren angeordnet worden. Wetherspoon verstand sein Geschäft. Die Frau mit dem Skylark musste Wind von der Sache bekommen und sich irgendwo versteckt haben. Aber so groß war das County nun auch wieder nicht. Also musste sie noch irgendwo hier in der Nähe sein. Aber wie sollte man sie suchen, in dieser hügeligen, waldigen und unübersichtlichen Gegend? Er sah sich um. Wälder und dazwischen weites, gepflegtes Farmland, ein hübscher Anblick. Die Sonne des Spätnachmittags ließ die Weizenfelder in einem warmen Gelbton erstrahlen. Ganz hoch über ihm zogen kleine, weiße Wolkenfetzen über den stahlblauen Himmel des Maiabends. Irgendwo da oben, unsichtbar, raste der NSA-Satellit der Erddrehung hinterher und versuchte vergeblich, Julias Handy ganz in der Nähe, irgendwo in den Hügeln, einzuschalten. Vielleicht war sie doch abgebrühter als sie alle dachten, überlegte er.

Er sah zurück auf die Straße und beobachtete, wie die Polizisten ein Fahrzeug nach dem anderen kontrollierten. Nach mehreren Stunden schien ihre Wachsamkeit langsam nachzulassen. Inzwischen winkten sie die Autos, sobald sie die Insassen aus der Nähe sehen konnten, einfach durch, ohne sie anzuhalten. Er war versucht, hinüberzugehen, um sie wieder wachzurütteln. Aber je weniger sie ihn aus der Nähe sahen, desto verschwommener würde ihre Erinnerung später an ihn sein. Also blieb er am Straßenrand stehen.

Ein alter Cadillac rollte auf den Kontrollposten zu. Drinnen saßen zwei alte Leute, ängstlich die Papiere hochhaltend. Der Polizist winkte sie durch. Dann folgte ein Pickup mit zwei jungen Kerlen, den Ruten und Bierkisten auf der Ladefläche nach zu schließen, unterwegs zum Angeln. Danach ein Mann, der wie ein Vertreter aussah, in einem neuen goldfarbenen Mittelklasse-Chrysler. Schließlich ein mittelgroßer, weißer Lieferwagen mit grellgelber Aufschrift und einer riesigen orangeroten Garnele auf der Seitenwand. Der Polizist stoppte den Wagen. Er beugte sich hinein.

Nicholelis sah desinteressiert vom Straßenrand zu. Er las die Aufschrift: »Fundy Bay Seafood - East Coast Express - Call 1-800-GREAT-SEAFOOD - Same Day Delivery«. Der Polizist wollte offenbar den Laderaum sehen. Eine Frau stieg aus. Mit geübtem Auge taxierte er sie. Jeans, ein dicker, dunkelgrauer Matrosenpullover, darüber ein weißer Kittel, auf dem Kopf eine weiße Ballonmütze mit der gleichen, idiotischen Garnele, die auf dem Auto abgebildet war. Die Frau musste kurze Haare haben, jedenfalls konnte man keine sehen. Sie öffnete die Ladetüren am Heck des Wagens. Der Polizist beugte sich hinein, stocherte lustlos in etwas herum, das er nicht erkennen konnte, und tauchte mit angewidertem Ausdruck wieder auf. Sicher eine Ladung stinkender Fisch, dachte der Mann. Jetzt fuhr der Lieferwagen gerade wieder an. Er sah ihm nach. Auf dessen weißer Rückwand spiegelte sich die Sonne in einem warmen Gold.

37

Julia atmete tief durch. Sie blickte auf den Bildschirm ihres neuen Handys.

» ... WOHIN ...«

»Wohin wir fahren? Wir fahren jetzt nach New York. Aber vorher schauen wir bei mir zu Hause vorbei. Es wird nicht lange dauern.«

Julia überschlug, wie viel Zeit sie hatte. Sie war zu Fuß über die Felder Richtung Roscoe gegangen und hatte sich am Ortsrand auf dem Parkplatz eines Lobster King umgesehen. Dort hatte sie den Jungen gesehen, der einen Lieferwagen abstellte. Sie wollte den Wagen nicht stehlen, nur ausleihen. Schließlich war sie in einer Notlage. Die Metallbox versteckte sie im Laderaum in einer Kiste mit frischen Tintenfischen. Die glitschigen Tiere würde bei einer Kontrolle niemand in die Hand nehmen wollen. In der Kabine lag ein dicker Pullover und ein Kittel. Mit der passenden Mütze auf dem Kopf, unter der sie ihre Haare verstecken konnte, war sie fast perfekt getarnt. Der Autoschlüssel war hinter der Sonnenblende deponiert. Bis der Wagen als gestohlen gemeldet und zur Fahndung ausgeschrieben würde, würden mindestens zwei, wenn nicht drei Stunden vergehen.

Und es war gut gegangen. Der Polizist hatte mit spitzen Fingern nur die vorderen Kisten mit den Schwertfischhälften etwas verschoben. Bis in den hinteren Teil war er gar nicht vorgedrungen.

Julia konzentrierte sich darauf, die vorgeschriebene Geschwindigkeit genau einzuhalten. Sie durfte auf keinen Fall auffallen. Sie fuhr in der mittleren Spur der I 95 in Richtung New York. Es war inzwischen fast dunkel. Bis zur Abfahrt, die auf die Landstraße nach Hause führte, waren es noch 25 Meilen. Sie öffnete das Fenster einen Spalt, um die noch laue Abendluft einzuatmen.

»Wir sind bald da. Wir halten nur kurz. Ich muss sehen, ob mit Vater alles in Ordnung ist. Ihn haben sie auch schon aufgesucht und nach mir gefragt«, sprach sie in das Mikrofon.

» ... WO ...«

»Nur ungefähr eine halbe Stunde von Manhattan entfernt. In New Jersey.«

Julia überlegte. Sie könnte von zu Hause aus Professor Brown anrufen, sich stellen. Mein Gott, dachte sie, jetzt bin ich eine Kriminelle. Ob Vater das verstehen würde?

Es war bereits dunkel, als Julia die I 95 verließ. Mit ihrem Lieferwagen ordnete sie sich in die Schlange der heimkehrenden Pendler ein. Sie durchquerte die Vorstadtsiedlung, sah im Licht der Scheinwerfer die weißen Weidezäune aufblitzen und näherte sich im langsam ausdünnenden Verkehr der Hügelkette, auf deren Kamm das Haus ihres Vaters stand, ihr Elternhaus. Schließlich war sie allein auf der Straße. Vor sich und hinter sich konnte sie keine Scheinwerfer anderer Wagen sehen.

Sie bremste, hielt unten im Tal an, schaltete die Scheinwerfer aus. »Sie bleiben bitte hier und warten. Ich bin gleich zurück«, sagte Julia zu dem Gehirn. »Du bist ja total schräg«, schimpfte sie halblaut vor sich hin. Wie hätte das Gehirn auch weggehen können?

Dann stieg sie aus und stieg auf den Kamm des Hügels. Mit dem Wagen bis zum Haus zu fahren, hatte sie nicht gewagt. Sie befürchtete, dass dort die Polizei auf sie wartete. Wie eine Diebin muss ich mich anschleichen, dachte sie sich.

Julia nahm den schmalen Weg durch den Wald, kämpfte sich durch das dichte Gebüsch. Sie kannte jeden Strauch hier. Während ihrer

Kindheit waren diese Hügel ihr Revier gewesen. Hier hatte sie als Zwölfjährige gespielt, als sie an einem Nachmittag oben vom Haus kommend die Stimme ihres Vaters hörte, der nach ihr rief. Sie würde diese Stimme nie vergessen. Der verzweifelte Tonfall war ihr durch Mark und Bein gegangen. Sie war sofort zurück zum Haus gelaufen, den gleichen Weg, den sie jetzt nahm. Ihr Vater hatte auf der Bank im Garten gesessen, in sich zusammengesunken. Julia hatte damals gleich gewusst, dass etwas Schreckliches passiert war. Sie war in seine Arme geflogen. Mit welcher Verzweiflung ihr Vater sie an sich gedrückt und mit gebrochener Stimme, dicht an ihrem Ohr, geflüstert hatte, konnte sie sich noch heute genau erinnern:

»Mum ist etwas passiert. Sie kommt nicht wieder. Wir beide sind jetzt allein.«

Julia war am Rande des Gartens angekommen. Sie spähte durch die Büsche zum Haus. Eine leichte Brise trug ihr den Duft der zwei Rosensträucher neben dem Haus in die Nase, deren frühe Maiblüten in dieser Stunde ein besonders süßes Aroma absonderten, um die letzten noch herumschwirrenden Insekten zur Bestäubung zu verführen.

Ihr Atem hatte sich wieder beruhigt. Das Herz schlug gleichmäßig. Sie sah das kleine, gemütliche Haus still im Garten stehen. Es war kein Licht zu sehen. Nirgendwo. Ihr Vater schien nicht zu Hause zu sein.

Dann sah sie einen Lichtreflex. Ganz schwach, aber sie konnte ihn gerade noch wahrnehmen. Die Scheibe der Terrassentür reflektierte den letzten Rest Licht der hinter dem Horizont untergegangenen Sonne. Sie hörte das leise »Plop«, mit dem die Tür am Schloss anschlug. Es ist jemand im Haus, dachte sie. Versteckt sich. Ohne Licht. Wartet auf mich.

Dann sah sie den Reflex wieder, als die Tür sich im leichten Wind wieder öffnete. Julia starrte angestrengt auf die Tür, suchte nach den Umrissen eines Schattens. Sie konnte nichts erkennen.

Die Terrassentür schwang wieder zu. Wieder das »Plop«. Nur der Wind, dachte sie, Gott sei Dank nur der Wind. Aber warum war die Terrassentür offen, wenn ihr Vater nicht zu Hause war?

In der Deckung der Bäume schlich sie sich näher an das Haus heran. Konzentriert versuchte sie, Geräusche wahrzunehmen, die ihr die Gegenwart eines Menschen verraten hätten. Als sie bei der Bank angekommen war, auf der sie in der Frühe immer ihren Kaffee trank, blieb sie stehen. Es war nichts zu hören. Mit einem Finger stupste sie die Terrassentür an, bis sie offen stand. Stille. Mit einer raschen Bewegung schlüpfte sie ins Haus und stand im Dunkel des Wohnzimmers. Sie fühlte ihr Herz pochen. Das einzige, was sie hörte, war die alte Standuhr ihres Vaters, die gleichmäßig tickte. Sie tastete sich vor, bis sie die Rücklehne des Sofas fühlten konnte. An dem weichen Rückenpolster hangelte sie sich bis zu dessen Ende entlang, gespannt in die Dunkelheit starrend. Das leise »Plop« hinter ihr ließ sie herumfahren. Wieder nur die Tür, stellte sie erleichtert fest. Sie folgte der Schmalseite des Sofas und spürte das Ende des Teppichs unter ihren Füßen. Drei, höchstens vier Schritte vor ihr musste die Tür zum Flur sein. Ihre Finger berührten die Wand, strichen über den Lichtschalter, weiter bis zum Türrahmen. Sie krochen an dem Holz entlang, bis sie feststellte, dass die Tür offen stehen musste. Sie ging hindurch und hielt inne, lauschte wieder.

Dann schaltete sie das Licht ein. Sie stand genau vor dem Spiegel. Von ihrer Stirn glotzte sie die lachende Garnele an. Julia musste grinsen. Sie riss sich die Mütze von Kopf und ihre Haare fielen auf ihre Schultern und den ungewohnten Pullover herab. Ihr Gesicht war blass.

»Dad?«, flüsterte sie in den Flur hinein. »Daddy?«, etwas lauter jetzt. »Vater? Bist Du da? Ich bin's!«

Keine Antwort. Julia ging hinüber zur Treppe, um in den ersten Stock zu steigen. Auf halber Höhe hörte sie im Keller die schwere Pumpe anspringen. Es muss irgendwo Wasser laufen, dachte sie, und stieg rasch weiter hinauf. Oben angekommen lief sie auf Zehenspitzen durch die Räume. Im Schlafzimmer war er nicht. Sie öffnete die Tür zum Badezimmer ihres Vaters. Ein schwacher Wasserstrahl floss aus dem Hahn des Waschbeckens. Sie betrat das Bad und sah im Schein des Flurlichts hinter der Tür einen grauen Schopf aus dichten Haaren. Er lag auf dem Boden. Sie erstarrte vor Entsetzen und spürte, wie sich ein nie gekannter Schauder ihrer bemächtigte. Ihr Blick folgte dem Körper, der leblos auf dem Bauch lag. Sie tastete hinter sich nach dem Lichtschalter.

»Dad?«, stammelte sie, während sie zu Boden stürzte und den Puls ihres Vaters suchte. Aber sie konnte keinen Puls mehr ertasten. Ihr Vater war tot.

38

»Das Gegenteil von Liebe ist nicht Hass, der Gegensatz von Hoffnung ist nicht Verzweiflung, der Gegensatz von geistiger Gesundheit und gesundem Menschenverstand ist nicht Wahnsinn, und der Gegensatz von Erinnerung heißt nicht Vergessen. Sondern jedes Mal ist der Gegensatz nur Gleichgültigkeit«, stand auf dem Zettel.

Julia kauerte auf dem Boden der kleinen Mansarde, die ihr Vater als Arbeitszimmer genutzt hatte. In dem Papierkorb hinter der Tür hatte sie unzählige zerknüllte, gelbe Post-it Zettel gefunden. Sie hatte sie alle glatt gestrichen, auf dem Boden vor sich ausgebreitet und versuchte nun, ein Puzzle zusammenzusetzen, welches ihr Aufschluss darüber geben sollte, warum ihr Vater gestorben war. Julia hatte nicht erkennen können, was ihn getötet hatte. Im Badezimmer hatte sie allerdings ein leeres Schlaftablettenröhrchen neben dem Waschtisch gefunden. Jedenfalls hatte er es nicht mehr geschafft, den Wasserhahn wieder ganz abzudrehen. Deshalb lief die Pumpe im Keller immer noch. Das sonst so vertraute Geräusch hörte sich gruselig an.

»Fürchte dich nicht vor deinen Feinden – im schlimmsten Fall können sie dich töten. Fürchte dich nicht vor deinen Freunden – im schlimmsten Fall können sie dich verraten. Fürchte dich vor den Gleichgültigen: Sie töten weder, noch verraten sie, aber nur mit stillschweigender Zustimmung gibt es auf der Welt Mord und Verrat.«

Auf der Rückseite des Zettels, auf dem dieser Satz stand, hatte ihr Vater den Namen »Oscar R.« gekritzelt.

Warum hat er nicht normales Papier für seine Notizen genommen?, überlegte Julia. Warum diese flüchtige Form der Post-it Zettel? Waren das einfach Gedächtnisstützen oder Sonderlichkeiten des Alters? Oder hatte er auf den Zetteln das notiert, was ihn wirklich bewegte, er aber dem Computer nicht anvertrauen wollte?

Sie sah hinüber zum Schreibtisch, auf dem der Computer gestanden hatte. Der flache Bildschirm lag mit dem Display nach unten auf dem Tisch. Der Rechner fehlte ganz. Auch das Telefon und der Anrufbeantworter waren verschwunden. Jemand hatte die Sachen mitgenommen. Die Polizei? Aber die hätte seine Leiche nicht einfach so liegen lassen.

Sie erinnerte sich an ihr letztes Telefonat mit ihrem Vater, als sie noch in Rattle County war. Zwei Männer waren bei ihm gewesen, hatte er erzählt. Am darauf folgenden Tag hatte sie mit ihm telefoniert. Zu diesem Zeitpunkt schien alles noch in Ordnung. War später noch einmal jemand da gewesen? Darauf deutete der fehlende Rechner, das fehlende Telefon und der fehlende Anrufbeantworter hin. War ihr Vater umgebracht worden? Oder hatte sich ihr Vater das Leben genommen, vielleicht erst an diesem Nachmittag, nachdem er ein weiteres Mal besucht worden war? Warum sollte er Selbstmord begangen haben? Wenn ihr Vater umgebracht worden war, wer könnte das gewesen sein? Hatte das etwas mit ihr zu tun? Mit ihrem Verschwinden? Mit dem Entwenden des Gehirns? Soweit sie wusste, hatte ihr Vater mit niemandem Streit. Er führte das zurückgezogene Leben eines pensionierten Philosophieprofessors. Er war ja kaum einmal zum Einkaufen aus dem Haus gegangen. Stunden- und tagelang saß er an seinem Computer, surfte, chattete und twitterte im Internet. Sie glättete mit fliegenden Fingern einige Zettel erneut.

»Ihr errichtet den Propheten Grabstätten und schmückt die Denkmäler der Gerechten ...«

»... und sagt dabei: Wenn wir in den Tagen unserer Väter gelebt hätten, wären wir nicht ...«

»... wie sie am Tod der Propheten schuldig geworden. Damit bestätigt ihr selbst ...«

»... dass Ihr die Söhne der Prophetenmörder seid.«

Was konnte das heißen? Es klang wie ein Bibeltext. Jesus und die Pharisäer? Die Zweischneidigkeit von Denkmälern? Wenn sie doch nur etwas bibelfester wäre. Julia suchte weiter.

»Alles was wir haben, alles was uns bleibt, sind die Tränen und das Lächeln.«

Als Julia das las, brach sie in Tränen aus. Sie saß immer noch auf dem Boden, ihr ganzer Körper zitterte. In ihrem Kopf ging alles durcheinander. Ihr Vater war tot, nebenan im Badezimmer lag seine Leiche. Sie hatte ein gestohlenes Auto unten am Hügel stehen, darin wartete das von ihr entwendete Gehirn eines Unfalltoten, das noch arbeitete, das noch denken konnte, das mit ihr sprach. Und sie saß in der Verkleidung einer Fischhändlerin im Arbeitszimmer ihres Vaters und sortierte dessen ordnungslose, chaotische Post-it Zettel. Es schien ihr sehr wahrscheinlich, dass der Tod ihres Vaters mit ihrer Flucht mit dem Gehirn zu tun hatte. Hatte er gewusst, dass sie in Gefahr schwebte? Hatte man ihm am Ende vorgegaukelt, dass sie tot war?

Das Gehirn in ihrem Auto war möglicherweise manipuliert worden. Sie wurde gesucht, die Polizei war involviert. Wer noch? Am Ende die Regierung? Oder sogar ihr Vater? Handelte es sich um geheime Versuche? Der Schlüssel zur Lösung dieses Rätsels musste das Gehirn sein, das in ihrem Auto lag. Sie musste jetzt nachdenken, wie sie weiter vorgehen sollte. Sie durfte keine Fehler machen. Um klarer denken zu können, machte sie sich hastig einen starken Kaffee, der kaum trinkbar war. Ihr Blick fiel auf die Teedose und das daneben stehende Honigglas. Dabei lächelte sie traurig.

Julia wusste jetzt, was sie zu tun hatte. Sie musste auf eigene Faust den Tod ihres Vaters aufklären. In dieser Situation durfte sie keinesfalls riskieren, sich zu stellen und das weitere der Polizei zu überlassen. Die würde ja nur einen Selbstmord feststellen, ob dies nun zutraf oder nicht, und der Sache nicht weiter auf den Grund gehen.

Julia wühlte in den Zetteln nach weiteren Hinweisen, einer E-Mail-Adresse oder einer Telefonnummer. Irgendetwas, was es ihr ermöglichte, einen neuen Ansatzpunkt zu finden, zu entdecken, wer auf der anderen Seite stand und sie verfolgte – und ihren Vater auf dem Gewissen hatte.

Sie versuchte, sich in ihren Vater hineinzuversetzen. Was würde ein schrulliger, alter Mann tun, der seinem Leben ein Ende setzen wollte, vielleicht, weil er sich für den Tod seiner Tochter verantwortlich fühlte? Sie blickte sich im Zimmer um, so als würde sie es jetzt in diesem Augenblick zum allerersten Mal betrachten. Was fiel ihr auf? Sie sah die Bücherregale, das Fenster, die Vorhänge, die gerahmten Diplome an der Wand, die Fotos.

Julia stand auf und nahm eines der Fotos von der Wand. Sie erkannte ihren Vater in jungen Jahren. Er stand inmitten einer vielleicht fünfzigköpfigen Gruppe von Studenten auf dem Rasen vor dem Universitätsgebäude. Ein typisches Foto zu Semesterende. Dann drehte sie es um, um zu sehen, in welchem Jahr es gemacht wurde. Auf der Rückseite des Fotos klebte ein weiterer Post-it Zettel:

»www.us.darpa.mil«

Sie nahm die anderen Fotos von der Wand und drehte sie um. Auf einem klebte ein weiterer Zettel.

»www.neurological-studies-duke-university.com«

»info@us.gov.langley.com«

Und noch einer: »a.casalle@us.gov.nsa.com«

E-Mail-Adressen, Internetadressen, ihr Vater hatte alles in akribischer Handschrift als Gedächtnisstütze notiert und auf die Rückseite der Fotos geklebt. Es musste irgendeinen Grund haben, dass er die Adressen hinter Bildern versteckt hatte. Seinem nachlassenden Gedächtnis, seinem Misstrauen dem Computer gegenüber, war es jedenfalls zu verdanken, dass sie jetzt eine Reihe von Kontakten hatte, die ihr vielleicht weiterhelfen konnten. Man war hinter ihr her, aber noch hatte sie niemand gefunden, weder die Polizei, noch die ungebetenen Besucher.

Sie klebte die Zettel in ihr Notizheft, klappte es zu und steckte es in ihre Hosentasche. Dann lief sie hinüber in ihr Zimmer. Dort nahm sie eine kleine Reisetasche aus dem Schrank und packte ein paar Kleidungsstücke hinein. Anschließend ging sie in ihr Badezimmer. Sie öffnete das Spiegelschränkchen auf der Suche nach Utensilien, die sie für unterwegs benötigte, Zahnbürste, Zahncreme, Seife. Im obersten Fach war eine Sammlung kleiner Miniaturflakons verschiedener Parfums untergebracht. Hinten rechts lugte ein größerer, breiterer Flakon hervor. Sie nahm ihn zur Hand: Es war eine eckige Parfumflasche mit goldenem Deckel. Um den Hals war eine blasslila Schleife drapiert. Das Etikett des Flakons war schon etwas abgegriffen. Gerade noch lesbar war der Name des Parfums: »Violetta di Parma«.

Gianluca, schoss es Julia durch den Kopf. Ihr Auslandssemester in Italien. Ihre kurze Romanze mit dem jungen Wissenschaftler aus Parma. Gianluca, der damals, vor vier Jahren, den Spiegelzellen im Gehirn auf der Spur war. Sie starrte den Flakon in ihrer Hand an. Die schöne alte Apotheke der Benediktinermönche, romantische Abendessen in den Trattorien von Parma, Ausflüge in seinem alten Fiat zu Weingütern in der Emilia Romagna, Nachmittage voller Zärtlichkeiten in seiner kleinen Studentenmansarde des alten Palazzos und die Besuche in seinem Institut an der Universität von Parma. Die Affen, festgeschnallt, den Kopf voller Elektroden, die knatternden Oszillografen, jedes Mal wenn einer der Forscher vor den Augen eines Affen eine Nuss aus einem Sack nahm und sie sich zum Mund führte. Und die Aufregung der Wissenschaftler, wenn sie eine neue Spiegelzelle im Gehirn der armen Tiere entdeckt hatten.

Seitdem hatte sie nie wieder von Gianluca gehört. Ihre Hand schloss sich fester um den Flakon, so als könne er ihr neue Kraft geben. Sie steckte ihn in ihre Tasche zu den anderen Sachen. Im Flur stellte sie das Gepäckstück ab, betrat das Badezimmer, beugte sich über ihren Vater und drückte ihm einen letzten Kuss auf die kalte Stirn. Sie löschte die Lichter, stieg die Treppe hinab. Wie in Trance verließ sie ihr Elternhaus.

39

Julia lief zurück zum Auto. Sie strauchelte, doch sie durfte sich jetzt nicht ihrer Trauer hingeben, durfte sich jetzt keine Schwäche erlauben. Sie musste funktionieren, handeln. Erst einmal galt es zu überlegen, wohin sie weiterfuhr. In den USA würde man sie angesichts der breit angelegten Suchaktion bald finden. Sie musste weg von hier. Aber wohin? Kannte sie jemand im Ausland? Die Parfumflasche kam ihr wieder in den Sinn. Zu Gianluca? Nach Italien? Das war eigentlich ein Wunschtraum, der sicher nicht zu verwirklichen war. Aber im Moment fiel ihr nichts Besseres ein. In jedem Fall musste sie überlegt vorgehen. Am besten fuhr sie erst mal zum Flughafen. Weit weg wollte sie auf alle Fälle.

Julia drehte den Zündschlüssel um, löste die Handbremse, trat aufs Gaspedal, alles mechanisch. Zurück auf der Straße hielt sie Ausschau nach einem vertrauenswürdig aussehenden Menschen, doch in der Dunkelheit war die Gegend menschenleer. Schließlich fuhr sie zu einer Tankstelle. Sie erzählte eine verworrene Geschichte, die sie sich ausgedacht hatte, gab vor, kein Handy bei sich zu haben, und bat den Tankwart, die Polizei zu benachrichtigen und in die Adresse Roseway 54 zu schicken. Der Tankwart runzelte die Stirn, zögerte, griff aber trotzdem zum Hörer. Julia war bewusst, dass auch dies ein Risiko war, aber sie konnte ihren Vater doch nicht einfach so liegen lassen.

Dann setzte sie ihren Weg fort. Es war jetzt 22.30 Uhr. Um zum Flughafen zu gelangen, musste sie Manhattan durchqueren. Sie fuhr den gleichen Weg durch New Jersey, den sie drei Tage zuvor in Richtung Krankenhaus genommen hatte. An jenem Tag hatte sie sich an den farbenfroh blühenden Gärten erfreut, die Stille genossen. Jetzt nahm sie ihre durch das fahle Licht der Straßenlaternen mehr verschleierte als erhellte Umgebung nur noch als grau, schemenhaft und abweisend wahr, konzentrierte sich ganz auf die Fahrt und die Lösung ihres Problems. Eins war klar, es musste etwas mit dem Gehirn zu tun haben. Sie musste es herausfinden. Sie schaltete das neue Handy an.

»Mein Vater ist tot. Er liegt oben im Haus. Vielleicht hat er sich umgebracht. Ich muss herausfinden, warum? Können wir sprechen? Darf ich Sie noch etwas fragen?«

»... JAAA, ..., SCHRECKLICH. TUT ... MIR ... SO ... LEID!«

Haben Sie eine Vorstellung, was die Medikamente oder Drogen, die Sie eingenommen haben, bewirken?

»... PSYCHISCHE ... EPIDEMIE ...«

»Was meinen Sie damit konkret?«, fragte sie in das Mikrofon vor ihrer Brust.

» ...«

Julia bemerkte, wie das Hirn um Worte, um Farben kämpfte.

»VERHALTEN ... DURCH ... SUGGESTION ..., BOTSCHAFTEN, ... STARKER ... AFFEKT, ... INFEKTION, ... EPIDEMIE.«

Julia dachte nach. Eine psychische Infektion nennt man das Phänomen, das Einstellungen beziehungsweise Meinungen, Urteile oder Handlungsmaximen, Denk- und Gefühlsschemen in gleicher Weise wie eine ansteckende Grippe übertragen werden. Daraus kann, genau wie bei einer Grippe, eine Epidemie entstehen, eine psychische Epidemie.

»Aber wodurch ist diese Epidemie entstanden?«

»... INTERNET ...«

»Haben Sie das aus dem Internet gelernt?«

»... ÜBER ... INTERNET ...«

»Das hat Sie über das Internet erreicht, meinen Sie?«

»... UNSICHTBAR ... SICHTBAR ...«

Julia überlegte, was das zu bedeuten hatte.

»Ja, unsichtbare Beeinflussung gibt es. Vor vielen Jahren hat man häufig darüber gesprochen. Zum Beispiel wurde im Fernsehen mitten in der laufenden Sendung immer wieder ein Produkt eingeblendet, jedoch so kurz, dass der Zuschauer es gar nicht bewusst wahrnahm. Aber der Sinneseindruck gelangte dennoch in das Unterbewusstsein der Zuschauer. Allerdings funktionierte das nur, wenn das Produkt schon bekannt war. Als Erinnerung daran, dass es existiert und zur Auslösung eines Kaufreizes. Mit dieser Maßnahme versuchte man also, den Zuschauern den Wunsch, das beworbene Produkt zu besitzen, zu suggerieren. Damit wurde gleichzeitig ein psychischer Druck aufgebaut, das Gleiche wie die Anderen zu tun. Jeder will dazugehören. Wenn man einer gleichgesinnten Gruppe angehört, vermittelt das Sicherheit. Man fühlt sich bestätigt.«

»... ÄHNLICH ... WIE ... GOEBBELS«

»Ja, Sie haben Recht. Die Nazis hatten schon damals erkannt, was eine psychische Infektion ist und wie man daraus eine psychische Epidemie macht. Hitler war in der Geschichte der Menschheit der erste Diktator, der die Möglichkeit hatte, gleichzeitig zu vielen Millionen Menschen in ihren Wohnungen zu sprechen und der diese Möglichkeit auch konsequent für seine Ziele einsetzte. Über das Radio, den Volksempfänger. Das spielte eine entscheidende Rolle für seinen Erfolg.«

»VOLKSEMPFÄNGER ... INTERNET«

»Das Internet hat die Rolle des Volksempfängers übernommen.«

Julia konnte die Gedanken und Aussagen des Gehirns kaum fassen. Unglaublich, was dieser Klempner aus Queens alles im Kopf hat, dachte sie. Aber möglicherweise hatte es mit seinem Beruf und seinem Bildungsstand gar nichts zu tun. Die Ursache lag vielleicht ganz woanders. Möglicherweise waren verschiedene Schubladen im Gehirn, die sonst verschlossen waren, durch eine Droge geöffnet wurden. Einmal deblockiert, war es vielleicht leistungsfähiger als die meisten anderen Gehirne. Dieses Gehirn jedenfalls hatte Zugang zu Informationen gehabt, die aus dem Rahmen fallen, die möglicherweise am Bewusstsein vorbei gerauscht und direkt ins Unterbewusstsein eingesickert waren. Es konnte Informationen wiedergeben, die anderen Menschen nicht zur Verfügung standen. Plötzlich erinnerte sich Julia an die Details aus der Krankengeschichte Beluccis: »In der Jugend erfolgreicher Schachspieler.« Schachspielen fördert die Intelligenz, so dass diese Menschen häufig einen höheren Intelligenzquotienten als die Durchschnittsbevölkerung hatten. Vielleicht waren im Unterbewusstsein von Brian Belucci besonders viel Wissen und Informationen hinterlegt. Aber das führte jetzt zu weit. Julia versuchte, sich wieder auf die Antworten von Brian Belucci zu konzentrieren.

Über das Internet, hatte das Gehirn gesagt. Über das Internet wurde die psychische Epidemie übertragen. Sie versuchte zu deuten, was das Gehirn ihr noch mitgeteilt hatte.

»SICHTBAR ... UNSICHTBAR«, erinnerte sie sich, auf dem kleinen Bildschirm gelesen zu haben. Funktionierte es wie die Werbung, die sich am Bewusstsein vorbei direkt ins Unbewusste schlich und das Konsumverhalten der Menschen beeinflusste? Dann handelte es sich auch hier um unsichtbare Botschaften, die nur für das Unterbewusstsein sichtbar waren. Aber ihr Vater bastelte bestimmt nicht an Werbebotschaften. Was sie auf seinen Zetteln gelesen hatte, war wahrscheinlich eher politisch gemeint. Sie erinnerte sich an eines der Post-its im Büro ihres Vaters. Wer war Oscar R.?

Julia war sicher, dass es einen Zusammenhang zwischen dem Tod ihres Vaters und ihren Erlebnissen geben musste. Sonst wäre nicht alles an dem Tag passiert, an dem sie entdeckt hatte, dass das Gehirn noch lebte. Möglicherweise aufgrund irgendwelcher Wirkstoffe, die man dem Gehirn verabreicht hatte, ohne dass es dies bemerkte. Vielleicht, weil es mit unterschwelligen Botschaften aus dem Internet gefüttert wurde, Botschaften, die eine psychische Epidemie auslösen konnten. Eine politische Epidemie? Oder eine religiöse? Aber wer da draußen manipuliert Menschen aus politischen oder religiösen Motiven? Außer Terroristen? Die Regierung? In ihrem Kopf ging alles durcheinander.

Drogen spielten eine Rolle, oder »Medizin«, wie das Gehirn es genannt hatte. Vielleicht Adrenalin und Amphetamin, oder LSD? Dann sprach es von Botschaften. Die aber, soviel war sicher, keine Werbebotschaften waren, sondern etwas anderes. Hatte das Hirn am Ende Halluzinationen? Nein, dafür wirkte es viel zu konzentriert. Sie erinnerte sich, gehört zu haben, dass LSD-Konsumenten Wahrnehmungen besonders intensiv erleben und kein Zeitgefühl mehr hatten. Hatte das Gehirn nicht so etwas erwähnt? Julia, schweife nicht ab! Konzentriere dich auf die Botschaften, rief sie sich zur Ordnung. Diese Botschaften wurden über das Internet verbreitet. Und dein Vater hatte irgendetwas damit zu tun.

Aber was? Ihr Vater hatte sich bezichtigt, der Gleichgültigkeit zum Opfer gefallen zu sein, und hatte geglaubt, dass seine Gleichgültigkeit Mord und Verrat ermöglichte. Natürlich, das war es. Der nachmittägliche Besucher hatte ihrem Vater gesagt, dass ihr etwas zugestoßen war. Und er hatte es geglaubt, fühlte sich schuldig, weil er irgendwie damit zu tun hatte. Aber wie?

Ein konkreter Hinweis fehlte ihr. Wer steckte dahinter? Was war das Ziel der Gehirnmanipulationen? Wurden noch andere Gehirne so missbraucht? Und wenn ja, wie viele?

40

Es war 23.15 Uhr, als Julias »geliehener« Fischlieferwagen im Holland Tunnel den Hudson River unterquert hatte und an der ersten Ampel in der Nähe des Meat Districts halten musste. Früher war der Meat District ein total heruntergekommenes Viertel im Westen Manhattans gewesen, das hauptsächlich aus schmutzigen, meist aufgegebenen Lagerhallen des frühen 19. Jahrhunderts bestand, in denen jahrzehntelang Schlachtbetriebe ihren Großhandel untergebracht hatten. Millionen Tiere waren hier in Empfang genommen worden, nachdem sie, von den saftigen Weiden der Staaten New York oder New Jersey in klapprige Lastwagen gepfercht, mit aufgerissenen Augen und vertrockneten Zungen nach mehrstündiger Fahrt in den Hallen des Meat Districts abgeliefert worden waren. In den großen Lagerhallen mit ihren zerbröckelnden Fassaden und dem gebrochenen Glas der riesigen Lichtdome wurden die Tiere geschlachtet, zerteilt, portioniert, verpackt und dann verkauft. Noch heute hatte man den Eindruck, den Geruch von Blut und Tod wahrnehmen. Kein Wunder, dass die ersten Sadomaso-Clubs New Yorks sich im Meat District angesiedelt hatten. Die fast kostenlos vermieteten Hallen hatte man notdürftig mit etwas Farbe hergerichtet. An den Wochenenden wurden hier wilde SM-Parties veranstaltetet. Dann konnte man beobachten, wie sich die sonst verlassenen Gehsteige mit blank geputzten Limousinen füllten, Pärchen in langen Ledermänteln die Gehsteige entlangeilten, bis sie hinter einer nur mit einer schwachen farbigen Lampe markierten Tür verschwanden.

Schließlich war der Meat District schick geworden. Immobilienhaie und Spekulanten hatten ganze Straßenzüge aufgekauft, renoviert,

Lofts saniert. Die ersten Cafés stellten Tische und Stühle auf die Gehsteige. Zunächst kamen die Künstler, denen SoHo und das Village zu teuer, aber auch zu langweilig geworden waren. Dann zogen die ersten Wall Street Hot Shots ein. Täglich eröffneten neue Geschäfte. Nach wenigen Jahren war der Meat District saniert. New York hatte mit seiner schier unbegrenzten Energie ein Stück von sich selbst neu erfunden. Bis auf wenige Ecken. An so einer Ecke stand Julia jetzt.

Julia beobachtete die Ampel und ließ ihren Blick rechter Hand zu einem Schaufenster schweifen. Dort spiegelte sich in der Nachtbeleuchtung die Silhouette ihres Wagens. Sie konnte die Konturen ihres Kopfes hinter dem Steuer erkennen. Etwas fehlte. Die Mütze, erschrak sie. Ich habe die Mütze nicht wieder aufgesetzt. Ihre »Tarnung« war nicht mehr perfekt. Hastig angelte sie die Kopfbedeckung aus der Tasche hervor, steckte ihr Haar hoch und schob es unter die Schirmmütze mit der knallroten Garnele vorne über der Stirn. Sie kontrollierte den Sitz im Rückspiegel. Plötzlich hörte sie ein lautes Klopfen an der Scheibe neben sich. Erschrocken fuhr sie herum. Sie sah zwei lange, sehnige, von Fell bedeckte Tierbeine neben ihrem Wagenfenster aufragen und nervös auf der Stelle tänzeln.

Dann beugte sich ein Kopf zu ihr herab, der eine Kappe mit dem Schild der New Yorker Polizei trug. Ein schnauzbärtiger Polizist sah sie von seinem Pferd heruntergebeugt freundlich an.

Hastig ließ Julia das Fenster herunter und blickte dem Polizist in die Augen.

»Madam, hier in New York gibt es nur ein Grün, für den Fall, dass Sie noch auf ein anderes warten«, sagte er mit irischem Akzent und deutete mit seinem behandschuhten Finger auf die Ampel. Julia sah den Polizisten wie ein Gespenst an, brachte irgendwie ein Lächeln zu Stande und stammelte: »Oh, Officer, danke schön.«

Der Polizist legte kurz die rechte Hand an die Schläfe und ließ sein Pferd mit einem »Klick Klack« seiner schnalzenden Zunge antraben.

Vom Meat District kommend überquerte Julia den Broadway, dessen Gehsteige mit Tausenden von Touristen bevölkert waren. Die letzte Musical Vorstellung des Tages war gerade beendet. Die Menschen sahen sich nach Restaurants und Bars um. Julia war eingefangen von den bunten Lichtern. Dies war das normale New Yorker Nachtleben, das für sie nun ganz weit weg war.

Vom Broadway aus durchquerte sie den zu dieser Stunde verlassen wirkenden »Sewing District« mit seinen zahllosen Schneidereien, die meisten von ihnen indisch oder chinesisch. Sie hielt sich nördlich von Little Italy, für sie eine Art lebendes Museum für das, was die Amerikaner unter italienischer Lebenskunst verstehen. Auf diese Weise vermied sie China Town, den fast autonomen, festen Block chinesischer Geschäftsinteressen. Dorthin wagte sich kaum ein Polizist, der nicht chinesischer Abstammung war. Anschließend nahm Julia auf der Ostseite Manhattans den Mid Town Tunnel unter den East River hindurch, der sie auf den Queens Express Way brachte. So durchquerte sie Jamaica, Jackson Heights und das ehemalige World Expo Gelände und fuhr dann durch Brooklyn hindurch Richtung John F. Kennedy Flughafen. Sie musste telefonieren. Mit dem neuen Smartphone? Niemand kannte die Nummer. Trotzdem, lieber nicht!

Wenige Meilen vor dem Flughafen verließ sie den Express Way und ließ den Lieferwagen eine abgenutzte Rampe herunterrollen. Sie fand sich in einem Wohnviertel mit Backsteinbauten wieder, von denen keines höher als drei Stockwerke war. Langsam fuhr sie die Straßen entlang, bis sie eine belebtere Gegend mit Geschäften gefunden hatte. Julia ließ den Lieferwagen in eine große Parklücke gleiten, löschte das Licht, nahm ihre Mütze ab. Sie kontrollierte, ob das Gehirn noch an seinem Platz war, öffnete die Tür und stieg aus. Gegenüber, auf der anderen Gehsteigseite, sah sie, was sie gesucht hatte.

41

Julia hatte sich in die Schlange der wartenden Kunden eingereiht. Auf dem Gehsteig stehend beobachtete sie die schwatzenden Menschen vor dem kleinen Laden in Brooklyn, der mit großen, grellen Neonbuchstaben als 24/7 International Callshop für seine Dienste warb. Vor ihr standen Araber in traditioneller, bodenlanger Tracht, Afrikaner und westlich gekleidete Chinesen, die auf eine Verbindung nach Hause warteten. In der Hand hielt sie das Notizbuch mit den aufgeklebten Telefonnummern und Internetadressen.

Gianlucas Telefonnummer hatte sie in ihrem alten, abgewetzten Telefonbüchlein gefunden. Julia hatte keine Ahnung, ob die Adresse noch stimmte, ob er noch die gleiche Telefonnummer hatte. Würde er sich überhaupt an sie erinnern? Doch, das würde er schon, da war sie sich letztlich sicher. Schneller als erwartet war sie an der Reihe. Die kaugummikauende, mindesten einhundertfünfzig Kilo wiegende Rezeptionistin saß eingeklemmt in einer winzigen Kabine und blickte aus großen schwarzen Augen unter ihrem grell bunten Turban durch das kreisrunde Loch in der Plastikscheibe zu Julia. Sie gab ihr wortlos eine Plastikkarte mit der Nummer drei darauf und wies mit ihrer Hand zu der entsprechenden Kabine.

Der Geruch in der Zelle nahm Julia fast den Atem. Die schmale Schiebetür ließ sich nicht richtig schließen. Fast ungedämpft drang das aufgeregte Sprachengewirr aus den anderen Kabinen bis zu ihr durch. Sie wählte Gianlucas Nummer. Nach einigem Knacken ertönte das Freizeichen. Sie schaute auf die Uhr. In Italien musste es jetzt sechs Uhr morgens sein.

»Pronto«, klang eine müde Stimme aus dem Hörer.

Julias Herz raste. Sie erkannte die nasale Stimme sofort. »Gianluca?«, fragte sie trotzdem.

»Si. Chi é?«

»Hier ist Julia. Aus den USA. Erinnerst du dich?«

»Julia?«, kam es nach einigen Sekunden, »Julia aus New York?«

»Ja, erinnerst du dich an mich? Es tut mir leid, wenn ich dich geweckt habe.«

»Mein Gott. Was machst du? Wo bist du?« Gianlucas Stimme klang jetzt wacher.

»Ich bin in New York. Ich ...« Julia zögerte. Sollte sie ihm erklären, warum sie ihn nie mehr angerufen hatte? Nein, das war jetzt zu kompliziert. Sie entschied sich, gleich mit der Tür ins Haus zu fallen. »Entschuldige bitte, dass ich jetzt einfach so anrufe. Ich brauche Hilfe. Ich weiß nicht, an wen ich mich sonst wenden kann.«

»Ist etwas passiert?«

»Ja ... Nein, eigentlich ja, ich hab das Parfum gefunden, Aus Parma. Erinnerst du dich?«

»Violetta di Parma. Ja ich erinnere mich. Und deswegen rufst du an? Um diese Zeit?« Gianlucas Stimme klang sehr skeptisch.

»Nein, nein natürlich nicht. Ich muss dir was erzählen. Es ist ganz dringend, aber es geht nicht am Telefon.«

Julia bemerkte, wie ihre Stimme zitterte. Sie hörte Gianluca gedämpft mit jemandem italienisch sprechen. Dann vernahm sie eine Frauenstimme. Julia wartete.

»Gianluca?«, fragte sie nach einer Weile in die Muschel. Stille.

»Gianluca«, setzte sie wieder an, aber sie wurde unterbrochen.

»Julia, es ist schön, dass du anrufst, aber ist es vielleicht möglich, dass wir später sprechen?«

»Gianluca«, Julias Stimme war jetzt wieder fest und entschlossen,

»Ich bin keine hysterische Ex-Freundin, die nach vier Jahren früh morgens mit fadenscheiniger Begründung anruft und beruhigt werden muss. Ich rufe an, weil ich Hilfe brauche. Und weil ich sonst niemanden habe, dem ich vertrauen könnte. Ich bin in etwas verwickelt, was mir über den Kopf zu wachsen droht. Arbeitest du immer noch im Institut?«

»Ja, klar, immer noch. Aber was ist vorgefallen? Was kann oder soll ich jetzt für dich tun?«

Julia war froh, dass er pragmatisch reagierte, auch wenn ihr der vorsichtige Unterton in seiner Stimme nicht entgangen war.

»Arbeitest du immer noch an deinen Spiegelzellen?«

»Ja, aber das kannst du auf der Website der Universität nachlesen. Wir sind sehr viel weiter gekommen. Julia hörte, während er sprach, dass der Atem eines anderen Menschen dicht an der Muschel war. Hielt er den Hörer so, dass die Frau in seinem Bett mithören konnte? Nein, das würde er ihr nicht antun.

»Gianluca, ich hab etwas entdeckt, per Zufall, was ungeheuerlich ist. Es hat mit deiner Arbeit zu tun, jedenfalls im weiteren Sinne. Jemand ist hinter mir her, der nicht will, dass das, was ich entdeckt habe, bekannt wird. Es ist eine ziemlich undurchsichtige Geschichte. Ich werde gesucht. Ich kann nirgendwo hin. Ich dachte ...« Julia holte zum entscheidenden Satz aus. »Ich hoffte, du könntest mir helfen, nach Italien zu kommen.«

Es entstand eine Pause in der Leitung. Julia hörte, wie Gianluca wieder italienisch sprach. Dann meldete er sich wieder. Im Hintergrund hörte sie eine Tür schlagen.

»Wer ist hinter dir her?«

»Ich glaube, es sind Behörden der Regierung. Anscheinend haben die einen Versuch gemacht, der irgendwie schief gelaufen ist. Ich habe so etwas wie ein Beweisstück.« Julia stockte. Beweisstück, wofür eigentlich?, überlegte sie. Sie konnte doch Gianluca nicht mitten in der Nacht erklären, dass sie mit einem Gehirn geflohen war, das noch Lebenszeichen von sich gab.

»Gib mir ein Stichwort. Du rufst nach vier Jahren an und willst sofort zu mir kommen. Ich helfe dir gerne, aber gib mir einen Anhaltspunkt.«

Julia überlegte. Vor ihr stieg das Bild des Doms von Parma auf, die nur von Kerzen erleuchteten Rundbögen, das glühende Kuppelfresko von Correggio über ihnen, und der würdige Bischof.

»Du hast einmal einen wunderschönen Satz zu mir gesagt. Es ging um eine Bibelstelle, die mit dem richtigen Sehen, das Sehen mit dem Herzen. Im weitesten Sinne geht es darum. Jemand spielt mit dem inneren Sehen, manipuliert es. Jemand möchte Herr sein über das Fühlen und Denken anderer. Jemand versucht, aus Menschen Roboter zu machen. Und glaub' mir, er ist schon ziemlich weit.«

Wahrscheinlich hält mich er mich jetzt für vollkommen übergeschnappt, dachte Julia.

»Und ich habe hier ein Gehirn, eines aus unserem Labor. Ich habe es an Messgeräte angeschlossen. Gianluca, das Gehirn ist noch am Leben. Sie müssen ihm eine Droge gegeben oder es sonst wie manipuliert haben. Ich habe es bei mir, in einer Metallbox.«

Jetzt war es heraus. Julia hatte große Angst, dass er auflegen würde. Aber sie hatte es ihm erzählen müssen. Wer, wenn nicht er, könnte sich vorstellen, dass das, was sie ihm eben erzählte, den Tatsachen entsprechen würde.

»Ein Gehirn? Du hast ein Gehirn bei dir? Und das lebt noch? Das kann gar nicht sein. Hast du deine Grundkenntnisse der Biologie vergessen?«

Gianlucas Stimme klang mehr als skeptisch, fast ärgerlich, aber Julia spürte, wie es trotzdem in seinem Kopf arbeitete.

»Es liegt konserviert in einem kleinen Container. Als ich entdeckte, dass das Gehirn noch nicht tot ist, habe ich es mitgenommen. Ich habe einen Lieferwagen gestohlen, einen Fischlieferwagen.

Gianluca erschienen Julias Schilderungen ziemlich konfus.

»Einen Fischlieferwagen?«

»Ja, damit bin ich geflohen. Ich war zu Hause und habe meinen Vater gefunden. Tot. Ich bin sicher, der Tod meines Vaters hat damit etwas zu tun. Ich bin jetzt ganz in der Nähe vom Flughafen. Es ist nach zwölf Uhr nachts. Gianluca, sie sind hinter mir her. Sie haben Straßensperren errichtet. Ich bin auf der Flucht. Ich habe das Gefühl, dass ich nirgendwo mehr sicher bin. Ich muss weg von hier. Raus aus den USA.«

»Oh Gott, dein Vater? Und du willst zu mir?«

»Am liebsten ja. Vielleicht können wir gemeinsam herausfinden, was wirklich hinter der Sache steckt. Ich muss sehr vorsichtig sein. Ich habe ein wenig Bargeld. Aber ich will keine Kreditkarte benutzen und kein Telefon. Deshalb bin ich gerade in einem Callshop.«

Gianluca hörte die Panik in Julias Stimme. »OK, OK. Gibt es da eine Nummer?«, fragte Gianluca.

Julia sah sich in der Kabine um. Die Wände waren voll geschmiert mit Schriftzeichen, die von Sanskrit über Chinesisch bis zu Arabisch reichten, hastig notierte Namen, Nummern und Nachrichten. Julia fand aber keine Telefonnummer. Sie blickte durch die Glasscheibe in den Raum, suchte die Wände ab und fand, was sie suchte: Auf der Scheibe über der Tür war die Nummer spiegelverkehrt zu lesen.

»718-777-2738. Hast du das notiert?«

»Ja, hab ich. Gib mir eine Stunde Zeit. Ein Fischlieferwagen, hast du gesagt? Hast du den noch? Und kannst du irgendwo warten?«

»Ja, kann ich. Muss ich. In einer Stunde bin ich wieder hier.

»OK. Ich muss sehen, wen ich erreichen kann. Hast du einen Pass?«

»Ja, hab' ich bei mir.«

»Buchstabiere deinen Nachnamen, bitte«

»C A M E R O N.« Julia durchzuckte es. Er erinnerte sich nicht einmal an ihren Nachnamen.

»OK. In einer Stunde dann.«

»Danke, Gianluca. Danke. Bis nachher.«

Sie legte auf und verließ die enge Zelle. Der Schweiß stand ihr auf der Stirn. Die dicke Frau in ihrer kleinen Kabine, die sie mit ihrem Körper fast vollständig ausfüllte, stritt mit zwei heftig gestikulierenden Männern in bodenlangen Burnussen. Die Frau blickte aus den Augenwinkeln zu Julia und legte, ohne die beiden Männer vor ihr aus den Augen zu lassen, den Schalter um, der Julias Einheiten anzeigte. Julia gab ihr zu verstehen, dass sie warten würde.

Nachdem die beiden Männer endlich den Schalter freigegeben hatten, beugte Julia sich zu dem kreisrunden Ausschnitt in der Glasscheibe herunter. Ihr Gesicht war nicht mehr als zwanzig Zentimeter von dem der Frau entfernt.

»Ich bin fertig. Danke. Aber ich habe noch eine Bitte.« Julia versuchte, in dem Gesicht der Frau zu lesen. Aber außer einer maskenhaften Gleichgültigkeit war da nichts.

»Ich erwarte in einer Stunde einen Rückruf unter dieser Nummer.« Julia zeigte auf die Nummer oberhalb der Tür. «Es ist sehr wichtig. Geht das?« Julia führte ihre Hand unter das Kinn, so dass die Frau eine Ecke des gefalteten 20-Dollar-Scheins sehen konnte.

Die Frau zeigte keine Regung. Nur ihre Augen verrieten, dass sie interessiert war. Julia sah ihre Hand mit den grell bemalten künstlichen Fingernägeln vor ihrer Nase auftauchen. Eine Sekunde später war der Schein in einer Falte ihres afrikanischen Turbans verschwunden.

»Macht vier Dollar achtzig«, sagte sie nur. Sie riss den kleinen Streifen aus dem Drucker, der die Gebühren anzeigte. Julia bezahlte mit einer 5-Dollar-Note und gab ihr zu verstehen, dass sie das Wechselgeld behalten könne.

»In einer Stunde also. Danke.«

Julia richtete sich auf und blickte der Frau fest in die Augen. Sie registrierte dankbar das kaum merkliche Zwinkern der riesigen Augen in dem fleischigen Gesicht. Dann blickte die Frau auf den hinter Julia wartenden Inder und ihr Ausdruck wurde wieder zu dem einer Maske.

Julia verließ den Callshop, trat auf den Gehsteig, tief die Abendluft einatmend. Sie befand sich in einer billigen Wohngegend, drei Meilen östlich des John F. Kennedy Airports. Die heruntergekommenen Backsteinblocks wurden fast ausschließlich von Immigranten bevölkert. Jedes zweite Geschäft trug eine russische Aufschrift. Hier und da wehte die Fahne eines afrikanischen Landes vor der Tür. Der Lärm des nahen Flughafens hielt die Mieten auf niedrigstem Niveau stabil. Es waren diese Gegenden, in denen für mittellose Einwanderer der amerikanische Traum begann. Zwei Zimmer für kleines Geld und einen Job bei der Gepäckabfertigung.

Julia hatte den Lieferwagen in einer Seitenstraße geparkt, doch dabei darauf geachtet, dass er von der belebten Hauptstraße aus nicht sichtbar war. Hinter ihr stand ein rostiger Van. Vor ihr ragte ein Müllcontainer auf, der die Sicht auf ihren Lieferwagen versperrte. Sie setzte sich hinter das Steuer, verriegelte die Türen. Plötzlich hatte sie Lust auf eine Zigarette, obwohl sie seit Jahren mit dem Rauchen aufgehört hatte.

Julia griff nach dem Handy, um es einzuschalten. Dabei achtete sie darauf, dass der Flugmodus eingestellt war. »Ich habe einen alten Freund angerufen«, sagte sie in das Mikrofon.

Keine Antwort.

»Können Sie mich hören?«

Auf dem Bildschirm erschienen ein paar Farbflecken, die für Julia keinen Sinn machten.

»Hallo, können Sie mich hören?«, fragte sie ängstlich.

»... JAAHHH ...«

»Gott sei Dank. Ich sagte, ich habe einen alten Freund angerufen. Wenn alles klappt, machen wir eine Reise. Nach Europa. Waren Sie schon einmal in Europa?«

»... NEIN ...«

»Wir fliegen nach Italien. Dort wohnt mein Freund Gianluca. Er arbeitet an einem Hirnforschungszentrum der Universität Parma. Der kann uns weiterhelfen.«

Das hoffe ich zumindest, dachte Julia.

Zwei junge Männer, gekleidet wie Homeboys mit verkehrt herum aufgesetzten Baseballcaps tauchten neben dem Container vor Julia auf und beobachteten sie interessiert. Sie blickte in den Rückspiegel und sprach weiter in das Mikrofon vor ihrer Brust. Sie sollten denken, dass sie mit ihrer Freisprecheinrichtung telefonierte.

»Wissen Sie irgendwas über den Hintergrund der ganzen Sache, warum Ihnen das Medikament gegeben wurde und was Ihnen über Internet eingetrichtert wurde?«

»PSYCHISCHE INFEKTION.«

Da war es wieder.

»Und warum eine psychische Infektion? Wozu soll das gut sein? Wem nützt das?«

»... POLITISCHE ERZIEHUNG ...«

»Sie wollten Sie politisch erziehen? Warum?«

Während des Gespräches behielt Julia den Rückspiegel im Auge und sah, dass die beiden jungen Männer auf der Höhe des Van hinter ihr stehen geblieben waren.

»POLITISCHE MEINUNG, ... MANIPULATION«

»Sie wollen Ihre politische Meinung manipulieren? Durch chemische Manipulation? Wozu?«

Ein vielfarbiges, ungeordnetes Farbgemisch erschien auf dem Schirm. Die Farben ergaben aber keine sinnvolle Buchstabenkombination. Es schien, als ob das Gehirn angestrengt nachdachte. Julia blickte wieder in den Rückspiegel. Die Männer machten einen Schritt zur Seite und traten vor ein zerfleddertes Wahlplakat der bereits einige Wochen zuvor durchgeführten Wahl zum Abgeordnetenhaus. Julia zuckte zusammen. Wahlen, das konnte sein.

»Um Wahlen zu gewinnen?«

Eine Farbexplosion erschien auf dem Bildschirm, dann nur noch zwei Farben. »JA.«

»Das Pentagon?«

»NEIN.«

»Wer sonst?«

»... LANGLEY.«

Sie erinnerte sich an die Schilderungen ihres Vaters über die zwei unbekannten Besucher. Hatte am Ende ihr Vater damit zu tun?, fragte sich Julia. Die Post-it Zettel kamen ihr in den Sinn. Wie lautete noch mal eine der Adressen?

Langley. Der Sitz der CIA. Deshalb wurde der Name »Langley« im übertragenden Sinne für die CIA gebraucht. Jetzt ging Julia ein Licht auf. Drogen, psychische Infektion und daraus folgende psychische Epidemie. Politische Erziehung und politische Meinung. Wahlen.

Irgendjemand in der CIA hatte Brian Belucci heimlich Psychopharmaka verabreicht, vielleicht auch anderen Personen, verschaffte sich Zugang zu deren Unterbewusstsein, fütterte es mit künstlichen Erlebnissen oder was auch immer und wollte so das Wahlverhalten beeinflussen. Dabei benutzte er das Internet. Ohne dass die Personen das bemerkten. Im Moment standen keine Wahlen unmittelbar bevor. Vielleicht machten sie es nur testweise. Und morgen? Mit der gesamten US-Bevölkerung? Unglaublich. Julia brauchte eine Pause, um ihre Gedanken zu ordnen. Sie erinnerte sich an einen weiteren Notizzettel ihres Vaters. »Wissen Sie, wer Oscar R. ist?«, machte Julia einen Versuch.

»... NEIN.«

Na, dann nicht. Das musste warten. Wenigstens hatte sie jetzt eine Ahnung, mit wem sie es zu tun hatte und in was sie hineingeschlittert war. Sie hatte bis jetzt immer die Vorstellung gehabt, dass die CIA zwar psychologische Kriegsführung praktizierte, aber nur in weit entfernten Ländern. Weit weg von Amerika, nicht im eigenen Land. Und nicht bei der eigenen Bevölkerung. Es erschien ihr unvorstellbar, dass sie Wirkstoffe einsetzte und heimlich verabreichte, die Menschen vor einem Computerbildschirm für versteckte Botschaften empfänglich machten, Botschaften, die ihr Wahlverhalten beeinflussten. Wer autorisierte so etwas? Oder steckte dahinter ein Geheimbund, eine geheime Organisation, die Zugang zur CIA hatte und sie missbrauchte? War das dem Weißen Haus bekannt? Ein demokratisch gewählter Politiker konnte doch unmöglich so etwas dulden. Aber das Ganze schien zu groß angelegt zu sein, als dass ein außer Kontrolle geratener Geheimbund dahinter stecken konnte. Die Polizei hatte sofort reagiert. Sie hatten sie in kürzester Zeit in Rattle County aufgespürt und Straßensperren errichtet. Das musste, wenn überhaupt, von der Behörde selbst organisiert worden sein. Oder von jemanden, der die Behörde missbrauchte. Aber dann musste die betreffende Person in der Hierarchie sehr weit oben angesiedelt sein. Offenbar hatte man geahnt, dass sie etwas Ungewöhnliches an dem Gehirn entdeckt hatte und es deshalb aus dem Krankenhaus mitgenommen hatte. Das Gehirn wollten sie jetzt wieder haben. Und sie wollten sie selbst finden, um festzustellen, wie viel sie wusste und vermutlich, um sie zum Schweigen zu bringen, egal wie.

Julia kontrolliert wieder den Rückspiegel. Die beiden jungen Männer standen jetzt auf der anderen Seite des Vans. Einer von ihnen lehnte an der Tür. Sie sahen zu ihr hin. Solange sie dachten, sie sei am Telefon, würden sie nicht näher kommen, sie nicht bedrohen. Aber vielleicht war es sowieso höchste Zeit, hier wegzukommen. Sie drehte den Zündschlüssel, manövrierte den Lieferwagen aus der Parklücke und ließ ihn bis zur Ecke vorrollen. Ohne den Blinker zu setzen, bog sie rechts ab und fuhr langsam die Hauptstraße entlang. Ihre Finger krampften sich um das Lenkrad.

Sie saß in einem gestohlenen Lieferwagen, konnte nicht nach Hause, hatte nur noch wenig Bargeld, konnte weder mit dem Handy telefonieren noch eine Kreditkarte benutzen. Sie hatte ihren Arbeitgeber hintergangen, bestohlen, wertvolle Instrumente missbraucht. Sie war auf der Flucht, seit zwei Tagen praktisch ohne Schlaf, und fuhr in einer finsteren Gegend von New York auf und ab, darauf wartend, dass sie ein Mann aus Italien zurückrief, den sie seit vier Jahren nicht gesprochen hatte. Nicht irgendein Mann, korrigierte sie sich, sondern Gianluca. Er hatte gesagt, er würde zurückrufen, ihr helfen. Aber damit zog sie ihn mit hinein in die Sache, belastete ihn mit dem gleichen Wissen, brachte sein Leben in die gleiche Gefahr wie ihr eigenes.

Jedoch war sie sich sicher, er würde ihre Beweggründe verstehen, wenn sie erst mal in Ruhe mit ihm gesprochen hatte. Er würde auch die Gefahren nicht scheuen, wenn es einen guten Grund gab, etwas zu riskieren. Und sie gab ihm einen wirklich guten Grund. Aber in diesem Moment, jetzt auf der Straße, kurz vor ein Uhr, schien es ihr, als hinge alles an einem seidenen Faden. Es brauchte nur eine winzige Kleinigkeit schief zu gehen, und sie war geliefert. Wenn sie nicht höllisch aufpasste, könnte sie sofort gefasst werden. Jede Uniform, jede Telefonleitung, jede Kreditkartennummer war für sie zu einer großen Gefahr geworden.

Ihr Instinkt, das Land zu verlassen, trog sie ganz sicher nicht. Sie musste nur irgendwie durch die Kontrolle am Flughafen kommen. Ausgerechnet am Flughafen. Angesichts der Antiterrormaßnahmen und der permanenten Alarmstufe, wie sollte das gehen? Wie sollte sie durch einen Metalldetektor spazieren, in der Hand die Box mit dem Gehirn, und erklären, sie flöge nach Italien? Man würde sie sofort verhaften. War es denn legal, mit entnommenen Organen zu verreisen? Nein, ganz bestimmt nicht.

Julia, rief sie sich zur Ordnung: Beruhige dich! Verliere dich nicht in solchen Gedankenzirkeln! Das führt nur zu Panik. In der Panik wirst du gar nichts richtig machen. Langsam. Denke jetzt immer nur an den nächsten Schritt! Parke den Wagen, sprich mit Gianluca und pass auf das Gehirn auf!

Julia sah auf die Uhr. Sie hatte noch zehn Minuten bis zum verabredeten Rückruf. Sie fand eine Parklücke fast direkt vor dem Callshop. Dort stellte sie den Lieferwagen ab. Sie betrat den engen, stickigen Laden und gab der Frau hinter der Rezeption zu verstehen, dass sie wieder zurück war. Auf einer kleinen Bank nahm sie Platz, um dort zu warten. Sie beobachtete die Leute im Laden, aufgeregt, fröhlich oder vom Heimweh geplagt.

Dann war es so weit. Julia sah zu der Frau hinüber und deutete auf die Uhr an der Wand, um sie zu erinnern, dass sie den Anruf erwartete. Sie blickte zu den Kabinen hinüber. Keine einzige war frei. Sie begann, nervös zu werden. Was, wenn er jetzt anrief und keine der Kabinen frei war? Sie sah, wie die Frau hinter dem Tresen zum Telefonhörer griff. Julias Körper spannte sich. Das musste er sein. Und keine der Kabinen war frei. Die Frau sah zu ihr herüber und nickte. Mit der Hand machte sie das Zeichen für vier. Kabine vier, aber die war besetzt. Ein schlanker Afrikaner redete auf den Telefonhörer ein, am anderen Ende der Leitung, irgendwo in Afrika, eine Freundin, ein Bruder, eine Mutter. Der Mann starrte wütend auf den Hörer, schrie hinein und hängte auf. Er verließ die Kabine. Die Frau hinter dem Tresen machte Julia ein Zeichen. Dankbar lächelte sie hinüber, während sie aufstand. Zwanzig Dollar hatte es gekostet, damit die Frau die Leitung unterbrach und sie mit Gianluca verband. Es dauerte bange Sekunden, dann hörte sie seine Stimme.

»Julia, bist du es?«

»Ja«, sagte sie erleichtert. »Ich bin's. Danke, dass du Wort gehalten hast.«

»Julia, hör zu: Ich habe einen Cousin von mir angerufen. Er arbeitet in der Frachtabteilung der Alitalia. Du hast einen Platz in der 11.15 Uhr-Maschine New York-Brüssel und dann weiter nach Mailand. Du kommst um 8.40 Uhr hiesiger Zeit in Mailand an. Die Flugdauer ist über fünfzehneinhalb Stunden, weil du in Brüssel umsteigen musst, aber es gab keine andere Möglichkeit. Es ist alles ausgebucht. Das Ticket auf deinen Namen ist am JFK hinterlegt. Geh zu einem Schalter der Alitalia und frag' nach Luigi Castelli. Sie werden ihn per Funk rufen. Gib ihm die Box, bevor du durch die Sicherheitskontrolle gehst. Er wird sie an Bord bringen. Sie haben morgen früh eine Lieferung von kanadischen Meeresfrüchten für ein Mailänder Delikatessenrestaurant an Bord. Er wird sie als Beiladung zu der Fischlieferung deklarieren. In Mailand wird die Box dir dann wieder ausgehändigt. Verstanden?«

»Danke. Vielen Dank. Alles verstanden. Ich ersetze dir das Ticket, sobald ich kann.«

»Mach dir darum keine Gedanken. Pass auf dich auf. Ich hole dich am Flughafen ab. Bis Morgen.«

»Gute Nacht. Und vielen Dank. Bis Morgen.«

Von der Frau in der kleinen Kabine war nur der bunte Turban zu sehen, als Julia die Telefonzelle verließ. Mit den Fingernägeln trommelte sie an die Scheibe, hob die Hand zum Gruß und lächelte die Frau dankbar an. Der massige, schwarze Kopf der Frau hob sich und Julia fing einen freundlichen Blick ihrer dunklen, stark geschminkten Augen auf. Dann entblößte sie zwei Reihen makellos weißer Zähne. Julia sah für einen Augenblick lang die zwei Finger ihrer rechten Hand, die das V-Zeichen bildeten. Julia nickte und hob den Daumen, um ihr zu bedeuten, dass alles geklappt hatte.

Jetzt weiß ich wenigstens, wie es weitergeht, dachte Julia, als sie auf den Gehsteig trat. Aber bis zum Abflug sind es noch gut zehn Stunden, eine endlos lange Zeit. Was mache ich bis dahin?

Auf dem Weg zu ihrem Wagen überflog sie den Zettel, auf dem sie sich Gianlucas Angaben notiert hatte. Ticket abholen, nach Luigi Castelli fragen. Das klang einfach. Fischlieferung für ein Mailänder Restaurant? Wie werden Fische aus den USA nach Mailand gebracht? Auf Eis? Es musste darauf geachtet werden, dass die Temperatur des Gehirnes nicht unter Null Grad absinken würde. Hatte Gianluca daran gedacht?

Sie startete den Lieferwagen und fuhr aus der Parklücke heraus. Die nächste Ampel zeigte Rot. An der Ecke standen zwei Polizisten. Julia sah nicht hin, konzentrierte sich auf die Ampel. Sekunden vergingen, endlose Sekunden. Die Polizisten sahen zu ihr herüber, musterten den Wagen. Die Ampel war immer noch rot. Einer der Polizisten sprach zur Seite gewandt in sein Funkgerät. Der andere sah weiter zu ihr herüber. Julias Rücken versteifte sich. Ihre Hände wurden feucht. Sollte sie einfach Gas geben?

Die Polizisten traten auf die Straße. Zu ihrem Entsetzen kamen sie direkt auf sie zu. Jetzt standen sie direkt vor ihrem Wagen. Julia befürchtete, die beiden Männer könnten ihr Zittern erkennen. Der linke der beiden Polizisten sah ihr genau in die Augen, hob den Arm. Mit einer galanten Bewegung legte er zwei Finger an die Mütze. Dann bogen die Polizisten ab und schlenderten auf die andere Straßenseite. Einen Augenblick später waren sie um die Ecke verschwunden. Julia atmete auf. Nur ein prüfender Blick und dann ein kleiner Flirt. Ihre Handknöchel waren weiß, so fest hatte sie das Lenkrad umklammert. Die Ampel sprang auf Grün. Sie starrte immer noch auf den Punkt, wo die Polizisten aus ihrem Blickfeld verschwunden waren. Hinter ihr hupte es. Sie löste die Bremse und rollte immer noch zitternd, aber erleichtert, über die Kreuzung.

Nein, ich kann das nicht. Dafür habe ich einfach keine Nerven. Ich kann nicht permanent auf der Flucht leben, dachte sie bei sich.

Die nächste halbe Stunde fuhr sie ziellos in Brooklyn umher, ständig darauf bedacht, im lebhaften Verkehr nicht aufzufallen. Vor einem Kino in der Verlängerung des Queens Boulevard, der sich bis tief nach Brooklyn hineinstreckte, hielt sie an. Das Kino befand sich in einer Shopping Mall. Es hatte tatsächlich 24 Stunden geöffnet. Sie kaufte eine Karte für eine Doppelvorstellung, die um 2.00 Uhr begonnen hatte.

Julia nahm in der letzten Reihe des Kinos Platz, stellte die Metallbox unter ihren Sitz und klappte das Handy auf. Sie rief ihre

Programme auf, schob das Mikrofon so zurecht, dass sie gut hineinsprechen konnte und flüsterte:

»OK. Da bin ich wieder. Es hat alles geklappt. Wir machen die Reise. Wir fliegen nach Italien. Morgen Vormittag.«

42

Dan C.J. Wetherspoon legte den Hörer auf die Gabel. Dann stemmte er seinen massigen Körper aus dem Sessel und blieb schließlich regungslos hinter seinem Schreibtisch stehen. Sein Blick war leer und schien minutenlang auf einen imaginären Punkt in seinem großen Büro gerichtet zu sein. Dann schüttelte er seine Erstarrung ab, rollte mit den massigen Schultern und wurde wieder zum kampfbereiten, mächtigen Grizzly.

»Wir haben sie nicht finden können«, hatte Nicholelis ihm eben am Telefon gestanden.

»Seit heute Nachmittag, als wir schon ganz dicht an ihr dran waren, ist sie spurlos verschwunden. Wir haben stundenlang noch intensiver gefahndet. Kein Telefon, keine Kreditkarte, keine Polizeikontrolle, nichts hat sie verraten. Entweder sie ist ungemein schlau oder sie hatte riesiges Glück. Alle Telefone des Krankenhauses, der Anschluss ihres Verlobten und der ihres Vaters werden lückenlos abgehört. Keine Hinweise auf ihren Verbleib. Wir haben ihr Auto in der Nähe von Roscoe gefunden, verlassen. Wir wissen nicht, wie sie von dort weggekommen ist.«

»Sparen Sie sich Ihre Ausführungen«, hatte Wetherspoon ins Telefon gebellt. »Ich brauche Ergebnisse, keine Tätigkeitsbeschreibungen.«

Es wird Zeit, dass wir die Gangart verschärfen, dachte er sich. So kamen sie nicht weiter. Er nahm einen Ordner vom Tisch und schlug ihn auf. Julia lächelte ihm vom Deckblatt entgegen. Es würde weniger als eine Stunde dauern, bis das Foto via E-Mail an alle Polizeistationen und lokalen Fernsehsender der Ostküste versandt sein würde. Darüber hinaus würde er veranlassen, dass alle Radiostationen einen Steckbrief von Julia erhielten und in ihren Sendungen vorlasen, garniert mit einer vagen Legende, die Julia als potentiellen Kurier eines Terrornetzwerks beschrieb. Die Bevölkerung würde aufgerufen werden, unverzüglich die nächste Polizeidienststelle zu informieren, wenn sie irgendwo gesehen würde.

»Da meine Meute sie nicht finden konnte, muss ich eben den Wald abfackeln«, murmelte Wetherspoon in sich hinein. Er nahm ein seltsames Objekt von seinem Schreibtisch und wog es in der Hand. Es war ein quadratischer Würfel aus glasklarem Kristall, in dessen Mitte mit einem Laserstrahl die dreidimensionale Kette eines Moleküls eingefräst war, das schon vor Jahrzehnten entdeckt wurde. Die Forschung daran war seit dem Jahre 1969 in fast allen Staaten der USA und der Welt verboten. Ihr umgangssprachlicher Name war LSD. Es war von den USA schon in den 50er Jahren während der Zeit des kalten Krieges mit dem Ziel der Bewusstseinskontrolle eingesetzt worden. Damals waren bei den Experimenten unfreiwillige Testpersonen ums Leben gekommen. LSD war aber mittlerweile im Rahmen groß angelegter, geheimer Forschungsprogramme von seinem Team so weiterentwickelt und verbessert worden, dass derartige »Unfälle« nicht mehr vorkommen konnten. LSD war Vorbild für und Vorläufer von PB 12, seinem chemischen Schlüssel, der ihm die Tür zu seinem heiligen Gral öffnen konnte, zu dem Stuhl, der ihm die absolute Macht versprach: der Chefsessel im Oval Office. Es war das Molekül, welches die Synapsenaktivität im menschlichen Gehirn beeinflusste und aus den Nadelöhren zwischen Bewusstsein und Unterbewusstsein weit offene Tore machte. Dieser Stoff würde es ihm ermöglichen, Mentizid – Gehirnwäsche – an Millionen Menschen zu verüben. Er hatte die Macht, ihn zum unbestrittenen Herrscher über die Gefühle der Menschen zu machen. Die Wirkung der molekularen Struktur von PB 12 würde ihn in eine Position versetzen, aus der heraus er alle herausfordern und besiegen konnte, die auf der Welt um die Herrschaft rangen. Ob Christen, Mohammedaner, Hindus, Buddhisten, alle konnte er in seinem Sinne manipulieren. Wovon wurde die Welt noch zusammen gehalten? Von der Religion, an die die Menschen glaubten, stets eine Mischung aus Angst und Metaphern. Metaphern, die mehrere tausend Jahre alt sind und die nichts anderes bewirken als Manipulationen des menschlichen Gefühlslebens.

Die unbefleckte Empfängnis? Buddha, der einer Lotusblüte entstiegen ist? Jede Religion beschrieb ihren Führer in Metaphern, in Allegorien und Symbolen. In einer immer orientierungsloser, immer chaotischer werdenden Welt glaubten die Menschen daran. Durch ständige Wiederholung wurde die Lüge zur Wahrheit. Die religiösen Allegorien waren Teil ihrer Gedankenwelt geworden. Und in dieser Gedankenwelt zu leben, half Milliarden von Menschen, ihre Existenz zu ertragen.

Es ist an der Zeit, dachte Wetherspoon, dass eine neue Ära beginnt. Eine neue Ära, ohne Religion, ohne Sekten, ohne die vermeintliche Erhabenheit der Armut. Eine Ära der Stärke, des Fortschritts, ein Zeitalter, das den Menschen endlich wieder auf seinen von der Natur vorgezeichneten Pfad der Evolution bringt: Dominanz des Starken.

In seinen Unterlagen waren die Pläne schon fertig. Die Forschungsabteilung des Pentagon hatte herausgefunden, dass das PB 12 Molekül sich nicht nur in Milch, sondern sogar in die Gene von jedem Obst oder Getreide einbauen ließ. Mit diesem Instrument konnte man die Gedanken der Menschen beeinflussen, sie in die richtige Richtung lenken. Dieser Wirkstoff würde aus den Vereinigten

Staaten die führende Nation machen – völlig unanfechtbar – und ihn zu ihrem Führer. Mit dem Kristallwürfel in der Hand legte sich Wetherspoon auf sein Ledersofa.

43

In dem zur Leinwand hin abfallenden Saal des Kinos saßen nur wenige Menschen. Julia war aufgefallen, dass in der Shopping Mall, in der sich das Kino befand, nur Discounter und Ramschläden ihre Filialen unterhielten. Die Kundenklientel dieser Gegend ließ keine Geschäfte mit hohen Preisen überleben. Auch das Kino, in dem Julia saß, hatte bessere Tage gesehen. Die Notbeleuchtung wies bedenkliche Lücken auf, der Teppichboden war abgewetzt. Die Bar im Foyer war seit langem geschlossen und durch Automaten für Getränke und Popcorn ersetzt worden.

Julia versuchte, auf dem Kinosessel eine halbwegs bequeme Position zu finden, was ihr nicht leicht fiel. Die Armlehnen waren hart, die Sitzfläche zu kurz und nach unten geneigt, so dass sie ständig nach vorne rutschte. Wann erfindet jemand endlich mal bequeme Kinostühle?

Nach einer Weile hatte Julia eine Position gefunden, die es ihr erlaubte, zumindest für einige Zeit einzunicken. Dies funktionierte so lange, bis ihre über die Lehne des Nachbarsessels gelegten Beine einschliefen. Durch das Kribbeln der Beine wurde sie prompt geweckt.

In diesem Moment waren die Trailer für die demnächst erscheinenden Filme zu Ende und Julia sah die Anfangsszene des ersten Hauptfilms: Musik setzte ein, getragene Melodie, dramatisches Streichorchester. Die spärlich beleuchtete Hauptgalerie des Louvre zur Nachtzeit erschien auf der Leinwand, ein riesiger Mann in Mönchskutte blinzelte um die Ecke. Als die Kamera näher heranfuhr, sah man seine glutroten Augen: ein Albino. In der Hand trug er eine Pistole und zielte auf den Kurator des Louvre, der hinter einem Gitter kauernd um sein Leben fürchtete.

Es lief die Verfilmung des Buches »The Da Vinci Code« von Dan Brown, ein bereits viele Jahre alter Film, der die Jagd nach den noch heute lebenden Nachkommen von Jesus Christus und Maria Magdalena schilderte, eine endlose Kette von Rätseln, Symbolen und Versteckspielen. Genau die richtige Unterhaltung, um die Stunden bis zum Abflug zu überstehen. Wenn sie wieder einschlief, würde sie nichts verpassen. Sie kannte den Film.

So drehte sie sich auf die andere Seite, nahm die gleiche Position wie zuvor seitenverkehrt ein und fiel diesmal in einen tiefen Schlaf, während auf der Leinwand Tom Hanks der Frage auf den Grund ging, ob Jesus verheiratet war, sogar Kinder gezeugt hatte, deren Nachfahren heute noch lebten. Und ob der heilige Gral nicht nur ein Symbol für Maria Magdalenas Schoß sei, und nicht irgendein Kelch, in dem das Blut Jesu nach der Kreuzigung aufgefangen worden war.

Das Thema hatte damals weltweit für Aufsehen gesorgt, die Menschen fieberten nach einer Fortsetzung der Jesus-Legende mit anderen Vorzeichen. Das wahrlich Aufregende daran war, dass es nach der Darstellung im Film als möglich erschien, dass direkte Nachfahren von Jesus Christus heute noch irgendwo lebten, ins Büro gingen, sich im Fernsehen Fußballspiele anschauten und munter weiter Kinder zeugten. Während der Jagd von Tom Hanks und Sophie Marceau nach uralten Symbolen bzw. deren Deutungen, solche, mit denen die Kirche seit zwei Jahrtausenden die Menschen im Griff hatte, wachte Julia wieder auf. Sie sah auf den Bildschirm ihres Handys und flüsterte:

»Glauben Sie an Gott?«

»... GEHRIN ... WIE COMUTER ... DIGITAL ...«

»Ja, das Gehirn funktioniert auf digitale Weise. Es gibt wie beim Computer nur zwei Synapsenstellungen: Ein oder Aus. Strom oder Nichtstrom. Der Impuls wird weitergeleitet oder nicht. Was hat das mit Gott zu tun?«

»... COMPUTER ... KEIN ... GOTT.«

»Nein, der Computer ist kein Gott, auch wenn manche es glauben.«

»... GEHIRN ... SCHAFFT ... GOTT.«

»Das menschliche Gehirn hat Gott erschaffen, um sich die Dinge, die es nicht versteht, zu erklären?«

»... GOTT ... SCHAFFT ... GEHIRN.«

»Moment, hat das Gehirn Gott erschaffen oder hat Gott das Gehirn erschaffen?«

»DAS IST DIE FRAGE«, erschien es flüssig und ohne eine einzige Pause auf dem Bildschirm.

»Ja, das ist die Frage«, wiederholte Julia. Das war die Frage aller Fragen, auf die der Mensch eine Antwort suchte. Eigentlich steckten in dieser Frage sogar drei Fragen: Hat Gott den Menschen samt Gehirn bewusst und willentlich geschaffen, nach seinem Vorbild, so wie es in der Bibel steht. Oder hat Gott nur seine Würfel geworfen und der Mensch ist bloß ein zufälliges Resultat seines Wurfes? Oder ist der Mensch mit seinem Gehirn ein zwangsläufiges Produkt eines chemischen Cocktails, dessen Zutaten schon seit den ersten Anfängen des Weltalls auf die evolutionäre Entwicklung des Menschen und seines Gehirns zwangsläufig hinausliefen, ohne dass es eines Schöpfers bedurfte? Und hat dieses Gehirn dann, um die Welt zu verstehen, sich seinen Gott selbst erschaffen, um Erklärungen für Dinge zu finden, die bis heute nicht begreiflich sind? Julia stockte, dies waren hochkomplizierte Fragen, über die sie sich immer schon Gedanken gemacht hatte, ohne eine Antwort zu finden. Aber auch dies waren sicherlich nicht typische Gegenstände von Überlegungen eines Klempners aus Queens.

Julia schlief wieder ein. Als sie erwachte, war der erste Film bereits zu Ende. Das Licht ging an. Es war fast fünf Uhr morgens. Sie überprüfte den Batteriestatus und stellte fest, dass die Batterie ihres Handys immer noch fast voll geladen war. Das Kino leerte sich. Währenddessen musterte sie aufmerksam und unauffällig, wer das Kino für den zweiten Film betrat.

Es mussten Nachtschwärmer sein, Menschen, die nicht schlafen konnten oder wollten, die sich um diese Zeit ins Kino setzten. So wie das eng umschlungene Pärchen, das sich sorgfältig umsah und einen Platz schräg hinter Julia auswählte. Offenbar zogen sie die Nachbarschaft einer Frau derjenigen einzelner Männer vor, die überall im Kino verstreut saßen. Das Mädchen blickte Julia kurz verlegen an, Julia gab ihr ein verständnisvolles Lächeln zurück. Hoffentlich nur ein Liebespärchen, dachte Julia bei sich. Sie beruhigte sich, als sie aus den Augenwinkeln beobachtete, wie die beiden augenblicklich anfingen sich leidenschaftlich zu küssen. Das ließ sie an Gianluca denken. Und an die Zeit, als sie beide ein Paar waren, das die Hände nicht voneinander lassen konnte.

Sie schloss die Augen und erinnerte sich, wie herrlich es war, wenn sie sich ganze Nachmittage lang in seiner Wohnung geliebt hatten. Sie sah das verwüstete Schlafzimmer vor sich. Die große Wanne mit Löwenfüßen aus Messing fiel ihr schmunzelnd ein. Nachts musste sogar der kleine Balkon der Mansarde über den Dächern der Altstadt von Parma dran glauben. Sie war damals sehr glücklich gewesen. Julia hatte Gianluca über alles geliebt. Aber sie war damals nie das Gefühl losgeworden, dass er noch nicht bereit war, sich vollständig an sie zu binden. Sie hatte Angst davor gehabt, enttäuscht zu werden. Deswegen hatte sie ihn auch nie wieder angerufen, obwohl sie sich nichts mehr wünschte, als mit ihm zu sprechen, mit ihm zusammen zu sein.

Hatte sich das heute geändert? Hatte er seine Bindungsangst verloren? Sie hatte gehört, wie er mit einer Frau in seinem Bett geflüstert hatte. War er verheiratet? Hatte er womöglich schon Kinder? Was würde geschehen, wenn sie sich begegneten? Sie wusste es nicht. Dann nickte sie wieder ein.

Julias Fuß fühlte sich pelzig an, taub. Mit beiden Armen griff sie nach ihrer Wade und massierte die Venen ihres Unterschenkels. Dann spannte sie ihre Beinmuskulatur vorsichtig an, um ihre Füße über die Lehne des Nachbarsitzes zu heben und sie auf den Boden zu stellen. Dabei stelle sie fest, dass auch ihr Rücken schmerzte. Nur sehr zögerlich begann das Blut wieder zu ihrem Fuß zu zirkulieren. Sie streckte sich vorsichtig, die Ellenbogen auf die Armlehnen gestemmt, um ihren Rücken zu entlasten. Die Luft im Kino war unangenehm feucht und warm. Sie schwitzte. Die Leinwand war fast ganz schwarz, eine Kriegsszene, nachts, in irgendeinem Dschungel, kaum zu erkennen. Julia sah einen Schatten den Gang herauf auf sie zukommen. Eine gebeugte Figur, massig, mit einer Gehbehinderung schlich langsam an ihr vorbei. Als die Gestalt auf ihrer Höhe war, sah sie, dass es nur ein alter, humpelnder Mann war, den seine Schlaflosigkeit morgens um fünf Uhr ins Kino getrieben hatte. Aber der Anblick des Schattens hatte genügt, um Julias Nervensystem in Alarmbereitschaft zu setzen. Mit einem Schlag war sie sich ihrer Lage wieder bewusst, resümierte blitzschnell, was ihr zugestoßen war. Und warum sie hier in diesem Kino war.

Du musst gelassener sein, sagte sie zu sich selbst. Lass dich nicht gehen. Sie versuchte sich zu erinnern, ob sie etwas geträumt hatte.

Aber sie spürte jetzt nur dumpfe Erschöpfung, aus der sie wegen des humpelnden Schattens von einem gewaltigen Adrenalinstoß kurzfristig herausgerissen wurde.

Ihr nächster Gedanke galt dem Gehirn. War es noch wach? Schlief es überhaupt? Sie tastete unter dem Sitz erneut nach der Box, prüfte mit dem Handrücken die Temperatur, die sich unverändert kühl anfühlte. Dann klappte sie das Smartphone auf und stellte beruhigt fest, dass die Batterie nicht erlahmt war. Das kleine Display zeigte »05.28 am«.

Sie fühlte sich einigermaßen ruhig. Im Moment schien keine unmittelbare Gefahr zu drohen. Sie blickte nach vorne. Auf der Leinwand sah sie die Bewegungen von behelmten Köpfen, die durch den Urwald krochen. Ihr Trommelfell registrierte das Knattern der Maschinengewehre, das sich mit den schnell pumpenden Schlägen der Hubschrauberrotoren zu einem Brei vermengte. »Apocalypse Now« in der Director´s Cut Fassung lief auf der Leinwand. Dankbar ließ sich Julia von dem Geschehen eine Weile ablenken.

Als die Szenen immer brutaler und absurder wurden, verweigerte ihr Bewusstsein die Aufnahme der Bilder von zerhackten und aufgespießten Menschen im dichten Urwaldregen. Deshalb beschloss sie nachzusehen, wie es dem Gehirn ging.

Sie drückte die kleine Taste, die das Programm in den Arbeitsspeicher des Handys lud.

Es kommt mir mittlerweile schon fast normal vor, über ein Mobiltelefon Gedanken mit einem Gehirn auszutauschen, dachte sie. Irgendwie absurd. Andererseits ist das genau das, was man immer tut, wenn man mit jemandem telefoniert, überlegte sie weiter. Nichts Besonderes eigentlich, nur abstrakter, da die Stimme fehlt. Wie bei einem Chat im Internet, oder bei einer E-Mail von einem Unbekannten. Informativ, aber anonym, man konnte den anderen nicht sehen und seine Stimme nicht hören. Wie hier mit dem Gehirn.

Sie brachte das Mikrofon direkt an ihren Mund, um leise sprechen zu können. Auf ihrem Schoß hatte sie aus dem viel zu großen Pullover des Fischlieferjungen und der Schirmmütze mit der Garnele drauf eine Art Schacht gebaut. Der funktionierte im Prinzip wie der Lichtschacht der altertümlichen Rolleiflex ihres Vaters, nur umgekehrt: Bei der Kamera sollte kein Außenlicht auf die Mattscheibe fallen, hier ging es darum, dass das Licht des kleinen Bildschirmes nicht nach außen drang, damit es nicht auffiel.

Die Spiegelzellen, ging es ihr durch den Kopf, Gianlucas Entdeckung, hatten die etwas mit dem Zustand des Gehirns zu tun?

»Hi«, sagte sie in das Mikrofon zu dem Gehirn und beobachtete, wie das Gehirn auf die Geräusche im Kino reagierte, denn es schrieb ohne zu zögern: »KRIEG … GESPIELT?«

»Nein«, flüsterte Julia. »Wir sind immer noch im Kino. Es läuft Apocalypse Now. Und dann ergänzte sie abrupt. »Wissen Sie, was Spiegelzellen sind?«

»… NEIN …«, antwortete das Gehirn.

»OK, macht nichts. Gianluca, der Mann in Italien, wohin wir fliegen, ist auch Hirnforscher. Er hat sie an der Universität erforscht«, sprach Julia so leise wie es ging in das Mikrofon.

»LIEBE?«

Julia stockte. Das Gehirn war sehr direkt. Sie antwortete ausweichend. »Er ist sehr nett und er sieht gut aus.«

»EIN BEAU.«

»Nehmen Sie mich auf den Arm?«

»WENN ICH KÖNNTE …«

»Sie sprechen immer besser. Sie haben sehr schnell gelernt, den Umweg über die Farben zu nehmen.«

»… WANN … FLIEGEN ... WIR …?«

»Morgen Vormittag. In ungefähr sechs Stunden.«

»WIE …?«

Das Gehirn brauchte den Satz nicht zu beenden. Julia verstand die Frage auch so.

»Gianluca sagte, ich solle nach einem Castelli fragen. Der wird uns das Ticket geben und sich um Sie kümmern. Er wird Sie irgendwo an Bord gut unterbringen. In Italien wird dann Gianluca auf uns warten.«

»… NICHT … ZUSAMMEN …?«

»Ich weiß es nicht. Ich werd's Ihnen sagen, wenn es so weit ist. Gianluca hat alles organisieret. Er ist sozusagen unser Retter.« Julia musste lächeln.

»UNS RETTEN???« Das Gehirn machte eine Pause. »FREIHEIT RETTEN!!!«

44

Wetherspoon erwachte um fünf Uhr morgens. Er war auf dem Sofa eingeschlafen, hielt aber immer noch den Kristallwürfel fest umklammert. Nachdem er den Würfel wieder auf den Tisch gestellt hatte, ging er zu dem großen eingebauten Wandschrank, der die gesamte Längsseite seines Büros einnahm. Er öffnete eine der Mahagonitüren, entnahm dem Stapel blütenweißer Handtücher ein großes Badetuch und einen sorgfältig gefalteten weißen Bademantel. Anschließend öffnete er eine weitere Tür des bis zur Decke reichenden Schrankes. Dahinter befand sich ein Durchlass, durch den er jetzt sein privates, luxuriös ausgestattetes Spa betrat, um eine erfrischende Dusche zu nehmen.

Wetherspoons Haare standen nach der Dusche steil von seinem Kopf ab. In seinen Bademantel gehüllt verließ er das Badezimmer und drückte den Summer, der eine seiner Nachtsekretärinnen rief.

Sekunden später erschien der Kopf einer hübschen jungen Frau im offenen Spalt der schallisolierten Tür.

»Geben Sie mir das Einsatzzentrum auf einer sicheren Leitung und einen Kaffee!«, bellte er, ohne sie anzusehen.

Der Kopf verschwand.

Augenblicke später blinkte eines seiner Telefone auf dem mächtigen Schreibtisch. Wetherspoon ließ sich in seinen Sessel fallen und nahm ab.

»Was Neues?«, fragte er.

Er hörte sich den Bericht seines Gesprächspartners am anderen Ende der Leitung an.

Die feinen Falten um seinen Mund wurden von Minute zu Minute intensiver, verstärkten sich, so als sammle er Kraft. Kraft, die er brauchte, weil er in diesem Projekt zum ersten Mal akzeptieren musste, dass nicht alles so lief, wie er sich das vorstellte. Angst stieg in ihm auf, Angst davor, dass sein Plan aufgedeckt wurde. Das Angstgefühl arbeitete sich von den Waden her kommend langsam und stetig nach oben, schnürte seine Brust ein, bis es seinen Hals erreicht hatte und schließlich einen stählernen Ring um seine Stirn legte. Dieses Gefühl kannte er noch gar nicht.

Verblüfft gab er sich einen Augenblick lang der unbekannten Empfindung hin. Er fühlte sich, als fließe der Energiestrom in seinem Körper in die umgekehrte Richtung. In die falsche Richtung. Er streckte sich, als mache er sich bereit für einen bevorstehenden Angriff. Der Grizzly war dabei, sich aufzurichten.

»OK, dann geben Sie's raus. Ganz wichtig ist, dass alle Passagierlisten von den die USA verlassenden Flugzeugen kontrolliert werden. Wenn ich Julia wäre, würde ich mich jetzt ins Ausland absetzen. Ordnen Sie absolute Priorität an.« Er hörte weiter zu. Mit einer Hand schlug er die erste Seite von Julias Akte auf. Sein Daumen lag genau auf Julias Nase, sein Zeigefinger schnippte ungeduldig eine Ecke am Rand von Julias Foto, was ein schnappendes Geräusch auf dem Papier verursachte. Dann hängte er wortlos ein. Wieder drückte er den Summer. Augenblicke später erschien erneut die junge Frau.

»Rufen Sie Wilson an«, befahl er kurz. Seine Stimme war eine ganze Oktave tiefer gerutscht. Die junge Frau ahnte nichts Gutes. Trotzdem sagte sie:

»Sir, es ist sehr früh am morgen. Sicher schläft er ...«

Wetherspoons Blick stoppte ihren Einwand sofort.

»Er hat genau zehn Minuten, um einsatzbereit zu sein. Ab jetzt!«

»In Ordnung, Sir. Ich rufe ihn an.«

Die junge Frau schloss schnell die Türe hinter sich, loggte sich ins Kommunikationssystem ein und wählte die rund um die Uhr aktive Nummer von Wetherspoons zuständigem Mitarbeiter für Pressemitteilungen an.

Nach dem Gespräch tippte Wetherspoon seinen Privatcode auf dem berührungsempfindlichen Monitor ein und wählte die Nummer der »Rattlesnake«.

45

Julia sah, dass die Batterieanzeige auf dem Display des Telefons stark zurückgegangen war. Es war nur noch ein Viertel der Balken sichtbar.

»Wir haben kaum noch Strom«, teilte sie dem Gehirn mit. »Irgendetwas ist nicht in Ordnung.«

»...?«

»Haben Sie mich gehört?«, wollte Julia wissen.

»JA.«

»Ich muss irgendwo das Handy wieder aufladen.«

»IM AUTO.«

»Ja, ich kann es im Auto wieder aufladen. Das mache ich. Wir können den Film nicht bis zum Ende sehen. Ich muss Sie jetzt abschalten und dann gehen wir zum Auto. Bis später.«

Sie erhob sich aus dem Kinosessel, ergriff die Box mit dem Gehirn und ging Richtung Ausgang.

Auf der Straße sah sie sich nach allen Seiten um. Das Viertel wachte langsam wieder auf. Julia sah auf die Uhr. Es war halb sieben Uhr morgens. Ein Geräusch erregte ihre Aufmerksamkeit. Es schien aus einer Seitenstraße zu kommen. Julia stellte sich in den Schatten eines Hauseinganges und beobachtete, wie ein Straßenreinigungswagen im Kriechgang um die Ecke fuhr, eine Wasser sprengende Kehrwalze vor sich her schiebend. Julia ärgerte sich über ihre Paranoia.

»Wachsam ist ja gut, aber du kannst nicht bei jedem Geräusch hyperventilieren!«, sagte sie zu sich selbst, um sich Mut zu machen. Sie orientierte sich kurz und ging den Gehsteig entlang in die Richtung, wo sie den Fischlieferwagen abgestellt hatte.

Dann passierte sie das Schaufenster eines Elektrogeschäfts. Einer der Bildschirme der laufenden Fernseher zeigte ein Bild von ihr, das Foto aus ihrer Personalakte. Ihren Schritt verlangsamend las sie »Fox 24 News« oben in der Ecke des Bildschirms. Ein Nachrichtensprecher verlas eine Meldung, die sie aber nicht hören konnte. Sie versuchte, von den Lippen des Sprechers abzulesen. Dann erschien ein quer durch den Bildschirm laufender Text unter ihrem Foto.

»Bitte kontaktieren Sie die nächstgelegene Polizeidienststelle«, hieß es. Julia fühlte sich, als ob ihr Herz auf der Stelle aussetzen wollte. Ihr wurde eiskalt. Brechreiz überfiel sie. Bitte, das nicht auch noch, rief sie sich zur Ordnung.

Ihren Schritt beschleunigend konnte sie aus den Augenwinkeln noch sehen, dass ein anderer Sender die gleiche Nachricht brachte. Diesmal mit der Unterzeile »Breaking News«.

Erneut prüfte sie die Uhrzeit. Es waren noch viereinhalb Stunden bis zum Abflug. Die Straße war menschenleer. Sie bog in die Seitenstraße ab und sah den Lieferwagen dort stehen, wo sie ihn abgestellt hatte. Wie in Trance ging sie an dem Wagen vorbei bis zur nächsten Ecke. Die Tasche mit ihren persönlichen Sachen ließ sie im Wagen, sie hatte keine Zeit zu verlieren. Sie huschte um die Ecke und verschwand in einem 24/7 Friseur- und Nagelstudio. Auf den Stühlen saßen drei gelangweilte Jamaikanerinnen. Eine davon erhob sich mühsam aus ihrem Stuhl. »Mam«, krächzte sie, »was kann ich für Sie tun?«

»Ich brauche einen neuen Look, ich muss ganz anders aussehen. Man darf mich nicht wiedererkennen. »Aber,« stotterte Julia, »das muss alles wieder umkehrbar sein.«

»Hmmm«, grunzte die Jamaikanerin. »Bunte Nägel, Rastalocken, einen bisschen Schminke ins Gesicht, wäre das OK?«

»Ja, wunderbar.« Julia lächelte dankbar.

Die Jamaikanerin musterte sie eingehend. »Irgendwo habe ich dich schon mal gesehen ...«

Julia fiel das Herz in die Hose. »Ich war noch nie hier in der Gegend«, stotterte sie.

»Das meine ich auch nicht. Aber egal, »geht mich nix an«, antwortete die Jamaikanerin gelangweilt. »Können wir loslegen?«

»Klar«, antwortete Julia mit fester Stimme.

Eineinhalb Stunden später war Julia fertig. Sie trug die traditionelle Frisur der jamaikanischen Rastafari-Religion, nur in blond. Aber das machte nichts, denn heutzutage waren Rastalocken ja auch ein Zeichen für die Zugehörigkeit zu einer bestimmten Szene. Außerdem hatte ihr die Jamaikanerin lange, künstliche Fingernägel in vielen bunten Farben mit Silberglanz aufgeklebt. Ihr Gesicht sah aus, als wäre sie in einen Schminktopf gefallen. Julia betrachtete sich im Spiegel. Eine Portion Schminke und Haartönung, grinste sie in sich hinein, aber die Verkleidung tat ihren Dienst. Julia bezahlte und wandte sich zum Gehen.

»Ich glaube, jetzt weiß ich, wo ich dich gesehen habe«, sagte die Jamaikanerin. »Viel Glück, Kleine, pass auf dich auf.«

Julia verließ erleichtert den Salon und steuerte auf die nächste U-Bahn Station zu.

46

Der Zug der Flughafenlinie kam rumpelnd unter dem Zentralterminal zum Stehen. Julia verließ den Wagon. Wird mich nicht jeder in dieser verrückten Aufmachung anstarren?, dachte sie. Aber niemand schien auf sie zu achten. Anscheinend war es völlig normal, in einem solchen Outfit herumzulaufen.

Zum Einchecken war es noch zu früh. Sie setzte sich in eine entlegene Ecke, lud das Mobiltelefon kurz auf, hielt es aber schon sehr bald nicht mehr aus. Sie zog den Stecker, tarnte die Metallbox wieder mit dem Pullover, schaltete erneut das Telefon an und verband es mit dem Gehirn. Sie wusste, das war ein Risiko, aber sie musste mit dem Gehirn sprechen, Kontakt zu ihm halten.

»Hier bin ich wieder. Wissen Sie, welche Wirkstoffe man Ihnen verabreicht hat? Vielleicht waren es Substanzen, die man in der Psychobiologie verwendet. Sie steigern die Merk- und Denkfähigkeit«, fragte Julia.

»... PSYCHOBIOLOGIE ...?«

»Ja, Psychobiologie, das ist eine wissenschaftliche Richtung, in der man davon ausgeht, dass Psyche und Biologie nicht voneinander zu trennen sind. Verhalten, psychische Zustände, alles ist Ausdruck biologischer Vorgänge.

»GEDANKEN, BIOLOGISCHE VORGÄNGE? MEINE ... GEDANKEN, ... VERHALTEN ... VERÄNDERT, ..., GEHIRN, UNTERBEWUSSTSEIN.«

»Unbewusst haben Sie mitbekommen, dass man Ihnen Wirkstoffe verabreicht hat und dass diese Ihre Gedanken, vielleicht auch Ihr Verhalten beeinflussen.«

»JA.«

Julia sah vom Bildschirm weg und betrachtete die Metallbox. Sie wusste um die Macht des Unbewussten aus ihren Versuchen in der Klinik. Ihr war klar, dass Bewusstsein und Unterbewusstsein in verschiedenen Bereichen des Gehirnes untergebracht sind, dass Milliarden von Nervenzellen allein in der drei Zentimeter dicken Hirnrinde arbeiten, und dass im gesamten Gehirn über hundert Milliarden Zellen vorhanden sind, die alle miteinander verknüpfbar sind. Irgendwelche Zellen lieferten hier noch Energie, und was für eine!

Hatte man das Gehirn über längere Zeit mit Psychopharmaka angereichert? Hatten sich die Rezeptoren des vegetativen Nervensystems so verändert, dass sie über den Tod des Körpers hinaus Energie lieferten und das Gehirn in die Lage versetzten, zu denken? Wie lange würde das funktionieren? Das Gehirn war seit gestern früh offiziell tot. Dennoch saß sie hier und redete mit ihm. Im Flughafen.

Julia versuchte, sich ein klareres Bild zu machen. Das Gehirn funktionierte nur auf der unbewussten Ebene. Es konnte trotzdem logisch denken, verstehen, antworten. Die Erregungsübertragung der Nervenzellen war so manipuliert, dass ein psychotroper Effekt entstand. Erleben, Empfinden und Verhalten wurden beeinflusst. Die Nervenbahnen, die Zugangsstraßen zum Unbewussten, wurden künstlich geöffnet, gleichzeitig das Bewusstsein, welches das Verhalten steuert, beeinflusst. Aber wie konnte das funktionieren? Sie dachte angestrengt nach.

Eine übliche Verfahrensweise war wie folgt: Die Synapsen, die Befehlsüberträger, wurden gehemmt. Dadurch reagierte das Bewusstsein verzögert, kontrollierter, dumpfer. Bei Menschen mit einer psychischen Störung konnte man das Gehirn auf diese Weise so dämpfen bzw. ruhig stellen, dass sie wieder sozial kompatibel wurden. Aber das hier war genau das Gegenteil!

Es wurde Zeit. Julia ging auf die Abflughalle zu. Überall waren Polizei und Sicherheitskräfte. Sie suchte die Alitalia Schalter. Dort stellte sie sich in die Reihe der wartenden Fluggäste. Es ging nur sehr langsam vorwärts. Nervös streiften ihre Augen immer wieder durch die riesige Halle, die vor hin und her eilenden, Koffer schiebenden und Taschen schleppenden Menschen nur so wimmelte. Die italienische Sprache, die sie das Personal hinter den Alitalia Schaltern sprechen hörte, kam ihr wie eine Verheißung vor. Du hast es bald geschafft, sagte sie zu sich selbst. Jetzt war sie an der Reihe. Sie befahl sich, sich wie eine junge Frau zu verhalten, die einfach mal nach Italien fliegt, um dort ohne festen Plan herumzureisen und Spaß zu haben. Routinemäßig wurde sie von der Dame vom Bodenpersonal am Schalter begrüßt.

»Nach Mailand über Brüssel?«, fragte sie mit einem mechanischen Lächeln.

»Ja. Guten Morgen, mein Name ist Julia Cameron. Könnten Sie bitte Luigi Castelli kontaktieren. Er hat mein Ticket«, sagte Julia mit der größtmöglichen Selbstverständlichkeit, zu der sie noch fähig war.

»Hier bei Alitalia?«, fragte die junge Frau zurück.

»Ja, er arbeitet in der Frachtabteilung.« Die Frau ließ ihren Finger über die Telefonliste gehen und nahm den Hörer ab.

Julia konnte nicht hören, was sie sagte. Nachdem sie aufgelegt hatte, wandte sie sich jetzt wesentlich freundlicher an Julia.

»Bitte warten Sie hier in der Nähe. Mister Castelli wird gleich hier sein.« Die Frau musterte sie neugierig.

Julia fiel der sprichwörtliche Stein vom Herzen. Das hatte schon einmal funktioniert. Sie bedankte sich und ließ den hinter ihr wartenden Mann an den Schalter. Sie gab vor, die Anzeigetafeln aufmerksam zu studieren.

Unauffällig musterte sie die anderen Passagiere. Gleich neben ihr versuchte ein wohl nach Italien auswandernder Mann gestenreich einzuchecken. An seinen Kleidungsstücken, deren Entwürfe von »Toys 'R' Us« zu stammen schienen, erkannte Julia belustigt, dass er in Kalifornien oder Florida leben musste. Niemand würde es wagen, in New York oder Boston so herumzulaufen.

Wenige Minuten später erschien ein uniformierter Alitalia Mitarbeiter mit unverkennbar italienischem Aussehen. Er begrüßte Julia freundlich und mit einem wissenden Lächeln.

Julia betrachtete ihn ein wenig angstvoll. Das war der Mann, von dem nun ihre Ausreise abhing. Er hatte einen interessanten Mund, schmal, scheu und doch gewitzt, fast verschlagen. Die sorgfältig gestutzten Brauen ließen ihn homosexuell wirken. Sie konnte erkennen, dass er einen bemerkenswert durchtrainierten Körper hatte, auch wenn die schlecht geschnittene und zu groß geratene Uniform an ihm etwas herabhing. Sie suchte vergebens, Züge Gianlucas im Gesicht seines Cousins wiederzuerkennen.

Castelli griff in seine innere Jackentasche und zog einen Umschlag heraus. »Kommen Sie bitte mit ins Büro«, sagte er förmlich, drehte sich auf dem Absatz um und steuerte eine Tür an, auf der das Logo von Alitalia prangte. Nachdem er die Tür hinter Julia wieder geschlossen hatte, bot er ihr den Platz vor dem kargen Schreibtisch an.

»Gianluca hat mich letzte Nacht erreicht«, begann er die Unterhaltung, »und mich gebeten, Ihnen zu helfen. Er hat mir erklärt, dass Sie in einer Notlage sind …«, fuhr er fort und machte dann eine Pause.

»Ja, so kann man es nennen. Ich habe Gianluca angerufen, der mein …, also wir kennen uns, … kannten uns.« Julia kam nicht weiter.

»Lassen Sie ruhig, sagte Castelli, mein Cousin hat mir Andeutungen gemacht, das genügt. Wissen Sie, bei uns Italienern ist die Familie alles. Wenn jemand Hilfe braucht, helfen wir. Aber hinterher wollen wir natürlich alles ganz genau wissen«, sagte er mit einem Augenzwinkern und lächelte Julia mit seinem schmalen Mund verschmitzt an.

Julia erwiderte sein Lächeln dankbar.

»Ich habe den Platz auf Gianlucas Namen reserviert und werde ganz kurz vor Abflug seinen Namen gegen Ihren austauschen. Können Sie mir genau aufschreiben, wie Sie heißen?«

Julia schrieb in Blockschrift ihren Namen auf ein Stück Papier.

»Gut. Dann erwähnte Gianluca, Sie hätten etwas Gepäck?«, sagte er mit einer wissenden Geste.

»Ja, ich habe eine kleine Box, die vielleicht zweieinhalb Kilos wiegt. Der Inhalt ist zerbrechlich und sollte nicht wie normales Gepäck auf den Förderbändern transportiert werden. Gianluca sprach von einem Transport zusammen mit einer Lieferung von kanadischen Meeresfrüchten. Ich dachte, ... also ich würde es sehr gern mit an Bord nehmen. Ich habe sonst kein Gepäck. Geht das?«, machte Julia einen Versuch.

»Ja, das können wir so machen: Gianluca hat mir auch hier einen Wink gegeben. Er sagte, es sei sehr wichtig und nichts Gefährliches. Ich glaube zu verstehen, dass es besser ist, wenn es nicht durch den normalen Sicherheitscheck geht?«

»Ich denke schon, denn die Box enthält Flüssigkeit und es sind sehr sensible Geräte angeschlossen«, sagte Julia und stellte die Box auf den Tisch.

Castelli betrachtet neugierig die Box und musste sich sichtlich beherrschen, nicht zu fragen, was darin war. Aber er versuchte es dann trotzdem: »Ich weiß, dass Gianluca an der Universität irgendwas mit Gehirnen zu tun hat. Ist das da …«?, und deutete dabei auf die Box. Julia nickte und sah ihm ernst in die Augen. Das genügte Castelli.

»Einen Moment«, sagte er und erhob sich aus seinem Sessel hinter dem Tisch. Er blieb fünf Minuten verschwunden.

Bis jetzt schien alles zu klappen. Sie war gespannt, was als nächstes passierte. Sie kramte das Handy hervor und steckte das Ladekabel in eine Steckdose hinter ihr an der Wand.

Castelli tauchte wieder auf. In seiner Hand schaukelte er triumphierend ein hübsches Beauty Case. »Sie können sich nicht vorstellen, was die Leute so alles verlieren«, sagte er und stellte die Tasche neben die Box. »Da müsste es reinpassen, oder?« Er öffnete die Tasche, leerte sie und deutete Julia an, zu probieren, ob die Box hineinpasste. Sie passte.

»Hören Sie«, sagte Castelli. »Das Beste wäre, wenn ich die Box an mich nähme. Ich bringe sie direkt zum Flugzeug und gebe sie Ihnen kurz vor dem Einsteigen wieder. Bei mir ist sie sicher. Ich bringe sie ohne Kontrolle zur Maschine. Sie gehen genau 30 Minuten bevor die Schalter für den Check In schließen zum Schalter für hinterlegte Tickets und weisen sich aus. Ich werde dafür sorgen, dass man Ihnen dort den Boarding Pass aushändigt. Dann passieren Sie ganz normal die Sicherheitskontrolle, gehen dann zum Ausgang B 12. Kurz vor dem Abflug tauche ich dann dort auf und gebe Ihnen den Kosmetikkoffer zurück. OK?«

Julia traute ihren Ohren nicht. Sie hätte nicht erwartet, dass alles so gut organisiert war.

»Ich habe sonst kein Gepäck. Fällt das nicht auf?«

»Vielleicht. Warten Sie hier einen Moment, ich gebe Ihnen einen Alitalia Rucksack. Kaufen Sie irgendwas in den Geschäften in der Halle. Haben Sie Geld?«

»Ja, ich habe noch etwas, kein Problem«, erwiderte Julia.

»Gut, dann wünsche ich gute Reise. Und grüßen Sie Gianluca herzlich von mir«, sagte Castelli fröhlich und erhob sich.

Julia stand mit zitternden Beinen auf. »Ich weiß nicht, wie ich Ihnen danken soll«, sagte sie.

»Danken Sie nicht mir, sondern Gianluca«, sagte Castelli mit dem fröhlichen Eifer, zu dem Italiener neigen, wenn sie hilfreich sein können. Er öffnete ihr die Tür und entließ sie in die Abflughalle. Nachdem er sie zu einem der Alitalia Schalter geführt hatte, verschwand er kurz dahinter und tauchte Sekunden später mit einem dunkelgrünen Alitalia Rucksack in der Hand wieder auf. Ein wortloser Gruß mit einem aufmunternden Lächeln, und schon bahnte er sich seinen Weg durch die Menge zurück zu seinem Arbeitsplatz.

Julia hatte ihre Augen auf den Kosmetikkoffer geheftet, der an Castellis Hand für einen Mann etwas unpassend hin und her schaukelte, und blickte ihm nach, bis er zwischen Koffern, Beinen und Röcken verschwunden war. Dann sah sie sich in der Halle um, erspähte einen Souvenir Shop und ging hinein. Beruhigt setzte sie sich nach ihrem Einkauf in die Abflughalle. In der ungeduldig wartenden Menge fühlte sie sich einigermaßen sicher. Sie hatte ein Baseball Cap gekauft und ließ ihre Rastalocken darunter hervorlugen. Zur verabredeten Zeit hatte sie den Boarding Pass auf ihren Namen in der Hand und reihte sich in die Warteschlange vor der Sicherheitskontrolle ein. Die Kontrollen wurden von einer privaten Firma vorgenommen. Keine Polizei oder Zollbeamte, dachte sie erleichtert. Julia legte ihren Rucksack auf das Förderband und ging durch den Metalldetektor. Auf der anderen Seite stellte sie sich neben das Band und wartete bis ihr Rucksack aus der Röhre wieder auftauchte. Sie nahm ihn vom Band, drehte sich um und stand vor einem Zollbeamten, der wie aus dem Nichts aufgetaucht war. Erst nach einer Schrecksekunde nahm sie wahr, dass der Hund an der Leine des Zöllners ihre Hosenbeine beschnupperte, dann die Nase zu ihrem Rucksack hochstreckte. Zum Glück ließ er fast augenblicklich wieder von Julia ab. Der Beamte gab ihr den Weg frei.

Den Schreck noch in den Knochen ging Julia weiter und suchte auf den Anzeigentafeln das Gate B 12. Der Weg führte sie durch die langen, geschwungenen Röhren, die die Passagiere zu den Abflugsatelliten brachten.

Castelli tauchte wie versprochen auf, als die First Class und Business Class Passagiere bereits an Bord gegangen waren. Er hielt den Kosmetikkoffer in der Hand. Julia erkannte an seinem entspannten Lächeln, dass es keine Probleme gegeben hatte. Er überreichte ihr den Kosmetikkoffer. Gerade als Julia sich mit einer Umarmung von ihm verabschieden wollte, griff er in seine Tasche.

»Ich vermute, das haben Sie vorhin im Büro vergessen. Das ist doch Ihres, oder?«

Julia starrte fassungslos auf ihr Handy, um das Castelli das Stromkabel gewickelt hatte.

»Ich habe es erst vom Netz genommen, als es voll war«, sagte er und überreichte ihr das Smartphone.

»Vor dem Abflug müssen Sie es natürlich ausschalten«, fügte er mit strenger Stimme, aber gleichzeitig schmunzelnd hinzu.

Julia nahm das Telefon, verstaute es in ihrem Rucksack, umarmte Castelli dankbar und betrat das Flugzeug. Sie ließ sich auf den ihr zugewiesenen Sitzplatz fallen und machte es sich bequem. Aber die Nervosität ließ sie nicht los, bis endlich die aufheulenden Triebwerke den Start der Maschine ankündigten. Die Maschine glitt über das Rollfeld. Julia war aufs äußerste gespannt. Endlich beschleunigte das Flugzeug und hob schließlich ab. Es war ihr, als falle eine Zentnerlast von ihr herab. Endlich raus aus den USA, weit weg, zu Gianluca. Sie träumte vor sich hin. Schließlich sprangen ihre Gedanken zu ihrem Vater.

Er war ein sanfter Mann gewesen, ernst, verständnisvoll. Wenige Wochen vor dem Tod ihrer Mutter war er mit ihr Fischen gegangen. Sie waren zu zweit in die Jagdhütte eines Kollegen gefahren, tief in den Wäldern von Neu England. Den ganzen Nachmittag waren sie über Stock und Stein geklettert, den schnell fließenden Flüssen und Bächen folgend, bis sie die perfekte Stelle gefunden hatten. An einer Flussbiegung hatte sich eine kleine Sandbank gebildet, durch dichte Bäume über ihnen abgeschattet. Die Strömung war genau vor der Sandbank langsamer geworden, da sich der Fluss in der Kurve verbreitert hatte. Im Schatten der Bäume, hatte ihr Vater ihr erklärt, lauern die Fische im ruhigeren Teil des Flusses auf das, was die schnelle Strömung ihnen vors Maul trägt. Ein idealer Platz. Noch dazu waren sie vor eventuellem Regen durch das dichte Blätterdach über ihnen einigermaßen geschützt.

Sorgfältig hatten sie ihr kleines Camp aufgebaut, die Ausrüstung ausgebreitet und die Angeln vorbereitet. Sie hatte ihren Ekel überwinden müssen, um zu lernen, wie man die kleinen, glitschigen Köder, die sie vorher unter Baumstämmen und Steinen gesammelt hatten, auf die kleinen spitzen Haken aufspießen musste. Unendlich geduldig war er gewesen, ihr im Alter von 12 Jahren beizubringen, wie man dann die Angel auswirft. Nach Dutzenden von Versuchen hatten sie sicher sämtliche Fische verscheucht. Und dann saßen sie dort, auf den kleinen Klappstühlen, in ihren Gummistiefeln und Regenjacken, und beobachteten den Fluss, die endlosen Kringel auf der Wasseroberfläche, die treibenden Blätter und Äste, die sich in den Schnüren ihrer Angeln zu verheddern drohten. Mit gedämpfter Stimme hatten sie stundenlang am Flussufer sitzend miteinander gesprochen. Und während dieser Gespräche hatte ihr Vater ihr seine Überzeugung vermittelt, dass es nichts Stärkeres gibt als die Natur, von der wir Menschen nur ein kleiner Teil, wenn auch der vielleicht komplizierteste sind. Tief im Inneren begann sich damals schon ihr Wunsch zu festigen, die menschliche Natur zu erforschen.

Sie saßen dort, bis schließlich um sie herum die Dunkelheit hereinbrach. Nicht einen einzigen Fisch hatten sie gesehen.

47

Julia verbrachte den Flug im Wechsel zwischen der Lektüre von Zeitschriften, einem weiteren Film und einem Dämmerschlaf. Wenigstens waren die Sitze bequemer als die Kinosessel. Um 13.00 Uhr wurde ein italienisches Mittagessen serviert. Als Vorspeise gab es Vitello Tonato, das man kaum auf dem Teller fand, als Hauptspeise Spaghetti mit Meeresfrüchten. Die Spaghetti waren alles andere als al dente und schwammen in einer öligen Knoblauchsauce.

Die Amerikaner werden niemals lernen, wie man vernünftige Spaghetti kocht und dass man in Italien Spaghetti als Zwischengang isst und nicht als Hauptspeise, dachte Julia. Als Nachtisch wurde eine aufgrund der Zugabe von zu viel Kaffee bittere Tirami Su aufgetragen. Um das alles ertragen zu können, bestellte Julia nach dem Essen ein Glas Rotwein aus dem Piemont. Als sie den gar nicht mal so üblen Tropfen über die Zunge gleiten ließ und dazu ein Stückchen Parmesankäse probierte, fühlte sie zum ersten Mal Vorfreude auf Italien, Vorfreude auch auf Gianluca? Julia musste lächeln, als sie sich plötzlich daran erinnerte, wie er mit der Zunge den Parmesankäse von ihrem Körper gepflückt hatte. Damit hatte er jedes Mal ihren ganzen Körper zum Zittern gebracht. Allerdings war der Parmesan damals besser gewesen. Ihr Lächeln verwandelte sich bei diesem Gedanken in ein Grinsen. Ob er immer noch nackt schlief? Sein athletischer Körper tauchte vor ihrem geistigen Auge auf. Sie konnte ihn fast fühlen.

Julia verbot sich diese Gedanken und Bilder sofort wieder. Die Beziehung zu Gianluca war nun seit vier Jahren vorbei, sie hatten seither nie wieder voneinander gehört. Er hatte sicher längst andere

Frauen im Kopf, sicher nicht nur im Kopf. Warum spukte er plötzlich wieder in ihrem Gehirn herum? Sie hatte andere Sorgen, nämlich das Gehirn von Brian Belucci in ihrem Kosmetikkoffer.

Nach einem weiteren Glas Rotwein fiel Julia erneut in einen Dämmerschlaf. Nach dem Umsteigen in Brüssel wurde auf dem Flug nach Mailand ein typisch italienisches Frühstück serviert, aber leider pappig, wie das in Flugzeugen so üblich ist. Da Julia Hunger hatte, würgte sie es in sich hinein. Schon wurde die Landung in Milano, Malpensa angekündigt. Julia spürte, wie sie aufgeregt wurde, wie ihr Herz begann, unregelmäßig zu schlagen und fast zu hüpfen. Du bist doch kein Teenager mehr, schalt sie sich. Endlich rollte das Flugzeug in die vorgesehene Position, natürlich eine Außenposition.

Als sie nach der Busfahrt endlich den Eingang zu den Gates erreicht hatte, trat sie auf einen großen Spiegel zu. Sie erkannte sich kaum wieder. Eine Blondine mit Rastalocken, stark geschminkt, die Wimperntusche um die Augen verschmiert, blickte ihr entgegen. So kann ich Gianluca jedenfalls nicht beeindrucken, dachte sich Julia und ging durch die Schranken. Sie passierte alle Einreisekontrollen ohne Zwischenfälle, machte sich dann auf den langen Weg in die Ankunftshalle, wo Gianluca am Ausgang der Gepäckabfertigung auf sie warten wollte. Sie ging durch den Zoll hinaus in die Halle und suchte zwischen der mit Geschenken und Blumen bewaffneten und auf ihre Lieben wartenden Menschenmenge nach dem Gesicht Gianlucas. Sie konnte ihn nirgends entdecken. Unschlüssig wartend, gleichzeitig ein wenig verloren, stand Julia mitten in der Halle. In diesem Moment sah sie einen jungen Mann von links auf sie zulaufen. Er hatte blonde, dichte Haare, die er in Wellen zurückgekämmt trug. Sein Gesicht war fein geschnitten und jetzt vom Laufen leicht gerötet. In der Hand trug er eine rote Rose.

»Bingo«, erklang es zeitgleich in einem Büro in Langley. Der Agent saß seit Stunden am Computer und filzte die Passagierlisten der ausgehenden Flüge aller im Umkreis von 100 Meilen gelegenen Flughäfen, Inland und Ausland. Nach stundenlanger Suche hatte er Julias Namen gefunden. Sie saß jetzt in der Maschine von Brüssel nach Mailand. Er checkte die Ankunftszeit. Gerade musste sie gelandet sein. Wenn alles normal verlief und sie, wie bei solchen Flügen üblich, zehn Minuten auf ihr Gepäck warten musste, dann gab es noch eine Chance, sie beim Zoll abzufangen. Bereits vorab instruiert, was er im Falle des Auffindens von Julias Namen in der Passagierliste zu tun hatte, hängte er sich sofort ans Telefon und rief die italienischen Behörden an. Er musste lange warten, bis jemand den Hörer abnahm.

»Ja, Herr Kollege, das Flugzeug ist schon gelandet. Schicken Sie uns das Bild von der Dame. Wir informieren den Zoll und rufen Sie dann zurück. Vielleicht können wir sie noch aufgreifen.«

Fünf Minuten später rief Italien zurück. »Sie muss schon durch den Zoll sein. Am Gepäckband steht keine Person, die der Beschreibung entspricht. Wir haben auch mit den Zollbeamten gesprochen. Einer kann sich an eine Frau erinnern, die der Zielperson zumindest ähnlich sah. Sie hatte nur Handgepäck bei sich und ist vor ca. 15 Minuten schnurstracks durch die Gepäckhalle und dann durch die Zollkontrolle gegangen. In der Ankunftshalle wurde vom Sicherheitspersonal niemand mehr gesehen, der wie die Dame auf dem Foto aussieht. Da können wir jetzt ohne weitere Instruktionen von oben nichts mehr machen. Tut uns leid. Arrivederci.«

Der Agent ließ langsam den Hörer sinken. Er wusste, dass er jetzt eine Botschaft zu überbringen hatte, über die sich der Empfänger nicht freuen würde. Wurden im alten Griechenland nicht die Überbringer schlechter Botschaften getötet? Aber hier waren wir ja im zivilisierten Amerika, oder? Der Agent wählte eine Nummer und erstattete Meldung.

»Fuck«, brüllte es am anderen Ende der Leitung.

48

Am liebsten wäre Julia Gianluca entgegengelaufen. Doch sie hielt sich zurück und wartete, bis er vor ihr stand. Sofort war sie wieder von seinen stahlblauen Augen gefangen.

»Hallo Julia, ich freue mich, dich zu sehen. Hat alles geklappt? Du hast dich ein wenig verändert«, begrüßte Gianluca sie außer Atem. Er gab ihr einen Kuss links und rechts auf die Wange. Julia registrierte enttäuscht die förmliche Begrüßung, keine Umarmung, kein Flackern in seinen Augen. Sie wäre ihm so gerne um den Hals gefallen. Was hast du erwartet, nachdem du dich vier Jahre nicht gemeldet hast?, wies sie sich gleich zurecht.

»Ja, es hat alles geklappt. Dein Cousin war wirklich sehr nett. Wieso? Hab' ich mich verändert?« Julia hatte ihre Verwandlung schon wieder völlig vergessen.

»Nun ja, du siehst, wie soll ich sagen …? Du siehst aus, als seiest du den 70ern entsprungen«, stotterte Gianluca. Julia hatte ihre neue Rastalockenfrisur und die dick aufgetragene Schminke schon verdrängt. Ihr Blick fiel jetzt auf ihre bunt lackierten Fingernägel.

»Ach so …« Julia lachte. »Das ist in New York jetzt der letzte Schrei, aber bei mir nur Tarnung. Die Mädels in dem Friseurladen haben mir zugesichert, dass ich mich jederzeit wieder zurückverwandeln kann.«

»Na, bei den Locken wäre ich mir da nicht so sicher.«

Gianluca nahm ihr das Gepäck ab. »Du musst mir alles erzählen. Ist es da drin?«, fragte er, neugierig auf den Kosmetikkoffer zeigend. Julia nickte.

»Das muss ich mir ansehen.« Gianluca wies Julia den Weg zum Auto. »Aber erst müssen wir nach Parma fahren.«

Gianluca blickte Julia zum ersten Mal direkt an und bemerkte unter der derangierten Schminke die Erschöpfung in ihrem Gesicht.

49

»Guten Morgen, Rattlesnake, wo sind Sie?« Der Ton von Wetherspoon war besonnen, fast freundlich. Seine »Wunderwaffe« behandelte er zuvorkommender als die anderen Mitarbeiter.

Rattlesnake war trotz der frühen Morgenstunde sofort wach. Sie hatte ihre erfolglose Suche nach Julia unterbrechen müssen, um ein bisschen Schlaf zu finden.

»Ich bin noch in Roscoe«, sagte sie mit fester Stimme. »Was kann ich für Sie tun, Sir?«

»Rattlesnake, schnappen Sie sich Nicholelis und fliegen Sie nach Mailand. Wenn Sie dort sind, melden Sie sich bei mir. Sie bekommen dann weitere Anweisungen. Um Ihren Sohn werde ich mich kümmern. Rufen Sie die Ihnen bekannte Telefonnummer an. Die wissen schon Bescheid. Sie müssen diese Frau finden. Alles, was wir wissen, ist, dass sie nach Mailand geflogen ist, wahrscheinlich mit dem Gehirn. Was sie dort will, ist völlig unklar.«

»Verzeihen Sie die Unterbrechung, Mr. Wetherspoon. Aus dem Lebenslauf von Ms. Cameron geht hervor, dass sie ein Semester in Parma studiert hat. An der dortigen Universität hat ein renommierter Hirnforscher einen Lehrstuhl. Vielleicht gibt es hier einen Zusammenhang.«

Wetherspoon war von dem Einwurf Rattlesnakes überrascht. Den Aspekt des Auslandssemesters in Parma hatte er glatt übersehen. Außerdem beeindruckten ihn die Kenntnisse von Rattlesnake in der Hirnforschungszene. Sie war unverzichtbar für ihn, das hatte er immer gewusst. Er ließ sich jedoch seine Überraschung nicht anmerken. »OK, dann fahren Sie nach Parma. Dort können Sie sich ja erst mal an der Universität umhören. Nehmen Sie Nicholelis an die Kandarre. Er ist ein guter Mann, aber manchmal etwas phlegmatisch.«

»Ich werde ihn schon auf Trab bringen.«

Wetherspoon hängte ein.

»Verbinden Sie mich mit Herrn Hechenberger in Wien«, rief er seiner Sekretärin über die Gegensprechanlage zu.

»Hechenberger«, tönte es in breitestem Wienerisch durch die Leitung.

»Hechenberger, hier spricht Wetherspoon.«

»Oh, Mr. President. Habe die Ehre. Was kann ich für Sie tun?«

»Ich wollte Sie vorwarnen, dass Sie von einem Herrn von der Vatikanbank in Rom kontaktiert werden, Cenobbio oder so heißt er. Das ist unser Mann in Rom. Ich kenne ihn nicht persönlich. Deshalb will ich seinen Kontakt zu unserer Agentin vor Ort über sie herstellen. Sie sind ja sein Führungsoffizier. Ich lasse dem Mann direkt eine E-Mail schicken mit der Anweisung, dass er Sie anrufen soll, auf einer sicheren Leitung, versteht sich. Sagen Sie ihm, dass er der Adjutant für eine Agentin mit dem Decknamen »Rattlesnake« sein wird, während sie in Italien ist. Er muss bedingungslos alle ihre Anweisungen befolgen, und zwar sofort. Alles muss glatt laufen. Erinnern Sie ihn an den Skandal in den 80ern. Dann wird er spuren. Sie stehen mir dafür gerade, Hechenberger.«

»Stets zu Diensten, baba.«

Wetherspoon hasste es, wenn die Wiener versuchten, bye bye auszusprechen.

Im Büro des Generaldirektors des Instituts für religiöse Werke, allgemein als Vatikanbank bezeichnet, klingelte das Telefon. Generaldirektor Cenobbio hatte gerade ganz in Gedanken versunken in seinem Büro in der fünften Etage des festungsartigen Turmes St. Niccolo V., direkt unterhalb des Apostolischen Palastes, gesessen und die Wände angestarrt. Heute war nicht viel zu tun, keine Sitzungen, keine Telefonkonferenzen. Der Anruf war eine willkommene Unterbrechung. Seine Sekretärin war am Apparat.

»Direttore, Sie haben eine E-Mail von Herrn Hechenberger bekommen. Scheint wichtig zu sein. Soll ich sie ausdrucken und Ihnen reinbringen?

»Ja, bitte.«

Der Generaldirektor des Instituts der Bankiers Gottes hatte zwar einen Computer auf seinem Schreibtisch stehen, wusste aber nicht, ihn zu bedienen. Indem er vorgab, keine Zeit zum Lesen seiner E-Mails zu haben, ließ er sich alles von seiner Sekretärin ausdrucken. Seine Sekretärin wusste Bescheid und spielte das Spiel mit. Sie betrat leise den Raum und legte ihm schweigend die Mail auf den Tisch.

Er faltete das Papier auseinander. »1x8b36z«, stand da auf dem Zettel. Unterschrift Ben J.R. Witherford.

Er stutzte. Das war eine E-Mail aus den Vereinigten Staaten. Von Wetherspoon, das war der Direktor der CIA. Er hatte ihn zwar nie kennen gelernt, aber sein Ruf eilte ihm voraus bis in die Vatikanstadt. Er verstand die Nachricht, er sollte seinen Führungsoffizier in Wien, Kommerzialrat Josef Hechenberger, kontaktieren. Er hatte ein ungutes Gefühl. Was hatte das zu bedeuten? Sicher Unannehmlichkeiten. Wieder ein Finanzskandal, Geldwäsche, Korruption, die Mafia? Wieder ein Sündenfall? Er war nun sechzig Jahre alt geworden und hatte alle Skandale überlebt. Musste er am Ende seinen Posten doch noch räumen? Den Chefs in den USA war alles zuzutrauen. Er schaute sich in seinem Büro um, als sei es das letzte Mal.

Obwohl die Vatikanbank von weltlichen Managern geführt wird, untersteht sie doch seit ihrer Gründung dem Papst. Und dementsprechend klerikal sah es in diesem Raum auch aus. Alle Tische und Stühle waren aus kostbarem, dunklem Holz geschnitzt, die Arm- und Rückenlehnen mit rotem Samt überzogen. An den Wänden hingen große Ölgemälde mit religiösen Szenen, aber auch altes Kriegsgerät der Schweizergarde, all dies neben goldenen Kandelabern und mit Gold- und Silberfäden durchwirkten, scharlachroten Kardinalsumhängen. Natürlich fehlte auch ein Bild des Papstes nicht. Der Raum lag im Dunkel, nur ein schwacher Lichtstrahl drang durch die kleinen Fensterluken.

Cenobbios Büro strahlte Würde und Diskretion aus. Diskret wurden auch alle Geschäfte der »weißen Finanz« abgewickelt. Durch diese dicken Mauern drang nichts nach außen in die weltliche Sphären. Kein Teil des mächtigen Kleinstaates der katholischen Kirche war so von Schweigen umhüllt wie dieser alte Turm.

Das häufig als Bank der Mönche und Mafiosi bezeichnete Institut musste wie jede andere Bank Gewinn erzielen. Dieser Gewinn konnte formal vom Papst beansprucht werden, wurde aber immer für wohltätige Zwecke genutzt. Früher waren Bischöfe, Nonnen und Mitarbeiter des Vatikans Kunden der Bank, arm wie so genannte »Kirchenmäuse«, aber fromm in der Seele. Institutionen wie Diözesen, Orden, Stiftungen und andere katholische Einrichtungen arbeiteten mit der Vatikanbank zusammen. Aber die »Sparkasse des Papstes« stand nicht nur für Religion, sondern auch für Macht, Geld und Intransparenz.

Wie viel Geld diese Bank wirklich verwaltete, wusste kein Außenstehender so genau. Das Geheimnis konnte stets gehütet werden, da die Bank jenseits jeder Finanzkontrolle arbeitete. Weder die italienische Bankenaufsicht der Zentralbank noch irgendwelche internationalen Institutionen konnten ihr in die Bücher schauen. Aus diesem Grund unterhielt auch die CIA dort ein Konto, das vom Generaldirektor persönlich verwaltet wurde.

Cenobbio ließ sich sofort mit Hechenberger verbinden. Er war nervös. Er hasste diesen Mann, an den er gemäß Hierarchievorgabe der CIA berichten musste. Er, der Mann aus dem Vatikan. Aber er musste sich dem System beugen, die CIA hatte ihre eigenen Regeln.

Hechenberger instruierte ihn in knappen Worten über seinen Auftrag. »An der Suche selbst beteiligen Sie sich nicht. Und keine Polizei, verstehen Sie?«, beendete er das Gespräch.

Cenobbio war froh, Hechenberger nur am Telefon sprechen zu müssen. Er hätte sonst seinen Unwillen über die Dummheit des Mannes nicht verbergen können. Die Vatikanbank arbeitete nie mit der Polizei zusammen. Das wusste doch nun jeder!

50

»Oh je, du musst unendlich müde sein. Wäre trotzdem toll, wenn du gleich erzählen könntest. Ich muss ja wissen, was ich mir mit dir eingehandelt habe.«

Gianluca grinste. Julia spürte etwas von der alten, selbstverständlichen Vertrautheit. Gianluca hielt ihr die Tür zum Wagen auf. Er fuhr tatsächlich immer noch den alten, klapprigen, orangefarbenen Fiat Spider, mit dem sie vor vier Jahren unvergessliche Ausflüge durch die Emilia Romagna unternommen hatten. Julia stieg ein und Gianluca fuhr sofort los.

»Bis Parma sind es ungefähr zwei Stunden. Wir müssen uns ein bisschen beeilen. Vielleicht haben wir dann noch Zeit für ein kleines Mittagessen. Um 14.00 Uhr habe ich Vorlesung, die konnte ich nicht so kurzfristig absagen. Es geht mal wieder um Spiegelzellen. Möchtest du erst etwas schlafen oder magst du mitkommen?«

»Natürlich komme ich mit«, beeilte sich Julia zu sagen.

»Aber jetzt erzähl erst mal, wenn du dazu überhaupt noch in der Lage bist. Was hast du in den letzten Jahren getrieben, wie bist du an dieses Gehirn gekommen und wer – um Gottes Willen – fahndet nach dir?«

Julia holte tief Luft. Sie wusste nicht, wo sie anfangen sollte. »Es ist eine absurde Geschichte. Ich werde versuchen, dir das einigermaßen koordiniert zu erzählen. Nachdem ich vor vier Jahren nach Amerika zurückgekehrt bin, habe ich zunächst mein Studium beendet.«

Julia stockte. Das hörte sich ja an wie ein Lebenslauf. So unpersönlich konnte sie ihre Geschichte nicht beginnen.

»Ich, ich, …« Julia stotterte, »ich hätte dich anrufen sollen, ich hab mich einfach nicht getraut.« Sie blickte Gianluca von der Seite an. Gianluca schwieg. Er schien sich voll auf den Weg zu konzentrieren. »Aber das tut jetzt nichts zur Sache«, fügte sie ein wenig brüsk hinzu.

»Nach dem Studium habe ich eine Stelle als Assistenzärztin im Bethesda Krankenhaus in Manhattan gefunden. Ich bin dort bei Professor Brown tätig. Den Namen kennst du sicher.«

»Ich habe von ihm gehört, das ist ja fast unvermeidlich. Er vermarktet sich wie ein Medienstar«, bemerkte Gianluca, nicht ohne einen kritischen Unterton.

Julia ignorierte Gianlucas Bemerkung bewusst.

»Ich arbeite im Labor und bin zuständig für die Konservierung von Gehirnen. Das klingt etwas trocken, aber ich lerne viel. Das Bethesda Krankenhaus hat mittlerweile die weltweit größte wissenschaftliche Sammlung von Gehirnen verstorbener Menschen. Professor Brown ist eine Kapazität auf seinem Gebiet. Bei ihm zu arbeiten, war genau das, was ich wollte.«

Das klang etwas aggressiv, aber Julia war nicht bereit, sich zur Labormaus eines Medienstars abstempeln zu lassen.

»Vor drei Tagen wurde eine Leiche eingeliefert, Autounfall, sah ziemlich schlimm aus. Meine Aufgabe ist es üblicherweise, das Gehirn des Toten zu konservieren, wenn die Verwandten es für wissenschaftliche Zwecke freigeben. Solche Konservierungen mache ich normalerweise routinemäßig. Dieses Mal, bei diesem Gehirn eines Klempners aus Queens namens Brian Belucci, erhielt ich die Anweisung, das Gehirn einfach nur wegzuschließen. Das war sehr merkwürdig. Ich konnte mir das nicht erklären. Frag mich nicht warum, plötzlich dachte ich an die Theorien um das Leben nach dem Tod und dass in der Vergangenheit auch nach dem klinischen

Tod von Menschen noch Hirnströme gemessen wurden. Ich war plötzlich von diesen Gedanken besessen, aus welchem Grund auch immer. Gerade an diesem Tag musste ich der Frage, ob in diesem Gehirn von Brian Belucci noch Leben ist, auf den Grund gehen. Deshalb habe ich einen Versuch durchgeführt. Ich habe das Gehirn zunächst mit einem künstlichen Ohr versehen. Dann habe ich dem visuellen Kortex des Gehirns eine mit Mikroprozessoren beschichtete Folie aufgelegt. Diese Folie habe ich an einen Rechner angeschlossen, der wiederum mit einem Bildschirm verbunden war. Alle Einzelheiten werde ich dir später erzählen.

Und tatsächlich hat es geklappt. Das Gehirn hat mit seinem künstlichen Ohr Geräusche im Raum gehört, jedenfalls glaubte ich das. Je nach Art des Geräuschs hat der Bildschirm verschiedene Farben und Muster angezeigt. Zum Beispiel reagierte es bei einem herunterfallenden Glas mit gelben und giftgrünen Blitzen. Das Gehirn hat sogar auf meine Stimme mit Farbmustern reagiert. Ich habe es mit emotional beladenen Reizwörtern konfrontiert. Daraufhin zeigte der Bildschirm farbige Wellen, Blitze und Kreise. Die Formen und Farben änderten sich, je nach Reizwort. Schließlich konnte ich Farbmuster identifizieren und denen dann Buchstaben zuordnen. Aus den mit meinen Worten verknüpften Farbmustern habe ich ein Farb-/Buchstabenalphabet erstellt und zu einem rudimentären Silbenalphabet weiter entwickelt.«

Gianluca wandte sich zu Julia, so gut das beim Fahren auf der Autobahn möglich war.

»Julia, ich kann es kaum glauben, das kann gar nicht sein, da müsste ja jemand eine die Gesetze der Physiologie sprengende Erfindung gemacht haben. Du bist Dingen auf die Spur gekommen, die noch niemand herausgefunden, jedenfalls nicht veröffentlicht hat. Ein Gehirn wird entnommen und überlebt ohne Energiezufuhr.

Ein farbiges Silbenalphabet zur Kommunikation mit einem Toten, das glaubt dir doch keiner. Ich meine, nicht dass ich dir nicht glauben würde, das klingt ziemlich phantastisch, im wahrsten Sinne des Wortes.«

»Ja, Gianluca, ich kann es ja selbst kaum fassen, und es kommt noch viel phantastischer. Blöderweise ging irgendwann meine Schicht zu Ende. Ich konnte aber nicht einfach meine Arbeit einstellen und das Gehirn Professor Brown überlassen. Ich war überzeugt, dass noch Leben in diesem Gehirn war. Ich musste herausfinden, woran das lag. Da habe ich das Gehirn einfach mitgenommen. Ich hatte gehofft, die Kollegen würden das nicht so bald merken, aber es muss schon kurze Zeit später aufgefallen sein. Ein Freund hat mir erzählt, dass sogar die Polizei im Krankenhaus war und mich gesucht hat. Daraufhin habe ich mich in einer Holzhütte der Eltern einer alten Freundin in einer ganz einsamen Gegend im Norden New Jerseys versteckt. Etwas Besseres ist mir in der Eile nicht eingefallen. In der Hütte habe ich weiter versucht, mit dem Gehirn in Kontakt zu kommen.

»Wie hast du das gemacht?« Sie merkte Gianluca die gespannte Neugier an.

»Statt des Rechners im Krankenhaus habe ich meinen Laptop genommen. Es ist ja egal, mit welchem Rechner ich arbeite. Der Laptop hatte nach einer Weile keinen Strom mehr. In der Hütte gab es keine Stromversorgung. Also habe ich mir am nächsten Morgen so ein Smartphone mit großem Display besorgt, das ich mit der Batterie des Zigarettenanzünders im Auto aufladen konnte. Ich habe das programmierte Farbenalphabet auf dieses Handy geladen.

Gianluca lachte. »So technisch versiert habe ich dich vor vier Jahren nicht erlebt. Neben den Rastalocken also noch eine weitere Veränderung.«

Julia musste mitlachen. »Stimmt, ich finde beim Computer normalerweise ja nicht mal die Ein- und Ausschalttaste.« Und wieder fühlte Julia für einen Moment die alte Vertrautheit.

»Jetzt mal weg von deinem neu entwickelten technischen Genius, wie ging es weiter?«, fragte Gianluca neugierig, fast ungeduldig.

»Ich habe in der Hütte mit dem Gehirn Sprache ausprobiert. Und plötzlich sah ich auf dem Bildschirm folgende Frage stehen: ›WER SIND SIE?‹«

»Was?« Gianlucas Stimme überschlug sich fast.

»Ich war so panisch, dass ich erst mal das Ding ausgeschaltet habe. Mir kam es vor, als spreche ein Geist zu mir. Ich konnte einfach nicht antworten vor lauter Angst. Ich hab dann erst mal meinen Vater angerufen. Der erzählte mir, zwei Männer hätten ihn aufgesucht und ein Jugendfoto von mir mit meiner Freundin vor der alten Hütte mitgehen lassen. Und das Krankenhaus habe angerufen, um mich zu sprechen. Kaum hatte er mir das ausgerichtet, sah ich schon meine Verfolger kommen. Es war zwar kein Polizeiauto, aber ich war sicher, dass dieses Auto hinter mir her war. Da bin ich Hals über Kopf geflohen. Dann tauchten Polizeiwagen auf und Straßensperren wurden aufgebaut. Ich habe mich dann mit meinem Wagen irgendwo im Unterholz versteckt.«

»Das klingt ja wie eine Räuberpistole, erzähl weiter«, drängte Gianluca.

»Im Unterholz habe ich das Gehirn, quatsch, das Handy wieder angeschaltet. Und du wirst es wieder nicht glauben. Ich konnte mich mit dem Gehirn unterhalten. Es ging sehr langsam, es war ganz offensichtlich für das Gehirn eine unglaubliche Anstrengung, aber wir haben es geschafft, miteinander zu sprechen. Das Gehirn hat mir erzählt, dass ihm wahrscheinlich ein Medikament, möglicherweise eine Droge verabreicht wurde, die irgendwie auf sein

Unterbewusstsein Einfluss genommen und seine Gedankenwelt verändert hat. Ich vermute, dass Brian Belucci, so heißt der »Gehirnspender«, einer von mehreren Testpersonen ist, denen das gleiche Präparat gegeben wird. Vielleicht ist die CIA da involviert. Brian Belucci sprach von einer psychischen Infektion oder Epidemie, die bei den Testpersonen durch Botschaften über das Internet ausgelöst wird. Was sie damit erreichen wollen, ist mir noch nicht klar. Das Gehirn sprach, nein, schrieb von Wahlmanipulation. Das ist doch Wahnsinn.«

»Oh Gott, in was bist du da bloß hineingezogen worden?« Gianlucas Stimme klang jetzt sehr besorgt.

»Ja, deshalb bin ich ja so durcheinander. Darum habe ich ja dich in meiner Verzweiflung morgens zu unchristlicher Zeit angerufen. Ich wusste nicht mehr weiter.«

»Natürlich nicht, da wüsste keiner mehr, was er tun soll. Erst mal raus aus dem Land, das war eine gute Idee. Julia ich werde versuchen, dir zu helfen. Ich habe allerdings noch keinen Plan, wie. Auf alle Fälle müssen wir erst mal mit dem Gehirn sprechen.«

»Du hast mir schon sehr geholfen. Ich fühle mich jetzt schon viel besser.« Julia lächelte ihn an.

»Nicht der Rede wert. Wie bist du durch die Polizeisperre gekommen?«

»Zur Unkenntlichkeit verkleidet mit dem besagten Fischlieferwagen, der dich am Telefon schon fasziniert hat. In einem weißen Kittel, die Haare unter einer mit einer idiotischen Garnele bedruckten Schirmmütze versteckt. Du hättest mich sehen sollen. Aus dem Lieferwagen kommt auch dieser komische Matrosenpullover, mein Gepäck habe ich zurücklassen müssen. Ich habe nur noch, was ich auf dem Leib trage, und … und meine Rastalocken.« Julias Humor kehrte zurück, aber dann wurde sie gleich wieder ernst.

»Zwischendurch war ich mal kurz in meinem Elternhaus. Dort habe ich meinen Vater gefunden, tot. Ich weiß nicht, ob er ermordet wurde oder Selbstmord begangen hat. Er muss irgendetwas mit dieser Sache zu tun haben. Ich zermartere mir das Hirn, was das sein könnte. Ich habe eine Menge Zettel mit ganz merkwürdigen Notizen bei ihm gefunden.

»Was für Zettel?«

»Na ja. Post-its, auf die er philosophische Sentenzen gekritzelt hat. Die einzelnen Zettel hatten für mich keinen erkennbaren Zusammenhang. Ich habe aber auch E-Mail-Adressen gefunden. Mehr erzähle ich dir später, ich kann mir selbst keinen Reim darauf machen.«

»Hör zu, Julia, wir sind jetzt kurz vor der letzten Autobahnausfahrt, bevor wir Parma erreichen, und wir haben noch etwas Zeit, bis meine Vorlesung beginnt. Kurz nach der Ausfahrt kommt ein großer Parkplatz. Wollen wir dort einen Moment mit dem Gehirn sprechen? Ich brauche ein Gefühl für das, was in dem Gehirn vorgeht. Was dir das Gehirn da alles erzählt hat, kann es unmöglich wissen. Das ist total irreal. Der Mann war schließlich Klempner und kein hellsehender Neurobiologe.«

»Ja, darüber habe ich mir auch schon viel Gedanken gemacht. Er war aber auch ein erfolgreicher Schachspieler in seiner Jugend. Wer weiß, wofür er sich noch interessiert hat. Durch die Verabreichung einer Droge könnte das Unterbewusstsein dieses überdurchschnittlich oder sogar hochintelligenten Brian Belucci wieder aktiviert worden sein. Ich könnte mir vorstellen, dass im Unterbewusstsein gespeicherte Informationen wieder ins Bewusstsein dringen können. Lass uns raus fahren.«

»Aber dann würden die anderen Testpersonen, wenn es sie gibt, die Verabreichung der Droge doch auch bemerken.«

»Das habe ich mir auch schon überlegt, aber vielleicht entfaltet die Droge eine unvorhergesehene Nachwirkung, die erst entsteht, wenn sie nicht weiter eingenommen wird. Brian ist ja sozusagen auf Entzug.

»Aller Achtung, Julia, du entwickelst Phantasie. Dieser Brown scheint dir ja doch was beigebracht zu haben.«

»Das habe ich nun wirklich nicht von Brown, der ist kein Freund von neuen Ideen, und schon gar nicht, wenn sie mit Freud zu tun haben«, grinste Julia, während sie die Box öffnete und das Handy anschaltete. Gianluca warf einen Blick in das Gefäß. Er sah ein Gehirn, wie er schon viele zuvor gesehen hatte, eine walnussähnliche Form mit der Konsistenz eines weichen Eis. Und obwohl dies für ihn ein ganz normaler Anblick war, fühlte er sich mulmig.

»Kannst du es ..., ihn ... ansprechen?«, wandte er sich an Julia.

»Ja, mach ich gleich, das Programm muss noch hochfahren. Es dauert keine Minute.«

Nachdem das Programm bereit und übrigen Apparaturen angeschaltet waren, sprach Julia ins Mikrofon: »Guten Morgen, wir sind in Italien. Ich sitze bei meinem Bekannten, ... meinem Freund Gianluca im Auto. Es ist jetzt halb zwölf in Italien. Wir sind kurz vor Parma. Wie fühlen Sie sich?«

»ICH FÜHLE NICHTS ..., WENN ICH SAGEN WÜRDE, ... GEJETLAGGED, ... WAERE DAS GELOGEN. NEIN, ICH FÜHLE NICHTS.«

Julia schaute mit traurigem Blick zu Gianluca auf. Auch er war von dem Gehirn gerührt, das da so wehr- und gefühllos in seiner Flüssigkeit schwebte.

»Ich möchte Ihnen Gianluca vorstellen.«

HI ..., ICH KANN SIE NICHT SEHEN, ABER SIE SIND EINE FREUND VON JULIA ..., SIE SEHEN SICHER GUT AUS.

Gianluca, der sonst nicht auf den Mund gefallen war, fehlten im ersten Moment die Worte. »Guten Morgen, Mr Belucci, ..., Brian«, stotterte Gianluca ins Mikrofon. »Darf ich Sie Brian nennen?«

Julia stellte entsetzt fest, dass sie das Gehirn noch nie beim Namen genannt hatte. Vielleicht war sie ihm doch nicht so nah, wie sie gedacht hatte. Gianluca hatte wieder einmal die richtigen Worte gefunden.

»KLAR. HOW DO YOU DO?«

Gianluca stutzte, ein typischer Amerikaner. Er wusste nie genau, was er auf dieses »how do you do?« antworten sollte. Die Leute wollten ja nicht wirklich wissen, wie es einem geht. Und gerade in dieser Situation kam ihm die an ihn gerichtete Frage befremdlich vor.

»Brian, ich würde Sie gerne näher kennenlernen, aber ich habe im Moment nicht viel Zeit. Ich bin Hirnforscher, genau wie Julia. Ich muss gleich in Parma an der Universität eine Vorlesung halten. Über Spiegelneuronen ...«, fügte er unsicher hinzu.

Gianluca war wütend auf sich selbst. »Da liegt ein Gehirn in einer Flüssigkeit. Es stammt von einem Klempner aus New York, es lebt noch, obwohl der zugehörige Körper tot ist, und du erzählst ihm etwas über Spiegelzellen«, beschimpfte er sich.

» NACHAHMEN, ... MITGEFÜHL.

Gianluca konnte kaum glauben, was er da hörte. Julia hatte recht gehabt. Das Gehirn ..., Brian, hatte außergewöhnliche Kenntnisse.

»Ja, darum geht es. Dürfen wir Sie nach der Vorlesung wieder ansprechen? Wir würden Ihnen gerne ein paar Fragen stellen.«

»OK, ... SIE KLINGEN WIE LIEUTENANT KOJAK.«

Gianluca grinste. »Wir melden uns so bald wie möglich. Halten Sie durch?«

»KLAR.«

Sie fuhren wieder auf die Autobahn. Gianluca war außer sich. »Dieser Brian lebt noch. Ich kann es nicht fassen. Wurde denn der Hirntod nicht festgestellt?«

Doch, Professor Brown hat das jedenfalls gesagt.«

»Ein Hirntod ist irreversibel. Weißt du, was das heißt?«

»Oh Gott, natürlich.« Julia zitterte. »Das ist mir in der ganzen Aufregung nicht klar geworden. Sie haben einem Lebenden das Gehirn entnommen.«

»Ja«, antwortete Gianluca. Der Hirntod ist aufgrund von absterbenden Nervenzellen das unumkehrbare Ende aller Hirnfunktionen. Das muss aufwendig diagnostiziert und zweifelsfrei nachgewiesen werden. Ein besonders kompliziertes Diagnoseverfahren findet bei der Organspende Anwendung. Du hast hier eine Riesenschweinerei aufgedeckt, und nicht nur eine.«

Julia weinte fast. »Das erinnert mich an einen Bericht, den ich mal gelesen habe. Da haben Ärzte an der Charité in Ost-Berlin den Tod von Schwerstkranken in Kauf genommen oder sogar provoziert, die aus allen Teilen Ostdeutschlands in das Uni-Krankenhaus gekarrt wurden, obwohl das medizinisch nicht vertretbar war. Der Hintergrund dieser Transportaktionen war einfach. Wenn sie in der Charité starben, dann waren sie dort gleich als Organspender verfügbar.«

»Genau, und später kam sogar noch raus, dass die Todkranken meist mit einem so genannten Spenderfahrzeug der Charité nach Ost-Berlin geschafft wurden. Dieses war ausschließlich für den Transport von hirntoten Organspendern vorgesehen, nicht aber für die Beförderung von lebenden Patienten.«

Julia, schüttelte den Kopf. »Ich kann mir nicht vorstellen, dass Professor Brown so etwas tun würde. Er würde doch kein Gehirn entnehmen, das nicht hirntot ist. Das wäre ja moralisch und ethisch ein Skandal. Schlimmer, das wäre Mord, das ...« Dann hörte sie abrupt auf zu sprechen. Konnte sie sich da wirklich sicher sein? Sie grübelte über diese Frage.

Doch Gianluca gab keine Ruhe. »Selbst wenn das Gehirn aus dem Schädel entnommen wurde, obwohl der Hirntod noch nicht eingetreten war, könnte es nicht überleben. Es erhält ja keine Blutzufuhr mehr und bekommt nicht mehr genug Sauerstoff. Normalerweise müsste es dann nach etwa 60 Sekunden bewusstlos werden. Bereits nach zwei- bis dreiminütigem Ausfall beginnt das Gehirngewebe abzusterben. Nach ungefähr zehn Minuten tritt der Hirntod ein. Wenn die Stoffwechselprozesse stark verlangsamt sind, wie zum Beispiel bei Unterkühlung, kann das Gehirn unter Umständen auch eine längere Unterbrechung der Durchblutung überstehen.«

»Die Flüssigkeit, in der das Gehirn liegt, ist zwar kalt, aber das allein kann ja nicht ein mittlerweile dreitägiges Überleben bewirken«, überlegte Julia laut.

»Nein, das geht keinesfalls. Das Gehirn hat keinen Speicher für Sauerstoff und Zucker, anders als zum Beispiel die Muskeln. Es muss also andauernd versorgt werden. Selbst wenn die Flüssigkeit Sauerstoff und Glucose enthalten würde, wäre die daraus produzierte Energie ja sofort verbraucht. Die verbrauchte Energie zerfällt in CO_2 und Wasser.

»Klar, und das Gehirn verbraucht ja besonders viel Energie, vor allem wenn es arbeitet. Wenn es dagegen in Ruhestellung ist, braucht es nur ein Fünftel der Energie, die notwendig ist, um das Gehirn im arbeitenden Zustand am Leben zu erhalten.«

Richtig, Julia, die Zufuhr von diesem Zeug ist das Problem. Mein Meister, so nenne ich meinen Professor immer, hat mir einmal das Bild vom ›Urmeer‹ beschrieben, an das ich mich immer noch erinnere. Er erklärte mir, dass die Zellen im Urmeer entstanden sind und daher auch auf konstante Urmeerbedingungen angewiesen sind, also auf eine bestimmte Sauerstoff- und Zuckerkonzentration sowie Elektrolyte. Das »Urmeer« wird durch Lunge, Niere und Leber hindurchgepumpt. Das macht der Kreislauf. Wenn der nicht mehr funktioniert, dann ist es aus.«

»Das Urmeer«, sinnierte Julia. »Was für ein schönes Wort, was für ein schönes Bild. Ich kann mir das richtig vorstellen. Irgendwie muss das Gehirn mit dem Urmeer versorgt werden. Aber wie soll das mit dieser Flüssigkeit gehen? Selbst wenn diese Urmeerbedingungen in der Flüssigkeit enthalten sind, dann müsste die Flüssigkeit ja aufgrund des Verbrauchs der darin enthaltenen Stoffe ständig ausgewechselt werden. Wir müssten sozusagen mit einem Versorgungsschlauch durch die Gegend laufen. Gut, dass das offensichtlich nicht nötig ist, sonst hätte ich nie zu dir nach Italien kommen können.«

Gianluca grinste, Fast hätte er die Ausfahrt nach Parma verpasst. Als sie die Altstadt erreichten, rumpelte der alte Fiat auf dem Kopfsteinpflaster, als würde er gleich umkippen. Schon um sich abzulenken, ließ sich Julia von dieser Stadt mit den engen Straßen, den alten, bunten Stadthäusern, den schmiedeeisernen Toren und Straßenlampen sofort wieder gefangen nehmen. Die Gebäude schillerten in rostrot, karmesinrot, rosa, zartem orange, ocker. Alle Farbschattierungen waren vertreten. Jedes Haus leuchtete anders, je nach Sonneneinfall. Von außen wirkten die Häuser fast baufällig, aber Julia erinnerte sich noch, wie prachtvoll sie innen ausgestattet waren. Zwischen diesen traumhaften Häusern war sie vor vier Jahren umhergewandelt. Sie hatte sich schon damals gefühlt, als sei dies ihre Stadt. Dieses Gefühl befiel sie auch heute wieder, trotz ihrer unendlichen Erschöpfung.

»Ich schlage vor, wir nehmen jetzt noch einen kleinen Happen auf die Schnelle.«

»Einverstanden«, sagte Julia und reckte sich, »und dann reden wir weiter.«

Nachdem sie in einem der unzähligen Cafés rund um die Universität nur ein paar Antipasti zu sich genommen und einen Espresso getrunken hatten, begaben sie sich sofort zu dem Gebäude in der Altstadt, wo Gianluca und sein Team ihre Forschungen durchführten.

Dort betraten sie einen schattigen Innenhof, der von Arkaden umrahmt war. In der Mitte plätscherte ein steinerner Brunnen. Der Marmorboden war als schwarzweißes Mosaik verlegt, der Innenhof üppig mit Grünpflanzen geschmückt. Nur der herumliegende Müll störte die erhabene Atmosphäre. Gianluca bemerkte Julias Blick.

»Die öffentlichen Plätze, Straßen und Wege gehören niemanden, entsprechend sehen sie auch aus. Wir Italiener bewundern die Schweizer und Deutschen, wo der öffentliche Raum allen gehört und deshalb auch von allen pfleglich behandelt wird.«

Sie überquerten den Innenhof und stiegen eine breite Marmortreppe hinauf. Julia folgte Gianluca durch zahllose Gänge, die für sie alle verwirrend gleich aussahen. Dann erreichten sie die neurologische Forschungsabteilung.

Gianluca zeigte Julia die Räumlichkeiten. Die Labore in diesem altehrwürdigen Gebäude sahen anders aus als die Räume der Universitäten in den USA. Hier wurde noch nicht mit der allerneuesten Technologie gearbeitet, die Geräte waren älteren Datums. Die Ausrüstung hatte teilweise etwas Rührendes an sich. Die USA, das war Hightech/High Budget im Gegensatz zum Lowtech/No Budget Ansatz in Parma. Aber das allein machte nicht den Unterschied. Die Räume strahlten mehr Menschlichkeit aus. Da und dort hing ein Poster von Parma, ein paar Zeitungen lagen herum. Auf einem

Tisch stand neben vielen Kaffeetassen sogar ein Blumenstrauß, der allerdings bessere Tage gesehen hatte. Der Institutsleiter war offensichtlich kein Ordnungsfanatiker. Gianluca öffnete die Tür zu einem kleinen Raum. Dort befand sich ein Bettsofa und ein Tisch mit ein paar wackligen Stühlen. Im Gegensatz zu den anderen Räumen hingen hier einige Ölbilder, die in einem merkwürdigen Gegensatz zu der sonst spartanischen Einrichtung des Zimmers standen. In der Ecke war eine Kochnische und die Anschlusstür führte zu einem kleinen Bad mit Waschbecken, Toilette und Dusche, alles einfach, aber sauber.

»Das ist mein Reich. Zu diesem Zimmer habe nur ich Zugang. Hier habe ich schon so manche lange Nacht verbracht, wenn mich die Forschungsarbeiten nicht losließen. Hier kannst du heute Nacht schlafen, wenn das für dich in Ordnung ist. Frisches Bettzeug ist im Bettkasten unter dem Sofa. Dies ist alles andere als ein Luxusappartement, aber ich dachte, es sei zu gefährlich, dich in einem Hotel unterzubringen. Hier wird dich niemand vermuten.«

Gianluca ahnte nicht, dass Rattlesnake sie genau dort suchen würde.

Julia lächelte Gianluca dankbar an. »Es ist wunderbar, vielen Dank.«

51

Julia setzte sich auf eine der hinteren Sitzreihen des Hörsaales, in dem sie vier Jahre zuvor Gianluca zum ersten Mal gesehen hatte. Sie fühlte sich sofort in ihre Studentenzeit zurückversetzt. Der Hörsaal mit seiner dunkelbraunen, wunderbar gearbeiteten Holztäfelung war ihr vertraut, nur die Studentinnen erschienen ihr jünger als damals. Doch ihre Verhaltensweisen hatten sich nicht geändert. Sie hingen schon an Gianlucas Lippen, als er das Thema der heutigen Vorlesung verkündete, die Entdeckung der Spiegelneuronen. Julia sah direkt in Gianlucas Augen, das hatte sie sich damals nicht getraut. Sie blitzten immer noch strahlend blau, nur sein Gesicht wirkte reifer. Unter den Augen konnte sie ein paar Schatten erkennen.

Gianluca führte in das Thema ein:

»Die einen weinen bei Winnetous Tod in der legendären Karl May-Verfilmung, die anderen beim Tod von Clint Eastwood alias Walter Kowalski in Grand Torino, und wieder andere weinen beim Zusammenbruch von Doktor Schiwago, als er Lara viele Jahre nach ihrer Trennung in einer Straßenbahn erblickt. Wir weinen bei traurigen Filmen, weil wir uns in die Gefühle der Helden hineinversetzen. Wir empfinden ihr Leid wie unser eigenes. Wir entwickeln Mitgefühl.

Wie ist das möglich? Wie und warum übertragen sich die Gefühle unsere Mitmenschen auf uns? Die Antwort ist: über Spiegelneuronen. Wir sehen uns jetzt einen Videofilm an, in dem das Phänomen anhand eines Affenversuchs erläutert wird. Am liebsten würde ich Ihnen diesen Versuch live vorführen, aber das würde ein ziemliches Affentheater.«

Ein Raunen ging durch den Saal. Gianlucas Humor und Charme wirkte wie immer, auch wenn er nur in einen Kalauer verpackt war. Er schaltete das Licht aus und ließ den Film ablaufen.

Man sah eine Assistenzärztin schräg vor einem Affen sitzen. Aus dem Kopf des Affen ragten Elektrodendrähte, die an einen Oszillografen angeschlossen waren. Gianluca erläuterte den Studenten, dass die Tiere keinen Schmerz spüren konnten. Die Assistenzärztin nahm eine Erdnuss aus einem Sack und legte sie auf ein Tablett vor dem Affen.

Der Affe fixierte die Nuss. Dann schob die Assistentin das Tablett immer näher an den Affen heran. Knack! Blitzschnell hatte das Tier die Nuss geschnappt, in den Mund geführt, aufgeknackt und nach zwei flüchtigen Kaubewegungen verschlungen.

Im Hintergrund leuchtete der Oszillograf auf, hellgrün, es knatterte und krachte. Die Elektrode im Kopf des Affen hatte die Aktivität einer angeschlossenen Hirnzelle registriert.

»Sie sehen«, Gianluca wandte sich an die Studenten, »dass wir eine Greifzelle gefunden haben. Jetzt wird sich zeigen, ob es auch eine Spiegelzelle ist.«

Die Assistentin legte eine neue Nuss auf das Tablett, außerhalb der Reichweite des Affen, so dass der Affe die Nuss nicht ergreifen konnte. Stattdessen schnappt sie sich die Nuss. Der Affe musterte sie aufmerksam. Nichts passierte. Von der Zelle ging keine Aktivität aus. Sie wiederholte den Vorgang. Wieder nichts. Ein drittes, viertes Mal. Der Oszillograf reagierte nicht.

»Pech gehabt. Das ist keine Spiegelzelle«, kommentierte Gianluca. »Manchmal finden wir drei an einem Tag, manchmal wochenlang nichts. Aber lassen Sie uns weiter zusehen.«

Die Assistentin brachte die Elektrode an eine andere Stelle im Kopf des Affen an. Dann wiederholte sie den Vorgang. Sie ließ den

Affen die Nuss vom Tablett schnappen, der Oszillograf knatterte prompt los. Dann nahm sie sich die Nuss, wieder außerhalb der Reichweite des Affen. Der Affe sah, wie die Assistentin zur Nuss griff, und sein Gehirn reagierte. Gianluca hielt den Film an.

»Sehen Sie? Im Gegensatz zum vorangegangenen Versuch leuchtet ein Knopf des Oszillografen jetzt auf, der Lautsprecher kracht, die Zelle zeigt Aktivität. »Obwohl der Affe selbst nicht agiert, feuert nun die Gehirnzelle, die für diesen Greifvorgang zuständig ist.«

Der Film lief weiter. Gianluca platzierte sich im Film vor den Affen an eine Stelle, wo der Affe ihn gut sehen konnte, und machte eine demonstrative Greifbewegung. Wieder knatterte es los. Die Greifzelle im Gehirn des Affen reagierte auf die bloße Beobachtung des Greifvorganges von Gianluca.

»Und was können wir daraus schließen?«, Gianluca wandte sich wieder an sein Publikum. Stille im Saal.

»Die herkömmliche Vorstellung vom Hirn ist, dass es eine strenge Arbeitsteilung vornimmt«, referierte Gianluca. »Manche Teile sind für das Sehen zuständig, andere sind Steuerungszentrum für unsere Muskeln. Man dachte lange, dass die sinnliche Wahrnehmung von der Motorik streng getrennt ist. Im Grundsatz ist diese Vorstellung auch nach wie vor richtig. Bei bestimmten Zellen gibt es diese Arbeitsteilung jedoch nicht. Diese Zellen können beides: Muskeln steuern und das Umfeld beobachten. Sie haben gesehen, dass die Zelle nicht nur feuert, wenn der Affe selbst zur Nuss greift, sondern auch, wenn er nur jemand anderes bei einer Greifbewegung beobachtet.«

»Der Zelle ist es also gleichgültig, wer die Greifbewegung macht, er selbst oder jemand anderes?«, fragte eine eifrige Studentin mit einem widerspenstigen Lockenkopf und runder Nickelbrille.

»Genau. Es ist ihr gleich, ob die im Film gezeigte Ärztin, ich oder eine dritte Person die Greifbewegung vornimmt. Als wir Mitte der neunziger Jahre entdeckten, dass das Gehirn bestimmte Bewegungen simuliert, die der zu dem Gehirn gehörende Körper gar nicht durchführt, dass es also eine Art neurobiologische Resonanz gibt, empfanden wir das als Sensation. Unser Chef erfand hierfür einen neuen Begriff. Er nannte die Nervenzellen, die beim passiven Nachvollziehen die gleichen Reaktionen im Gehirn auslösen wie beim tatsächlichen Handeln ›Spiegelneuronen‹.«

»Gibt es Spiegelneuronen auch beim Menschen?«, fragte eine andere Studentin. Mit ihren langen, blonden Haaren und ihren vollen, sinnlichen Lippen sah sie äußerst attraktiv aus.

»Ja, das hat unser Forschungsteam in Parma in späteren Versuchen nachgewiesen. Sie liegen in der Nähe des so genannten Broca-Zentrums. Wir können das sogar durch so genannte funktionelle Kernspintomografie messen. Mit dieser Technik können wir Gehirnareale, die bei einer Imitation in Aktion treten, in einem mehrfarbigen Bild sichtbar machen, ohne in den Körper der untersuchten Person einzudringen. Dabei wurde herausgefunden, dass beim Menschen die Spiegelneuronen nicht nur aktiv werden, wenn die entsprechende Handlung bei einem anderen beobachtet wird, sondern auch, wenn man der Testperson sagt, sie möge sich die betreffende Handlung vorstellen.

Lassen wir mal den theoretischen Hintergrund beiseite. Wie sieht die Praxis aus? Imitieren Sie nicht auch? Wenn Sie in die USA reisen, sprechen Sie amerikanisches Englisch, wenn Sie nach Großbritannien kommen, ahmen Sie den englischen Tonfall nach. Wenn ich die Gegend von Rom besuche, versuche ich, mich dem örtlichen Dialekt anzupassen.«

Die Zuhörer im Saal lachten. Gianluca lachte mit und fuhr dann fort: »Ich würde jetzt gerne zu meinem Eingangsbeispiel zurückkommen, dem Weinen. Beim Menschen gibt es Spiegelzellen für alles, nicht nur für emotionsneutrale, motorische Handlungen wie das Greifen. Der Mensch hat ein regelrechtes neuronales Spiegelsystem im Kopf. Jedes Mal, wenn wir etwas beobachten, ist es für unser Gehirn so, als würden wir die wahrgenommen Handlung selber ausführen. Stellen Sie sich eine Gehirnzelle vor, die nicht für das Greifen zuständig ist, sondern für das Weinen. Mit allen Reaktionen, die dazugehören. Das Hirn spiegelt die von unserem Gegenüber ausgedrückten Emotionen, zum Beispiel wenn wir sehen, wie jemand weint. Wir können uns nicht dagegen wehren. Sobald wir einen Menschen weinen sehen oder hören, fühlen wir, als ob wir selbst anfangen müssten zu weinen. Wir nehmen unsere Mitmenschen nicht nur wahr, wir ahmen sie nach. Und das nicht nur bei emotionsneutralen motorischen Bewegungen, sondern und gerade auch bei Handlungen mit emotionaler Färbung.«

Es entstand ein Murmeln und Flüstern im Saal. Die Mädchen vergaßen ihre Lippen mit der Zunge anzufeuchten, die zuvor noch nach hinten gestreckten Schultern fielen herab und die Körper rutschten von den Sitzen nach vorne.

»Eine Art von Hineinversetzen gibt es nicht nur bei traurigen Situationen. Lachen, gähnen oder besondere Eigenarten unseres Gesprächspartners können dazu führen, dass sie von uns imitiert werden. Lachen ist »ansteckend«. Und das gleiche gilt eben auch beim Affen, nicht ohne Grund benutzen wir das Wort ›nachäffen‹.«

»Warum sind wir dann nicht alle ferngesteuerte Spiegelbilder des Anderen?«, fragte die attraktive Blonde weiter. »Warum ahmen wir nicht alles nach, was wir sehen?«

Julia beobachtete, wie Gianluca lächelte. Die junge Dame war nicht nur attraktiv, sondern auch schlau. Sie dachte die Dinge zu Ende.

»Es gibt Hirnpartien, die genau das tun. Das Syndrom wird als ›Echopraxie‹ bezeichnet. Von der beobachteten Handlung wird so etwas wie eine interne neuronale Kopie hergestellt, so als vollzöge der Beobachter die Handlung selbst. In gewisser Weise imitieren wir dadurch, aber ein Schalter im Gehirn verhindert kurz vor der Ausführung der Handlung, dass es tatsächlich zur Imitation kommt.«

»Und was hat das alles mit Gefühlen oder mit Mitgefühl zu tun?«, meldete sich ein Student mit skeptischem Blick.

»Nun ja, wie kann ich die Gefühle meiner Freundin nachvollziehen? Indem ich sie innerlich imitiere, mich mental in sie hineinversetze, als würde ich ihre Handlung selbst durchführen. Um sie zu verstehen, muss ich mich selbst verstehen, was nicht immer leicht ist. In diesem neuronalen »Nachvollziehen« liegt der Ursprung des Mitgefühls beim Menschen.«

»Gibt es noch andere Beispiele aus dem Bereich der Gefühle?«, war eine Stimme aus dem Publikum zu vernehmen. Die blonde Studentin war von dem Thema gefangen.

»Ja, stellen Sie sich vor, dass Sie zusehen, wie Ihr Nachbar sich in den Finger schneidet. Natürlich ist es ein großer Unterschied, ob wir das nur bei jemand anderem beobachten oder ob unser eigener Finger verletzt wurde. Beim eigenen Finger werden tausende von Schmerzzellen aktiviert, beim bloßen Beobachten dagegen nur einige Spiegelzellen. Längst nicht alle Schmerzzellen sind auch Spiegelzellen. Aber einige. Dadurch kommt es zu dem Effekt, dass wir mitempfinden. Wir zucken zusammen, wir verkrampfen uns, wir meinen, den Schmerz fast selbst zu empfinden. Wir versetzen uns in die Lage dessen, der sich in den Finger schneidet. Bei diesem Gefühl wird der andere Mensch Teil unseres Ichs.«

»Wenn es richtig ist, dass auch das menschliche Hirn keinen Unterschied macht zwischen dem, was wir selbst erleben, und dem, was wir nur intensiv beobachten und mitfühlen – liegt darin nicht der Schlüssel zum Verständnis unseres Sozialverhaltens?« Wieder die schlaue Studentin. Julia beobachtete sie mit kritischem Blick.

»Ob sich die Erwartungen der Forschung an die Spiegelzellen als Regisseure unserer Gefühle in weiteren Experimenten bestätigen, ist noch offen. Die Forschung steht hier erst am Anfang. Es besteht aber die Hoffnung, dass das Verständnis der Spiegelneuronen ein wichtiger Baustein für das Verständnis unseres Mitgefühls, unseres Sozialverhaltens und vielleicht auch unserer Moral sind.«

Gianluca machte eine Pause. Der Saal war wieder mucksmäuschenstill.

»Und damit möchte ich für heute schließen. Beim nächsten Mal besprechen wir den Fall ›Gage‹. Untertitel: Gibt es eine Moral im Gehirn? Ich verspreche Ihnen anhaltende Spannung.«

Lautes Klopfen auf die Tische, das selbst die sofort beginnenden Gespräche zwischen den Zuhörern übertönte. Julia bemerkte, dass die Studenten sofort anfingen, in kleinen Gruppen über das soeben Gehörte zu diskutieren. Gianlucas Vorlesung war ein voller Erfolg.

Julia blieb zunächst auf ihrem Platz sitzen. Wie die anderen Studenten war sie gefangen vom Inhalt des Vortrags. Auf einmal wurde ihr klar, warum die Forschungen in Parma sie so faszinierten, immer schon fasziniert hatten. Hier ging es natürlich auch um Berechnungen und Messungen, genau wie bei ihrer Arbeit in New York. Die Messungen hatten aber nicht nur das Ziel, die Funktionen des Gehirns zu erforschen, sondern es drehte sich auch um die Auswirkungen der Forschung auf die Gesellschaft. Hier ging es um Mitgefühl, Sozialverhalten, Moral. Es ging um den Menschen. Das hatte sie auch an ihrem Vater so sehr geliebt. Auch er hatte sich immer mit dem Menschen und der Moral beschäftigt. Als Philosoph ging es ihm nicht nur darum, wie der Mensch ist, sondern auch wie der Mensch sein soll. Dies war auch für sie die entscheidende Frage.

52

»Julia, bist du eingeschlafen?« Verdutzt blickte sie auf. Gianluca stand vor ihr. Sie hatte gar nicht bemerkt, wie sich der Hörsaal geleert hatte.

»Nein, Gianluca, ich habe nur nachgedacht. Das war eine tolle Vorlesung. Danke, dass ich zuhören durfte.«

Es war jetzt vier Uhr italienischer Zeit. Gianluca brachte Julia zu ihrem Zimmer.

»Julia, ich muss ab fünf Uhr mit meinem Team arbeiten. Meinst du, wir könnten vorher noch mal mit dem Gehirn reden? Schaffst du das?«

Julia blickte Gianluca etwas überrascht an. So fürsorglich war er früher nicht gewesen. »Natürlich schaffe ich das. Ich muss nur mal kurz mein Gesicht unters kalte Wasser halten.« Julia drehte den Hahn des Waschbeckens auf. Das Wasser rauschte mit lautem Gluckern durch die dicken, auf dem Putz verlegten Rohre, als wären sie aus altem Blech.

»Ich schlage vor, dass wir das Gespräch hier führen. In den anderen Räumen haben wir zwar mehr Platz und im Moment ist dort auch keiner. Dennoch müssen wir vorsichtig sein.«

»Gut, versuchen wir es hier.« Julia verband ihre selbstgebastelte Apparatur mit dem Handy. Die Bewegungen waren ihr schon zur Routine geworden. Sie schaltete das Handy an und lud die Programme in den Arbeitsspeicher.

»Hi there, hier bin ich wieder«, sagte Julia fast fröhlich zu dem Gehirn. Gianluca ist auch da. »Wie geht es Ihnen?«

»LANGWEILIG.«

Beide mussten lächeln. Langeweile, eine typisch menschliche Empfindung.

»Hi, Brain, nein, vielmehr Brian«, meldete sich Gianluca zu Wort.

»DAS ... KLINGT ... WIE BRIAN, THE BRAIN, SO WURDE ICH IMMER ... IN DER SCHULE GENANNT.«

»Brian, the Brain, das klingt lustig, wie kamen Sie zu diesem Spitznamen?«

»WEIL ICH BEIM SCHACHSPIELEN ... IMMER GEWANN. OHNE SCHACH ... IST MIR LANGWEILIG.«

»Wir werden dafür sorgen, dass es ab jetzt nicht mehr langweilig sein wird. Ich möchte Julia und Ihnen helfen, herauszufinden, was passiert ist und welchen Manipulationen Sie zum Opfer gefallen sind. Wollen Sie uns dabei unterstützen? Sie würden nicht nur uns, sondern auch den vielen anderen Testpersonen und möglicherweise zukünftig Betroffenen einen großen Gefallen tun.

»JA, ICH MÖCHTE IHNEN HELFEN, UND AUCH MIR«, erschien die Antwort in Windeseile auf dem Bildschirm.

Julia übernahm das Gespräch: »Ich habe Gianluca schon Ihre Geschichte erzählt. Er weiß alles, was auch ich weiß. Trotzdem fasse ich noch einmal für uns alle zusammen, was wir bisher herausgefunden haben:

Man hat Ihnen möglicherweise Drogen verabreicht, die Sie wahrscheinlich jeden Tag eingenommen haben, mit der Milch oder mit einem anderen Nahrungsmittel. Die Wirkstoffe hatten eine bestimmte Auswirkung auf Ihre Gedanken, Ihre Gefühle. Vielleicht wurde durch diese Manipulation auch Ihr Wille beeinflusst. Möglicherweise handelt es sich um eine Art psychische Infektion. Es ist nicht auszuschließen, dass sogar die CIA ihre Finger im Spiel hat.«

»Und Sie meinen, die Gehirnmanipulation ist über das Internet erfolgt?«, fragte Gianluca. »... JA ...«

Ja, das ist möglich, über das Internet könnten sie verschlüsselte Botschaften ins Unterbewusstsein der Menschen einschleusen. Diese veranlassen die Menschen, anders zu denken und zu handeln.«

»Also pflanzt jemand mit Hilfe von Medikamenten ein neues ›Über-Ich‹ in die Menschen ein«, schloss Julia.

»Wenn du es mit Freud halten willst, ja«, lächelte Gianluca.

»ANDERS HANDELN, ... ENTSCHIEDENER, ... RÜCKSICHTSLOSER, ... UND ANDERS WÄHLEN ...«

»Und anders wählen lässt«, ergänzte Gianluca. »Politische Beeinflussung, Wahlbeeinflussung. Ist es das?« Gianluca wurde ganz aufgeregt.

Das Gehirn kam jetzt richtig in Schwung. Die Farbformationen auf dem Bildschirm wechselten immer schneller und entsprechend jagte im wilden Stakkato ein Buchstabe den anderen.

»UND ABSCHAFFUNG DER DEMOKRATIE, NUR NOCH SCHEINDEMOKRATIE, ... EINE NEUE MACHT WIRD IM HIRN INSTALLIERT ...«

»Oh Gott, die Abschaffung der Demokratie, die Begründung einer neuen Macht, die Inthronisierung eines neuen Despoten. Der bestimmt, was für die Menschen richtig ist?«, fragte Gianluca.

»GENAU.«

»Und wie beeinflussen sie die Gehirne? Ich meine, was schmuggeln sie in die Gehirne, um sie anders handeln zu lassen?« Gianluca sprach immer schneller, um keine Zeit zu verlieren.

»KONTROLLE ... DES ... UNTERBEWUSSTSEINS.«

»Ja das hatten wir schon. Aber ich meinte, welche Art von Botschaften haben diese Jungs Ihnen eingepflanzt, um Sie politisch zu beeinflussen? Wie sind sie vorgegangen?«

»STREBEN ... NACH SICHERHEIT ..., SICHERHEIT FÜHRT ZU ÜBERLEBEN UND FORTPFLANZUNG. WIR

... BRAUCHEN ... GEMEINSCHAFT, SIE GARANTIEREN ZUGEHÖRIGKEIT. ... ZUGEHÖRIGKEIT ... GIBT ... SICHERHEIT ... SICHERHEIT ... NUR UNTER STARKER FÜHRUNG.«

»Haben sie das gesagt?«

»JAA.«

Julia las fassungslos die Gedanken von Brian Belucci auf dem Bildschirm. Das war es also, sie verstärkten das Sicherheitsbedürfnis im Unterbewusstsein.

»Und was bieten sie als Lösung an?«

»EINE NEUE FÜHRUNG.«

»Und wer soll das sein?«

» ... WETHERSPOON, DAN C.J. WETHERSPOON, NEUER PRÄSIDENT.«

»Waaas?« Julia war so überrascht, dass sie fast ins Mikrofon schrie. Gut, dass sie sich in einem separaten Zimmer aufhielten.

»Was haben Sie gesagt? Sie wissen sogar einen Namen?«

»ENDLICH STARKE FÜHRUNG ... UNTER ... PRÄSIDENT WETHERSPOON ... DIE VEREINIGTEN STAATEN MÜSSEN WIEDER DAS LAND DER UNBEGRENZTEN MÖGLICHKEITEN WERDEN ... DIE VEREINIGTEN STAATEN MÜSSEN DIE WELT FÜHREN.«

Woher wissen Sie den Namen?

WEISS NICHT, RIGHT FOR YOU!!!

Damit konnte Julia nichts anfangen. »Und was hat mein Vater damit zu tun? War er auch ...???«

»WEISS ... NICHT.«

Gianluca schaltete sich wieder ein. »Ich glaube, das reicht für heute. Brian ist sicher müde. Brian, ist es in Ordnung, wenn wir

Sie hier allein lassen? Wir melden uns so bald wie möglich wieder.«

»JAAA, ERSCHÖPFT, WIR REDEN EIN ANDERES MAL«, antwortete das Gehirn.

Gianluca wandte sich wieder an Julia.

»Julia, ich möchte dir nicht zu nahe treten, aber du siehst aus, als könntest du ein paar Stunden Schlaf brauchen. Vielleicht willst du dir auch noch ein paar Sachen kaufen. Ich muss jetzt mit meinem Team arbeiten. Beim Abendessen können wir besprechen, wie wir weiter vorgehen. Wir brauchen einen Plan.«

»Ja, ich bin mindestens so erschöpft wie das Gehirn, ich muss mich ausruhen, um nachdenken zu können.«

»OK«, Gianluca wandte sich zum Gehen. »Ich hole dich um 20.00 Uhr hier ab. Wenn dich jemand anspricht, sage einfach, du seiest eine entfernte Cousine von mir.«

Julia legte sich auf das Bettsofa. Einschlafen konnte sie nicht sofort. Zu viele Gedanken kreisten in ihrem Kopf.

Das Gehirn war der Beweis, dass die wahre Macht im Menschen das Unterbewusstsein war. Und dass dieses manipulierbar war, sehr leicht sogar. Diese Manipulation führte zu einem veränderten bewussten Verhalten. Es genügte anscheinend, eine bestimmte Version eines Ereignisses, eine bestimmte Legende oder Quasi-Erinnerung immer und immer wieder zu wiederholen, bis diese Version ins Gehirn wie eingebrannt war und für real gehalten wurde. Sie wurde zur »autorisierten Version«. Diese Autorisierung zieht nach sich, dass das gesamte Denken manipuliert wird. Die Wiederholung dieser Legende hypnotisiert das Gehirn so lange, bis es beginnt, abweichende Versionen zurückzuweisen, weil die Vernetzung der autorisierten Version stärker ist. Dabei spielt es keinerlei Rolle, ob die Version den Tatsachen entspricht oder frei erfunden ist.

Mit ein wenig Chemie gelang es, die gewünschte Version direkt ins Unterbewusstsein zu schleusen, ein unglaublicher Vorgang. Julias Gedanken konnten sich nicht davon lösen. Wenn wir tatsächlich so automatisiert funktionieren, Quasi-Erinnerungen sich so fest in uns verankern und wir uns von ihnen steuern lassen, gab es dann noch eine höhere Macht? Was konnte Gott dann noch bewirken? Wie können wir vor dem Hintergrund dieser Erkenntnis unterscheiden, ob Johannes der Täufer damals wirklich den heiligen Geist in die Seelen der Menschen eingepflanzt hat oder ob man in ihm lediglich einen Hydrotherapeuten sehen muss? »Hydrotherapeut«, sie gluckste bei dem Gedanken in sich hinein. Sie könnte ja das Gehirn fragen, dachte sie bei sich, aber wer weiß, woran es glaubte? War es ein frommer Christ oder ließ es nur seinen Körper in die Kirche gehen, weil das alle taten und weil dort erhabene Zeremonien gefeiert wurden, zu denen man sich festlich kleiden konnte? Und es hinterher Kaffee und Kuchen gab oder ein leckeres Mittagessen?

Brian hatte gesagt, Wetherspoon wolle in den Menschen einen neuen Gott installieren. Damit würde der Gott, an den die Christen glaubten, abgeschafft. Sie überlegte, wie sie selbst zur Religion stand, warum es sie selber manchmal in eine Kirche zog, obwohl ihr die Darstellung von Jesus am Kreuz immer fremd geblieben war. Mehr noch, das Bild des gekreuzigten Jesus, die Nägel durch Hände und Füße getrieben, Ströme von Blut, die unter seiner Dornenkrone über das Gesicht liefen, stieß sie ab. Andererseits weckte die Hilflosigkeit der Szene, das Preisgeben dieses gepeinigten Menschen, nackt und dem sicheren Tod nahe, diese Darstellung ohnmächtigen Leidens unter unglaublicher Brutalität Gefühle in ihr, die sie nicht einordnen konnte. War es Mitleid? War es Liebe? Zu Gott, zu Christus, zum Menschen? Sie hatte die Darstellung von

Leiden durch die Kirche nie richtig akzeptiert. Es war der Teil der Kirche, gegen den sie sich immer instinktiv gewehrt hatte, der in ihren Augen unglaubwürdige Anspruch, Nächstenliebe mit der schonungslosen Veranschaulichung der Folgen von Gewalt einzufordern. Trotzdem war das Gefühl der Nächstenliebe ein Teil von ihr.

Was war der Mechanismus im menschlichen Gehirn, der der Kreuzigungsszene durch die Jahrhunderte, Jahrtausende hindurch, diese Macht gegeben hatte? Wo saß der Hebel im komplizierten Mechanismus Gehirn, der aus dem bloßen Anblick von Leid Mitleid werden ließ und den Menschen in unterwürfige Ohnmacht versetzte? Was auch immer es war, es hatte die gleiche Wirkung wie die Funktion der Spiegelzellen. In ihrem Kopf ging alles durcheinander, die Frage nach dem Glauben an Gott, Gewalt gegen den Menschen und die Spiegelzellen im Gehirn. Das war einfach zu viel. Endlich schlief sie erschöpft ein, fest und traumlos.

Das Gehirn von Brian Belucci fand indes keine Ruhe. Es dachte über seine Situation nach.

Bin ich nur noch Gehirn, eine Sache, ein es, getrennt vom Körper, der bereits verwest? Oder bin ich noch ein Mensch, aber wie soll das gehen, ohne Körper? Habe ich eine Seele oder bestehe ich nur aus chemischen Verbindungen? Was hatte Wetherspoons Truppe mir suggerieren wollen? Dass es keinen göttlichen Ursprung gibt, keine Seele, kein Leben nach dem Tod? Wollte Wetherspoon mir weismachen, dass die Nervenzellen im Gehirn nichts weiter sind als chemische Mutationen von Proteinen und Kohlenwasserstoffen?

War es nicht auch das, was die Ärzte dachten, die sich nach meinem Tod um mich bemüht haben? Versuchten diese nicht bloß, durch reine Messungen den genauen Aufbau des Nervensystems sowie die Funktionsweise einzelner Neuronen und ihres Zusammenwirkens im Gewebe zu erfassen? Sagten diese nicht auch, dass es keine Seele gibt, sondern dass alle Funktionen, die wir der Seele zuschreiben, im Gehirn zu finden sind? Waren sie nicht das Sprachrohr Wetherspoons?

Gab es nicht doch ein Leben nach dem Tod? Man sprach doch auch von der Unsterblichkeit der Seele. In welchem Stadium befinde ich mich eigentlich? Das Gehirn war nicht mehr in der Lage, diesen Gedanken weiterzuverfolgen.

Brian Belucci musste an etwas Konkreteres denken, an seine Familie. Wie ging es Ellie und den beiden Kindern? Kamen sie ohne ihn zurecht? Hatte er ausreichend vorgesorgt? Er liebte sie so sehr. Es brach ihm das Herz, wenn er nur daran dachte. Nein, das Gehirn brach es ihm, das hatte er ja jetzt gelernt.

Was würden sie sagen, wenn sie ihn so sähen? Würden sie ihn in diesem Zustand überhaupt wiederhaben wollen? Nein, natürlich nicht. Welch ein Gedanke. Aber was war er dann noch wert? Wozu konnte sein Gehirn oder er als Gehirn noch dienen? Letztlich war er tot und doch lebendig, nicht tot, doch gleichsam dem Tode geweiht. Irgendwann würde sein Gehirn nicht mehr ausreichend versorgt werden. Auch Julia befürchtete das, das spürte er.

Was konnte er in diesem im wahrsten Sinne des Wortes »Schwebezustand« noch tun? Für Ellie und seine Kinder wohl nichts mehr, das war eine bittere Tatsache, die ihn vor Trauer zittern ließ. Ihn oder das Gehirn? Er oder es lag ruhig in seiner Flüssigkeit.

Konnte er etwas für die Menschheit tun? Nun ja, er konnte als Forschungsobjekt dienen. Vermessen, in Scheiben geschnitten, seziert werden, als Objekt neuer Erkenntnis dienen, als neuer Baustein des Wissens. War das sein Schicksal? Reichte ihm das?

Dass er noch denken konnte, obwohl sein Körper nicht mehr am Leben und von ihm getrennt war, das war etwas Besonderes, in gewisser Weise auch ein Geschenk Gottes, an den er unerschütterlich glaubte. Das konnten ihm auch die Drogen nicht nehmen. So richtig hatte das Experiment bei ihm eben doch nicht funktioniert. Aber vielleicht funktionierte es bei anderen Versuchspersonen? Vielleicht gelang es Wetherspoon wirklich, Menschen den alten Gott zu nehmen und einen neuen im Netz der Neuronen zu installieren, einen Despoten, einen Diktator. Was das bedeuten konnte, hatte die Welt ja schon einmal erfahren. Dieses Experiment durfte auf keinen Fall zu Ende geführt werden, es musste gestoppt werden, bevor es zu spät war.

Julia musste einen Deal mit Wetherspoon machen. Sie musste Wetherspoon dazu bringen, den Versuch abzubrechen. Das konnte sie erreichen, wenn sie ihn, sein Gehirn auslöschte und Wetherspoon übergab. Auf diese Weise würde nie eine Spur seines Versuchs an die Öffentlichkeit gelangen. Das musste aber sehr schnell gehen, es musste passieren, bevor sie Julia fanden, ihn bzw. sein Gehirn mitnahmen und Julia aus dem Weg räumten. Dann würde er wenigstens für eine gute Sache sterben. Ach nein, tot war er ja ohnehin schon, jedenfalls so gut wie.

53

Als Julia wieder aufwachte, war es halb sieben. Sie richtete sich auf, völlig gerädert, versuchte zu erfassen, wo sie sich gerade befand. Sie betrachtete die Bilder an der Wand. Eines zeigte den Dom von Parma. Jetzt wusste sie wieder, wo sie war, bei Gianluca, endlich. Julia reckte und streckte sich. In den letzten 24 Stunden hatte sie in den verschiedensten Körperstellungen geschlafen. Es war fast ungewohnt, wieder in einem Bett zu liegen. Ganz langsam stand sie auf, blickte aus dem Fenster auf das Gewirr von Häusern aus alten Ziegelmauern, Kirchtürmen und bepflanzten Dachgärten. Wie hatte sie damals nur von hier weggehen können?

Julia schaute an sich herunter. Sie trug ein weißes T-Shirt, das sie unter dem Matrosenpullover angehabt hatte, und die Jeans, mit der sie schon seit Tagen umherlief.

»Du brauchst jetzt eine Dusche und ein paar saubere Sachen«, murmelte sie sich selbst zu.

Gianluca holte sie pünktlich um 20.00 Uhr ab. Julia bemerkte dass er total verblüfft war, als er sie in einem schwarzen, eng anliegenden Jerseykleid mit tiefem Ausschnitt auf sich zukommen sah. Die dicke Schminke hatte sie entfernt und dezent neue aufgetragen. An den Fingernägeln trug sie jetzt klaren Nagellack. Nur die blonden Rastalocken erinnerten Gianluca an die junge Frau, die er heute Morgen am Flughafen abgeholt hatte.

»Wow, Julia, was soll ich sagen? Du siehst toll aus. Wie hast du denn das aus dem Hut gezaubert? Ich finde übrigens, dass dir die Rastalocken gut stehen.« Er küsste Julia wieder rechts und links auf die Wange.

Gianluca trug ein rosafarbenes Polohemd, dazu helle Hosen mit einem braunen Gürtel und braunen Schuhen. In Julias Augen sah er einfach unverschämt gut aus.

»Danke, ich konnte den grauen Matrosenpulli nicht mehr sehen. Ich habe gerade mein letztes Geld für die Sachen ausgegeben. Ich hoffe, du kannst mir noch etwas leihen. Ich trau' mich nicht, zur Bank zu gehen.

»Kein Problem, Julia. Wohin möchtest du zum Essen gehen, vielleicht in unsere alte Lieblingstrattoria?«

Wenigstens daran erinnert er sich, freute sich Julia. Ob er sich noch an mehr erinnerte?

»Gern, haben die noch den guten Rotwein aus Bolgheri?«

»Natürlich, einen anderen Jahrgang, aber genauso gut wie der, den wir damals hatten.«

Julia erinnerte sich noch an den Weg zu der kleinen Trattoria. Fast musste sie den immer ein wenig schlendernden Gianluca drängen. Sie war unruhig, wollte von der Straße weg. Außerdem nagte der Hunger an ihr.

Nachdem Julia und Gianluca schließlich in der kleinen Trattoria Platz genommen hatten, ließ Julia zum ersten Mal an diesem Tag entspannt ihren Blick umherschweifen. Das Restaurant hatte sich nicht verändert. Wie früher hingen die Parmaschinken und Salamis pittoresk von der Decke herunter. Die mit rotweiß karierten Tischdecken und Servietten gedeckten Holztische wackelten wie damals. Wieder saßen sie an ihrem Lieblingstisch, hinten links in der Ecke, wo man ungestört sprechen konnte. »Was möchtest du essen, Julia? Lass dir erst mal die Karte geben.«

»Ich brauche keine Karte. Hast du Lust, mit mir gemischte Vorspeisen und dann Rigatoni Quattro Formaggi zu essen?«

»Ja, das ist eine gute Idee. Wie immer«, wandte sich Gianluca an den Kellner.

»Wie immer«, mit diesen Worten hatte er schon vier Jahre zuvor bestellt, dachte Julia. Nur, Julia zuckte zusammen, nur dass damals ein anderer Kellner die Bestellung aufgenommen hatte. Offensichtlich hatte er hier die Rigatoni über die Jahre immer wieder gegessen. Sie hätte zu gerne gewusst, ob er dabei in Begleitung war.

Gianluca war ganz offensichtlich nicht mit Gedanken an die gemeinsame Vergangenheit beschäftigt. Nach der Bestellung kam er sofort zu Sache.

»Julia, wir müssen besprechen, wie es weitergehen soll. Wenn Dan Wetherspoon dahinter steckt, dann wird er nicht aufgeben, dich zu jagen. Dann nützt es dir nichts, dass du es nach Italien geschafft hast. Er wird dich durch die ganze Welt verfolgen.

»Weißt du etwas über Dan Wetherspoon?«

»Ich bin zwar nur ein italienischer Hirnforscher, aber die CIA hat mich immer fasziniert. Geheimdienste sind was für kleine Jungs. Und die CIA ist deutlich spannender als der italienische Geheimdienst. Dan Wetherspoon ist der Direktor der CIA. Das Gehirn hat vorhin die Themen Manipulation, Mentizid, Gehirnwäsche angesprochen. Diese Themen sind der CIA nicht fremd. Ich habe mich eine Weile mit deren in den USA bekannt gewordenen Projekten beschäftigt. Sogar im Internet kann man einiges dazu finden. Ich erinnere mich an ein Projekt mit dem Namen »Operation Artischocke«. Es lief Anfang der 50er Jahre. Da ging es um ein Programm zur Erforschung von Gehirnwäsche- und Verhörmethoden unter Anwendung von Drogen und Folter. Ich erinnere mich auch noch an das Projekt ›MKULTRA›. Das passt hier sogar noch besser. ›MKULTRA‹ war der Codename für ein geheimes Forschungsprogramm der CIA zur Bewusstseinskontrolle. Es lief von Anfang der

50er bis in die 1970er Jahre hinein. Unter der Kontrolle der CIA wurden Tausende von Menschenversuchen durchgeführt, bei denen ahnungslose, willkürlich ausgesuchte Testpersonen unter halluzinogene Drogen wie LSD gesetzt wurden. Ziel war es, die Möglichkeiten der Gedankenkontrolle zu erforschen. Das hat mich immer schon total fasziniert und kommt unserem Fall ziemlich nahe.»

Gianluca wurde plötzlich ganz aufgeregt. »Natürlich, LSD, Brian´s Synästhesie, da gibt es einen Zusammenhang. Drogen können Synästhesie hervorrufen. Dass ich nicht gleich daran gedacht habe.«

Julia sah Gianluca bewundernd an. Schon damals hatte sie sein breites Wissen beeindruckt. Etwas Ähnliches hatte sie aber auch schon mal gehört, jedoch in anderem Zusammenhang.

«Es gibt doch den Begriff der sublimen Wahrnehmung, das Phänomen, wonach Informationen bei der Wahrnehmung zwar aufgenommen und verarbeitet werden, der Wahrnehmende sich dieser Information jedoch nicht bewusst wird», sagte Julia. Ich erinnere mich an eine Theorie, nach der unterschwellige Wahrnehmungen direkt im Langzeitspeicher des Gehirns abgelegt werden, ohne dass sie den Filter des Bewusstseins passieren. Ich habe mich früher mal mit entsprechenden Versuchen beschäftigt.«

«Ja, das kenne ich«, bemerkte Gianluca. «Hast du von dem Versuch des Marktforschers James Vicari gehört? Er blendete im Kino wiederholt und für die Zuschauer unsichtbar die Werbebotschaft ›Iss Popcorn, trink Coca-Cola!‹ ein. Angeblich erhöhte das den Colakonsum um ein Fünftel.»

«Natürlich habe ich davon gehört. Allerdings hat dieser Vicari später eingeräumt, dass es ein Experiment dieser Art nie gegeben hat. Die Zahlen waren durchweg gefälscht.»

«Klar, dennoch war der Mythos von der unmerklichen Manipulierbarkeit unseres Verhaltens geboren. Und in den letzten Jahren haben sich wieder einige Forscher mit dem Thema der unterschwelligen Wahrnehmung und Beeinflussung beschäftigt. Zum Beispiel wurde in einer Studie gezeigt, dass die unterschwellige Einblendung von Marken das anschließende Einkaufsverhalten der Konsumenten beeinflusst. Maßgebliche Voraussetzung dafür ist allerdings, dass das unterschwellige Signal auf ein latentes Bedürfnis treffen muss. Für das ›Cola Beispiel‹ ergibt sich daraus ganz banal: An Versuchspersonen ohne Durst prallen die unterschwelligen Botschaften ab.»

Julia überlegte. «Stimmt, ich versuche mir gerade vorzustellen, wie das auf die Wahl von Dan Wetherspoon als Präsident der Vereinigten Staaten anzuwenden ist. Hatte Belucci das Bedürfnis, Wetherspoon zu wählen?»

«Ich glaube, das läuft hier viel subtiler ab. Hier wird ja sehr wahrscheinlich nicht der Name ›Wetherspoon‹ eingeblendet, sondern versteckte Botschaften, die schließlich zwingend zur Wahl von Wetherspoon führen sollen.»

»Und woher weiß die CIA, welche Art von Botschaften das sind?«

Gianluca überlegte. »Erinnerst du dich an das, was uns das Gehirn vorhin erzählt hat? Es sprach von Sicherheit. Diese führe zu Überleben und Fortpflanzung. Die Zugehörigkeit zu einer Gemeinschaft gäbe Sicherheit. Diese wiederum sei nur unter einer starken Führung möglich. Dass diese starke Führung später vielleicht unsere heutige, echte Demokratie abschafft und eine Scheindemokratie installiert, ist sicher nicht Teil der Botschaft an die Versuchspersonen.«

»Werden die Werbeleute bei der Suche nach den Botschaften nicht von Experten unterstützt?«

»Ja genau, die Experten kommen aus den verschiedensten Bereichen. Häufig sind es spezialisierte Psychologen, aber, wie gesagt, auch andere Fachgebiete kommen ins Spiel.«

Mein Vater, schoss es Julia durch den Kopf? War ihr Vater einer der Experten? Er war Philosophieprofessor, hatte er Kontakt zur CIA gehabt? Das sah ihm so gar nicht ähnlich. Julia traute sich in diesem Moment nicht, ihre Gedanken vor Gianluca auszubreiten. Das musst du allein herausfinden, befahl sie sich.

»Wir hatten vorhin gesagt, dass die Botschaften auf ein latentes Bedürfnis treten müssen. Woher weiß die CIA, wer überlegt, konservativ zu wählen?«, fügte Julia hinzu.

»Das ist in der Tat kaum möglich. Die klassisch konservativen Wähler müssen sie aber auch nicht erreichen, eher die Wechselwähler. Wir könnten Brian ja fragen, wie er seine Wahlentscheidungen getroffen hat«, antwortete Gianluca.«

»Wenn ich Brian richtig verstanden habe, tragen auch die Drogen ihren Teil zur Wahlmanipulation bei. Zum Beispiel, wenn diese Wirkstoffe enthalten, die das Bewusstsein erweitern. Vielleicht soll das dazu führen, dass die Bereitschaft, die Konservativen zu wählen, steigt.«

»In der Tat, das kann sein.« Gianluca war von Julias Überlegungen sehr beeindruckt. Sie hatte sich verändert, es waren nicht nur die Rastalocken. Sie hatte in den letzten Jahren viel gelernt, sie war reifer geworfen. Und noch attraktiver, gestand er sich ein.

Die Vorspeisen wurden serviert. Julia und Gianluca teilten sich, was auf den verschiedenen Tellern lag, die auf dem Tisch standen. Als Julia Gianluca einen Teller mit Schinken reichte, streifte sie kurz seine Hand. Sie fühlte sich sofort wie elektrisiert. Spürte Gianluca denn gar nichts? Jedenfalls ließ er sich nichts anmerken.

»Weißt du, wer Oscar R. ist?«, fragte Julia unvermittelt?

Gianluca war über die Frage sehr verwundert. »Wenn damit Oscar Romero gemeint ist, dann ja. Das war katholischer Erzbischof in El Salvador. Er wird von vielen Menschen wie ein Heiliger verehrt. Er trat für soziale Gerechtigkeit und politische Reformen ein. Damit stellte er sich in Opposition zur damaligen Militärdiktatur in seinem Land. Romero wurde Anfang der 80er Jahre ermordet. Wieso fragst du?»

«Ich habe im Zimmer meines Vaters einen Notizzettel mit der Aufschrift ›Oscar R.‹ gefunden. Mein Vater scheint sich offensichtlich mit diesem Mann befasst zu haben.»

«Ja, klingt so«, antwortete Gianluca. »Erinnerst du dich an unseren Besuch im Dom kurz vor deiner Abreise zurück in die USA? Der Bischof sprach vom Thron herab zu uns. Es ging um Schlüsselstellen in der Bibel.«

Julia war überrascht, dass Gianluca sie ausgerechnet an diese Begebenheit erinnerte. Vielleicht war er doch nicht so distanziert wie er tat. Ihr jedenfalls hatte sich die Szene für immer ins Gedächtnis eingegraben.

«Ja, ich erinnere mich. Du hast mir übersetzt, als der Bischof den Evangelisten Markus zitierte: ›In Betsaida bringt man einen Blinden zu Jesus, der ihn bittet, er möge ihn berühren. Jesus nimmt den Blinden bei der Hand, führt ihn vor das Dorf hinaus, bestreicht seine Augen mit Speichel, legt ihm die Hände auf und fragt ihn: ›Siehst du etwas?‹ Der Mann blickt auf und sagt etwas rätselhaft: ›Ich sehe Menschen; denn ich sehe etwas, was wie Bäume aussieht und umhergeht.‹ Der Blinde sieht, aber er sieht die Dinge noch nicht richtig. Jesus legt ihm nochmals die Hände auf die Augen, und nun sieht der Mann deutlich. Er war geheilt und konnte alles genau sehen.‹«

»Du kannst den Text auswendig?« Gianluca war überrascht. »Das richtige Sehen und Hören ist ein immer wiederkehrendes Motiv in der Bibel. Es war von zentraler Bedeutung in den Predigten und dem Leben Romeros.«

Julia fuhr fort: »Er hat ihre Augen blind gemacht und ihr Herz hart, damit sie mit ihren Augen nicht sehen und mit ihrem Herzen nicht zur Einsicht kommen, damit sie sich nicht bekehren und ich sie nicht heile.«

»Ich habe mich nach meiner Rückkehr nach Amerika damit beschäftigt. Ich war von der Idee des Sehens mit dem Herzen so fasziniert. Gianluca, du hast mir damals das Sehen mit dem Herzen nahe gebracht. Ich habe mich immer an die Szene in der Kirche erinnert, … und an dich«, rutschte ihr heraus.

»Warum hast du dich nie mehr gemeldet?«

»Ich weiß nicht, ich hatte Angst.«

»Angst, wovor?«

»Vor einer Enttäuschung.«

Gianluca überlegte kurz. Er war auf dem besten Weg, sich erneut in Julia zu verlieben, mitsamt ihren Rastalocken. Aber er hatte jetzt keine, Zeit, darüber auch nur nachzudenken. Er musste Julia in Sicherheit bringen. Sie war in Gefahr.

»Der Bischof von Parma, den du damals im Dom gehört hast, ist mein Onkel. Ich weiß, dass er sich intensiv mit dem Lebenswerk von Oscar Romero beschäftigt hat. Ich bin morgen bei meiner Mutter auf dem Land zum Abendessen eingeladen. Mein Onkel kommt auch. Ich nehme dich einfach mit. Vielleicht kann er uns helfen, die fehlenden Teile in diesem Puzzle zu finden.«

»Oh, Gott, ich soll mich mit dem Bischof von Parma unterhalten? Ich weiß noch nicht mal, wie man ihn richtig anspricht.«

»Das ist die letzte unserer Sorgen. Wir sollten jetzt lieber weiter überlegen, was wir mit dem Gehirn machen. Du hast gesagt, das Gehirn habe die CIA erwähnt. Ich glaube nicht, dass die CIA hier als Organisation ihre Hände im Spiel hat. Es wurden schon viele derartige Projekte der CIA aufgedeckt. Wenn das jetzt herauskäme, wäre die Existenz der CIA gefährdet. Das ist viel zu riskant. Es muss irgendeine Gruppierung innerhalb der CIA sein, die diese Operation abgeschottet von den anderen Abteilungen und auf eigene Faust durchführt, möglicherweise von Wetherspoon selbst geleitet. Julia«, Gianlucas Stimme klang sehr aufgeregt, »das hier ist ein Riesending. Die Sache befindet sich wahrscheinlich noch im Versuchsstadium, aber wenn dieser Versuch erweitert wird und am Ende erfolgreich ist, dann gnade uns Gott. Dann kommt Wetherspoon an die Macht, und was er vorhat, ist nicht nur der Untergang der Demokratie, sondern die Missachtung aller ethischen Regeln.«

»Ja, das beschäftigt mich schon ganze Zeit. Wir müssen den Versuch unbedingt stoppen.«

»Richtig, Julia, und du hast das Druckmittel dazu in deinen Händen, du hast das Gehirn von Brian Belucci. Das ist dein Pfand. Deswegen ist Wetherspoon hinter dir her. Er muss das Gehirn in seine Gewalt bringen. Wenn wir unsere Entdeckung an die Öffentlichkeit bringen, ist das eine Sensation, ein beispielloser Skandal. Dann wäre sein Traum gestorben, dann wäre er selbst wie tot. Hast du noch die Adressen, die du bei deinem Vater gefunden hast. Vielleicht geben die uns einen Hinweis?«

Er hat also die gleiche Vermutung wie ich, dachte Julia erschrocken. Mein Vater könnte etwas damit zu tun haben.

»Ich habe die Zettel bei mir.« Julia kramte in ihrer Tasche.

www.darpa.mil
www.neurological-studies-duke-university.com
info@us.gov.langley.com
a.casalle@us.gov.nsa.com

Gianluca betrachtete die Adressen und versuchte, sie zuzuordnen. »Die erste Adresse führt meiner Erinnerung nach auf die Website der DARPA, die Defense Advanced Research Projects Agency. Die info-Adresse weist auf die CIA hin. Langley in Virginia wird oft als Synonym für die CIA gebraucht. Und die Adresse von diesem Casalle verweist auf die National Security Agency. Dein Vater muss irgendetwas mit diesen Organisationen zu tun gehabt haben.«

»Ja, darüber zermartere ich mir auch schon die ganze Zeit den Kopf. Ehrlich gesagt befürchte ich auch, dass mein Vater in der ganzen Sache mit drinsteckt, habe es aber dir nicht zu sagen getraut. Seine Verbindung zu der Sache könnte auch seinen Tod erklären.«

»Kann sein, wir werden es sicher herausfinden, aber erst müssen wir das Versuchsprogramm stoppen, wir müssen diese Verfolgungsjagd beenden, dich außer Gefahr bringen. Ich glaube, es ist an uns, den ersten Schritt zu machen. Die E-Mail Adressen weisen uns vielleicht den Weg, mit Wetherspoon in Kontakt zu treten.« Gianluca sprach schnell und aufgeregt.

»Und was willst du Wetherspoon sagen?«

»Am Anfang sollten wir nicht zu viel herauslassen, unsere Botschaft sollte nur den Hinweis enthalten, dass wir das Gehirn noch haben. Dann wird er uns schon einen Vorschlag machen, um an das Gehirn von Brian zu kommen. Lass uns gehen, der Espresso ist gestrichen, wir dürfen keine Zeit verlieren.«

Gianluca bezahlte die Rechnung und zog Julia hinter sich her.

»Ich kenne da ein Internetcafé, nur ein paar Straßen weiter, da ist wenig los, seitdem fast jeder mit seinem Handy im Internet surfen kann.«

Nach ein paar Minuten hatten sie das Café erreicht. Julia wunderte sich nicht, dass dort nur selten jemand saß. Das Lokal glich einer dunklen Spelunke. Nur ein paar spärliche Neonröhren erleuchteten den Raum. Über allem lag eine dicke Rauchschicht, durch die das Neonlicht fast lilafarben wirkte. Ein junger Mann saß hinten in der Ecke über einen Computer gebeugt. Seine Hände flogen über die Tasten. Er schien seine Umgebung nicht wahrzunehmen. Der Mann am Tresen kam schlendernd auf sie zu. Seine Augen waren zusammengekniffen und er sah wenig vertrauenerweckend aus.

»Wie lange?«, fragte er nur.

»Wissen wir noch nicht.«

Er zeigte ihnen einen PC, von dem aus sie das Internet unlimitiert nutzen konnten.

Julia und Gianluca setzten sich vor den Bildschirm.

»Erst mal brauchen wir eine E-Mail-Adresse. Meine Uni-Adresse kann ich nicht nehmen. Ich richte uns irgendeine nichtssagende Adresse bei einem kostenlosen Provider ein.«

»OK, aber kann die CIA dann unseren Standort nachverfolgen?«

»Klar, kann sie das. Es gibt zwar verschiedene Möglichkeiten, das zu erschweren, aber das würde keine große Hürde sein, denn die Jungs sind ziemlich gut. Sie werden ohnehin wissen, dass du in Italien bist, und sind uns sicher schon auf den Fersen.«

»Gianluca, mir ist ganz flau, was sollen wir schreiben? Und welche der beiden Adressen sollen wir nehmen?«

»Wir müssen damit rechnen, dass wir Wetherspoon über diese Adressen nicht erreichen können, aber ich denke schon, dass es CIA-Adressen sind, wahrscheinlich ganz offizielle. Wir müssen einen Text schreiben, aus dem hervorgeht, an wen die Nachricht gerichtet ist und was wir wollen. Wie wäre es mit dem einfachen Betreff »Brian`s Brain für Mr. Wetherspoon?«

»Mehr nicht?«, fragte Julia.

»Nein, mehr nicht. Wir wollen doch, dass sie sich bei uns melden.«

Sie entschieden sich für die Adresse von Andrée Casalle. Die info-Adresse schien ihnen zu anonym. Gianluca tippte die Nachricht ein.

»My Brain is safe.« Unterschrift Brian Belucci. Julia klickte begeistert auf den »Senden« Button. Die ganze Zeit saßen sie eng beieinander. Julia genoss die Nähe von Gianluca. Bei jeder zufälligen Berührung wurde sie ganz aufgeregt. Aber sie nahm sich zusammen. Gianluca war nicht weniger angespannt. Nachdem sich Julia nach ihrer Rückkehr in die Staaten nicht mehr bei ihm gemeldet hatte, hatte er die Gedanken an sie erst verdrängt und sie schließlich vergessen. Und jetzt saß sie neben ihm und duftete nach Violetta di Parma. Dies erinnerte ihn an ihre gemeinsame Zeit. Julia unterbrach die Stille. »Meinst du, sie antworten uns?«

»Klar, da kannst du Gift drauf nehmen.« Als Gianluca das sagte, ahnte er nicht, dass dies der Wirklichkeit verdammt nahe kommen sollte. Die beiden warteten noch eine halbe Stunde gespannt vor dem Bildschirm auf eine Antwort. Es tat sich nichts.

»An der Ostküste ist es jetzt eigentlich erst halb sechs Uhr nachmittags«, sagte Gianluca. »Aber wir können ja nicht die ganze Nacht hier warten. Wir sollten uns morgen früh wieder einloggen. Da ist es zwar bei denen mitten in der Nacht, aber ich denke, dass wir bis dahin eine Antwort haben.«

Gianluca zahlte und sie gingen hinaus auf die Straße. Beide hatten das Gefühl, jetzt noch nicht schlafen zu können.

»Wollen wir noch einen kleinen Spaziergang durch die Altstadt machen?«, fragte Gianluca. »Wir könnten auch noch mal in den Hörsaal gehen.« Julia nickte nur.

Der Hörsaal war für Julia ein magischer Ort. Dort war sie schon vor Jahren Gianlucas Vorlesungen gefolgt, dort hatte sie ihn zum ersten Mal gesehen.

Sie gingen Seite an Seite durch die Gassen, passierten die altehrwürdigen Gebäude der Universität. Jetzt, wo die Gebäude, Arkaden und Höfe menschenleer waren, die Lampen die Gänge und Höfe mit mattem Licht beschienen, wirkten sie noch gewaltiger, übermächtiger.

Das Schloss quietschte, als Gianluca die schwere Holztür des Hörsaales aufschloss. Sie traten ein. Gianluca schaltete nicht das große Neonlicht an, sondern nur eine einzige alte Lampe auf dem Rednerpult. Dann nahmen sie die Stufen zu den oberen Sitzreihen, bis sie den Platz erreicht hatten, an dem Julia vor Jahren gesessen und Gianlucas Vorlesungen verfolgt hatte. Von dort aus blickten sie hinab in den Saal. Es herrschte vollkommene Stille. Am liebsten hätte sich Julia bei Gianluca angelehnt, aber er stand nur schweigend neben ihr. Julia konnte die Entfremdung zwischen den beiden nicht mehr ertragen.

»Hier wurde also zum ersten Mal über die Spiegelzellen berichtet«, sagte Julia halblaut, um die Stille zu unterbrechen. »Deine Vorlesung heute Morgen hat mich sehr beeindruckt. Es fasziniert mich, wenn Wissenschaft nicht nur aus reinen Messungen besteht, sondern die Forschungsergebnisse auch zur Interpretation von Gefühlen führen, Mitgefühl, Mitleid, vielleicht sogar Liebe.«

Das Wort Liebe war ihr so herausgerutscht.

Gianluca schwieg.

»Kennst du das Gefühl, wenn du die Verhaltensweise deines Partners einfach nicht verstehen kannst?«, fragte Julia. »Wenn die Liebe erkaltet, wie man das nennt? Oder man sich auseinandergelebt hat?«

Gianluca wandte sich Julia zu. »Das Hirn versucht, das Gegenüber zu spiegeln … und scheitert. Wenn das Spiegelsystem versagt, müssen wir eine Erklärung für das Verhalten des anderen suchen, eine Hypothese, eine Theorie. Das Du findet sich nicht mehr im Ich, das Du bleibt Du. Was dann entsteht, ist neuronale Distanz«, antwortete Gianluca.

»Ja, Distanz ist das richtige Wort, und das ist ernüchternd.«

Erst jetzt wurde Gianluca klar, dass Julia nicht nur über Spiegelzellen sprechen wollte. Sie dachte in diesem Moment nicht wissenschaftlich. Sie meinte etwas ganz anderes, viel Konkreteres, sich und Gianluca, die hier nach vier Jahren nebeneinander standen.

Gianluca spürte, dass Julia sich vor Müdigkeit kaum noch auf den Beinen halten konnte. Sie war überfordert von der Situation, mit der sie sich gegen ihren Willen konfrontiert fand. Gianluca empfand Mitleid mit Julia, nur Mitleid? Er nahm Julia in den Arm, um sie zu stützen. Julia erwiderte die Umarmung, zurückhaltend, schüchtern. Gianluca spürte sofort, dass die Berührung ihrer beiden Körper ihm mehr bedeutete als ein sich helfen, sich stützen. Die Leidenschaft, die er vor vier Jahren für Julia empfunden hatte, war wieder da. Gianluca zögerte. Konnte, durfte er sich ihr in dieser schwierigen Situation wieder nähern? Empfand sie das Gleiche wie er? Jedenfalls hatte sie ihn beim Essen einige Male so erwartungsvoll angesehen. Aber gab es da vielleicht jemanden in den USA? Aber er verbot sich sofort Gedanken über einen anderen Mann im Leben Julias. Der Moment war einfach zu kostbar, um ihn wegen solcher Zweifel verstreichen zu lassen. Noch standen die beiden nebeneinander, doch jetzt wandte er sich zu Julia, ohne seinen Arm von ihr zu lösen, um sie endlich zu umschlingen. In dieser intensiven Umarmung drückte sich gleichzeitig Zuneigung und Leidenschaft aus. Julias Körper war wie elektrisiert. Wie konnte es dazu kommen, dass er sein Verhalten innerhalb von Sekunden so änderte? Aber sie hatte keine Zeit, weiter darüber nachzudenken. Gianluca küsste Julia ohne weitere Umschweife direkt auf den Mund, erst zärtlich, dann immer leidenschaftlicher und fordernder. Julia erwiderte den Kuss, sie hielt sich an ihm fest wie eine Ertrinkende. Ihre Beine begannen zu zittern. Das war ihr damals schon so gegangen, wenn Gianluca sie berührte. Sie konnte dieses Zittern nicht kontrollieren.

In diesem Moment klingelte sein Handy. Zunächst versuchte er, es zu ignorieren, aber das Klingeln hörte nicht auf, es wurde immer lauter. Der Klingelton hatte etwas Aufdringliches, ja sogar Forderndes. In diesem Moment wurde er unerträglich, so dass er das Gespräch doch annahm. Am anderen Ende hörte Julia eine aufgeregte Frauenstimme. Sie sprach zwar ein paar Brocken italienisch, aber hierfür reichte es nicht. Sie konnte nur hören, wie Gianluca mit beschwichtigenden Worten auf sein Handy einredete. Die Frauenstimme wurde lauter, schriller, giftiger. An Gianlucas Gesichtsausdruck, an seiner Stimme, seinen Bewegungen, konnte sie erkennen, dass er sich beherrschen musste, um nicht aus der Haut zu fahren. Er sprach weiter, sein Ton blieb immer noch ruhig, wirkte aber bestimmter. Plötzlich hörte sie wieder die Frauenstimme. Jetzt schrie die Frau, dann knackte es. Gianlucas Gesprächspartnerin hatte offensichtlich aufgelegt.

Julia blickte Gianluca forschend ins Gesicht. »Ist etwas passiert?«

»Ja«, antwortete Gianluca, »aber ich möchte jetzt nicht darüber sprechen. Ich werde dich jetzt zu deinem Zimmer in der Uni begleiten.«

Sie gingen schweigend nebeneinander. Julia fröstelte. Das Gefühl der Vertrautheit und die Leidenschaft waren wie verflogen. Julia war froh, als sie endlich vor ihrem Zimmer stand.

»Gute Nacht, Gianluca.« Julia blickte ihn erwartungsvoll an.

»Gute Nacht, Julia. Ich hole dich morgen früh um 9.00 Uhr hier ab.«

Gianluca küsste Julia links und rechts auf die Wange. Die Distanz war wieder da.

Im Operation Department der Homeland Security, welche die Adressenverwaltung für die offiziellen CIA-Adressen betreibt, ging eine Mail ein, die vom Server keiner Adresse zugestellt werden konnte. Sie landete deshalb im Postfach des Administrators. Es dauerte ein paar Stunden bis dieser darauf aufmerksam wurde und schließlich die Mail um 23.55 Uhr Ortszeit an Casalle weiterleitete.

54

»Shit«, schrie Andrée Casalle, als er sich kurz vor dem Schlafengehen noch einmal am Computer einloggte. »Brian`s Brain für Mr. Wetherspoon«. Was sollte das bedeuten? Das musste eine Nachricht von dieser Assistenzärztin sein. Er hatte von dieser Sache seit über 24 Stunden nichts mehr gehört. Schon die ganze Zeit hatte er befürchtet, kaltgestellt worden zu sein, wahrscheinlich, weil er die Ärztin hatte entwischen lassen. Warum also erreichte diese E-Mail ausgerechnet ihn? Jetzt musste er Wetherspoon kontaktieren und dazu hatte er keinerlei Lust. Casalle rief einen Techniker an und beauftragte ihn herauszufinden, wo die Mail herkam. Wenige Minuten später rief der Techniker zurück. Die E-Mail war von einem Internetcafé in Parma versandt worden. Was machte die amerikanische Ärztin in Parma? Casalle wählte die Nummer von Wetherspoons Sekretärin. Er durfte keine Zeit verlieren.

Die Sekretärin meldete sich und verband ihn sofort weiter. Wetherspoon meldete sich mit verschlafen brummender Stimme. Casalle berichtete von der Mail. Seine Stimme klang unsicher. Wetherspoon war außer sich.

»Die Polizei in Italien ist wirklich so unfähig wie ihr Ruf, … und wie Sie«, bellte er in den Hörer. »Leiten Sie mir die Mail weiter. Und ansonsten kümmern Sie sich nicht mehr um die Sache, haben Sie verstanden?« Ohne eine Antwort abzuwarten, knallte Wetherspoon den Hörer auf die Gabel.

Casalle saß benommen vor seinem Telefon. Er wusste, dies war das Ende seiner Karriere. Naiv, wie er war, dachte Casalle jedoch nicht weiter.

Wetherspoon rannte in seinem Schlafzimmer auf und ab, wie ein wild gewordener Grizzly im Käfig. Er stampfte mit den Füssen auf, sein Gesicht wurde rot und schwoll an. Diese Assistenzärztin gondelte also immer noch mit dem Gehirn durch die Welt. Wer wusste, was sie schon herausgefunden hatte. Ganz dumm schien sie ja nicht zu sein. Sonst hätte sie sich gar nicht nach Italien absetzen können, sonst hätte sie ihn ja auch gar nicht kontaktieren können. Sie musste etwas wissen, und zwar eine ganze Menge. Er musste sie kriegen, und zwar so schnell wie möglich.

Er wählte die Nummer seiner Sekretärin. Zum ersten Mal seit er denken konnte, zitterten seine Finger. Sie meldete sich bereits beim ersten Klingeln.

»Verdammt noch mal, hatte ich nicht den Auftrag erteilt, Casalle zu beseitigen?«, brüllte er in den Hörer. »Ich will diesen unfähigen Crétin nicht mehr sehen und hören.« Der jungen Frau fiel fast das Herz in die Hose. Aus gutem Grund hatte sie den Auftrag nicht weitergegeben. Sie war froh, dass Wetherspoon sie jetzt nicht sehen konnte.

»Ich weiß von keinem Auftrag, Mr. Wetherspoon«, erklärte sie mit fester Stimme.

»Wollen Sie mir sagen, ich sei senil?«, schrie er ins Telefon. Seine Gesichtsfarbe wechselte von rot auf beinahe blau. »Nun, darüber reden wir später. Hören Sie mir jetzt gut zu. Schicken Sie sofort ein Mail an die Adresse, die ich Ihnen jetzt buchstabiere. Schreiben Sie ins Betreff nur »Contact Romero« und setzen Sie meine Geheimadresse ins cc. Haben Sie verstanden?«

»Ja, alles verstanden.« Die Stimme klang immer noch fest, ihre Entschlossenheit hatte aber etwas Unglaubwürdiges.

Wetherspoon legte auf. Am anderen Ende der Leitung brach die junge Frau über dem Telefon zusammen. »Andrée, Andrée«, schluchzte sie nur.

55

Am nächsten Morgen verspätete sich Gianluca. Das war sonst gar nicht seine Art. Julia erinnerte sich nicht an eine einzige Begebenheit, bei der er nicht pünktlich gewesen war. Um nicht aufzufallen, blieb sie in ihrem Zimmer. Sie machte sich Sorgen. Hatte die Verspätung etwas mit dem Anruf vom gestrigen Abend zu tun?

Erst um halb elf erschien Gianluca, gehetzt, derangiert, nervös, so hatte sie ihn noch nie erlebt.

»Morgen Julia.« Er küsste sie wieder rechts und links auf die Wange. »Tut mir leid, ich weiß, ich bin viel zu spät. Ich musste noch etwas regeln. Wollen wir uns gleich in unser neues E-Mail Account einloggen? Ich kenne eine Caffeterria, in deren Ecke versteckt ein Computer steht. Es heißt Café Amore. Wir müssen die Orte, von denen aus wir uns einwählen, unbedingt ständig wechseln.«

Café Amore, passt irgendwie, dachte Julia, jedenfalls was mich betrifft. Gianluca dagegen schien der Gedanke an Liebe nicht weiter zu beschäftigen. Julia konnte an seiner unterschwellig vibrierenden Stimme erkennen, dass er aufgeregt war, warum auch immer. Er versuchte dennoch, sich voll auf die weiteren Schritte zu konzentrieren. Dies konnte sie in seinen Augen lesen.

Julia folgte Gianluca in das Café. Während sie ihren Capuccino tranken und ein Cornetto zu sich nahmen, loggten sie sich ein. Im Posteingang entdeckten sie sofort eine neue E-Mail. Die Mail enthielt keine Nachricht, nur im Betreff stand der Text »Contact Romero«. Zusätzlich war eine Adresse einkopiert, die sie nicht als zu einer bestimmten Person gehörig entschlüsseln konnten.

»Was soll das denn jetzt?« Gianluca war zu fahrig, um die Nachricht zu verstehen.

»Die CIA will mir klar machen, dass ihre Männer das Büro meines Vaters durchsucht haben und dass wir diese Adresse kontaktieren sollen«, antwortete Julia. »Sie spielen den Ball zu uns zurück. Das lassen wir aber nicht mit uns machen. Schließlich will Wetherspoon etwas von uns.« Julia klickte auf den Antwortbutton und tippte einen kurzen Satz ein.

Gianluca las: »Wir erwarten Ihren Vorschlag.«

«Super, Julia, du wirst noch eine richtige Kriminalistin. Ich bin gespannt, was sie uns antworten. Es ist zwar mitten in der Nacht in Washington, aber ich wette, die sind hellwach.«

Sie brauchten nur fünf Minuten zu warten, bis eine Antwort einging.

»Übergeben Sie das Gehirn, sonst ...«

Julias Gesicht wurde rot vor Ärger. Sie schüttelte ihre Rastalocken.

»Die spinnen ja wohl. Meinen, sie könnten uns einschüchtern.«

Sie tippte eine Antwort ein. Gianluca las und nickte begeistert: »Wir wissen, was Sie getan haben. Unsere Bedingungen folgen.«

Fast in Echtzeit kam die Antwort: «Keine Bedingungen, keine Verhandlungen, wir finden Sie in Parma.»

«Sie wissen, dass wir in Parma sind.» Julia blickte Gianluca Hilfe suchend an.

»Ja, das war uns doch klar, als wir sie gestern kontaktiert haben. Noch scheinen sie uns nicht gefunden zu haben. Aber sie werden uns in wenigen Minuten lokalisieren. Lass uns schnell die Stadt verlassen. Wir sollten sofort aufs Land fahren, zu meiner Mutter, dort finden sie uns bestimmt nicht.«

Gianluca zahlte die Rechnung. Sie verließen das Café und eilten Richtung Universität.

»Hast du deine Kleider dabei?«, fragte Gianluca im Laufen.

»Kleider ist gut, ich trage fast alles am Leib, was ich habe«, antwortete Julia außer Atem.

Gianluca dirigierte Julia zu seinem kleinen Fiat auf dem Parkplatz neben der Universität. »Es geht los, bitte festhalten.« Gianluca startete den Wagen.

»Wo fahren wir hin?«; fragte Julia.

»Nach Süden zu den Ausläufern des Appenin. Meine Mutter hat dort ein Landgut. Die Fahrt dauert eine knappe Stunde.«

»Halt, wir müssen Brian mitnehmen.«

Gianluca schlug sich mit der Hand vor den Kopf und machte einen Schlenker zur Universität, bevor sie mit der Metallbox auf dem Rücksitz aus der Stadt rasten.

Währenddessen standen Rattlesnake und Nicholelis ratlos vor dem Internetcafé, von dem aus Julia und Gianluca am Abend zuvor ihre Nachricht abgeschickt hatten. An der Tür klebte ein Zettel. »Heute wegen Krankheit geschlossen« war darauf zu lesen. Rattlesnakes Handy klingelte. Am Apparat war die Sekretärin von Wetherspoon.

»Mr. Wetherspoon bittet Sie, sich sofort in das Café Amore zu begeben. Die Zielperson wurde dort vor einer Minute geortet.«

»Wo ist das?«

»Via Amore.«

Rattlesnake blickte finster, als sie Nicholelis über die neue Lage informierte. Sie hatte gehofft, von Wetherspoon direkt kontaktiert zu werden, wie es in der Vergangenheit immer der Fall gewesen war. Nicholelis hielt ein Taxi an. Mit seinen spärlichen Italienischkenntnissen herrschte er den Taxifahrer an:

»Café Amore, presto, presto.«
Der Taxifahrer schüttelte nur den Kopf und brauste los.

56

Gianluca hatte nicht die Autobahn genommen, sondern die kurvigen Nebenstraßen, dort fühlten sie sich sicherer. Da er schnell fuhr, konnte Julia die Gegend nur schemenhaft wahrnehmen. Sie durchquerten mittelalterliche Dörfer, sanftes Hügelland, passierten herrlich grüne Täler und die wilden Kämme des Appenin, rasten an romanischen Abteien und Festungen vorbei. Kurvig ging es über steile Serpentinen durch dicht bewaldete Hänge mit artenreicher Vegetation – Steineichen, Kastanien, Nadelbäume. Leider waren sie nicht allein auf der Straße. Einige wild gewordene Motorradfahrer schnitten in selbstmörderischer Manier die Kurven. Sie durchfuhren auch einige Tunnel, wobei Julia hielt jedes Mal die Luft anhielt.

Nach ungefähr einer Dreiviertelstunde bog Gianluca von der Hauptstraße links auf einem Feldweg ab.

»Julia, ich möchte dir mein Lieblingsrestaurant zeigen. Es liegt einsam mitten in den Feldern. Wir müssen noch zehn Minuten fahren, aber es lohnt sich. Kein Tourist findet dieses Lokal. Wir können dort eine Kleinigkeit essen. Du wirst es mögen.«

Die Straße war nicht geteert und dementsprechend staubig. Gianluca fuhr immer noch schnell, so dass das Auto in einer Staubwolke verschwand. Die Strecke war kurvig. Gefährlich rumpelnd und quietschend nahm der Wagen die Kurven. Julia hatte das Gefühl, der kleine Fiat müsse jeden Moment auseinanderbrechen. Plötzlich hielt Gianluca an. Hinter einer Hecke von Büschen entdeckte Julia ein kleines Steinhaus. Gianluca ging voraus. Er zeigte ihr die kleine Terrasse vor dem Lokal, die einen weiten Blick in die maigrüne Landschaft öffnete.

Julias Herz hüpfte. Schöner lässt es sich nicht einmal träumen, dachte sie.

Die Padrona di Casa trat aus dem Haus, eine Frau um die sechzig, klein und dicklich, mit zu einem Knoten aufgebundenem grauem Haar und geröteten Wangen. Ihre Kleidung war einfach. Sie trug eine karierte Schürze, an der sie ihre von Arbeit geröteten Hände abwischte. Als sie Gianluca sah, strahlte sie über das ganze Gesicht, umarmte und begrüßte ihn überschwänglich, wie die sprichwörtliche italienische Mama ihren erstgeborenen Sohn. Julia betrachtete die Szene gerührt, aber auch etwas skeptisch. Gianluca stellte Julia vor, woraufhin die Padrona wissend lächelte. Offensichtlich war Gianluca schon mit anderen Frauen hier gewesen, dachte Julia. Ihr fiel die Szene vom Tag zuvor wieder ein. Allerdings war Gianluca nicht mehr darauf zurückgekommen. Sie setzten sich. Gianluca bestellte Spaghetti Vongole. Erinnert er sich, dass mir das immer so gut geschmeckt hat, oder war es einfach Zufall?, fragte sich Julia.

Plötzlich fiel ihr Bert ein. Bert, der so anders war als sie und auch als Gianluca. Bert, der Karrierist. Wie kannst du nur dauernd auf Gianlucas Freundinnen eifersüchtig sein? Du hast doch selbst einen Freund, rief sie sich zur Ordnung, gleichzeitig erschrocken darüber, dass sie seit über 24 Stunden nicht mehr an Bert gedacht hatte.

Seit sie hier in Italien war, gab es für sie nur noch Gianluca. Gianluca mit den dunkelblonden Locken, mit seinem griechischen Profil. Sie blickte ihm geradewegs in seine blauen, Augen, die heute merkwürdig getrübt schienen.

»Gianluca, ich muss dir etwas sagen. Ich weiß, ich hätte es dir gleich sagen sollen, aber ich war zu feige. Ich habe einen Freund in den Staaten. Sein Name ist Bert. Er arbeitet in derselben Klinik wie ich. Ich, ich bin seit ein paar Jahren mit ihm zusammen. Aber ich …, ich habe ihn wahrscheinlich nie geliebt. Das ist mir jetzt erst hier in Italien klar geworden. Ich werde mich von ihm trennen.«

Jetzt war es heraus. Julia war so erschrocken über die Direktheit ihres Geständnisses, dass sie sich verschluckte und heftig husten musste. Das gab ihr etwas Zeit nachzudenken. Julia, bist du wahnsinnig?, dachte sie. Was soll Gianluca von dir denken? Warum sagst du so was? Das war ja quasi eine Liebeserklärung, oder zumindest so etwas Ähnliches. Er interessiert sich doch gar nicht mehr für dich. Die Küsse am gestrigen Abend, das war doch nur ein Flash, eine Erinnerung an Vergangenes, mehr nicht. Mit der Gegenwart hatte das gar nichts zu tun. Jetzt hast du ihm sogar erzählt, dass du dich trennen willst. Er kann das doch nur als verzweifelte Aufforderung verstehen.

Ihr Husten legte sich und jetzt sah sie, wie Gianlucas Blick auf ihr ruhte. Er lächelte liebevoll, das konnte doch nicht sein, nach der unpersönlichen Verabschiedung gestern Abend, der ebenfalls gleichgültigen Begrüßung heute Morgen und obendrein nach ihrem plumpen Geständnis.

»Ich glaube, unser beider Leben ist gerade etwas aus den Fugen geraten. Auch ich muss dir etwas beichten. Ich hatte eine Freundin, drei Jahre lang. Heute Morgen ist sie ausgezogen. Deshalb bin ich auch so spät gekommen. Unsere Beziehung war schon seit längerer Zeit angespannt. Sie war wahnsinnig eifersüchtig. Gestern, als sie mich anrief, muss sie gespürt haben, dass meine Gedanken woanders, dass meine Gedanken bei dir waren. Ich habe zwar versucht, sie zu beruhigen, aber sie ist immer wütender geworden. Die ganze Nacht haben wir gestritten. Heute Morgen haben wir uns dann darauf geeinigt, dass sie auszieht.«

Julia blickte erschrocken zu Gianluca.

»Das tut mir leid«, log sie.

»Julia, du kannst wirklich nichts dafür. Ich habe das allein für mich entschieden. Seit du wieder hier bist, denke ich nur an dich. Wenn ich mit dir zusammen bin, bin ich gleichzeitig aufgeregt und glücklich. Wenn du nicht da bist, sehne ich mich nach dir. Sie hatte keine Chance.«

Julia wusste nicht, wie sie darauf antworten sollte. Sie war völlig durcheinander.

»Gianluca, erst gestern das nüchterne Abendessen, dann deine Küsse im Hörsaal, dann wieder die Distanz, und jetzt ...? Was soll ich davon halten? Ich habe dich nie vergessen, aber ich traue mich einfach nicht, dich zu lieben.«

»Warum?«

Sie antwortete nicht. Schweigend nahmen beide ihre Mahlzeiten zu sich und blickten dabei scheinbar konzentriert auf ihre Teller.

Gianluca verabschiedete sich von der Gastwirtin, die ihn bedeutungsvoll ansah und zustimmend nickte. Was sollte das? Hatte er ihren Segen? Sie musste die beiden die ganze Zeit beobachtet haben. Das war Julia gar nicht aufgefallen, so gedankenversunken war sie gewesen. Gianluca nahm Julias Hand und führte sie zum Auto. Keine Umarmung, kein Kuss, keine weitere Berührung, nur sein fester Händedruck. Erst als sie im Auto saßen, fiel beiden das Gehirn wieder ein. Sie hatten es für kurze Zeit ganz vergessen.

»Gianluca, wir müssen mit dem Gehirn sprechen. Es wird auf eine Rückmeldung von uns warten. Wir müssen Brian erklären, wo wir stehen.«

»Natürlich, das sollten wir jetzt sofort machen«, antwortete Gianluca.

Julia schaltete ihr Handy ein. »Hallo, Brian. Wir sind es wieder, Julia und Gianluca«, sprach Julia in das Mikrofon. Es knisterte in der Leitung.

»AAAHHH, HOW DO YOU DO?«

«Danke, uns geht es gut«, antwortete Gianluca. »Es tut uns leid, dass wir uns erst so spät wieder melden. Wir haben Wetherspoon eine E-Mail geschrieben. Er hat uns auch schon geantwortet. Dann mussten wir schnell aus der Stadt raus, weil Wetherspoons Leute uns wahrscheinlich schon lokalisiert hatten. Wir fahren gerade durch den Appenin. Wir besuchen meine Mutter. Dort wird er uns so schnell nicht finden.«

»WAS HAT WETHERSPOON GESAGT?«

»Noch nichts Konkretes«, stammelte Julia unsicher.

»DAS GLAUBE ICH NICHT. ICH MÖCHTE WISSEN, WAS ER WILL.«

Gianluca schaltete sich wieder ein. »Brian, es fällt uns schwer, Ihnen das zu sagen, aber ich denke, Sie haben jedes Recht, zu wissen, was Wetherspoon von uns verlangt. Er will Sie beziehungsweise Ihr Gehirn.«

Auf dem Bildschirm tanzten bunte Kreise.

»TRÄUM WEITER, WETHERSPOON. WIE KANN DIESER MANN SO NAIV SEIN? MEIN GEHIRN KANN ER HABEN ..., ABER NUR FÜR EINEN HOHEN PREIS.

»Nein, das kann er natürlich nicht.« Julias Stimme hatte einen schrillen Ton. »Ich habe Ihr Gehirn aus dem Archiv mitgenommen. Ich habe Sie dem ganzen Schlamassel ausgesetzt, bin für Sie verantwortlich. Ich werde Sie, ..., Ihr Gehirn niemals in die Hände von Wetherspoon geben.«

»ICH HABE LANGE DARÜBER NACHGEDACHT. DER VERSUCH MUSS GESTOPPT WERDEN. WENN IHR MIT DEM FALL AN DIE ÖFFENTLICHKEIT GEHT, BRINGT ER EUCH UM. DIE ÜBERGABE MEINES GEHIRNES AN WETHERSPOON IST UNSERE EINZIGE REALISTISCHE CHANCE, DIE EINSTELLUNG DES VERSUCHS ZU ER-

REICHEN, DIE ZUKÜNFTIGE HERRSCHAFT WETHERSPOONS UND DAMIT DIE ABSCHAFFUNG DER DEMOKRATIE ZU VERHINDERN. MEIN GEHIRN IST EUER DRUCKMITTEL. DAMIT KÖNNT IHR WETHERSPOON ERPRESSEN.

»Ja, aber, aber das würde bedeuten, dass wir Sie opfern müssten. Und das will ich in keinem Fall.« Julia traten die Tränen in die Augen.

»JULIA, ICH BIN DOCH PRAKTISCH SCHON TOT, AUCH WENN MEIN GEHIRN NOCH MIT EIN PAAR HIRNSTRÖMEN ZUCKT. ICH KANN NIE MEHR IN MEIN ALTES LEBEN ZURÜCKKEHREN. ICH WILL NOCH EINMAL STERBEN, ABER DIESMAL RICHTIG. ICH KANN NICHT ZULASSEN, DASS WETHERSPOON SEINEN PLAN WEITERVERFOLGT. ER KANN MEIN HIRN HABEN, ABER DENKT ÜBER DIE KONDITIONEN NACH. BLUTEN SOLL ER.«

Julia und Gianluca sahen sich an. »Ganz menschliche Rachegefühle«, flüsterte Gianluca Julia zu.

»Brian, wir müssen jetzt weiterfahren, wir melden uns später wieder«, sprach Gianluca ins Mikrofon.

»OK, ABER MEIN ENTSCHLUSS STEHT FEST. ICH ERWARTE, DASS IHR IHN AKZEPTIERT UND DANACH HANDELT. DAS IST QUASI MEIN ALLERLETZTER WILLE.«

Julia warf Gianluca einen nach Hoffnung suchenden Blick zu. Beide wussten nichts zu antworten. Sie setzten ihre Fahrt fort. Den gesamten restlichen Weg sprachen sie nicht mehr. Beider Gedanken kreisten um das Schicksal des Gehirns. Schließlich erreichten sie das Landgut von Gianlucas Eltern.

57

Schon von weitem war Julia überwältigt. Das Gut lag am Ende einer langen, von Pinien gesäumten Straße auf einer Anhöhe. Dort thronte das Hauptgebäude, eine dreistöckigen Villa aus grauem Stein mit rotem Dach. Rechts und links daneben konnte man hinter einer grünen Hecke noch weitere Dächer erkennen, wahrscheinlich gehörten sie zu den Nebengebäuden. Die Auffahrt endete an einer steinernen Treppe, die über eine riesige Terrasse zum Haus führte. Als sie sich näherten, konnte Julia vier weiße Säulen erkennen, die eine Veranda abschlossen. Die Säulen trugen einen großen, weißen Balkon im ersten Stock des Hauses, auf den eine Tür mit Rundbogen hinausführte. Julia konnte auf dem Balkon zwei Palmen erkennen, die links und rechts die Tür einrahmten. Alle Läden des Hauses waren braun und zum Schutz gegen die Sonne geschlossen, so dass die Villa vor dem blauen Himmel abweisend und trutzig wirkte. Am Ende der Straße vor der breiten Steintreppe bogen sie links ab, fuhren um das Haus herum und hielten auf dem runden, von gelb blühenden Ginsterbüschen umrahmten Platz hinter dem Haus. Von diesem Platz aus konnte man zu allen Seiten in die unterhalb des Anwesens liegende hügelige Landschaft schauen. Ein Feld reihte sich an das andere. Weinberge, Blumenfelder, Rapsfelder, Zitronen- und Orangenhaine wechselten sich ab. So muss das Paradies aussehen, dachte Julia.

Julia stieg aus dem Wagen. Das gleißende Licht blendete sie. Sie musste die Augen zukneifen und brauchte eine Weile, um sich an die Helligkeit des Platzes, dessen Steinplatten die Sonnenstrahlen reflektierten, zu gewöhnen.

Aus dem Haus trat eine attraktive, hochgewachsene Frau um die sechzig, Gianlucas Mutter. Offensichtlich hatte sie das Auto heranfahren sehen. Sie trug ein sehr elegantes, weißblaues Sommerkleid, das ihre immer noch tadellose Figur betonte. Das blonde mit einigen Silbersträhnen durchwirkte Haar hatte sie hochgesteckt. Die Frisur war streng, betonte aber ihr edles Profil mit der klassischen Nase. Julia konnte in ihrem Gesicht sofort die Ähnlichkeit mit Gianluca erkennen. Gianlucas Mutter trat mit gemessenem Schritt lächelnd auf ihren Sohn zu und begrüßte ihn mit einem flüchtigen Kuss jeweils auf die rechte und linke Wange. Dann wandte sie sich Julia zu.

»Mama, das ist Julia. Sie ist eine ..., eine alte Freundin von mir.« Gianluca errötete, während er Julia vorstellte. »Julia kommt aus den USA und ist gerade in Italien zu Besuch.«

Julias Mutter lächelte wieder und begrüßte Julia auf Englisch mit einem sehr charmanten Akzent.

»Guten Tag, Julia, es freut mich, Sie kennenzulernen. Kommen Sie herein. Möchten Sie etwas trinken, vielleicht einen frisch gepressten Orangensaft?«

»Gerne«, erwiderte Julia und folgte Gianlucas Mutter durch die hohe, zweiflügelige Eingangstür in die Empfangshalle. Die Halle mit ihrem roten Cottoboden, den großen mit Säulen verzierten Holzschränken, dem steinernen Kamin mit den Löwenköpfen, vor dem links zwei Leder bespannte, mittelalterliche Lehnsessel und rechts ein dunkelrotes Polstersofa standen, wirkte dunkel und abweisend. Sie reichte über zwei Stockwerke. Eine steinerne Freitreppe führte in den ersten Stock, der mit einem von Arkaden gesäumten Gang die Halle umrahmte. Julia konnte erkennen, dass von dem Arkadengang die runde Tür abging, die auf den Balkon führte, den sie bei der Anfahrt gesehen hatte. Durch die geschlossenen Läden blitzte etwas Sonnenlicht hindurch und erhellte den oberen Teil der Halle. Schwere Holztüren reihten sich in den Arkadengängen aneinander. Wahrscheinlich führten sie zu den Wohnräumen der Familie.

Aus einer der Türen der Eingangshalle eilte jetzt eine weitere Frau in die Halle. Sie war klein, pummelig und wirkte ganz anders auf Julia als Gianlucas Mutter, weniger distinguiert, aber dafür besonders heiter und fröhlich. Sie balancierte ein Silbertablett mit drei aufwendig geschliffenen Kristallgläsern und einer Karaffe, die mit eisgekühltem Orangensaft gefüllt war. Zunächst stellte sie das Tablett ab und umarmte dann Gianluca voller Herzlichkeit.

»Gianluca, mein Junge, ich freue mich, dich zu sehen. Ich habe für heute Abend dein Lieblingsessen gekocht.«

»Guten Tag, Louisa, das ist großartig. Darf ich dir Julia aus Amerika vorstellen? Julia, das ist Louisa, sie hat mich großgezogen.«

»Guten Tag, Julia, schön, Sie hier zu haben.« Louisa strahlte über das ganze Gesicht. »Möchten Sie etwas Orangensaft? Das erfrischt. Es ist ganz schön heiß in diesem Mai.« Louisa goss den Saft in die Gläser und huschte wieder davon.

Sie setzten sich, Gianlucas Mutter auf das Sofa und die beiden Gäste auf die Lehnstühle. Julia schaute an sich herab, auf ihren grauen Matrosenpulli und ihre alten Jeans. Sie fühlte sich deplatziert, traute sich aber nicht, Gianlucas Mutter den Grund für ihren unpassenden Aufzug zu erklären.

Die Hausherrin wandte sich wieder an ihren Sohn. »Gianluca, schön, dass du mal wieder Freunde mit ins Haus bringst. Julia, bleiben Sie zum Abendessen? Möchten Sie hier übernachten?«

»Ja, Julia wird über Nacht bei uns bleiben«, kam Gianluca Julia zuvor. Er hatte gespürt, dass Julia unsicher war. Ganz offensichtlich war sie von der Grandezza der Dame des Hauses und dem Gegensatz zu ihrem eigenen, uneleganten Auftritt eingeschüchtert.

»Prima, ich liebe es, wenn Freunde und Familie zu Besuch sind. Die Abendgesellschaft kann gar nicht groß genug sein. Heute Abend sind wir allerdings nur zu viert. Mein Bruder ist noch da, mein Mann ist auf Geschäftsreise.«

Julia nickte mit dem Kopf. »Ich freue mich, hier zu sein.«

»Aus welchem Teil Amerikas kommen Sie?«

»Aus den Vereinigten Staaten, aus New York, genau genommen wohne ich in New Jersey, aber ich arbeite in Manhattan.«

»Wohnen Sie noch bei Ihrer Familie?«

»Ja, ähh, nein, ich wohnte bei meinem Vater, aber er ist leider kürzlich gestorben.«

»Oh, das tut mir sehr leid.«

Es entstand eine kurze Gesprächspause. Julia und Gianluca wechselten einen ernsten Blick, den Gianlucas Mutter registrierte. Dann führte Gianlucas Mutter die Konversation weiter.

»Darf ich fragen, welchen Beruf Sie ausüben?«

»Ich bin Ärztin, an einem Krankenhaus.«

»Wie interessant, haben Sie sich auf einen besonderen Bereich spezialisiert?«

»Ich bin im Labor eines neurobiologischen Instituts tätig. Ich bin Hirnforscherin.«

»Ach ja, genau wie Gianluca, wie interessant.«

Gianluca waren die bohrenden Fragen seiner Mutter und die wiederholten Interessenbekundungen sichtlich unangenehm. Aber so kannte er sie. Sie meinte es nicht böse. Seine Mutter stammte aus einem alten, italienischen Adelsgeschlecht. Sie musste immer zuerst herausfinden, wen sie vor sich hatte. Gianluca versuchte, Julia vor den insistierenden Fragen seiner Mutter zu bewahren.

»Mutter, ich würde Julia gerne das Gut zeigen. Bist du einverstanden? Julia, hast du Lust?«

»Sehr gerne, Gianluca.« Julia blickte erleichtert zu ihm auf. Gianluca wartete die Antwort seiner Mutter gar nicht erst ab.

»Prima, dann lass uns sofort gehen. Ich möchte dir zu allererst unsere alte Kapelle zeigen.«

Er nahm Julia demonstrativ bei der Hand und zog sie hinter sich her. Die Mutter blickte dem Paar versonnen nach.

»Ihr könnt im Nebenhaus schlafen. Die Zimmer sind alle hergerichtet. Biete Julia doch das Blumenzimmer an«, rief sie schließlich noch hinterher.

»Komm, Julia, wir machen erst eine kleine Besichtigung.«

»Habt ihr eine Kapelle?«, fragte Julia verblüfft, während sie über den Platz gingen.

»Ja, das ist hier ganz normal. Alle Familien in der Gegend, die größere Güter haben, unterhalten eine eigene Kapelle. Dort finden Gottesdienste im Rahmen von bedeutenden Familienereignissen statt, zum Beispiel bei Hochzeiten, Taufen, aber auch bei Beerdigungen. Bei vielen Familien gibt es auch ein Familienmitglied, das Geistlicher ist. Unser Vorzeigegeistlicher ist mein Onkel, der Bischof von Parma.« Gianluca lächelte. »Die Leute sind sehr fromm hier, weißt du. Ich mag unsere Kapelle sehr, ich habe mich dort als kleiner Junge immer versteckt, wenn ich etwas ausgefressen hatte. Es war für mich ein Ort, an dem ich vor Bestrafungen sicher war, gewissermaßen mein persönliches Kirchenasyl.«

Nach einem kleinen Weg durch den an den runden Platz grenzenden Garten erreichten sie die Kapelle. Von außen sah sie eher wie ein Kastell aus, so trutzig und schmucklos wirkte sie auf Julia. Sie betraten den Vorraum. Schon von dort aus konnte Julia durch das schmiedeeiserne Gitter erkennen, dass es sich nicht nur um eine kleine Kapelle, sondern um eine richtige Kirche handelte. Gut fünfzig Leute fanden darin Platz, schätzte sie. Im Gegensatz zu dem Äußeren der Kirche, überraschte der Innenraum durch schwelgerische Dekorationen aus Marmor, Gold und Mosaiken. Julia riss die Augen weit auf, um im matten Licht den Reichtum der zahllosen Ornamente voll erfassen zu können.

»Die Kapelle wurde in romanischer Zeit gebaut, das kannst du an ihrem Äußeren erkennen. Im Laufe der Jahrhunderte wurde sie aber durch unsere Familie immer wieder umgebaut, erweitert und umgestaltet. Mittlerweile sind hier alle Baustile bunt gemischt.«

Gianluca sah hinüber zu Julia und bemerkte, dass ihre Augen auf einem Bodenmosaik ruhten.

»Dieses Mosaik hier lehnt sich an die byzantinische Kunst an. Es zeigt drei Damen aus einem Adelsgeschlecht in ihren Festgewändern. Die mittlere von ihnen trägt eine Krone. Wir wissen nicht, wen sie darstellen soll, aber dies ist jedenfalls eine weltliche Szene. Im hinteren Teil der Kirche in der Kuppel finden sich aber auch biblische Szenen, der Erlöser, die Apostel, verschiedene Heilige.«

»Ich dachte, solche Mosaiken findet man nur in Ravenna.«

»Ja, die Mosaiken in Ravenna sind sehr berühmt. Diese Mosaiken stammen jedoch aus späterer Zeit. Sie sind trotzdem wunderschön. Du wirst sie in keinem Reiseführer finden, da die Kirche für die Öffentlichkeit nicht zugänglich ist.«

Julia und Gianluca durchschritten leise die Kirche. Auf dem Weg zum Altar wies Gianluca immer wieder auf einzelne, besonders bemerkenswerte Stücke hin, die kostbar geschnitzte Kanzel, das steinerne Taufbecken.

Plötzlich blieb Julia unvermittelt stehen. In einem Seitenschiff im hinteren Teil der Kirche sah sie den Bischof von Parma in einem hohen Armlehnstuhl sitzen. Er murmelte, die Augen halb geschlossen, ein Gebet vor sich hin, dessen Wortlaut Julia nicht verstehen konnte. Als der Bischof die Besucher bemerkte, unterbrach er sein Gebet und blickte ihnen aufmerksam entgegen, während sie sich seinem Stuhl näherten.

Am liebsten hätte Julia die Augen auf den Boden gesenkt, so unsicher war sie in diesem Moment. Aber das wäre sehr unhöflich gewesen. So nahm sie sich zusammen und sah ihm offen ins Gesicht, das perfekt auf den Einband eines Buches über die antike Welt gepasst hätte. Kraftvolle, horizontale Linien, eine hohe Stirn, ausgeprägte Wangenknochen, die intelligenten, länglichen Augen mit den verfilzten Augenbrauen, die zugleich gütig und böse aussehen konnten. Sein Gesicht war blass, nur seine Wangen waren gerötet, wie die eines ungeschickt geschminkten Schauspielers.

Ohne sich zu erheben, streckte er Julia und Gianluca seinen rechten knochigen Handrücken mit den schmalen Fingern entgegen. Wie eine Waffe zielte der riesige Kardinalsring auf Julias und Gianlucas Mund, eine Geste, die beide unweigerlich eine unterwürfige Haltung einnehmen ließ. Damit begnügte er sich. Er bestand nicht auf den Kuss und ließ seine Hand sinken.

»Guten Tag, Onkel. Wir sind zu Besuch gekommen. Ich freue mich, dich wieder einmal zu sehen. Das ist meine Freundin Julia. Sie ist Amerikanerin. Ich wollte ihr die Kapelle zeigen.«

Der Bischof nickte mit dem Kopf.

»Guten Tag, mein Junge. Schön, dass wir uns wieder einmal sprechen können. Natürlich möchte ich gerne deine Begleitung näher kennenlernen. Aber dies ist nicht der richtige Ort. Wollen wir uns in einer Stunde in der Bibliothek treffen?«

»Gut, in einer Stunde. Stört es dich, wenn ich Julia ein wenig herumführe?« »Keineswegs, die Kirche ist für alle da«, sagte der Bischof in würdevollem Ton.

Gianluca erklärte Julia die Fresken in den Seitenschiffen der Kirche. Zu jedem Bild wusste er eine Geschichte zu erzählen. Julia blickte fasziniert zwischen den Fresken und Gianlucas begeistert strahlenden Augen hin und her. Nach dieser ausführlichen Besichtigung verließ das Paar die Kirche. Gianluca führte Julia durch die Gärten. Am Ende des Rundganges betraten sie einen italienischen Renaissancegarten, der aus einer riesigen, mit Büschen abgegrenzten, sehr gepflegten Rasenfläche bestand, an deren Ende das runde Tor einer riesigen Steinmauer den Blick auf die Felder öffnete. In der Mitte des Gartens waren vier rechteckige Wasserbassins angelegt, eingerahmt von sorgfältig geschnittenen Buchshecken, die jeweils durch grünes Eibenformgehölz unterbrochen waren. Im Zentrum der vier Bassins fand sich ein kleiner, runder Steinbrunnen mit einer speienden Neptunfigur aus Bronze. Julia war wie verzaubert.

»Dieser Garten ist der ganze Stolz meiner Mutter. Wir haben zwar mehrere Gärtner, die die verschiedenen Anlagen pflegen, aber an diesem Platz siehst du meine Mutter häufig selbst mit der Heckenschere hantieren, wenn sie mal wieder der Meinung ist, dass die Gärtner ihre Arbeit nicht sorgfältig genug ausgeführt haben.«

»Den Ansprüchen deiner Mutter kann wohl niemand genügen.«

Gianluca sah Julia lächelnd in die Augen. »Mach dir keine Sorgen. Sie wird dich mögen.«

Wieder im Hauptgebäude zeigte Gianluca Julia das im Erdgeschoss gelegene Wohnzimmer mit den großen, schweren Eichenmöbeln. Der hohe Raum mit seiner bunt bemalten Kassettendecke wirkte erhaben, aber gar nicht gemütlich. Sie schritten weiter in den großen Salon. Dieser Raum wurde von einem langen, tiefdunklen, mittelalterlich anmutenden Esstisch aus Mooreiche beherrscht, an dem mühelos zwanzig Personen Platz fanden. Der Tisch war mit riesigen Bronzekandelabern geschmückt. In der Mitte stand ein großer, bunter Blumenstrauß, über dem ein ebenfalls bunt funkelnder, venezianischer Leuchter hing. Die Wände waren mit Gobelins geschmückt, die Jagdszenen zeigten. Die Farben der Gobelins verblassten schon ein wenig und einige Ecken waren ausgefranst. Die Gobelins hatten unverkennbar bessere Tage gesehen und der Raum wirkte durch sie schwer und irgendwie staubig. Er gab aber zweifellos einen stilvollen Rahmen für eine große Gesellschaft ab.

»Den kleinen grünen Salon zeige ich dir jetzt nicht. Dort werden wir heute zu Abend essen. Lass uns in die Bibliothek gehen. Vielleicht ist mein Onkel schon da.«

Gianluca öffnete die Flügeltür zur Bibliothek. Die schwere, mit schmiedeeisernen Schmuckelementen verzierte Tür knarrte. Sie betraten den Raum. Julia konnte ihren Augen kaum trauen. So viele Bücher in einem privaten Haus, das gab es in den Staaten nicht. Die Bibliothek war mit hohen, dunkelbraunen Holzregalen ausgestattet, deren Gesimse mit Intarsienarbeiten aus verschiedenen Holzarten verziert waren. Die Regale reichten bis an die Decke, die mit einer Landschaft bemalt war, in der sich bäuerliche Szenen abspielten. Die Bücher waren sehr alt, das konnte Julia sehen, Sie ahnte allerdings nicht, wie alt und wie kostbar sie wirklich waren. Vom Boden führte eine Holzstiege auf ein umlaufendes Podest, über das man zu den Regalen gelangte. Damit man auch die Bücher in den oberen »Etagen« erreichen konnte, standen vier Messingleitern auf dem Podest, an jeder Wand eine. Sie waren in eine am Regal befestigte Messingschiene eingehängt, damit sie nicht abrutschen konnten. Durch die Fenster drang ein Sonnenstrahl quer durch den Raum und tauchte einzelne Bücher in gleißendes Licht. In einem englischen Lederstuhl saß Gianlucas Onkel, in einer Religionsgeschichte blätternd. Die goldenen Lettern des Ledereinbands funkelten. Gianluca und Julia traten auf den Bischof zu, der ihnen erwartungsvoll entgegenblickte. Gianluca holte noch zwei Stühle und sie setzten sich dazu.

»Wollt ihr etwas Tee? In Italien trinkt man zwar nur Kaffee, ich erlaube mir aber diesen kleinen Landesverrat und trinke lieber englischen Tee, mit Milch versteht sich.«

Der Bischof goss Julia eine Portion Tee in die weiße Porzellantasse mit dem Goldrand.

»Hier ist etwas Gebäck.« Er reichte Julia die Schale mit einem braunen, verführerisch duftenden Mandelgebäck. Julia nahm dankend an. Es entstand eine kurze Gesprächspause.

»Onkel, Julia ist meine Freundin.«

Zum ersten Mal sprach Gianluca die Worte »meine Freundin« aus. Julia hätte vor Freude am liebsten einen Luftsprung gemacht, doch das war jetzt nicht der passende Augenblick.

»Onkel, ich erinnere mich noch, dass du dich über die Jahre viel mit Oscar Romero beschäftigt hast. Auch Julias Vater hat Oscar Romero sehr verehrt. Er war emeritierter Philosophieprofessor in den USA und ist leider kürzlich gestorben. Julia möchte mehr über Romero wissen, um das Denken ihres Vaters besser verstehen zu können. Ihr Vater hat sich besonders dem richtigen Sehen befasst. Das richtige Sehen ist ja auch eine wichtiges Thema Romeros gewesen.«

Der alte Bischof ging sofort auf Gianlucas Gesprächseröffnung ein.

»Ja, in der Tat, bei Romero wird die Veränderung seiner Persönlichkeit mit der Blindenheilung durch Jesus verglichen. Auch da geht es ja um das richtige Sehen.«

»Ja, die Bibelstelle kennen wir.« Julia wurde ganz aufgeregt.

»Können Sie uns mehr über die Entwicklung Romeros erzählen?« Der Bischof fuhr fort. Er sprach langsam und wie gedruckt. »Die

Politik El Salvadors in den siebziger Jahren des zwanzigsten Jahrhunderts war geprägt von der Unterdrückung der Arbeiter, der Bauern und von Teilen des Klerus durch das Militär und die herrschenden, rechts gerichteten Familien. Romero stand dem zunächst eher vorsichtig, fast ausweichend gegenüber. Er galt als Konservativer, der ein gutes Einvernehmen der Kirche mit der Regierung garantierte. Doch die Brutalität der Militärs und die Not der Landbevölkerung bewirkten über die Jahre eine deutlich kritischere und politischere Positionierung Romeros. Fortan ergriff er Partei für die Armen und Entrechteten seines Landes. Er boykottierte alle staatlichen Empfänge und besuchte stattdessen die Armenviertel. In Ansprachen und Predigten prangerte er die Verbrechen der Regierung, des Militärs und der führenden Familien an. Kennen Sie folgenden Satz? »›Die Kirche würde ihre Liebe zu Gott und ihre Treue zum Evangelium verraten, wenn sie aufhörte, die Stimme derer zu sein, die keine Stimme haben.‹«

Das ist ein Zitat von Romero. Sie sind doch Amerikanerin. Dann wird Sie sicherlich interessieren, dass Romero den damaligen US-Präsidenten Jimmy Carter öffentlich aufforderte, die Militärhilfe für El Salvador zu streichen. Damit hatte sich der Bischof in den Augen der Regierung von El Salvador und des Militärs in einen Kommunisten verwandelt. Das Volk dagegen hat ihn geliebt und wie einen Heiligen verehrt. Aber für die salvadorianische Regierung war er ein unbequemer Heiliger. Unbequem für den Vatikan, dem das politische Engagement seines ehemals konservativen Würdenträgers ein Dorn im Auge war. Unbequem auch für die USA, die das antikommunistische Militärregime massiv mit Waffen und Militärberatern unterstützte.«

Der Bischof wandte sich nun direkt an Julia.

»Was wissen Sie über die Beziehung ihres Vaters zu Oscar Romero. Haben sich die beiden gekannt?«

»Nein, das glaube ich nicht. Als ich nach seinem Tod sein Büro betrat, fand ich viele kleine Zettel mit Zitaten und einem Hinweis auf Oscar Romero. Ich weiß nicht, von wem die Zitate stammen. Vielleicht können Sie mir helfen.« Julia kramte in ihrer Tasche nach den Post-it Zetteln und las laut daraus vor.

»Das Gegenteil von Liebe ist nicht Hass, der Gegensatz von Hoffnung ist nicht Verzweiflung, der Gegensatz von geistiger Gesundheit und gesundem Menschenverstand ist nicht Wahnsinn, und der Gegensatz von Erinnerung heißt nicht Vergessen. Sondern jedes Mal ist der Gegensatz nur Gleichgültigkeit.«

Und auf dem zweiten Zettel stand:

»Fürchte dich nicht vor deinen Feinden – im schlimmsten Fall können sie dich töten. Fürchte dich nicht vor deinen Freunden – im schlimmsten Fall können sie dich verraten. Fürchte dich vor den Gleichgültigen: Sie töten weder noch verraten sie, aber nur mit stillschweigender Zustimmung gibt es auf der Welt Mord und Verrat.«

Der Bischof nickte. »Ja, beide kenne ich. Das sind Zitate von Klaus Hagedorn, der treibenden Kraft der Romero Stiftung in Deutschland. Er hat diese zwei Sentenzen formuliert, um die Lebenseinstellung von Romero zu charakterisieren. Julia, Sie wissen sicherlich, dass Romero ermordet wurde. Durch seinen gewaltsamen Tod wurde er zum Mythos.«

»Romero muss auch für meinen Vater eine Art Mythos gewesen sein«, warf Julia ein, worauf der Bischof fortfuhr:

»Dabei muss man wissen, dass es Romeros Anliegen widersprochen hätte, aus ihm einen Mythos zu machen, ganz wie es auch bei Jesus war. Schon Jesus hat gegenüber den Pharisäern kritisch auf die Ambivalenz von Denkmälern hingewiesen, die ja entweder aufgrund eines Mythos geschaffen oder aus eigenem Recht zum Mythos werden können, indem er sagte:

›Ihr errichtet den Propheten Grabstätten und schmückt die Denkmäler der Gerechten und sagt dabei: Wenn wir in den Tagen unserer Väter gelebt hätten, wären wir nicht wie sie am Tod der Propheten schuldig geworden. Damit bestätigt ihr selbst, dass ihr die Söhne der Prophetenmörder seid.‹«

Julia blieb die Luft weg. »Das steht auch auf einem der Zettel meines Vaters.«

»Ihr Vater war ein Kenner«, lächelte der Bischof.

»Sie sprachen vorhin von einer Romero Stiftung, was ist das?«, fragte Julia.

»Ich sprach von der Romero Stiftung in Deutschland. Aber auch in vielen anderen Ländern haben sich Gruppen von Romero-Anhängern gebildet, insbesondere schon kurz nach seinem Tod in der Schweiz. Das Romerohaus in der Schweiz bemüht sich als Institution um die Vermittlung zwischen Erster und Dritter Welt auf der Suche nach einer gerechteren Weltordnung, ausgehend vom beispielhaften Lebensweg Romeros: Er hatte echtes Mitleid mit den unterdrückten, gedemütigten und zum Schweigen gebrachten Völkern, war unerschrockener Verteidiger der Menschenrechte und Anwalt der Armen. Die Institution tritt ein für eine Globalisierung der Solidarität und Menschlichkeit, eine Solidarität mit den Armen, die an Stelle der tatsächlich stattfindenden Globalisierung treten soll, bei der Markt, Macht und Geld im Mittelpunkt stehen. Oscar Romero ist die spirituelle Galionsfigur der Globalisierungsgegner geworden, welche die ›Erste Welt‹ zum ›richtigen Sehen mit dem Herzen‹ bekehren wollte. Das haben wir ja eben schon angesprochen.«

»Beeindruckend! Ich bin von diesem Mann und seiner Mission ganz gefangen«, sagte Julia. »Ja, mir geht es genau so. Sein Leben ist einfach faszinierend.« pflichtete Gianluca Julia bei.

Der Bischof wandte sich jetzt direkt Julia zu. »Julia, soll ich euch einen Kontakt zum Romerohaus in Luzern vermitteln? Das wäre jetzt sicher sehr interessant für Sie und ganz unproblematisch. Mein Cousin ist nämlich dort tätig. Ich werde ihm schreiben und euch ankündigen. Dann könnt ihr euch direkt an ihn wenden.«

Julia blickte überrascht zu Gianlucas Onkel. »Gerne, danke, das ist sehr liebenswürdig«, und schaute dabei fragend zu Gianluca.

Der hatte plötzlich eine Idee.

»Onkel, kannst du ihn nicht anrufen?«

Der alte Mann blickte Gianluca verständnisvoll an. »Ja, natürlich. Er wird sich allerdings wundern, denn Anrufe von mir ist er nicht gewohnt.«

Gianluca und Julia waren fast ein wenig erstaunt, dass der Bischof so hilfsbereit war.

Der Bischof stand auf. »Ich werde in mein Zimmer gehen, um mich ein wenig auszuruhen.« Im Gehen wandte er sich nochmals um.

»Noch eines, Das ›Neue Sehen‹ taucht nicht nur in der Bibel auf. Selbst der kleine Prinz von Antoine de Saint-Exupéry sagt: ›Man sieht nur mit dem Herzen gut.‹«

Der Bischof lächelte und verließ den Raum. Das Lächeln wirkte irgendwie traurig auf Julia. Hatten sie ihn beunruhigt? Sie konnte sich seinen seltsamen, irgendwie medusenhaften Gesichtsausdruck nicht erklären.

»Komm Julia, jetzt zeige ich dir unser Gästehaus. Vielleicht hast du auch Lust auf eine Dusche, wir sind ja ziemlich eingestaubt.«

Sie liefen zurück zu den Wohngebäuden und betraten ein langgezogenes einstöckiges Haus, gebaut aus dem gleichen Stein wie das Haupthaus.

»Hier haben früher die Dienstboten gewohnt. Heute ist das nicht mehr der Fall. Unsere Angestellten verdienen genug, um in den nahe gelegenen Dörfern wohnen zu können. Meine Mutter hat mich mit siebzehn aus dem Haupthaus aus- und hier einquartiert. Ich glaube, sie wollte nachts meinen Freundinnen nicht zu nahe sein.

»Waren es so viele?« Julia blickte Gianluca scherzhaft, aber doch neugierig direkt in die Augen.

»Unmengen.« Gianluca grinste, nahm Julias Arm und führte sie in den ersten Stock des Hauses.

»Hier ist das Blumenzimmer. Das hat meine Mutter für dich bestimmt.« Julia trat ein. Das Zimmer machte seinem Namen wirklich alle Ehre. Es war ein helles, mit weißen Holzmöbeln ausgestattetes Zimmer. Die Tapeten des Raumes war mit bunten Frühlingsblumen, bedruckt, die Bettwäsche dagegen mit einem Rosenmuster. Das ganze Zimmer wirkte wie ein einziger Blumenstrauß.

»Herrlich«, schwärmte Julia.

»Dort hinten im Flur ist die Tür zum Gästebad. Sag Bescheid, wenn dir irgendetwas fehlt.«

»Und wo wohnst du?«

»Hier auf der anderen Seite des Ganges. Magst du vorbeikommen, wenn du fertig bist? Es ist ja noch nicht so spät, und wir müssen uns unbedingt Gedanken machen, wie es weitergehen soll.«

Sollten wir vorher nicht noch einmal mit Brian sprechen?«, wandte Julia ein.

»Nein, erst brauchen wir einen Plan, wir dürfen Brian nicht zu sehr verunsichern.«

»Und sollten wir nicht nachsehen, ob noch ein weiteres Mail aus Washington gekommen ist?« Julia war nervös.

»Julia, die warten jetzt auf uns. Es reicht, wenn wir uns morgen wieder melden. Wir müssen erst einmal in Ruhe überlegen, wie wir weiter vorgehen wollen.«

Eine halbe Stunde später klopfte es an Gianlucas Tür. Gianluca hatte bereits geduscht. Er trug nur seine Boxershorts und war im Begriff, sich für den Abend anzuziehen.

»Ja, bitte.«

Die Tür öffnete sich langsam und Julia trat zögernd ein. Sie schien direkt aus der Dusche zu kommen, denn sie trug nur ein großes, weißes Handtuch fest um ihren Körper gewickelt. Von ihren Schultern rannen noch einige Wassertropfen herab. Um ihre Haare hatte sie ebenfalls ein Handtuch gewickelt. Julia machte plötzlich halt. Sie hatte sich immer an Gianlucas definierten Körper erinnert, aber jetzt, als sie ihn nur mit den Shorts bekleidet ansah, pochte ihr Herz.

»Gianluca, entschuldige, habt ihr einen Fön?« Julias Stimme klang unsicher, fast schüchtern.

»Ja natürlich, einen Moment bitte.« Gianluca verschwand in seinem Bad und kam mit dem Gewünschten zurück. Er trat auf Julia zu, um ihr den Fön zu übergeben. Den ganzen Tag hatte er sich Julia gegenüber sehr zurückhaltend verhalten, er hatte sie nur an den Händen gehalten, sich ansonsten nicht getraut, sie zu berühren, aus Angst er könne die wieder gefundene Liebe zerstören. Aber jetzt, als sie in Handtücher gewickelt vor ihm stand, konnte er sich nicht mehr zurückhalten. Er umschlang sie mit beiden Armen, so dass Julia sich nicht mehr bewegen konnte, und bedeckte ihr Gesicht, ihren Hals, ihre Schultern mit Küssen. Julia erwiderte seine Leidenschaft, so weit ihr das in der Umschlingung möglich war. Gianlucas rechte Hand schob sich unter das Handtuch und strich über ihren nackten, noch nassen Rücken, wanderte dann langsam unter dem Handtuch zu ihren Oberschenkeln und von dort wieder nach oben. Jetzt konnte sich auch Julia nicht mehr halten. Sie befreite ihre Arme aus seiner Umklammerung und schlang sie ihm um den Hals. Dabei verrutschte ihr Handtuch und begann, sich vom Körper zu lösen. Als Gianluca dies bemerkte, ließ er Julia los und das Handtuch fiel zu Boden.

In Julias Gesicht schoss eine intensive Röte. War das der Schreck, Scham oder das Verlangen nach Gianluca? Julia wusste es selbst nicht. Sie blickte kurz an sich herunter und schlang das Handtuch eilig wieder um ihren für einen Moment vollkommen entblößten Körper. Mit den Worten »Ich bin gleich fertig und komme dann wieder«, flüchtete sie aus Gianlucas Zimmer.

58

Um 12.05 Uhr standen Rattlesnake und Nicholelis vor dem Café Amore und mussten feststellen, dass diese Caffetteria ebenfalls geschlossen hatte. Rattlesnake blickte auf die Uhr.

»Shit. Das Café öffnet erst um vier Uhr wieder. Es bleibt uns wohl nichts anderes übrig, als bis dahin zu warten.«

Sie sah, wie sich auf Nicholelis Gesicht Erleichterung zeigte.

»Das heißt nicht, dass Sie bis dahin faulenzen können, Nicholelis«, fauchte sie ihn an. »Hier wird keine Zeit vergeudet. Wir werden die Stadt absuchen. Wir gehen zu Fuß, wir suchen in jeder Gasse, in jedem Geschäft, in jedem Innenhof. Und wir werden uns in der Universität umschauen. Wäre ja möglich, dass sie dort jemand kennt oder gesehen hat.«

Sie gingen zunächst zur Universität und fragten sich zu Gianlucas Forschungsabteilung durch. Keiner der anwesenden Assistenten konnte Julia auf dem Foto erkennen, jedenfalls taten sie so Ein paar Ärzte hatten verständnislos geschaut und sich weggedreht. Einer hatte sich sogar über die plumpe Nachfrage aufgeregt und gedroht, die Polizei zu rufen. Nach diesem erfolglosen Versuch wusste Nicholelis, welche Odyssee ihn jetzt erwartete. Ihm war klar, dass die Suche zu nichts führen würde. Die Straßen waren während der Siesta menschenleer, die Geschäfte geschlossen. Die einzige Chance, die beiden zu finden, war, alle Restaurants abzuklappern. Aber Nicholelis wagte Rattlesnake nicht zu widersprechen. Sie leitete die Aktion.

Die folgenden drei Stunden durchkämmten die beiden die Stadt. Nicholelis rann der Schweiß über den ganzen Körper. Er schwitzte nicht nur Hemd und Jacke durch, auch sein Hosenboden zeigte peinliche Flecken. Mit seinem Körpergewicht hatte er Mühe, Rattlesnake zu folgen, die ein ordentliches Tempo vorlegte. Zum Glück rannte sie nicht, sonst wären sie aufgefallen. Nach ergebnisloser Suche standen sie um punkt vier Uhr wieder vor dem Café Amore. Die Caffetteria hatte immer noch geschlossen. Von weitem hörten sie jemanden durch die Gasse schlurfen. Es war ein junger Mann, der ein Bein nachzog und auf sie zusteuerte. Endlich hatte er sie erreicht und schloss mit Gemütsruhe die Tür zur Caffetteria auf. Rattlesnake und Nicholelis folgten ihm und wollten ihn sofort ansprechen.

»Einen Moment bitte.« Der junge Mann lief zunächst ins Hinterzimmer, kam mit einem Espresso wieder zurück, warf dann am Tresen seinen Computer an und trank genüsslich einen Schluck. Erst als der Computer hochgefahren war, wandte er sich seinen vermeintlichen Gästen zu.

»Was kann ich Ihnen bringen?«

»Nichts! Wir suchen eine Frau, die heute Morgen hier gewesen sein muss. Kennen Sie diese Dame?« Rattlesnake hielt ihm das Foto aus Julias Personalakte unter die Nase.

»Was wollen Sie von ihr?«

»Sie hat gestern in einem Restaurant versehentlich meine Schlüssel eingesteckt. Ich muss sie finden. Ihren Namen weiß ich nicht.«

Der junge Mann musterte aufmerksam das Bild einer jungen, hübschen Frau mit langen, braunen Haaren.

»Ja, heute Morgen war eine Frau hier. Die hatte irgendwas von der Frau auf dem Bild und dann aber auch wieder nicht. Ob die das war? Na die von heute Morgen hatte so Afrozöpfe und sie war blond. Ich habe sie hier vorher noch nie gesehen, aber der Mann, der dabei war, der kommt öfter. Sonst hatte der immer eine Andere dabei. Sah aus, als ob das seine Freundin war.«

»Kennen Sie seinen Namen?«

»Nein, bei mir muss sich keiner ausweisen. Den Namen der Anderen, die er sonst dabei hatte, kenne ich aber zufällig. Sie hat mal ihren Namen hinterlassen, hatte was verloren und hoffte, es würde wieder auftauchen.«

»Gut, haben Sie auch eine Telefonnummer?«

»Lassen Sie mich nachschauen.«

Der Mann nahm wieder einen Schluck Espresso und wühlte dann umständlich in einem Zettelkasten. Schließlich zog er eine Visitenkarte heraus.

»Sie haben Glück. Ich kann sie gleich anrufen, wenn sie wollen.

Ohne eine Antwort abzuwarten, riss Rattlesnake ihm die Karte aus der Hand, packte Nicholelis am Arm und verließ die Caffetteria im Laufschritt.

»Moment mal, halt, das geht doch nicht«, rief der junge Mann ihnen fassungslos hinterher. Folgen konnte er ihnen wegen seines lahmen Beines nicht.

Rattlesnake und Nicholelis rannten um drei Ecken. Nicholelis schnaufte. Ihm war ganz schlecht vor Herzklopfen. Er war für Jobs dieser Art nicht mehr geeignet. Ich muss aufhören, dachte er sich, aber was würden sie dann mit ihm machen?

Rattlesnake hatte ihn in einen Innenhof gezogen und wählte die Nummer auf dem Zettel. »Pronto«, meldete sich eine dunkle Frauenstimme.

»Guten Tag, entschuldigen Sie bitte die Störung, Signorina ...« Rattlesnake blickte wieder auf ihren Zettel. Sie konnte die Schrift kaum lesen, so klein war sie gedruckt. » ... Signorina Cavarro.«

»Cavallo«, korrigierte die Stimme auf der anderen Seite der Leitung ungeduldig.

»Wir haben Ihre Nummer vom Wirt des Café Amore. Dort waren sie in letzter Zeit öfter zusammen mit einem Mann, den wir dringend sprechen müssen.«

»Warum?«

»Rattlesnake erfand eine neue Variante ihrer Geschichte. Seine Freundin hat gestern im Internetcafé versehentlich meinen Schlüssel eingesteckt.«

»Und wie kommen Sie da auf mich?«

»Wir hörten, Sie seien seine Ex-Freundin. Haben Sie noch Kontakt zu ihm?«

Schweigen am anderen Ende der Leitung. Rattlesnake hatte einen Zufallstreffer gelandet, der saß.

»Hallo, sind Sie noch da?«, fragte Rattlesnake.

»Sein Name ist Gianluca Palasciano.«

»Wissen Sie, wie wir ihn erreichen können?«

»Ich habe seine Handynummer, aber Sie werden ihn heute nicht anrufen können. So viel ich weiß, ist er bei seinen Eltern. Die haben ein Landgut an den Ausläufern des Appenin. Dort ist er nicht erreichbar, Funkloch.«

»Haben Sie die Festnetznummer der Eltern?«

»Nein.«

»Können Sie uns sagen, wo das Landgut ist? Es ist wirklich sehr dringend. Es ist in seinem Interesse, dass wir ihn finden.«

Die dunkle Stimme nannte kurz die Adresse.

»Jetzt möchte ich aber doch wissen, warum Sie ihn so dringend sprechen möchten.«

Es klickte in der Leitung. Rattlesnake hatte eingehängt.

Die Frau runzelte die Stirn. Die Anruferin hatte so einen merkwürdigen Akzent gehabt. War sie Amerikanerin? Hätte sie der fremden Frau besser nicht gesagt, wo sie Gianluca finden könnte? Sie schob ihre Zweifel sofort beiseite. Er hatte tatsächlich eine neue Freundin. Zum Teufel mit ihm.

59

Zwanzig Minuten nachdem Julia das Zimmer von Gianluca fluchtartig verlassen hatte, klopfte sie wieder an die Tür. Auf seine Aufforderung hin, trat sie zögernd ins Zimmer. Julia hatte wieder ihr schwarzes Jerseykleid angezogen und sah umwerfend aus. Sie trug die Metallbox in der Hand.

»Da bin ich«, sagte sie mit schüchterner Stimme. »Wollen wir überlegen, wie wir jetzt weitermachen?«

Gianluca lächelte. »Ich hätte schon gewusst, wie wir hätten weitermachen können. Aber du hast recht, wir müssen jetzt planen, wie es weitergehen soll. Setz dich doch!«

Julia setzte sich auf das alte, gemütliche Ledersofa, das geradezu dazu einlud, sich zurückzulehnen und entspannt die Beine auszustrecken. Aber dazu war Julia viel zu aufgeregt. Sie setzte sich nur auf die vordere Kante, hielt sich kerzengerade, bemüht ihre Beine unter dem Kleid ordentlich zusammenzuhalten. Gianluca hätte sie am liebsten wieder in den Arm genommen, spürte aber, wie angespannt sie war, und begann daher gleich, sich mit Julia zu beraten.

»Wir müssen das Versprechen einlösen, das wir Brian gegeben haben. Wir müssen Schicksaal spielen, ob wir wollen, oder nicht. Brian hat ganz feste Vorstellungen. Sein Wunsch ist es, tot an Wetherspoon übergeben zu werden, unter der Bedingung, dass der seinen Versuch stoppt.«

»Ja, aber das können wir doch nicht machen, das wäre ja Mord oder zumindest Totschlag oder was weiß ich, was es da noch an juristischen Begriffen gibt.« Julia blickte Gianluca entgeistert an.

»Aber er will doch sterben. Er will nicht so weiter leben, wenn man das überhaupt »leben« nennen kann. Für Brian ist diese Existenz jedenfalls nicht mehr lebenswert. Sein Leben möchte er aber nicht einfach wegwerfen, sondern für eine gute Sache einsetzen.«

»Gianluca, ich glaube, jetzt siehst du nur die emotionale Seite. Auch wenn es uns beiden schwer fällt, wir müssen unser Mitgefühl und den Willen, Brian's letzten Wunsch zu erfüllen, erst mal beiseite schieben und zunächst überlegen, wie wir die Situation des Gehirnes beurteilen. Nicht nur emotional, sondern auch rechtlich, verstehst du? Wir wollen es doch nicht mit dem Staatsanwalt zu tun bekommen.«

Wieder einmal bewunderte Gianluca Julias analytische Überlegungen. Sie ließ sich von ihren Gefühlen nicht einfach wegtragen. Und das war richtig. Er nickte.

»OK, Julia, du hast recht. Ich möchte trotzdem, dass wir versuchen, einen Weg zu finden, Brian's Wunsch zu erfüllen. Ich habe das dringende Bedürfnis, das zu tun. Brian hat uns gesagt, was sein letzter Wille ist. Er möchte sterben, aber durch seinen Tod sollen die Versuchspersonen und vielleicht noch viele andere Menschen gerettet werden. Die Frage ist, müssen wir, dürfen wir diesem letzten Willen folgen?«

»Nicht, wenn er unmoralisch ist«, unterbrauch Julia Gianluca. »Und überhaupt, ein letzter Wille kommt doch erst zum Tragen, wenn man tot ist. Aber Brian Belucci lebt. Ein Lebender darf nicht über seinen Tod befinden.«

»Ob ein Lebender das darf, ist eine schwierige moralische Frage. Jedenfalls kann er sich entscheiden, Selbstmord zu begehen. Dazu ist Brian aber nicht mehr in der Lage. Ich möchte in jedem Fall einen Weg finden, Brian's Wunsch zu erfüllen. Unterbrich mich, wenn meine Argumentation zu kreativ wird. Lass uns doch erst mal überlegen, ob man wirklich sagen kann, dass Brian lebt. Sicher, er spricht zu uns, seine Gedanken sind nicht nur schlüssig, sondern sogar besonders präzise. Man würde ihn heute als hochbegabt bezeichnen. Vielleicht wird das durch die Droge verstärkt. In jedem Fall sind sein Zustand und seine Fähigkeiten nicht natürlich.«

»Aber der Zustand eines Komapatienten ist ebenfalls nicht natürlich«, entgegnete Julia. »Der kann nur existieren, weil Maschinen ihn am Leben halten. Und in diesem Fall wird doch auch nicht bestritten, dass er lebt.«

»Das stimmt, es besteht hier aber ein Unterschied. Der Komapatient wird mit für diesen Zweck vorgesehenen Maschinen am Leben gehalten. In unserem Fall wurde Brian ein verbotener Wirkstoff verabreicht, der höchstwahrscheinlich diesen Zustand herbeigeführt hat. Brian's Gehirn lebt wahrscheinlich nur aufgrund der missbräuchlichen Verabreichung einer Droge.«

»Ob das einen wirklich einen Unterschied macht?«, entgegnete Julia zweifelnd.

»OK«, räumte Gianluca ein. »Gehen wir mal davon aus, dass Brian Belucci in irgendeiner Form lebt und wir seinen Willen erfüllen würden. Was wäre das dann?«

»Das wäre Tötung auf Verlangen. Da kommen wir in Teufels Küche, es sei denn wir betrachten seinen Wunsch als Patientenverfügung. Dann wäre das Abstellen von lebenserhaltenden Maschinen legal. Aber eine Patientenverfügung können wir hier beim besten Willen nicht konstruieren, wir haben ja nichts Schriftliches. Außerdem lebt Brian nicht aufgrund irgendwelcher Maschinen, die man mit Knopfdruck ausschalten kann.«

»Mein Gott, waren die Juravorlesungen für Mediziner dein Lieblingszeitvertreib? Was wäre bei passiver Sterbehilfe?« Gianluca wurde nicht müde, nach einer brauchbaren Argumentation zu suchen.

»Das passt hier nicht. Passive Sterbehilfe ist die Unterlassung von Behandlungsmaßnahmen. Aber darum geht es hier nicht. Und aktive Sterbehilfe würde Brian auch nicht helfen, abgesehen davon, dass auch das selbst in New York umstritten ist.«

»Hmmm …« Gianlucas Gedanken drehten sich im Kreis. »So kommen wir nicht weiter. Letztlich ist doch nur folgendes entscheidend: Brian Belucci möchte für eine gute Sache sterben. Er kann nicht mehr selbst über sein Leben oder seinen Tod bestimmen. Er ist vollkommen hilflos. Brian braucht uns.«

»Ich fühle mich nicht in der Lage, aber auch nicht befugt, über sein Leben oder seinen Tod zu befinden.« In Julias Stimme konnte man hören, dass sie die Tränen unterdrückte. »Vielleicht muss Gott das entscheiden.«

»Julia, Gott wird uns das nicht abnehmen. Wir müssen selbst eine Entscheidung treffen.«

Langsam beruhigte Julia sich wieder. »Du hast recht, wir sind es, die entscheiden müssen. Ich trage die Verantwortung für das Gehirn. Ich habe es durch meine Versuche in diese Lage gebracht. Und je länger wir darüber sprechen und je mehr ich darüber nachdenke, desto mehr schließe ich mich deiner Ansicht an. Ich glaube auch, dass wir etwas für das Gehirn, für Brian tun müssen. Und wenn es nicht anders geht, dann ist es an uns, ihn nach seinem Wunsch sterben zu lassen. Dieser Wunsch eines vom Körper getrennten Gehirns ist vielleicht doch nicht unmoralisch. Vielleicht gibt es für Brian's Situation überhaupt keine anwendbaren moralischen Kategorien.«

Julia machte eine Pause und fuhr dann fort.

»Und wie auch immer das rechtlich beurteilt wird, ich will die Verantwortung für mein Handeln tragen.«

Gianluca lächelte Julia an. »Julia, auf die Gefahr, dass du das jetzt unpassend findest. Möchtest du etwas trinken?«

Julia fand das Angebot von Gianluca überhaupt nicht unpassend. Die Entscheidung, die sie treffen wollten, musste in Gedanken noch einmal abgewogen werden. Und Julia brauchte Zeit, deren Konsequenzen zu akzeptieren.

»Ja, gerne, aber bitte keinen Alkohol, nur Wasser.«

Gianluca schenkte Julia ein Glas aus einer Karaffe ein, die im Zimmer bereitgestellt und mit Wasser und einigen Zitronenschalen gefüllt war. Sich selbst gönnte er einen Whiskey. Die beiden tranken schweigend und wogen noch mal alle Argumente ab, jeder für sich. Nach einer Weile unterbrach Julia die Stille.

»Wenn wir das Gehirn tot übergeben wollen, dann müssen wir etwas damit unternehmen.«

»Ja, wir könnten morgen nach Bologna fahren. Das ist sicherer als die Prozedur der Tötung in Parma durchzuführen. Ich habe dort an der Uni einen guten Freund, dem ich vertrauen kann.«

»OK.« Julia war voll konzentriert. »Jetzt mal etwas anderes. Wie bringen wir Wetherspoon dazu, nicht nur vorzugeben, dass er den Versuch einstellt? Wie lassen wir uns das nachweisen, wie kann er uns das garantieren?«

»Darüber habe ich auch schon nachgedacht. Wetherspoon kann uns alles Mögliche bestätigen, aber ein richtiger Beweis ist das nicht, und vertrauen kann man ihm auf gar keinen Fall.«

Julia überlegte. »Wir müssen uns damit abfinden, dass wir das letztlich nicht überprüfen können. Wir kennen die anderen Testpersonen nicht, außerdem könnten neue Testpersonen gefunden werden. Auf alle Fälle brauchen wir einen Hebel, mit dem wir Wetherspoon unter Druck setzen können. Mir fällt jetzt spontan leider keine Lösung dazu ein.«

»Ich bin auch nicht schlauer. Und noch eines: Wie schaffen wir es, dass Wetherspoon dich am Leben lässt? Von mir weiß er vielleicht noch nichts, aber du bist in Gefahr. Was nützt es, wenn er verspricht, den Versuch einzustellen, und am Ende tötet er dich und vielleicht mich auch. Dann gibt es für ihn kein Risiko mehr, den Versuch doch noch fortzuführen.

»Wie wäre es, wenn wir ihm damit drohen, dass die ganze Geschichte rauskommt, wenn er uns umbringt. Dazu müssen wir aber einen Dritten einweihen, der uns hilft. Und der muss vertrauenswürdig sein. Dein Onkel?«

»Julia, ich schätze meinen Onkel sehr. Er ist zwar Bischof, handelt aber gleichzeitig wie ein Diplomat. Außerdem ist er ein Karrierist. Ich würde mich nicht wohl fühlen, unser Schicksal in seine Hände zu legen.«

Gianluca stockte kurz. Es war ihm unangenehm zuzugeben, dass er seine eigene Familie nicht für absolut vertrauenswürdig hielt. Erklärend fügte er hinzu: »Auch die Kirche ist nicht unfehlbar.«

»Wem kann man trauen, wenn nicht der Kirche?« Julia dachte an ihren Vater. Ja, dem hätte man trauen können. Dann sprangen ihre Gedanken wieder zu dessen Beschäftigung mit Oscar Romero. »Vielleicht einem Vertreter des Romerohauses? Dein Onkel wollte dort ja anrufen.«

»Ja, vielleicht. Daran hatte ich auch schon gedacht. Wir müssen sehen, wie wir mit denen ins Gespräch kommen?«

Gianluca schloss die Metallbox in seinen Kleiderschrank und steckte den Schlüssel in seine Jackentasche.

60

Julia und Gianluca trafen sich mit Gianlucas Mutter um 20.30 Uhr im kleinen Speisezimmer. Der Bischof hatte angekündigt, dass er ein paar Minuten später kommen werde.

Julia hatte dieses Zimmer während ihres Rundganges noch nicht gesehen. Mit den in blassem Grün gestrichenen Wänden wirkte der Raum gemütlicher als die anderen Zimmer des Hauses. Die Vorhänge waren längsgestreift und passten zum Grün des Wandanstrichs. In der Mitte stand ein Tisch aus Mahagoni im georgianischen Stil. Hier konnten bis zu acht Personen bequem Platz nehmen. Die Stühle waren ebenfalls aus Mahagoni, die Lehnen kunstvoll geschnitzt und mit Einlegearbeiten aus hellerem Holz versehen. Bezogen waren die Stühle mit schwarzem Rosshaar. Im dem Raum befand sich darüber hinaus noch ein georgianisches Bookcase und ein Butler's Tray, ein in England unverzichtbares Möbelstück. Über der Mitte des Tisches hing ein prächtiger Kristalllüster. Die Wände waren mit goldenen Wandleuchten und Bildern geschmückt, die allesamt Szenen der Fuchsjagd darstellten.

Julias Blicke strichen beeindruckt durch den geschmackvoll ausgestatteten Raum und sie lobte aufrichtig dessen Schönheit. Gianlucas Mutter freute sich darüber, da dies nicht nur ein höfliches Kompliment war, sondern man Julia ansah, dass ihr dieses Zimmer wirklich gefiel.

»Wissen Sie, ich bin zwar mit Leib und Seele Italienerin, ich habe aber eine englische Großmutter, die in Kent lebt. Sie hatte damals ein ebensolches Zimmer, ganz in Breakfast Room Green gehalten. Als Kind habe ich den Raum geliebt, weil man sich hinter den Vorhängen so herrlich verstecken konnte. Dieses Zimmer hier dient als Andenken an meine Großmutter und ist mein Lieblingsraum im Haus. Hier empfange ich kleine Gesellschaften. Keine Sorge, ich serviere euch heute keinen Roast Turkey, es gibt natürlich italienische Küche.«

Die keine Gruppe trank zunächst einen Aperitif im Stehen. Julia fühlte sich in ihrem kurzen, schwarzen Kleid wieder einmal ein wenig deplaziert, denn Gianlucas Mutter trug einen klassischen blauen Hosenanzug mit kurzer eng anliegender Jacke und sah darin ungeheuer vornehm aus. Gianlucas Mutter bemerkte Julias Schüchternheit und bezog sie sofort in das Gespräch ein.

«Julia, waren Sie schon einmal in Italien?»

Julia war dankbar für diese unverfängliche Gesprächseinleitung.

«Ja, ich habe vor vier Jahren ein Semester in Parma studiert. Dort habe ich auch Gianluca getroffen.»

«Ach, sie kennen sich schon länger.« Auf dem Gesicht der Frau breitete sich ein leicht irritierter Gesichtsausdruck aus. Sie fasste sich aber sofort wieder.

«Dann kennen Sie ja unser Land schon ein bisschen. Ach«, sagte sie schwärmerisch, »ich liebe dieses Land und seine herrliche Verrücktheit. Ich hoffe, Sie werden es auch lieben lernen. Wir sind erzkonservativ, was die Tradition betrifft. Trotzdem sind wir aber auch sehr tolerant, sei es, dass wir von einem halb zu Tode gelifteten Unternehmer oder von einer Riege rüstiger Alt-Kommunisten regiert werden. Letztlich kommt es darauf auch gar nicht an. Die Politik ist nicht entscheidend, wichtig ist nur die Familie.«

»Ja, ja, Mama, dem Nachbarn muss man helfen, wo man kann, darf ihn aber trotzdem kräftig übers Ohr hauen. Alle anderen, außerhalb der eigenen Familie, sind ja sowieso samt und sonders Diebe«, fügte Gianluca grinsend hinzu.

»Oh, ich glaube, ich verliere mich mal wieder in Schwärmereien. Mein Sohn sieht mich schon ganz strafend an. Julia, verzeihen Sie mir. Sie sind mir so sympathisch. Ich möchte Sie für Italien gewinnen.»

Julia fiel es schwer, sich nach dem Gespräch in Gianlucas Zimmer auf die Konversation mit seiner Mutter zu konzentrieren. Andererseits war sie ganz gerührt von deren offensichtlichen Bemühungen.

«Vielen Dank, mich interessiert Ihre Sicht auf Ihr eigenes Land und ich finde es immer schön, wenn die Menschen sich für etwas begeistern können.»

Die alte Holztür knarzte. Der Bischof trat ins Zimmer und bekam sofort einen Aperitif angeboten. Er wandte sich als erstes an Gianluca.

«Ich habe mit dem Romerohaus telefoniert. Mein Cousin schickt uns von dort einen Repräsentanten, Professore Rudolfo. Er wird morgen früh gegen 10.00 Uhr hier eintreffen. Dann könnt ihr ungestört mit ihm sprechen.»

Julia und Gianluca blickten den Bischof erstaunt an. Gianluca hatte doch nur um eine Kontaktvermittlung gebeten. Jetzt flog ein Repräsentant des Romerohauses aus der Schweiz nach Italien, nur um sich mit ihnen zu treffen, ohne auch nur zu wissen, worum es ging. Die beiden hatten aber keine Zeit, weiter darüber nachzudenken, denn am Ende der Straße, über die Gianluca und Julia Stunden zuvor das Landgut erreicht hatten, waren plötzlich Lichter zu erkennen. Julias Mutter trat ans Fenster.

«Nanu, bekommen wir noch Besuch? Mein Mann hat sich erst für übermorgen wieder angekündigt.»

Das Licht verschwand wieder. Julia und Gianluca wechselten einen beunruhigten Blick, den Gianlucas Mutter gleich registrierte.

«Was schaut ihr denn so entgeistert? Manchmal verirrt sich eben doch ein Mensch in diese Einsamkeit. Wir sollten mit dem Essen beginnen.»

Die Dame des Hauses bat nun alle zu Tisch. Deftige italienische Landkost wurde aufgetragen. Gianlucas Mutter saß am Kopf des Tisches und bestimmte die Themen des Tischgespräches.

Julia bewunderte diese alte Dame, die die Konversation mit Geist, Witz und Charme führte und dabei leicht den Übergang zu verschiedenen Themen fand. Dabei drehten sich alle angeschnittenen Themen um Italien. Es gab keinen Bereich, in dem Julias Mutter sich nicht auskannte. Selbst beim Fußball gab sie sich nicht geschlagen. Sie brachte sogar den Bischof, der wortreich über den Skandal um den Manager von Juventus Turin schwadronierte, zum Schweigen, indem sie verkündete:

»Fußball ist nicht nur ein Sport, sondern eine Brücke zwischen den Klassen. Ein einendes Element, das längst diejenige Funktion übernommen hat, die Politik und Kirche nicht mehr erfüllen können.«

»Apropos Politik und Kirche. Wie beurteilen Sie denn die Stellung der Frau in Italien?« Endlich fand Julia Gelegenheit, die Frage zu stellen, die sie seit ihrer erneuten Begegnung mit Gianluca so sehr beschäftigte.

Gianlucas Mutter zog die Brauen hoch. »Oh je, das ist ein komplexes Thema. Die Stellung der Frau in Italien ist natürlich von der Religion geprägt. Deshalb müssen wir zu allererst meinen lieben Bruder dazu hören. Wie sieht denn die Bibel die Stellung der Frau?«, forderte Gianlucas Mutter den Bischof auf, zu sprechen.

»Meine liebe Schwester, ich sehe schon, du willst mich wieder mal zum Buhmann machen. Nun gut, ich spiele die mir zugedachte Rolle für euch. Ich werde euch also ein wenig provozieren und die Schelte gerne einstecken. Beginnen wir doch einfach mit der biblischen Schöpfungsgeschichte. Diese beschreibt bekanntlich, wie Gott die Frau aus der Rippe des Mannes erschuf. Sie ist also ein Produkt des Mannes. Gott erschuf sie als letzten Schöpfungsakt nach dem Mann und nach den Tieren. Damit setzt er sie an die letzte Stelle und gleichzeitig unterste Stufe der Schöpfung.«

Gianlucas Mutter zog die Stirn in Falten.

«Da halte ich direkt dagegen, denn im Zusammenhang mit dem Text der Genesis lässt sich auch ein anderer Schluss ziehen. Es ist doch erwiesen, dass Gott mit der Schöpfung der seelenlosen und ihm am unähnlichsten Dinge begann: Er schuf die Erde, den Himmel, das Wasser und so weiter, bis zu den Bäumen, den Fischen und den Tieren der Lüfte und des Bodens. Er schuf sie genau in dieser Reihenfolge. Und schließlich, mit ansteigender Perfektion, hat er den Mann kreiert, nach seinem Ebenbild. Erst ganz am Schluss erschuf er die Frau. Die Tatsache, dass er sie als letztes schuf, deutet darauf hin, dass sie sein Meisterstück ist, die Krönung der Schöpfung.«

Eine kurze Stille entstand. Wieder einmal war Julia fasziniert von der Wortgewandtheit der Mutter Gianlucas.

»Sehr gut argumentiert«, antwortete der Bischof und nickte bedächtig mit dem Kopf. »Dir ist sicher aufgefallen, dass das Geschlechterverhältnis in beiden christlichen Schöpfungsmythen sehr unterschiedlich gesehen wird. In der ersten, aber später datierten Schöpfungsgeschichte der Bibel, der sogenannten Priesterschrift, ist von der Erschaffung des Menschen ›als Mann und Frau‹ die Rede. Dies deutet darauf hin, dass die beiden Geschlechter als einander gleichwertig geschaffen wurden. Auch von einer Rollenverteilung im Leben ist hier keine Rede. Der Mann kann sich nach dieser Schöpfungsgeschichte also nicht drauf berufen, er sei eher da gewesen und wichtiger als die Frau. Es handelt sich also um eine klassische Stelle der Bibel, die für die Gleichberechtigung spricht.«

Der Bischof machte eine Pause und wischte sich mit einem weißen Taschentuch einige Schweißperlen von der Stirn. Dann nahm er genüsslich einen Löffel des als Vorspeise servierten Risotto Milanese. Es hörte sich fast wie ein Schmatzen an. Gianlucas Mutter blickte ihn etwas missbilligend von der Seite an. Da aber seine Ausführungen ihre Auffassung unterstützten, beschloss sie, über die Tischmanieren des Bischofs hinwegzusehen. Stattdessen lehnte sie sich mit einem siegessicheren Lächeln in ihrem Stuhl zurück. Dann fuhr der Bischof fort.

»Anders ist dies bei der zweiten, aber älteren Schöpfungsgeschichte des alten Testaments, die dem so genannten Jahwisten zugeschrieben wird: Hier wird zunächst der ›Mensch‹ in Gestalt des Mannes geschaffen. Begrifflich ist die Frau nicht als Mensch impliziert, denn sie wird erst nach dem ›Menschen‹ kreiert. Mann und Frau werden nicht aus denselben Ausgangsstoffen geschaffen. Der Mann entsteht aus Staub, die Frau aus seiner Rippe. Man könnte das in der Tat so verstehen, als wäre die Erschaffung der Frau zweitrangig, als wäre die Frau nur ein Anhängsel des Mannes und damit nicht vollständig und gleichberechtigt als Mensch.«

»Einige Feministinnen mokieren sich noch heute über die Schöpfungsreihenfolge mit dem Spruch: ›Als Gott den Mann schuf, übte sie nur‹«, warf Gianlucas Mutter ein.

Gianluca grinste. Ihn amüsierte der Diskurs zwischen seiner Mutter und dem Bischof köstlich. Und so beschloss er, noch ein wenig Öl ins Feuer zu gießen.

»Man sagt ja, die Frau sei auch weniger intelligent und nicht schöpferisch veranlagt. Frauen haben keine großen Werke geschaffen. Weder der Dom von Mailand noch der von Pisa oder die Abtei von Cluny wurden von einer Frau gebaut. Auch Komponisten und bildende Künstler waren fast immer Männer.«

»Mein lieber Sohn, du willst wohl mich, oder Julia, oder uns beide provozieren. In der Tat wird oft versucht, die intellektuelle

Unterlegenheit der Frau dadurch zu belegen, dass sie sich nicht in großen und bedeutenden Werken ausdrücken kann. Aber das sind Kriterien, die absolut irrelevant sind, denn das hat nichts mit einer angeblich geringeren Intelligenz zu tun.«

»Papperlapapp. Als Hirnforscher kann ich für meine These ja sogar den Beweis antreten. Frauen haben kleinere Gehirne und die Größe der Gehirne ist ein Maß für Intelligenz.«

»Das meinst du ja wohl nicht ernst«, prustete Julia los, die sich in der ungewohnten Umgebung bisher zurückgehalten hatte. »Die Hirnzellen bei Frauen sind dichter gepackt, benötigen also weniger Raum. Das kleinere Gehirn macht Frauen daher nicht weniger intelligent, und das weißt du ganz genau.«

Gianlucas Mutter runzelte erneut die Stirn. Sie mochte es nicht, dass ihr Sohn durch seine Argumentation das Gespräch ins Lächerliche abdriften ließ.

»Julia, bitte ignorieren Sie meinen Sohn. Er ist zu kindisch, um bei unserer Diskussion sinnvolle Beiträge zu leisten.« Julias Mutter warf einen strengen Blick in Gianlucas Richtung und sprach weiter.

»Frauen setzen andere Prioritäten als Männer. Sie wissen, dass es nur eine überflüssige Ablenkung ist, sich mit der Schaffung möglicherweise kulturell bedeutender Werke zu befassen, weil sie ein höheres Ziel verfolgen, zu dem Gott sie bestimmt hat, nämlich das der Fortpflanzung. Der Erhalt und die Vermehrung der Art ist in der Tat das einzig relevante Ziel, das es für sie gibt. Dieses Ziel fordert von den Frauen Schönheit, Anmut, Eleganz, Koketterie, Raffinesse, Sex und viele andere Dinge, die wir gemeinhin als flüchtig und vielleicht sogar unmoralisch erachten. Aber die Vermehrung der Art ist eben die einzig wahre Moral, die für die Frau entscheidend ist.«

»Aber gerade durch das Unmoralische werden wir Männer derart von ihnen angezogen, dass wir alles tun würden und auch tun, um sie zu erreichen und uns ihnen hinzugeben.« Gianluca nahm die Diskussion immer noch nicht ernst.

Jetzt schaltete sich Julia wieder ein. »In den USA wird das Frauenthema viel entspannter angegangen. Da sitzen auch Frauen an den Schaltstellen der Macht. Sie sitzen auf den Chefsesseln, wie früher Carly Fiorina.«

»Na, das ist aber schon lange her.«

Julia ließ sich vom Einwurf Gianlucas nicht irritieren. »Und Hilary Clinton ist auch nur an dem platten ›Yes we can‹ gescheitert.«

»Liebe Julia, die wenigen Frauen Amerikas in Spitzenpositionen sind kein Argument. Außerdem, wo wir von Moral sprachen: auf diesem Gebiet sind die Vereinigten Staaten sowieso kein Leitbild.«

»Wieso, was bildet ihr Italiener euch eigentlich ein? Die Unmoral, die haben doch die Italiener zu uns in die Staaten gebracht, mit der Mafia.«

Julia lächelte, jetzt hatte sie ihn. Doch sie wurde sofort wieder ernst und fuhr fort.

»Ich habe nie verstanden, warum der Sündenfall von einer Frau begangen werden musste.«

»Auch ein Zeichen mangelnder Intelligenz, Eva lässt sich von der Schlange verführen«, mischte sich Gianluca wieder ein.

Gianlucas Mutter blickte zur Decke. Sie wirkte beunruhigt. Der Bischof dagegen kam richtig in Fahrt und beschloss, die Diskussion noch weiter anzuheizen.

»Das ist richtig, ich meine das mit der Verführung durch die Schlange. Der Sündenfall zeigt, dass Frauen leichte Beute des Teufels sind und von ihm instrumentalisiert werden. Sie werden angeklagt, die Menschheit ins Verderben getrieben zu haben, deshalb müssen sie ewig Trauer und Buße zeigen, um diese Urschuld damit zu begleichen. Die Frauen müssen wissen, dass ihre ganze Geschichte gezeichnet sein wird von Evas Erbe: ›Frau, du musst in ewiger Schuld leben. Du bist das Tor zum Teufel, du hast vom Baum gegessen und deinen Mann mitgezogen, der der Versuchung widerstand und der deiner Schuld gefolgt ist aus Liebe zu dir.‹«

Selbstzufrieden blickte der Bischof in die Runde und wartete auf die Reaktion seines Publikums.

»Und dann soll zur Bestrafung des Sündenfalles auch noch der Mann über die Frau herrschen«, fügte Julia erbost hinzu.

Gianlucas Mutter machte sich zunehmend Sorgen um den Gesprächsverlauf. Was sollte das nette Mädchen von Gianluca und seiner Familie denken?

»Immerhin, wenn wir das neue Testament lesen, so heißt es dort, dass die Wahl der Jungfrau Maria als Mutter Gottes alle Frauen vor Gott erhöht hat«, versuchte sie zu beschwichtigen.

»Alles Bullshit«, widersprach Gianluca. »Jesus spricht ziemlich geringschätzig über seine Mutter. Im Johannes Evangelium sagt er sogar ›Weib, was habe ich mit dir zu schaffen?‹«

Gianluca konnte das Thema einfach nicht ernst nehmen. Er fasste seine Freundin bei der Hand. »Liebe Julia, ich mache nur Spaß. In Italien ist jede Mama eine Heilige. Sie ist die Säule der Familie, das Familienoberhaupt. Wir verehren sie. Du siehst es doch, meine Mutter sitzt am Kopf des Tisches, und das liegt nicht daran, dass Vater heute nicht da ist.«

Julia stutzte. Gianluca hatte recht. Gianlucas Mutter dominierte das Geschehen. Während des gesamten Abends hatte sie ihre Stellung mit der Würde eines alten Indianers behauptet, wie ein weiblicher Irokesenhäuptling. Julia beobachtete die Tischgesellschaft. So ein

Gespräch wäre in den USA nicht möglich. Dafür war die Gesellschaft dort viel zu oberflächlich. Hier hatten die Menschen mehr Tiefgang. Das Land lebte intensiver.

Gianluca wollte jetzt nicht länger über Frauen philosophieren.

»Mama, du hast wieder mal vorzüglich kochen lassen. Was gibt es jetzt?«

»Zuppa Inglese.«

Die Krone der italienischen Nachspeisen wurde kurz darauf serviert. Die Gäste machten sich über diese süße Köstlichkeit her und vergaßen das Streitgespräch darüber völlig. Den Rest des Abends verbrachte die Gesellschaft in einer fröhlich dahinplätschernden Plauderei über die vorzüglichen Weine Italiens. Völlig unvermittelt und mitten im Gespräch kam Julia Brian wieder in den Sinn.

War Brian hier sicher? Ging es ihm gut?

61

Als Rattlesnake und Nicholelis um 21.00 Uhr mit ihrem roten Lancia, den sie sich in Parma gemietet hatten, in die Straße einbogen, über die Gianluca und Julia sich Stunden zuvor dem Landgut genähert hatten, waren sie überwältigt. Die Läden des Haupthauses standen jetzt weit offen, um die abendliche frische Luft hereinzulassen. Alle Zimmer waren hell erleuchtet. Das Haus wirkte in der Dunkelheit nicht trutzig, sondern eher wie ein kleiner Palast.

»Hier muss es sein«, sagte Rattlesnake, »aber wir können jetzt nicht unbemerkt an das Haus heranfahren. Die Straße ist von dort oben aus leicht einsehbar. Sie würden unsere Ankunft bemerken. Das müssen wir unbedingt vermeiden. Wir übernachten in einem der Dörfer hier in der Umgegend und beobachten ihre weiteren Schritte. Entweder wir passen sie morgen früh ab, wenn sie das Landgut verlassen, oder wir müssen uns heute Nacht in das Haus einschleichen. Jetzt jedenfalls gibt es für uns nichts mehr zu tun.«

Nicholelis frohlockte. Es winkte ein italienisches Abendessen.

Nach dem Grappa waren Julia und Gianluca auf den Balkon getreten. Von dort blickten sie in die Ferne, wo einige Lichter blinkten. Gianluca breitete die Arme aus und deklamierte in dramatischem Tonfall:

»Julia, schau, wie beleuchtete Nester liegen die kleinen, uralten Dörfer im letzten Licht des Abends und überwachen seit jeher von den Hügeln südlich von Parma diese Gegend, eine der fruchtbarsten Ebenen der Erde. Bald verschmelzen Horizont und Himmel in ihrer nächtlichen Umarmung und die erleuchteten Campanile auf den Gütern der mächtigen Familien erzählen sich über die sanften Täler hinweg Geschichten von Liebe, Krieg und Grausamkeiten.«

Julia grinste. So theatralisch hatte sie Gianluca noch nicht erlebt. Gianluca nahm sie bei der Hand und zog sie hinter sich her, zurück zum Nebengebäude in sein Zimmer. Julia legte sich quer auf das Sofa. Dieses Mal hatte sie ihre Schuhe ausgezogen, die Beine ausgestreckt und sich ein Kissen unter den Rücken geschoben. Sie nippte an einem Glas Bolgheri. Gianlucua saß am anderen Ende des Sofas, die Beine angezogen, damit Julia es bequem hatte.

»Ich habe meiner Mutter gesagt, dass wir morgen nach dem Gespräch mit Professor Rudolfo wieder nach Parma zurückfahren werden. Sie muss ja nicht wissen, dass wir uns auf den Weg nach Bologna machen.«

»Wundert sie sich nicht, dass wir morgen Besuch bekommen?«

»Möglicherweise, aber sie ist in solchen Dingen sehr zurückhaltend und diskret. Anders ist das, wenn ich eine junge Dame mitbringe. Da ist sie ziemlich neugierig, wie du gemerkt haben wirst.«

Julia lächelte in Erinnerung an die Fragestunde bei der Begrüßung in der Eingangshalle.

»Während des Abendessens hatte ich übrigens eine Idee«, fuhr er fort.

»Jetzt bin ich aber gespannt. Ich nämlich auch. Aber bitte du zuerst.« Julia blickte ihren Freund erwartungsvoll an.

»Wir könnten Wetherspoon auffordern, zurückzutreten, und zwar aufgrund des illegalen Versuches.«

Julia reagierte spontan. »Rücktritt, das macht er nie, damit schaltet er sich doch selbst aus. Außerdem wird er nicht zugeben, dass es diese Manipulationen gegeben hat.«

»Wieso nicht? Er ist doch ohnehin erledigt. Wir haben ihn in der Hand«, erwiderte Gianluca.

Julia überlegte. Es verging eine Weile. »OK, es ist einen Versuch wert. Wenn es klappt, ist er ein für allemal von der Bildfläche verschwunden und kann hoffentlich keinen weiteren Schaden anrichten. Ich habe aber über ein ganz anderes Thema nachgedacht, nämlich wie wir ihn dazu bringen können, dass er uns nicht weiter verfolgt oder sogar tötet. Wir könnten Brian's Geschichte aufschreiben und irgendwie in ein Computerprogramm integrieren, das sich automatisch auf andere Rechner verbreitet, wenn wir nicht innerhalb von bestimmten Zeiträumen ein Lebenszeichen von uns geben. Das müsste ähnlich wie ein Computervirus funktionieren.«

»Wow, Julia, das ist eine klasse Idee. Ich weiß nicht, wie sich das technisch umsetzen lässt, aber es klingt für mich erst mal plausibel und dürfte nicht besonders kompliziert sein.«

Julia war jetzt in ihrem Element. »Ich denke noch über etwas anderes nach. Wollen wir noch Geld von ihm verlangen? Vielleicht für Projekte in der dritten Welt? In Gedenken an die Taten Romeros? Wenn wir mit dem Repräsentanten des Romerohauses morgen gut auskommen, wäre das doch ein schönes Dankeschön für seine Mühe.«

Gianluca legte die Stirn in Falten. »Wetherspoon selbst hat doch gar kein Geld.«

»Nein, aber die CIA. Die hat doch ein Budget für dieses Projekt, und sie ist wahrscheinlich nicht rechenschaftspflichtig über das, was sie mit dem Budget macht.«

»Stimmt, trotzdem ist mir nicht wohl dabei. Die CIA hat zwar schon viele Projekte abgewickelt, die nicht unterstützenswert sind. Trotzdem ist sie eine amerikanische Staatsbehörde, die vom Steuerzahler finanziert wird. Wir dürfen nicht dem Steuerzahler das Geld aus der Tasche ziehen, ohne dass es eine Legitimation dafür gibt.«

»Aber es wäre doch für einen guten Zweck. Den würde das amerikanische Volk doch sicher unterstützen wollen.«

Gianluca schüttelte den Kopf. »Trotzdem. Ich glaube, Wetherspoon macht mit seinem Projekt einen Alleingang. Die CIA ist damals mit dem Projekt Artischocke schon heftig genug auf die Nase gefallen. Gehirnwäsche, das wollen sie sich nicht noch einmal nachsagen lassen. Wir müssen also damit rechnen, dass Wetherspoon bei seinem Versuch auf ein Budget zurückgegriffen hat, das nicht offiziell genehmigt ist. Diese Quelle dürfen wir nicht anzapfen, selbst wenn es für einen guten Zweck wäre.«

Julia dachte nach und nickte dann.

»Du hast recht, das ist nicht der richtige Weg.«

»Hören wir für heute mit dem Nachdenken auf?«

»OK, ich kann auch nicht mehr.«

Julia setzte sich auf.

»Gar nicht mehr?« Gianluca blickte ihr in die Augen und streichelte zärtlich ihre Wange, fuhr mit der Hand durch ihre Haare, dann sanft über ihren Hals.

Julia schwieg. Sie ließ Gianluca gewähren. Sie war gleichzeitig müde und unendlich aufgeregt.

Gianlucas Hand wanderte tiefer bis zum Rand des Ausschnitts ihres Kleides. Dort hielten sie an. Das Kleid war hinten geknöpft. Julia hielt still, abwartend. Sie traute sich nicht, sich zu bewegen. Gianlucas rechte Hand glitt nach hinten zu ihrem Rücken. Sie vermaß die Konturen ihres Rückens, ihres Pos, die Beine hinab bis sie am Saum des Kleides ihren linken Oberschenkel erreicht hatte. Julia fing an zu zittern, ruckartig, unkontrolliert. Ganz langsam begann Gianluca nun die Knöpfe auf der Rückseite des Kleides zu lösen.

In Julia stieg Verlangen hoch, ein Verlangen, das sie über die Jahre fast vergessen, verdrängt hatte. Ungeschickt nestelte sie an seinem Hemd. Beide sagten kein Wort. Gianluca zog Julia das Kleid hinunter, bis es auf dem Boden lag. Dann packte er sie und trug sie zum Bett. Langsam zogen sich beide aus, halfen einander, vorsichtig, zurückhaltend, als fürchteten sie, dem anderen weh zu tun. Gianlucas Lippen küssten Julia sacht, ihren Mund, ihren Hals, den Bauch. Immer weiter nach unten wanderten seine Lippen, bis sie fanden, was sie suchten. Julia wandte sich hin und her. Sie konnte die sanften, rhythmischen Bewegungen, den fordernden Druck seiner Zunge kaum ertragen. Gleichzeitig merkte sie, wie sie die Kontrolle verlor. Irgendwann, es kam ihr wie eine Ewigkeit vor, konnte sie es nicht mehr aushalten. Sie beugte sie sich vor, packte seine Schultern, zog ihn zu sich hinauf. Wieder suchte er sie, fand sie. Langsam, dann immer schneller, leidenschaftlicher, härter. Sie vollzog die Bewegungen mit, im gleichen Rhythmus, sie waren eins. Es war, als stiege das Blut in ihrem Körper immer höher, mit immer mehr Druck schoss es nach oben bis in den Kopf. Irgendwann konnte sich Julia nicht mehr beherrschen. Der Druck musste sich entladen. Sie schrie. Es war ein heiseres, befreiendes Schreien. Dann war ihr, als senke sich der Blutspiegel wieder, ganz langsam, irgendwie prickelnd. Tausend Sternchen tanzten vor ihren Augen. Ihre Müdigkeit war vollständig verflogen.

62

Als Julia und Gianluca am nächsten Morgen aufwachten, mussten sie sich erst einmal sortieren, so eng waren ihre Arme und Beine ineinander verschlungen. Daraufhin brachen beide in schallendes, so gar nicht romantisches Gelächter aus.

»Weißt du, dass, wenn zwei miteinander schlafen, mindestens vier andere Personen beteiligt sind?« Gianluca blickte immer noch lachend in Julias erhitztes Gesicht.

Jetzt wurde Julia richtig wach und parierte sofort. »Moment Mal, an Gruppensex hatte ich eigentlich nicht gedacht.«

»Da die heutige Vorlesung ausfällt, solltest du noch etwas über die Spiegelzellen lernen. Hast du Lust?«

»Bin gespannt.«

Gianluca setzte sich auf. »Du musst wissen, dass sich auch in den Emotionszentren des Gehirns Spiegelnervenzellen befinden. In gewisser Weise spiegeln sie die Gefühle des anderen. Indem wir Empfindungen und Gefühle eines anderen Menschen in uns spüren, gewinnen wir ein spontanes, intuitives Verstehen dessen, was den anderen bewegt.«

Gianluca sah Julia in die Augen. Ihr Blick war voll konzentriert.

»Es ist eine Art innere Repräsentation oder auch innere Resonanz des anderen Menschen. Es ist, als ob wir einen weiteren Menschen in uns hätten. Dieser weitere Mensch tritt neben unser Selbst oder vielmehr neben das, was wir selbst zu sein glauben. Schließlich gibt es noch die physische Realität der beteiligten Personen. Macht zusammen sechs. Im System unserer Spiegelneuronen begegnen sich unser physisches Ich, die Vorstellung, die wir von uns selbst haben und die Bilder, die wir uns von anderen machen. Spiegelnervenzellen feuern, wenn wir die in einer bestimmten Situation erlebten körperlichen Empfindungen spüren, aber auch dann, wenn wir wahrnehmen, dass jemand anderes sich in der gleichen Situation befindet.

»Hmmm, ich möchte aber nur mit dir schlafen, das mit der Beteiligung anderer gefällt mir nicht.«

Gianluca lachte wieder. »Wir müssen ja nicht von Sex reden, wir können das auf die Liebe übertragen. Ein wesentliches Moment der Liebe besteht darin, dass wir die Befindlichkeit und die Wünsche des geliebten Menschen erkennen, dass wir darauf reagieren, sie spiegeln. Dann spürt der andere die Zuneigung, in der Fachterminologie die Resonanz. Das Geheimnis der Liebe liegt in der Kunst zu fühlen, was den anderen bewegt, sich auf den anderen einzustimmen.«

Gianluca lächelte Julia an und legte sich wieder aufs Bett. »Spürst du, wonach ich mich jetzt sehne? Könntest du dich auf mich und meine Gefühle einstimmen?«

Statt einer Antwort schlang Julia Arme und Beine um ihn und begann ihn erst zärtlich, dann immer leidenschaftlicher zu küssen.

Seit sechs Uhr morgens beobachteten Rattlesnake und Nicholelis die Auffahrt zum Haus: Den roten Lancia hatten sie im Schatten der Bäume versteckt. Nicholelis hatte zu dieser Uhrzeit im Hotel noch kein Frühstück bekommen können. Es war bereits kurz vor 10.00 Uhr. Sein Magen knurrte. Bis zu diesem Zeitpunkt hatte nur ein Auto das Landgut verlassen. Darin saß eine ältere Dame mit einem Herrn. Es war Gianlucas Mutter, die den Bischof zurück nach Parma brachte. Rattlesnake und Nicholelis machten sich keine weiteren Gedanken darum. Sie warteten auf etwas anderes.

Plötzlich sahen sie ein Auto in die Auffahrt einbiegen. Nicholelis und Rattlesnake sprangen hinter ein Gebüsch, konnten aber noch erkennen, dass es sich um ein altes, verrostetes Taxi handelte, in dem neben dem Taxifahrer ein vornehm gekleideter Mann mit feinen Gesichtszügen saß.

»Hier läuft was.« Rattlesnake wirkte beunruhigt.

»Vielleicht haben sie die Polizei gerufen«, mutmaßte Nicholelis.

»Keinesfalls, die Polizei kommt doch nicht in einem klapprigen Taxi angefahren. Nein, die sind clever, die haben bestimmt etwas anderes vor.«

»Was sollen wir jetzt tun?«

»Wir warten, sagen wir bis 12.00 Uhr. Wenn bis dahin nichts passiert, schleichen wir uns an das Haus heran.

Pünktlich um 10.00 Uhr traf Professor Rudolfo auf dem Landgut ein. Gianluca und Julia hatten das Taxi schon von weitem kommen sehen und standen in der Haustür, um den Gast zu begrüßen. Als der Mann aus dem Wagen stieg, war Julia von seiner Erscheinung sofort beeindruckt. Vor ihnen stand ein stattlicher Herr mit einem von dichten, weißgrauen Locken umrahmten Gesicht. Mit einem gewinnenden Lächeln begrüßte er seine auf ihn zutretenden Gastgeber und stellte sich vor. Julia staunte. So hatte sie sich einen Pater nicht vorgestellt. Gianlucas Onkel, der Bischof, hatte einen ganz anderen Eindruck auf sie gemacht. Mit seinen spärlichen Haaren, seinen roten Bäckchen und seinem dicken Ring hatte er auf sie schon optisch wie ein Ordensträger gewirkt. Und bei der Diskussion über die Stellung der Frau hatte er seine Rolle zwar humorvoll gespielt, dennoch war der Kirchenmann in ihm sehr deutlich geworden. Dieser Mann hier hatte einen ganz anderen Auftritt. Er trug auch keine Ordenskleidung, wie Julia erwartet hatte, sondern einen gut sitzenden dunklen Anzug. Er war schon auf den ersten Blick nahbarer, weltlicher, herzlicher.

»Guten Tag, Professore Rudolfo, wir danken Ihnen sehr herzlich für Ihr Kommen. Wir fühlen uns durch Ihren Besuch sehr geehrt«, begrüßte Gianluca in seiner Rolle als Hausherr den Gast.

»Guten Tag, Gianluca, ich darf Sie so nennen? Ihr Onkel benutzte die ganze Zeit Ihren Vornamen und ich habe mich schon daran gewöhnt.«

»Natürlich dürfen Sie mich Gianluca nennen. Darf ich Ihnen meine Freundin Julia vorstellen?«

»Sehr erfreut.«

»Kommen Sie doch hinein. Das Frühstück ist schon vorbereitet. Ich darf vorgehen?«

Mit diesen Worten führte Gianluca den Professor durch die Eingangshalle ins kleine Speisezimmer. Die Hausherrin hatte ein köstliches Frühstück auftischen lassen. Es wurden nicht nur Zwieback, Kekse und Brioche angeboten, die man in seinen Espresso tunken konnte, wie dies beim ersten Frühstück in Italien so üblich ist, sondern auf dem Tisch standen Cornetti, Ciabatta, Tramezzini, Berge von Schinken, Käse und Obst. Dazu gab es frisch aufgeschäumten Capuccino oder wahlweise Milchcafé.

Sie setzten sich. Der Professor verzichtete auf die üblichen Höflichkeitsfloskeln und begann sofort zu sprechen.

»Möchten Sie, dass ich zunächst mich und das Romerohaus kurz vorstelle, bevor wir auf Ihr Anliegen zu sprechen kommen?«

Gianluca und Julia tauschten einen Blick. Woher wusste er, dass sie überhaupt ein Anliegen hatten? Dem Bischof gegenüber hatten sie nichts angedeutet. Gianluca ergriff das Wort.

»Mein Onkel hat uns bereits von der Romero Stiftung erzählt. Sie sollten wissen, dass der Vater meiner Freundin Julia ein glühender

Verehrer von Oscar Romero war. Julias Vater ist vor einigen Tagen gestorben. Julia hat im Zimmer ihres Vaters viele Notizzettel gefunden, die auf Oscar Romero hinweisen, aber möglicherweise auch auf eine Verbindung zum Romerohaus.

»Gut, dann wissen Sie ja Bescheid, aber über mich wissen Sie noch nichts außer meinem Namen. Sie mögen vielleicht denken, ich sei Geistlicher und als solcher für das Romerohaus in Luzern tätig, wie der Cousin Ihres Onkels, Pater Giordano. Das ist aber nicht richtig. Ich bin Rechtsanwalt und Berater des Romerohauses. Ich verwalte dessen gesamtes Vermögen treuhänderisch. Ich kümmere mich als Syndikus um alle rechtlichen und steuerlichen Themen, die das Romerohaus betreffen.«

Er machte eine Pause.

»Ich bin in Ihre Geschichte eingeweiht. Zufällig war ich gerade im Hause, als Ihr Onkel gestern anrief. Pater Giordano hat mich das Gespräch mit anhören lassen, natürlich mit Einverständnis Ihres Onkels. Ich bin hier, um Ihnen zu helfen, wenn Sie wollen.«

»In unsere Geschichte eingeweiht? In welche Geschichte?« Julias Stimme überschlug sich fast.

»Ihr Onkel hat am Telefon alles berichtet, die Entdeckung der Manipulation des Gehirnes durch Sie, Julia, Ihre Flucht mit dem Gehirn aus dem Krankenhaus in Manhattan nach Italien, Ihre schwierige Lage und die Verfolgung durch die CIA.

»Ja, aber das kann Gianlucas Onkel doch alles gar nicht wissen. Wir haben ihm nichts gesagt. Ich, … ich weiß nicht, was ich davon halten soll. Was ist denn das für ein Komplott? Steckt der Bischof mit der CIA unter einer Decke?« Wie vielleicht mein Vater?, fügte Julia in Gedanken hinzu.

»Nein, den Eindruck habe ich nicht. Ich bin sicher, er versucht zu helfen.«

»Wem, uns oder der CIA?« Gianlucas Stimme klang jetzt böse, fast drohend.

Der Professor runzelte die Stirn. »Ich wusste nicht, dass Sie keinerlei Ahnung von der Rolle Ihres Onkels haben. Aber auch ich bin mir über seine Rolle nicht ganz im Klaren. Ich weiß nur eines. Das Romerohaus kennt Ihre Geschichte und es möchte Sie unterstützen, wo es kann. Ich habe hier ein Schreiben von Pater Giordano, der Ihnen, vertreten durch mich, jede Hilfe anbietet. Ich bin ein enger Freund von ihm. Wir haben zusammen studiert. Sie können Pater Giordano auch gerne anrufen, um sich das direkt bestätigen zu lassen. Er hält sich bereit.«

Gianluca studierte den Brief und reichte ihn dann an Julia weiter. Julia las das Schreiben ebenfalls durch. Die beiden tauschten einen Blick des Einverständnisses.

»Nein, das ist nicht nötig. Wir vertrauen Ihnen.«

Gianluca fuhr fort.

»Sie sagten, Sie wissen, dass Julia aus einem Krankenhaus in Manhattan ein Gehirn mitgenommen hat, das manipuliert wurde. Julia ist es später gelungen, mit dem Gehirn ein Gespräch zu führen. Dabei hat das Gehirn berichtet, dass die Manipulation politisch motiviert ist. Die manipulierten Menschen sollen dazu veranlasst werden, den Mann an der Spitze der CIA, Dan Wetherspoon, zum amerikanischen Präsidenten zu wählen. Wir gehen davon aus, dass derzeit mit mehreren Versuchspersonen getestet wird, ob diese Manipulation gelingt. Wenn das Experiment erfolgreich ist, soll die Methode wahrscheinlich landesweit auf größere Bevölkerungskreise angewandt werden. Julia ist zu mir nach Parma gekommen, um der Verfolgung durch die CIA in den USA zu entkommen. Unser Ziel ist es, zu erreichen, dass der Versuch eingestellt wird und Wetherspoon offiziell von seinem Amt als Direktor der CIA zurücktritt und natürlich auch die Präsidentschaftskandidatur aufgibt. Wir bieten ihm als Gegenleistung die Rückgabe des Gehirns, so dass er das einzige Beweisstück unter Kontrolle hat. Außerdem werden wir ihm zusagen, wenn er unsere Bedingungen erfüllt, über die ganze Angelegenheit Stillschweigen zu bewahren. Es ist uns klar, dass Wetherspoon danach trachtet, Julia oder uns beide aus dem Verkehr zu ziehen, denn wir bleiben ja auch nach der Übergabe des Gehirns eine Gefahr für ihn. Deshalb müssen wir sicherstellen, dass Wetherspoon ein Interesse hat, uns am Leben zu lassen.«

Jetzt schaltete sich Julia wieder ein.

»Wir dachten an so etwas wie einen Computervirus. Wir könnten vielleicht unser gesamtes Wissen über die Versuche aufschreiben und in einem Computerprogramm einbetten. Wenn wir innerhalb bestimmter Zeitabstände kein Lebenszeichen mehr von uns geben, würde das Programm aktiviert und sich im Internet ausbreiten. Ich weiß allerdings nicht, ob so etwas geht.«

Der Professor überlegte. »Ich denke schon, dass das machbar ist. Eine Programmierung eines solchen Virus sollte kein Problem sein. Im Romerohaus hält ein junger Priester regelmäßig Seminare für unsere Gäste ab. Er ist ein Computergenie. Den können wir fragen. Wenn Sie wollen, rufe ich ihn gleich an. Dann kann er schon mal loslegen.«

Julia und Gianluca blickten sich wieder an und nickten.

»Gerne, vielen Dank!«

»Wie wollen Sie Wetherspoon kontaktieren?«

»Wir stehen schon im Kontakt mit ihm. Wir mailen ihm aus wechselnden Internetcafés. Wir wollen bald losfahren, um ihm wieder zu schreiben. Wir werden in diesem Schreiben unsere Bedingungen formulieren.«

»Lassen Sie mich kurz telefonieren«, erwiderte der Professor. »Wir müssen erst mal herausfinden, ob das mit dem Virus funktioniert.«

»Natürlich. Wir haben ein Zimmer mit dem lächerlichen Namen Durchgangszimmer. Es ist das Zimmer, das zu unserem Wohnzimmer führt. Dort steht das Telefon.«

»Nein, ich mache das lieber mit meinem Handy, diese Leitung ist sicher.« Der Professor wählte eine Nummer und sprach mit seinem Gesprächspartner ein paar Minuten auf Schweizerdeutsch. Weder Julia noch Gianluca konnten ein Wort verstehen. Nachdem das Gespräch beendet war, strahlte er Julia und Gianluca an.

»Es ist noch einfacher als ich dachte, geradezu banal. Es muss nur ein kleines Programm erstellt werden, das auf einem sicheren Internetserver läuft. Einen solchen Server kann das Romerohaus bereitstellen. Sicherheitshalber werden wir es noch auf einen weiteren Server spiegeln. Das Programm wird einen Timer enthalten. Wenn ein festgelegter Zeitpunkt überschritten wird, ohne dass eine Kontaktaufnahme von Ihnen erfolgt, dann schickt das Programm automatisch eine E-Mail mit Ihrer Geschichte an einen von Ihnen bestimmten Personenkreis. Ich schlage vor, Sie wählen nur einige wenige Personen aus, zu denen Sie absolutes Vertrauen haben. Um den Timer zurückzusetzen, müssen Sie sich über eine sichere Login-Seite authentifizieren. Sie können diesen Timer bzw. dessen Ablaufzeit selbst einstellen, d.h. wenn Sie wissen, dass Sie für eine längere Zeit keinen Zugriff auf das Internet haben, stellen Sie einfach eine längere Ablaufzeit ein. Die Programmierung ist leicht, das Schwierige ist nur, das Programm so sicher zu machen, dass es von Wetherspoons Truppe nicht geknackt werden kann. Aber unser Mann ist zuversichtlich, dass er das hinkriegt.«

»Das ist zu einfach, um wahr zu sein.« Gianluca war begeistert. »Aber wie können wir sicherstellen, dass sich niemand unter unseren Namen einfach authentifiziert?«

»Wir machen das ganz simpel mit Kennung und Passwort.« Jetzt schaltete sich Julia wieder ein. »Wir würden gerne das Romerohaus als Hüter unseres Geheimnisses mit einbeziehen. Könnten wir Sie und Pater Giordano als E-Mail Adressaten angeben? Sie kennen den groben Verlauf der Geschichte schon, allerdings nicht die wissenschaftlichen Details. Aber bei Ihnen wäre die Geschichte in guten Händen. Wir möchten nicht, dass unser Wissen weitere Kreise zieht.

»Ja, natürlich, das geht. Ich schlage Folgendes vor: Wenn Pater Giordano und ich die E-Mail bekommen sollten, werden wir zunächst versuchen, Sie zu finden. Vielleicht sind Sie irgendwo, wo kein Internetanschluss vorhanden ist, vielleicht liegen Sie im Krankenhaus. Erst wenn wir Sie innerhalb von weiteren 48 Stunden nicht aufgetrieben haben, würden wir mit der Geschichte an die Öffentlichkeit gehen.«

»Aber damit gefährden wir ja auch Sie beide?«, sagte Julia zweifelnd.

»Romero wusste auch, dass er immer in Gefahr war. Aber hat für seine Sache gekämpft und sich nicht darum geschert. So denkt auch Pater Giordano. Sie können ihm absolut vertrauen. Er hat mir freie Hand gegeben, das für Sie zu tun, was wir gemeinsam für richtig halten.«

»Warum? Warum ist Pater Giordano so unendlich hilfsbereit?«

»Pater Giordano kannte Ihren Vater, Julia, und er hat ihn über alles geschätzt. Ihr Vater hat ihn einmal gebeten, sich um seine Tochter zu kümmern, wenn er nicht mehr ist, und dieses Versprechen möchte der Pater jetzt einhalten.«

»Mein Vater kannte den Pater?« Julia sprang von ihrem Stuhl auf. In ihrem Kopf drehte sich auf einmal alles, sie war nicht mehr in der Lage, eine klaren Gedanken zu fassen. Gianlucas Onkel war irgendwie in die Geschichte verwickelt. Ihr Vater möglicherweise auch, und jetzt auch noch der Pater des Romerohauses. Wer war hier gut, wer war böse? Sie konnte es nicht mehr unterscheiden und sah hilfesuchend zu Gianluca.

Gianluca nahm Julia in den Arm. »Julia, wir werden dieses Puzzle zusammensetzen, aber erst einmal müssen wir mit Wetherspoon in Kontakt treten.«

Professore Rudolfo stand auf.

»Wenn Sie einverstanden sind, bleibe ich noch ein Weilchen hier und setze mich in die Bibliothek. Ich möchte durch meine Abfahrt keinen weiteren Staub aufwirbeln. Wer weiß, wer hier noch involviert ist. Ich jedenfalls bleibe lieber noch ein wenig im Verborgenen und reise heute Abend, wenn es dunkel ist, wieder ab. Ist Ihnen das recht?«

»Selbstverständlich können Sie hier bleiben«, beeilte sich Gianluca zu antworten.

»Und Ihnen würde ich auch empfehlen, das Haus nicht über die offizielle Zufahrt wieder zu verlassen. Gibt es noch einen anderen Weg?«, fragte der Professor.

»Ja, wir werden eine kleine Straße nehmen, die die offizielle Auffahrt umgeht. Danke, Professore, für Ihre wertvolle Hilfe. Ohne Sie hätten wir keine ›Lebensversicherung‹.«

Gianluca reichte dem Professor die Hand. Julia war so dankbar für seine Hilfe, dass sie ihn spontan auf die Wange küsste, was ihn zu freuen schien.

»Auf Wiedersehen, und viel Glück. Wir sprechen uns wieder, wenn Sie eine Antwort von Wetherspoon haben.«

63

Die Uhr am mittelalterlichen Turm der hauseigenen Kapelle schlug zwölf Uhr.

»Was machen wir jetzt? Einen kurzes Mittagessen im Dorf?«, fragte Nicholelis hoffnungsvoll.

»Nein, die Gefahr, dass sie uns entwischen, ist viel zu groß. Wir müssen zum Haus, aber nicht mit dem Auto. Wir gehen zu Fuß und pirschen uns im Schatten der Bäume heran. Dann können sie uns vom Haus aus nicht sehen.«

Rattlesnake setzte sich unverzüglich in Bewegung. Ihre Schritte waren schnell und entschlossen. Nicholelis schlurfte hinterher. Die beginnende Mittagshitze machte ihm zu schaffen. Er kam schon nach wenigen Minuten ins Schwitzen. Das konnte dem zerknitterten Sakko, das es seit Tagen trug, nun auch nichts mehr anhaben. Nach ungefähr zwanzig Minuten hatten sie das Gut erreicht. Gebückt und hinter den blühenden Büschen verborgen, schlichen sie um das Haupthaus herum. Als sie den runden Platz vor dem Eingangsportal erreichten, sahen sie eine Staubwolke, die sich vom Haus zur Auffahrtsstraße bewegte. Vor lauter Staub konnten sie zunächst nichts erkennen, aber als sich die Wolke lichtete, sahen sie den kleinen Fiat auf einem kleinen Weg durch die Felder entschwinden. Ganz offensichtlich handelte es sich um keine öffentliche Straße, es war eher ein Feldweg für die landwirtschaftlichen Fahrzeuge.

»Shit, sie sind uns entwischt. Wir müssen sofort zum Auto zurücklaufen. Vielleicht können wir sie noch einholen.«

Rattlesnake lief wie ein Wiesel den Weg zurück, den sie gekommen waren. Nicholelis keuchte hinterher, konnte aber ihr Tempo nicht halten. Sein Herz schlug bis zum Hals. So schlecht bekam er noch Luft, dass er befürchtete, seine Luftzufuhr würde gleich völlig versagen. Vielleicht fühlt sich so der nahende Tod an, dachte er. Als er mit letzter Kraft den Wagen erreichte, saß Rattlesnake schon ungeduldig auf dem Fahrersitz. Der Motor lief bereits.

»Nun machen Sie schon«, herrschte sie ihn an. »Und eine lahme Ente wie Sie arbeitet für den Geheimdienst? Ich kann es nicht fassen.«

Nicholelis lies sich erschöpft auf das Plastikpolster des Beifahrersitzes fallen. Was bildete sich diese Frau eigentlich ein? Ich bin Wissenschaftler und nicht James Bond, wollte er kontern. Aber er beschloss zu schweigen. Bei diesem Auftrag war sie nun einmal seine Vorgesetzte und er musste aufpassen, dass sie sich nicht über ihn beschwerte.

Währenddessen rasten Gianluca und Julia mit dem alten, klapprigen Fiat über den Feldweg. Der Wagen rumpelte und schunkelte. Die alten, zerschlissenen Ledersitze ächzten. Julia befürchtete erneut, die Achse könne brechen, aber sie hielt auch diesmal. Das Wetter war strahlend schön, geradezu ideal für eine Landpartie. Doch sie konnten den Sonnenschein nicht genießen. Sowohl Julia als auch Gianluca hatten das ungute Gefühl, verfolgt zu werden. Julia dachte immer noch an das kurze Aufleuchten des Scheinwerferpaares eines unbekannten Autos am Abend zuvor. Während Gianluca sich den Weg über den vom Regen ausgewaschenen und mit Steinen übersäten Feldweg bahnte, schaute Julia zurück und versuchte, durch die Staubwolke auszumachen, ob ihnen jemand folgte. Sie konnte nichts erkennen. Gianluca blieb weiter auf Feldwegen, bog links ab, dann rechts, dann wieder links. Julia verlor den Überblick.

»Wir fahren jetzt über die Grundstücke unserer Nachbarn«, erklärte er. »Eigentlich ist das nicht legal, aber es gibt eine unausgesprochene Abmachung zwischen den Anwohnern, wonach die Besitzer der umliegenden Güter alle Feldwege benutzen können, egal über wessen Grundstück sie führen.«

Nach etwa einer viertel Stunde bog Gianluca auf eine geteerte Straße ab. Die Fahrt wurde angenehmer. Sie öffneten das Fenster und ließen die frische, sich aber gegen die Mittagszeit bereits erwärmende Mailuft hinein. Es war ein regenarmes Frühjahr gewesen. Einige Wiesen waren schon nicht mehr saftig grün. Es roch schon nach Sommer. Unbehelligt erreichten sie das nächste Dorf.

»Hier ist ein kleines Café. Von dort können wir Wetherspoon mailen.«

Gianluca bog von der Straße ab und versteckte den Fiat hinter einem alten Steinhaus mit schiefem Dach. Sie liefen um das Haus herum und schlüpften schnell durch den obligatorischen bunten Plastikperlenvorhang in das Café. Sie betraten einen langgezogenen, schmucklosen Raum. Nicht einmal Bilder hingen an den kargen Wänden. In dem Raum befanden sich nur ein paar wacklige Tische mit Stühlen, sowie eine Theke, auf der Teller mit ein paar Tramezzinis und italienischen Teilchen standen, auf denen die ersten Fliegen herumspazierten. Die wenigen alten Männer, die an den Tischen saßen, tranken Espresso und spielten Karten. Einige lasen Zeitung. Schon am späten Vormittag lag eine dicke Rauchwolke über den Tischen. Das Rauchverbot wurde in dieser ländlichen Gegend gänzlich ignoriert. Eine alte Frau mit ganz verrunzeltem Gesicht stand hinter dem Tresen. Gianluca bestellte zwei Espressi. Er deutete mit fragendem Blick auf einen alten, dunkelroten Wollvorhang hinten am Ende des Raumes. Die Wirtin nickte, brühte den Espresso auf und balancierte ein Tablett mit den beiden Tassen und zwei Wassergläsern durch den Raum in Richtung Vorhang. Julia und Gianluca folgten der Frau durch den Vorhang, hinter dem ein Computer auf einem alten Holztisch stand. Es handelte sich um eine richtig alte Kiste, die noch einen Röhrenbildschirm hatte. Julia zweifelte, ob das Ding noch funktionierte. Die Wirtin pustete den Staub weg und prüfte, ob alle Stecker und Kabel richtig angeschlossen waren. Wahrscheinlich war der Computer schon eine Weile nicht mehr benutzt worden. Dann schaltete sie das Gerät ein. Langsam wurde der Bildschirm bunt. Windows 95 wurde geladen. Es dauerte eine halbe Ewigkeit. Schließlich gab sie eine Login-Nummer sowie ein Passwort ein. Der Internetzugang war jetzt aktiv. Die Wirtin lächelte stolz. Mit einem heiseren »Alora« verschwand sie wieder in den Gastraum.

Julia loggte sich ein, tippte die jetzt schon mehrfach benutzte E-Mail Adresse ein und schrieb »Hier sind unsere Bedingungen« ins Betreff. Dann hielt sie inne. »Was wollen wir eigentlich schreiben?«

»Wir sagen einfach, was wir verlangen. Das soll ja kein literarisches Meisterwerk werden.« Gianluca übernahm die Tastatur und tippte in Windeseile folgenden Text ein:

»Wir haben das Gehirn. Wir wissen im Detail, was Sie getan haben. Wir geben Ihnen folgende Anweisungen:

Beenden Sie sofort die Versuche zur Gehirnmanipulation der US Bevölkerung.

Treten Sie von Ihrer Position als Direktor der CIA zurück und geben Sie Ihren Plan auf, Präsident der Vereinigten Staaten zu werden. Begründen Sie Ihren Rücktritt mit Unregelmäßigkeiten, von denen Sie nichts wussten, für die Sie aber die Verantwortung übernehmen.

Im Gegenzug werden wir das Gehirn morgen um 17.00 Uhr in der Kapelle Ravacaldi des Doms von Parma an eine von Ihnen zu bestimmende Person übergeben.

Versuchen Sie nicht, uns aufzuhalten oder aus dem Weg zu schaffen. Wir haben einen Computervirus programmiert, der nicht zu knacken ist. In diesem Virus sind alle Details der Affäre eingebettet. Der Virus wird sich weltweit verbreiten, sollten Sie unseren Anweisungen nicht folgen oder uns etwas zustoßen. Dann werden alle Ihre Machenschaften aufgedeckt.«

Diese Bedingungen sind nicht verhandelbar. Wir erwarten Ihre Zustimmung innerhalb der folgenden drei Stunden.

«Perfekt.« Julia war beeindruckt, wie schnell Gianluca die Bedingungen formuliert und zu Papier gebracht hatte. »Willst Du das Romerohaus auch in die Übergabe involvieren?«

»Darüber habe ich schon den ganzen Vormittag nachgedacht. Ich glaube nicht, dass wir das machen können und sollten. Wir würden den Professore zu sehr in Gefahr bringen, er muss unbedingt anonym bleiben, auch zu unserem Schutz«, antwortete Gianluca.

»OK, schick's raus.«

Gianluca drückte den Sendeknopf. »So, jetzt lass uns schnell von hier verschwinden. Kurz vor unserer Abfahrt habe ich meinen Freund in Bologna angerufen. Er erwartet uns und bereitet alles vor.«

Die beiden liefen aus dem Café, wieder um das Haus herum und sprangen ins Auto. Gianluca betätigte den Anlasser. Der Fiat gluckste nur ein paar Mal, dann war es wieder still. Gianluca fluchte. Wieder drehte er den Schlüssel um. Wieder ein Glucksen, beim dritten Versuch regte sich gar nichts mehr.

»Lass mich mal ran«, sagte Julia. »Mein alter Skylark hat auch gern gebockt. So alten Autos muss man gut zureden.«

Gianluca sprang aus dem Wagen und umrundete ihn, während Julia sich mit einer schnellen Bewegung vom Beifahrersitz auf den Fahrersitz schwang. Sie drückte zunächst das Gaspedal, dann drehte sie den Schlüssel ganz langsam, fast zärtlich. Der Motor gluckste wieder, aber das Glucksen wurde regelmäßiger. Endlich fing der

Motor an zu surren. Julia schaltete behutsam in den ersten Gang. Das Auto fuhr an, ganz langsam, dann gab Julia Gas.

»Geschafft, ich fahre, du musst mir nur sagen, wo es langgeht.«

Mit quietschenden Reifen fuhr Julia zurück auf die Straße in die Richtung, die Gianluca ihr gewiesen hatte. Die örtliche Geschwindigkeitsbeschränkung spielte jetzt keine Rolle mehr. Auf der Hauptstraße des Dorfes mit den vielen, kleinen Geschäften, deren Betreiber gerade ihre Gitter für die Siesta herunterließen, wich sie ein paar alten Frauen aus, die mit ihren überquellenden Einkaufstaschen die Straße zu überqueren versuchten. Mit quietschenden Bremsen ließ sie Mütter mit Kinderwagen passieren. Der Fiat kurvte um die Piazza des Dorfes, auf der es zur Mittagszeit recht ruhig war. Nur ein paar Jugendliche spielten Fußball. Ausgerechnet jetzt rollte dieser Ball auf die Fahrbahn. Ein Junge lief, ohne auf die Straße zu achten, hinterher. Julia schaffte es knapp, ihn und den Ball mit einem abenteuerlichen Schlenker zu umfahren. Mit vor Schreck weit aufgerissenen Augen blickte der Junge dem Wagen hinterher. Schließlich passierten sie die Ortsausfahrt und atmeten auf.

»Wir können nicht die Autobahn nehmen, das ist zu gefährlich«, sagte Gianluca. »Wir sollten uns weiter über die kleinen Straßen durchschlagen, dort wird uns hoffentlich niemand suchen.« Auf Anweisung Gianlucas fuhr Julia die Landstraße entlang. Für kurze Zeit schlängelte sich die Straße parallel zur Autobahn. Dort fiel Julia ein knallroter Lancia auf, der mit selbst für italienische Verhältnisse ungewöhnlicher Geschwindigkeit die Autobahn entlangraste. Zum Glück fuhr er in die Gegenrichtung.

Rattlesnakes Handy klingelte. Es war Wetherspoons Sekretärin. »Guten Tag, Mrs. Rattlesnake. Wir haben das Mobiltelefon von Julias Begleiter geortet, vor ungefähr einer viertel Stunde. Dank

Ihres Anrufs bei seiner Freundin konnten unsere Agenten herausfinden, um wen es sich handelt. Es ist ein junger Hirnforscher aus einem alten italienischen Adelsgeschlecht. Sein Name ist Gianluca Palasciano. Die mobile Verbindung war sehr schlecht. Er sprach mit einem anderen Mann, so viel konnte man heraushören, aber der Inhalt des Gesprächs war kaum zu verstehen. Wahrscheinlich befinden sie sich gerade in einem Funkloch. Unsere Agenten konnten nur das Wort San Lazzaro mitverfolgen. Können Sie recherchieren, was damit gemeint ist?«

»Da muss ich nicht recherchieren. San Lazzaro ist eine Autobahnausfahrt südlich von Bologna. Aus San Lazzaro di Savena stammt Alberto Tomba. Wahrscheinlich fahren sie über diese Ausfahrt nach Bologna.«

Ah, die Sekretärin verstand nichts und beschloss, den Namen des bekannten italienischen Skirennläufers nachzuschlagen. »Mr. Wetherspoon bittet Sie, die Verfolgung aufzunehmen. Gianluca Palasciano fährt einen alten orangefarbenen Fiat Spider mit dem Kennzeichen PR 293 UN.«

Rattlesnake blickte starr nach vorn. Sie konnte sich nicht daran gewöhnen, dass sie nicht mehr von Wetherspoon persönlich instruiert wurde. Wenigstens bittet er noch, dachte sie bei sich.

»OK«, war ihre einsilbige Antwort. Aus ihrer Sicht war Wetherspoons Sekretärin keines weiteren Wortes würdig.

»Drehen Sie um, wir fahren nach Bologna«, herrschte sie Nicholelis an. »Und dann halten Sie. Ich übernehme das Steuer. Sie schleichen ja durch die Gegend, das kann ich nicht mit ansehen.«

Nicholelis nahm die Ausfahrt zur nächsten Tankstelle und stoppte das Fahrzeug. Rattlesnake und er tauschten die Plätze, ohne ein weiteres Wort zu wechseln. Rattlesnake fuhr durch eine Unterführung und nahm die Autobahnauffahrt in die Gegenrichtung.

»Wir nehmen erst mal die Autobahn. Wegen Ihres Schneckentempos zurück zum Auto müssten die beiden uns einige Kilometer voraus sein.« Nicholelis schwieg. Er fing an, die Frau zu hassen.

»Die übernächste Ausfahrt fahren wir ab und bewegen uns dann auf der Landstraße weiter. Ich glaube, die beiden werden dasselbe tun. Die sind schlau, sie werden sich nicht der freien Sicht auf der Autobahn aussetzen.«

Julia fuhr nach Gianlucas Instruktionen über die Nebenstraßen. Die sich aneinanderreihenden Dörfer blieben ein Problem. Dort verloren sie Geschwindigkeit. Julia fuhr durch Gemüse-, Blumen- und Kleidermärkte, umkurvte spielende Kinder und schwatzende Mütter, überholte nach Vorschrift fahrende Autos. Gab es so etwas tatsächlich in Italien? Nach fünf Kilometern wies Gianluca Julia an, wieder in Richtung Autobahn zu fahren.

»Ja, aber wollten wir das nicht gerade vermeiden?«

»Schon, so weit es geht, aber hier müssten wir einen ziemlich hohen Berg überqueren, wenn wir weiterkommen wollen. Wegen der Serpentinen und der schlechten Straßenbefestigung würde uns das viel Zeit kosten. Dagegen führt uns die Autobahn zu einem langen Tunnel, durch den wir zügig den Berg durchqueren können.«

Ein Tunnel. Julia traten die Schweißperlen auf die Stirn, sie ließ sich aber sonst nichts anmerken. Sie hatte das Gefühl, dass sie nicht genug Zeit hatte, das Steuer an Gianluca zu übergeben. So bog sie in die Autobahnauffahrt ein und raste die Straße entlang. Im Rückspiegel konnte sie erkennen, wie ein roter Lancia sich mit Höchstgeschwindigkeit näherte. Sie erinnerte sich, dass sie diesen Lancia zuvor in die Gegenrichtung hatte fahren sehen.

»Ich glaube, das sind sie.« Ihre Stimme überschlug sich fast.

Der Lancia überholte zahlreiche Fahrzeuge, so dass der Abstand zwischen ihnen immer geringer wurde. Die Autos hupten, sie wollten den Lancia nicht passieren lassen, aber der schob sich unbeirrt immer weiter nach vorne. Vor sich sah Julia die Tunneleinfahrt und hinter sich den Lancia immer näher kommen. Sie spürte, wie der Brustkorb immer enger wurde und ihr das Herz zusammenschnürte. Ihr Nacken verspannte sich in Erwartung dessen, was nun kommen würde. Und schon fuhr sie in die nur spärlich beleuchtete Betonröhre ein und heftete, wie immer, wenn sie die Klaustrophobie nahen spürte, ihre Augen an die Rücklichter des Vordermannes. Konzentriert sah sie weder nach links noch nach rechts, prüfte auch nicht die Verkleidung der Tunneldecke, sondern fixierte stur ihren Vordermann, von dem sie gleichzeitig einen großen Sicherheitsabstand hielt. Plötzlich sah sie ein grelles Lichterpaar auf ihrer Fahrspur blitzschnell auf sich zukommen. Julia konnte es nicht glauben, die Italiener überholten sogar im Tunnel. Durch das überholende Fahrzeug verlor sie den Blickkontakt zum Vordermann. Sie bremste. Waren denn alle hier wahnsinnig geworden? Durch den Rückspiegel blickte sie nach hinten. Ich muss den Lancia unbedingt loswerden, dachte sie.

Obwohl sie sich mit größter Konzentration dagegen gewehrt hatte, überwältigte sie jetzt ein Anfall klaustrophobischer Gefühle. Die schon so oft erlebten Tunnelszenen liefen im Stakkato vor ihrem geistigen Auge ab. Das Bersten der Tunneldecke, das Spritzen des durch die ersten Risse drängenden Wassers, das Abplatzen der Kacheln von der Tunneldecke. War die Tunneldecke eigentlich gekachelt? Egal, vor und hinter sich sah sie die Kacheln mit lautem Krach auf die Autos fallen. Weiße, undurchdringliche Staubwolken schienen sich zu bilden, genauso, wie sie es schon kannte. Sie klammerte sich an das Lenkrad. Gleich würde die Lawine aus Schlamm, Wasser, Staub, Deckenteilen, herabgefallenen Fliesen und zerberstenden Metallstützen vom hinteren Ausgang des Tunnels auf sie zurollen und den kleinen Fiat erfassen. Aber vorher würde der rote Lancia von der Lawine zerquetscht werden, dessen war sie sich sicher. Plötzlich schoss ihr ein Gedanke durch den Kopf.

Wasser? Schlamm? Wo sollte das herkommen? Sie war nicht im Holland Tunnel in New York. Nein, sie war in einem Tunnel im Appenin, da gab es kein Wasser über ihr. Wie an einen Rettungsring klammerte sie sich an diesen Gedanken und spann ihn weiter. Dann gab es auch keine Welle, dann aber konnten der Lancia und auch ihr Fiat nicht zerschellen. Die Umklammerung der Klaustrophobie begann sich zu lösen, aber Angst hatte sie trotzdem noch, nur war diese Angst real. Sie musste den Lancia abhängen.

In diesem Moment sah Julia, dass auf der Gegenspur eine Lücke in der unendlich erscheinenden Kette von Fahrzeugen entstanden war. Sie trat das Gaspedal durch und setzte zum Überholen des Vordermannes an. Der Fiat schwankte beim Ausscheren, drohte auszubrechen. Sie hielt das Lenkrad fest und konnte ihn gerade noch abfangen. Der Überholvorgang war mühsam, da der Motor des kleinen Fiats nicht richtig zog. Gianluca hätte ihm ruhig einmal neue Zündkerzen gönnen können, dachte sie. Um sie herum hörte sie nur ohrenbetäubendes Hupen, aber sie ließ sich nicht beirren. Endlich hatte das Heck des Fiats die Vorderkante des Wagens ihres Vordermannes passiert, woraufhin Julia den Fiat sofort wieder auf ihre Spur zog. Erneut lautes Hupen, aber der Überholvorgang war gelungen. Gianluca saß stumm neben ihr und hielt sich fest.

Weiter. Julia wartete auf die nächste Lücke. Dann setzte sie erneut zum Überholen an. Diesmal wurde es noch knapper. Das entgegenfahrende Fahrzeug raste auf sie zu, hupte und bremste mit einem schauderhaften Quietschen. Gerade noch rechtzeitig konnte Julia wieder auf die rechte Fahrbahn einfädeln.

Geschafft. Gianluca rührte sich nicht. Sie sah in den Rückspiegel und versuchte, im schummrigen Tunnellicht den Lancia zu erkennen. Dort war er wieder zu sehen, während er mit den Überholmanövern der entgegenkommenden Autos kämpfte. Jetzt versuchte der Lancia, selbst zu überholen, schaffte es aber nicht. Vom Gegenverkehr wurde er immer wieder auf seine Spur zurückgedrängt. Rattlesnake kniff ihre Augen zusammen. Sie war entschlossen, wenn es sein musste, in diesem Tunnel ihr Leben zu riskieren, um an Julia dran zu bleiben, aber es wollte ihr nicht gelingen.

Als Julia in voller Fahrt den Tunnelausgang erreichte, hatte sich der Abstand zwischen dem roten Lancia und dem orangefarbenen Fiat deutlich vergrößert.

»Da rechts raus fahren, wir nehmen wieder die Nebenstraßen«, rief Gianluca.

Julia nahm die Autobahnausfahrt in hohem Tempo. Fast schleuderte sie aus der Kurve, bekam den Fiat aber wieder in den Griff. Genervt hielt sie an der Mautstelle, aber Gianluca hatte das Geld schon abgezählt und ließ es in den dafür vorgesehenen Behälter fallen. Wieder auf der Landstraße blickten Julia und Gianluca nach hinten. Der Lancia war nicht mehr zu erkennen. Sie hatten es offensichtlich geschafft, den Abstand so weit zu vergrößern, dass die Insassen des Lancias nicht hatten sehen können, wie sie die Ausfahrt genommen hatten. Die Landstraße führte wieder ein kurzes Stück an der Autobahn entlang. Julia musste nun langsam fahren. Hinter einem Traktor, der fast die ganze Breite der Straße einnahm, hatte sich eine lange Autoschlange gebildet. Der Traktorfahrer dachte gar nicht daran, zur Seite zu fahren. Ein Überholen war unmöglich. Der Traktor war einfach zu breit. Gianluca blickte nach links in Richtung Autobahn. »Da sind sie wieder«, rief er aufgeregt.

»Da sind sie«, schrie Nicholelis gleichzeitig. Wenigstens diesen kleinen Beitrag konnte er leisten. »Sie haben die letzte Ausfahrt genommen. Mist, verdammter. Dann müssen wir jetzt auch raus.« Nicholelis studierte mit seinen kurzsichtigen Augen hektisch die Karte auf dem Display des Navigationsgeräts. »Die nächste Ausfahrt, das sind noch fünfzehn Kilometer.« Rattlesnake fluchte in russischer Sprache. So konnte er nicht verstehen, dass sie dabei deutlich härtere Ausdrücke benutzte als zuvor Nicholelis.

Währenddessen blieb Julia nichts anderes übrig, als weiter hinter dem Tranktor herzuschleichen. Plötzlich gab der Fiat tuckernde Geräusche von sich und fuhr mit ständigen Zündaussetzern über die holprige Straße mit den vielen Schlaglöchern. Julia und Gianluca blickten fassungslos auf das Armaturenbrett. Jetzt erst entdeckten sie das rote Licht der Benzinuhr und realisierten, dass dieses Licht schon seit Beginn der Fahrt geleuchtet hatte. Sie hatten es vor lauter Aufregung nicht beachtet.

64

»Die Benzinuhr, ich habe vergessen zu tanken. Wir haben keinen Sprit mehr. Julia, bring mich bitte auf der Stelle um.«

»Würde ich ja gerne, aber erst müssen wir das Auto und uns in Sicherheit bringen.«

Gianluca deutete auf eine Scheune, die am Rande eines kleinen Feldweges stand. »Bieg rechts ab, Julia, hinter der Scheune können wir das Auto stehen lassen und uns dort verstecken.«

»OK.« Mit einem letzten Tuckern und Rütteln erreichten sie den Heuschober. Das Tor ließ sich öffnen. Zum Glück war der Speicher fast leer. Der Boden war etwas mit Heu bedeckt. Es war ja erst Mai. Gianluca und Julia schoben den Fiat hinein. Danach ließen sie sich keuchend und vom Schieben erhitzt auf ein paar vom letzten Sommer übrig gebliebene Heuballen fallen. Als Julia wieder Luft bekam, wandte sie sich zu Gianluca.

»Und was machen wir jetzt? Ich habe im Moment keine Lust, dich umzubringen. Noch nicht!«

Gianluca sah sie zärtlich an. »Wir müssen warten. Ich befürchte, dass wir unser Versteck einige Stunden lang nicht verlassen können. Unsere Verfolger haben uns möglicherweise gesehen. Sie werden die nächste Ausfahrt nehmen, zurückfahren und uns dort suchen, wo sie uns das letzte Mal gesehen haben. Wir dürfen jetzt nicht auf den offen einsehbaren Feldern oder in Dörfern herumlaufen. Das ist viel zu gefährlich. Ich kann nur hoffen, dass sie nicht auf die Idee kommen, dass wir unsere Fahrt unterbrochen haben und uns hier in der Scheune verstecken.

Gianluca strich Julia über das verschwitzte Gesicht. Mit einer entschlossenen Bewegung zog Julia sein Gesicht zu sich hinab und küsste ihn leidenschaftlich.

»Noch sind sie auf der Autobahn. Noch haben wir Zeit.«

Gianluca schob die Hand unter Julias Bluse und nestelte an ihrem BH. Julia konnte nicht warten. Sie half ihm, den Verschluss zu öffnen. Sie zog den BH aus, ungeduldig, gleichzeitig Gianluca packend und an seinen Kleidern zerrend. Ihr wurde ganz schwindlig dabei. So kannte sie sich gar nicht. Dann liebten sie sich wieder, diesmal nicht mehr zurückhaltend, sondern ungehemmt, sich selbst vergessend, jeder auf der Suche nach den Geheimnissen des anderen.

Nachdem sie beide den Höhepunkt erreicht und sich ihm bedingungslos hingegeben hatten, ließen sie sich rücklings auf das Heu fallen, streckten sich aus, die Hand des anderen haltend. Beide schwiegen für eine Weile.

»Ist das Traum oder Wirklichkeit? Wenn es nur ein Traum ist, so scheint er mir sehr real«, flüsterte sie schließlich mit heiserer Stimme in den Raum. Gianluca drehte sich zur Seite und blickte Julia direkt in ihr gerötetes Gesicht. Auch er wirkte auf Julia sehr bewegt. »Vielleicht können wir nicht wissen, was Traum ist und was Realität. Kennst du den Film ›Matrix‹?«, fragte er leise.

»Nein, ich habe nur davon gehört, Sciene-Fiction, soweit ich weiß. Und ich mag keine Science-Fiction Filme.«

»Der Film spielt im Jahre 2199. Roboter, intelligente Maschinen, haben die Macht übernommen. Sie herrschen über das Gehirn des Menschen. Die Maschinen züchten die Menschen als Biobatterien heran, die ihnen die notwendige Energie für ihr Funktionieren liefern. Die menschlichen Körper sind an eine komplexe Computersimulation, die Matrix, angeschlossen, die ihr Bewusstsein manipuliert. Die angeschlossenen Menschen halten die Simulation für das wirkliche Leben. Damit die Menschen nicht auf die Idee kommen, gegen die Roboter zu revoltieren, gaukeln diese ihnen eine Traumwelt vor. Auf einem endlosen Feld, der Matrix, dämmern die Menschen vor sich hin, in schleimigen Kokons. Sie wissen nicht um ihre Lage, weil ein Implantat in ihren Köpfen ihnen eine perfekte Scheinwelt vorgaukelt.«

»Aha, und du meinst, auch ich lebe in einer Scheinwelt. Bist du gar nicht existent?«

»In der Tat unterscheiden wir uns kaum von den Menschen in der Matrix. Unsere Realität ist eine Illusion. Wir denken zwar, wir könnten einen unmittelbaren Blick auf die Außenwelt werfen, aber das ist nicht richtig. Eigentlich leben wir in zwei Welten. Das ist auf der einen Seite die physische Realität und auf der anderen Seite die Welt im Kopf, wie wir sie erleben. Die erlebte Wirklichkeit ist eine Rekonstruktion der Realität, letztlich eine Simulation. Diese Simulation ist so perfekt, dass wir nicht mal merken, dass die Welt um uns herum eine Illusion ist. Wenn ich dich zum Beispiel berühre, fühle ich deine Haut nicht direkt. Was ich fühle, ist nur die Vorstellung deiner Haut in meinem Gehirn. Und das verdanken wir dem Feuern der Zellen in unserem Kopf. Da wir von diesem Feuern, von dieser Hirntätigkeit, nichts spüren, halten wir die Rekonstruktion in unserem Kopf für die Welt da draußen. Und das ist genau, was du fühlst, Julia. Du hast das intuitiv ohne den ganzen wissenschaftlichen Hintergrund erfasst, nämlich dass die Welt, die wir erleben, genau genommen eine Traumvorstellung ist.«

»Am liebsten würde ich aus diesem Traum nicht mehr aufwachen. Ich liebe dich, Gianluca.«

»Ja, ich liebe dich auch, Julia, du kannst nicht erträumen, wie sehr. Aber jetzt sollten wir uns schnell anziehen. Wir müssen vorbereitet sein, wenn sie die Scheune entdecken.«

Julia und Gianluca zogen sich schnell die Kleider wieder an und spähten nach draußen. Es war nichts zu sehen.

»Ich würde gerne noch mal mit Brian reden«, sagte Julia. »Brian hat uns zwar gesagt, was wir tun sollen. Trotzdem möchte ich sicherstellen, dass er wirklich immer noch mit unserem Plan einverstanden ist. Wenn er es sich anders überlegt hat, könnten wir immer noch einen Rückzieher machen.«

»Ja, das sollten wir unbedingt tun, wir haben uns seit mehr als 24 Stunden nicht gemeldet.«

Julia brachte die Apparaturen in Gang. Es war ihr schon fast zur liebgewonnenen Routine geworden. Alles funktionierte wie am Schnürchen.

»Guten Tag, Brian.«

»GUTEN TAG, WO SIND WIR?«

Wir sind auf dem Weg nach Bologna. Aber im Moment sind wir in einer Scheune. Wir werden verfolgt, wir müssen uns verstecken.«

»AHHH, VERFOLGUNGSJAGD, DAS FAND´ ICH ALS KIND SCHON SPANNEND.«

Auf dem Bildschirm erschienen ein paar orangefarbene Wirbel, es wirkte fast fröhlich, wie ein Lachen, oder besser ein Kichern.

»Wir möchten uns entschuldigen, dass wir uns so lange nicht gemeldet haben.«

Die orangefarbenen Muster wurden gleichmäßiger.

»DAMIT HABE ICH GERECHNET. ICH HABE EUCH EINE SCHWERE LAST AUFERLEGT. ABER ICH BIN SICHER, IHR HANDELT IN MEINEM SINNE.«

»Ich denke, das tun wir, aber es war für uns eine sehr schwere Entscheidung«, sagte Gianluca.

»JA, ICH WEISS. ABER FÜR MICH IST DIESE EXISTENZ NICHT LEBENSWERT. ZUMINDEST IN EINER SOLCHEN

SITUATION MUSS ICH SELBST ÜBER MEIN LEBEN ENTSCHEIDEN DÜRFEN, AUCH WENN ICH NICHT SELBST HANDELN KANN. TROTZDEM, DAS VORHABEN IST FÜR EUCH SEHR RISKANT UND ICH DANKE EUCH FÜR EUREN MUT. WIE GEHT ES WEITER?«

»Wir haben Wetherspoon heute Morgen per E-Mail einen Tausch vorgeschlagen. Er soll den Versuch stoppen und von seinem Amt zurücktreten. Außerdem muss er uns am Leben lassen, andernfalls wird sein Plan durch ein Virusprogramm im Internet veröffentlicht. Im Gegenzug …«, Gianlucas verhaspelte sich und er musste eine Pause machen. Er brachte es kaum über sich, Brian die Botschaft zu überbringen.

»Im Gegenzug bekommt er Ihr Gehirn.«

»ABER NICHT LEBEND!!!«

Auf dem kleinen Bildschirm des Handys feuerten Blitze, Kreise, Rauten, kaum zu beschreibende Farbformationen in unterschiedlichsten Schattierungen. Julia und Gianluca zuckten förmlich zusammen und in ihren Körpern breitete sich eine Art Kribbeln aus. Sie sahen, dass Brian Angst hatte, und sie konnten diese Angst mitfühlen.

»Nein, nein, natürlich nicht.«

Julia suchte eine Möglichkeit, Brian zu berühren, Verständnis, Mitgefühl zu zeigen. Aber sie konnte das Gehirn in seinem verkabelten Zustand und in der Flüssigkeit schwebend nicht anfassen. Und wenn, hätte es etwas empfinden können? Plötzlich war Julia sich ganz sicher, dass sie richtig handeln würden, dass der Wunsch des Gehirnes zu sterben, nicht unmoralisch war, dass Brian Belucci das Recht dazu hatte, von ihnen die Tötung zu verlangen. Jeder Mensch hat ein Recht auf eine würdevolle Existenz. Dieser Mensch hier …, sie stockte, nein, dieser Mensch konnte so nicht mehr in Würde weiterleben.

»Wir wissen doch, dass Sie nicht lebend übergeben werden wollen.«

Julias Stimme senkte sich zu einem Flüstern. Immer noch auf der Suche nach einer Berührung tätschelte sie unbeholfen die Metallbox. Sie erschauderte, als sie deren Kälte spürte. Es gab keinen Weg zu Brian, außer über die Sprache.

»Niemand soll sich an Ihnen vergreifen, bevor Sie tot sind. Wir werden Ihnen helfen, zu sterben.«

»Aber nur auf Ihren ausdrücklichen Wunsch hin«, schaltete sich Gianluca ein. »Sie werden bis zum Schluss die Kontrolle behalten. Wir werden Ihren Tod nur auf ein klares Zeichen von Ihnen einleiten.«

Der Bildschirm wurde ruhiger, die wildesten Farbflecke verschwanden und auch die Farben wurden weniger aggressiv. Es dominierte wieder das Blau, aber immer wieder blitzten auch andere Farben dazwischen. Julia und Gianluca schauten sich an.

»Das ist die Angst vor dem Tod. Die haben wir alle, egal wie sehr wir an Gott glauben. Oder an ein Leben nach dem Tod«, flüsterte Gianluca mit leiser Stimme, so dass das Gehirn ihn vermeintlich nicht hören konnte.

»JETZT SEID DOCH NICHT SO KOMPLIZIERT. LEBEN NACH DEM TOD, WER WEISS DAS SCHON? MIR IST ES WICHTIG, DASS IHR AM LEBEN BLEIBT UND GLÜCKLICH WERDET.

»Brian, danke, Gianluca und ich, wir haben uns wieder gefunden und sind sehr glücklich. Ich möchte Ihnen noch etwas erzählen. Wir haben heute Morgen mit einem Rechtsanwalt, der als Repräsentant des Romerohauses handelt, gesprochen. Erinnern Sie sich? Ich habe Sie einmal nach Oscar Romero gefragt. Gianlucas Onkel hat uns dabei geholfen, einen Kontakt zu dieser Institution zu knüpfen. Das Romerohaus wird uns bei unserem Vorhaben helfen.«

»OK. WER IST GIANLUCAS ONKEL?«

»Mein Onkel ist der Bischof von Parma. Es war ganz merkwürdig, aus irgendeinem Grund schien er von Ihnen zu wissen. Wir haben keine Idee, woher er die Informationen haben kann.«

»VOM VATIKAN.«

»Was?«

»DER VATIKAN HAT SEINE FINGER ÜBERALL MIT IM SPIEL. ER INTERESSIERT SICH AUCH FÜR FORSCHUNGSERGEBNISSE: ER KOOPERIERT SEIT LANGEM MIT DER CIA, IN ALLEN MÖGLICHEN BEREICHEN, ABER EBEN AUCH BEI DIESEN THEMEN.

»In der Hirnforschung?«

»JA, AUCH IM BEREICH GEHIRNMANIPULATION, GEHIRNWÄSCHE. WISSEN SIE, IM VATIKAN GIBT ES VIELE STRÖMUNGEN UND VIELE MOTIVATIONEN, SICH HIERMIT ZU BESCHÄFTIGEN.«

»Wahnsinn, woher wissen Sie das? Wissen Sie mehr darüber?« Gianlucas Stimme klang sehr aufgeregt. »Warten Sie, wir müssen erst mal schauen, ob jemand kommt. Unser Versteck ist nicht besonders gut.«

Gianluca spähte durch eine Ritze zwischen zwei Holzbalken der Scheune nach draußen. Von dieser Ritze aus konnte er die Landstraße und den kleinen Feldweg sehen, der zur Scheune führte. Er sah nur das warme Nachmittagslicht, die Straße war ruhig. »Wieder da, können Sie uns noch mehr erzählen?«

»JA, DER VATIKAN HAT EIN ERHEBLICHES INTERESSE AN DEN FORSCHUNGSERGEBNISSEN. DIE KATHOLISCHE KIRCHE IST IN GROSSEN SCHWIERIGKEITEN. SIE KANN IHRE SCHAFE NICHT MEHR ZUSAMMENHALTEN. SIE SCHAFFT ES NICHT MEHR, IHRE BOTSCHAFT AN DIE JUNGE GENERATION ZU VERMITTELN. DIE RELI-

GIÖSE BEEINFLUSSUNG DURCH WUNDER UND FURCHTEINFLÖSSUNG FUNKTIONIERT NICHT MEHR. DIE WESTLICHE WELT LÄSST SICH NICHT MEHR VON DER UNBEFLECKTEN EMPFÄNGNIS UND DEM HÖLLENFEUER BEEINDRUCKEN. VIELE MENSCHEN HABEN KEINEN BEZUG MEHR ZUR KIRCHE. DIE KIRCHE MUSS EINE NEUE BOTSCHAFT AUSSENDEN, DIE FÜR DIE JUNGE GENERATION ATTRAKTIV IST. SIE RINGT DARUM, HAT ABER IHREN WEG NOCH NICHT GEFUNDEN. BIS DAHIN MUSS DIE KIRCHE ALLES TUN, UM ZUMINDEST DIE WANKELMÜTIGEN ZU HALTEN. UND DAS GELINGT VIELLEICHT DURCH MANIPULATION.«

Julia unterbrach aufgeregt Brian`s Schilderungen.

»Jetzt erinnere ich mich wieder. Sie haben das doch schon mal gesagt. Ein neuer Gott wird im Hirn installiert, ein neuer Gott oder doch unser alter?«

JA. WIR SPRACHEN DARÜBER, ALLERDINGS IM ZUSAMMENHANG MIT POLITISCHER MANIPULATION. ABER DIE IDEE IST DIE GLEICHE. EIN GEDANKE, EIN GLAUBE WIRD SUGGERIERT, VIELLEICHT DURCH VERSTÄRKTE FURCHTEINFFLÖSSUNG.

»Durch Furchteinflössung? Eine Manipulation des Gehirns dahingehend, dass Machtausübung durch Furchteinflössung wieder funktioniert? Wie im Mittelalter?«

JA, DAS IST DIE EINE STRÖMUNG DER KIRCHE. SIE WILL DEN ALTEN BEDINGUNGSLOSEN GOTTESGLAUBEN DER MASSEN WIEDER IN DEN KÖPFEN VERANKERN, DER VON ANGST BESTIMMT WIRD. ANGST VOR DEM TOD, ANGST VOR DEM HÖLLENFEUER, ANGST VOR DEM JÜNGSTEN GERICHT.

»Und die andere Richtung?«

»DIE ANDERE RICHTUNG WILL SICH ERNEUERN, WILL DIE MENSCHEN WIEDER EMOTIONAL ANSPRECHEN, ABER AUCH DIESE LEUTE SIND AN DEN ERGEBNISSEN DES VERSUCHS INTERESSIERT.«

»Warum?«

»WEIL SIE PERSONEN WIE WETHERSPOON KONTROLLIEREN WOLLEN, DIE EIN ART NEUEN GOTT, EINEN GURU, ETABLIEREN WOLLEN.«

Gianluca schüttelte zweifelnd den Kopf.

»Und welche Rolle spielt mein Onkel dabei?«

ER IST EINE ART MITTELSMANN, ABER ICH WEISS KEINE DETAILS.

»Woher wissen Sie das überhaupt alles?«

DAS IST NICHT DER ERSTE MANIPULATIONVERSUCH DER CIA. ICH HABE DAS ÜBER JAHRE VERFOLGT. ICH HABE MICH FÜR VIELE DINGE INTERESSIERT, NICHT NUR FÜR SCHACH. ABER ICH HATTE ES VERGESSEN. IM UNTERBEWUSSTSEIN ABGELEGT, WIE SO VIELES. UND JETZT IST ES WIEDER PRÄSENT.

Gianluca murmelte vor sich hin und schüttelte nochmals fassungslos den Kopf. Er war normalerweise nicht so leicht aus der Ruhe zu bringen, aber das war einfach zu viel. Das sprechende Gehirn, die CIA, der Vatikan, und jetzt auch noch die Beteiligung von Mitgliedern beider Familien, seiner eigenen und möglicherweise auch Julias. Er suchte ihren Blick. In diesem Moment hörten sie ein Auto heranfahren. Julia lugte durch einen drei Finger breiten Spalt in der Wand der Scheune nach draußen.

»Sie kommen.«

»Julia, lauf, lauf in Richtung Dorf, ich nehme das Gehirn. Der Feldweg endet hier. Über die Felder können sie nicht fahren. Ihr Auto müssen sie also stehen lassen.«

Die beiden stürzten aus der Scheunentür und liefen über ein bereits gemähtes Feld Richtung Süden. Genau in diesem Moment stießen Rattlesnake und Nicholelis die Autotüren auf. Rattlesnake hatte darauf bestanden, jeden Winkel der umliegenden Dörfer, jede brachliegende Hütte zu durchsuchen. Sie hatten den Menschen auf der Straße Fotos von den Flüchtenden gezeigt. Das Foto von Julia hatten sie ja schon mitgebracht. Das Bild von Gianluca hatten sie sich über Nacht aus den USA schicken lassen. Rattlesnake hatte sogar an Türen geklingelt. Die Menschen hatten beim Anblick der Bilder immer nur stumm mit dem Kopf geschüttelt und die Verfolger argwöhnisch betrachtet. Natürlich kannte die Landbevölkerung Gianluca, aber sie hätten sich eher die Zunge abgebissen, als das wildfremden Leuten zu erzählen.

Nun war diese Scheune dran. Als Rattlesnake sah, wie das Paar aus der Hütte stürmte, setzte sie zum Sprung aus dem Auto an und raste los wie eine in die Jahre gekommene Kampfmaschine. Gianluca war aber trotz der Metallbox in seinen Händen schneller. Julia kämpfte verbissen darum, an Gianluca dranzubleiben. Weit abgeschlagen kam Nicholelis hinterher. Gianluca bemerkte, wie sich der Abstand zwischen ihm und Julia vergrößerte. Just in dem Moment, als er sich besorgt umsah, strauchelte sie und fiel der Länge nach auf die piekenden Stoppel des Feldes. »Mist, verdammter.« Er konnte nicht mehr verhindern, dass Rattlesnake Julia einholte, sich auf sie stürzte. Er drehte sich um und lief zu Julia zurück.

»Lauf, Gianluca, lauf«, schrie Julia ihm entgegen. »Bring dich in Sicherheit, lass mich hier, alleine schaffst du es.«

Gianluca konnte jetzt erkennen, dass Rattlesnake eine Pistole aus ihrem alten, braunen Wollrock zog. Er blieb wie angewurzelt stehen. Julia spürte die Waffe im Rücken. Sie rührte sich nicht mehr. Auch Nicholelis hatte mittlerweile die Gruppe erreicht und versuchte unbeholfen, Gianluca festzuhalten. Aber der hatte gar nicht die Absicht, sich zu wehren oder fortzulaufen, solange die Pistole auf Julia gerichtet war.

»So, jetzt stehen wir auf und wandern langsam zur Hütte«, zischte Rattlesnake durch ihre Zähne hindurch. »Der junge Mann übergibt Professor Nicholelis die Metallbox, dann geht's los. Muss man ja nicht von der Straße aus sehen, was wir mit euch machen. Könnte unappetitlich werden.«

Rattlesnake half Julia auf und stieß ihr die Waffe zwischen die Rippen. »Keine Dummheiten. Es gab im Rahmen dieses Projektes schon viele Tote, aber letztlich ging es mir nur um Sie, junge Dame. Und jetzt lasse ich Sie nicht mehr entkommen.«

Die kleine Gruppe setzte sich im Gänsemarsch in Bewegung. Gianluca behielt die ganze Zeit Rattlesnake und Julia im Auge. Nicholelis hätte er mit einem Faustschlag ausschalten können, aber das würde das Problem nicht lösen. Sie betraten die Scheune. Nicholelis verriegelte die Scheunentür hinter ihnen. Rattlesnake packte jetzt Julia mit der linken Hand, mit der Rechten hielt sie ihr die Pistole an die Schläfe.

»Wer ist als erster dran?« Rattlesnake richtete die Frage mit einem diabolischen Grinsen an Nicholelis. Sie hatte ihr Ziel erreicht. Sie hatte für Wetherspoon das Gehirn sichergestellt und würde gleich in Washington anrufen, aber erst musste sie noch ihre Mission zu Ende bringen, und das nicht ohne Vergnügen. Das Grinsen verwandelte sich in ein Lächeln. Ja, sie würde eine Belobigung bekommen. So wie früher in Russland, eine Auszeichnung, vielleicht sogar einen Orden? Während sie lächelte, lockerte sie einen kurzen unbedachten Moment lang ihren Griff. Diesen Moment nutzte Julia. Sie bückte sich, drehte sich dabei einmal um sich selbst, trat Rattlesnake in den Bauch, die rücklings nach hinten fiel. Dabei ging ein Schuss los, der Gianluca nur knapp verfehlte. Julia schrie. Gianluca stürzte sich auf die Alte und versuchte, ihr die Waffe aus der Hand zu reißen. Aber Rattlesnake war zäh. Sie zappelte, trat um sich, packte Gianluca an den Haaren. Sie rangen miteinander wie Gladiatoren. Wieder löste sich ein Schuss. Er traf das Scheunentor. Endlich gelang es Gianluca, sich auf die alte Frau zu setzen, mit der linken Hand ihren Arm mit der Waffe zunächst am Boden festzunageln, und versuchte dann, mit der rechten Hand ihr die Waffe zu entreißen. Wieder ein Schuss. Gianluca hatte nicht gesehen, in welche Richtung die Kugel geflogen war.

»Julia«, schrie er verzweifelt.

Statt einer Antwort hörte er nur noch ein lautes Stöhnen.

65

Wetherspoons Sekretärin trat in das Büro ein und reichte ihm eine ausgedruckte E-Mail. Er flog über die Zeilen. Sein Gesicht verfinsterte sich. Es zeigte die typischen roten Flecken, die sich immer auf seinem Gesicht ausbreiteten, wenn er in höchster Aufregung war. Er sprang wütend aus seinem Schreibtischstuhl, rannte im Zimmer auf und ab, rast- und ziellos. Der Grizzly saß in der Falle. Der Käfig war engmaschig, die Tür mehrfach gesichert. Er suchte einen Ausweg, aber er sah keine Möglichkeit mehr, zu entkommen. Wetherspoon setzte sich wieder an seinen Schreibtisch und blickte sich um. Regale aus Mahagoni, in denen Bücher mit Ledereinband standen. Der Partners Desk mit der obligatorischen grünen Schreibtischlampe, das klassische Le Corbusier Sofa mit einem Sessel über Eck gestellt, vor dem der berühmte Barcelona Glastisch von Mies van der Rohe stand. Daneben die Bar in einem eigens hierfür handgefertigten Holzschrank, passend zur Farbe der Bibliothek. Das war sein Reich, war sein Machtzentrum. War es das noch immer? Er stützte seine Ellenbogen auf den Tisch, vergrub sein Gesicht in den Händen. Seine Sekretärin betrat den Raum erneut und fragte, ob sie etwas für ihn tun könne.

»Ja, scheren Sie sich zum Teufel«, schrie er.

Die Frau drehte sich auf dem Absatz herum und verließ den Raum. Die Tür schloss sie wieder, ganz leise.

So blieb er ungefähr eine Stunde sitzen, rührte sich nicht, schaltete den Computer aus und aktivierte die Rufumleitung seines Telefons. Er musste nachdenken. Schließlich nahm er den Hörer, wählte die Durchwahl seiner Sekretärin und sagte nur:

»Holen Sie mir Rattlesnake in die Leitung.«

Die Sekretärin wählte die Nummer von Rattlesnake, wartete aber nicht, bis jemand am Apparat war, sondern stellte sofort zu Wetherspoon durch. Er nahm den Hörer ab. Es klingelte eine ganze Weile. Dann wurde am anderen Ende der Leitung abgenommen. Zunächst meldete sich niemand. Er hörte nur ein Gerangel, das Knistern des Heus, lautes Stöhnen, Schreien und Ächzen, das er nicht zuordnen konnte.

»Rattlesnake«, schrie er in den Apparat. »Verdammt noch mal, Rattlesnake. Warum gehen Sie nicht ans Telefon?«

»Rattlesnake geht es gut, …«, hörte er eine junge, sympathische Frauenstimme am anderen Ende der Leitung sagen, »… obwohl sie sich gerade ins Bein geschossen hat und nicht mehr laufen kann. Für meinen Geschmack stöhnt sie etwas zu laut.«

Stille an Wetherspoons Ende der Leitung.

»Mr. Wetherspoon, hier spricht Julia Cameron. Rattlesnake ist sehr unhöflich geworden. Da mussten wir sie ruhigstellen. Das hat gerade mein Freund Gianluca Palasciano übernommen. Sie kennen ihn sicher schon. Dr. Nicholelis ist auch da. Er steht hier wie bestellt und nicht abgeholt herum. Weglaufen kann er nicht. Wir haben ihn ein bisschen gefesselt, aber er ist ansonsten wohlauf. Ich glaube, er hat nur ein paar blaue Flecken. Sie können ihn weiter einsetzten. Was Rattlesnake betrifft, bin ich mir da nicht so sicher.«

Julia hörte Flüche am anderen Ende der Leitung.

»Mr. Wetherspoon.« Stille.

»Mr. Wetherspoon, haben Sie unsere E-Mail bekommen?

»Ja.«

»Und wie lautet Ihre Entscheidung?«

Julia hörte nur ein schweres Atmen, fast ein Keuchen.

»Mr. Wetherspoon, nehmen Sie unseren Vorschlag an?«

Stille. Danach eine krächzende Stimme, die fast zu versagen schien. Dem Grizzly ging es gar nicht gut.

»Ja, ich nehme an. Ich werde morgen um 10.00 Uhr meinen Rücktritt sowie die Einstellung des Versuchs öffentlich bekanntgeben. Dann können Sie sich um 17.00 Uhr mit Nicholelis zwecks Übergabe des Gehirns im Dom von Parma treffen. Geben Sie mir Nicholelis.«

Julia hielt den Hörer an das Ohr von Nicholelis, weil der sich nicht bewegen konnte.

»Nicholelis.«

Wetherspoons Stimme klang schon wieder einigermaßen gefasst und geschäftsmäßig. »Wir nehmen die Bedingungen an.«

»Welche Bedingungen?«, stotterte Nicholelis.

Am anderen Ende der Leitung hörte man nur ein genervtes Stöhnen. »Nicholelis, Sie treffen sich morgen um 17.00 Uhr mit unseren beiden neuen Freunden im Dom von Parma in der Kapelle Ravacaldi und nehmen das Gehirn in Empfang. Lassen Sie die beiden anschließend gehen. Keine Verfolgung aufnehmen, hören Sie? Bringen Sie noch heute Rattlesnake zum Arzt und dann zum Flughafen. Sie soll sofort nach Washington zurückkehren und sich bei mir melden. Sagen Sie ihr, sie soll keinen Unsinn machen, keine Eigenmächtigkeiten!«

Rattlesnake versuchte, sich mit wilden Gesten bemerkbar zu machen.

»Mr. Wetherspoon, ich glaube Rattlesnake möchte Sie sprechen.«

»Sagen sie ihr, sie soll einfach nur das tun, was ich gerade befohlen habe. Es gibt keinen Gesprächsbedarf mehr.« Wetherspoon hängte ein.

Gianluca schleifte Rattlesnake zum Auto und versuchte, sie auf den Rücksitz zu verfrachten. Selbst jetzt noch, trotz Stöhnen und Ächzen, behielt sie ihren Stolz und stieß Gianluca zur Seite. Sie wollte sich ohne fremde Hilfe auf die Sitze hieven. Gianluca goss Benzin aus dem Reservekanister des Lancias in den Fiat und startete den Wagen ganz vorsichtig, wie Julia ihm es vorgemacht hatte. Nach ein paar ächzenden Geräuschen des Motors sprang der Wagen an. Gianluca setzte den Fiat rückwärts aus der Scheune. Danach banden sie Nicholelis los, so dass er sich ans Steuer des Lancias setzten konnte. Bevor er den Anlasser betätigte, stellte Julia ihm die Frage, die ihr so unendlich wichtig war.

»Dr. Nicholelis, ich weiß nicht, inwieweit sie in die ganze Geschichte eingeweiht sind. Trotzdem frage ich sie: Haben Sie meinen Vater kennen gelernt?«

»Ja, ich war einmal bei ihm zu Hause.«

»Wissen Sie, ob er irgendetwas mit der Versuchsreihe zu tun hat?«

Nicholelis zögerte. Er saß auf dem Fahrersitz und hielt den Kopf schuldbewusst gesenkt.

»Dr. Nicholelis, das ist sehr wichtig für mich.«

Nicholelis hob den Kopf und blickte Julia direkt in die Augen.

»Er war involviert, aber er wusste es nicht.«

»Was heißt das?«

»Ihr Vater wurde von der CIA dazu missbraucht, an der Entwicklung einer ›psychischen Epidemie‹ mitzuwirken, die über das Internet ausgelöst und verbreitet werden sollte. Mit den Gehirnen der unfreiwilligen Probanden wurde getestet, wie man sie auf diesem Weg politisch beeinflussen kann. Wetherspoon hat dafür gesorgt, dass diese Beeinflussung zu seinen Gunsten stattfand. Die Mitglieder des Chat Rooms, in dem ihr Vater Moderator war, waren für die CIA ein unschätzbarer Think Tank, der ihnen viele neue Ansatzpunkte und Erkenntnisse lieferte. Ihr Vater hat das mehr als akademische Übung angesehen, ohne dass ihm klar war, woran er eigentlich mitwirkte.«

Nicholelis machte eine kurze Pause, senkte wieder den Kopf und fuhr dann fort.

»Nämlich an der Schaffung einer Welt der Manipulation, ohne Glauben, ohne Seele. Als er von uns dann erfuhr, woran er beteiligt war, brach für ihn eine Welt zusammen. Ich habe noch nie gesehen, wie ein Mensch innerhalb von Sekunden so in sich zusammenfallen kann. Ihr Vater ist tot, das weiß ich. Ich vermute, er hat sich das Leben genommen. Nachdem er erkannt hatte, was er getan hat, welche Bedeutung sein Handeln gehabt hatte und in Zukunft haben würde, wollte er nicht mehr leben. Das habe ich ihm angesehen, aber was sollte ich tun?« Durch den Körper von Nicholelis ging ein Zittern. Tatsächlich begann er jetzt zu schluchzen.

»Dr. Nicholelis, Sie sind seit Tagen hinter mir her. Rattlesnake hat gesagt, dass schon viele Menschen wegen dieser Sache gestorben sind. Jetzt wären Gianluca und ich an der Reihe gewesen, das alles nur, um ein menschenverachtendes Projekt zum Erfolg zu bringen. Ich kann Sie nur verabscheuen. Und jetzt fangen Sie auf einmal an, zu weinen, warum?«

Nicholelis blickte tränenüberströmt auf und schluchzte weiter. »Ich habe noch nie jemanden getötet. Alle Morde wurden von meinen Kollegen begangen. Ja, ich gebe zu, ich bin Mitglied des Teams, ich habe die Manipulationen begleitet. Aber glauben Sie, das mache ich freiwillig? Glauben Sie das wirklich?«

Julia runzelte die Stirn.

»Warum sollte ich nicht? Ich kenne Sie nicht, Dr. Nicholelis.«

»Ich habe einmal etwas Ungesetzliches getan, etwas, was mich meine Karriere als Wissenschaftler gekostet hat und mich auch für viele Jahre ins Gefängnis hätte bringen können. Ersparen Sie mir die Einzelheiten. Wetherspoon hatte davon Wind bekommen und mich seit diesem Zeitpunkt erpresst und benutzt. Ich hatte keine

Wahl. Als ich realisiert habe, worauf ich mich eingelassen hatte, war es zu spät. Wäre ich ausgestiegen, hätten die mich getötet. Ich weiß, ich bin ein Feigling. Und ich weiß auch, dass ich keine Zukunft mehr habe. Sie werden mich in jedem Fall töten, jetzt, nachdem die Operation gescheitert ist und ich zu viel darüber weiß.«

Gianluca und Julia schauten sich betroffen und völlig ratlos an.

»Sagen Sie mir noch eines«, sagte Gianluca zu Nicholelis. »Was hat mein Onkel, der Bischof von Parma, damit zu tun? Welche Rolle spielt der Vatikan?«

»Ihr Onkel hat vom Vatikan den Auftrag, die Ergebnisse der Versuchsreihe von der CIA zu besorgen. Er unterhält den Kontakt zur CIA in Italien, schon seit langem.«

»Was will denn der Vatikan mit den Forschungsergebnissen?«

»Keine Ahnung.«

Damit war das Gespräch zu Ende.

»Bis morgen«, sagte Gianluca noch. Dann schlug er die Autotür von außen zu. Der Lancia setzte sich in Bewegung. Julia und Gianluca fielen sich in die Arme. Die Umarmung war so fest, dass sie fast schmerzte. Eine ganze Weile standen sie noch so da. Schließlich lösten sie sich zögernd und vorsichtig wieder voneinander. Dann stiegen sie in den Fiat und machten sich auf den Weg. Es war spät geworden. Während der ganzen Fahrt wechselten sie kein Wort.

66

Zwei Stunden später erreichten sie das Krankenhaus in Bologna. Gianlucas Freund Giovanni wartete schon und führte sie durch die langen Gänge des Krankenhauses zu einem Raum, den er von innen abschloss, nachdem sie ihn zusammen betreten hatten.

Giovanni wusste nicht, worum es überhaupt ging. Gianluca hatte aus Gründen der Vorsicht am Telefon keine näheren Erläuterungen gegeben. Giovanni stellte trotzdem keine Fragen.

»Hier findet ihr, was ihr braucht, ich habe alles vorbereitet«, sagte er knapp. »Ich lasse euch jetzt besser alleine. In einer halben Stunde werde ich wiederkommen und euch abholen. Am besten schließt ihr euch hier ein.« Er klopfte Gianluca freundschaftlich auf die Schulter und verließ den Raum ohne ein weiteres Wort.

»Und was machen wir jetzt?«, fragte Julia.

»Wir werden das Gehirn in flüssigem Stickstoff einfrieren. Dann stirbt es endgültig. Giovanni hat den Stickstoff bereits vorbereitet. Er ist in diesem Gefäß, wir müssen das Gehirn nur umbetten.«

»Das heißt, dass wir jetzt zum letzten Mal mit Brian sprechen werden?«

»Ja, Julia.«

Wie in Trance schaltete Julia ihr Smartphone an. Sie konnte das Gerät kaum bedienen, so sehr zitterten ihre Hände. Schließlich flackerte der kleine Bildschirm auf.

»Guten Abend, Brian.« Julias Stimme versagte fast, sie brachte die Worte nur mühsam heraus.

»GUTEN ABEND, JULIA, GUTEN ABEND, GIANLUCA. SIND WIR IN BOLOGNA?«

»Ja wir sind dort in einem Krankenhaus«, antwortete Gianluca.

»OK, ES IST ALSO SO WEIT. WIE WERDE ICH STERBEN?«, wollte Brian wissen.

»Durch Kälte«, antwortete Gianluca. »Wir werden Sie in flüssigen Stickstoff tauchen, bis alle Zellen eingefroren sind und kein Strom mehr fließen kann. Sie werden nichts davon spüren. Ihr Gehirn kann keinerlei Schmerz empfinden. Aber Sie können uns immer noch stoppen. Sie haben die volle Kontrolle.«

»NEIN, ICH BIN BEREIT.«

Die Farbmuster auf dem Bildschirm strahlten Ruhe aus.

»Darf ich Sie noch um etwas bitten, Brian?«

Das Gehirn signalisierte Zustimmung.

»Darf ich Ihnen zuvor noch ein paar Zellen entnehmen? Ich würde sie in Acrylglas einschließen. Wir brauchen ein Beweisstück für den Fall, dass Wetherspoon sein Wort nicht hält.«

»NATÜRLICH. DANN BLEIBT WENIGSTENS IRGENDETWAS VON MIR ÜBRIG.«

Auf dem Bildschirm erschienen wieder die orangefarbenen Felder, die sie schon einmal gesehen hatten, das Bild für ein Lächeln.

»Wir wissen gar nicht, wie wir Ihnen danken können. Dafür gibt es keine passenden Worte. Ich kann meine Gefühle leider nicht in Farben ausdrücken, so wie Sie«, sagte Julia.

»ICH BRAUCHE KEINEN DANK. ICH WERDE ZUFRIEDEN STERBEN.«

»Können wir noch irgendetwas für Sie tun, Brian?«, wollte Julia wissen.

»JA, ICH HABE EINEN WUNSCH: MEINE FAMILIE DARF NIE ETWAS ERFAHREN. ELLIE WÜRDE ES NICHT VERKRAFTEN. UND JETZT FANGT AN.«

Julia nahm das Gehirn vorsichtig aus der Box mit der Flüssigkeit, die an flüssig gewordenes Gelee erinnerte, und hielt es in der Hand. Ihr Magen zog sich zu einem schmerzhaften Knoten zusammen und sie konnte spüren, wie ihre Knie zitterten.

Langgezogene Tropfen sammelten sich an der Unterseite des Gehirnes und bahnten sich ihren Weg durch Julias Finger hindurch, um mit einem leisen »Plop« auf der Oberfläche der Box aufzutreffen. Gianluca hielt ein Tauchsieb aus speziell gehärtetem Edelstahl unter das Gehirn und Julia ließ es langsam dort hineingleiten, ganz vorsichtig, um es nicht zu beschädigen. Gianluca entnahm ein paar Zellen, aber Brian konnte das nicht spüren.

Julia blickte auf den Bildschirm und konnte sehen, was das Gehirn in genau diesem Augenblick dachte.

»ES GIBT KEINE HÄNDE MEHR, DIE MICH FESTHALTEN KÖNNEN, UM MIR BEIM STERBEN ZU HELFEN. ICH GEHE ALLEINE.«

Julia schauderte. Den einzigen Trost, den Brian sich wünschte, konnte ihm niemand mehr geben. Gianluca spürte, wie sich Julias Finger in seinen Arm bohrten, so als hoffe sie, dass dieser Druck durch Gianlucas Arme und Hände das Gehirn irgendwie erreichte und ihre Nähe zum Ausdruck brachte. Beide wussten, dass Worte nichts mehr ausrichten konnten. Gianluca stellte sich vor, ja wünschte sich, dass er Julias mitfühlenden Fingerdruck über seine Hände als mentale Energie an das Gehirn weiterleiten könne. Julia starrte auf den Monitor.

Gianluca hielt das Sieb immer noch in sicherem Abstand von der tödlichen Flüssigkeit, unentschlossen. Julia konnte ein Schluchzen nicht unterdrücken und hielt sich wie eine Ertrinkende an Gianlucas Arm fest. Das Gehirn hatte das Schluchzen gehört.

»WEINE NICHT, JULIA. MIT DEM TOD HÖRT DAS STERBEN AUF.«

Gianluca senkte das Sieb mit dem Gehirn darin langsam ab. Seine Arme hatten auf einmal Schwierigkeiten, das Gewicht von eineinhalb Kilo ruhig zu halten. Beide starrten das nackte, schutzlose Gehirn an. Es wurde bereits von dem dichten weißen Nebel über der Öffnung des Zylinders verschluckt.

Gianluca tauschte einen verzweifelten Blick mit Julia und ließ das Sieb mit einem Ruck in die vor Kälte fast erstarrte Flüssigkeit sinken. Er folgte Julias Blick auf den Monitor.

»... ES ... WIRD ... WARM, ... WAR ... WA ... W ...«

Langsam sank die Temperatur im Innern des Gehirns immer weiter ab. Die Aktivität der Neuronen wurde schwächer, bis zu dem Punkt, an dem sie sicher sein konnten, dass es keine elektrischen Ströme mehr zu messen gab, dass das Gehirn tot war. Brian Belucci war ein zweites Mal gestorben, diesmal endgültig.

Julia riss sich von Gianluca los und schlug mit ihrer geballten Faust auf das kleine Mobiltelefon ein. Das Gehäuse sprang augenblicklich auf, so dass Plastikteile, Platinen und Splitter durch das ganze Labor spritzten. Sie krümmte sich zusammen und rutschte von einem Weinkrampf geschüttelt zu Boden. Gianluca fing sie gerade noch rechtzeitig auf und drückte sie fest an sich. Sie rührten sich lange nicht. Dann half Gianluca Julia wieder auf die Füße. Ganz langsam stand sie vom Boden auf. Als sie sich wieder aufgerichtet hatte, sah sie sich benommen im Labor um, als wüsste sie nicht, wie sie hierhergekommen war.

»Wie viel Uhr ist es?«, fragte sie.

»Es ist schon 21.30 Uhr. Giovanni hat für uns ein Zimmer in einem kleinen Hotel reserviert. Er hat das Auto bereits dorthin gebracht, es steht in einer Garage. Giovanni wird auch arrangieren, dass die entnommenen Zellen von Brian in Acrylglas eingeschlossen werden. Er bringt uns das Glas morgen früh vorbei. Er wird auch die Flüssigkeit, in der das Gehirn überlebt hat, untersuchen. Er ist die absolute Koryphäe auf dem Gebiet der Interzellularflüssigkeit. Und der einzige, der vielleicht herausfinden kann, was es mit dieser Flüssigkeit auf sich hat. Aber es kann Jahre dauern, bis er das Rätsel gelöst hat. Wir jedenfalls müssen heute nichts mehr tun. Unsere Geschichte können wir morgen aufschreiben und an das Romerohaus schicken. Alles andere wird von dort aus veranlasst werden. Danach müssen wir dann nur noch nach Parma fahren, die Presseerklärung von Wetherspoon abwarten und dann mit Brian zum Dom gehen.«

»Mit Brian?« Julia schaute ihn entgeistert an.

»Ja, ich weiß, Brian ist tot. Ich weiß nicht, wie das ist, wenn ein noch lebendes Gehirn eines Toten stirbt. Irgendwann werden die Menschen auch das wissen, aber das wird lange nach uns sein. Ich möchte Brian in Erinnerung behalten, so wie er für uns war. Ein faszinierender Mensch, der sich für eine gute Sache geopfert hat. So wie Oscar Romero. Lebt dieser für uns nicht auch weiter?«

»Ja, du hast Recht, Gianluca. Du hast eine besondere, so positive Art, die Dinge zu betrachten. Auch dafür liebe ich dich.«

Gianluca nahm Julia bei der Hand und zog sie hinter sich her auf den Gang. Es gab nichts mehr für sie zu tun. Für die Aufräumarbeiten würde gesorgt werden.

67

Julia und Gianluca nahmen ein Taxi zum Hotel. Gianluca kannte den Weg, denn er hatte dort schon öfter gewohnt, wenn er seinen Freund besucht hatte. Das Hotel lag mitten in der Stadt. Es handelte sich um eines dieser typisch italienischen, ockerfarbenen Altstadthäuser mit grünen Läden. Die Farbe blätterte ab, das Holz der Läden war schon morsch. Von außen konnte man sich kaum vorstellen, dass man darin wohnen kann. Vor dem Haus verlief ein Arkadengang, wie das in Bologna üblich ist. Vor der dicken Holztür, die als Eingang diente, hing eine Laterne. Sie tauchte den Arkadengang in ein geheimnisvolles Licht. Julia stieg aus dem Taxi und blickte sich um. Auch auf der anderen Straßenseite säumten Arkaden die alten Häuser. Überall strahlte ocker- und orangefarbenes Licht. Es waren noch viele Menschen auf der Straße. Mopeds und Fahrräder drängten sich um Autos. Die Straße war vollständig zugeparkt. Niemand kam voran. Die Menschen liefen, teils rasch auf dem Weg nach Hause oder ins Restaurant, teils langsam schlendernd, an den Auslagen der Geschäfte vorbei.

»Julia, wir sollten jetzt schnell einchecken und dann erst mal etwas essen. Wir haben seit dem Frühstück nichts mehr gehabt.«

»Ja, aber können wir vorher noch einen kleinen Spaziergang um den Block machen? Nur zehn Minuten. Ich muss mir die Beine vertreten und den Geruch dieser Stadt einatmen.«

»Natürlich Julia, du kennst ja Bologna noch gar nicht.« Gianluca bezahlte den Taxifahrer und bedeute ihm, das wenige Gepäck ins Hotel zu bringen. Dann schlang er seinen Arm um Julia und steuerte auf einen kleinen Platz zu, vorbei an exklusiven Boutiquen, Tante

Emma Läden, die jetzt durch dicke Gitter verbarrikadiert waren, vorbei an Bars, Cafés und Restaurants. Schließlich gelangten sie zur Piazza Maggiore. Rundherum hoben sich die warmen Farben der Häuser gegen den nachtblauen Himmel ab.

»Wie wunderschön sind diese Farben, diese Arkadengänge vor den Häusern. Wie lebendig ist die Stadt mit ihrem geschäftigen Treiben. Sicher in New York ist abends auf der Straße auch viel los, aber die Straßen dort sind unheimliche Schluchten, die Lichter grell, die Menschen hektisch. Man kann es so gar nicht miteinander vergleichen. Hier würde es mir gefallen«, schwärmte Julia.

Plötzlich durchfuhr es sie. Was hatte sie da gesagt? Was sollte Gianluca von ihr denken? Kaum waren sie ein paar Tage wieder zusammen, wollte sie schon in Italien bleiben.

»Ich meine, das ist natürlich nur eine schöne Vorstellung.« Gianluca spürte Julias Anspannung und zog sie noch fester an sich. Er versuchte, Julia abzulenken, indem er den Stadtführer für sie spielte.

»Ja, Italien ist ein Traum, und gerade Bologna liebe ich sehr. Hier wurde die erste Universität Europas gegründet. Deshalb nennt man die Stadt auch La Dotta, übersetzt heißt das »Die Gelehrte«. Die Uni ist nicht weit von hier, das Semester läuft, deshalb ist hier auch so viel los. Die Stadt trägt noch weitere Namen, zum Beispiel La Rossa, »Die Rote«, nicht nur wegen der kommunistischen Partei, die die Stadt über 54 Jahre regierte, sondern auch wegen der Farben. Durch die gesamte Stadt verlaufen Bogengänge wie die vor unserem Hotel. 42 km Gehsteig sollen es sein, die überdacht sind.«

»Ist ja auch sehr praktisch. Sie erweitern den Wohnraum in den oberen Stockwerken.« Julia hatte sich wieder gefangen.

»Und jetzt lass uns etwas essen. Schließlich gibt es noch einen Namen für unsere Stadt: La Grassa, »die Fette«. So viele Kneipen,

Osterien und Ristoranti wie hier im Studentenviertel findet man kaum anderswo auf einem Fleck versammelt. Habe ich dir schon verraten, dass unser kleines Hotel eine Trattoria unterhält, die zu den besten der Stadt zählt? Ein Tisch ist schon reserviert. Giovanni hat an alles gedacht.«

Sie kehrten um und nahmen in der kleinen Trattoria ihr Abendessen ein. Gianluca ließ sich gar nicht erst eine Karte geben. »Julia, du musst die Spezialitäten der Stadt probieren, Mortadella, Tortellini in Brodo und dann Salsiccia. In jeder Region würzt man die Salsiccia anders. In Bologna aromatisiert man sie mit Salz, Pfeffer, Zimt und einer Prise Salpeter.«

»Was ist Salsiccia eigentlich«, fragte Julia.

»Was, du hast während deines Aufenthaltes in Parma nie Salsiccia gegessen? Salsiccia ist eine klassische Frischwurst aus gutem Schweine- oder Rindfleisch, angereichert mit Brust- und Bauchspeck. Wir bestellen mal die Salsiccia auf die rustikale Art mit kleinen Kartoffeln und Olivenöl. Wenn du das alles gegessen hat, fühlst du dich wahrscheinlich ziemlich »grassa«. Magst du Rotwein dazu?«

»Gerne.« Julia begann zum ersten Mal seit Tagen, sich zu entspannen. Heute musste sie nichts mehr tun. Gianluca umsorgte sie, und das war ein gutes Gefühl.

Gianluca bestellte. Wir bekommen einen Graspello, einen Merlot aus einem kleinen Weingut in Apulien namens San Felice. Ich kenne den Eigentümer gut und habe ihn schon oft auf seinem Gut besucht. Du solltest mal mitkommen. Du wirst ihn mögen.

Julia probierte einen Schluck. Sie war keine Weinkennerin, aber der Wein schmeckte rund und voll und hinterließ bei ihr das Gefühl einer wohligen Schwere.

»Gianluca, ich kann nicht mit dir durch Italien fahren. Ich muss zurück nach New York. Ich muss mir eine neue Stelle suchen. Dies ist hier ein wunderbarer Traum, aber ich muss nach Hause, um Geld zu verdienen. Ich muss leider aus diesem herrlichen Traum aufwachen.«

»Julia, es muss kein Traum bleiben.«

Julia verschluckte sich fast an dem Rotwein. Sie blickte ihn unsicher und geradezu ängstlich an.

»Julia, ich weiß, es ist hier nicht der richtige Ort, dich zu fragen. Du hast vier Tage hinter dir, in denen Dinge passiert sind, die du dir nie hättest träumen lassen. Das hier war ein Alptraum. Aber der ist morgen vorbei. Und dann hast du es verdient, deine Träume zu leben.«

Gianluca machte eine kurze Pause und holte tief Luft. Er war sichtlich bewegt. »Julia, was ich dir jetzt sagen möchte, brennt mir auf der Zunge, seitdem ich dich mit deinen Rastalocken vom Flughafen abgeholt habe.« Gianluca kramte umständlich in seiner rechten Jackentasche. Er wirkte nervös, ganz anders als der selbstbewusste Mann, den sie kannte. Er zog seine leere Hand wieder heraus, dann probierte er es mit der linken Jackentasche. Auch hier fand er offensichtlich nichts. Er versuchte es in der rechten Hosentasche, nichts. Endlich wurde er in der linken Hosentasche fündig. Er zog einen Ring heraus, der mit einem riesigen Kunststoffbrillianten in Form eines Herzens dekoriert war. Im gemütlichen Licht der Trattoria funkelte er sogar ein wenig. Der Ring war so geschmacklos, dass Julia sich ein Lächeln nicht verkneifen konnte. Gianluca reichte Julia den Ring und nahm ihre Hand.

»Julia, es ist alles nicht so, wie es in einem solchen Moment sein sollte. Wir haben hier keinen romantischen Ausblick. Im Krankenhaus liegt Brian und wir essen Salsiccia statt Kaviar. Ich weiß ja wie die amerikanischen Bräuche sind. Man schenkt einen großen Brillianten, einen Solitär, je größer, desto besser. Einen solchen

Ring habe ich nicht für dich, aber ich habe einen Dummy gefunden. Ich habe ihn aus einem Automaten gezogen, eben als du das Schaufenster des Salamigeschäftes so eingehend betrachtet hast. Ein falscher Ring, aber echte Liebe. Willst du mich heiraten?«

Julia war sprachlos. Mit einem Heiratsantrag hatte sie nicht gerechnet. Jetzt wurde ein Traum wahr, den sie immer wieder unterdrückt hatte, aber der sie trotzdem begleitet hatte, seitdem sie vor vier Jahren das nebelverhangene Parma verlassen hatte.

»Gianluca, ja, ich will dich heiraten. Ich wünsche mir seitdem ich dich kennengelernt habe nichts anderes mehr.«

Gianluca steckte ihr feierlich den Ring an, beugte sich über den Tisch und gab Julia einen fast schüchternen Kuss auf die Wange. Julia stand auf, ging um den Tisch herum, beugte sich herab, nahm sein Gesicht in beide Hände und küsste ihn mitten auf den Mund. Dann ließ sie wieder von ihm ab, ging zurück zu ihrem Stuhl und setzte sich wieder.

»Das ist wahrscheinlich im erzkonservativen Italien strengstens verboten, aber ich bin Amerikanerin. Ich passe mich auch gerne den hiesigen Gepflogenheiten an, aber heute mache ich eine Ausnahme, die einfach erlaubt sein muss. Sie nahm ihr Weinglas und die beiden prosteten sich zu. Auf diese Flasche folgte eine nächste. Irgendwann spät in der Nacht stiegen sie die Treppen hinauf und betraten ihr Zimmer. Der Wein wirkte wie ein Aphrodisiakum. Es wurde schon hell, als sie endlich einschliefen.

68

Am nächsten Morgen waren sie schon früh wach, beide waren aufgeregt über das Versprechen, dass sie sich gegeben hatten, und die bevorstehende Übergabe des Gehirns an Nicholelis. Sie ließen sich das Frühstück ans Bett bringen und Julia machte sich dann sofort an die Arbeit, ihre Erlebnisse aufzuschreiben. Julia arbeitete konzentriert und schnell. Nach einer Stunde war sie fertig. Gianluca ging hinab zur Rezeption. Das kleine Hotel hatte keinen eigenen Computer für Gäste. Als die alte Rezeptionistin Gianlucas übermüdetes und enttäuschtes Gesicht sah, stellte sie ihm ihren eigenen Computer zur Verfügung. Gianluca tippte den Text ab und mailte ihn kommentarlos an Professore Rudolfo. Sie hatten besprochen, dass der Professor sich um alles Weitere kümmern werde. Nachdem das geschafft war, stand er auf, lief auf die Straße und kam ein paar Minuten später mit einem Strauß gelber Rosen wieder zurück, die er der hilfsbereiten, alten Dame mit einem Kuss auf die Wange und etwas Pathos garniert überreichte. Ihre Wangen liefen knallrot an und als Gianluca sich wieder abwandte, blickte sie ihm für einen Moment beinahe verliebt hinterher. Doch gleich erinnerte sie sich wieder an ihre Pflichten.

»Halt, ich habe noch etwas für Sie«, rief sie Gianluca nach und übergab ihm ein kleines Päckchen, nachdem er wieder zur Rezeption zurückgekehrt war.

»Es hat keinen Absender«, sagte die Frau. Ich weiß nicht, wer es abgegeben hat.«

»Danke, ich kenne den Absender.« Gianluca lief zurück ins Zimmer. Dort wartete Julia bereits fertig angezogen.

Alles war zur Abreise bereit. »Julia, es ist erst neun. Wir haben noch Zeit. Ich möchte dir noch eine interessante Sehenswürdigkeit von Bologna zeigen.«

»Ist das nicht zu gefährlich?«, wandte Julia ein.

»Nein, sie werden jetzt nichts mehr gegen uns unternehmen. Da bin ich mir ganz sicher.«

Gianluca zog Julia hinaus auf die Straße, wo um diese Zeit langsam das Leben erwachte. Die Geschäfte ließen ihre Gitter hoch, die Restaurants bauten im Freien ihre Tische auf. Studenten eilten zu ihren Vorlesungen. Hausfrauen mit kleinen Kindern an der Hand liefen von Geschäft zu Geschäft, um die Besorgungen des Tages zu erledigen. Männer in dunklen Anzügen, zu denen die meisten braune Schuhe trugen, hetzten zur Arbeit. Die beiden brauchten nur zehn Minuten bis sie zwei hohe, trutzige, mittelalterliche Türme erreichten, die sich schräg einander zuneigten. Gianluca spielte wieder den Stadtführer.

»Wir stehen hier vor den beiden Wahrzeichen der Stadt, dem Torre Garisenda und dem Torre Asinelli. Es soll bis zu einhundertachtzig solcher Exemplare in Bologna gegeben haben. Es muss also ein ganzes Turmwäldchen die Stadt überzogen haben. Heute sind davon nur noch knapp zwanzig erhalten. Über die beiden Türme vor uns gibt es eine alte Legende, die von einem Wettbewerb zweier Familien erzählt, wer den höheren Turm bauen könne. Eine andere Legende behauptet, die Türme seien deshalb so schief, weil sich zwei Mitglieder der beiden verfeindeten Familien so innig liebten. Der größere der beiden ist 97 m hoch und neigt sich an der Spitze gemessen um 2,20 m zur Seite. Man kann hinaufsteigen. Ich weiß nicht mehr, wie viele Stufen es sind. Komm Julia, wir steigen hinauf. Von dort hat man einen herrlichen Blick über die Stadt.«

Julia folgte Gianluca zögernd. Sie hatte seit jeher nicht nur unter klaustrophobischen Vorstellungen im Tunnel, sondern auch unter Höhenangst gelitten. Aber es jetzt war es zu spät, Gianluca hatte den Eintritt schon bezahlt und die ersten Stufen erklommen. Julia stellte sich ins Treppenauge und blickte nach oben. Was sie da sah, machte ihr Angst. Unendliche viele Stiegen einer alten Holztreppe, die schon einen morschen Eindruck machte, wandten sich im Turm nach oben. Die Stufen waren nur an den Außenwänden befestigt. Kein Sockel, kein Pfeiler hielt die Treppen. Sie hingen frei in der Luft. Die Treppenstufen waren schmal und folgten dicht aufeinander.

»Nein, Gianluca, ich kann da nicht mit hinaufkommen.«

»Ach was, rief Gianluca, es ist herrlich da oben«, und lief schon voraus.

Julia versuchte, einige Stufe zu nehmen. Sie knarrten, aber sie hielten ihr Gewicht aus. Sie krallte sich am Holzgeländer fest und stieg weiter nach oben. Zuerst in normalem Schritt, die Augen fest nach vorne gerichtet. Nach ungefähr 100 Stufen konnte sie nicht mehr und blieb stehen. Sie schnaufte. Dann machte sie den entscheidenden Fehler, sie schaute nach unten. Dort sah sie verschachtelte, abgetretene Treppenstufen an den Wänden hängen, ohne dass auch nur eine Befestigung zu sehen war. Julia schauderte. Dann blickte sie wieder nach vorne, versuchte ihre Angst in den Griff zu bekommen und stieg weiter, jetzt Schritt für Schritt, das rechte Bein jeweils zuerst und dann das linke nachziehend. So kämpfte sie sich weitere 100 Stufen nach oben. In der Mitte des Treppenhauses angelangt, konnte sie nicht mehr weiter. Sie fühlte sich, als ob ihr Herz zusammengeschnürt worden sei. Ihr Puls klopfte wild an der Halsschlagader. Schließlich wurde das Klopfen zum Rasen und Julia begann, die Kontrolle über ihre Beine zu verlieren. Ihre Knie schlotterten. Keine Stufe konnte sie mehr weitergehen. Nun wollte sie umdrehen, wieder nach unten gehen, aber das schien Julia genauso beängstigend. Vor lauter Kniezittern könnte sie eine Treppenstufe verpassen und dann unkontrolliert die Treppe herabstürzen. Verzweifelt setzte sie sich auf die unterste Stufe einer Treppenwindung und setzte beide Füße fest auf eine Plattform. Wenigstens konnte ihr so nichts passieren. Doch wie sollte sie nur wieder herunterkommen? Ihre Augen füllten sich mit Tränen. Sie hörte Gianluca nach ihr rufen.

»Julia, wo bleibst du denn? Ich bin fast oben.«

Keine Antwort.

»Julia?«

Gianluca sah durch das Treppenauge herunter und konnte nichts erkennen. Sofort stieg er in Windeseile nach unten, nahm zwei Stufen auf einmal. Schließlich erreichte er Julia.

»Julia, was ist denn?« Er setzte sich neben sie auf die Stufe und nahm sie in den Arm. Mit der anderen Hand strich er ihr die Haare aus dem Gesicht und bemerkte, dass sie Tränen in den Augen hatte.

»Hast du Angst?«

Julia nickte.

»Bleib sitzen, entspann dich. Ich bleibe bei dir, bis es dir besser geht.«

Die Zeit, die sie nebeneinander auf der Treppe saßen, erschien Julia wie eine kleine Ewigkeit. Gianluca hatte ihre Hand genommen und hielt sie fest. Irgendwann gelang es Julia, wieder aufzustehen.

»Ich glaube, es geht wieder.«

»OK, gehen wir nach unten, aber langsam Julia. Ich halte dich fest.«

»Nein, ich möchte nach oben.« Julia trat entschlossen auf die nächste Stufe und zog sich am Geländer hoch.

»Bist du sicher?«, fragte Gianluca zögernd.

»Ganz sicher«, antwortete Julia und zog sich eine weitere Stufe hinauf.

»OK, mit der rechten Hand hältst du dich am Geländer fest, deine linke Hand halte ich. Ich weiche bis oben nicht von deiner Seite.«

So zog sich Julia Stufe für Stufe nach oben, erst langsam, dann immer schneller. Sie schaffte es, die restlichen Stufen bis ganz nach oben zu gehen. Als sie die oberste Plattform erreicht hatten, war sie zwar schweißgebadet, blickte aber Gianluca mit strahlender Siegermiene an.

»Ich hab es geschafft. Ich habe meine Höhenangst besiegt. Sie verfolgt mich seit meiner Kindheit. Danke, Gianluca.«

Gianluca umarmte sie zärtlich und strich mit seinen Händen sanft über ihren Rücken. Danach gingen sie auf der Turmspitze herum und genossen die Aussicht auf die Stadt. Julia strahlte über das ganze Gesicht und war wieder vollkommen entspannt.

»Ich glaube, wir müssen uns jetzt so langsam aufmachen, Julia. Wir sollten um vier Uhr, rechtzeitig zu Wetherspoons Pressekonferenz, in Parma sein. In dem ersten gruseligen Internetcafé, das wir dort besucht hatten, hing ein Fernseher an der Decke. Wir können den Wirt bitten, uns CNN einzuschalten. Dann können wir Wetherspoons Rücktritt live verfolgen.«

Julia nickte.

»Schaffst du es nach unten?«

»Ich glaube ja, aber ich möchte es bitte ohne deine Hilfe versuchen.«

Julia ging zur Treppe zurück und begann den Abstieg, der ihr jetzt außer einem mulmigen Gefühl im Bauch keine Probleme mehr bereitete. Die letzten drei Stufen bis zum Boden sprang sie, froh, wieder festen Boden unter den Füßen zu haben. Erleichtert kehrten die beiden zum Hotel zurück, wo sie den Fiat aus der Garage holten, um sich dann eilig auf den Weg nach Parma zu machen. Um Viertel nach drei kamen sie dort an. Gianluca machte sich nicht die Mühe, einen Parkplatz zu suchen, sondern stellte den Fiat einfach auf der Straße ab, als Italiener nahm er das nicht so genau, und lief mit Julia zu dem Internetcafé, das sie an ihrem ersten gemeinsamen Abend nach der langen Trennung zusammen besucht hatten. Der junge Mann hinter dem Tresen war gerne bereit, CNN einzuschalten. Sie hatten noch etwas Zeit. Gianluca verschwand für einen Moment, er wollte telefonieren. Als er zurückkam, war er ganz blass.

»Julia, ich habe gerade mit meiner Mutter telefoniert. Stell dir vor, mein Onkel ist gestern von allen seinen Ämtern zurückgetreten.«

»Was, wieso das denn?« Julia war von dieser Nachricht sehr erschrocken. Gianlucas Onkel hatte sie beeindruckt, ja ihr sogar Respekt eingeflößt, obwohl sie ihn nur kurz kennengelernt hatte.

»Er hat es meiner Mutter erklärt. Es muss schrecklich gewesen sein. Wie eine Beichte. Die ganze Zeit muss er versucht haben, seine Tränen zu unterdrücken.«

»Hat das etwas mit seiner Rolle als Verbindungsmann des Vatikans zur CIA zu tun?«

»Ja. Es ist tatsächlich so, wie Brian es uns geschildert hat. Der Vatikan hat ein großes Interesse an den Forschungsergebnissen der CIA. Mein Onkel war vom Vatikan beauftragt, von der CIA die Forschungsergebnisse zu erhalten, aber natürlich nicht um die Gehirne Gläubiger zu manipulieren. Mein Onkel gehörte nicht zu dieser Richtung erzkonservativer Katholiken, die noch von den

Zeiten des Ablasses träumen. Aber auch er wollte die Macht der Kirche erhalten. Und zur Macht gehört Wissen, gerade um politische Machenschaften, die im Verborgenen stattfinden. Solange die Kirche keinen neuen Weg gefunden hat, zur ehemaligen Dominanz in der Gesellschaft zurückzukehren oder wenigstens den Status Quo zu erhalten, muss sie sich auf die Politik einstellen, um immer entsprechend reagieren zu können.

»Dein Onkel hatte also tatsächlich Kontakte zur CIA.«

»Ja, sogar zu Wetherspoon persönlich. Mein Onkel wollte Karriere machen. Skrupel bekam er erst, nachdem er verstanden hatte, dass ausgerechnet wir Zielscheibe der CIA geworden sind, dass wir in großer Gefahr waren. Daraufhin hat er das ganze Projekt und seine Beteiligung daran mit anderen Augen gesehen und sein Handeln in Frage gestellt. Letztlich hat er uns das Leben gerettet, indem er den Kontakt zum Romerohaus vermittelt hat. Pater Giordano hat er gebeten, uns zu unterstützen. Kurz darauf hat er alle Ämter niedergelegt.«

»Oh Gott. Mein Vater war mit dem Pater befreundet, dein Onkel kannte ihn. Ich bin total verwirrt. Und was macht dein Onkel jetzt?«

»Er ist auf dem Weg nach Rom auf der Via Francigena, dem Frankenweg. Das ist einer der bedeutendsten Pilgerwege Nordeuropas, nicht so berühmt wie der Jakobsweg, dafür aber auch nicht so überlaufen. Er möchte den ganzen Weg bis Rom gehen und nachdenken. Er ist schon unterwegs. In Berceto, gar nicht weit von hier, ist er gestartet und hat alles hinter sich gelassen.«

»Unglaublich, ich kann es gar nicht fassen.«

Gianluca blickte auf die Uhr. »Es müsste gleich losgehen.«

Nach wenigen Sekunden begannen die Nachrichten und die Sprecherin kündigte gleich zu Beginn die Sensation des Tages an, den Rücktritt des CIA Direktors. Dann wurde Wetherspoon eingeblendet. In einem Fernsehstudio sitzend begann er, einen Text vom Manuskript abzulesen. Er blickte nicht in die Kamera, nur stur auf das Blatt Papier in seiner Hand. Vom alten Grizzly war nichts mehr zu erkennen. Wetherspoon wirkte eher wie eine leblose Puppe, deren Glieder mechanisch bewegt werden.

»Meine Damen und Herren, ich möchte Ihnen eine Mitteilung machen, die Sie überraschen wird. Ich trete mit sofortiger Wirkung von meinem Amt als Direktor der CIA zurück.«

Es entstand eine Pause. Wetherspoon sprach nicht weiter. Was war mit ihm los? Schweiß stand auf seiner Stirn. Einen Moment lang erweckte er den Eindruck, als ob er gleich vom Stuhl fallen werde. Dann atmete Wetherspoon tief ein. Er hatte sich wieder gefangen.

»Sie werden sich nach meinen Gründen fragen und haben eine ehrliche Antwort darauf verdient.«

Wieder eine Pause. Julia konnte sich des Eindrucks nicht erwehren, dass er eine Show abzog.

»Gestern habe ich erfahren, dass während der letzten Wochen von einer Abteilung der CIA ein illegaler Menschenversuch durchgeführt wurde. Es wurde getestet, ob menschliche Gehirne politisch manipulierbar sind. Zu diesem Zweck wurde einigen Probanden eine neue Droge verabreicht, die die Wahrnehmung intensiviert und das Bewusstsein erweitert, um unterschwellige Botschaften in besonderer Weise aufzunehmen und zu verinnerlichen. Ich habe gestern Abend davon erfahren und den Versuch natürlich sofort gestoppt. Ich versichere Ihnen, kein Mensch ist zu Schaden gekommen. Nach Absetzen der Drogen werden die Menschen wieder ganz normal reagieren. Es bleiben keine Symptome oder Schäden zurück. Dennoch ist das nicht genehmigte und gesetzwidrige Vorgehen dieser Abteilung der CIA ein Skandal. Ich habe die Abteilung, ohne zu zögern, aufgelöst und alle Mitarbeiter suspendiert, egal, in welcher Form sie daran beteiligt waren. Das im Einzelnen aufzuklären, wird die Aufgabe meines Nachfolgers sein. Ich wollte das vor meinem Rücktritt in die Wege geleitet haben. Ich versichere Ihnen, dass ich mit diesen Versuchen nichts zu tun habe. Es waren Alleingänge einer Abteilung von Wissenschaftlern, die aus falsch verstandenem Ehrgeiz gehandelt haben. Gegen die verantwortlichen Mitarbeiter wird jetzt ermittelt. Die CIA wird wieder eine weiße Weste haben. Obwohl ich mir persönlich nichts vorzuwerfen habe, übernehme ich die politische Verantwortung. Ich habe den Präsidenten der Vereinigten Staaten heute Morgen von den Vorgängen in Kenntnis gesetzt, ihm meinen Rücktritt angeboten und ihn gebeten, mich von meinem Aufgaben zu entbinden. Er hat meiner Bitte entsprochen.«

Wetherspoon machte eine Pause und blickte dann mit den Augen eines Dämons direkt in die Kamera, als wolle er die Menschen vor dem Bildschirm hypnotisieren.

»Viele meiner politischen Freunde werden jetzt enttäuscht sein, persönlich enttäuscht von mir. Ich bitte Sie, haben Sie Verständnis für meinen Entschluss. Er erfolgte im Interesse und im Sinne der Vereinigten Staaten von Amerika, dem großartigsten und wichtigsten Staat der Welt.«

Jetzt war wieder das Nachrichtenstudio im Bild. Der Sprecher bat einen Kommentator um seine Stellungnahme zu Wetherspoons Rücktritt. Der Kommentator war damit sichtlich überfordert und rang um Worte. Das reichte. Die Bombe war geplatzt. Gianluca schaltete den Fernseher ab.

Julia starrte noch immer auf den Bildschirm. Sie konnte nicht glauben, was sie gerade gehört hatte.

»So ein Schwein, jetzt stilisiert er sich noch zum Helden. Ich fasse es nicht.«

Gianluca nahm es gelassen.

»War doch klar, dass er möglichst sauber aus dieser Sache rauskommen will, aber den Wortlaut seiner Rücktrittsrede konnten wir ihm nicht auch noch vorschreiben. Julia, du hast es geschafft. Der Versuch ist eingestellt worden. Freue dich, lache, tanze, singe.«

Aber Julia konnte ihren Blick nicht von dem schwarzen Bildschirm abwenden.

»Weißt du, Gianluca, es gibt Dinge, über die ich mich erst mal nicht so richtig freuen kann, da sie mir so unwahrscheinlich weit entfernt erscheinen. Ich glaube, ich brauche ein wenig Zeit, um das alles richtig verarbeiten zu können.«

»Ja, das kann ich gut nachvollziehen, aber im Moment haben wir noch keine Zeit dazu. Lass uns zum Dom gehen.«

Es war nicht weit. Wenige Minuten später hatten sie den Dom erreicht.

69

Am Abend zuvor hatte Nicholelis Rattlesnake unter Vermittlung von Cenobbio ins Krankenhaus gebracht. Die Kugel steckte noch im Schienenbein und musste operativ entfernt werden. Nach der Operation bestand der Arzt darauf, dass sie sich über Nacht ausruhte. Keinesfalls dürfe sie in diesem Zustand fliegen. Rattlesnake blieb also für die Nacht im Krankenhaus. Am nächsten Morgen hatte Nicholelis sie zum Flughafen Malpensa gebracht. Von dort sollte sie auf Wetherspoons Befehl hin zurück nach Washington fliegen. Bevor Nicholelis sie in die Abflughalle entließ, hatte er ihr nochmals eingeschärft, strikt den Anweisungen von Wetherspoon zu folgen. Sie hatte genickt und war aus dem Auto gestiegen, ohne sich auch nur von Nicholelis zu verabschieden. In der Abflughalle hatte sie sofort versucht, Wetherspoon zu erreichen. Er ließ ihr jedoch über seine Sekretärin ausrichten, dass er nicht zu sprechen sei.

Rattlesnakes Gesichtszüge gefroren, als sie diese Nachricht hörte. Für die Umstehenden war es nicht zu erkennen, ob diese Frau im braunen Wollrock, grauen Kniestrümpfen mit Schnürschuhen und schwarzer Wolljacke im nächsten Augenblick in Ohnmacht fallen, in Tränen ausbrechen oder etwa sich auf den nächstbesten Passagier stürzen wollte, um diesen zu erwürgen. Ein Gewitter von Gedanken schien sich hinter dem zur Maske erstarrten Gesicht abzuspielen. Letztlich kam es weder zur Ohnmacht noch zum Mord an einem unschuldigen Fluggast. Stattdessen nahm die alte Frau ihren Koffer, ging zum Ausgang zurück und stieg in ein Taxi.

»Nach Parma, zum Dom. Und keine Stadtrundfahrten. Ich weiß, was das kosten darf«, knurrte sie den Taxifahrer an. Der drehte sich um und sagte ungerührt: »Vorkasse«. Rattlesnake gab ihm einen 50 Euro Schein. »Das ist Ihr Trinkgeld, wenn Sie alles aus der Karre rausholen, was geht.«

Das reichte dem Fahrer. Das Auto machte einen Satz, als er anfuhr. Danach sprach sie kein Wort mehr.

Wetherspoon hatte Rattlesnake, eine von ihrem Mann verlassene alleinstehende Frau mit einem geistig behinderten Kind, als eine seiner Topagentinnen angeheuert. Ohne ihn wäre Rattlesnake durchs weitmaschige soziale Netz gefallen und hätte nicht überleben können. Er hatte sie nach Russland geschickt, in einer besonderen Mission. Ihren Sohn hatte er in einer Schule untergebracht, wo man sich kompetent um ihn kümmerte. Das Schulgeld hatte die CIA übernommen, ihre Existenz in Russland finanziert und sie wieder dort herausgeholt, als es zu gefährlich wurde. Wetherspoon war Rattlesnakes Identifikationsfigur gewesen. Sie hatte ihn in fast religiöser Weise verehrt. Und jetzt?

Nicht erst in diesen Tagen hatte sie bemerkt, dass sich das Verhalten Wetherspoons ihr gegenüber geändert hatte. Schon lange hatte er mit ihr nicht mehr als ein paar Worte gewechselt. Zuletzt hatte Wetherspoon keinerlei Interesse mehr gezeigt, sie aus erster Hand zu informieren. Im Gegenteil, er hatte sich zuletzt sogar verleugnen lassen. Und jetzt hatte er sogar sein, nein ihr gemeinsames Projekt aufgegeben, seine Kandidatur für die Präsidentschaft der Vereinigten Staaten. Er wollte außerdem diese brünette Labormaus am Leben lassen. Rattlesnake war klar, dass Julia mit ihrem Wissen ein dauerhaftes Risiko bleiben würde. Dieses Risiko würde Wetherspoon auf seinem Weg stets behindern, ihn davon abhalten, das zu tun, was gut für die Vereinigten Staaten, gut für deren Weltmachtstellung wäre.

Als Wetherspoon sie vor vielen Jahren aus Russland zurückgeholt und ihr eine neue Existenz verschafft hatte, da hatte sie sich geschworen, ihm immer dankbar zu sein, seinen Anweisungen stets zu folgen und alles zu tun, was seinen politischen Zielen, die auch die ihren waren, zuträglich sein könnte. Aber jetzt, jetzt hatte er seine Ziele und damit auch sie aufgegeben. Sie wusste nicht, was ihn dazu bewogen hatte. Er hatte die hinter seiner Entscheidung stehenden Motive nicht mit ihr geteilt. Er hatte sie verraten. Sie musste nicht mehr loyal sein, war jetzt frei. Sie würde nun den Plan bis zum Ende durchführen, auch gegen den Willen Wetherspoons. Rattlesnake kramte ihn ihrem Koffer. Der Taxifahrer beobachtete verwundert, wie sie ihren braunen Wollrock durch einen schwarzen austauschte. Ihm bot sich im Rückspiegel das urkomische Bild einer sich auf dem Rücksitz ungeschickt umziehenden, an den Röcken nestelnden und zerrenden Frau. Er konnte sich ein Grinsen nicht verkneifen.

»Glotzen Sie nicht so blöd«, herrschte sie ihn an. Dann zog sie einen langen, schwarzen Schleier hervor, den sie um ihren Kopf schlang und der auch ihre Kleidung großenteils bedeckte. Sie sah aus wie ein bezahltes Trauerweib.

Am Dom angekommen bezahlte Rattlesnake und stieg aus dem Taxi, entschlossen, das zu Ende zu führen, was sie nach wie vor für richtig hielt. Sie setzte sich in eine der hinteren Reihen des Doms und gab vor zu beten. Aus den Augenwinkeln konnte sie erkennen, dass kurze Zeit später zuerst Julia und Gianluca, wenig später Nicholelis den Dom betraten und auf das linke Querschiff zusteuerten.

Jetzt musste sie handeln. Sie humpelte auf die kleine Gruppe zu, die intensiv miteinander flüsterte. Das Herannahen der alten, schwarz gekleideten Frau bemerkten sie nicht. Im Gehen griff Rattlesnake in ihre Tasche und zog eine Spritze hervor. Kurz bevor sie die Gruppe erreicht hatte, setzte sie zum Sprung an. Sie stieß sich mit dem intakten Bein ab, segelte in ihren schwarzen Kleidern durch die Luft wie ein japanischer Samurai. Nicholelis bemerkte die fliegende Frau als erste. In einem Bruchteil einer Sekunde realisierte er, dass es sich bei diesem fliegenden Wesen mit dem wehenden schwarzen Schleier um Rattlesnake handelte. Sie hielt die Spritze in der Faust, bereit zuzustechen. Er sah in Julias schönes, jetzt zu Tode erschrockenes Gesicht. Nicholelis hatte keine Zeit mehr, die alte Frau von ihrem Vorhaben abzuhalten. Nur noch 50 cm, und sie hatte ihr Ziel erreicht. Er dachte nicht weiter nach, sondern stürzte sich mit einem Satz vor Julia, um dann wie ein nasser Sack auf dem kalten Marmorboden der Kirche zu Boden zu gehen.

70

Fünf Tage später saß Julia wieder auf dem Platz im Vorlesungssaal, den sie auch in der Woche zuvor eingenommen hatte. Dieses Mal nahm sie die Studentinnen um sie herum kaum wahr. Sollten sie doch mit den Augen klimpern, sich die Lippen lecken, die Haare mit einem Schwung nach hinten werfen, sich vorlehnen, um den Vortragenden zu einem Blick in ihr Decolltée einzuladen. Das alles interessierte sie nicht. Sie betrachtete versonnen ihren herzförmigen Plastikring, als trüge sie einen Mehrkaräter am Finger.

Als Gianluca den Saal betrat, blickte sie liebevoll zu ihm herunter. Er lächelte kurz zu ihr herauf und trat ans Rednerpult.

»Guten Morgen, meine Damen und Herren. Sind Sie fit? Wir haben uns heute ein schwieriges Thema vorgenommen.«

Die bisher noch etwas spannungslosen Körper der jungen Männer und vor allem der Frauen strafften sich in Erwartung dessen, was nun kommen sollte, und blickten Gianluca erwartungsvoll an.

»Wir hatten unsere letzte Vorlesung mit der Frage beendet, wo in unserem Kopf eigentlich die Seele sitzt. Die Antwort auf diese Frage mag Ihnen ernüchternd erscheinen. Unser Gehirn besteht überwiegend aus Wasser und funktioniert durch elektronische Ströme. Es gibt kein Gehirnareal, das die Bezeichnung »Seele« verdienen würde. Physisch gibt es keine Seele, wir tragen nur die Vorstellung einer Seele in uns.«

Durch den Hörsaal ging ein Raunen.

»Jetzt denken Sie sicher wieder, die Hirnforscher entzaubern die Geheimnisse des Menschen, entzaubern die Seele, den Glauben, entzaubern die Welt. Aber wir Hirnforscher versuchen nur, mehr über das Gehirn und damit mehr über uns zu erfahren. Nein, wir wollen nicht den Glauben in Frage stellen. Die Seele hat im Christentum eine ganz andere Bedeutung als bei uns in der Hirnforschung. Im christlichen Glauben repräsentiert der Begriff Seele Gefühle wie Barmherzigkeit, Mitleid, Liebe. Aber letztlich ist der Begriff nur ein Hilfskonstrukt, um uns die Einzigartigkeit des Menschen zu verdeutlichen.

Gianluca zog die Ärmel seines Sakkos hoch, die ihm aber sofort wieder herunterrutschten. Er war immer noch etwas nervös, wenn er in Julias Gegenwart seine Vorlesung hielt. Julia erinnerte sich an ihre erste Begegnung im Hörsaal und konnte ein leichtes Grinsen nicht unterdrücken.

»Einzigartigkeit, das bescheinigen auch die Hirnforscher dem Menschen. Jedes Gehirn und damit jeder Mensch ist ein Produkt seiner Gene, aber auch seiner Erlebnisse, seiner Umwelt, seiner Erfahrungen. Er wird auch durch seine Spiegelzellen geprägt. Sie erinnern sich, die Spiegelzellen stehen für Empathie, Mitgefühl, Liebe. Die Spiegelzellen sind sozusagen die DNA der Gefühle. Ihre Anzahl und Verteilung ist bei jedem Menschen unterschiedlich. Aber nicht nur die Gefühle prägen den Menschen, auch seine Einsichten, seine Wertvorstellungen, seine Moral spielen für seine Einzigartigkeit eine Rolle. Das führt uns zu der nächsten Frage: Ist das, was wir Moral nennen, im Gehirn zu suchen?«

Den Gesichtern der Studenten sah man jetzt deutlich an, dass sie überfordert waren. Auch Julia stutzte. Moral und Gefühle, das hatte sie bisher noch nie so genau unterschieden.

Eine junge Frau, die sich bisher noch nicht beteiligt hatte, hob die Hand. Gianluca nickte ihr zu. »Was ist der Unterschied zwischen Seele und Moral?«, fragte sie.

Gianluca blickte sie zustimmend an. »Ihre Frage ist sehr gut, die Unterscheidung schwierig. Da wird uns kein medizinisches Lexikon helfen. Für uns Hirnforscher repräsentieren gewissermaßen die Spiegelzellen die Seele, die Gefühle. Moral, moralische Einsichten, Wertvorstellungen, das ist dagegen etwas anderes. Wenn wir moralisch urteilen, scheint der Einfluss der Gefühle geringer auszufallen. Moral, das ist eher die Vernunft, das Verantwortungsgefühl eines Menschen. Ich möchte Ihnen dazu den Fall Gage schildern.«

Jetzt war auch Julia gespannt. Diesen Fall kannte sie noch nicht.

»Phineas Gage arbeitete als Vorarbeiter bei einer amerikanischen Eisenbahngesellschaft in Vermont und erlitt dort im Jahre 1848 einen schweren Unfall. Bei einer von ihm durchgeführten Sprengung schoss eine etwa 1,10 m lange und 3 cm dicke Eisenstange von unten nach oben durch seinen Schädel und verursachte einen großen Wundkanal. Die Stange trat unterhalb des linken Wangenknochens in den Kopf ein und oben am Kopf wieder aus. Während des Unfalls blieb Gage bei Bewusstsein und war auch später in der Lage, über den gesamten Hergang des Unfalls zu berichten. Er überlebte den Unfall, und die Wunden heilten.

Er war nach wenigen Wochen körperlich wiederhergestellt und auch seine intellektuellen Fähigkeiten, einschließlich Wahrnehmung, Gedächtnis, Intelligenz, Sprachfähigkeit sowie seine Motorik waren völlig intakt Lediglich sein linkes Auge wurde durch den Unfall irreversibel zerstört. In der Zeit nach dem Unfall kam es jedoch zu auffälligen Persönlichkeitsveränderungen bei Gage. Aus dem besonnenen, freundlichen und ausgeglichenen Gage wurde ein impulsiver, verantwortungsloser und unzuverlässiger Mensch. Er log und betrog, neigte zu unkontrollierten Wutausbrüchen und Schlägereien. Er verlor seine Jobs, einen nach dem anderen. Zum Schluss stellte er sich und die Eisenstange auf Jahrmärkten zur Schau.

Die junge Dame meldete sich wieder. »Gibt es denn für Moral zuständige Regionen im Gehirn, die sich eindeutig lokalisieren lassen? Jedenfalls im Fall Gage scheinen mir doch diese Region zerstört worden zu sein.«

»Wir können heute mit Sicherheit sagen, dass es für Moral zuständige Regionen im Gehirn gibt. Aber wir können noch nicht definieren, ob eine ganz bestimmte Gehirnregion für moralisches Empfinden und Entscheiden zuständig ist. Nach dem Stand der Forschung lässt sich kein abgeschlossenes System für Moral in einer bestimmten Region verorten, es handelt sich eher um ein sehr kompliziertes Netzwerk verschiedener Areale. Das Krankheitsbild von Gage wird heute als Frontalhirnsyndrom bezeichnet.«

Gianluca erklärte ausführlich die Phänomene dieser Krankheit. Die Studenten stellten noch zahlreiche Fragen zum Fall Gage, das tragische Schicksal des Mannes hatte sie berührt und die Zeit war wie im Fluge vergangen.

Nach der Vorlesung musste Gianluca Julia nicht mehr, wie vor vier Jahren, auf den Arkadengängen suchen. Sie stand auf, stieg die Treppenstufen zum Podium herunter und gab ihm einen Kuss auf die Wange. Dabei bemerkte sie, wie die Pupillen einiger Studentinnen sich ungläubig weiteten, geradezu auf das Paar starrten. Das konnte nicht wahr sein. Der verkörperte Studentinnentraum ließ sich öffentlich von einer Frau küssen, das hatte es noch nie gegeben. Enttäuschung breitete sich in den Mienen aus. Schultern fielen in sich zusammen, Röcke wurden herunter gezogen und glatt gestrichen, Jacken über die eng anliegenden Blusen geworfen. Dieses Spiel war vorbei.

»Julia, ich habe vorhin mit Professor Agostino gesprochen. Sein Laborassistent hatte gestern gekündigt und er sucht jetzt einen Nachfolger für diese Stelle. Ich habe ihm von dir erzählt. Er würde sich freuen, dich kennenzulernen. Ich hoffe, ich habe damit nichts falsch gemacht.

»Gianluca, das ist großartig, ich freue mich. Ich möchte unbedingt weiter in der Forschung tätig sein, das wäre die ideale Stelle für mich.«

Gianluca legte seinen Arm um Julia und führt sie durch die Arkadengänge der Universität. Am Ende des Ganges befand sich eine Nische. Er zog sie hinein. Sie küssten sich wie frisch Verliebte, die kein Zuhause hatten.

Epilog

Fast ein Jahr später betrat Gianluca nach einem langen Arbeitstag die gemeinsame Dachwohnung. Julia war schon etwas früher nach Hause gekommen. Die beiden wohnten immer noch im dem Renaissance-Palazzo hinter der Universität. Die Wohnung lag direkt gegenüber seiner alten Studentenwohnung, nur war sie viel größer. Den quietschenden Holzböden, den kleinen, schiefen Mansardenfenstern und der nie richtig warm werdenden Heizung waren sie treu geblieben. Auch die alten Möbel hatten sie behalten. Aber die Wohnung hatte ein neues, separates Bad mit modernem Komfort. Die alte Badewanne mit den Löwenfüßen hatten sie schweren Herzens entsorgt. Julia räkelte sich genüsslich in der neuen Whirlpool-Wanne und spielte mit dem nach Aloe Vera duftenden Schaum. Gianluca setzte sich an den Rand der Badewanne, schob den Schaum zur Seite, damit er sie besser sehen konnte.

»Soll ich zu dir kommen?«

»Keinesfalls, ich habe Ossobuco im Ofen, für eine Amerikanerin eine echte Herausforderung.«

Mit einem Ruck schwang sie sich aus dem Wasser, den ganzen Körper noch bedeckt von dem duftenden Schaum. Gianluca wollte sie um die Hüfte fassen, aber Julia war schneller. Sie sprang aus der Wanne und wickelte sich das Badetuch um den Oberkörper. Gianluca griff einen Zipfel des Badetuches und zog es mit einem Ruck hinunter. Er nahm die zappelnde und protestierende Julia auf seine Arme, trug sie ins Schlafzimmer und warf sie aufs Bett. Julia quiekte und strampelte mit den Beinen, hatte aber keine Chance gegen Gianluca, der sie in den Klammergriff nahm. Julia gab nicht auf, sie ging zum Gegenangriff über. Das alte Bett knarrte, krachte, quietschte, als würde es gleich zusammenbrechen. Dazwischen mischte sich lautes Atmen, Keuchen, unterdrücktes Gejammer, ein befreiender Schrei.

Von unten klopfte es an die Decke. Julia und Gianluca ließen kichernd voneinander ab. Die schon betagten Nachbarn hatten gelegentlich ein Problem mit ihrem Liebesleben. Das gesamte Gebäude war sehr hellhörig. Gianluca sprang aus dem Bett und blickte auf die sich mittlerweile vor Lachen krümmende Julia.

»Was hattest du gesagt, gibt es zum Abendessen?«

»Oh Gott, du hast mein Meisterstück verdorben.«

Julia sprang ebenfalls aus dem Bett und rannte zum Herd. Dort köchelte das Ossobuco immer noch auf kleiner Flamme vor sich hin. Die beiden zogen sich Jeans und T-Shirt über. Julia hatte den Tisch liebevoll mit dem von ihrer Mutter geerbten Porzellan gedeckt und im ganzen Raum Kerzen verteilt, die unwirkliche Schatten warfen. Sie prosteten sich mit ihrem Lieblingsbolgheri zu. Dann probierten sie das total verkochte Ossobuco. Es ließ sich ganz leicht vom Knochen lösen und schmeckte immer noch köstlich. Julia und Gianluca aßen schweigend und lächelten sich glücklich an. Irgendwann brach Julia das Schweigen.

»Gianluca, ich muss dir etwas sagen.« Wieder ein Schweigen.

»Ich bin schwanger.«

Gianluca vermochte einen Moment nichts zu sagen. Er blickte Julia nur unverwandt an.

»Freust du dich nicht?« Julia war plötzlich unsicher.

»Ob ich mich freue? Ich bin rasend vor Glück.«

Gianluca sprang auf, legte eine CD in den Player ein, verbeugte sich vor Julia und tanzte mit ihr in rasender Geschwindigkeit einen Wiener Walzer durch das ganze Zimmer, immer um das toskanische

Sofa herum. Nach fünf Umrundungen des Sofas verloren beide das Gleichgewicht und konnten sich nur noch darauf fallen lassen. Beide keuchten und schnappten nach Luft. Als sie wieder atmen konnten, blickte Gianluca Julia besorgt ins Gesicht. »Dürfen wir noch so rumtoben oder musst du dich schonen?«

Statt einer Antwort schnappte sich Julia die Flasche Rotwein vom Tisch und begann, eine großes Stück Parmesankäse in kleine Bröckchen zu zerteilen. Sie ließen sich durch das erneute Klopfen von unten nicht stören.

Später lümmelten sie auf dem Sofa herum. Gianluca stellte den Fernseher an. Er schaltete auf CNN, zunächst ohne Ton. Ein Reporter schien von den Vorwahlen der Demokraten und Republikaner in verschiedenen Städten der USA zu berichten. Die beiden trauten ihren Augen nicht, als sie dort plötzlich einen vierschrötigen Mann mit Bürstenhaarschnitt entdeckten, der an einem Rednerpult stand, im Vordergrund eine unüberschaubare Masse winkender und die amerikanische Flagge schwenkender Menschen. Der Mann hielt eine Rede. Die Züge auf den Gesichtern der Zuhörer wirkten seltsam entrückt und hatten etwas roboterartiges an sich.

Gianluca stürzte zum Fernseher und stellte den Ton an, um zu hören, was der Reporter zu berichten hatte.

»Das sensationellste Ergebnis aller Vorwahlen hat aber vollkommen überraschend Dan C.J. Wetherspoon erzielt. Sie werden sich noch an ihn erinnern. Mr. Wetherspoon war bis zum letzten Jahr Direktor der CIA und war dann überraschend wegen Unregelmäßigkeiten in einer Abteilung zurückgetreten. Damals hat niemand so richtig verstanden, was eigentlich passiert war. Wetherspoon wurde sofort ersetzt. Dann hat man offiziell nie wieder von ihm gehört. Es wurde gemunkelt, er sei ins Kloster gegangen, um Buße zu tun. Und jetzt, meine Damen und Herren«, der Reporter vollzog eine ungelenke

Geste mit seinem linken Arm, die wohl dramatisch wirken sollte, »jetzt ist er wieder da.«

Der Reporter machte eine Pause und die Stimme Wetherspoons war jetzt zu hören:

»Wenn man einen Fehler gemacht hat, dann sollte man in sich gehen, nachdenken und bereuen, aber man sollte sich nicht auf Dauer verstecken. Ich bin zu dem Schluss gekommen, dass ich den Menschen der Vereinigten Staaten noch vieles zu geben habe. Ich möchte dem amerikanischen Volk meine Werte vorleben, ich möchte diese Werte durch die Welt tragen, ich will die Welt vor Kriegen, Terror und anderem Unheil bewahren, ich möchte das Richtige tun. Dafür stehe ich, und dafür werde ich kämpfen. Ich möchte in der nächsten Wahlperiode für das Amt des amerikanischen Präsidenten kandidieren. Mein Credo ist: ›Right for you‹.«

Wetherspoon war dann nicht mehr zu hören. Seine Worte gingen im tosenden Beifall, in Jubelschreien und Kreischen unter.

Julia und Gianluca blickten sich fassungslos an.

Der Reporter setzte seinen Bericht fort und begann über Wetherspoons Team zu berichten.

Julia stieß einen heiseren Schrei aus. »Gianluca, da, da ..., das ist Brown. Das ist Professor Brown.«

Neben Wetherspoon trat ein großer, schlanker Mann im grauen Straßenanzug.

Der Reporter stellte Hieronymus Brown als Kandidat für das Sekretariat des US Department of Health and Human Services vor.

Browns Kopf wurde jetzt bildschirmfüllend eingeblendet. Er hatte ein graues, eingefallenes Gesicht, das ganz starr und maskenhaft aussah. Er wirkte gleichgeschaltet, glatt gezogen. Nur die dämonischen, dunklen Augen in seinem Gesicht zeigten noch ein Zeichen von Leben.

»Er ist kaum wiederzuerkennen«, flüsterte Julia.

»Our goal is for all Americans to live healthier, more prosperous and more productive lives.«

Die Stimme erstarb wieder.

»Was haben sie denn mit dem gemacht?« Gianluca konnte kaum glauben, dass diese Sprechblasen produzierende Marionette auf dem Bildschirm der berühmte Professor Brown sein sollte. Der Reporter fuhr fort:

»Professor Brown ist Hirnforscher und arbeitet gerade an einer bahnbrechenden Erfindung auf dem Gebiet des Bioengineerings. Seine Forschungsarbeiten betreffen die Gewinnung von Stoffen, die die Hirntätigkeit verlängern können, sozusagen am ewigen Leben. Meine Damen und Herren. In einer separaten Sendung werden wir Ihnen mehr über diese die Gesetze der Physiologie sprengende Erfindung erzählen.

»Nein«, schrie Julia mitten in den Bericht hinein. »Die Flüssigkeit in der Metallbox. Das Urmeer. Brown arbeitet an der Entwicklung einer künstlichen Flüssigkeit, die über die gleichen Inhaltsstoffe und Eigenschaften verfügt wie das Urmeer. Deshalb konnte Brian in der Flüssigkeit überleben. Er war Testperson im doppelten Sinne. Nicht nur für PB 12, sondern auch für diese Erfindung im Versuchsstadium. Gianluca, weißt du, was das bedeutet? Das ist viel unglaublicher als das, was Wetherspoon hier macht. Dagegen ist Wetherspoon ein kleiner Fisch.«

Mittlerweile war der Reporter in seinem Bericht schon beim Ergebnis der Vorwahlen anderer Staaten angelangt. Gianluca schaltete den Fernseher aus.

Nachdem Julia sich wieder etwas beruhigt hatte, legte sie den Kopf nachdenklich zur Seite. »Er rennt immer noch seinem Traum hinterher. Er will die Speerspitze der Hirnforschung sein. Der nicht zweifelsfrei festgestellte Hirntod, die Manipulationen, das von der CIA verfolgte Ziel, die Forschungsarbeiten zur Verlängerung des Lebens ergeben doch in der Summe ein Pulverfass, das jeden Moment explodieren kann. Aber das hat Brown nicht davon abgehalten, immer weiter seine Karriere zu verfolgen.

Gianluca nickte zustimmend. »Er ist und bleibt ein Feldherr, der ohne Rücksicht auf seine Truppen den Sieg erringen will. Keiner darf ihm Grenzen setzen.«

»Ist er nicht auch Fußsoldat, ein Opfer, letztlich ein Verlierer?«, wandte Julia ein.

»Vielleicht, aber er merkt es nicht. Sein Credo ist die Nichtexistenz des freien Willens. Er glaubt nicht an die Einzigartigkeit des Menschen. Er macht Menschen zu Marionetten ihres Unterbewusstseins und weigert sich zu erkennen, dass er selbst zur Marionette wird, zum Opfer Wetherspoons für die Erreichung von dessen Zielen, zum Opfer seines eigenen Ehrgeizes, seiner Besessenheit.«

»Haben wir Brian's Brain dafür geopfert?« Julias Stimme zitterte.

Gianluca griff nach dem Acrylglaswürfel, der auf dem Tisch lag, und drehte ihn nachdenklich in seiner Hand.

»Und was machen wir jetzt?«

Gianluca fingerte schon an seinem Handy herum. »Wir rufen das Romerohaus an. Vielleicht weiß Professor Rudolfo etwas.«

Sie mussten es lange klingeln lassen, bevor jemand abhob.

»Romerohaus, Luzern«, meldete sich schließlich eine Stimme am anderen Ende der Leitung mit einem nahezu unverständlichen Schweizer Akzent.

»Guten Tag, mein Name ist Gianluca Palasciano. Könnte ich bitte Professor Rudolfo sprechen?«

»Hier im Hause gibt es keinen Professor Rudolfo«, kam prompt die Antwort.

Julia, die über Lautsprecher mithörte, erinnerte sich, dass Professor Rudolfo nicht im Romerohaus selbst tätig gewesen war, sondern selbstständig war und als Rechtsanwalt ein eigenes Büro unterhielt.

»Frag einfach nach Pater Giordano«, flüsterte sie Gianluca zu.

Gianluca reagierte sofort.

»Tut mir leid. Pater Giordano ist vor sechs Wochen gestorben.« Es folgte eine Pause. »Möchten Sie vielleicht seinen Nachfolger sprechen, Pater Stéphane?«

Gianluca rollte ratlos mit den Augen. »Gerne«. Die Verbindung wurde sofort hergestellt.

»Hallo«, meldete sich eine fast jungenhafte Stimme, diesmal mit französischem Akzent.

»Guten Tag. Pater Stéphane. Wir haben gerade erfahren, dass Pater Giordano gestorben ist. Das tut uns sehr leid.«

»Danke Ihnen. Ich hörte, Sie wollten ihn sprechen. Kann ich Ihnen vielleicht weiterhelfen?«

»Ja bestimmt. Könnten Sie uns sagen, wie wir Professore Rudolfo erreichen können?«

»Professore Rudolfo, wer soll das sein?«

Gianluca runzelte die Stirn. Aber er war zuversichtlich, dass sich die Frage klären würde.

»Professore Rudolfo ist der Rechtsanwalt und Berater des Romerohauses, jedenfalls war er das vor einem Jahr, als wir ihn kennenlernten. Er arbeitete mit Pater Giordano zusammen. Können Sie uns seine Telefonnummer geben?«

»Ich kenne keinen Professore Rudolfo«, erwiderte der Pater. »Wo haben Sie den Herrn denn kennengelernt?«

Gianluca überlegte, wie er auf diese Frage antworten sollte, ohne das Geheimnis preiszugeben. Er entschied sich für eine ausweichende Frage.

»Ist denn Professore Rudolfo seit dem Tod von Pater Giordano nicht mehr für das Romerohaus tätig?«

»Ein Professore Rudolfo war nie für das Romerohaus tätig«, antwortete der Pater. »Was sagten Sie? Er soll unser Rechtsanwalt gewesen sein? Nein, das ist unmöglich. Wir haben keinen ständigen Berater. Wir verwalten unser Stiftungsvermögen selbst. Ich habe das während der letzten zehn Jahre stets zusammen mit Pater Giordano gemacht. Da muss ein Missverständnis vorliegen.«

Gianluca und Julia blickten sich entsetzt in die Augen.

»Ja, ja, aber …« Während Gianluca ins Telefon stotterte, überlegte er, ob er Pater Stéphane ein paar Andeutungen machen sollte, um hoffentlich dabei noch etwas zu erfahren, was ihm und Julia weiterhelfen könnte. Aber das schien ihm zu gefährlich.

»Ja, dann entschuldigen Sie bitte die Störung. Da haben wir wohl etwas ganz falsch verstanden.«

»Kein Problem. Wenn Ihnen noch eine andere Frage einfällt oder ich Sie sonst irgendwie unterstützen kann, können Sie mich gerne wieder anrufen. Auf Wiedersehen«, verabschiedete sich Pater Stéphane freundlich.

Langsam, wie in Zeitlupe, ließ Gianluca das Telefon sinken. Er blickte wie gebannt auf den Acrylglaswürfel. Das war ihr Pfand. Er und Julia konnten in diesem Moment nicht wissen, dass die in Acrylglas eingeschlossenen Zellen längst begonnen hatten, sich unkontrolliert zu vermehren.

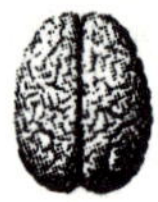